EL TIGRE NOCTURNO

Planeta Internacional

YANGSZE CHOO

EL TIGRE NOCTURNO

Planeta

Título original: *The Night Tiger*

Primera edición en inglés por Flatiron Books.

© 2019, Texto: Yangsze Choo

Publicado por acuerdo con Flatiron Books en asociación con International Editors ‹Co. Barcelona.

Derechos reservados.

Traducción: Susana Olivares

Adaptación del diseño original de Mumtaz Mustafa: Planeta Arte y Diseño
Fotografía de portada: © Shui Lun Chan/Qeelin Limited
Fotografía de la autora: © James Cham

© 2020, Editorial Planeta Mexicana, S.A. de C.V.
Bajo el sello editorial PLANETA M.R.
Avenida Presidente Masarik núm. 111,
Piso 2, Polanco V Sección, Miguel Hidalgo
C.P. 11560, Ciudad de México
www.planetadelibros.com.mx

Primera edición en formato epub: agosto de 2020
ISBN: 978-607-07-6754-8

Primera edición impresa en México: agosto de 2020
ISBN: 978-607-07-6750-0

Este libro es una obra de ficción. Todos los nombres, personajes, compañías, lugares y acontecimientos son producto de la imaginación del autor o son utilizados ficticiamente. Cualquier semejanza con situaciones actuales, lugares o personas -vivas o muertas- es mera coincidencia.

No se permite la reproducción total o parcial de este libro ni su incorporación a un sistema informático, ni su transmisión en cualquier forma o por cualquier medio, sea este electrónico, mecánico, por fotocopia, por grabación u otros métodos, sin el permiso previo y por escrito de los titulares del *copyright*.

La infracción de los derechos mencionados puede ser constitutiva de delito contra la propiedad intelectual (Arts. 229 y siguientes de la Ley Federal de Derechos de Autor y Arts. 424 y siguientes del Código Penal).

Si necesita fotocopiar o escanear algún fragmento de esta obra diríjase al CeMPro (Centro Mexicano de Protección y Fomento de los Derechos de Autor, http://www.cempro.org.mx).

Impreso en los talleres de Litográfica Ingramex, S.A. de C.V.
Centeno núm. 162-1, colonia Granjas Esmeralda, Ciudad de México
Impreso y hecho en México – *Printed and made in Mexico*

*Este libro es para
mi padre y mi madre,
quienes nacieron y crecieron
en el valle del Kinta.*

1

Kamunting, Malasia, mayo de 1931

El viejo se está muriendo. Ren lo nota en la débil respiración, el rostro hundido y la delgada piel estirada sobre los pómulos. De todos modos, quiere que se abran las contraventanas. Irritado, con un gesto le indica al chico que lo haga, y Ren, quien se siente como si tuviera una piedra atorada en la garganta, abre de par en par la ventana del segundo piso.

El exterior brilla como un mar color verde; las ondulantes copas de los árboles de la selva y el penetrante azul del cielo parecen provenir de algún sueño delirante. La intensidad de la luz tropical hace que Ren se estremezca. Se mueve para cubrir a su amo con su sombra, pero el viejo lo detiene con otro gesto, mientras la luz del sol enfatiza el temblor de su mano, desfigurada por el muñón del dedo faltante. Ren recuerda cómo, hace apenas algunos meses, esa mano era capaz de calmar bebés y suturar heridas.

El viejo abre los lechosos ojos azules, esos ojos extranjeros y carentes de color que tanto asustaban a Ren al principio, y murmura algo. El chico acerca su cabeza rapada.

—Recuérdalo —dice. El muchacho asiente—. Dilo. —El áspero susurro se está apagando.

—Cuando usted muera, encontraré su dedo faltante —responde Ren con voz clara y suave.

—¿Y?

Ren titubea un instante.

—Y lo enterraré en su tumba.

—Bien. —El viejo respira ruidosamente—. Debes recuperarlo antes de que pasen los cuarenta y nueve días de mi alma. —El chico ha hecho muchas tareas similares antes, con rapidez y destreza. Se hará cargo, a pesar de las sacudidas que se apoderan de sus estrechos hombros—. No llores, Ren.

En momentos como este, el chico aparenta menos años de los que tiene. El viejo lo lamenta; desearía poder hacerlo él mismo, pero está extenuado. En vez de eso, vuelve el rostro hacia la pared.

2

Ipoh, Malasia
Miércoles, 3 de junio

El cuarenta y cuatro es un número de mal agüero para los chinos. Suena parecido a «muerto, bien muerto» y, a causa de ello, se debe evitar el número cuatro y cualquiera de sus variaciones. En ese funesto día de junio llevaba exactamente cuarenta y cuatro días en mi empleo secreto de medio tiempo en el salón de baile Flor de Mayo, de Ipoh.

Mi trabajo era secreto porque ninguna chica respetable debía bailar con desconocidos, aunque nuestros servicios se promocionaban como si fuéramos «instructoras» de baile, algo que, en efecto representábamos para la mayoría de nuestros clientes (oficinistas y colegiales nerviosos que compraban rollos de boletos para aprender el foxtrot, el vals o el ronggneg, ese encantador baile malasio). Los demás eran *buaya*, o *cocodrilos*, como les decíamos, hombres que sonreían enseñando los dientes y cuyas manos errantes solo se detenían a fuerza de dolorosos pellizcos.

Jamás ganaría suficiente dinero si insistía en darles esos tremendos manotazos, pero tenía la esperanza de no tener que seguir haciéndolo por mucho tiempo. Era solo para pagar el préstamo de cuarenta dólares malasios, con una tasa de interés absurdamente elevada, en el que mi mamá incurrió. Con mi verdadero trabajo de día como aprendiz de costurera no ganaba lo suficiente para cubrir ese monto, y mi pobre e ilusa madre no tenía posibilidad alguna de conseguirlo por sí misma; no contaba con la mínima suerte para los juegos de azar.

Si tan solo mi madre hubiera dejado las estadísticas en mis manos, las cosas habrían salido mejor, ya que soy buena para los números. Y lo digo sin gran orgullo. Es una habilidad que me ha ayudado poco. De haber sido varón, las cosas habrían sido distintas, pero mi fascinación por calcular probabilidades a los siete años de edad no le sirvió en lo absoluto a mi madre, que en ese entonces acababa de enviudar. En medio del triste vacío que dejó la muerte de mi padre, pasé horas escribiendo a lápiz hileras de cifras sobre tiras de papel. Eran lógicas y ordenadas, a diferencia del caos en el que se hundió nuestro hogar. A pesar de ello, mi madre conservó aquella sonrisa dulce y superficial que la asemejaba a la diosa de la misericordia, aunque seguramente estaba preocupada por lo que cenaríamos esa noche. La amaba intensamente, pero ya hablaremos de eso más tarde.

Después de contratarme, lo primero que el Ama del salón de baile me dijo que hiciera fue que me cortara el cabello. Llevaba años dejándolo crecer después de que mi hermanastro Shin me atormentara diciéndome que parecía niño. Las dos largas trenzas, pulcramente atadas con listones, iguales a las que llevé todos los años que asistí a la Escuela Anglochina para Niñas, eran un dulce símbolo de feminidad. Creía que ocultaban una multitud de pecados, incluyendo la capacidad poco femenina de calcular tasas de interés casi sin pensarlo.

—No —me dijo—. Aquí no puedes trabajar así.

—Pero hay otras muchachas con el pelo más largo —le señalé.

—Sí, pero tú no.

Me mandó con una mujer inquietante que me cortó las trenzas. Cayeron con pesadez sobre mi regazo, como si estuvieran vivas. Si Shin me hubiera visto, hubiera muerto de la risa. Incliné la cabeza mientras me las cortaba, la nuca expuesta me daba una sensación de vulnerabilidad aterradora. La mujer me dejó un fleco y, cuando alcé la mirada, me estaba sonriendo.

—Te ves preciosa —me dijo—. Igualita a Louise Brooks.

A todo esto, ¿quién demonios era Louise Brooks? Al parecer, una estrella del cine mudo que había sido sumamente popular hacía algunos años. Me sonrojé. Era difícil acostumbrarse a la nueva moda, en la que marimachos sin pechos como yo de pronto podíamos ser populares. Claro que, al vivir en Malasia, en los confines más alejados del imperio, por desgracia estábamos muy lejos de las últimas tendencias. Las damas británicas que venían a Oriente se quejaban del rezago de entre seis y doce meses frente a la moda londinense. Por ello, era de esperarse que la popularidad de los bailes de salón y el pelo corto apenas estuvieran llegando a Ipoh, a pesar de que llevaran bastante tiempo a la vanguardia en otros lugares. Me acaricié la nuca rasurada y temí verme más masculina que nunca.

—Necesitas un nombre. Inglés, de preferencia. Te llamaremos Louise —dijo el Ama, moviendo el peso de su cuerpo con pericia.

De modo que fue encarnando a Louise como me encontré bailando tango la tarde de aquel 3 de junio. A pesar de las fluctuaciones de la bolsa de valores, la bulliciosa ciudad de Ipoh estaba inmersa en el arrebato embriagador de las nuevas construcciones financiadas por la riqueza producto de las exportaciones de estaño y hule. Estaba lloviendo; era un aguacero inusual para esa hora de la tarde. El cielo adquirió el color del hierro, así que tuvieron que encender las luces, aunque a la gerencia no le gustó. La lluvia retumbaba con estridencia en el techo de lámina, y el director de la orquesta, un goanés menudito con un bigote delgadísimo, hacía su máximo esfuerzo por sofocar el ruido.

La manía por los bailes occidentales condujo a la aparición de infinidad de salones de baile públicos a las afueras de cada ciudad y pueblo. Algunos eran sitios de lo más elegantes, como el recién construido Hotel Celestial, mientras que otros eran apenas cobertizos expuestos a las brisas tropicales. A las bailarinas profesionales como yo, nos tenían en una especie de corral, como si fuésemos pollos o borregos. El corral era un espacio con sillas, separado por un listón. Allí se sentaban las muchachas bonitas, cada una con un adorno de papel numerado y sujeto al pecho. Unos guardias de seguridad evitaban que alguien se nos acercara a menos que tuvieran un boleto, aunque eso no impedía que algunos clientes lo intentaran.

Me sorprendió un poco que alguien me pidiera bailar un tango. No había logrado aprenderlo bien en la escuela de baile de la señorita Lim, en donde, como premio de consolación cuando mi padrastro me obligó a abandonar la escuela, me enseñaron el vals y el foxtrot, que era un poco más atrevido. Pero no me enseñaron a bailar tango. Se consideraba demasiado impúdico, aunque todas habíamos visto, en blanco y negro, a Rodolfo Valentino bailándolo.

Cuando empecé a trabajar en el Flor de Mayo, mi amiga Hui dijo que más me valía aprenderlo.

—Pareces una chica moderna —me dijo—. Seguramente, alguien te lo pedirá. —Mi queridísima Hui. Fue ella quien me lo enseñó, las dos dando tumbos como si estuviéramos borrachas. De todos modos, hizo su mejor esfuerzo—. Bueno, quizá nadie te pida que lo bailes —me dijo esperanzada después de que un movimiento brusco casi nos tira a las dos.

Por supuesto, se equivocó. No tardé en descubrir que, por lo regular, el tipo de hombre que pedía tangos era un *buaya*, y el de aquel aciago día cuarenta y cuatro no fue la excepción.

Me dijo que era vendedor y que se especializaba en productos escolares y de oficina. De inmediato recordé el característico olor a cartón de mis cuadernos escolares. Adoraba la escuela, pero esa puerta ya se me había cerrado. Lo único que me quedaba era la conversación insulsa y los pies pesados de aquel vendedor, quien decía que la papelería era un negocio sólido, aunque estaba totalmente seguro de que podía irle mejor.

—Tienes muy buena piel. —Su aliento apestaba al abundante ajo del arroz con pollo estilo hainanés. Sin saber qué decir, me concentré en mis pobres pies aplastados. Era una situación desesperada, puesto que el vendedor parecía creer que el tango consistía en adoptar poses repentinas y teatrales—. Solía vender cosméticos —dijo, demasiado cerca otra vez—. Sé mucho acerca del cutis de las mujeres. —Me incliné hacia atrás para ampliar la distancia entre ambos. Al dar un giro, me jaló con tal fuerza que choqué contra él. Supuse que lo había hecho a propósito, pero movió la mano involuntariamente hacia el bolsillo, como si temiera que algo que guardaba allí pudiera caerse—. ¿Tú sabías —me dijo sonriendo— que hay maneras de mantener a las mujeres jóvenes y bellas por siempre? Con agujas.

—¿Agujas? —pregunté con verdadera curiosidad, a pesar de creer que era una de las peores frases de galantería que había escuchado.

—En el oeste de Java, hay mujeres que se encajan finísimas agujas de oro en el rostro. Hasta el fondo, hasta que dejan de verse. Es una especie de brujería para evitar el envejecimiento. Conocí a una viuda preciosísima que sepultó a cinco maridos y que decían que tenía veinte agujas enterradas en la cara. Pero me contó que alguien tendría que quitárselas cuando muriera.

—¿Por qué?

—El cuerpo debe volver a quedar en su estado natural en el momento de la muerte. Cualquier cosa que se le haya añadido debe retirarse, y cualquier cosa que le falte debe ser integrada en él; de lo contrario, el alma no puede descansar en paz.

Fascinado por mi asombro, prosiguió a contarme el resto de su viaje con lujo de detalles. A algunas personas les gustaba hablar, mientras que otras, de manos sudorosas, solo bailaban en silencio.

En general, prefería a los parlanchines porque, al estar tan embebidos en su propio mundo, no se metían en el mío.

Si mi familia descubría que trabajaba allí de medio tiempo, sería un desastre absoluto. Temblé de solo pensar en la furia de mi padrastro y en las lágrimas de mi madre si se veía obligada a confesarle sus deudas de *mahjong*. También estaba Shin, mi hermanastro. Como nacimos el mismo día, solían preguntarnos si éramos gemelos. Siempre había sido mi aliado, o al menos hasta hacía poco. Después de ganar una beca para estudiar en el Colegio de Medicina Rey Eduardo VI, en Singapur, donde capacitaban a los talentos locales para combatir la grave carencia de médicos en Malasia, Shin se fue. Me sentí orgullosa porque se trataba de Shin, que era muy inteligente; pero también sentí una profunda envidia porque, de los dos, yo siempre obtuve mejores calificaciones en la escuela. Pero no tenía caso pensar en los quizás. Shin ya ni siquiera respondía a mis cartas.

El vendedor seguía hablando.

—¿Crees en la suerte?

—¿Por qué habría de hacerlo? —Intenté no hacer muecas después de otro pisotón.

—Deberías, porque voy a ser muy afortunado. —Con otra enorme sonrisa, volvió a hacer un giro precipitado. De reojo alcancé a ver la mirada furiosa que nos estaba echando el Ama. Estábamos haciendo una escena en la pista de baile al tropezar por todas partes, y eso era pésimo para el negocio.

Apretando los dientes, me esforcé por mantener el equilibrio mientras el vendedor me inclinaba peligrosamente. Sin rastro alguno de dignidad, nos balanceamos y estuvimos a punto de caer. Agité los brazos y me aferré a su ropa. Él me agarró de las nalgas y se asomó a mi escote. Le di un codazo, la otra mano se me atoró en su bolsillo. Algo pequeño y ligero rodó hasta mi mano justo cuando la saqué. Se sentía como un cilindro estrecho y liso. Dudé un instante, tratando de recuperar el aliento. Quise regresarlo a su lugar; si el hombre se daba cuenta de que lo había tomado, podría acusarme de carterista. A algunos les gustaba causar problemas de ese tipo; les daba un motivo para extorsionar a las chicas.

El vendedor me sonrió con descaro.

—¿Y tú cómo te llamas?

Confundida, le di mi nombre real, Ji Lin, en lugar de Louise. Cada vez la situación se ponía peor. En ese instante, la música se acabó y el vendedor me soltó de repente. Clavó la mirada en algo a mis espaldas, como si hubiera visto a alguien conocido, y, alarmado, se alejó.

Como para reparar el daño hecho por el tango, la orquesta empezó a tocar «Yes, Sir, That's My Baby!». Diversas parejas corrieron a la pista de baile mientras yo volvía a mi silla. El objeto en la palma de mi mano me quemaba la piel. Seguramente volvería; todavía le quedaba un rollo entero de boletos. Si lo esperaba, podría regresarle lo que había tomado o fingir que se le había caído al piso.

El aroma de la lluvia entró por las ventanas abiertas. Ansiosa, levanté el listón que separaba las sillas de las bailarinas de la pista de baile, me senté y me alisé la falda.

Abrí la mano. Como lo imaginé por el tacto, se trataba de un cilindro delgado, hecho de vidrio. Un frasco para muestras, de apenas cinco centímetros de largo, con una tapa de rosca hecha de metal. Se oía que algo ligero rebotaba en su interior. Ahogué un grito.

Eran las dos falanges superiores de un dedo cercenado y seco.

3

Batu Gajah
Miércoles, 3 de junio

Cuando el escandaloso tren entra en Batu Gajah, Ren ya está de pie, asomado a la ventana. Esta pequeña y próspera ciudad, sede del gobierno británico para el estado de Perak, tiene un nombre peculiar: *batu* significa piedra, y *gajah*, elefante. Algunos dicen que se le dio ese nombre a causa de dos elefantes que cruzaron el río Kinta. Aquello enfureció a la diosa Sang Kelembai, quien los convirtió en un par de peñascos que sobresalían del agua. Ren se pregunta qué pudieron hacer esos pobres elefantes dentro del río para que los convirtieran en rocas.

Ren jamás ha viajado en tren, aunque esperó al viejo doctor en la estación ferroviaria de Taiping en numerosas ocasiones. En el vagón de tercera, las ventanas están abiertas, a pesar de las partículas de hollín, algunas tan grandes como una uña que mete la corriente que se forma cuando el tren toma una curva. Ren saborea la pesada humedad del monzón en el aire. Presiona una mano contra su bolsa de viaje. Dentro está la preciosa carta. Si llueve con suficiente intensidad, la tinta podría correrse. Una oleada de añoranza lo invade al pensar que el agua puede arruinar la letra trémula pero meticulosa del viejo médico.

Cada kilómetro que recorre el tren lo aleja más y más del búngalo espacioso y desordenado del doctor MacFarlane, su hogar durante los últimos tres años. Pero el doctor ya no está allí. El pequeño cuarto del área de sirvientes que Ren ocupó, junto al de la tiita Kwan, ahora se encuentra vacío. Ren barrió el piso por última vez y ató los viejos periódicos con cuidado para que los recogiera el *karang guni,* el ropavejero. Al cerrar la puerta con la pintura verde descarapelada, vio a la enorme araña con la que compartió habitación reparando en silencio su telaraña en una esquina del techo.

Los ojos se le inundan de lágrimas que lo traicionan, pero Ren tiene una obligación que cumplir; no es hora de llorar. En el momento de la muerte del doctor MacFarlane, empezaron a correr los cuarenta y nueve días de su alma. Y esta pequeña ciudad de extraño nombre no es el primer sitio en el que ha vivido sin su hermano Yi. Ren vuelve a pensar en los elefantes de piedra. ¿Habrán sido gemelos como él y Yi? Hay veces en que Ren siente un hormigueo, como el estremecimiento de los bigotes de un gato, como si Yi todavía estuviera con él. Un asomo de ese extraño sentido gemelar que los unía, que le advertía de sucesos que estaban por venir. Pero, al mirar por encima de su hombro, no hay nadie.

La estación de Batu Gajah es un edificio largo y bajo, de techo inclinado, que se extiende junto a las vías férreas como si fuera una serpiente dormida. A lo largo de Malasia, los británicos han construido estaciones similares, con el estilo pulcro habitual. Las ciudades parecen repetirse, con sus blancos edificios de Gobierno y *padangs* cubiertos de pasto recortado, como los prados de las ciudades de ingleses.

En la taquilla, el jefe de estación malasio se muestra muy amable y le dibuja a Ren un mapa a lápiz. Tiene un atractivo bigote, y la raya de sus pantalones está almidonada y más recta que una regla.

—Es bastante lejos. ¿Estás seguro de que no hay nadie que venga por ti?

Ren mueve la cabeza.

—Puedo caminar.

Más adelante, hay un puñado de las típicas casas chinas, recargadas una contra la otra, que también sirven como tiendas; los segundos pisos sobresalen, y en el inferior las tiendecitas están atestadas de mil y una cosas. Por ese camino se llega a la ciudad, pero Ren dobla hacia la derecha, frente a la Escuela Inglesa. Añorante, mira la construcción pintada de blanco, con sus líneas gráciles, e imagina a otros chicos de su misma edad estudiando en los salones de techos altos o jugando en los verdes jardines. Luego sigue caminando con determinación.

La colina se eleva hacia Changkat, donde viven los europeos. No hay tiempo para admirar la diversidad de búngalos coloniales construidos al estilo del Raj británico. Su destino se encuentra en el extremo opuesto de Changkat, junto a las plantaciones de café y de caucho.

La lluvia empieza a golpear la tierra roja con furia. Jadeando, Ren empieza a correr, aferrándose a su bolsa de viaje. Está a punto de guarecerse bajo un gran árbol de *angsana* cuando escucha el traqueteo de un camión de mercancías cuyo motor se esfuerza al subir por la empinada pendiente. El conductor le grita desde la ventana.

—¡Súbete!

Casi sin aliento, Ren se trepa a la cabina del vehículo. Su salvador es un hombre gordo con una verruga en un lado de la cara.

—Gracias, tío —dice Ren, utilizando el término educado para referirse a alguien mayor. El hombre le sonríe. Gotas de agua escurren de los pantalones de Ren y mojan el piso.

—El jefe de la estación me dijo que tomarías este camino. ¿Vas a la casa del joven médico?

—Ah, ¿es joven?

—No tanto como tú. ¿Cuántos años tienes?

Ren considera decirle la verdad. Están hablando en cantonés, y el tipo se ve muy amable, pero Ren es demasiado cauteloso como para bajar la guardia.

—Casi trece.

—Eres pequeño, ¿verdad?

Ren asiente. La verdad es que tiene once años de edad. Ni siquiera el doctor MacFarlane lo supo. Cuando entró a trabajar a la casa del médico, Ren se añadió un año, como lo hacían muchos chinos.

—¿Trabajarás allí?

—Tengo que entregar algo. —Ren abraza su bolsa de viaje. «O recuperarlo».

—El doctor vive más lejos que los demás extranjeros —le dice el conductor—. No me atrevería a caminar por aquí de noche. Es peligroso.

—¿Por qué?

—Recientemente se han comido a muchos perros. Desaparecieron a pesar de estar encadenados en sus casas. Solo quedaron los collares y las cabezas.

Ren siente que le estrujan el corazón y los oídos le empiezan a zumbar. ¿Será posible que esté volviendo a ocurrir? ¿Tan pronto?

—¿Fue un tigre?

—Un leopardo, más bien. Los extranjeros dicen que van a cazarlo. De todos modos, no andes paseando por allí después de que oscurezca.

Llegan al comienzo de una larga y sinuosa calzada que serpentea en medio del cuidado césped inglés hasta llegar a un amplio búngalo pintado de blanco. El chofer presiona el claxon un par de veces y, después de una pausa muy larga, sale un delgado hombre chino a la veranda cubierta y se limpia las manos en un mandil blanco. Ren baja del camión y le da las gracias al conductor, tratando de hacerse oír por encima del ruido de la lluvia.

—¡Cuídate! —le dice el tipo.

Ren tensa los hombros, se aferra a su bolsa y corre como loco por la calzada hasta estar a cubierto. La lluvia torrencial lo moja completamente, por lo que duda en cruzar la puerta por temor a humedecer el piso de teca. En la habitación principal de la casa hay un inglés que está escribiendo una carta. Está sentado a una mesa, pero, cuando hacen pasar a Ren, se levanta con mirada inquisitiva. Es más delgado y joven que el doctor MacFarlane, y a Ren se le dificulta juzgar su expresión detrás del doble reflejo de los anteojos.

Ren coloca su gastada bolsa sobre el piso, saca la carta y la presenta educadamente con ambas manos. El joven médico abre el sobre con precisión, ayudado por un abrecartas. El doctor MacFarlane solía abrir las cartas solo con sus dedos anchos. Ren baja la mirada. No está bien compararlos.

Ahora que por fin entregó la carta, Ren siente un tremendo agotamiento en las piernas. Las instrucciones que memorizó parecen difuminarse en su cabeza; el cuarto empieza a dar vueltas a su alrededor.

William Acton examina la hoja de papel que le acaban de entregar. Viene de Kamunting, ese pequeño pueblo junto a Taiping. Le letra es angulosa y trémula: la letra de un enfermo.

Estimado Acton:
Me temo que no puedo escribir con demasiada floritura. Esperé demasiado y ahora casi no puedo sostener la pluma. Puesto que no tengo familiares que valgan la pena, te envío un legado, uno de mis hallazgos más interesantes, a quien espero que puedas dar un buen hogar. Con absoluta franqueza te recomiendo a este joven mucamo chino, Ren. Aunque es muy joven, está entrenado y es de absoluta confianza. Solo sería por algunos años, hasta que alcance la mayoría de edad. Creo que congeniarán de maravilla.
Sinceramente, etc., etc.
Doctor John MacFarlane

William lee la carta dos veces y finalmente levanta la mirada. El chico está parado frente a él, con agua escurriéndole por el cabello corto y el delgado cuello.

—¿Te llamas Ren? —pregunta el médico. El muchacho asiente—. ¿Y solías trabajar para el doctor MacFarlane? —De nuevo Ren asiente en silencio. William lo mira con seriedad—. Pues ahora trabajas para mí.

Mientras examina la cara joven y ansiosa del chico, se pregunta si lo que le cae por las mejillas es lluvia o si se trata de lágrimas.

4

Ipoh
Viernes, 5 de junio

Desde que me hice del horripilante recuerdo proveniente del bolsillo del vendedor, no podía pensar en mucho más. El dedo desecado ocupaba toda mi mente, a pesar de que lo escondí en una caja de cartón en el vestidor del salón de baile. No quería tenerlo cerca ni mucho menos llevarlo al taller de costura donde me hospedaba.

La señora Tham, la minúscula modista de rostro anguloso de la que era aprendiz, era amiga de una amiga de mi madre, una tenue conexión por la que estaba sumamente agradecida. Si no hubiera sido por ella, mi padrastro jamás me habría dejado abandonar la casa. Sin embargo, alojarme con la señora Tham conllevaba una condición: ella tenía acceso libre a todas mis pertenencias en cualquier momento. Aunque fuera molesto, era un precio pequeño que estaba dispuesta a pagar por mi libertad, de modo que me quedaba callada incluso cuando las pequeñas trampas que le ponía —un hilo atorado en un cajón, un libro abierto en una página en particular— siempre aparecían alteradas. Me dio una llave para el cuarto, pero, puesto que era muy evidente que ella tenía otra, no servía en lo absoluto. Dejar un dedo momificado en esa habitación habría sido como arrojarle una lagartija a un cuervo.

Por lo tanto se quedó en el vestidor del Flor de Mayo, y yo vivía en constante temor de que lo encontrara alguno de los sirvientes que hacían la limpieza. Consideré fingir haberlo encontrado en el piso y entregarlo en la oficina. Varias veces tomé el repulsivo objeto y avancé por el corredor, pero por alguna razón siempre terminé dando marcha atrás. Mientras más esperaba, más sospechoso me resultaba el asunto. Recordé la mirada recriminadora del Ama mientras bailábamos; quizá creería que era una ladrona que se había arrepentido. O tal vez el dedo mismo poseía algún tipo de magia negra que me dificultaba entregarlo, una acuosa sombra azulada que hacía que el frasco de vidrio fuera más frío de lo esperado.

Claro que se lo conté todo a Hui. Su bonita cara redonda se torció en una mueca de asco.

—¡Uuuy! ¿Cómo puedes siquiera tocarlo?

Técnicamente solo tocaba el frasco de vidrio, pero ella tenía razón: era muy perturbador. La piel estaba ennegrecida y marchita, de modo que el dedo se asemejaba a una ramita seca. Solo el revelador ángulo de la falange y la uña amarillenta permitían la identificación repentina de su naturaleza. Había un número en un papel pegado en la tapa metálica del frasco: 168, una combinación afortunada que en cantonés sonaba a «suerte el resto del camino».

—¿Te desharás de él? —me preguntó Hui.

—No lo sé; el hombre podría regresar a buscarlo.

Hasta el momento, no había señal alguna del vendedor, pero sabía mi nombre verdadero.

La forma cantonesa de pronunciarlo es «Dji Lin»; en mandarín, suena más bien como «She Lian». El *Ji* no suele usarse como nombre para niñas. Proviene del carácter *zhi*, o conocimiento, una de las cinco virtudes confucianas. Las demás son benevolencia, rectitud, orden e integridad. A los chinos les gustan en especial los conjuntos de elementos que forman juegos, y las cinco virtudes son la suma de las cualidades que forman al hombre perfecto. Por ende, es un poco inusual que una chica como yo lleve por nombre la palabra que se usa para definir el conocimiento. Si me hubieran puesto algo más femenino y delicado como «Jade Perfecto» o «Lirio Fragante», quizá las cosas habrían sido distintas.

—¡Qué nombre tan extraño para una niña!

Tenía diez años de edad y era una chiquilla flaca con ojos muy grandes. La casamentera local, una mujer ya vieja, había ido a visitar a mi madre viuda.

—Así le puso su padre —contestó mi mamá con una sonrisa nerviosa.

—Supongo que esperaban que fuera un hijo —dijo la casamentera—. Pero le tengo buenas noticias. Es posible que todavía lo consiga.

Habían pasado tres años desde que mi padre muriera de pulmonía. Tres años de extrañar su silenciosa presencia y de una difícil viudez para mi madre. Su complexión delicada era más apta para reclinarse sobre un diván que para coser y lavar ajeno. Se había estropeado la piel de sus hermosas manos, que ahora lucían ásperas y enrojecidas. Antes mi mamá se negaba por completo a discutir el tema de las bodas arregladas, pero en se momento parecía especialmente descorazonada. Hacía muchísimo calor y el aire estaba casi paralizado. La buganvilia morada del exterior se estremecía por el calor.

—Es un comerciante de mineral de estaño proveniente de Falim —continuó la casamentera—. Es viudo y tiene un hijo. No se cuece al primer hervor, pero lo mismo podría decirse de usted.

Mi madre se quitó un hilo invisible de una manga y después asintió levemente. La casamentera pareció satisfecha.

El valle del Kinta, donde vivíamos, tenía los depósitos de estaño más ricos del mundo, y cerca de allí había docenas de minas de varias dimensiones. A los comerciantes de estaño les iba muy bien, y aquel hombre tenía la capacidad de mandar por una esposa desde China, pero oyó que mi madre era bella. Por supuesto, había otras candidatas y mejores. Mujeres que nunca habían estado casadas. Pero valía la pena hacer el intento. Mientras me acercaba para oírlas mejor, ansié con desesperación que aquel hombre eligiera a alguna de las otras, pero tuve un presentimiento calamitoso.

Shin y yo, que en breve seríamos hermanastros, nos conocimos cuando su padre vino a visitar a mi madre. Fue una reunión de lo más franca. Nadie se tomó la molestia de fingir que existía algún pretexto romántico. Trajeron bizcochos chinos envueltos en papel de una panadería local. Después de eso, durante años me fue imposible comer los suaves y esponjosos panecillos al vapor sin sentir que me ahogaba.

El padre de Shin era un hombre de aspecto sombrío, pero la expresión se le suavizó en cuanto vio a mi madre. Se rumoraba que su primera esposa también había sido muy hermosa. Tenía buen ojo para las mujeres atractivas, aunque jamás acudía a los prostíbulos, según le aseguró la casamentera a mi madre. Era un hombre muy serio, con estabilidad económica, que no bebía ni apostaba en los juegos de azar. Al examinar su rostro con disimulo, me pareció tosco y arisco.

—Y esta es Ji Lin —dijo mi madre, dándome un empujoncito. Ataviada con mi mejor vestido, que dejaba ver mis huesudas rodillas porque me quedaba chico, incliné la cabeza con timidez.

—Mi hijo se llama Shin —dijo—. Se escribe con el carácter *xin*. Los dos ya son como hermano y hermana.

La casamentera se mostró encantada.

—¡Pero qué coincidencia! Con eso ya son dos de las cinco virtudes. Tendrán que tener tres hijos más para completar el juego.

Todo el mundo rio, incluso mi madre, quien sonrió con expresión nerviosa y dejó ver sus hermosos dientes. Pero era cierto. El *zhi* de mi nombre para la sabiduría y el *xin* de Shin para la integridad formaban parte de un juego, aunque el hecho de que estuviera incompleto resultaba un poco discordante.

Miré a Shin para comprobar si algo de esto le resultaba divertido. Bajo las cejas muy pobladas tenía ojos inteligentes y brillantes; al darse cuenta de que lo miraba, frunció el ceño.

«Tampoco tú me agradas», pensé abrumada por la ansiedad de lo que eso significaría para mi madre. Nunca había sido una mujer muy fuerte, y tener tres hijos más le resultaría difícil. De todos modos, yo no tenía nada que decir al respecto, así que, antes de que pasara un mes, concluyeron las negociaciones para el matrimonio y nos instalamos en la casa tienda de mi nuevo padrastro en Falim.

Falim era un pueblo a las afueras de Ipoh, y consistía en apenas unas cuantas callejuelas bordeadas por tradicionales casas tienda chinas, cuyas largas y estrechas fachadas se apretujaban una junto a otra, compartiendo paredes. La tienda de mi padrastro se encontraba sobre la calle principal, Lahat Road. Era oscura y fresca, con dos patios internos que interrumpían su serpentina extensión. La enorme recámara del frente, en el piso superior, era para los recién casados y a mí me tocó, por primera vez en la vida, tener un cuarto propio; estaba en la parte trasera, junto al de Shin. Había un corredor sin ventanas que pasaba junto a las dos pequeñas recámaras, que estaban una detrás de la otra como si fuesen carros de ferrocarril. El pasillo únicamente se iluminaba si las puertas de ambos se encontraban abiertas.

Shin casi no me dirigió la palabra durante el apresurado proceso del cortejo y la boda, aunque su comportamiento fue impecable. Teníamos exactamente la misma edad; de hecho, descubrimos que nacimos el mismo día, aunque yo era mayor que él por cuatro horas. Y, para cerrar con broche de oro, el apellido de mi padrastro era «Lee», de modo que ni siquiera tuvimos que cambiar de nombre. La casamentera estaba muy satisfecha consigo misma, aunque a mí me pareció que era una terrible broma del destino que me insertaran en una familia nueva en la que ni siquiera me seguiría perteneciendo mi propio cumpleaños. Shin saludó a mi madre de manera educada pero distante, y a mí me evitó por completo. Estaba convencida de que no le agradábamos en absoluto.

En privado, le rogué a mi madre que lo reconsiderara, pero se limitó a acariciarme el cabello.

—Esto es lo mejor para nosotras. —Además, parecía que le estaba tomando cierto gusto a mi padrastro. Cuando sus ojos llenos de admiración se posaban en ella, las mejillas de mi madre adquirían un tono sonrosado. Nos dio dinero envuelto en paquetitos rojos para comprar un sencillo ajuar para la boda, y mi madre se mostró inesperadamente emocionada al respecto—. Vestidos nuevos… ¡para las dos! —dijo, mientras extendía los billetes en abanico sobre nuestra percudida colcha de algodón.

Esa primera noche en la casa nueva me sentí atemorizada. Era mucho más grande que la pequeña vivienda de madera en la que vivíamos mi madre y yo, la cual constaba de un solo cuarto con una cocina de suelo de tierra. La casa tienda era un comercio y una residencia, y el piso de abajo parecía un espacio enorme y hueco. Mi nuevo padrastro era un intermediario que compraba el mineral de estaño a los pequeños mineros que utilizaban sus bombas de lodo y a las mujeres que lavaban la arena en sus *dulang* —charolas que utilizaban para cribar el mineral de estaño en riachuelos y viejas minas—, para después revenderlo a grandes fundidoras como la Straits Trading Company.

Era una tienda oscura y silenciosa; próspera, aunque mi padrastro era un hombre de pocas palabras y gran avaricia. No iba casi nadie a menos que quisieran venderle estaño, y tanto el frente como la parte de atrás permanecían cerrados con rejas de hierro para evitar el robo del mineral que allí se almacenaba. Cuando las pesadas puertas dobles se cerraron a nuestras espaldas en ese primer día, el corazón se me hizo pedazos.

A la hora de dormir, mi madre me dio un beso y me dijo que me fuera a mi cuarto. Parecía avergonzada, y entonces entendí que, a partir de ese día, ya no dormiría en la misma habitación que yo. Ya no podría arrastrar mi delgado camastro junto al suyo, ni arrebujarme entre sus brazos. Ahora le pertenecía a mi padrastro, quien se nos quedó viendo en silencio.

Levanté la mirada hacia las escaleras de madera que se perdían en la oscuridad del piso superior. Jamás había dormido en un edificio de dos pisos, pero Shin no vaciló en subir. Me apresuré a seguirlo.

—Buenas noches —le dije. Sabía que Shin podía hablar si lo deseaba. Esa misma mañana, cuando mudamos nuestras pocas pertenencias, lo vi riéndose y corriendo afuera con sus amigos. Me miró. Pensé que, si esta fuera mi casa y una mujer desconocida y su hija se mudaran a ella, también estaría enojada, pero su expresión era extraña, casi compasiva.

—Ya es demasiado tarde para ustedes —dijo—, pero buenas noches.

Mientras examinaba el frasco proveniente del bolsillo del vendedor, me preguntaba qué pensaría Shin si lo viera. Me vino a la mente la idea de que había animales que también tenían dedos.

—¿Qué tal si ni siquiera es humano? —le dije a Hui, que estaba remendando su falda.

—¿Te refieres a que sea el dedo de un mono? —Arrugó la nariz. Claramente, la idea le resultaba igual de repulsiva.

—Tendría que ser grande, como un gibón, o quizás incluso un orangután.

—Un médico podría determinarlo. —Hui, pensativa, cortó el hilo con los dientes—. Aunque no sé dónde podrías encontrar alguno que quisiera examinarlo.

Pero sí conocía a alguien a quién preguntarle. Alguien que sabía de anatomía, aunque solo fuera un estudiante de medicina de segundo año. Alguien que había demostrado, a lo largo de los años, que era capaz de guardar un secreto.

Shin volvería de Singapur la semana entrante. Llevaba ausente casi un año y, las pocas veces que había venido, sus visitas fueron breves. Durante las últimas vacaciones se quedó en Singapur, trabajando como asistente de medicina en un hospital para ganar algo de dinero extra. Las escasas cartas que me escribía se fueron espaciando más, hasta que dejé de esperarlas. Quizás era mejor no tener que leer acerca de sus nuevos amigos o de las clases a las que asistía. Le tenía tanta envidia a Shin que había veces en que un sabor amargo me llenaba la boca. Pero debía sentirme feliz por él: logró huir.

Desde que abandoné la escuela, mi vida se convirtió en una absoluta pérdida de tiempo. El plan para capacitarme como maestra se vino abajo cuando mi padrastro descubrió que existía la posibilidad de enviar a los nuevos maestros a cualquier ciudad o pueblo de Malasia. Era absolutamente impensable para una chica soltera, dijo. Y la capacitación para enfermeras era todavía más inadecuada. Tendría que darles baños de esponja a completos desconocidos y deshacerme de sus fluidos corporales. De cualquier modo, no tenía el dinero. Mi padrastro me recordó con frialdad que se me había permitido continuar con mis estudios a sus expensas y por un tiempo más prolongado que a otras chicas. Su opinión era que debía quedarme en casa como cualquier muchacha decente y trabajar para él hasta que llegara el momento de casarme; incluso fue a regañadientes que permitió que entrara de aprendiz de costurera.

Alguien tocó a la puerta del vestidor. Escondí el frasco bajo mi pañuelo.

—¡Adelante! —canturreó Hui.

Era uno de los porteros, el más joven. Abrió la puerta con una expresión avergonzada. El vestidor era territorio de las bailarinas, aunque en ese momento solo nos encontráramos allí Hui y yo.

—¿Se acuerdan del vendedor por el que me preguntaron el otro día?

Me tensé de inmediato.

—¿Ha vuelto?

Desvió la mirada de los vestidos colocados en los respaldos de las sillas y de los restos de maquillaje sobre el tocador.

—¿No es este? —Me mostró un periódico doblado en la sección de obituarios. «Chan Yew Cheung, de veintiocho años de edad. Fallecido repentinamente el 4 de junio. Amado esposo». Había una fotografía borrosa que evidentemente provenía de un retrato formal. Tenía el cabello alisado hacia atrás y expresión seria; faltaba la mueca confiada, pero era el mismo hombre.

Me llevé la mano a la boca. Todo este tiempo que pasé obsesionada con el dedo cercenado, el hombre yació frío e inerte en alguna funeraria de quién sabía dónde.

—¿Lo conocías bien? —me preguntó el portero.

Negué con la cabeza.

El obituario era breve, pero la palabra *repentinamente* tenía un timbre ominoso. Eso significaba que la predicción de fortuna del vendedor había sido incorrecta porque, según mis cálculos, murió el día después de nuestro encuentro.

A pesar de los escalofríos, puse el frasco de vidrio, todavía envuelto en mi pañuelo, en la mesa. Parecía más pesado de lo que debía ser.

—No crees que se trate de alguna brujería, ¿verdad? —preguntó Hui.

—Claro que no —contesté. Pero no pude evitar recordar una estatua budista que vi de niña. Era una cosa pequeñita, hecha de marfil, no más grande que este dedo. El monje que nos la mostró nos contó que, en alguna ocasión, un ladrón se la había llevado, pero que, sin importar cuántas veces intentara venderla o deshacerse de ella, volvía a aparecer entre sus pertenencias. Por fin, atormentado por la culpa, la regresó al templo. También había otros mitos locales, como el del *toyol*, un espíritu infantil elaborado a partir del hueso de un bebé asesinado. El *toyol* que estaba en manos de un hechicero se utilizaba para robar, hacer encargos e incluso cometer homicidios. Una vez invocado, era casi imposible deshacerse de él, excepto por medio de un entierro apropiado.

Examiné el periódico con detenimiento. El funeral se llevaría a cabo ese fin de semana en el pueblo cercano de Papan, el cual se encontraba relativamente cerca de mi casa en Falim. Ya me hacía falta ir de visita; tal vez podría incluso devolver el dedo. Dárselo a la familia o dejarlo caer en el ataúd para que lo enterraran junto con el hombre, aunque no me quedaba claro cómo lograrlo. Sin embargo, lo que era un hecho es que no quería quedarme con él.

5

Batu Gajah
Miércoles, 3 de junio

La persona que administra en realidad la casa del nuevo doctor es un taciturno cocinero chino que se llama Ah Long. Él se hace cargo de Ren, quien está empapado de pies a cabeza, y lo guía a través de la casa hasta llegar al área de sirvientes en la parte posterior de la misma. Las construcciones anexas están conectadas a la casa principal por un pasaje techado, pero está lloviendo con tal fuerza que el agua que cae a los costados los moja hasta las rodillas.

A Ren se le dificulta calcular las edades de los adultos, pero le parece que Ah Long ya es viejo. El hombre enjuto y con brazos musculosos le entrega a Ren una áspera toalla de algodón.

—Sécate con esto —le dice en cantonés—. Puedes quedarte en esta habitación.

El cuarto es muy pequeño, de apenas dos metros y medio de ancho, y tiene una estrecha ventana con los cristales dispuestos en láminas. En la penumbra azulada, Ren alcanza a distinguir un catre. La casa está envuelta en un silencio peculiar, y Ren se pregunta dónde estarán los demás sirvientes.

Ah Long le pregunta si tiene hambre.

—Tengo que preparar la cena del amo. Ven a la cocina cuando hayas acabado.

En ese momento, la luz cegadora de un rayo invade la habitación y se escucha el rugido del trueno que lo secunda. La electricidad de la casa principal parpadea y se apaga por completo. Ah Long, molesto, chasquea la lengua y se apresura a marcharse.

A solas en la creciente oscuridad, Ren desempaca sus escasas pertenencias y se queda sentado con timidez en el catre. La delgada colchoneta está completamente hundida. Un dedo, un único dedo, es tan pequeño que podría estar escondido en cualquier lugar de esa enorme casa. Se le retuerce el estómago de ansiedad cuando empieza a hacer cuentas mentales. El tiempo está corriendo; el doctor MacFarlane falleció hace tres semanas, por lo que le quedan solo veinticinco días para encontrar el dedo. Pero Ren está agotado; extenuado por el largo viaje y la pesada bolsa de viaje que llevaba cargando, cierra los ojos y cae rendido, sin ningún sueño que lo perturbe.

A la mañana siguiente, Ah Long prepara el desayuno de William; un huevo cocido y dos trozos secos de pan tostado con apenas un toque de mantequilla Golden Churn, a pesar de que hay al menos tres latas de la misma, lado a lado en la alacena. La mantequilla viene de Australia y se importa por las buenas diligencias de las tiendas Cold Storage. Es sumamente suave a temperatura ambiente y tiene un precioso color amarillo. Ah Long no come mantequilla, pero de todos modos la raciona con cuidado para su amo.

—De este modo —le explica a Ren en la cocina—, no hay necesidad de comprar tanto.

El cocinero se asemeja al pan tostado que está preparando, seco y duro de corazón; pero Ah Long también es honrado y, si es frugal con la comida de William, lo es todavía más con sus propias raciones. En la casa del viejo doctor comían gruesas rebanadas de pan blanco hainanés, tostado sobre las brasas y untado con porciones generosas de mantequilla y *kaya*, una especie de flan caramelizado hecho de huevo, azúcar y leche de coco. Ren no puede más que pensar en lo triste que resulta el desayuno de este nuevo médico, William Acton.

Cuando Ah Long juzga que es el momento indicado, asoma el afilado rostro por la puerta del comedor.

—Aquí está el chico, *tuan* —le anuncia antes de volver a su guarida.

Con obediencia, Ren se escurre al interior de la habitación. Su ropa es sencilla, pero está limpia: camisa blanca y pantaloncillos color caqui que le llegan a la rodilla. En la casa del viejo doctor no usaba el uniforme formal que llevaban los mozos, pero ahora ansiaba tenerlo porque lo habría hecho ver algo mayor.

—¿Te llamas Ren?

—Sí, *tuan*.

—¿Solo Ren? —Esto le parece algo extraño a William.

Y tiene toda la razón. La mayoría de los chinos dan su apellido antes que cualquier otra cosa, pero Ren no está del todo seguro de qué decir. No tiene apellido ni recuerdo alguno de sus padres. Cuando eran muy pequeños, los sacaron a él y a su hermano Yi de un vecindario en llamas en donde dormían trabajadores ambulantes. Nadie sabía con certeza quiénes eran sus padres, solo que los niños eran gemelos.

La matrona del orfelinato los nombró según las virtudes confucianas: *Ren*, por la humanidad, y *Yi*, por la rectitud. A Ren siempre le pareció extraño que se hubiera quedado en dos de las cinco virtudes. ¿Qué había de las otras tres, *Li* para el ritual, *Zhi* para el conocimiento y *Xin* para la integridad? Sin embargo, a ninguno de los niños nuevos del orfanatorio le dieron nunca alguno de los otros tres nombres.

—¿Qué tipo de trabajo hacías para el doctor MacFarlane?

Ren esperaba la pregunta, pero de repente se sintió abrumado por la timidez. Quizá tenía algo que ver con los ojos de este nuevo doctor, que parecían paralizar las palabras en su boca para que no salieran volando. Ren miró al piso y después se obligó a levantar la vista. El doctor MacFarlane le enseñó que a los extranjeros les gustaba que los miraran a los ojos, y Ren necesitaba este trabajo.

—Lo que el doctor MacFarlane quisiera.

Habla de manera clara y respetuosa, como le gustaba al viejo médico, y recita la lista de las tareas a las que estaba acostumbrado: limpiar, cocinar, planchar y atender los animales del doctor. Ren no está seguro de si debe admitir que sabe leer y escribir bastante bien. Mira con ansias el rostro de William e intenta adivinar su estado de ánimo, pero el nuevo doctor parece impasible.

—¿El doctor MacFarlane te enseñó inglés?

—Sí, *tuan*.

—Lo hablas muy bien; de hecho, suenas igual que él. —La expresión de William se suaviza—. ¿Cuánto tiempo estuviste a su servicio?

—Tres años, *tuan*.

—¿Y qué edad tienes?

—Trece años cumplidos, *tuan*.

Ren contiene la respiración después de la mentira. La mayoría de los extranjeros tiene dificultades para juzgar la edad de los locales. El doctor MacFarlane solía bromear al respecto, pero William frunce el entrecejo, como si estuviera calculando con velocidad.

—Si sabes planchar, tengo algunas camisas que lo necesitan —concluye. Ya dispensado, Ren se dirige a la puerta, sintiendo un inmenso alivio—. Una cosa más. ¿Alguna vez ayudaste al doctor MacFarlane en su práctica médica?

Ren se paraliza y después asiente.

William vuelve a su periódico sin darse cuenta de que ahora el chico lo mira fijamente con expresión atemorizada.

Sorprendido de que Ah Long no estuviera agazapado detrás de la puerta, Ren se dirige a la cocina. En su experiencia, es inevitable que los sirvientes desconfíen de los recién llegados. Durante sus primeros días en la casa del doctor MacFarlane, el ama de llaves lo siguió de cuarto en cuarto hasta sentirse satisfecha de que no robaría nada.

—Nunca se sabe —le dijo, mucho tiempo después de que Ren se convirtiera en parte indispensable del funcionamiento doméstico—. No todo el mundo es tan educado como tú.

Kwan-*yi*, o tiita Kwan, como le decía Ren, era una mujer robusta de mediana edad con un carácter de los mil demonios. Era quien gobernaba la casa del doctor MacFarlane con mano de hierro y la que le enseñó a Ren a cocinar arroz en una estufa de carbón sin quemar el fondo de las ollas y a capturar y matar un pollo en menos de treinta minutos. Si tan solo se hubiera quedado, las cosas habrían sido distintas, pero la tiita Kwan se marchó seis meses antes de la muerte del doctor. Su hija iba a tener un bebé, así que se mudó al sur, a Kuala Lumpur, para ayudarla.

El doctor MacFarlane dijo que encontraría un remplazo, pero pasaron los meses y al viejo médico lo ocuparon otros asuntos. Ya daba señales de ello antes de que se fuera la tiita Kwan, cosa que parecía preocuparla antes de su partida. Ren, conteniendo las lágrimas, la abrazó con fiereza de manera inesperada. Ella le metió entre los dedos un arrugado trozo de papel con una dirección.

—Debes cuidarte —le dijo, angustiada. Ren era propenso a los accidentes. En una ocasión, esquivó la caída estrepitosa de una rama de árbol por unos cuantos centímetros. En otra, un carretón de bueyes desbocados casi lo aplasta contra una pared. Hubo otros incidentes casi fatales, tantos que las personas decían que Ren atraía la desgracia—. Ven a verme —le dijo con un abrazo caluroso.

Ahora Ren se pregunta si quizá no habría sido mejor ir a buscarla; pero le debe mucho al viejo médico e hizo promesas que debe cumplir.

En la cocina aireada, Ah Long está destazando un pollo, con expresión taciturna.

—El amo me pidió que planchara sus camisas —se atreve a decir Ren desde una distancia respetuosa.

—Todavía no traen la ropa de la *dhobi*. Primero ponte a lavar los trastes —responde Ah Long.

En el profundo fregadero que está afuera, Ren trabaja de manera rápida y ordenada, fregando las ollas con un cepillo de coco y jabón suave hecho en casa. Cuando termina, Ah Long inspecciona su trabajo.

—El amo acaba de salir, pero volverá antes de la hora de la comida. Puedes barrer la casa.

Ren querría preguntar si hay otros sirvientes, pero la mirada de Ah Long se lo impide.

Es sorprendente lo vacía que está la casa. Los grandes tablones de teca del piso están pulidos de tanto uso, y las ventanas sin cristales, con sus barras de madera torneada, dan hacia el verdor intenso de la selva circundante. Hay pocos muebles aparte de los sillones y el comedor de ratán, que parecen estar desde que se construyó la casa. No hay cuadros en las paredes, ni siquiera las indiferentes acuarelas que tanto les gustaban a las *mems** inglesas.

El doctor MacFarlane era un hombre desordenado cuyos intereses se apoderaban de cada rincón de su casa. Ren se pregunta cómo fue posible que estos dos hombres fueran amigos. Piensa en la petición que le hizo el viejo médico en su lecho de muerte y vuelve a contar los días que le quedan. Le preocupa la advertencia que le hizo el chofer del camión acerca de los perros que están siendo víctimas de alguna alimaña. Esperaba encontrar el dedo pronto, quizás en algún gabinete de especímenes preservados. Esa habría

---

* N. de la t.: Tanto *tuan* como *mem* eran maneras formales de dirigirse al señor y señora, o amo y ama, de la casa durante la época colonial de Malasia.

sido la mejor solución. Pero el doctor MacFarlane ni siquiera estaba seguro de que estuviera allí.

—Quizá ya no lo tenga en su poder —susurró con voz ronca—. Es posible que lo haya regalado o destruido.

—¿Y por qué no se lo pide? —le preguntó Ren—. Es su dedo.

—¡No! Es mejor que no sepa nada —dijo el viejo mientras se aferraba con fuerza a la muñeca de Ren—. Debes tomarlo o robarlo.

Ren está barriendo el piso con movimientos cuidadosos cuando Ah Long llega a decirle que también barra el estudio del amo. Tras empujar con cuidado la puerta, Ren se detiene de forma abrupta. Bajo la tenue luz de las contraventanas a medio cerrar, distingue un par de ojos vidriosos y unas fauces abiertas, congeladas para siempre en un gruñido eterno. Ren se dice a sí mismo que solo se trata de la piel de un tigre. El triste vestigio de alguna cacería ya olvidada hace tiempo.

—¿Le gusta cazar al amo?

—¿A él? No, solo es un coleccionista —murmura Ah Long—. Yo no me atrevería a tocarla.

—¿Por qué no? —Ren siente una fascinación incómoda por la piel. A pesar de lo indigno que es que esté sobre el piso y tenga el pelaje desgastado en algunas partes, los ojos enardecidos le advierten que se mantenga alejado. Los ojos de tigre son muy preciados por las partes endurecidas de su núcleo, las cuales se montan en anillos de oro y se cree que son amuletos valiosos, como los dientes, los bigotes y las garras. Un hígado de tigre, desecado y pulverizado, vale dos veces su peso en oro como medicamento. Incluso se utilizan los huesos hervidos y reducidos a una especie de jalea.

—*Aiya!* Este tigre era un devorador de hombres. Mató a dos hombres y a una mujer cerca de Seremban antes de que le dispararan. ¿Ves los hoyos de bala en el costado?

—¿Cómo consiguió la piel?

—Se la está guardando a un amigo que le dijo que era de un *keramat*. *Cheh!* Como si fuera posible dispararle a un tigre *keramat*.

Ren comprende el significado de estas palabras a la perfección. Un animal *keramat* es una bestia sagrada, una criatura con la capacidad fantasmal de ir y venir a placer, aplastando cañaverales o atacando ganado con impunidad. Siempre se le puede distinguir por alguna peculiaridad, como un colmillo faltante o una extraña coloración albina. Pero el indicador más común era una pata atrofiada o mutilada.

Cuando Ren vivía en el orfanatorio, llegó a ver las huellas del elefante Gajah Keramat. Era una bestia famosa, un macho renegado que vagaba desde Teluk Intan hasta la frontera con Tailandia. Las balas rebotaban mágicamente en la piel manchada de Gajah Keramat, y la bestia tenía la capacidad sobrenatural de intuir una emboscada. Esa mañana, los abrasadores rayos del sol tiñeron de rojo sangre la tierra del camino e iluminaron a los hombres que se agazapaban sobre las huellas, las cuales salían de un canal, cruzaban el camino y volvían a desaparecer en la jungla. Ren se detuvo a mirar el revuelo.

—*Tentulah,* sin duda se trata de Gajah Keramat. —Se escuchó un siseo de confirmación.

Tras abrirse paso hasta el frente de la muchedumbre, Ren observó que la atrofiada pata delantera izquierda del elefante había dejado una curiosa marca en la tierra roja y mojada.

Más tarde, cuando Ren empezó a trabajar en casa del doctor MacFarlane, le relató el incidente al viejo médico. Él se mostró fascinado e incluso anotó la historia en uno de sus cuadernos con cuidadosa caligrafía que llenaba la página de tinta. En ese momento, Ren no tenía la menor idea del inmenso interés que el médico desarrollaría por los animales *keramat*.

Ahora, mientras contempla la piel de tigre sobre el piso, un escalofrío le recorre la espalda. ¿Es este, entonces, el vínculo que une al doctor viejo y al joven? ¿Se está acercando la muerte con pasos silenciosos o ya se adelantó, como una sombra liberada de su dueño? Ren ansía con desesperación que no sea más que una mera coincidencia.

6

Falim
Sábado, 6 de junio

Una de las condiciones que puso mi madre para permitirme vivir en el taller de la señora Tham era que viniera casa, a Falim, con cierta frecuencia. Cada vez que lo hacía, le llevaba algo especial para compensar el hecho de que no añoraba mi hogar en lo absoluto. Esta vez llevaba rambutanes, esas frutas de cáscara roja y peluda que hay que romper para revelar la pulpa blanca y dulce. Los estaban vendiendo junto a la parada del autobús, de modo que compré un montón envuelto en periódico viejo. Ya sentada en el autobús, empecé a arrepentirme, pues estaban atestados de hormigas.

Hacía mucho tiempo, Falim estuvo repleto de huertos de verduras, pero cada año se acercaban un poco más los suburbios de Ipoh. El magnate del estaño Foo Nyit Tse había construido ya un nuevo complejo habitacional, así como una gigantesca mansión sobre Lahat Road que era la fascinación del vecindario. El conjunto de casas tienda de fachada estrecha y piso superior sobresaliente en donde estaba el negocio de mi padrastro formaba un sombreado sendero, o *kaki lima*, de metro y medio de altura. Aunque solo medía medio metro de ancho, era sorprendentemente largo. En una ocasión, Shin y yo recorrimos toda su extensión y descubrimos que medía casi treinta metros de longitud.

Cuando llegué, Ah Kum, la chica que mi padrastro contrató para remplazarme, estaba haciendo algunas anotaciones a lápiz en el libro mayor.

—¿De visita? —Ah Kum era un año mayor que yo; le encantaba parlotear alegremente y tenía una peculiar verruga en forma de lágrima debajo del ojo derecho. Algunas personas decían que ese tipo de señal significaba que jamás tendría suerte en el matrimonio, pero a Ah Kum no parecía molestarle. De cualquier modo, yo estaba muy agradecida con ella. Si ella no hubiera entrado a trabajar allí, yo jamás podría haberme marchado.

—¿Quieres algunos? —Dejé caer un montoncito de rambutanes sobre el mostrador.

Ah Kum torció una de las frutas para abrirla.

—Tu hermano volvió.

Me tomó por sorpresa. Se suponía que no llegaría sino hasta la semana siguiente.

—¿Cuándo llegó?

—El día de ayer, pero acaba de salir. ¿Por qué no me dijiste que era tan guapo?

Alcé la mirada al cielo. Shin y sus admiradoras. Era claro que no tenían idea de su verdadera personalidad, cosa que le había explicado a Shin incontables veces. Pero Ah Kum empezó a trabajar aquí después de que Shin se fuera a Singapur; ¿cómo podía saberlo la pobre?

—Si tan maravilloso te parece, ¡te lo regalo! —dije al tiempo que evitaba el golpe juguetón que trató de propinarme. Un ruido en el piso superior interrumpió nuestras risas. Con seriedad repentina, nos miramos la una a la otra.

—¿Está? —Era evidente que no me refería a nadie más que a mi padrastro.

Negó con la cabeza.

—No, es tu mamá.

Me adentré en la casa tienda e inhalé el aroma familiar de tierra y metal de las reservas de mineral de estaño. Arriba, las ventanas con sus portezuelas de madera daban hacia los patios centrales, lo que le brindaba luz y aire a la vivienda familiar. Este amplio cuarto superior se utilizaba como sala privada, alejada de los negocios de la tienda en la planta inferior. Estaba amueblado de forma sencilla, con sillones de ratán, una mesa cuadrada para jugar *mahjong* y algunas grandes fotografías en sepia de los progenitores de mi padrastro, y casi no había cambiado desde que mi madre y yo nos mudamos allí hacía diez años. Un largo aparador de palo de rosa estaba cubierto de trofeos y preseas escolares. En alguna época, estuvo ocupado equitativamente por los premios de Shin y los míos, pero en los últimos años, tras la decisión de mi padrastro de que ya me había instruido lo suficiente, todos eran de Shin.

Mi madre estaba sentada junto al barandal, viendo las palomas que caminaban y arrullaban en la orilla.

—Mamá —dije con dulzura.

Con los años se había vuelto cada vez más delgada. Aunque su estructura ósea seguía siendo encantadora, me impactó ver el delicado contorno del cráneo cubierto de piel.

—Pensé que no vendrías sino hasta la semana siguiente. —Parecía feliz de verme. Siempre podía contar con ello; a veces me sentía capaz de hacer lo que fuera con tal de mantenerla feliz.

—Se me ocurrió venir de último momento. Te traje rambutanes. —No le mencioné que llevaba un dedo momificado conmigo ni que planeaba presentarme de improviso en un funeral al día siguiente.

—Qué bien, qué bien. —Me dio unas palmaditas en la mano.

Miré alrededor y le pasé un sobre. Los labios empezaron a temblarle mientras contaba el dinero.

—¡Pero es muchísimo! ¿Cómo lograste juntar tanto dinero?

—La semana pasada le hice un vestido a una señora. —No era buena para mentir, de modo que siempre trataba de hacer afirmaciones lo más breves posible.

—No puedo aceptarlo.

—¡Tienes que hacerlo!

Hacía dos meses que había descubierto las deudas de mi madre, aunque lo sospechaba desde que empecé a notar su ansiedad y los pequeños lujos de los que se estaba privando. Incluso empezó a comer menos y, sobre todo, se acabaron los juegos de *mahjong* con sus amigas. Todo esto era culpa del *mahjong*.

Cuando la confronté, me lo confesó todo. Fue profundamente perturbador ver a mi madre llorar como una niña y apretar las manos contra la boca mientras las lágrimas le corrían por las mejillas en silencio. Una de sus amigas le recomendó a una señora que prestaba dinero de manera privada. Era de lo más discreta y, lo más importante de todo, no se lo mencionaría a mi padrastro.

—¿Por qué no me lo dijiste antes? —le reclamé con enojo—. ¿Qué clase de interés es treinta y cinco por ciento?

Mi padrastro podría pagarlo. Le iba bien como comerciante de mineral de estaño; pero ambas sabíamos lo que pasaría si se enteraba. Así que, poco a poco, empezamos a juntar el dinero. Ella se tardaba mucho más que yo. Mi padrastro revisaba las cuentas de la casa a detalle semana con semana, de modo que mi madre tenía que economizar sin levantar sospechas. Sin embargo, desde que empecé a trabajar en el Flor de Mayo, estábamos pagando al menos parte del monto principal. Siempre trataba de negarse, pero al final lo tomaba, y yo sabía que lo haría porque, de hecho, no tenía alternativa.

Escondía el dinero en una de sus zapatillas de boda. Era un sitio en el que mi padrastro jamás buscaría, aunque le gustaba que mi madre se vistiera bien. Pensó en vender sus joyas, pero con frecuencia él le pedía que usara ciertas piezas, y entonces habría sido imposible explicarle su paradero. Su atención al vestuario se extendía incluso a mí, por lo que, durante toda mi infancia, siempre estuve bien vestida. Mis amigas decían que era muy afortunada de tener un padrastro así de generoso, pero yo sabía que se trataba únicamente de su propia vanidad. Era un coleccionista y nosotras éramos unas de sus piezas.

Jamás le dije a Shin lo que pensaba de su padre. Nunca fue necesario.

Cuando mi madre y yo recién llegamos a esa casa, me sorprendió lo estricto que era mi padrastro con Shin. Parecía esperar su absoluta obediencia. En casa, Shin casi no hablaba a menos que se dirigiera a él; era la sombra del chico que llegué a conocer fuera de ahí. De hecho, me sorprendió muchísimo su popularidad. A diario aparecían parvadas de niños que querían jugar con él. Puesto que todos eran varones, ni siquiera se molestaba en presentarme, sino que simplemente se iba corriendo a toda prisa. Esa mirada pícara y emocionada jamás se asomaba en la casa, y al poco tiempo entendería por qué.

Una tarde, Shin se fue a jugar, mientras que yo tuve que quedarme en casa a quitarles las raíces a un enorme montón de germinados de soya gordos y frescos. A mí no me gustaban, pero a mi padrastro sí, de modo que era frecuente que mi madre los friera con pescado salado.

Mientras pellizcaba las raíces con resignación, mi padrastro llegó a casa. Cruzó la cocina con sigilo y después revisó uno de los patios. Sus labios palidecían de furia. Shin había olvidado pesar y embolsar los montones de mineral de estaño que estaban secándose al aire libre. Cuando llegó a casa su padre lo llevó afuera y amenazó con golpearlo con una caña, una vez por cada montón que había olvidado.

La caña medía casi metro y medio de largo y era tan gruesa como el pulgar de un hombre adulto; no se parecía en nada a la endeble varita de ratán con la que mi madre me disciplinaba en ocasiones. Tomando a Shin por el cuello de la camisa, su padre estiró el brazo al máximo de su extensión. Después se escuchó un fuerte siseo y un estallido que resonó en todo el patio. Las rodillas de Shin se doblaron, y de su garganta brotó un grito ahogado.

Intenté convencerme de que se lo merecía, pero para el segundo azote empecé a llorar a mares.

—¡Deténgase! ¡Está arrepentido! ¡Jamás volverá a hacerlo!

Mi padrastro volteó a verme con absoluto desconcierto. Por un instante, me aterró pensar que también me golpearía con la caña, pero volteó a ver a su nueva esposa, quien apareció detrás de mí, pálida como la muerte, y lentamente bajó el brazo. No dijo una sola palabra y regresó a la tienda.

Esa noche, Shin empezó a sollozar, y no pude más. Acerqué los labios a la pared de madera que nos dividía.

—¿Te duele mucho? —pregunté. No respondió, pero sus sollozos se intensificaron—. Lo siento.

—No fue tu culpa.

—¿Necesitas algo de ungüento? —Tenía en mi habitación un poco de bálsamo de tigre, esa pomada china para todo propósito que, según las malas lenguas, contenía huesos de tigre hervidos. Aseguraban que curaba todo, desde piquetes de mosquito hasta artritis.

Hubo una pausa.

—Está bien.

Salí al oscuro corredor. Aunque sabía que mi madre y mi padrastro ya estaban en su habitación al frente de la casa tienda, tuve que armarme de valor antes de abrir la puerta del pequeño cuarto de Shin. Era como ver el mío reflejado en un espejo, las camas pegadas a la misma pared. Estaba sentado en la suya. Bajo la luz de la luna, me pareció muy joven y pequeño, aunque teníamos más o menos la misma talla. Destapé el frasco de bálsamo de tigre y, en silencio, lo ayudé a que se lo frotara sobre los verdugones que tenía en las piernas. Cuando terminé, me tomó por la manga.

—No te vayas.

—Solo un rato, entonces. —Si me descubrían, nos meteríamos en un terrible problema, pero me acosté junto a él. Se hizo un ovillo, como si fuera un animalito, y, sin pensarlo, empecé a acariciarle el cabello. Pensé que quizá protestaría, pero solamente dijo:

—Mi madre solía acompañarme a veces.
—¿Qué le pasó?
—Murió. El año pasado.

Solo un año, pensé. Mi padre, mi verdadero padre, llevaba ausente tres años. Si mi madre hubiera tenido una casa tienda igual de grande que esta, no habría tenido que volver a casarse, pensé. Nos imaginé cultivando orquídeas en macetas en el patio y cocinando *nian gao*, pegajosos pastelillos de arroz para Año Nuevo, como solíamos hacer. Estando solas nos habría ido de maravilla.

—Cuando sea grande, jamás me voy a casar.

Pensé que se burlaría de mí. Después de todo, se suponía que eso debían hacer las niñas. Pero Shin lo pensó seriamente.

—Entonces, yo tampoco me voy a casar.

—Supongo que te irá bien. Tendrás el negocio. —A mi padrastro le urgía que Shin se hiciera cargo. Aunque él era uno de los comerciantes más pequeños en el negocio del estaño, otros eran sumamente acaudalados y era posible hacer mucho dinero con las reinversiones.

—Puedes quedártelo. Yo me largo en cuanto pueda.

Emití un resoplido.

—No lo quiero. Yo soy la que se va a largar —dije. Shin empezó a reírse y escondió la cabeza debajo de la almohada para amortiguar el sonido. Al hacerlo, cayó al piso un trozo de papel arrugado. Tenía un solo carácter chino escrito en él: 獏—. ¿Qué es? —No alcanzaba a distinguirlo bien bajo la tenue luz de la luna—. ¿Es un animal?

Shin alargó el brazo para rescatarlo de inmediato.

—Mi mamá lo escribió para mí —dijo con voz ronca—. Es el carácter para *mo;* ya sabes, «tapir».

Había visto imágenes de tapires. Tenían una nariz que parecía la trompa atrofiada de un elefante y marcas blancas y negras que los hacían ver como si al frente estuvieran cubiertos de tinta, mientras que sus cuartos traseros parecían enharinados, como una bolita de masa de arroz. Se suponía que eran bastante grandes; medían casi de dos metros de largo, pero era dificilísimo verlos en la selva.

—La caligrafía de tu madre es preciosa. —Mi propia madre era analfabeta, razón por la que siempre ansió enviarme a la escuela y a clases de caligrafía china con pincel los fines de semana.

—Venía del norte de China. Ese papel es para mí. Para cuando tenga pesadillas. *Mo* es un devorador de sueños, ¿lo sabías?

—¿Te refieres al tapir verdadero de la selva? —Me pregunté qué tipo de cuentos le habría contado su madre. Mi familia llevaba ya tres generaciones en Malasia; aunque seguíamos hablando chino, ya nos habíamos acostumbrado a la vida bajo el régimen británico.

—No, el devorador de sueños es un animal fantasma. Si tienes pesadillas, puedes decir su nombre tres veces para que venga a comérselas. Pero debes tener cuidado; si lo invocas con demasiada frecuencia, también se comerá tus esperanzas y ambiciones.

Me quedé en silencio pensando en ello. Quise preguntarle a Shin si de verdad funcionaba ese amuleto para convocar a los devoradores de sueños y si alguna vez había visto alguno, pero ya se había quedado dormido, de modo que volví a mi propio cuarto a hurtadillas.

Cuando las personas que no conocían las circunstancias de nuestra familia descubrían que Shin y yo cumplíamos años el mismo día, suponían que éramos gemelos, aunque no nos parecíamos en nada. Mi madre tenía cierta debilidad por él y solía acariciarnos la cabeza con afecto.

—Es muy bueno que ahora tengas un hermano, Ji Lin.

—Pero no quiere decirme *ah jie* —le señalaba, mortificada. Era mi derecho que me llamara «hermana mayor», aunque mi ventaja fuera de apenas algunas horas. Pero Shin ignoraba el hecho de manera deliberada, llamándome por mi nombre y sacando la lengua.

De cierta manera, habría preferido que todavía hiciera cosas así; pero, en los últimos dos años, por alguna extraña razón Shin se había vuelto desapegado. Supuse que era inevitable, aunque no dejaba de lastimarme. Sin embargo, era demasiado orgullosa como para revolotear a su alrededor como las demás chicas y me sentía tan miserable de que me hubieran obligado a abandonar la escuela antes del último año de estudios que tuve poco tiempo para preocuparme por su cambio de actitud. De todos modos, sentía que al final del día podía seguir contando con Shin para que fuera mi aliado y guardara mis secretos. Y también para que identificara dedos cercenados, o al menos eso esperaba.

Esa noche, la cena fue un suceso silencioso, a pesar del lujo de tener un pollo entero al vapor untado con aceite de ajonjolí. Se quedó allí, sobre el enorme platón, cortado a la perfección en trozos del tamaño de un bocado perfecto. Ninguno de nosotros lo tocó; era un reproche igual de silencioso que el asiento desocupado de Shin. Mi madre preguntó con timidez por él.

—Dijo que saldría esta noche. —Mi padrastro no dejaba de llenarse la boca de comida, que mascaba de forma metódica.

—Debí decirle que mataría un pollo el día de hoy. —Mi madre le echó una mirada preocupada al ave, como si Shin pudiera materializarse detrás de la misma. Me esforcé por disimular un bufido.

—¿Cuánto tiempo se quedará? —pregunté.

—Tiene un trabajo de medio tiempo en el hospital de Batu Gajah, de modo que estará aquí todo el verano. —Mi madre lucía complacida. En realidad, el «verano» era algo inexistente en Malasia. Después de todo, estábamos en el trópico, aunque adoptáramos el concepto de *vacaciones de verano* por el hecho de ser una colonia británica. Pero no dije nada de eso en voz alta. Siempre era mejor decir poco durante las comidas.

—¿Y se quedará aquí? —Batu Gajah quedaba a poco más de dieciséis kilómetros de ahí, y no podía imaginar que Shin decidiera pasar ni siquiera el mínimo tiempo bajo el mismo techo que su padre.

—El hospital tiene habitaciones para el personal. Dijo que sería más conveniente. —Miró por un instante a mi padrastro, quien seguía masticando en silencio. Me di cuenta de que estaba de excelente humor. Desde que Shin obtuvo la beca para estudiar medicina, se sentía perversamente orgulloso de él. Se le subió a la cabeza que lo felicitaran por tener un hijo así de inteligente.

Resultaba extraño que Shin viniera a un hospital de distrito como el de Batu Gajah cuando con la misma facilidad podría trabajar como asistente médico en el Hospital General de Singapur, como lo había hecho la Navidad anterior. Yo jamás había estado en Singapur, a pesar de mirar con añoranza las postales de la catedral de Saint Andrew y el famoso Hotel Raffles con su Long Bar, al que se suponía que no debían asistir las damas.

Mi madre volvió a mirar con angustia el pollo intacto.

—¿Y con quién salió Shin esta noche?

—Con Ming y con otro amigo; Robert, me dijo. —Mi padrastro se sirvió un trozo de pollo y, con un suspiro, mi madre tomó otro y lo colocó sobre mi plato.

Avergonzada, bajé la mirada al plato. Ming era el hijo del relojero y el mejor amigo de Shin. Era un muchacho serio y maduro, un año mayor que nosotros, y utilizaba lentes con delgados armazones de alambre. Estaba enamorada de él desde los doce años de edad, un enamoramiento desesperado y torpe que esperé que nadie hubiera notado, aunque la mirada compasiva de mi madre parecía tener un brillo excesivo de complicidad. A Ming le iba bien en la escuela, así que todos esperábamos que prosiguiera con sus estudios, pero inesperadamente se hizo cargo del negocio de su padre y, algunos meses después, me enteré de que se había comprometido con una chica de Tapah.

«Qué bueno por él», pensé mientras atacaba mi trozo de pollo con los palillos. Ming era una persona sincera; conocí a su prometida y me pareció que era una chica de lo más agradable, callada y poco llamativa. Además, a pesar de la amabilidad de Ming para conmigo mientras crecíamos, jamás le interesé. Lo sabía a la perfección y renuncié a toda posibilidad de tener algo con él. De todos modos, escuchar su nombre me llenaba de una melancolía profunda y sombría.

Las deudas de mi madre, el matrimonio de Ming y el vacío en mi futuro eran pesos fríos que colgaban de una cadena de mala suerte. Y eso sin contar el dedo momificado y enfrascado oculto en el rincón más recóndito de mi canasta de viaje.

Mi padrastro siempre se acostaba temprano, y mi madre adoptó el mismo hábito, por lo que no tardaron mucho en retirarse a su habitación en el piso superior. Lavé los platos y guardé las sobras en la alacena, con mosquiteros en las puertas que impedían la entrada a las lagartijas y las cucarachas. Cada una de las patas del mueble se encontraba asentada sobre un pequeño plato lleno de agua que impedía que las hormigas treparan por ellas. Al final, llevé los desechos de comida al callejón trasero para alimentar a los gatos callejeros.

El ambiente se sentía más fresco, aunque las paredes de los edificios seguían propagando el calor del día. El cielo nocturno estaba regado de estrellas, y se escuchaba un lejano rumor de música que flotaba en la brisa nocturna. En algún lugar, alguien estaba escuchando la radio. Se trataba de un foxtrot, un ritmo que yo era capaz de bailar con los ojos cerrados, algo que empecé a hacer mientras tarareaba la pieza en voz baja.

La música terminó y escuché un breve aplauso. Sorprendida, me di la vuelta.

—¿Y desde cuándo sabes bailar tú?

No era más que una sombra en la oscuridad del callejón, recargado contra la pared, pero lo habría reconocido en cualquier parte.

—¿Cuánto tiempo llevas parado allí? —le pregunté, indignada.

—El tiempo suficiente. —Al separarse de la pared, su tenue silueta me pareció más alta, y sus hombros, más anchos que antes. No alcanzaba a distinguir la expresión de su rostro, y sentí una timidez repentina. Llevaba casi un año sin ver a Shin.

—¿Por qué no te quedaste en Singapur? —le pregunté.

—¡Ah, vaya! ¿Acaso no querías que regresara a casa? —Empezó a reírse y sentí una oleada de alivio. Era el Shin de siempre, mi amigo de la infancia.

—¿Y quién podría quererte aquí? Bueno, tal vez Ah Kum.

—¿Te refieres a la nueva ayudante de la tienda? —Sacudió la cabeza—. Mi corazón le pertenece a la profesión médica.

La ventana de la casa vecina se cerró de golpe. Estábamos haciendo demasiado ruido. Volví al círculo de luz que salía por la puerta de la cocina.

—¡Te cortaste el pelo! —dijo con sorpresa.

Mi mano voló hasta mi nuca desnuda. «Que empiecen las burlas», pensé pero, para mi sorpresa, Shin no dijo más. Se sentó a la mesa y me miró mientras me atareaba con nada, limpiando las superficies ya limpias de la cocina. La lámpara de aceite estaba por apagarse, y la cocina se hallaba cubierta de sombras. Empecé a atosigarlo con una pregunta tras otra con respecto a cómo era Singapur.

—Bueno, ¿y tú qué has estado haciendo? —me preguntó—. Debe haber alguna pobre mujer por allí que trae un vestido zurcido por el lado incorrecto.

Le arrojé el secador de la cocina.

—Coso muy bien y soy extremadamente talentosa, según la señora Picuda Tham.

—¿De veras se llama Picuda?

—No, pero debería. Parece un cuervito, y le fascina entrar a mi cuarto y abrir todos mis cajones siempre que salgo.

—No sabes cómo lo lamento —dijo entre risas. Pero después me dio la impresión de que en realidad sí se estaba lamentando algo.

—Pero ¿qué es lo que lamentas?

—Que no seas tú quien esté estudiando medicina.

—Jamás podría hacerlo. —Era algo que seguía siendo un tema sensible para mí, pues fui la primera que pensó en convertirse en médico o en algún tipo de asistente sanitario. Cualquier cosa que me permitiera curar los moretones de los brazos de mi madre y las torceduras misteriosas que aparecían de un día al otro—. Escuché que viste a Ming esta noche.

—Y a Robert. —Robert Chiu era amigo de Ming. Su padre era un abogado que había estudiado en Inglaterra y todos sus hijos tenían nombres ingleses: Robert, Emily, Mary y Eunice. También tenían un piano y un gramófono en su enorme casa, que estaba atiborrada de sirvientes. Robert y Shin jamás habían congeniado, así que me pregunté por qué se habrían reunido los tres.

—Ming preguntó por ti… ¿Comerás con nosotros mañana? —dijo. ¿Acaso me estaba mirando con lástima? No quería que se compadeciera de mí.

—Tengo que ir a un funeral.

—¿Al funeral de quién?

Me enojé conmigo misma por no haber inventado una excusa.

—No lo conoces. No es alguien cercano —contesté. Shin frunció el ceño pero no me preguntó más. Bajo la luz de la lámpara, los ángulos de sus pómulos y de su quijada eran los mismos de siempre, pero más definidos, más maduros—. Necesito tu ayuda —dije. Quizás era el mejor momento para mostrarle el dedo sin que mi madre ni mi padrastro pudieran molestarnos—. Se trata de una cuestión de anatomía. ¿Podrías echarle un vistazo?

Shin alzó las cejas.

—¿No crees que deberías pedírselo a alguien más?

—Es algo secreto. La verdad es que no puedo preguntarle a nadie más.

Shin se sonrojó, o quizá fue un efecto de la baja iluminación.

—Creo que deberías pedírselo a alguna enfermera. En realidad, no estoy calificado, y sería mejor que fuera una mujer la que te examinara.

Puse los ojos en blanco.

—¡No se trata de mí, tonto!

—¿Y yo cómo podría adivinarlo? —Shin se frotó la cara, que ahora estaba más enrojecida que nunca.

—Espérame aquí —dije—. Está en mi habitación.

Subí a toda prisa, pisando con cuidado para evitar los tablones flojos, y me escurrí por el corredor hasta llegar a mi cuarto al fondo de la casa. La luz de la luna entraba por las persianas a borbotones como si fuera agua. Nada en la habitación había cambiado, incluyendo la posición de la cama, que seguía arrimada contra la pared que separaba el cuarto de Shin del mío.

Cuando cumplimos catorce años, mi padrastro consideró mudar a Shin al piso de abajo y cambiar su cuarto por el de la oficina, pero resultó poco práctico. Temía que Shin y yo pudiéramos meternos uno al cuarto del otro, cosa que resultaba absurda. Shin jamás entraba a mi habitación. Si queríamos hablar, nos escabullíamos al pasillo de afuera o nos sentábamos en el piso de su cuarto, pero mi recámara era solo mía. Era la única concesión que tenía por ser niña.

Metí la mano hasta el fondo de la canasta de ratán que usaba como bolsa de viaje y saqué el frasco de vidrio, que estaba envuelto en un pañuelo porque me repugnaba tener que verlo.

Una vez abajo, lo coloqué junto a la lámpara de aceite.

—Dime lo que piensas.

Con sus largos dedos, Shin deshizo el nudo con destreza y retiró el pañuelo. Cuando vio el dedo, se paralizó.

—¿De dónde sacaste esto?

Al ver sus espesas cejas arrugadas, me di cuenta de que no podía dejarle saber que había salido del bolsillo de un desconocido durante mi trabajo como bailarina en un salón. Sin importar cómo describiera el refinamiento trasnochado del Flor de Mayo o el arduo trabajo de las chicas, sonaría fatal. Y, peor aún, revelaría el secreto de las deudas de juego de mi madre.

—Lo encontré. Se salió del bolsillo de alguien.

Shin volteaba el frasco a un lado y al otro, con la mirada clavada en el contenido y expresión de absoluta concentración.

—¿Y entonces? —Me retorcía las manos por debajo de la mesa.

—Diría que son las falanges distal y media de un dedo. Posiblemente el meñique, por el tamaño.

—¿No podría ser de un orangután?

—Las proporciones parecen humanas. Además, mira la uña. ¿No te parece que está recortada?

Ya lo había notado.

—¿Y por qué parece momificado?

—Está desecado, de modo que es probable que sucediera de manera natural, como cuando ponen a secar carne.

—No menciones nada relacionado con comida —dije en tono sombrío.

—Entonces, ¿cómo fue exactamente que te hiciste de esto?

—Ya te lo dije; lo encontré. —Empujé mi silla lejos de la mesa y me apresuré a agregar—: No te preocupes, lo voy a devolver. Gracias por revisarlo. Buenas noches.

Al subir por las escaleras, sentí que su mirada me seguía.

7

Batu Gajah
Viernes, 5 de junio

Después de su llegada, Ren aprende dos cosas importantes acerca de su nuevo amo. Primero, Ah Long le informa que William es cirujano y que, por ende, se le debe decir *señor* o *tuan Acton*, en lugar de *doctor*.

—¿Y eso por qué? —pregunta Ren.

—No tengo idea. Es una costumbre británica. —Ah Long está pelando camarones gigantes de río—. Pero así es como debes llamarlo.

La segunda cosa que aprende es que su nuevo empleador prefiere un ambiente ordenado, muy diferente del de la casa vivaz y caótica que Ren dejó atrás en Kamunting. Era frecuente que el doctor MacFarlane dejara sándwiches a medio comer y cáscaras de plátano en medio del desorden de papeles que tenía encima del escritorio. Este nuevo médico, William Acton, coloca sus cubiertos con pulcritud en la orilla del plato. La reluciente superficie de su escritorio se ve interrumpida únicamente por el archipiélago que forman el tintero, el secatintas y la pluma.

Ren ha aprendido de memoria el lugar exacto de cada objeto y los vuelve a colocar cada vez que sacude. Quizá sea una pérdida de tiempo, ya que no sabe cuánto tiempo estará aquí. Será hasta que cumpla con su tarea, aunque Ren no tiene ni la más remota idea de qué sigue después de encontrar el dedo y llevarlo a la tumba de MacFarlane. El viejo médico no le dejó más instrucciones. Lo inunda un torrente de añoranza tan intenso que las lágrimas se le desbordan vergonzosamente de los ojos. Ren se repite que ya es demasiado grande como para llorar. Han pasado veintiséis días desde la muerte de su antiguo amo, lo que le provoca un pánico creciente. Sin embargo, nadie más ha muerto, a menos que cuente a los perros.

Ayer, Ah Long mencionó que el vecino a dos casas de distancia había perdido a un terrier de pedigrí, una criatura vivaz y escandalosa que valía más de un mes de salario. Lo único que quedó fue un poco de pelo adherido a una cola pequeña y blanca.

—Leopardo —espetó Ah Long. Ren espera que así sea y que no se trate de un tigre.

Se asoma por la ventana y mira la extensión de césped recortado y grava de la entrada. El búngalo blanco se encuentra en una colina baja rodeada de prados, como si se tratara de una especie de laguna pastosa. La selva trata de abrirse paso a cada lado, pero los jardineros indios la mantienen a raya. Tropas de monos van de lado a lado y hay pollos silvestres y otras aves selváticas que picotean el pasto. Ren, fascinado, los observa desde la cocina abierta mientras pela las verduras y lava el arroz.

—Yi —susurra—, este lugar te gustaría. —Al ver su reflejo en una charola de acero que está puliendo, asiente. Incluso después de tres años, se le dificulta estar sin su hermano.

Lo peor de la muerte es olvidar la imagen del ser amado. Es como un robo final, una última traición. Pero para él es imposible olvidar el rostro de Yi porque es el suyo. Es el único consuelo que le queda después de haber perdido a su gemelo.

Cuando recién llegaron al orfanato, nadie sabía cuál de los dos era mayor. La matrona fue quien decidió que debía ser Ren y por eso le dio ese nombre, puesto que *ren* era la mayor de las cinco virtudes confucianas. Significa «corazón humano»: la benevolencia que distingue al hombre de las bestias. Según Confucio, el hombre perfecto debía estar dispuesto a morir con tal de preservarla. Ren piensa que, si hubiera estado en sus manos, habría preferido morir con tal de salvar a Yi.

Ren tiene un sueño recurrente: está parado sobre una plataforma de ferrocarril, idéntica a aquella de Taiping donde solía despedir al doctor MacFarlane cuando hacía uno de sus viajes; pero en esta ocasión es Yi quien está en el tren. Se asoma por la ventana y agita sus delgados brazos enloquecidamente. Cuando sonríe, se alcanza a ver el hueco donde estaría por salirle un diente. Se ve igual que cuando murió.

Ren quiere perseguir el rostro sonriente de Yi, pero, de manera inexplicable, tiene los pies pegados a la plataforma. Se ve obligado a solo mirar, mientras el tren acelera y sus ruedas van cada vez más rápido, mientras Yi se hace más y más pequeño hasta que desaparece, y en ese instante Ren despierta bañado en sudor o en lágrimas.

Sin embargo, es un sueño feliz. Está encantado de volver a ver a su hermano, como también lo está Yi. Lo nota en sus gestos, en sus ojos brillantes. Hay ocasiones en que su hermano le habla, en que mueve la boca para decirle algo, pero jamás escucha sonido alguno. A Ren le parece muy extraño que siempre sea Yi el que está viajando, cuando es él quien está creciendo y dejando a su gemelo atrás.

Ren está trapeando el piso. Lo hace de manera enérgica; enjuaga el trapeador con frecuencia y cambia el agua de la cubeta, tal y como se lo enseñó la tiita Kwan. El parche de suelo brillante se hace cada vez más grande con cada pase en forma de hoja, como si fuera una enorme y lustrosa planta que se extiende sobre los anchos tablones de teca.

—Muy bien —dice la voz de Ah Long.

Sorprendido, Ren levanta la mirada. Ah Long tiene la capacidad sobrenatural de materializarse en cualquier rincón de la casa, lo que dificulta la búsqueda del dedo. Es como un viejo gato suspicaz que entreciera los ojos al sol.

—Hay mozos mayores que tú que no hacen un trabajo así de bueno —dice Ah Long—. Hubo uno hace unos meses. Veintitrés años de edad y no era capaz de planchar una camisa. Quería usar el uniforme y servir tragos en las fiestas.

El doctor MacFarlane rara vez recibía invitados en casa de manera formal. Pero el viejo doctor tenía la reputación de coleccionar especímenes, por lo que no era inusual encontrar filas de cazadores locales que esperaban con paciencia su turno, con tesoros asomándose de los bolsos o gruñendo en el extremo de alguna cuerda.

—¿El amo está casado? —le pregunta Ren. Sabe que muchos extranjeros dejan a sus esposas e hijos en Inglaterra, Escocia o en el sitio de donde provengan. Se considera que el clima tropical de Malasia es poco saludable para los niños europeos.

Ah Long resopla.

—No. Pero le convendría estarlo.

—¿Por qué lo dices? —Ren está ansioso de aprovechar el buen humor de Ah Long. Por lo general, es difícil sacarle más de un par de palabras.

—Porque entonces dejaría de dormir con cualquiera. *Aiya!* ¡Como si no se enterara todo el mundo de lo que está haciendo!

Ren tiene una vaga intuición de que se refiere a cosas de adultos. Temas como el matrimonio o la falta del mismo, así como las relaciones entre hombres y mujeres, son demasiado difíciles como para que él los entienda. Sin embargo, si William no tiene esposa o familia que interfieran, aumentan las probabilidades de que Ren pueda recuperar el dedo. El hecho de no haberlo encontrado a pesar de llevar dos días de búsqueda silenciosa le preocupa.

Traen a la mujer herida justo antes del mediodía. Ren oye gritos, exclamaciones angustiosas y, después, la negativa tajante de Ah Long.

—*Tak boleh! Tuan tak ada di sini!*[*]

Ren corre a toda prisa. Hay una carretilla en la entrada vehicular y, sobre la misma, una joven cingalesa. Tiene una profunda herida en la parte trasera de la pantorrilla izquierda. Su sari está empapado de oscuras manchas de sangre.

Ah Long está intentando convencer a los familiares de que la lleven al hospital en Batu Gajah, puesto que el *tuan* Acton no está en casa, pero ellos insisten en que está demasiado lejos. Ren sabe que Ah Long es muy supersticioso y teme que la mujer muera dentro de la casa. Se abre camino entre la multitud.

—¡Tráiganla adentro!

—¡¿Estás loco?! —grita Ah Long.

Ren lo ignora y les dice a los hombres que la lleven hasta la veranda mientras él corre al interior del estudio. El doctor tiene un maletín para urgencias detrás del escritorio, así como un cajón lleno de suministros para primeros auxilios.

—Necesito un tazón de agua hervida —le dice a Ah Long.

—¿Qué pasará si muere aquí dentro?

Ren no le hace caso y, con cautela, se lava las manos con jabón mientras cuenta despacio del uno al quince. A continuación, examina el torniquete hechizo, una tira de tela torcida alrededor de la pierna. La mujer perdió el conocimiento, cosa que él agradece. Lava la pierna lo mejor que puede con el agua hervida y después ata un nuevo torniquete por encima del original. Siente que la cabeza le da vueltas y que el asco está a punto de provocarle arcadas. En su mente, visualiza las manos toscas del doctor MacFarlane repitiendo cada paso. Un palo a través del nudo, para que sirva como palanca en caso de que sea necesario apretarlo. Ren retira el torniquete original cortándolo.

—¡¿Qué haces?! ¡Si se lo quitas, morirá desangrada!

---

[*] N. de la t.: «¡No pueden entrar! ¡El *tuan* no está aquí!».

—Está demasiado apretado y demasiado cerca de la herida. Perderá la pierna.

Ren aprieta los dientes y ansía con fervor que el nuevo torniquete aguante. A su alrededor, varias personas murmuran cosas, pero nadie parece querer hacerse cargo. Ren verifica el pulso en el tobillo. Todavía le queda algo de sangre. Le da vuelta al palo insertado en el nudo y aumenta la presión poco a poco hasta que el sangrado se detiene.

La mujer empieza a recobrar el conocimiento y gime cuando la sostienen para que Ren lave la herida con el peróxido de hidrógeno que rocía con una jeringa. Es todo lo que tiene a la mano; pero, cuando la carne viva de la herida empieza a burbujear, presiente que varios de quienes están mirando voltearán en otra dirección. La sangre lo marea. «Respira», piensa para sus adentros. «Si no respiras, te vas a desmayar».

Al fin, termina. La venda con la que cubre la herida se empapa de sangre casi al instante, pero es mejor que ver el hueso al descubierto.

—Ahora deben llevarla al hospital —dice por encima del parloteo aliviado—. Necesitará varias puntadas.

La vuelven a sentar en la carretilla, y a Ren le preocupa si tolerará el traslado. Si tuviera algo de morfina, le daría un cuarto de gramo. Aunque no debería hacerlo. El viejo médico se lo prohibió después de cerrar con llave el gabinete donde guardaba los medicamentos, pero Ren lo vio administrarla en incontables ocasiones.

Ren empieza a levantar el tiradero de vendajes. Siente las piernas débiles y las manos le tiemblan sin control. Ni siquiera preguntó el nombre de la mujer, ni lo que ocasionó su herida, aunque recuerda vagamente que alguien dio alguna explicación. Lo que lo extenuó fue detener el sangrado.

Está a punto de ir por agua para fregar la veranda cuando Ah Long lo interrumpe.

—Déjalo. Ve a cambiarte —le dice, y entonces Ren se percata de que su nuevo uniforme de mozo está salpicado de sangre—. Remoja la ropa en agua fría. Si las manchas no salen, tendrás que mandarte hacer uno nuevo con tu propio salario. —Ah Long tiene una extraña expresión en el rostro, tanto de fastidio como de respeto reticente.

Ren se lava en el pequeño cuarto de baño detrás del área de los sirvientes, sacando el agua de una gran vasija de cerámica con un cucharón y vertiéndola sobre su cuerpo. Cuando cierra los ojos, vuelve a ver la sangre sobre los tablones de madera. Como la sangre de Yi, piensa, que brotaba de entre sus propios dedos. Puso las manos sobre el pecho de su hermano para intentar detener el flujo, pero fue en vano. El cuerpo de Yi se tornó frío, y los ojos se le pusieron en blanco. Su delgado pecho hizo un último ruido estertóreo.

Cuando Ren regresa a la casa principal, Ah Long está preparando la comida para los sirvientes. Ren descubre que hay otros: una mujer que ayuda con la ropa; Harun, el chofer malasio; y los dos jardineros tamiles. Pero él y Ah Long son los únicos que viven en el área de sirvientes detrás de la amplia casa.

Puesto que William se encuentra en el hospital, Ah Long ha hecho un caldo sencillo con fideos. Agrega pollo deshebrado y algunas verduras, y le rocía un salpicón de aceite de chalotes fritos. Ren se da cuenta de que Ah Long le da una porción más grande que de costumbre, con carne adicional. Comen en silencio.

—No debiste hacerlo. Si se muere después de lo que hiciste, será de mala suerte para ti —dice Ah Long cuando terminan.

—¿Crees que el amo se enoje? —Recuerda los vendajes que utilizó y la botella medio vacía de peróxido. Pondrá a hervir la jeringa de vidrio; por fortuna, no utilizó ninguna aguja. Al doctor MacFarlane jamás le tuvo que pedir permiso.

—No le gusta que nadie toque sus cosas.

Ren se queda callado. ¿En qué estaba pensando? Ni siquiera ha logrado terminar la tarea que el viejo médico le encargó. Abrumado por el pánico, vuelve a contar los días desde el fallecimiento del doctor MacFarlane. Solo le quedan veintitrés días.

—¿Qué sucede durante los cuarenta y nueve días después de la muerte de alguien? —pregunta Ren a Ah Long.

—No va a morir; al menos eso espero —responde Ah Long, pensando que Ren sigue preocupado por la posible muerte de la joven cingalesa.

—De todos modos, ¿qué es lo que pasa?

—*Aiya*, el alma vaga por allí. Va y mira a las personas y lugares que conoció. Después, si se siente satisfecha, se marcha.

—¿Y qué pasa si no está satisfecha?

—No trasciende. Así es como se crean los fantasmas —contesta Ah Long. Ren abre los ojos como platos—. Pero no te preocupes por eso; son solo supersticiones —se apresura a agregar.

—¿Y un espíritu que está vagando puede transformarse en animal?

—*Hah*? No, no; esos son cuentos, no es verdad.

Ah Long habla del asunto con tal desprecio que Ren se siente un poco reconfortado. Bajo la luz brillante del día, no tiene nada de qué preocuparse. El día de hoy, salvó una vida. ¿Qué peso tendrá esa acción?

8

Falim
Domingo, 7 de junio

A pesar de que me reventaba la cabeza, caí en un profundo sueño tan pronto me acomodé en mi estrecha cama. Fue tan profundo que sentí una agradable embriaguez, como si flotara en el agua fresca de un río de sueños.

A lo lejos, pasaban despacio imágenes pequeñísimas y perfectamente nítidas de riberas brillantes, como si las estuviera viendo por el extremo incorrecto de un telescopio. Matorrales de bambú, maleza y hierba de elefante iluminados por el sol. Era el tipo de paisaje con figuritas que podría verse desde un tren y, tan pronto lo pensé, detecté una locomotora. Estaba detenida, despidiendo nubes de vapor, en una pequeña estación ferroviaria.

Extrañamente, las vías empezaban debajo del agua, y los durmientes sumergidos reptaban en el arenoso fondo blanco y subían por la ribera. En el tren no había nadie más que un niño pequeño, como de ocho años de edad. Me sonrió y agitó un brazo para saludarme desde una de las ventanas; se veía que le faltaba un diente. Le contesté el saludo agitando la mano. Después, me alejé flotando, conducida por la corriente, hasta que desperté con el grisáceo amanecer.

Entraba una pálida luminosidad por debajo de las contraventanas, y el dolor de cabeza de la noche anterior se había esfumado. No escuché sonido alguno en el cuarto de Shin, pero por los suaves ruidos del piso de abajo, supe que mi mamá estaba despierta. Me vestí a toda prisa.

—¿Hiciste ese vestido tú misma? —me preguntó al verme bajar corriendo. Dudé acerca de qué ponerme para el funeral del vendedor; algo formal, pero no demasiado llamativo como para que mi familia se preguntara a dónde iba. El único vestido apropiado que tenía era un sencillo *cheongsam* gris con cuello mandarín que confeccioné como parte de mi aprendizaje. Un *cheongsam* es un vestido chino formal muy difícil de elaborar. Cometí un error al coser el elevado cuello, el cual no quedaba del todo liso, pero se veía bastante decente. Ya sabía lo que mi madre diría al respecto—. Esa tela es demasiado seria; una chica como tú debería usar colores más vivos.

A mi madre le fascinaba la ropa y tenía un gusto exquisito. En ocasiones especiales se vestía con sumo cuidado y sacaba los zapatos buenos que mantenía guardados en una caja de cartón arriba del guardarropa. De hecho, la idea de convertirme en aprendiz de costurera fue suya, aunque también recibió la aprobación de mi padrastro. Pero yo no le veía caso a vestirme para agradarlo a él, puesto que él solamente quería que nos viéramos bien para lucirse. Sentía que éramos una familia que parecía una caja de chocolates, envueltos con colores brillantes, pero rezumando una pegajosa oscuridad por dentro.

—Voy al mercado, pero estás tan bien vestida que sería una lástima pedirte que me acompañaras.

—Voy contigo. —Ir al mercado siempre había sido una de mis tareas favoritas. Allí se podía comprar casi de todo: montones de chiles rojos y verdes, pollos y codornices vivos, vainas verdes de loto que parecían regaderas. También había cortes frescos de cerdo, huevos salados de pato y canastas atestadas de brillantes pescados de río. Además, podías desayunar en los pequeños tendajones que servían humeantes tazones de fideos y frituras crujientes.

Mientras mi madre hacía sus compras, di vueltas entre los diferentes puestos en busca de flores. Flores blancas, el color de los funerales y de la muerte para los chinos. Pedí que las envolvieran en papel periódico para ocultarlas. Era difícil guardar secretos en un sitio como Falim, y cualquiera que me viera caminando por allí con un ramo de crisantemos blancos al instante sabría que era una ofrenda mortuoria.

Cuando iba de camino a casa, cargada con las diferentes compras de mi madre, escuché el agudo tintineo del timbre de una bicicleta. Era Ming. No lo había visto desde hacía tiempo, pero seguía siendo la misma delgada silueta con lentes que impulsaba una pesada bicicleta negra.

—¡Ji Lin! —Parecía complacido—. Vi a tu hermano anoche.

Durante mucho tiempo evité a Ming a causa de su compromiso y mi melancolía, pero ahora lo tenía enfrente, limpiando sus gafas con un pañuelo y con su habitual semblante distraído. El corazón me dio un pequeño vuelco traicionero.

—Eso oí —le dije—. Salieron a pesar de que mi madre mató un pollo para Shin.

Ming sonrió.

—No sabíamos que habías vuelto. Ni tampoco lo del pollo, porque de saberlo habría ido para ayudar a comerlo. —Tomó mi canasto de compras y lo colgó sobre los manubrios de la bicicleta con la tranquilidad de siempre. A diferencia de mi padrastro, a él jamás lo había visto perder los estribos. Si Ming estaba al tanto de mi anterior encaprichamiento, siempre tuvo la gentileza de no mencionarlo. «Me da gusto que sigamos siendo amigos», pensé, mientras Ming me ayudaba a llevar el canasto hasta la casa.

Shin estaba reclinado contra el escritorio y conversaba con Ah Kum, que se había tomado la molestia de darse una vuelta al negocio a pesar de que era su día de descanso. Entre risitas coquetas, dijo que traía algunos pepinillos caseros, aunque era más que obvio por sus miradas que había ido por Shin. Debía darle crédito por la velocidad con la que decidió entrar en acción.

También debía decirse que Ah Kum tenía razón: Shin era un hombre muy apuesto. Con el paso de los años, su aspecto se fue convirtiendo en algo que daba por sentado, así que a veces él mismo olvidaba lo guapo que era. Heredó los pómulos pronunciados y la nariz de su madre, una mujer del extremo norte de China. Al menos eso era lo que todo el mundo decía, aunque yo nunca había visto una fotografía de ella. «*Shin*, el afortunado», pensé con envidia, como lo había hecho incontables veces durante nuestra infancia. Nacer varón y ganar una beca para estudiar medicina en la universidad. Su físico era solo la cereza del pastel. Pero no parecía contento. De hecho, se notaba con claridad que estaba irritado cuando llegamos Ming y yo con los rostros encendidos de risas.

—Llegaste temprano —le dijo a Ming—. Quedamos en que nos veríamos para comer.

—Me topé con Ji Lin en el mercado, de modo que decidí acompañarla a casa.

—No necesita que nadie la cuide —dijo con desdén.

Le lancé una mirada de desaprobación, pero me ignoró por completo. Ming sonrió con gentileza y me ayudó a sacar un melón del canasto. Le faltaba el botón superior de la camisa, aunque con su habitual aire de dignidad risueña no parecía consciente de ello. Si Ming se hubiera enamorado de mí y no de una chica de Tapah, felizmente se lo hubiera arreglado.

Subí a empacar. Lo mejor era marcharme antes de que mi madre regresara a casa y me obligara a quedarme a comer.

—¿No nos vas a acompañar? —dijo Ming sorprendido cuando crucé el umbral de la casa tienda. El ramo de crisantemos envueltos en periódico estaba guardado en mi canasta. Solo se asomaba uno de los capullos blancos, que Shin miró con intensidad; sin embargo, no dijo nada cuando me despedí. Debajo de las flores, el dedo era una carga culposa en mi canasto. Me sentía obligada a regresarlo, y ¿qué mejor lugar para hacerlo que un funeral?

Según el obituario publicado en el periódico, el funeral del vendedor se llevaría a cabo en Papan, un pueblo cercano. El sol estaba cayendo a plomo en un cielo azul libre de nubes; el único resguardo lo proveía un tamarindo gigante junto a la parada del autobús. Me puse un poco de polvo de arroz en el rostro y me apliqué algo de labial, aunque temía que no tardarían en deslavarse.

El autobús llegó emitiendo un tremendo rugido. En realidad era un camión de carga con los costados protegidos por un enrejado de madera, y era casi imposible subir a él con un vestido, mucho más con un *cheongsam* ajustado como el que traía puesto. Me subí al último para evitar mostrarle las piernas a quien pudiera estar detrás de mí. De todos modos, tuve que esforzarme mientras maldecía en silencio los modestos cortes laterales que no me permitían dar pasos más amplios. Para horror mío, alguien decidió ayudarme desde atrás. La mano de algún hombre, por lo que pude percibir, se deslizó con excesiva confianza por la parte baja de mi espalda y me empujó hacia arriba. Me di media vuelta y le planté una sonora cachetada.

Era Shin.

—¿Por qué hiciste eso? —Parecía molesto.

—Nadie te pidió ayuda. ¿Qué diablos haces aquí?

El conductor presionó el claxon, así que me apresuré a sentarme sobre la banca de madera. Shin se subió con rapidez y se sentó a mi lado con dificultad. Con un jalón, el camión salió rugiendo a toda velocidad.

Lo miré con furia.

—¿Y tu comida con Ming?

Shin ignoró la pregunta y miró fijamente el canasto de ratán que sostenía sobre mi regazo.

—¿Lo llevas allí dentro? —preguntó. Sabía que se refería al dedo, pero decidí no contestar. ¡Qué atrevimiento el suyo, después de haberse comportado de forma tan desagradable!—. ¡Vaya bofetada que me diste!

—¿Cómo iba a saber que eras tú?

Reaccioné sin pensar; era una lección que había aprendido al bailar con desconocidos. Avergonzada, miré su rostro para ver si le había dejado marca.

—Entonces, ¿me vas a contar la historia del dedo?

No tenía caso que me negara, puesto que era muy obvio que Shin tenía planeado seguirme, de modo que le di una versión expurgada de los hechos. Le conté que el vendedor llegó a mi lugar de trabajo (cuyo nombre omití), que dejó caer el frasco con el dedo y que apareció muerto al día siguiente.

—Y eso es todo —le dije—. Ahora, ¿podrías volver a casa, por favor? Es de mala educación que dejes plantado a Ming.

—No lo dejé solo. ¿O acaso te preocupa que Ah Kum le hunda las garras?

—¡Está comprometido! —respondí con furia—. Además, Ah Kum solo está interesada en ti, no en Ming. —Volteó la cabeza y clavó la vista en la ventana. Me sentí culpable. Después de todo, Shin estaba tratando de cuidarme, a su modo—. ¿Amigos? —dije y le tendí la mano después de un momento. Shin podía pasar días enteros en silencio, pero yo jamás había sido capaz de guardarle rencor. Si no hacíamos las paces, no habría nadie en esa casa con quien pudiera hablar. No me miró, pero estiró la mano derecha y nos dimos un apretón quizá demasiado enérgico para demostrar que de verdad las cosas estaban bien entre los dos.

El autobús nos dejó en la calle principal de Papan y salió volando, envuelto en una nube de polvo. Tosí con violencia. Poco importaba el polvo de arroz que me había aplicado antes; ahora estaba cubierta de tierra de pies a cabeza. Shin retorció los labios, pero, por fortuna, logró contener la risa. Tuvimos que preguntar dónde quedaba la dirección, ya que Papan tenía varias callejuelas atestadas de casitas.

—Esa es la casa Chan —nos dijo una anciana. Estudió mi *cheongsam* y mi ramo de flores blancas—. ¿Querían asistir al funeral?

—Sí —le respondí.

—Llegaron demasiado tarde. Fue ayer. —Al ver mi cara de desilusión, agregó—: El periódico publicó la fecha incorrecta, pero les avisaron a todos los familiares con anticipación. ¿No se enteraron?

—De todos modos, nos gustaría ofrecer el pésame. —Shin le sonrió a la anciana, quien cedió de inmediato y nos dio instrucciones detalladas de cómo llegar. Seguimos nuestro camino de prisa para evitar más preguntas.

La casa era una pequeña edificación de un solo piso con un árbol de guayabas en el patio y un perro amarillo atado al mismo. Todavía había señales del funeral que se había llevado a cabo, aunque las dos grandes linternas de papel blanco con el nombre del fallecido ya no estaban colgadas a cada lado de la puerta. Por el patio revoloteaban cenizas y trozos de papeles de colores parcialmente quemados; eran los restos de los productos funerarios de papel que se quemaban en honor al fallecido. Me pregunté si habrían quemado una buena cantidad de bailarinas de salón y de arroz con pollo y ajo para que el vendedor los tuviera a montones en el más allá, pero de inmediato me arrepentí de mis pensamientos irreverentes.

A nuestra llegada, el perro se lanzó contra nosotros, ladrando como loco. El árbol de guayaba se cimbró, y miré con nerviosismo la cuerda que detenía al animal.

—¡Buenos días! —llamé.

Salió una mujer mayor que acalló al perro y nos miró con expresión inquisitiva.

—¡Qué barbaridad! Le dije a Ah Yoke que estaba mal la fecha del periódico. ¿Vinieron a verla?

No tenía ni la más mínima idea de quién sería Ah Yoke, pero asentí de todos modos. Nos quitamos los zapatos, y la mujer nos guio al salón principal, dominado por un altar decorado con incienso y ofrendas. Ahí coloqué el ramo de crisantemos blancos. Con una reverencia, le rendimos homenaje al fallecido, representado con la misma imagen que utilizaron en el obituario del periódico. El vendedor, tieso y formal, nos miraba desde la fotografía. Chan Yew Cheung murió a los veintiocho años, a los cuales añadieron tres más, como era costumbre, para aumentar la duración de su vida: un año para la tierra, uno para el cielo y otro para el hombre. Me vino a la mente el pensamiento sombrío de que, incluso con los tres años prestados, su tiempo en el mundo había sido demasiado breve.

—Soy su tía —nos dijo la mujer mientras colocaba dos tazas de té frente a nosotros—. ¿Eran amigos de Yew Cheung? Fue impactante. Siempre fue muy fuerte; jamás pensé que viviría más que él. —El rostro empezó a contraérsele y temí que fuera a llorar. Cada vez me sentía más incómoda.

—¿Qué le sucedió? —preguntó Shin.

—Fue a ver a un amigo a Batu Gajah, pero se hizo tarde y no volvía a casa. Ah Yoke estaba preocupadísima. Ya saben cómo es. A la mañana siguiente, lo encontró alguien que pasaba por allí. Debe haberse resbalado y caído en la cuneta. Dicen que se rompió el cuello.

—No sabe cómo lo siento —dije, y así era. El vendedor no me había parecido particularmente agradable, pero, al sentarme en la casa donde vivió, sobre una silla de ratán que él debió haber utilizado, sentí que una sombra fría se proyectaba sobre mí—. De hecho, no conocí muy bien al señor Chan —agregué—. Era cliente de nuestra tienda y dejó algo olvidado. Después leí que había fallecido y pensé que debía devolvérselo.

—En ese caso, será mejor que hablen con su esposa. —Se levantó y abrió la cortina de cuentas que colgaba cerca de la parte trasera de la casa—. ¡Ah Yoke! —llamó—. Esta señorita tiene algo que le perteneció a Yew Cheung.

Hubo una larga pausa. Shin y yo cambiamos incómodamente de posición en nuestros asientos.

—Está demasiado alterada, como podría esperarse... —acababa de empezar a decir la tía cuando una mujer entró corriendo en la habitación, con el cabello despeinado y el rostro hinchado de tanto llorar. Se abalanzó sobre mí.

—¡Perra! —chilló—. ¿Cómo te atreves a venir aquí?

Por el impacto, casi no logré detenerle los brazos, a pesar de que estaba intentando arañarme y abofetearme de manera histérica. Shin se levantó de un brinco y me la quitó de encima. La mujer se desplomó sobre el suelo y empezó a gritar. Era un ruido horripilante, como un cerdo al que estuvieran matando.

—Ah Yoke, ¿qué te pasa? —dijo la tía—. ¡Lo siento tanto! Está así desde ayer. ¿Está usted lastimada?

Me llevé una mano a la garganta. Ah Yoke seguía tirada en el suelo. Sus gritos se habían transformado en gemidos.

—Dámelo —dijo—. Regrésamelo.

—¿Qué es lo que quiere? —dije, horrorizada.

—Ah Yoke —dijo la tía—, estás equivocada. Esta señorita trabaja en una tienda. No es una de las chicas de Yew Cheung. —Mirándome de reojo, preguntó—: No lo es, ¿verdad?

—No —dije mientras sacudía la cabeza—. Lo vi una sola vez.

—¿Lo ves? —La tía empezó a acariciar la cabeza de Ah Yoke—. No lo conocía. Y, mira, vino con su novio el día de hoy.

Ah Yoke no dejaba de sollozar y de retorcerse en el suelo mientras abría y cerraba los puños. Su cuerpo se contorsionaba de manera poco natural; se movía como serpiente. Ya no parecía humana. Me sentí mareada; de no ser porque Shin me estaba deteniendo, habría caído de rodillas.

—Será mejor que se marchen —dijo la tía en voz baja—. Yew Cheung era mi sobrino, pero no era ningún santo. Le gustaba andar con mujeres. Y ayer, ya sabe, vinieron algunas muchachas. Chicas que trabajaban en bares, además de prostitutas. Quisieron rendirle homenaje, pero no debieron venir. Supongo que la confundió con una de ellas.

La vergüenza me hizo sonrojarme. Ser bailarina de salón tampoco era algo de lo cual enorgullecerse. Al tomar el dedo me metí en problemas yo sola, y ahora debía salir de ellos. Saqué el frasco de mi bolso y lo coloqué sobre el piso.

—¿Reconoce esto? —le pregunté a Ah Yoke.

Se incorporó despacio; el largo cabello negro le cubría el rostro como si fueran trozos de algas de río.

—Es suyo —dijo con gesto inexpresivo.

—¿Es esto lo que estaba buscando? —dije.

Meneó la cabeza y empezó a llorar, sin hacer el más mínimo intento por limpiarse las lágrimas que le rodaban en la cara pálida e inflamada. Me pareció indecente mirarla; su rostro parecía desprotegido y desnudo. Me levanté, pero se aferró al dobladillo de mi vestido.

—¿Le dio algo más? ¿Un dije de oro?

—No.

Extrañamente, eso pareció reconfortarla.

—La semana pasada le compró un dije de oro a otra mujer. De eso quería saber. No de esto. —Hizo un gesto hacia el dedo. No lo tocó ni una sola vez. Tenía los ojos inflamados y los parpados dolorosamente enrojecidos—. Era su amuleto de la suerte. Desde que lo consiguió, su récord de ventas mejoró muchísimo.

—¿Cuándo lo consiguió? —preguntó Shin. Ella se le quedó viendo como si estuviera registrando su presencia por primera vez.

—Hace tres… posiblemente cuatro meses. Lo consiguió de un amigo. De hecho, creo que lo robó. —Ah Yoke hizo una mueca, como si tuviera un mal sabor de boca.

—Quisiera devolverlo —dije.

En la pulcra casita de madera, entre los muebles y objetos cotidianos, ordinarios y corrientes —un tapetito tejido sobre la mesa, una cubierta de alimentos hecha de hojas de palma para ahuyentar a las moscas—, el dedo desecado se veía todavía más siniestro y fuera de lugar. Miré a la tía y me di cuenta de que no parecía sorprendida. «Sabe lo que es», pensé.

Ah Yoke empezó a mover la cabeza con gesto enloquecido.

—¡No lo dejen aquí conmigo!

Temí que empezara a gritar de nuevo.

La tía nos empujó hacia la puerta con discreción.

—Es mejor que se marchen.

—Pero ¿y el dedo?

Lo metió con firmeza dentro de mi canasto.

—Haga con él lo que quiera. O regréseselo a la persona de quien él lo obtuvo.

—¿Y esa persona quién era? —preguntó Shin.

—Me dijo que era de un enfermero que trabajaba en el hospital de Batu Gajah —susurró la tía. Shin se tensó al oír eso—. Eso lo único que sé. Ahora, por favor, váyanse.

Volvimos caminando en silencio a la parada del autobús. Ya eran más de las doce, y el reflejo del sol en el suelo era tan intenso que yo ansiaba cubrirme los ojos. Además, me dolía la cara por el ataque de Ah Yoke. Shin se detuvo debajo de un árbol grande.

—Espera aquí. —Cruzó el camino hacia una tienda pequeña y regresó con un pocillo de agua y una botella de yodo. Me echó la cabeza hacia atrás para examinarme. Cerré los ojos. Sus manos se sentían frescas y eran hábiles.

—Tendrás un ojo morado y algunos rasguños espectaculares.

Hice una mueca. Uno de los codos de Ah Yoke debió de golpearme en el ojo.

—Supongo que me lo tengo bien merecido por abofetearte en el autobús.

Shin no se rio y siguió examinándome el rostro. Hice de lado mi cabeza.

—Ya deja de verme —le dije—. ¿Estoy muy mal?

—Necesito desinfectar esos arañones.

Obedecí y me quedé quieta mientras él enjuagaba el pañuelo y me limpiaba las heridas. ¿Cómo le explicaría esto a la señora Tham y, sobre todo, cómo podría presentarme a trabajar en el Flor de Mayo? Si no asistía al trabajo, no podría hacer el siguiente pago de mi madre, y mi padrastro nos despellejaría a ambas si se presentaba un cobrador a la puerta de la casa. Hice cálculos frenéticamente. A cinco centavos por baile, ¿había alguna forma de compensar lo que perdería?

—Deja de pensar tanto —dijo Shin—. Se te va a desgastar ese cerebrito minúsculo.

Abrí los ojos, indignada.

—¡Pero qué grosero eres! ¡Si te gané en casi todos los exámenes de la escuela! —exclamé. En respuesta, empezó a tallar con más fuerza—. Me estás quitando todo el polvo de arroz —dije, quejumbrosa.

—El maquillaje no puede mejorar a alguien como tú, si eso es lo que te preocupa.

Aplicó yodo sobre los rasguños, lo cual me ardió. O quizá lo que me ardía era el orgullo.

—Soy bastante popular, he de decirte. —Pensé en algunos de mis clientes regulares del Flor de Mayo, en los que por lo menos hacían un esfuerzo creíble para bailar. El señor Wong, que era optometrista en Tiger Lane y a quien solo le gustaban los valses; el viejo señor Khoo, que dijo que su médico le advirtió que debía ejercitarse; Nirman Singh, el sij delgadito que yo juraba que era un colegial, aunque él lo negara con fervor. Todos encontrarían otras chicas que bailaran con ellos esta semana; quizás incluso las preferirían.

—Entonces, ¿qué es lo que te tiene tan preocupada? —Shin enjuagó el pañuelo con lo poco que quedaba de agua.

Moví la cabeza, renuente a involucrarlo todavía más.

—Necesito volver a trabajar.

—¿No volverás a la casa?

—Mamá solo se va a preocupar si me aparezco así. —Y se suscitarían preguntas incómodas en Falim gracias a la red de chismes. Todo el mundo estaba al tanto del carácter de mi padrastro.

Shin devolvió el pocillo a la tienda, y luego tomamos el autobús a casa sin cruzar palabra. En todo caso, había demasiadas personas a nuestro alrededor como para discutir los extraños sucesos de esa mañana. Cohibida por el rostro arañado, mantuve los ojos fijos en mi regazo. Shin se bajó en Falim, pero no sin antes guardar el frasco con el dedo desecado en su bolsillo.

—Yo me hago cargo —dijo, anticipándose a mis reclamos. Dicho eso, se bajó de un brinco.

Sobre mí descendió una sensación de inquietud; temblé cuando una mujer regordeta que llevaba un pollo vivo se apretujó en el asiento de al lado. Era un gallo blanco con ojos amarillos, cuyas pupilas parecían dos puntos negros de furia. En los funerales chinos se dejaba en libertad a un gallo blanco en el cementerio al final de la ceremonia. Claro que era posible que la señora lo estuviera llevando a casa para preparar la cena, pero la presencia del ave blanca sobre el asiento recién desocupado de Shin me llenó de angustia. Era como si le hubiera transferido a Shin la fría y líquida sombra que me había estado persiguiendo.

9

Batu Gajah
Viernes, 5 de junio

Los días de lluvia, el nuevo doctor, William Acton, se dedica a escribir cartas. Todas están dirigidas a su prometida, Iris, aunque sabe que no ha leído ni una de ellas.

«Querida Iris: pienso en ti a diario». Poco a poco deja de llover y se asoma un sol amortiguado. William deja la pluma.

En los días en que no llueve, sale a dar largas caminatas matutinas equipado con un par de binoculares, supuestamente para observar aves. William duda antes de tomar la habitual desviación a través de la plantación de caucho vecina. Se ha estado viendo en secreto con una mujer local, la esposa de uno de los trabajadores de la plantación. Se llama Ambika y es tamil, una mujer de suave piel morena y largo cabello ondulado con aroma a aceite de coco. Sobre el seno izquierdo tiene una cicatriz elevada, un queloide, en forma de mariposa. ¿Cuántas veces ha presionado sus labios contra la misma? A él le parece bella, aunque Ambika la cubre.

William siempre le paga, pero cree que le tiene afecto. Al menos, su sonrisa es cálida, aunque jamás rechaza su dinero. Cree que sus reuniones son un secreto, y quizás así sea para la comunidad europea e incluso para el marido de ella, quien bebe demasiado.

Pero también lo sabe al menos otra persona: uno de los antiguos pacientes de William, un vendedor chino a quien operó del apéndice. Fue simple mala suerte que se topara a Ambika y a William hace algunas semanas cuando su auto se descompuso cerca del cauchal, lo que lo obligó a atravesar el mismo en busca de ayuda. Se separaron de inmediato tan pronto se percataron de la presencia del intruso; pero el vendedor no dijo nada, solo le lanzó cierta mirada a William. Eso fue lo peor, el discernimiento en sus ojos. A diferencia de muchos de los demás lugareños, sabe su nombre y dónde trabaja. Las habladurías son malas para William, en especial después de lo que pasó en Inglaterra. Para colmo de males, Ambika le pidió más dinero hace poco. Cuando William dudó, lo miró con hosquedad, una expresión que jamás había mostrado antes.

Mientras atraviesa el cauchal, admira las nítidas filas de los delgados árboles importados de Sudamérica. Cada uno tiene finos cortes en el tronco y, debajo de ellos, pequeños recipientes en donde se acumula la lechosa savia de látex. Antes de que salga el sol, los caucheros hacen rondas y vacían cada recipiente en una cubeta. Ambika es una de ellos, aunque es su marido quien después lleva las cubetas a la planta de procesamiento, lo que hace que sea un horario conveniente para que William y ella se vean. Después de mirar el reloj, William apresura el paso.

Sin embargo, el familiar cobertizo con techo de lámina corrugada está vacío. Lo mismo sucedió cuando pasó por ahí algunos días antes. ¿A dónde se habrá ido? Puesto que no hay nadie a quien pueda preguntarle, no tiene más remedio que seguir su camino a su trabajo en el Hospital de Distrito de Batu Gajah, donde el personal piensa que hace aquella larga caminata para ejercitarse un poco.

Ya en su oficina, William está de malas. Saca la carta que empezó por la mañana.

Querida Iris:
Acabo de heredar a un mozo chino. Se llama Ren, y juraría que tiene alrededor de diez años de edad si no fuera porque me asegura que

tiene trece. Vino a verme después del fallecimiento del pobre Mac-Farlane. Se me dificulta creer que ya no esté; todavía recuerdo cuando viajamos a Korinchi en busca de los hombres tigre, los harimau jadian, como les dicen los nativos.

La Malasia británica, con su mezcla de malasios, chinos e indios, está plagada de espectros; es un mundo fantástico gobernado por reglas inquietantes. El hombre lobo europeo es un hombre que, cuando la luna está llena, se transforma para convertirse en bestia. Entonces abandona el pueblo en el que vive y se adentra en el bosque a fin de alimentarse. Pero, para los nativos locales, esta criatura no es un hombre, sino una bestia que, cuando así lo elige, se transforma en persona para salir de la jungla y dirigirse a los pueblos en busca de presas humanas. La situación es prácticamente la contraria y, en ciertos sentidos, es más inquietante.

Se rumora que, cuando los colonos llegamos a esta parte del mundo, los nativos también nos consideraban hombres bestia, aunque nadie jamás me lo ha dicho a la cara.

William se rasca el puente de la nariz.

De todas las cosas que MacFarlane me heredó a lo largo de los años, este mocito es una de las más extrañas. Después de todo, un chico no es una mascota ni un animal. Parece agradecido por el trabajo y limpia mi estudio de manera obsesiva, abriendo cada uno de los muebles…

Alguien toca a la puerta. Es hora de pasar revista en los pabellones y, más tarde, tiene programada una cirugía de hernia incisional.

Esa misma tarde, al regresar William encuentra una visitante sorpresa que lo espera en su oficina. Está sentada en la orilla del escritorio, meciendo un pie cubierto por una sandalia. William no conoce del todo a Lydia Thomson, hija de un plantador de caucho, aunque tiene la sensación de que a ella le gustaría que las cosas cambiaran.

Los papeles sobre su escritorio están revueltos, pero William no sabe si es por la forma en que ella eligió sentarse o porque estuvo revisándolos. William, agotado después de pasar horas de pie en la cirugía, debe esforzarse para cambiar su expresión de irritación por una de aceptable neutralidad.

—¿Qué puedo hacer por ti el día de hoy, Lydia? —le pregunta, al tiempo que le tiende una silla.

Se llevan de tú, como hacen casi todos los extranjeros que viven en esta pequeña ciudad. Batu Gajah —o más bien, la totalidad de la Malasia colonial— está plagada de europeos que huyeron hasta el otro lado del mundo por alguna razón personal. Muchos se sienten solos; es clarísimo que ese también es el caso de Lydia. Los rumores afirman que vino para encontrar marido. Todavía no es demasiado vieja, quizá tenga veinticinco o veintiséis años, pero ya se está acercando a la edad peligrosa. De todos modos, es una de las bellezas locales y con frecuencia trabaja como voluntaria en el hospital.

—Olvidaste tus anotaciones en la junta —dice.

Ambos forman parte de un comité local para combatir el beriberi, esa esquiva enfermedad que afecta a los trabajadores chinos de las minas de estaño, hinchándoles las extremidades y provocándoles congestión cardiaca, aunque, como bien señala Lydia, es menos común entre los trabajadores malasios y tamiles. Le apasiona educar a los trabajadores y trata de convencerlos de que coman menos arroz blanco.

—Lo que ocasiona este mal es la falta de vitamina B —les explicó con fervor durante la última reunión. William, al ver los estoicos rostros de los lugareños, se preguntó si Lydia entendía que el arroz blanco era un símbolo de estatus. Al final de la junta, un anciano chino se acercó a él.

—Esto le importa mucho a su esposa.

—No es mi esposa —respondió William con una sonrisa.

—Entonces debería casarse con ella; es una buena mujer.

Es un malentendido común ocasionado por el hecho de que las circunstancias los han unido en épocas recientes. Llevó a Lydia a algunos eventos caritativos y a casa después de un par de cenas, aunque debe cuidarse de no coquetear demasiado con ella. Es su debilidad, y es difícil romper con los viejos hábitos. Ahora, al verla en su oficina, William se pregunta qué pensaría Iris de todo esto.

—No necesito las notas. —Se da cuenta muy tarde de que está siendo demasiado casual en su trato.

—¡Pero si no es ninguna molestia traerlas! Vine a buscar los medicamentos de papá.

—¿Y cómo se encuentra?

—Mucho mejor, gracias a ti —contesta ella. William es demasiado escrupuloso para explicarle a Lydia que la colecistectomía de su padre fue una operación de rutina que seguramente habría salido bien bajo cualquier circunstancia, pero ella no deja de sonreírle sin importar lo que él diga. La señora de la limpieza aparece con dos tazas de té en una charola y una galleta digestiva colocada en cada platito. William ahoga el suspiro y le entrega una de las tazas a Lydia—. ¿Estuviste muy ocupado el día de hoy? —pregunta ella en tono alegre.

—No mucho, en realidad; aunque ocurrió algo muy misterioso.

—¿De qué se trata?

—Al parecer, una paciente fue a mi casa esta mañana y recibió tratamiento de manos de un asistente médico. Pero no hay ningún asistente de medicina en mi casa.

—¿Cómo? —Lydia arruga la frente.

Esa tarde, al pasar revista en el hospital, William se sorprendió al ver a la joven, una guapa chica cingalesa. En una mezcla entrecortada de malayo e inglés, le explicó que esa mañana la habían llevado a casa del doctor para que la atendiera. Era incapaz de recordar quién la había tratado porque había perdido el conocimiento. Su tío, que fue quien la llevó, debía saberlo, pero ya no se encontraba en el hospital. William examinó la herida causada por un pesado azadón de hierro llamado *cangkul*, el cual se había resbalado y se le había encajado en la pantorrilla. La herida era muy profunda y debía haber sangrado de forma profusa. De no haberla tratado, podría haber muerto.

La voz de Lydia lo saca del ensimismamiento.

—¿Y lograste resolver el misterio?

—No; no estaba en casa en ese momento.

No tiene nada en su contra. De hecho, sabe que es diligente y práctica, como lo evidencia su dedicación a la campaña en favor de la distribución de leche en polvo a los niños del lugar. Pero, por alguna razón, lo hace sentir culpable. Quizá sea su aspecto general. Tiene el mismo cabello rubio y la misma piel clara de Iris, aunque los ojos de Iris eran grises y los de Lydia son de un tono azul casi eléctrico.

—Pero si te vi esta mañana caminando por la plantación de caucho. Parecía que estabas buscando a alguien —dice ella. A él, el cuello se le inyecta de sangre y se le dibuja una franja roja de culpabilidad. No es posible que viera nada. Al menos no esa mañana. Quiere que Lydia se termine el té y se marche, pero ella continúa—: Oí que tienes un nuevo mozo, el que solía trabajar en casa del doctor MacFarlane. —Al ver que eso despierta su interés, Lydia prosigue—: Al parecer, el doctor lo recibió en su casa porque los lugareños creían que pesaba una maldición sobre el chico.

—¿Una maldición?

—Alguna superstición. Además, ocurrieron todas esas muertes en Kamunting.

—¿Qué tipo de muertes?

—El año pasado, los tigres mataron al menos a tres personas, aunque algunos afirmaban que debía tratarse de un mismo animal.

—Un devorador de hombres. —William se reclina en su silla. No está seguro de si Lydia en realidad tiene interés en él o simplemente le representa un desafío. Hay veces en que sus coqueteos parecen casi maliciosos.

—Dicen que es un tigre fantasma al que no pueden matar y que se desvanece como un espíritu. Todas las víctimas fueron mujeres, mujeres jóvenes de cabello largo. —Consciente del escrutinio de William, se dibujan dos manchas de color en sus mejillas, un inesperado rubor juvenil—. Debes creer que soy una tonta por contarte esas supersticiones.

—Los fantasmas no existen, Lydia.

«Como yo ya debería saber», piensa él, aunque calla.

El día siguiente es sábado y William llama a Ren a su estudio. Nervioso, Ren lleva la bandeja de media mañana con la taza de fina porcelana china y un platito con galletas María.

—Ren —le dice William—, ¿me ayudarías a arreglar todo esto? —Ren descubre con horror que el contenido del estuche médico que utilizó el día de ayer está colocado sobre el escritorio. Rollos de vendas, botellas de yodo, clorodina, tinturas y un desorden de instrumentos metálicos. La botella de peróxido medio vacía está colocada a un lado, casi a manera de reproche. Con rapidez, enrolla las vendas y clasifica las botellas según su uso, como le enseñó a hacerlo el doctor MacFarlane. Los venenos y eméticos en el compartimiento interno, para prevenir accidentes. Los escalpelos y tijeras que necesitaban esterilización frecuente en otro. Las gruesas agujas huecas ya están en un frasco con alcohol. La mano le tiembla cuando toma la jeringa de vidrio que hirvió el día anterior. Cuando está a punto de terminar, William dice—: Veo que sabes lo que estás haciendo. —Ren alza la mirada, pero, como de costumbre, el rostro del médico es difícil de interpretar. Sin embargo, no parece estar enojado—. ¿Fuiste tú quien trató a esa mujer el día de ayer?

—Sí, *tuan*.

—Hiciste un trabajo sorprendentemente bueno. Creo que no perderá la pierna —dice William. Ren se retuerce incómodamente—. ¿Traía puesto un torniquete?

—Sí, pero estaba demasiado apretado y cercano a la herida.

—Entonces, ¿qué hiciste? —pregunta el doctor. Ren describe sus acciones y se olvida del nerviosismo mientras William lo escucha con atención. Es una sensación peculiar que no experimenta desde el fallecimiento del viejo doctor—. La próxima vez —dice William—, debes decirme si tratas a alguien. Creo que lo mejor sería que te supervisara. ¿Sabes leer? —Ren asiente. William alza una ceja—. ¿Ah, de veras? Mañana es domingo. Si quieres pasar tu mediodía de descanso revisando algunos temas básicos, estaré libre por la tarde.

Una vez que se marcha el chico, William sale de la casa y se recarga contra el barandal de la veranda. Las ramas se agitan cuando se desplaza un grupo de monos, cuyos gritos desgarran la quietud de la mañana. Alcanza a ver un asomo de negro con blanco cuando un cálao indignado toma vuelo. William se cuelga los binoculares al cuello y baja las escaleras, atraviesa el césped recortado que es el orgullo absoluto de los jardineros y se adentra en la jungla. Recuerda la carta de MacFarlane de temblorosa escritura, en la que le prometió que el chico le parecería interesante, y se pregunta qué otras sorpresas le dará Ren.

Aunque William pudo haber encontrado una casa más cercana al barrio europeo en Changkat, no le molesta que el búngalo esté tan aislado. Hay un viejo sendero de elefantes no muy lejos de la casa, aunque jamás ha visto un ejemplar. La lluvia de la noche anterior reblandeció el fango rojo.

William se detiene en seco. Allí, en el lodo, hay una huella de tigre. Jamás antes ha visto una así de cerca de la casa. Está tan fresca que una brizna de pasto, incrustada en la huella, conserva su color verde. Los tigres son muy inusuales cerca de la ciudad, aunque sigue habiendo muchos en la selva. Un rastreador hábil podría calcular la edad y salud física del animal; pero, por el tamaño y la forma cuadrada, William sospecha que se trata de un macho.

En una ocasión, un topógrafo de los Ferrocarriles de los Estados Federados de Malasia le contó que un tigre se había llevado a uno de sus mejores culis. Los trabajadores dormían de a doce hombres por cada casa de campaña, con los lechos tendidos en el suelo. Aquel hombre en particular, que estaba bastante fornido para ser nativo, se encontraba durmiendo al centro de la fila. Habían dejado la puerta abierta para que entrara la brisa. Por la mañana, el trabajador ya no estaba. Descubrieron huellas de tigre y, al rastrearlas a unos cuatrocientos metros a la redonda, encontraron la cabeza, el brazo izquierdo y las dos piernas. El tigre se había comido el torso y las entrañas. Lo que sucedió esa noche fue que el tigre entró en la casa de campaña, rondó a los trabajadores durmientes y eligió al mejor de todos.

William no tiene un perro que le advierta de una intrusión y ahora se arrepiente de ello. En la casa tiene una vieja escopeta Purdey, pero sin cargar. Tendrá que advertirles a Ah Long y al chico que no se alejen de la casa por la noche. Al regresar al búngalo, ve a Ah Long en la veranda.

—*Tuan!* —le grita—. ¡Hospital!

William es el oficial médico de guardia este fin de semana. Se apresura a subir las escaleras.

—¿Qué sucede?

El malayo de Ah Long es malo, y su inglés es peor. El chico debería estar a cargo de los mensajes de ahora en adelante, pero, por el momento, Ah Long es el portador de malas noticias que incluso él es capaz de expresar con absoluta claridad.

—Alguien murió.

De reojo William ve a Ren, que a su vez lo está mirando fijamente con el rostro lívido. Parece aterrado.

Harun está de descanso, de modo que William conduce el auto. El incidente sucedió en la misma plantación que recorrió el viernes por la mañana; el mensaje era breve y solo comunicaba que había un cadáver. La mayoría de las muertes locales se deben a paludismo o a tuberculosis, aunque también son comunes las mordeduras de serpiente y los accidentes.

El administrador de la plantación es Henry Thomson, el padre de Lydia. Al llegar, William ve a un pequeño grupo de gente. La delgada silueta de Thomson está rondando la alta figura del oficial de policía sij y su agente malasio. El oficial se presenta como el capitán Jagjit Singh, inspector de la Policía de los Estados Federados de Malasia. Su inglés es excelente, y William supone que, al igual que varios de los funcionarios de policía malasia, lo reclutaron del ejército indio para compensar la carencia de oficiales capacitados.

—Encontramos el cuerpo después del mediodía —dice—. Parece un ataque de animal, pero no podemos descartar algún acto delictivo. No logramos comunicarnos con el doctor Rawlings y me gustaría determinar la causa del deceso antes de trasladarlo.

Caminando, se internan cada vez más en la plantación. Distraído por la uniformidad de los árboles, William se pregunta si alguna vez ha pasado por esta sección del cauchal.

—¿Quién encontró el cadáver?

—Uno de los caucheros.

Thomson ha estado en silencio; su rostro delgado mira con ansiedad las hojas secas sobre las que están caminando, pero luego dice:

—No estoy del todo seguro que sea alguien que trabaje aquí. Tendremos que pasar lista.

—¿Qué le hace pensar que podría ser un delito? —pregunta William.

—Resulta difícil decirlo —contesta el capitán Singh, dudoso—. No quedó gran cosa que examinar.

Al llegar a la escena, una hondonada cubierta de maleza, ven la figura acuclillada de un policía malasio que se quedó haciendo guardia. Se levanta rápidamente con una mirada de alivio. Thomson se excusa.

—No necesito verlo de nuevo —dice.

William camina hasta el cuerpo. Un delgado brazo se asoma por debajo de un matorral. Tiene una coloración grisácea; una hilera de hormigas camina sobre él. Para abrirse paso entre la maleza, William levanta algunas ramas bajas que están en su camino.

—¿Alguien lo ha movido? —pregunta, mirando por encima del hombro.

—No.

William observa lo que alguna vez fue una mujer. Hay dos brazos abiertos que siguen adheridos al torso. Un trozo de blusa verde cubre uno de los hombros. Debajo del delgado algodón, la perforada caja torácica muestra extremos rotos de hueso blanco, así como una oquedad oscura llena de sangre. Trozos de piel de aspecto gomoso empiezan a desprenderse de las orillas de las heridas. No queda nada de la pelvis hacia abajo.

—¿Dónde está la cabeza? —pregunta William, luchando contra el asco que se apodera de él. El cuerpo ya despide un dulzón hedor a carroña, y gran cantidad de gusanos se agitan en los restos. Su tamaño, y el hecho de que tienen que pasar entre ocho y veinte horas para que incuben en este clima tropical, indica que la muerte sucedió entre el jueves por la noche y el viernes por la mañana.

—Todavía no la localizamos —contesta el capitán Singh, quien tuvo el cuidado de colocarse en dirección contraria al viento—. Seguimos buscándola en un radio de ochocientos metros.

William se obliga a examinar el cuerpo de nuevo, pero ya sabe la respuesta.

—Fue un animal. Esas profundas heridas de punción en el torso parecen marcas de dientes. También tiene rota la columna cervical y marcas de dientes sobre los hombros. Probablemente la tomó del cuello y la sofocó primero.

—Y entonces, ¿qué cree que fue?, ¿un leopardo o un tigre?

En Malasia, los leopardos son mucho más comunes que los tigres y los superan en una proporción de al menos diez a uno. William conoce a varios residentes cuyos perros han sido víctimas de leopardos.

—Es posible que se trate de un tigre. El espacio entre las marcas de los dientes es demasiado amplio como para que se trate de un leopardo. Además, se requiere de cierta fuerza para romper la columna. Eso sí deberían preguntárselo a Rawlings; ¿debo suponer que él hará la autopsia?

Rawlings, el patólogo del hospital, también es el forense en funciones; es quien evaluará los tristes secretos de los restos. William saca un pañuelo del bolsillo y lo sostiene contra la boca; la presión alivia las náuseas.

—No hay huellas —indica el capitán Singh.

William mira el suelo cubierto por una densa capa de hojas secas. A falta de tierra descubierta, será difícil encontrar pisadas animales.

—Me da la impresión de que la mató en otro sitio —dice—. No hay suficiente sangre; quizá trajo esta parte del cuerpo aquí para devorarla después.

William sabe que los tigres vuelven a los cuerpos de sus presas en repetidas ocasiones, incluso si la carne ya empezó a pudrirse. Seguramente será difícil encontrar otras partes del cuerpo, ya que el territorio que cubre un tigre puede extenderse varios kilómetros. De inmediato, sus pensamientos lo llevan a las huellas frescas cercanas a su búngalo.

—Conseguiré a un rastreador y algunos perros —dice el capitán Singh—. Pero hay algo que me sigue pareciendo inusual. ¿No cree que es poco lo que en realidad se comió? Los tigres tienden a ir por el abdomen primero, no por las extremidades. En este caso, el torso sigue relativamente intacto. —Como muchos sijs, es un hombre alto y delgado, y es todavía más imponente a causa de su turbante blanco. La inteligente mirada color ámbar está clavada en el cuerpo.

William le echa un último vistazo y se queda paralizado. En el seno izquierdo, donde la piel grisácea sigue intacta, aparece la inconfundible cicatriz queloide en forma de mariposa. Conoce la marca a la perfección, pagó por tocarla con sus propios dedos, y ni siquiera el pañuelo que cubre su boca puede salvarlo.

William se aleja de la maleza dando tumbos y vomita junto a uno de los árboles.

10

Ipoh
Domingo, 7 de junio

Regresé al taller de costura con el rostro arañado y el ojo cada vez más amoratado. Intenté entrar sin hacer ruido, pero la señora Tham abrió la puerta al escuchar el sonido de mi llave.

—¡Tu cara! Pero ¡¿qué te pasó, Ji Lin?! ¿Te metiste en una pelea? ¿Ya viste a un médico? —preguntó. Le dije que me había resbalado y caído. No era una buena excusa, así que contuve la respiración y esperé que siguiera interrogándome, pero, para mi sorpresa, dejó de hacerlo—. Fuiste a visitar a tu familia en Falim, ¿verdad? —me preguntó mientras me examinaba con detenimiento.

—Sí.

—Y ¿viste a tu padrastro?

Una expresión de compasión se le dibujó en el rostro, y me di cuenta entonces de que ella también había oído los rumores sobre el carácter de mi padrastro. Estuve a punto de romper en risitas histéricas. De todas las cosas que habían sucedido en la semana, el menos responsable de esta era él. Y la verdad es que jamás me puso una mano encima. No necesitaba hacerlo.

Desde el principio, me percaté de que a mi padrastro le parecía indigno tener que disciplinar a una niña. Ese era trabajo de mi madre, así que, a la menor señal de desaprobación, bastaba con que la mirara para que ella se mordiera el labio y me reprendiera con gentileza. Al principio, no comprendía el costo. Cantar en voz alta o silbar eran ofensas, así como también lo era contestarle. El resultado era que mi madre salía de las discusiones con él pálida y sosteniéndose la muñeca con cuidado; siempre tenía moretones en la parte carnosa de los brazos, donde él le enterraba los dedos. No eran castigos tan estruendosos como los que le propinaba a Shin, y mi madre jamás hablaba de ellos, pero ambas aprendimos a temer la línea vertical que de pronto se le dibujaba en la frente y la manera en que sus labios palidecían.

Quizá podría decirse que él creía que lo que estaba haciendo era correcto y justo, que era necesario azotar a los muchachos para hacerlos hombres de bien y que las esposas tenían que aprender cuál era su lugar. No lo sé y, para ser sincera, jamás me interesó comprender a mi padrastro. Solo sabía que lo detestaba.

Al asomarme a mi pequeño espejo, me sentí abatida. Tenía el pómulo izquierdo inflamado y varios arañazos largos que me atravesaban la cara. Como ya me lo habían advertido, estaba desarrollando un precioso ojo amoratado. Con un suspiro melancólico, volví a hacer cuentas. A cinco centavos por cada boleto de baile, de los que tres centavos eran para mí, me seguían faltando setenta y cinco centavos para cubrir la cuota mensual de la deuda de mi madre. Pero no podría trabajar así, a pesar del nudo de ansiedad que tenía en el estómago. En lugar de presentarme y enfrentarme a las miradas, lo mejor sería pedirle a Hui que le dijera al Ama que no podría ir el miércoles, de modo que fui a visitarla al día siguiente después de trabajar.

En algunas ocasiones, Hui trabajaba en otro sitio por las noches, pero ese día estaba casi segura de que la encontraría en casa. No vivía muy lejos y esa fue una de las razones iniciales por las que nos hicimos amigas. Hui llevó un vestido al taller de la señora Tham, quien me indicó que lo arreglara. Era bonito, de color azul turquesa claro, con la apariencia de espuma de mar. Le pregunté para qué lo usaba.

—Para los tés bailables. ¿Alguna vez has ido a alguno? —dijo.

Jamás lo había hecho, aunque sí había tomado lecciones de

baile—. Me parece que serías buena para ellos —me dijo, y entre eso y nuestra plática, cometí el error de subir la bastilla un poco más de lo que dictaban las pautas conservadoras de la señora Tham. Entre risas, Hui me dijo que no importaba y que, mientras más corto, mejor. Más adelante, entendí sus razones, pero para entonces ya éramos mejores amigas.

Hui vivía en Panglima Lane, la calle más estrecha de todo Ipoh. Estaba llena de casas apretujadas y de cuerdas llenas de ropa que colgaba sobre la calle como si se tratara de alegres banderines. Treinta años antes, había sido famosa por sus burdeles, casas de juego y fumaderos de opio, pero en la actualidad estaba llena de casas que, en su mayoría, eran particulares. En cantonés le decían calle de la Segunda Concubina. A menudo pensé que sería un lugar terrible para sostener un amorío por lo cerca que se encontraban las casas entre sí. Casi era posible asomarse de un piso superior al contiguo.

—¡Hui! —llamé al llegar.

—Arriba. —Su casero, un hombre que masticaba nueces de betel y que parecía vampiro porque tenía la boca teñida de rojo, señaló el cuarto de enfrente. Encontré a Hui tendida boca abajo en la cama, ojeando un periódico. Traía puesto un delgado fondo de algodón y la cara brillosa por la crema facial.

Al ver mi cara, abrió los ojos como platos.

—¿Con quién te peleaste?

—¿Cómo lo supiste? —Sobre la mesa, coloqué dos porciones de *nasi lemak*, arroz con coco, pollo al curri y *sambal*, una mezcla de chiles y pimientos, todo envuelto en paquetitos de hoja de plátano. El cuarto de Hui era más grande que el que yo tenía en casa de la señora Tham y estaba plagado de frascos de rubor, polvos faciales y revistas.

—Esos rasguños... Sé cómo pelean las mujeres. ¿Qué pasó? —dijo. Le expliqué los sucesos del día anterior mientras comíamos—. De modo que fue la viuda —dijo mientras abría el paquete de *nasi lemak* con expectación.

Suspiré.

—En realidad, no puedo culparla; estaba sumamente alterada.

—¡Te dije que no fueras! Espero que no hayas ido sola.

—No, me acompañó mi hermano.

—No sabía que tuvieras un hermano. ¿Se parece a ti? Porque, si es así, quiero conocerlo. —A Hui le fascinaba mi moderno corte de cabello y me auxiliaba a aplicarme la pomada que ayudaba a conservar su aspecto elegante.

—No nos parecemos en nada. En realidad, es mi hermanastro, no mi hermano de sangre.

—Ah, bueno —dijo, arrugando la nariz. Hui sabía un poco acerca de mi padrastro, aunque yo trataba de no ventilar mis circunstancias familiares—. ¿Es horrible?

—No, aparentemente es todo un galán. Al menos según las mujeres de Falim. —Hice una mueca y puse los ojos en blanco, lo que hizo que ella rompiera en un ataque de risitas.

—Por cierto —me dijo—, de todos modos, te iba a decir que no te aparecieras en el trabajo por un tiempo. El domingo fue un hombre que preguntó por ti usando tu nombre. Y no Louise, sino tu nombre verdadero.

Sentí que el estómago se me hacía nudo. El único cliente al que le había revelado mi nombre sin darme cuenta fue al vendedor.

—¿Qué aspecto tenía?

—Chino. Común y corriente. Le dije que no había nadie allí con ese nombre.

Me dieron ganas de abrazarla.

—¿Y entonces?

—Se fue. Quizás estaba buscando el dedo. ¿Se lo dejaste a la viuda?

—No quiso recibirlo. —Recordé la escena en la pequeña casita de madera y a Ah Yoke retorciéndose en el piso y llorando como si fuera una serpiente con rostro de mujer, y me sentí una inquietud profunda.

—Y entonces, ¿quién lo tiene?

—Mi hermano. —A fin de cuentas, ¿qué planeaba hacer Shin con el dedo?

Hui suspiró. El cálido aire de la noche entró por la ventana abierta; se alcanzaban a escuchar los timbres de las bicicletas y las pisadas de gente que pasaba por allí.

—¿Cómo logras encontrar a hombres así de confiables? Yo estoy hasta la coronilla de todos a los que conozco.

Jamás lo había pensado así, pero me di cuenta de que tenía razón.

—De chicos éramos muy unidos, pero ya no tanto. Se convirtió en un mujeriego.

Hui soltó una carcajada.

—Estoy segura de que no puede ser tan malo.

No pude evitar sonreír.

—Va a trabajar los próximos meses en Batu Gajah.

—¿Batu Gajah? —Agitó el periódico frente a mi cara—. ¿Ya te enteraste de esto? Encontraron un cuerpo el sábado. Anda suelto un tigre devorador de hombres.

Era un artículo breve, uno o dos párrafos que enviaron a publicación de última hora: «Hallan cuerpo en plantación de caucho en Batu Gajah. Trabajador local encuentra torso femenino sin cabeza».

Un tigre. De vez en cuando, los periódicos publicaban reportes espantosos sobre personas estranguladas por pitones, arrastradas por cocodrilos o pisoteadas por elefantes. Pero los tigres eran diferentes. Recibían el título honorario de *datuk*, y había encantamientos que podían recitarse para tranquilizarlos si se atravesaba la selva. Se decía que un tigre que devorara a suficientes personas podía asumir una forma humana y caminar entre la gente.

No tenía nada que ver ni con Shin ni conmigo, pero volví a experimentar la fría sensación de esa sombra, la que ondulaba por las acuosas profundidades de mis temores como si buscara algo.

Para el viernes, solo quedaba la sombra del ojo morado, que ahora se había tornado de un color amarillo verdoso. Por fortuna, ya no estaba inflamado, así que decidí que, si me maquillaba con cuidado, podría cubrir mi turno en el salón de baile. Además, de verdad necesitaba el dinero. En mi cabeza seguían rodando cifras y cifras en tinta roja: un horripilante déficit. Dejar de hacer algún pago podría provocar que el prestamista enviara un desagradable recordatorio a casa de mi padrastro. Me convencí de que era mínimo el riesgo de que alguien me buscara a causa del dedo; de todos modos, existía la posibilidad de que ya no incluyera el Flor de Mayo en su lista.

Era una tarde lenta. Afuera, el sol quemaba, y en la fresca penumbra del salón las bebidas con hielo se vendían con rapidez. Descansé un par de bailes y decidí conversar con algunas de las otras chicas. Hui no trabajaba los viernes, pero Rose y Pearl también eran mis amigas. Rose era viuda, y Pearl nunca decía nada de sí misma, pero yo sospechaba que había huido de su marido. Claro que esos tampoco eran sus nombres verdaderos. De haber tenido la opción, habría preferido algo como May o Lily, algo bonito y ligero que no se pareciera en nada a mi solemne nombre chino, pero tendría que hacerme a la idea de ser Louise. De hecho, los clientes se referían a mí por mi peinado.

—Quiero bailar con la que se parece a Louise Brooks —decían, señalándome, y yo me ponía de pie y sonreía como si se tratara de mi fiesta de cumpleaños.

Era mi quincuagésimo tercer día de ser Louise. En cantonés, cincuenta y tres sonaba exactamente igual que «sin posibilidades de vivir». Otro día más con un número de mala suerte, y nueve días desde mi baile con el desafortunado vendedor Chan Yew Cheung. Rose acababa de contarme que había pasado la noche en vela por la tos de perro de su hijita pequeña y de pronto exclamó:

—¡Mira, regresó!

Un cliente nos estaba examinando. Tenía el rostro enjuto y la barbilla torcida, como si tuviera la cabeza atrapada en un tornillo de banco. Suponiendo que era el hombre del que me advirtió Hui, me levanté, alarmada, pero fue más rápido que yo.

—¿Me permite este baile?

Dudé un instante, pero los ojos de lince del Ama estaban puestos en mí. No tenía razón alguna para negarme, aunque el estómago se me retorció de ansiedad. Para mi sorpresa, bailaba muy bien. Dimos un par de vueltas sobre la pista de baile, y empezaba a pensar que mis sospechas eran infundadas cuando dijo:

—Tú debes ser Ji Lin.

—Podría serlo, si así lo desea. —Me obligué a sonreír—. Pero me temo que me llamo Louise.

—Estoy buscando a una chica que se llevó algo la semana pasada. Una herencia familiar que me pertenece.

Por un instante, me vi tentada de confesar, pues ya no tenía obligación alguna con la familia del vendedor. Por desgracia, el dedo ya no estaba en mi poder y, si Shin lo había destruido, el hombre estaría furioso.

—¿Qué aspecto tiene? —pregunté, tratando de darle largas.

—Es el dedo de un ancestro de China que lleva generaciones en mi familia. Mi amigo lo tomó prestado la semana pasada. Me dijo que lo perdió aquí.

—¿Un dedo? —Intenté simular sorpresa y hasta horror. Me estaba mirando con detenimiento. Me pregunté si estaría mintiendo. Según la esposa del vendedor, su marido llevaba ya tres meses con el dedo—. Puedo hacer indagaciones, si quiere.

—Avíseme, por favor —dijo y me lanzó una mirada penetrante—. Puede dejarme un mensaje aquí. —Escribió la dirección de una cafetería de Leech Street junto con un nombre: señor Y. K. Wong—. Si lo encuentra, le daré una recompensa. Por razones sentimentales. —Al sonreír, mostró sus dientes afilados.

Después de eso, bailó con algunas de las otras chicas, quienes más tarde me confirmaron que les había hecho las mismas preguntas: si se llamaban Ji Lin y si habían encontrado algo, aunque a ninguna le dijo nada acerca de un dedo faltante. Recordé la manera tan directa en que se dirigió hacia mí tan pronto llegó, y un escalofrío me recorrió la espalda.

—Me sorprende que hayas venido el día de hoy —dijo Rose mientras se abanicaba con fuerza durante un intermedio y los miembros de la banda tomaban agua de soda y se limpiaban el sudor del rostro con sus pañuelos. A pesar del polvo facial, su frente relucía como el piso de la pista de baile, y supuse que yo me vería igual.

—Necesito el dinero.

—Si ese es el caso —me dijo Rose—, ¿te interesaría ganar algo adicional?

Negué con la cabeza.

—Nada de citas externas.

Una cita externa era cuando un hombre contrataba a alguna chica afuera del salón de baile, supuestamente para llevarla de compras o a comer o cenar. Eran rentables, pero claro que todo tenía un precio. Desde el principio, le expliqué al Ama que no lo haría. El incidente del día con el señor Y. K. Wong, si en realidad se llamaba así, me recordó lo vulnerable que me sentía con un desconocido. Y ni siquiera había estado sola; estuvimos bailando en presencia de docenas de personas.

—No se trata de una cita externa. Tengo un cliente que me preguntó si podría encontrar a algunas chicas que bailaran en una fiesta privada. Y me prometió que no habría travesuras.

—No existe tal cosa, es decir, una fiesta privada sin travesuras.

Rose sonrió.

—¡Pero ya pareces una abuela! Yo tampoco estaba muy segura, de modo que le dije que tendríamos que obtener permiso del Ama del salón; para disuadirlo, ya sabes. Pero resulta que le pidió permiso, ¡y ella le dijo que sí!

—¿De veras? —Me costaba trabajo creerlo.

—Bueno, le dará una buena comisión, así que dijo que contrataría un auto y que mandaría a uno de los de seguridad con nosotras. Quieren a cuatro o cinco chicas porque hay muchos solteros que quieren bailar. Será en Batu Gajah.

—¿En el hospital? —pregunté con cierta alarma. Si así era, no podría ir. No tenía intención alguna de revelarle mi dudoso trabajo de medio tiempo a Shin.

—No, es en una residencia particular en Changkat.

Algo sabía sobre Changkat; era un área residencial exclusiva, situada en una colina cercana a Batu Gajah.

—¿Significa que habrá extranjeros?

—¿Te molestaría?

La mayoría de los clientes del Flor de Mayo eran lugareños, aunque siempre había algunos europeos. No tantos como en el glamuroso Hotel Celestial, pero una cifra considerable en un día cualquiera. En especial eran hombres que estaban relacionados con las plantaciones o eran funcionarios públicos, militares y policías. Yo misma había bailado con algunos cuantos, aunque, para ser franca, me ponían nerviosa.

Pero eso explicaba la rápida anuencia del Ama, además de los complementos, como el coche contratado y el guardia de seguridad.

—Hui también vendrá, y pagan el doble.

Eso bastaría para cubrir lo que debía, y si Hui, quien siempre era muy cautelosa, estaba dispuesta a ir, yo también lo haría.

Cuando salí del trabajo, el sol anaranjado estaba a punto de ocultarse. Pearl y Rose trabajaban el turno de la noche, de modo que salí sola por la puerta trasera del Flor de Mayo. No entendía cómo hacían para pasar tantas horas de pie, pero estarían bailando hasta pasada la medianoche.

Pearl tenía un hijo, y Rose, dos niñas pequeñas. ¿Sus hijos las esperaban hasta que llegaban a casa, mirando cómo el aceite de las lámparas se iba agotando poco a poco? Si mi madre no se hubiera vuelto a casar, quizás ese habría sido mi destino también, aunque no podía imaginarla trabajando en un salón de baile. Era demasiado tímida, demasiado ingenua. Incluso ahora que había logrado acumular aquellas deudas nada más por jugar *mahjong*, me pregunté por centésima vez si en realidad perdió todos esos juegos o si la estaban engañando de alguna manera.

Cuando terminara de pagar la deuda, ahorraría mi dinero y me capacitaría para ser maestra. No me importaba lo que pensara mi padrastro. Estaba segura de que, a la larga, preferiría que me echara a tener que lidiar con una solterona en casa. Además, yo sabía que jamás me casaría, incluso a pesar de que mi madre me hacía insinuaciones de que fuera con alguna casamentera. Para mí, seguía en pie la promesa que hice con Shin hacía tanto tiempo, de niños, mientras susurrábamos en su habitación. No le veía ninguna ventaja al matrimonio, en especial porque la persona a la que yo quería estaba a punto de casarse con alguien más.

Sin embargo, ya no tenía caso que prendiera mis esperanzas en Ming, aunque en mis momentos de mayor malicia imaginaba que su prometida lo abandonaba. O que quizá, de la nada, se daba cuenta de su error y me pedía que me casara con él. Lo imaginaba acercándose por la polvosa calle con su enorme bicicleta negra y su despeinada cabellera. «Ji Lin», me diría, con expresión avergonzada, pero seria, con ese estilo tan formal suyo, «necesito hablar contigo». Y yo correría hacia él… No, bajaría con calma por las escaleras y lo escucharía con el corazón latiéndome con locura en el pecho. Pero, en ese punto, siempre se me acababan las ideas, aunque no me costaba ningún trabajo pensar en una diversidad de cosas maravillosas que podría decirme Ming. Era algo que jamás sucedería. Jamás me miraría como lo vi mirar a su prometida.

El Flor de Mayo estaba en las afueras de Ipoh, bastante lejos del taller de la señora Tham. Como había perdido el autobús, decidí caminar al menos parte del trayecto a pesar de la creciente oscuridad. Era hora de cenar y alcancé a percibir el aroma a pescado frito y a oír el rasposo sonido de una radio que tocaba ópera china. Al cruzar la calle, apenas logré esquivar a un ciclista que pasó volando a mi lado. De reojo, alcancé a ver que un hombre cruzaba la calle detrás de mí, aunque no había suficiente luz para distinguir sus facciones.

Hui y las demás chicas me habían advertido que existía la posibilidad de que algún cliente ocasional me esperara afuera. Pearl dijo que una vez un hombre la siguió hasta su casa y que su madre lo amenazó con un cuchillo.

—¿Y se marchó? —pregunté.

—Lo persiguió por la calle, gritándole que mi marido se dedicaba a matar cerdos.

En aquel entonces nos causó muchísima gracia, pero ahora no podía dejar de desear con fervor que alguno de mis familiares también fuera carnicero. Quien me estaba siguiendo lo hacía a una distancia prudente. Si yo apresuraba el paso, él lo hacía también; si me detenía, se escondía detrás de algún poste. Me escurrí detrás de una *chik*, o persiana de bambú, y entré a una tienda de mercancías generales con estantes atiborrados de frascos llenos de dulces, *woks* de hierro forjado y zuecos de madera. Estaban a punto de cerrar, según me informó un anciano vestido con una camiseta blanca de tirantes.

—Disculpe —le dije—, ¿no tendrá una puerta trasera? Hay un hombre que me viene siguiendo.

Quizá me vio asustada, pues asintió.

—Siga hasta la parte de atrás, pasando por la cocina.

Me apresuré a cruzar la larga tienda y me disculpé con su asombrada familia, la cual estaba a punto de cenar sopa de pescado y tofu frito. La puerta trasera conducía a un estrecho callejón entre las tiendas. Lo inteligente, por supuesto, sería marcharse lo más rápido posible, pero la oportunidad era demasiado buena como para pasarla por alto. A hurtadillas, me asomé hacia la calle principal.

Mi perseguidor miraba fijamente la tienda. Ya estaban cerrando las puertas y contraventanas, y resultaba evidente que no entendía la razón por la que yo no salía de allí. Como lo temía, era el joven del rostro enjuto que me preguntó acerca del dedo: Y. K. Wong. Se me tensaron los hombros. Fuera como fuera, lo mejor sería no volver al Flor de Mayo durante algún tiempo.

Después de regresar al callejón de atrás, detuve a un bicitaxi y dejé que mi acosador me esperara inútilmente frente a la tienda. Supuse que se quedaría allí un largo rato. Concentrada en el sonido metálico de los pedales y el rumor de las llantas en la oscuridad aterciopelada, cerré los ojos y deseé con fervor poder alejarme de ese lugar. Dejarlo todo atrás y volver a empezar en algún otro sitio.

Para mi sorpresa, cuando llegué a casa, la señora Tham me estaba esperando en el recibidor. Parecía tanto emocionada como ligeramente contrariada, una expresión que reconocí con cierta desazón.

—¿Dónde has estado? —me preguntó.

—Acabo de terminar. —No era más tarde de lo habitual para ser viernes.

—Una de las reglas de esta casa —me dijo con el pequeño rostro de ave enrojecido de indignación— es que no se aceptan visitas de caballeros. ¡No me puedo imaginar qué estabas pensando, Ji Lin, cuando le dijiste a un hombre que viniera a esperarte aquí!

—Me quedé pasmada. Dejé al misterioso señor Y. K. Wong esperando en la calle al otro extremo de la ciudad. ¿Cómo era posible que encontrara el taller de costura? Parecía brujería, o quizás el tipo era un demonio. Quizá tenía un gemelo, un doble que presagiaba la muerte—. Se quedó afuera una eternidad. Pensé que estaba esperando a alguna clienta por la forma en que se asomaba al interior, pero finalmente entró y preguntó por ti. Cuando le dije que no estabas, se fue de inmediato. Aunque debo decir que era un muchacho muy apuesto.

—Ah —respondí cuando por fin entendí—. ¿Se trataba de mi hermano?

—¿Tu hermano? Pero si no se parecen en nada.

No quise explicarle más y, puesto que era evidente que la señora Tham ya sabía algunas cosas de mi historia familiar y que estaba ansiosa por sacarme más información, respondí con sencillez.

—Nos lo dicen con frecuencia.

—Pero, si era tu hermano, ¿por qué no lo mencionó? —me preguntó, disgustada—. ¿Cómo pudo preocuparme de esa manera?

Para ser sincera, no tenía la menor idea. ¿Mi madre le dio la dirección a Shin? Y ¿por qué vino tan tarde? Eran demasiados misterios para solo un día.

11

Batu Gajah
Sábado, 6 de junio

Ren espera ansioso junto a la puerta a que regrese William.

—*Selamat datang* —le dice. «Bienvenido a casa». Es la forma correcta de recibir a su amo; los sirvientes deben pararse en fila junto a la puerta en espera de su llegada y partida. Es algo que Ren siempre hizo con el doctor MacFarlane. El viejo médico solía bromear acerca de que no se sentía bien al irse de casa sin la silenciosa despedida de Ren. El día de hoy Ah Long lo acompaña, y su rostro, que suele ser taciturno, esta vez se llena de entusiasmo cuando toma el maletín médico de William.

—*Tuan*, ¿se trata de un tigre?

—Es probable—responde William—. Quiero que cierren todas las puertas por la noche. Y no salgan a solas después del crepúsculo ni temprano por la mañana. Y eso también va para ti, Ren.

Ren asiente. Piensa que el nuevo médico parece enfermo. Su rostro tiene la palidez del vientre de un pez, y detrás del delgado armazón de las gafas tiene los ojos enrojecidos. Hay miles de preguntas que Ren quiere hacerle, pero duda al no saber cómo formularlas.

—¿Quién falleció? —pregunta Ah Long.

—Una de las trabajadoras de la plantación. —William se limpia los ojos con una mano—. Necesito un baño y un trago. Un whisky *stengah*, por favor.

William se retira a su baño revestido de azulejos, donde se aseará con ayuda de un balde que hundirá en una vasija de cerámica. Ah Long voltea a ver a Ren.

—¿Sabes cómo preparar su bebida? —le pregunta. Ren se muestra dudoso. El doctor MacFarlane se servía toda clase de tragos, pero jamás le pidió a Ren que los preparara—. Es buen momento para que aprendas. Mira cómo lo hago. —La palabra *stengah* proviene del malayo *setengah*, «mitad». Ah Long toma un bloque de hielo de la cámara fría que está en la cocina, donde lo mantienen enterrado en virutas de madera. Con un picahielos, retira trozos que coloca en un vaso alto—. No uses pedazos muy pequeños —le advierte— o se derretirán demasiado rápido.

A continuación, llena un tercio del vaso con un líquido medicinal del color del té que vierte de una botella cuadrada. Encima de esta, se observa la imagen de un hombre que lleva pantalones blancos y un alto sombrero de copa. En la etiqueta, que al parecer fue adherida a la botella con descuido, se lee «Johnnie Walker Blended Scotch Whisky».

—¿Por qué está chueca la etiqueta? —pregunta Ren.

—No está chueca, así está puesta. Ahora, ¡presta atención! —Usando el sifón de soda, una botella de vidrio con una cubierta de alambre metálico que Ren no se atreve a tocar, Ah Long sirve un chorro de agua burbujeante en el gélido vaso. El intenso aroma carbonatado hace que Ren arrugue la nariz—. Las cantidades de whisky y de soda deben ser más o menos iguales. —Ah Long ladea la cabeza para intentar oír—. Ya debe haber terminado. Llévaselo a la veranda.

La amplia veranda de piso de teca se extiende a lo largo de todo el búngalo y está protegida del sol por una serie de *chiks* colgantes de bambú. En los días de calor extremo, Ren los moja con agua para que la evaporación refresque la veranda. William está sentado en un sillón de ratán. Trae puesta una camiseta de tirantes hecha de algodón y un *sarong*, un trozo holgado de tela a cuadros, cosido en forma de tubo, que se usa enrollado a la altura de la cintura; son vestimentas malasias que muchos europeos adoptan en casa, aunque jamás se atreverían a aparecer vestidos así en público.

Al igual que Ah Long, Ren no usa zapatos dentro de la casa, y descalzo se acerca con tal sigilo que William no lo oye. Está hundido en sus pensamientos, con una expresión de extrema tristeza en el rostro. Ren nunca había visto a su nuevo amo mostrar tanta emotividad y se pregunta si es señal de que en realidad es un médico compasivo. Una chispa de esperanza se enciende en su interior. Quizá pueda preguntarle acerca del dedo, aunque el doctor MacFarlane le pidió que no se lo contara a nadie.

—Su whisky, *tuan* —le dice. William toma el vaso y bebe la mitad de un solo trago, después hace un gesto de repulsión—. ¿Puedo preguntarle por qué piensa que fue un tigre? —Ren es tan educado y discreto que William no puede sentirse irritado con él.

—Es posible que se tratara de un leopardo, pero es más probable que fuera un tigre. No lo sabremos de cierto hasta que finalicen la autopsia.

—¿Cree que regrese?

—No te preocupes —William enfoca la vista en el chico con cierta dificultad—, los devoradores de hombres son inusuales. La mayoría de los tigres evita a la gente; los que atacan a los humanos suelen ser animales viejos o enfermos. —El hielo tintinea contra el cristal—. Los tigres que matan personas se pueden dividir en dos categorías: los asesinos de hombres que matan una o dos veces porque se han sentido importunados o amenazados y los devoradores de hombres que con frecuencia cazan a los seres humanos como si fueran una presas habituales. Todavía es muy pronto para saber con qué tipo de animal estamos lidiando, de modo que no debemos entrar en pánico. —Habla de manera pausada, como si estuviera planteando sus argumentos frente a un público invisible.

—¿Habrá una cacería para matarlo?

—Siempre hay personas que quieren iniciar una cacería de tigres. Reynolds y Price son de ese club, sin duda. Son idiotas que no pueden disparar bien ni para salvar la vida. La última recompensa que se pagó por un tigre en estos lares fue de setenta y ocho dólares

—explica William. A ojos de Ren, setenta y ocho dólares de las Colonias del Estrecho son una cantidad enorme; son más de lo que podría soñar con ahorrar. Le da curiosidad que William sepa tanto y se lo pregunta con timidez—. Bueno, cuando recién llegué estaba loco por los tigres. —William, quien está inusualmente locuaz, se hunde aún más en su sillón de ratán—. Así fue como conocí a MacFarlane; tenía algunas creencias extrañas.

Ren decide ser audaz.

—Creía muchas cosas sobre espíritus y hombres capaces de convertirse en tigres.

—Claro, por supuesto. Los famosos hombres tigre de Korinchi. —William mira a través de los árboles hacia un destino invisible—. De hecho, él y yo emprendimos su búsqueda. ¿Sabías que los malasios sienten desconfianza de los hombres que provienen de Korinchi porque creen que pueden convertirse en tigres? Hace años, en Bentong, hubo el caso de un tigre que estaba matando búfalos. Pusieron trampas con jaulas y las cebaron con perros callejeros, pero jamás atraparon nada. —Ren se balancea sobre los pies y escucha con atención. Las sombras de la tarde están creciendo, y el verde silencio solo es interrumpido por el zumbido de los insectos—. Una tarde, un viejo vendedor ambulante estaba caminando por la selva cuando escuchó el rugido de un tigre detrás de él. Aterrado, corrió hasta toparse con una de las trampas para tigre. Se metió dentro de la misma y dejó que la pesada puerta se cerrara a sus espaldas. El tigre la rodeó y la olfateó, pero, al no poder abrirla, se marchó.

»A la mañana siguiente, temprano, una muchedumbre escuchó sus gritos de auxilio. El vendedor les rogó que lo soltaran, pero ellos dijeron: «El tigre estuvo aquí anoche y ahora tú estás encerrado en la trampa». Sin querer, la muchedumbre había borrado las huellas del tigre cercanas a la trampa. Era imposible determinar si la bestia se había alejado o si había ingresado en la trampa y después se había convertido en ser humano. Desesperado, el viejo les rogó que lo reconocieran como el comerciante con el que habían hecho negocios durante años. Pero los habitantes del pueblo fueron incapaces de determinar si era un hombre o un monstruo que, si era liberado, volvería para devorarlos.

—Entonces, ¿qué pasó? —le pregunta Ren.

—Metieron una lanza por uno de los lados de la trampa y lo mataron.

William guarda silencio. Ren, sin soltar la bandeja, está a rebosar de preguntas.

—¿Usted cree que un hombre pueda convertirse en tigre?

William cierra los ojos y une las puntas de los dedos formando un triángulo frente a su rostro.

—Las condiciones para que un hombre se convierta en tigre parecen contradecirse. Tiene que ser un santo o un malvado. Si resulta que es un santo, se considera que el tigre es *keramat* y que funge como espíritu protector, pero también es posible que los malvados reencarnen en tigres como una forma de castigo. Y no nos olvidemos de los *harimau jadian*, que ni siquiera son humanos, sino bestias que visten piel humana. Todas son creencias contradictorias, de modo que yo las clasificaría como leyendas populares.

Vuelve a abrir los ojos. Su mirada es desconcertantemente intensa, como si recién hubiera vuelto del sitio al que se había marchado.

—No debes preocuparte por el incidente de hoy. Lo último que necesitamos aquí es que cunda un pánico supersticioso. Olvídate de ello. Dios sabe que es lo que más me gustaría poder hacer —dice con un suspiro.

William se endereza en el sillón de ratán y se pone de pie con un ligero tropiezo. Ren siente un alivio profundo. La apretada banda de angustia que le comprimía el pecho se afloja; entonces intenta no pensar que solo le quedan veintidós días al alma de MacFarlane. Este nuevo médico es tan razonable y tan dueño de sus facultades que todo lo que dice tiene sentido. De forma obediente, Ren lo sigue al interior de la casa.

12

Ipoh
Viernes, 12 de junio

Esa noche me fue imposible conciliar el sueño. Cuando pensaba en el misterioso Y. K. Wong, con su quijada estrecha y ojos entrecerrados, me llenaba de tensión. ¿Quién era y por qué intentó seguirme a casa? No creía en lo absoluto en el cuento aquel de la herencia ancestral. Ese dedo único me inquietaba, el trozo faltante de un juego de cinco dedos. Un recordatorio de un asunto sin resolver. Mi mente se negaba a dejar de dar vueltas como ratón en una rueda, pero la rueda se estaba convirtiendo en una serpiente gigante a punto de devorarme. Y entonces empecé a jadear, a forcejear sin aliento mientras me resbalaba y caía por el túnel que llevaba al mundo de los sueños.

A diferencia del primer sueño, esta vez no flotaba en un fresco río. En esta ocasión, llegué de forma abrupta a la ribera después de abrirme paso a través de matorrales y *lalang* de hojas afiladas, y descubrí que el río corría a mi lado. El agua iluminada por el sol, clara y poco profunda cerca de la orilla, parecía enlodarse hacia el centro.

Y entonces la vi. La misma estación de trenes con las bancas desiertas y la misma locomotora inmóvil, pero ahora el tren estaba un poco más adelantado, como si estuviera a punto de salir de la estación. Los carros estaban vacíos: no había nadie dentro, ni siquiera el niño pequeño que tan felizmente me saludó la vez anterior. Sin embargo, al llegar a la estación lo encontré sentado en una banca. Me sonrió con un gesto rápido que dejó ver el hueco del diente faltante.

—*Ah jie* —me dijo, refiriéndose a mí educadamente como «hermana mayor»—. No pensé que te vería de nuevo tan pronto.

—¿Qué estás haciendo? —dije y me senté junto a él.

—Esperando.

Me sentí serena bajo el fresco techo de palma de la estación.

—¿A quién esperas?

—A alguien a quien amo —me respondió mientras mecía las piernas—. ¿Hay alguien a quien tú ames, *ah jie*? —Por supuesto que sí. A mi madre, a Ming y a Shin. Incluso a Hui y a mis viejas amigas de la escuela, aunque recientemente las evitaba por orgullo; muchas de las chicas de la escuela estaban estudiando para maestras y otras ya estaban casadas; mi destino me provocaba una decepción tan amarga que no toleraba verlas—. Porque, si hay alguien a quien de veras, de veras quieres —dijo con seriedad—, no tiene nada de malo esperarlos. —Sentada allí, junto a él, mi ansiedad desapareció por completo. La brisa proveniente del río era agradable, y el sol que se reflejaba en el agua del río brillaba como las escamas de un pez—. Si ves a mi hermano, por favor, no le cuentes que me viste.

—¿Conozco a tu hermano? —Sentía la cabeza pesada. Casi no podía mantener los ojos abiertos.

—Lo conocerás cuando lo veas. —El pequeño volteó y abrió los ojos con expresión alarmada—. ¡Por favor, no te duermas! ¡Si lo haces, te caerás!

—¿A dónde me caeré? —Se me estaba dificultando comprenderlo.

—Al nivel inferior. Es que esta es la Estación Uno. ¡No, por favor! ¡Despierta!

Estaba haciendo un gran escándalo. Los golpes sonaban cada vez con más fuerza, hasta que me obligué a abrir los ojos con dificultad.

—¡Despierta, Ji Lin! ¡Despierta! —Era la señora Tham, que golpeaba a la puerta de mi habitación. Entraba una luz brillante a través de las persianas. Desperté acostada en mi cama, completamente desorientada. La señora Tham irrumpió de manera intempestiva, casi sin aliento. Algo traía entre manos; estaba que se deshacía de la emoción—. ¡Está allá abajo! Tu hermano, quiero decir. ¡Creo que ha venido a llevarte de vuelta a Falim!

—¿Está aquí?

—Le dije que sabía que era tu hermano y le pregunté que por qué no me lo dijo ayer. Te está esperando en el recibidor.

—¿Mi madre está bien? —El temor se apoderó de mí. Algo debía estar pasando; de lo contrario, ¿por qué vendría Shin para llevarme a casa?

Siempre temí recibir un mensaje de este tipo, y el terror debió asomárseme en los ojos.

—No, no pasa nada. Es lo primero que le pregunté. Solo se trata de una reunión familiar para celebrar —contestó la señora Tham con dulzura. Nuestra familia jamás tenía reuniones, mucho menos para celebrar. Si acaso había eventos formales en los que se invitaba a los amigos de mi padrastro y donde los hombres se sentaban a conversar durante horas mientras mi mamá y yo les servíamos interminables tazas de té. Shin sabía a la perfección cómo me sentía al respecto; no podía entender que viniera por mí para hacerme sufrir tal suplicio—. Si se trata de una ocasión especial —dijo la señora Tham—, ¿por qué no te pones algo bonito? Muéstrale a tu madre lo que has aprendido.

A pesar de sus manías (o quizá debido a ellas), la señora Tham era una modista talentosa y una astuta negociante. Enviarme a casa con un buen vestido era excelente publicidad para su taller. Por ende, se dedicó a inspeccionar gancho por gancho la ropa que yo había confeccionado mientras murmuraba para sus adentros.

—No, este no. Posiblemente este. Mejor este de aquí; muéstrales a las demás chicas de Falim el aspecto que tiene la ropa de Ipoh. —Era un vestido estilo occidental, un diseño engañosamente sencillo pero elegante que la señora Tham copió de la fotografía de una revista. Debía admitir que la señora Tham tenía un gusto excelente—. Y, si alguien te pregunta por tu vestido, ¡asegúrate de darles el nombre del taller! —agregó cuando iba de salida—. ¡Ah! ¡Y arréglate la cara! —susurró en tono dramático al tiempo que señalaba mi ojo.

Me aseé y empaqué un poco de ropa para pasar la noche. ¿Qué podría estar sucediendo en casa? Hice el fleco a un lado y me miré con tristeza en el pequeño espejo redondo que colgaba sobre el lavabo. Mi ojo todavía tenía una ligera coloración púrpura amarillenta. No podía mostrárselo a mi madre, de modo que hice mi mejor esfuerzo por ocultarlo con un poco de maquillaje y un toque de kohl.

Alcancé a oír la tranquila voz de Shin en el recibidor del taller. Con mi canasto de ratán en la mano, me quedé junto a la puerta en silencio. Me avergonzaba estar así de arreglada tan temprano por la mañana, pero la señora Tham se levantó de un brinco, tirando a su perrita Dolly del regazo y me recibió con un pequeño grito de júbilo.

—¿No es maravilloso? —dijo, dándome vuelta para un lado y luego para el otro—. Con este estampado salió de maravilla. Y tu hermana es casi tan buena como un maniquí profesional. Siempre le pido que modele mis vestidos.

Le hice señas a Shin con los ojos. «¡Es hora de irnos!». Pero se estaba divirtiendo demasiado como para desaprovechar la oportunidad.

—Tiene usted toda la razón —dijo—. Haga que dé un par de vueltas más.

Para horror mío, la señora Tham empezó a girarme como pirinola. Dolly empezó a ladrar de forma frenética.

—No, no. Está bromeando. Ya tenemos que irnos.

—¡Pero si el señor Tham acaba de ir al café a comprar algo de *char siew bao*!* —dijo y me obligó a sentarme. Miré a Shin con furia mientras él trataba de contener las risas—. ¡A ver! —dijo la señora Tham mientras nos analizaba con sus ojos de pajarillo—. ¿Quién de los dos es mayor?

—Yo —contesté al instante.

—Nacimos el mismo día. —Shin detestaba ser mi hermano menor y negaba el hecho siempre que podía.

—¡De modo que son gemelos! —dijo la señora Tham con una mirada de profundo agrado—. ¡Qué maravilloso para su madre! —Estaba a punto de decirle que Shin era mi hermanastro cuando empezó a hablar de nuevo a toda prisa—. Supongo que los gemelos son especiales. En particular los gemelos niño-niña, dragón y fénix. ¿Saben que los chinos creen que los gemelos niño-niña fueron esposos en vidas anteriores? ¿Y que, como no toleraban estar separados, volvieron a nacer juntos?

Lo que dijo me pareció tan tonto como trágico. Si amara a alguien, no querría reencarnar siendo su hermano o hermana, pero no tenía el más mínimo caso discutir con la señora Tham. Tenía la extraña habilidad de obligarte a ingresar en su órbita. Al parecer, también Shin decidió que ya era demasiado. Con una sonrisa, dijo que era momento de irnos porque perderíamos el autobús.

—Y, entonces, ¿por qué estás aquí? —pregunté tan pronto como salimos del taller—. ¿Pasó algo en casa?

—No —dijo. Tuve que correr un poco para alcanzar a Shin, que ahora parecía estar apurado e iba en sentido contrario a la estación de autobuses—. No vamos a tomar un autobús —dijo—.

---

* N. de la t.: Panecillos al vapor rellenos de carne de cerdo.

Tomaremos el tren. No te sientas preocupada; no tiene nada que ver con la casa. De hecho, creen que estoy en Batu Gajah.

La estación de trenes quedaba a casi un kilómetro del taller de la señora Tham, y Shin daba muestras de que se detendría cuando subimos por Belfield y dimos vuelta en Hugh Low Street.

—¿Por qué las prisas? —pregunté cuando pasamos frente a un carretón tirado por bueyes después de esquivar a un ciclista irritado que nos tocó el timbre.

—Es más tarde de lo que pensé. —Shin tomó mi canasto de viaje, por lo que no quedó más remedio que apresurarme para alcanzarlo.

Aunque solo había tomado el tren algunas veces, todo el mundo conocía la estación de ferrocarril. El desgarbado edificio blanco y enorme, que tenía aspecto de pastel de bodas o del palacio de un mongol, era famosamente conocido como el Taj Mahal de Ipoh y había sido diseñado por un arquitecto del gobierno británico que llegó a Malasia proveniente de Calcuta. Domos y minaretes coronaban las arquerías curvas que conducían a pasillos de piso de mármol, a un hotel con un bar y un café para los viajeros, y a túneles y escaleras que subían y bajaban y conducían a las plataformas.

Shin entró directamente a la estación. Ya sin aliento, lo alcancé frente a la taquilla.

—Dos a Batu Gajah —dijo y deslizó el dinero en el mostrador.

Me embargó una sensación absurda de emoción y felicidad. ¿Por qué iríamos allí? Puesto que no quería hacer demasiadas preguntas enfrente de completos desconocidos, apreté el brazo de Shin con rostro alegre.

—¿De luna de miel? —preguntó el vendedor de boletos después de ver mi elegante vestido.

Solté el brazo de Shin como si me quemara. Sobre la nuca se le dibujó una mancha roja que se esparció hasta sus orejas, pero no dijo nada.

—Plataforma dos. Faltan diez minutos para la salida del tren —nos dijo. Corrimos por las escaleras de mármol que pasaban por debajo de la plataforma para cruzar al otro lado y después abordamos el tren, que ya estaba empezando a emitir vapor.

—Me temo que es el vagón de tercera —dijo Shin.

No me importaba. Estaba tan emocionada que tuve que contenerme para no levantarme de un brinco y examinarlo todo, desde los duros asientos de madera hasta las ventanas que subían y bajaban. Shin, quien parecía estar divirtiéndose, colocó mi canasto sobre el estante arriba de nuestros asientos, y entonces noté por primera vez que no llevaba nada consigo.

—¿Estuviste en Ipoh anoche? —le pregunté—. La señora Tham me dijo que fuiste a buscarme.

—Me quedé con una amistad.

Me pregunté de quién se trataría, si sería hombre o mujer, pero sentí que no debía meterme en sus asuntos.

—Y ¿por qué vamos a Batu Gajah? —Alguna vez fui a visitar a uno de los familiares de mi madre. Era una pequeña ciudad que se enorgullecía alegremente de ser el centro de la administración colonial para el distrito del Kinta—. No tiene que ver con el dedo, ¿o sí? —Mi rostro reflejó mi desilusión.

El tren emitió un último y ensordecedor silbido.

—¡Claro que tiene que ver con el dedo! —respondió—. ¿Qué no quieres averiguar de dónde vino? —Consideré contarle acerca del señor Y. K. Wong, pero no podía explicárselo sin mencionar el salón de baile, de modo que no hice más que asentir—. En fin —continuó Shin—. El punto es que fui a Batu Gajah temprano por la mañana del lunes. Como les falta personal, estuvieron más que felices de recibirme. —Estaba mirando por la ventana, pero comprendí, sin que tuviera que decírmelo, que Shin no toleraba estar bajo el mismo techo que su padre. Sin duda era la misma razón por la que decidió quedarse en Singapur durante las vacaciones anteriores.

—Y ¿cómo te está yendo?

—Comparto la habitación con otro asistente; es bastante agradable, por cierto. Lo primero que hice fue buscar información sobre el vendedor, Chan Yew Cheung. Su tía dijo que se llevaba con un enfermero del hospital, de modo que intenté averiguar si había sido paciente allí. Por desgracia, los registros de pacientes están bajo llave en el departamento de archivos, pero tuve suerte de encontrar otra cosa.

—¿Qué? ¿Al enfermero que se lo dio? —Conociendo a Shin, sería algo bastante fácil para él.

—No, el departamento de patología. Lo administra un doctor de nombre Rawlings. Están arreglando esa parte del hospital, así que está lleno de cajas de registros y de especímenes que tienen que mover a otro sitio. Me pidió que trabajara horas extra y que terminara con todo el fin de semana. Es trabajo de rutina, pero lo acepté de inmediato. Además, me dijo que consiguiera a alguien que me ayudara. Le dije que conocía a alguien que lo haría casi por nada.

—¿Esa soy yo? —pregunté, indignada.

—¿Acaso no necesitas un trabajo de medio tiempo?

Por un instante terrible pensé que lo sabía todo —las deudas de mi madre y mi trabajo en el salón de baile—, pero solo estaba bromeando.

No era que no confiara en él; sabía que mi madre ocupaba un sitio especial en su corazón. Pero estaba absolutamente segura, hasta los huesos, de que involucrar a Shin traería problemas. Uno de estos días, Shin mataría a mi padrastro o viceversa. Ya había estado a punto de suceder hacía algunos años.

Esa noche, había ido a cenar a casa de una amiga. Al volver, me sorprendió encontrar a todos los vecinos frente a la casa. El anochecer lo teñía todo con frías sombras azules. Noté, alarmada, que no era precisamente el mejor momento para estar en la calle conversando. Alguien estaba diciendo que lo mejor era hablarle a la policía, pero mi madre le rogaba que no lo hiciera. Dijo que era un desacuerdo de familia y que jamás volvería a suceder.

De inmediato me acerqué a ella, buscando con ansias señales de alguna lesión, pero, al parecer, estaba ilesa. De hecho, al entrar a la casa tienda, era mi padrastro quien sostenía una toalla ensangrentada frente a su rostro. Jamás lo había visto con herida alguna y, por un momento traicionero, me dio gusto que estuviera lastimado, aunque fuera solo su nariz ensangrentada.

El interior de la casa tienda estaba en completo silencio. Eso me asustó más que cualquier otra cosa.

—¿Dónde está Shin? —pregunté, aunque tuve que hacer acopio de todo mi valor para hablarle a mi padrastro. No dijo nada; solo me miró con furia.

Tiré la mochila y corrí por la casa. Pasé frente a la báscula colgante y frente a los montones de mineral de estaño. Jadeaba y me dolía el costado. Quise llamar a Shin, pero tenía la boca sellada por el terror. Si no respondía, querría decir que estaba lastimado de gravedad. O muerto. Con el paso de los años, las golpizas de mi padrastro habían ido aminorando, y Shin aprendió a reconocer su estado de ánimo para cuidarse de lo que hiciera o dijera. Apenas unas semanas antes, mi madre dijo que le daba gusto que Shin fuera tan maduro; era su forma de decir que ya no se metía en líos con su padre. Pero yo todavía dudaba de mi padrastro. Jamás confié en ese hombre.

Atravesé la larguísima casona corriendo. Estaba a oscuras; nadie había prendido siquiera una lámpara. Casi no podía ver lo que había en los rincones; las sombras suaves y borrosas eran tan oscuras que parecían acumularse como hollín. O quizás eran las lágrimas que tenía en los ojos. No había señales de Shin. Casi sin aliento, subí las escaleras de dos en dos y abrí las puertas de golpe, aunque en realidad no creía que estuviera arriba. No sabía si estaba herido. O tal vez en realidad sí estaba muerto. En la habitación principal permanecía mi padrastro, como gárgola, a solas.

Regresé a la parte trasera y estuve buscándolo todo el camino hasta la cocina. De chicos, había varios lugares donde nos gustaba escondernos a jugar —la despensa debajo de las escaleras, el estrecho espacio entre las vasijas de agua—, pero Shin ya era demasiado grande como para poder escurrirse dentro de cualquiera de ellos. Al final, volví a atravesar la cocina hasta llegar al último patio, el que tenía la pared alta que daba al callejón trasero, y allí es donde lo encontré, detrás del gallinero.

Casi no podía distinguirlo en el ocaso azul, recargado contra la pared de atrás. Sus piernas, mucho más largas que cuando éramos niños, estaban estiradas frente a él, como si estuviera exhausto.

—¡Shin! —No noté las lágrimas que me escurrían en el rostro hasta que empezaron a gotear desde mi barbilla.

—Vete. —Su voz era ronca.

—¿Estás lastimado? —Traté de ayudarlo a levantarse, pero me alejó de sí.

—No me toques el brazo. Creo que está roto.

—Voy por un médico.

Me levanté de un brinco, pero se aferró a mi tobillo con la mano buena.

—¡No te vayas!

Escuché algo que le cascó la voz, algo tan triste y desesperado que hizo que me detuviera. Y entonces lo abracé, como si otra vez fuera un niño. Los hombros se le sacudían con aquellos terribles sollozos mientras lo contenía. Enterró el rostro en mi cuello. Un escalofrío le recorrió el cuerpo entero. Tenía el cabello enredado y pegajoso; rogué que fuera sudor y no sangre. «Por favor, que no sea sangre».

No lo había visto llorar en años. Nos aferramos el uno al otro detrás del gallinero durante largo tiempo. El olor era intenso, y había trozos de paja y de otras cosas desagradables en el piso, pero en realidad no podía distinguirlas y quizás allí en la oscuridad no importaban. En dos ocasiones oí que mi madre nos llamaba, buscándonos. La segunda, la llamé en voz baja y le dije que Shin estaba bien, que nos dejara solos un momento. Cuando se fue, él se apartó de mí.

—Voy a matarlo —susurró.

—¡No lo hagas! Terminarás en la cárcel.

—¿Y a quién le importa?

—¡A mí! —Parte de mí creía que Shin era perfectamente capaz de matar a su padre en una pelea. Ya era más alto que él, así que me sorprendió que se hubiera llevado la peor parte ese día. Agradecí que algo hubiera hecho que Shin se contuviera, porque algún día, justo igual a este, llegaría a casa y encontraría muerto a uno de los dos. «Por favor, que no sea Shin». Aunque la alternativa era igual de fatídica. Lo encerrarían por el resto de su vida. O lo colgarían.

—Ya deja de llorar —dijo al fin—. No voy a hacerlo, ¿de acuerdo?

—Prométemelo.

—Te lo prometo —dijo con un suspiro—. Pero no te recargues en mi brazo, que me duele. —Me levanté. Shin salió despacio de detrás del gallinero y también se puso de pie. Mis ojos ya estaban acostumbrados a la penumbra, pero de todos modos me costaba trabajo distinguir las formas. Todo parecía extraño y fuera de lugar, como si el patio de la cocina fuera un sitio completamente diferente. El brazo izquierdo de Shin le colgaba en un ángulo peculiar—. Te lo dije, está roto. —Sonaba tan despreocupado que me dieron ganas de volver a empezar a llorar.

—¿Qué pasó?

—Me azotó con un palo. Con la pértiga de carga.

La pértiga de carga se utilizaba para los bultos más grandes. Aquella herramienta fuerte y pesada, de forma aplanada para poder balancearla sobre un hombro, era un arma letal cuando los clanes rivales chinos la usaban en sus guerras de pandillas. Si mi padrastro en realidad había golpeado a Shin con ella, tenía que estar loco. Podría haberlo lisiado. Estaba tan furiosa que quería gritar; quería reportarlo a la policía. Deseé que todas las puertas y ventanas de la casa se abrieran de golpe y que el techo desapareciera para que todos los vecinos pudieran ver en realidad lo que sucedía en nuestra casa.

—Dijiste que no debíamos matar a nadie —dijo Shin al interpretar mi expresión.

—No cuelgan a las niñas —dije, aunque no estaba del todo segura de ello. Quizá sí lo hacían. O quizá las ahogaban, como si fueran brujas. No me importaba. Estaba tan furiosa que me temblaban las manos. Aun así, estaba aterrada. No me había atrevido a levantarle la voz a mi padrastro, ni siquiera cuando estuve buscando a Shin por toda la casa con tanta desesperación.

—¿Qué pasó? ¿Por qué lo hizo?

Pero Shin solamente meneó la cabeza.

Jamás me enteré de lo que sucedió esa noche. Mientras más se lo preguntaba a Shin, más se hundía en el silencio. Mi madre tampoco quiso explicármelo. Me dijo que cuando llegó a casa ya estaban peleando y que lo mejor era olvidarse de ello.

Shin se quedó en casa una semana completa para ocultar los moretones, y al médico que le entablilló el brazo roto le dijo que se había caído por las escaleras. Mi padrastro también quedó herido. Además del golpe en la nariz, se le torció un codo, y mi madre sospechaba que tenía una costilla rota, aunque él tampoco dijo nada al respecto. Creo que, a su manera, estaba arrepentido. Quizá se dio cuenta de que había ido demasiado lejos, pero yo era incapaz de perdonarlo. No lo perdonaría jamás.

De hecho, debo confesar que pensé en la posibilidad de envenenarlo. Incluso llegué a sacar todas las novelas de detectives posibles de la biblioteca de la escuela. Pero no sirvió de nada. Solo me dejaban sacar dos libros a la vez y, además, ¿dónde demonios iba a encontrar una serpiente entrenada como en *La banda de lunares*? Aparte de todo, si mi padrastro terminaba envenenado, la principal sospechosa sería mi mamá.

    Extrañamente, después de ese incidente, Shin y mi padrastro llegaron a algún tipo de acuerdo del que no me enteré. No se metían el uno con el otro. Al principio, pensé que mi padrastro se sentía culpable por todo el asunto, y quizá fue así, pero también noté que le daba más libertades a Shin. Y él también empezó a esforzarse más en la escuela. Sus calificaciones siempre habían sido buenas, pero ahora estudiaba como si estuviera poseído y me superaba en todas las materias. Ya rara vez tenía tiempo para mí, y fue por esa época que empezamos a distanciarnos.

13

Batu Gajah
Lunes, 8 de junio

Encuentran la cabeza. Es la noticia más comentada en el Hospital de Distrito de Batu Gajah el lunes por la mañana, como se lo informa Leslie, el doctor de rostro juvenil que es lo más cercano a un colega que William tiene aquí.

El horror inicial que William sintió ante la muerte de Ambika se ve reemplazado por culpa y temor. La mujer a la que abrazó tantísimas veces ya no es más que un mero trozo de carne que una bestia carnívora desechó debajo de un matorral. Una y otra vez se pregunta si hizo lo correcto al no identificarla. Su conciencia le susurra que es un cobarde, juicio con el que está obligado a coincidir.

Se pregunta si alguien estará esperando su regreso con ansia. Es posible que el borracho de su marido no la extrañe, pero quizá tuviera algún hijo, aunque jamás lo mencionó. Además, está el molesto asunto del vendedor chino que se topó con él y con Ambika en la plantación de caucho. Fue muy mala suerte que uno de sus pacientes los descubriera. Inhala con fuerza. Siempre que no sea William quien identifique el cadáver, nadie hará la conexión entre ellos.

—Creo que se llamaba Ámbar y algo —dice Leslie. Es pelirrojo, pero el brutal sol tropical le ha desteñido el cabello hasta dejárselo prácticamente color paja, y tiene tantas pecas que su cara es una confusión de motas. No obstante, William lo observa con un intenso alivio, como si Leslie fuera la persona más bella que ha visto en todo el día. «Gracias a Dios. Gracias, gracias». Ya no es necesario que William lo verifique. Qué suerte que encontraran su cabeza; de lo contrario, quién sabe cuánto tiempo se hubiera quedado el torso en la morgue.

—Al parecer, hay algo extraño con el cuerpo.

—¿Fue Rawlings quien hizo el *post mortem*? —pregunta William, alarmado.

—En efecto. Pero luego, cuando encontraron la cabeza el domingo, tuvo que volver a hacerlo de principio a fin.

—¿Y qué piensa él?

—¿Por qué no se lo preguntas tú mismo? —responde Leslie al levantar la mirada.

Al darse vuelta, William advierte la familiar silueta encorvada de Rawlings, el patólogo. Es un hombre demasiado alto y parece una garza, pero para compensarlo tiende a agachar la cabeza por delante del escuálido cuello cuando habla.

William va de prisa a buscarlo, a pesar del llamado lastimero de Leslie.

—¡Necesitamos hablar acerca de la fiesta en tu casa!

—Después —le responde William.

Se olvidó por completo de la fiesta mensual, un evento social muy esperado en el que la gente se alimenta de comida enlatada proveniente de Europa —chícharos, langosta, lengua—, bebe demasiado y se felicita una y otra vez por lo entretenidísima que es su vida en las Colonias. Es su turno de hacer de anfitrión, así que debe recordarle a Ah Long que ordene vino y licores adicionales, además de discutir el menú con él. William preferiría degustar la fresca comida local en lugar de algo inerte que viene encerrado en una lata, como si se tratara de un ataúd de metal. La idea lo horroriza, así que mejor se apresura para alcanzar a Rawlings.

La cafetería del hospital es un sitio abierto y espacioso, con techo de palma y piso de concreto. El menú diario incluye platillos tanto locales como de Occidente. Rawlings está formado en la fila frente al mostrador y con voz profunda pide un *kopi-o*, café fuerte con azúcar, además de una rebanada de papaya. William se para detrás de él y pide que le sirvan lo mismo.

—Oí que identificaron el cuerpo —dice William al tiempo que se sientan. No hay necesidad de especificar qué cuerpo; no hay muchos cadáveres desconocidos en Batu Gajah.

—Fuiste el primero en llegar a la escena, ¿cierto? —le pregunta Rawlings. Después, saca un cortaplumas y separa la papaya de la cáscara con absoluta destreza. Rawlings es vegetariano, y William no lo culpa. También él lo sería si tuviera que pasar el día entero examinando cadáveres.

—En realidad, los primeros en llegar fueron los agentes de policía —dice William—. Parecía un ataque de tigre o de leopardo. ¿Cuál fue tu opinión?

Rawlings exprime medio limón sobre la papaya, cosa que también hace William. En algún lugar leyó que, si imitabas a la gente, era más probable que se sinceraran contigo.

—Vi tus anotaciones —menciona Rawlings mientras se limpia la boca— y, de inicio, estuve inclinado a concordar contigo. Por las marcas del cuerpo, me pareció que se trataba de un tigre. Las perforaciones estaban demasiado separadas como para tratarse de las mandíbulas de un leopardo.

—¿Por qué dices «de inicio»?

—Dime algo, ¿había mucha sangre en la escena?

En su mente, William regresa al claro entre los árboles de caucho. Recuerda la gruesa capa de hojas secas sobre el suelo, el aroma a clavo de los cigarros malasios del agente y el trozo de carne que alguna vez fue una mujer atractiva.

—No. Supuse que la había matado en otro sitio.

—En los bordes de las heridas punzantes, la piel no tenía indicio alguno de hemorragia ni de eritema. Tampoco había sangrado arterial, ni siquiera en el sitio en que se quebró la columna y se separó el cuerpo.

—No había sangre —repite William despacio—. De modo que ya estaba muerta cuando el animal se la llevó.

—Así es. Pero los tigres también son carroñeros. Ahora bien, cuando encontramos la cabeza, surgieron todavía más dudas.

—¿A qué te refieres?

—Se hizo la búsqueda de las demás partes del cuerpo en un radio de ochocientos metros. El inspector usó sabuesos, y encontraron la cabeza y una pierna, cosa que, por cierto, no es tan inusual en este tipo de muertes —explica. William se esfuerza por guardar la compostura y fija los ojos en un punto detrás de la oreja izquierda de Rawlings—. Pero la cabeza fue de lo más interesante. ¿Quisieras verla? —Empieza a ponerse de pie, pero William levanta una mano.

—No antes de la comida, gracias.

—Estaba prácticamente intacta. De hecho, todo el cuerpo me dio la misma impresión: que el animal estaba empezando su rutina, ya sabes, desmembrando el cadáver y destripando el torso, cuando, por nada, simplemente se detuvo.

William se cubre la boca. El aroma de la carnosa papaya madura bajo su cuchara es tan sugerente que siente que el vómito se le sube a la garganta. Piensa en la generosa sonrisa de Ambika, en sus lozanos hombros deslizándose bajo sus manos, y todo se disuelve frente a él hasta convertirse en una máscara de sangre y líquidos amarillentos. Quiere llorar.

—¿Estás bien? —le dice Rawlings, preocupado, mientras lo mira fijamente con sus ojos de párpados caídos.

—Problemas estomacales —miente William.

—Sin los perros —continúa Rawlings—, jamás habríamos encontrado la cabeza. Lo que resulta interesante es que parecía tener rastros de vómito en la boca.

—¿Y eso qué significa?

—La primera posibilidad —responde Rawlings, haciendo un triángulo con los dedos frente al rostro— es que la pobre mujer fue víctima del ataque de un tigre que posiblemente le destrozó la garganta o la sofocó. Es difícil determinarlo porque ya no tenemos el cuello. Pero luego el tigre abandonó a su presa y regresó por ella mucho tiempo después… un día o dos incluso… y le ocasionó las demás lesiones después del fallecimiento. Pero ¿qué clase de animal haría algo así?

—Quizás estaba trastornado —dice William. El estómago le da un vuelco; tiene la terrible sensación de que está a punto de escuchar algo de lo que se arrepentirá.

—Hay muy pocas cosas que puedan perturbar a un tigre que se está alimentando, excepto humanos u otro tigre, el cual también se habría comido los restos. Y no hay reporte alguno de personas que ahuyentaran a un tigre. Quizá debimos esperar a ver si el animal volvía.

—¡Se trataba de una *persona*! ¡De un ser humano! ¡No podíamos dejarla ahí afuera como carnada! —Sin percatarse de ello, William levanta la voz. Algunas personas voltean a mirarlo.

Rawlings lo ve con sorpresa.

—No es como si no se hubiera hecho antes. En la India hubo varios casos en los que se logró tenderles una emboscada a tigres devoradores de hombres cuando regresaban por el cuerpo —dice Rawlings. En varias ocasiones han acusado a William de ser frío e insensible, pero en ese instante piensa que, en comparación con el forense, él es un hervidero de emociones. Si no se cuida, las personas empezarán a sospechar. Pasa saliva con dificultad y se queda viendo su taza de café—. En todo caso, esa teoría no termina de gustarme del todo. Es mucho más probable que muriera en el cauchal y que un tigre se la llevara como carroña. La muerte pudo deberse a causas naturales. Otra posibilidad es que alguien la asesinara.

—Las probabilidades de que se tratara de un asesinato son ínfimas —dice William, consternado—. Quizá la mordió una serpiente; las posibilidades son infinitas.

Rawlings agita una mano con desdén.

—¿Sabes qué pienso?

—¿Qué?

Sin embargo, en ese instante Rawlings cambia de parecer y se reclina en su asiento.

—Todavía no puedo confirmarlo, pero la reportaré como una muerte sospechosa. Esto tendrá que aclararse en el tribunal forense.

No es lo que William querría oír; sería mucho mejor que Ambika no fuera más que la desafortunada víctima de un tigre. Ahora recuerda que ella le había pedido más dinero hacía poco y se pregunta si tendría otros amantes. Siente que algo le oprime el pecho. Si es el caso, empezarán a buscar a todo el que se haya relacionado con ella.

—Por la razón que haya sido —continúa Rawlings—, en este caso el tigre se comportó de manera muy extraña. Los lugareños están rumorando que se trata de un tigre fantasma o alguna otra tontería como esa.

—*Keramat* —interviene William de manera automática—. Una bestia sagrada.

—¡Bestia sagrada! —bufa Rawlings—. Exactamente.

William mira al otro lado de la habitación, y sus pensamientos se desmadejan como hilos sueltos. Además del vendedor, ¿lo habría visto alguien más con Ambika?

Necesita cuidarse.

Ren está haciendo un omelette. Es una tarea difícil y delicada que requiere de enorme paciencia si se hace al carbón. Desde que encontraron el cuerpo el fin de semana, William siente náuseas con frecuencia y está de malas. No tolera comidas pesadas como pollo en salsa de coco o chuletas fritas de cerdo. Tras volver temprano del trabajo el día de hoy, pidió un omelette, y Ren se prestó a cocinarlo.

Los omelettes eran uno de los platillos favoritos del doctor MacFarlane, y la tiita Kwan le enseñó a hacerlos para que salieran esponjosos y deliciosamente suaves. Ren coloca el manjar ya listo sobre un plato con todo cuidado; el secreto está en retirar los huevos del fuego antes de que estén del todo cocidos. Tras levantar la mirada, Ren sonríe de pronto y, de manera inesperada, lo mismo hace Ah Long.

—Puedes servírselo tú mismo —le dice.

Ah Long espolvorea trocitos de cebolla verde finamente picados sobre el omelette y coloca algunas rebanadas de jitomate a un lado. Tras acomodar el plato sobre una bandeja con una servilleta blanca y almidonada, Ren sale a toda prisa de la cocina. Cruza el largo pasillo pulido y sube las escaleras, donde toca a la puerta de la recámara del amo.

Como todos los demás cuartos de la casa, la ventilada habitación de techos altos está pintada de blanco y casi vacía, salvo por la cama de columnas que está en el centro y tiene un mosquitero por dosel. El sol de la tarde, que adquiere una coloración verde y dorada al atravesar las copas de los árboles, le provoca a Ren un *déjà vu*. Es idéntico al cuarto del viejo doctor en Kamunting. Excepto que no es el doctor MacFarlane quien está sentado a una mesa frente a la ventana, sino William, que está escribiendo una carta.

—Gracias —dice con un respingo de culpa cuando Ren coloca la bandeja junto a él.

—¿Ya encontraron al tigre? —pregunta Ren.

—Todavía no. Podría estar a kilómetros de distancia para este momento. —William toma un bocado—. ¿Quién hizo esto?

—Fui yo, *tuan* —dice Ren con mirada inquieta.

—Está excelente. Me gustaría que tú hicieras todos mis omelettes de ahora en adelante.

—Sí, *tuan* —envalentonado, Ren le pregunta—: ¿Me podría dar permiso para irme dentro de poco?

—¿A dónde quieres ir?

—De vuelta a Kamunting. Solo serían algunos días.

William lo considera. Ren lleva poco tiempo trabajando con él. En sentido estricto, no lleva acumulado el tiempo necesario como para pedir permiso para ir a ninguna parte, pero su mirada refleja sus esperanzas.

—¿Quieres ir a ver a tus antiguos amigos?

—Sí. —Ren duda un instante—. Y a visitar la tumba del doctor MacFarlane. Me gustaría ir antes de que se termine el periodo de duelo en los siguientes veinte días.

—Por supuesto. —La expresión de William se suaviza—. Si así lo deseas, puedes tomarte tres días. Verifica las fechas con Ah Long; tendremos una cena y lo mejor será que esperes hasta después. ¿Necesitas el pasaje del tren? —Ren parece confundido ante la oferta. William suspira—. Quiero decir que yo te pagaré el viaje. Puedes poner algunas flores sobre la tumba del pobre de MacFarlane en mi nombre.

Después de salir de la habitación, Ren vuelve caminando a la cocina. Desde el terrible descubrimiento del cuerpo, aceleró su búsqueda del dedo con desesperación. Ya exploró todos los cuartos y abrió todos los cajones de la casa. Hay veces que cree que Ah Long sospecha de él, ya que el cocinero lo ha sorprendido en más de una ocasión. Es como un gato viejo y canoso, un parecido que se acentúa todavía más cuando Ah Long se sienta en los escalones de la cocina entrecerrando los ojos de cara al sol. De cualquier forma, Ah Long no le ha dicho nada.

Ren tiene la incómoda sensación de que el dedo no se encuentra en la casa, de que quizá jamás estuvo ahí. No hay manera de explicarlo; es como el espasmo en los bigotes de un gato. Cuando Yi estaba vivo, era frecuente que experimentara ese sexto sentido. La gente decía que era magia, pero Ren sabe que era porque hacían juego. Los chinos dicen que las cosas buenas vienen en pares, como el símbolo de doble felicidad que se hace con papel rojo recortado y se adhiere a las puertas en las bodas, y como los dos leones de piedra que cuidan los templos. De niños, Ren y Yi eran dobles perfectos el uno del otro. Al verlos, las personas no podían evitar sonreír. Gemelos... ¡y niños! ¡Qué fortuna! Pero todo eso llegó a su fin con la muerte de Yi. Si se rompe uno de los palillos con los que se está comiendo, se debe desechar el otro. A fin de cuentas, la mitad de un par que se rompe es uno: el desafortunado número de la soledad.

En alguna ocasión, el doctor MacFarlane le explicó lo que eran las señales de radio, diciéndole que se necesitaba tanto de un transmisor como de un receptor para que funcionaran. De inmediato, Ren comprendió la explicación. Yi y él siempre sabían dónde se encontraba el otro, tanto así que la matrona del orfanato mandaba a uno de los chicos a hacer alguna compra mientras mantenía al otro a su lado. Ante cualquier demora, le preguntaba a ese gemelo qué tan lejos se encontraba su hermano. Era una habilidad útil, aunque no más maravillosa que la de Pak Idris, el pescador malasio ciego del río Perak que atrapaba peces con solo escucharlos bajo el agua.

—¿Cómo es? —le preguntó Ren.

—Es como el sonido de guijarros que caen dentro del agua —le respondió—. Es como un espejo en el que se reflejan los peces.

«Un espejo lleno de peces». Aun después de unos años, es frecuente que Ren recuerde esa frase. ¿Qué aspecto tenían los peces para Pak Idris, quien no podía verlos? ¿Eran como estrellas que se movían en el oscuro firmamento o como un campo lleno de flores que se mecían con el viento? Tras la muerte de Yi, Ren perdió su faro en este mundo. Ya no tiene un buen sentido de las distancias ni sabe lo que está pasando en otros lugares. Su capacidad se redujo de forma que solo puede intuir sucesos inminentes, como escuchar el tronido de una rama justo antes de que caiga y brincar para esquivarla y ponerse a salvo. Ha sufrido muchos potenciales accidentes. Demasiados, quizá.

Hay veces que Ren piensa que no es que haya perdido su capacidad de amplio rango en absoluto, sino que la señal es muy tenue porque Yi está demasiado lejos. Pero no puede decir dónde se encuentra. Cruzó a otro país, a la tierra de los muertos. En su búsqueda del dedo perdido, sus invisibles bigotes de gato se estremecieron una sola vez dentro de la casa: frente a la piel de tigre que se encuentra en el estudio. Pero eso no es de sorprender, dada la obsesión que el viejo médico tenía con los tigres y que, como Ren lo temía, William parece compartir hasta cierto grado. Al atravesar el pasillo de prisa, se le ocurre a Ren que hay un lugar en donde le falta buscar: el Hospital de Distrito de Batu Gajah. El sitio donde William tiene una oficina.

El tiempo se está acabando: solo quedan veinte días antes de que se terminen los cuarenta y nueve del alma del doctor MacFarlane. Si no encuentra el dedo para entonces, habrá fracasado. ¿Cómo descansará su viejo amo? Ren recuerda los últimos días del doctor MacFarlane y las fiebres que lo hacían estremecerse. Después, los sueños, las pesadillas lúcidas en las que el viejo pedía misericordia o se arrastraba a gatas, babeando. Si la tiita Kwan hubiera estado con ellos aún, seguramente se habría hecho cargo; pero, al final, solo quedaba Ren.

Una ráfaga de viento corre por la casa y cierra todas las puertas de golpe al mismo tiempo. Para Ren, que está asomado por la ventana en el último peldaño de las escaleras, los árboles son un océano verde que rodea el búngalo. Este es una embarcación en la tormenta, y Ren es un grumete asomado por la portilla. Se aferra al marco de la ventana como si fuera una claraboya y se pregunta qué secretos merodean en aquella selva que los envuelve y si su viejo amo de verdad está destinado a vagar por siempre en la vastedad de la jungla, apresado en la forma de un tigre.

14

Ipoh / Batu Gajah
Sábado, 13 de junio

Se oyó un silbido agudo. A todo lo largo del tren, empezaron a cerrarse las puertas mientras el vapor envolvía la plataforma. Todo era tan emocionante que miré a Shin y reí. Él alzó las cejas y me contestó con una sonrisa. Después de un jalón y luego una sacudida más fuerte, el tren comenzó a salir despacio de la estación de Ipoh. Fuimos dejando atrás la plataforma. Las personas agitaban los brazos para despedirse de los pasajeros, y no pude resistir agitar el brazo en respuesta.

—Pero si ni siquiera los conoces —dijo Shin, con los ojos en blanco.

—¿Por qué no hacerlo? —contesté, a la defensiva—. A los niños les agrada.

Recordé aquel sueño del pequeño en la estación de trenes. Había parecido sumamente real, aunque no se parecía en nada a la palaciega estación de ferrocarriles de Ipoh, que cada vez se alejaba más.

El viaje a Batu Gajah era de alrededor de veinticuatro kilómetros, o veinticinco minutos, según Shin, aunque a veces se atravesaban en las vías elefantes salvajes o *seladang*, enormes bueyes de selva que, se decía, podían medir hasta dos metros al hombro. Una fresca brisa entró por la ventana abierta, y entonces cerré los ojos, sintiéndome completamente feliz.

—¿Entonces sí?

La mirada de Shin me atravesó los párpados y me hizo sentir cohibida. ¿Acaso notó el maquillaje que utilicé para cubrir mi ojo amoratado? De todos modos, qué importaba que mi cabello pareciera un nido de ratas; solo se trataba de Shin.

—¿Sí qué?

—Aceptas ayudarme a limpiar la bodega del departamento de patología el fin de semana.

—Siempre y cuando me paguen a mí también —dije, abriendo los ojos—. Pero ¿qué te hace pensar que encontraremos algo?

—No me queda la menor duda de que ese dedo salió del hospital —respondió Shin—. Si retiras la tapa, tiene la misma marca que las demás muestras del laboratorio de patología del hospital. Deberíamos revisar los registros para ver si hay algo acerca de dedos amputados.

—¿Y dónde tienes el dedo, por cierto?

En respuesta, le dio una palmadita a su bolsillo. El gesto me recordó al del vendedor, y mis ánimos decayeron de inmediato. Volvió de nuevo aquella sombra para oscurecer el brillante día. A todo esto, ¿por qué le entusiasmaba tanto a Shin averiguar quién era el dueño? Quizá podríamos limitarnos a devolver el dedo al hospital de manera discreta. Se me ocurrió que yo misma debía formar parte de las investigaciones, darme una vuelta por el hospital y hablar con el personal. No quería admitirlo frente a Shin, pero, si no podía asistir a la escuela de medicina, quizá podría ser enfermera o ayudante hospitalaria. Cualquier cosa era mejor que mis actuales prospectos desalentadores.

—Algo estás tramando, ¿verdad? —preguntó Shin con un bufido—. Me puedo dar cuenta a la perfección; eres de lo más predecible.

—Nadie más piensa eso —respondí enojada, recordando a los estudiantes con estrellas en los ojos y a los viejos que hacían fila para bailar conmigo. Nirman Singh afirmaba que yo estaba «rodeada de aciago misterio», aunque me hallaba bastante segura de que se refería a la verdadera Louise Brooks y no a mí; además, tenía quince años de edad y no debía estar gastando el poco dinero que tenía en un salón de baile.

—¿Con quién te estás llevando?

Se me olvidaba lo mordaz que era Shin; era el reverso del lado positivo de su moneda.

—Con nadie.

Shin me miró con expresión pensativa.

—¿Te gusta hospedarte con la señora Tham?

—Pues… ya viste cómo es —dije—, pero no es tan malo.

—¿Cuánto te paga?

—No me paga nada; yo le tengo que pagar a ella. Por lo de ser su aprendiz, ya sabes.

—Eso es ridículo —respondió. Uno de los músculos de la mejilla se le crispó—. Estás trabajando gratis.

—En realidad, se supone que me paga un poco por ayudarla, pero aparte están los gastos de mi comida y hospedaje, y las tarifas de sus clases, de modo que quedo en ceros.

—¿Y eso te hace feliz?

Dudé si decirle que por supuesto que no me hacía feliz. Dos años antes, se lo habría dicho sin reservas, pero esta vez las palabras se quedaron girando en la punta de mi lengua, como una esfera de vidrio que podía caerse y estrellarse contra el piso. ¿Por qué arruinar el primer día agradable que pasábamos juntos desde hacía mucho tiempo? Por lo tanto, me quedé callada.

La estación de trenes de Batu Gajah era modesta: un simple rectángulo con un techo de palma *attap* y algunas bancas de madera que daban hacia las vías a ambos lados. La miré y experimenté un incómodo *déjà vu*. No me quedaba la menor duda de que la noche anterior, en mis sueños, estuve sentada en una de esas bancas. No había ningún río a la vista, aunque según el viejo caballero malasio sentado al otro lado del pasillo del carro, la vía del tren sí cruzaba el río Kinta.

—Pero no se alcanza a ver sino hasta salir de la estación. —Él mismo seguiría su camino hasta Lumut, más al sur.

—Nosotros nos quedaremos aquí —le dije.

—Hasta luego —respondió el viejo. Y después le dijo a Shin—: Su esposa es muy bella. ¡Muy moderna y elegante!

—¡Somos hermanos! —le aclaré de inmediato.

Shin estaba muy callado cuando nos bajamos del tren. Era la segunda ocasión en que nos confundían, y temí que le pareciera molesto.

—¡Claro que estoy molesto! —exclamó—. ¿Quién querría estar emparentado contigo? —Aliviada, rompí en carcajadas. Shin, en cambio, puso los ojos en blanco—. Se supone que deberías ofenderte, como cualquier chica. No que cacarees de esa manera.

Me quedé callada. Una de las razones por las que era popular en el Flor de Mayo era porque me gustaba bromear con los clientes, pero ¿así era como debían portarse las jóvenes decentes? La prometida de Ming era callada y recatada; era el tipo de chica que jamás se permitiría hacer chistes ridículos en la calle.

El camino al Hospital de Distrito de Batu Gajah subía por una colina que llevaba al barrio europeo de Changkat. Por todas partes había arbustos de adelfas, con espumosas flores rosas y blancas y hojas ovaladas, así como fragantes árboles de plumaria, la flor de los cementerios de Malasia. A los ingleses los enloquecía la jardinería —todos lo sabíamos por nuestros libros de historia— y habían llevado esa pasión a cada esquina del imperio.

Para cuando llegamos al hospital, ya eran casi las once de la mañana y hacía muchísimo calor. El hospital constaba de una serie de edificios tropicales de madera estilo Tudor, blancos y negros, conectados por sombreadas verandas y prados de césped recortado. Cuando miré hacia arriba, noté que las enormes tejas de terracota de los pasillos techados venían de Francia y que en la parte inferior tenían marcado el nombre del fabricante: SACCOMAN FRÈRES, ST. HENRI MARSEILLE.

Shin me guio por enfrente a las oficinas administrativas hasta que llegamos a la parte trasera de uno de los edificios exteriores. Luego sacó una llave y abrió la puerta.

—Aquí estamos. Tendremos que darle algún tipo de orden a todo esto.

Era una habitación de gran tamaño y techos altos. Largos ventanales dejaban pasar la luz detrás de montones de cajas y archiveros. Había frascos de especímenes alojados entre cajas de cartón atiborradas de papeles, al igual que recipientes de vidrio de más de veintidós litros de capacidad asentados en medio de un reguero de viejas revistas médicas. Al ver la montaña de cosas, dejó de sorprenderme que el tal doctor Rawlings le hubiera sugerido a Shin que consiguiera algo de ayuda adicional.

—¿Se supone que ordenaremos todo esto el día de hoy?

—Es una excelente oportunidad para revisar si hay dedos faltantes —dijo Shin—. Quieren mudarlo a otro lugar, y yo ya hice la mayor parte. Solo tenemos que organizar los especímenes. ¿Quieres que comamos primero?

Miré los frascos llenos de especímenes de aspecto horripilante. Trozos de vísceras flotaban en baños nebulosos junto a botellas donde habitaban vértebras blanquecinas.

—No —respondí—. Empecemos de una vez.

¿Cuál era la finalidad de esa colección? Shin dijo que no tenía idea. A pesar de tener que encargarse de lo más pesado, estaba de excelente humor. Me daba cuenta por la manera en que silbaba en el corredor mientras traía más cajas pesadas. Nos llevábamos mejor cuando había algo que necesitaba hacerse, así como nos encargábamos del quehacer de la casa con rapidez y eficiencia cuando éramos más jóvenes. Si nos contrataran como conserjes, pensé, jamás tendríamos desacuerdos.

Mi madre era un ama de casa ejemplar; en eso, mi padrastro jamás tuvo motivos para criticarla. Era obsesivamente pulcra, e incluso sacaba los marcos de madera de las camas para echarles agua hirviente en cada rinconcito, de modo que jamás tuvimos invasiones de chinches.

Cuando recién nos mudamos a la casa, dudaba si pedirle a Shin que hiciera quehaceres domésticos. A fin de cuentas, era varón, aunque siempre estaba más que dispuesto. Ella nos colmaba de afecto, tanto que rayaba en lo absurdo. Los perros callejeros y los mendigos no dudaban en acercársele, y más de una vez les regaló nuestra cena y luego nos suplicó que no se lo dijéramos a mi padrastro. Yo me hacía la difícil para conseguir mejores cosas, pero Shin siempre cedía. Era como un libro abierto para mí, un libro con expresión esperanzada que no tardaba en inclinar la cabeza. Estaba ansioso de afecto.

Creo que a mi madre le habría gustado tener más hijos. Sin duda, fue algo en lo que decepcionó a mi padrastro. En varias ocasiones se mandó llamar a la partera local porque mi madre perdía a los bebés. Pero nadie jamás me explicó exactamente qué pasaba ni por qué le ocurría.

La casamentera hizo tal escándalo acerca de cómo Shin y yo estábamos destinados a ser hermanos, de cómo casi éramos gemelos por haber nacido el mismo día y por tener el nombre de dos de las cinco virtudes confucianas, que me convencí de que los otros tres niños —cuyos nombres merecidos tendrían que ser Ren, Yi y Li— no tardarían en nacer. Los imaginaba dándose empujoncitos en la oscuridad, esperando a salir libres al mundo. Pero jamás llegaron. Y cada episodio sangriento acrecentaba mi temor de que algún día se llevaran a mi madre consigo.

Le conté esto a Shin una de esas noches en las que conversábamos en susurros. Él estaba recostado de espaldas sobre el piso de su recámara, y yo estaba sentada en el angosto corredor, con la puerta abierta entre ambos. Eso lo hacíamos por si acaso mi padrastro salía de su habitación de manera repentina. En ese entonces ya teníamos alrededor de trece años de edad y aquel era cada vez más estricto. Yo ya no podía poner pie en el cuarto de Shin y él, por supuesto, tenía prohibido tajantemente entrar en el mío.

Esa noche, la luna tenía un brillo particular, como una nítida rebanada de blancura. Hacía demasiado calor como para recostarse en la cama, y el único alivio lo proveía el frescor de los tablones de madera del piso.

—¿Crees que tengan más niños? —le pregunté.

—No. Es más difícil mientras más viejos se hacen. —De vez en vez, Shin mostraba una especie de calmada racionalidad que yo envidiaba.

—Pero tengo miedo.

Shin rodó para ponerse boca abajo y se recargó sobre los codos.

—¿De qué?

Le conté que temía perder a mi madre y que no podía dejar de pensar en que debería haber tres más de nosotros, como lo dijo la casamentera.

Se quedó en silencio un momento.

—Esas son estupideces.

—¿Por qué? —dije, ofendida—. ¿Es más estúpido que lo que dijiste acerca de *mo* y los devoradores de sueños?

De inmediato, me arrepentí de mis palabras porque sabía que Shin atesoraba ese trozo de papel que le dejó su madre.

—No he tenido pesadillas en mucho tiempo —se limitó a decir—. De hecho, creo que no sueño para nada. Además, todo esto de tener tres hermanos más es una tontería. ¿Por qué tendría que haber más?

—Porque ya somos dos en este momento.

Shin se incorporó de manera abrupta hasta quedar sentado.

—A mí no me incluyas. En realidad, no soy tu hermano y lo sabes.

Shin se metió en su cama y me dio la espalda. Al sentirme rechazada, volví a mi propio cuarto. A veces me preocupaba que él no hiciera más que tolerarme, que quisiera otro tipo de hermana, una que no discutiera con él de manera constante y que nunca lo superara en calificaciones. Siempre que me sentía mal pensaba en números. En cantonés, el dos era un buen número porque formaba un par. Tres también era bueno porque sonaba igual que *sang*, «vida». Cuatro, por supuesto, era malo porque sonaba igual que muerte. Por otro lado, cinco era bueno porque remataba un juego completo, no solo el de las virtudes confucianas, sino también el de los elementos: madera, fuego, agua, metal y tierra. Como fuera, no importaba lo arisco que fuera Shin. Le gustara o no, seguía siendo el único hermano que tenía.

La puerta del almacén de patología se abrió de golpe. Pensando que se trataba de Shin con otro bulto más, hablé sin voltear.

—No lo pongas allí, ponlo del otro lado.

Silencio. Una extraña sensación me indicó que algo no andaba bien. Volteé y vi a un desconocido en la puerta. Un extranjero. Alto y huesudo, con gafas. Por lo demás —la cara pálida, el cabello rubio, los brazos blancos quemados de manera desigual por el sol—, se veía igual que cualquier otro europeo.

—Estoy buscando al doctor Rawlings.

Shin me dijo que Rawlings era el patólogo residente, pero no tenía idea de si estaría aquí el sábado por la tarde o no. El hombre me miró fijamente. Sus ojos desprovistos de color me atravesaron como si tuviera agujas detrás de las gafas de vidrio. Temí que no tardaría en darse cuenta de que yo no era parte del personal del hospital.

—Si regresa, por favor, dígale que pasé a verlo. Me llamo William Acton.

15

Batu Gajah
Sábado, 13 de junio

Ren encuentra la oportunidad para buscar el dedo el sábado, durante la hora de la comida, cuando William anuncia que irá a la ciudad y hará una escala en el hospital. De inmediato, Ah Long le pide que pase por algunas provisiones: alimentos enlatados, jabón en polvo y betún café para zapatos.

—Sube al coche —dice William, mirando a Ren, que está deteniendo la puerta del auto—. Puedes llevar una lista a la tienda, ¿no?
—Ren abre los ojos como platos ante esta oportunidad inesperada. William le grita a Ah Long por encima del hombro—: Me llevo al chico. ¿Hay algo más que se necesite?

Hay un breve caos mientras se terminan de hacer las listas. Ah Long pone un centavo en la mano de Ren.

—Cómprate algo para ti —le dice en tono hosco—. Hay veces que entra a beber al club. Si se hace tarde, quédate en el auto. Sea como sea, volverá por la mañana. —La delgada figura, que desaprueba el arreglo con frialdad, se queda de pie en la entrada de grava—. *Selamat jalan* —le dice a William. «Buen viaje».

Harun, el chofer malasio, es un hombre regordete de aspecto agradable que tiene tres hijos y que le sonríe a Ren cuando este se trepa emocionado al asiento contiguo al suyo y se aferra a un canasto de mercado hecho de ratán y con periódicos por dentro por si algo se derrama. William se sienta atrás. Ren permanece en silencio, aunque le encantaría hacerle preguntas acerca del auto a Harun. Hay una colección intimidante de interruptores e indicadores en el tablero del Austin, y Ren observa con atención cuando Harun cambia de velocidades.

—Primero quiero que pasemos por el hospital —dice William—. Tengo que dejar algunos papeles.

«El hospital». Ren aprieta el asa del canasto.

Al acercarse a la ciudad, empiezan a ver los cuidados prados y las entradas de grava de los demás búngalos. Ya para entonces Ren reconoce algunas de las casas, pero están tan lejanas unas de otras, tan aisladas por la abundante selva, que jamás se escucha a los vecinos. Ren es capaz de distinguir las casas en las que hay esposas europeas: están plagadas de macizos de cañas de India y flores de jengibre, y rodeadas por arbustos de adelfas e hibiscos. También hay adelfas detrás de la casa de William, pero Ah Long siempre le dice al jardinero que las corte. Las suaves ramas exudan una savia lechosa que puede dejarte ciego, explica con seriedad, además de que la infusión de las hojas se usa para envenenar perros callejeros.

Al dar vuelta en una curva, el viento que entra por las ventanillas abiertas arrastra una arrugada hoja del periódico del canasto de Ren al asiento trasero, donde William la atrapa con destreza con una mano.

—¡Lo siento, *tuan*! —dice Ren, mirando hacia atrás, pero su amo, cuya mirada está fija en el periódico, deja escapar una repentina exclamación.

—¿Este periódico es de la semana pasada?

Ren confirma y se siente culpable. ¿Acaso no tienen permitido utilizarlo? Hay una expresión extraña en el rostro de William. La hoja del periódico que lo tiene azorado es la sección de obituarios, la cual está cubierta de filas de fotografías en blanco y negro.

—¿Murió alguien a quien conoce? —le pregunta Ren.

—Uno de mis pacientes —contesta William y se muerde el labio.

—¿Era un viejo?

—No. Era un hombre bastante joven. Pobre tipo.

Después de un momento, William le regresa el arrugado periódico a Ren, que vuelve a meterlo en el canasto, pero no sin antes estudiar la página con curiosidad. El único hombre joven es un señor Chan Yew Cheung, vendedor, de veintiocho años de edad.

William cierra los ojos, y entrelaza los dedos con soltura sobre las piernas. Esos dedos largos y blancos, capaces de cerrar una herida o de amputar una extremidad. Está canturreando en voz baja. Ren se pregunta por qué su amo se ve tan aliviado, feliz incluso.

Cuando el auto ingresa en el hospital, Ren experimenta una vibración eléctrica, casi como si se estuviera conectando con una señal de radio tenue y lejana. Corre por su cuerpo de la misma manera en que Yi y él solían conectarse. El dedo está aquí. De pronto, está seguro de ello. William toma un portafolios de cuero y sale del auto. Rápidamente, Ren se baja también.

—¿Puedo cargar su maletín, *tuan*?

—¿Quieres conocer el hospital? —dice William y se detiene a mirarlo.

Le explica a Ren que hay dos secciones. Una parte del hospital es para pacientes locales, mientras que el ala europea, exclusiva para extranjeros, se encuentra al otro lado de la calle. William inclina la cabeza para saludar a la recepcionista. Se abren diferentes puertas, y la gente sonríe. Mientras camina detrás del médico, Ren se pregunta si tratan así a todos los europeos o si quizá también se debe al hecho de que William es cirujano.

Existe una estricta jerarquía médica, solía bromear el doctor MacFarlane, en la que los médicos generales, como él, estaban al fondo del escalafón. Pero el doctor MacFarlane era de lo más hábil, piensa Ren. Trataba a pacientes que todos los demás rechazaban por considerarlos casos sin esperanza, como el *orang asli*, el aborigen malasio que era cazador y que acudió al médico con un brazo infectado, o como el bebé del tendero chino, que padecía convulsiones. A todos los ayudaba, y frecuentemente con resultados sorprendentes.

—Pasaré a los pabellones, ya que estoy aquí —dice William. Los largos corredores cubiertos de baldosas cafés y blancas cuadradas huelen a desinfectante—. ¿Quieres ver a tu paciente? —Ren está confundido. ¿A qué paciente se refiere?—. A la mujer a quien le trataste la pierna. Resulta que tuvo que volver a ingresar al hospital.

Claro que Ren quiere verla, aunque de pronto siente una timidez inesperada. El pabellón está vacío, salvo por un viejo que duerme con la boca abierta y la joven mujer que está sentada sobre la cama contigua. A Ren le sorprende su apariencia. No se ve para nada como cuando estaba acostada en la carretilla y su pierna salpicaba sangre por toda la calzada. Ahora, su piel color miel se ve lozana, y tiene el cabello pulcramente trenzado. Su rostro con hoyuelos tiene la forma exacta de un corazón y, cuando William le pide ver su pierna, se sonroja.

—Este es Ren —le dice—. La persona que te trató en mi casa.

Ren observa que no dice «mi mozo» ni «mi sirviente», y siente un orgullo peculiar.

—¡Es muy joven! —responde ella. Su nombre, según el registro de la paciente, es Nandani Wijedasa, tiene dieciocho años de edad y es soltera. Su padre es empleado en las oficinas de la plantación de caucho cercana a la casa, y volvieron a hospitalizarla por presentar fiebre y dolor en la pierna.

Con sumo cuidado, William levanta la tela del flojo pantalón de hospital mientras sonríe con expresión tranquilizadora. La herida es más pequeña de lo que Ren recuerda, aunque sigue siendo una marca alarmante en la parte posterior de la pantorrilla. La herida, suturada con hilo negro, parece dolorosa e inflamada.

—Necesitaremos volver a abrirla y a irrigarla; incluso es posible que sea necesario desbridar el tejido antes de volver a suturar.

Cuando vuelvas a casa, mantén una gasa empapada en ácido carbólico sobre la herida para evitar que se infecte. Debes mantenerla perfectamente limpia; de lo contrario, es posible que se te envenene la sangre. ¿Comprendes?

William la ve directamente a los ojos y parece que una chispa salta entre las dos miradas. El sentido felino de Ren no había sido así de intenso desde la muerte de Yi. ¿Qué podría significar? Ren sabe, sin necesidad de levantar la mirada, que algo está sucediendo entre William y la joven Nandani. Algún tipo de atracción hace que el doctor haga una pausa cuando Nandani parpadea con sus largas y curvas pestañas.

Ren no es el único que lo piensa. Acaba de entrar una señorita extranjera que está empujando un carrito lleno de novelas y de ejemplares viejos de *Punch* y de *The Lady* para entretener a los pacientes. Sus ojos, de un desconcertante azul eléctrico, se clavan en la espalda de William.

—¡William! ¿Qué te trae por aquí el día de hoy? —El sol que entra al pabellón a raudales destaca el color dorado de sus hermosos rizos, y Ren se pregunta si su cabello es así de esponjoso todo el tiempo o si tiene que plancharlo con vapor, como si se tratara de un bizcocho—. ¿Una de tus pacientes? —Lydia le ofrece una rápida mirada a la chica cingalesa.

—No mía. —Mira a Ren, quien fija los ojos con timidez en la grieta del piso junto a la cama de Nandani.

Lydia envuelve el brazo de William con el suyo y lo lleva a un lado.

—Leslie me contó que estás organizando la siguiente reunión de jóvenes médicos.

—No es más que un grupo de solteros que se reúnen para hablar de temas médicos. Nada interesante, me temo. —De la nada, su voz adquiere un tono encantador.

—¿Puedo ir yo también? —dice Lydia en tono esperanzado y suplicante.

—Solo si no te importa oír acerca de aburridas enfermedades tropicales.

—¡Claro que no! Me gustaría ayudar lo más posible; hay muchas ocasiones en que la gente no se da cuenta de lo que es mejor para ella.

Mientras siguen hablando, Nandani toca la manga de Ren.

—Gracias. —Su sonrisa es cálida, y Ren se siente feliz de que no haya muerto en una carretilla llena de sangre—. ¿Estás estudiando para ser médico?

—Me gustaría.

—Vas a ser un buen médico. —Sus ojos se dirigen hacia William—. ¿Tu amo es bueno contigo? —Con cierta sorpresa, Ren se da cuenta de que sí, William es bueno con él—. Es agradable —dice la chica. Aparece de nuevo esa chispa invisible entre William y ella. Vuela con un ligero siseo, de modo que Ren casi espera verla estallar en el aire.

William voltea hacia Nandani.

—¿Dónde vives? —le pregunta. Con timidez, la chica le da su dirección. William la apunta en el pequeño cuadernito que guarda en el bolsillo del pecho de su saco—. Vives muy cerca de mi casa. Si pasas por allí, puedo volver a examinarte la pierna la semana entrante. No hay necesidad de que vuelvas al hospital.

Detrás de William, Lydia arregla los libros del carrito cuidadosamente.

Ren es incapaz de percibir algo sobre ella. Quizá porque es desconocida, extranjera y mujer, y él casi no tiene experiencia con esa combinación. William y ella hacen una bonita pareja. Los dos son muy altos, tiene ojos claros y la piel manchada por el sol; su piel no es de color liso y parejo como la de Nandani. Ren siente compasión por la dama extranjera. ¿Por qué no le agrada a William?

Después de terminar el recorrido por los pabellones, Ren camina con paso ligero junto a William. Se siente casi embriagado por su sentido felino, esa sensación de percibir lo invisible que creía perdida; es como si acabara de recuperar una extremidad que le faltaba o un par extra de ojos y oídos. ¿Qué tiene el hospital que lo hace tan especial? William dijo que pasaría al departamento de patología a ver a su colega, el doctor Rawlings. Quiere preguntarle algo acerca de un informe de autopsia. Ren sabe que *patología* se refiere a órganos y a trozos pequeños de animales y personas muertas, una excelente señal de que allí es donde podría encontrarse el dedo. Rebosante de emoción, se siente confiado de que, incluso con los ojos cerrados, podrá localizarlo.

Mientras recorren los pasillos techados y decorados con macizos de azucenas a cada lado, Ren descubre que aquí es capaz de conocer a William realmente. El interés de William es como un cordel tensado. Se dirige de un lugar a otro, pero sobre todo se siente atraído hacia las mujeres. Hacia las enfermeras que van pasando, hacia una dama que está de visita y que se inclina sobre una cama. Sin duda, William no les presta la menor atención a las cosas que Ren advierte, como la araña que está detrás de la puerta o el guijarro perfectamente redondo bajo las azucenas que a Ren le gustaría meterse en el bolsillo, pero que no se atreve a tomar porque debe de ser propiedad del hospital.

Al acercarse al departamento de patología, el crispamiento de ciertos filamentos invisibles es tan fuerte que Ren se tensa de la emoción. Jamás ha experimentado esto, ni siquiera con Yi. Dan vuelta a una esquina cuando William de repente le da una palmada al bolsillo del pecho de su saco y busca en los bolsillos de su pantalón con cierta impaciencia.

—Ren, regresa al pabellón y tráeme mi pluma fuente. Debe tenerla la jefa de enfermeras.

Con desesperación, Ren mira a William mientras cruza al siguiente edificio, abre la puerta y entra. Algo en esa habitación llama a Ren, lo atrae, incluso a quince metros de distancia, como si se tratara de un imán. Necesita entrar en esa habitación.

Pero recuperar la pluma fuente de William es una orden que no puede desobedecer. El nombre de la misma, según se lo explicó, es el del pico más elevado de Europa: Mont Blanc. La estrella blanca redondeada sobre la tapa de la pluma representa la cima nevada, y tiene una puntilla grabada y hecha de oro verdadero. Es la pluma que utiliza a diario para escribir cartas. Si no la encuentra, William estará muy disgustado.

Al ir de prisa, Ren se confunde y da vuelta en el sitio incorrecto. Es difícil filtrar el torbellino de señales que lo están asaltando. «Como un espejo lleno de peces», recuerda que decía el pescador ciego, Pak Idris. «Debes conocer su canto». Aunque lo que está intuyendo se parece más a un conjunto de luciérnagas que vuelan en la oscuridad. Se mueven en patrones extraños y aleatorios según los intereses y emociones de cada persona, y Ren siente que, si tan solo encontrara un sitio sereno y silencioso, podría ponerlas en orden. Pero, primero, necesita recuperar esa pluma. La enfermera de guardia del pabellón le dice que se la entregó a la jefa de enfermeras.

La jefa de enfermeras, como la mayoría del personal administrativo, es extranjera, una mujer australiana de cara rígida que es toda codos y eficiencia, y lo mira con suspicacia cuando al fin encuentra su oficina.

—Se trata de una pluma muy cara. Más te vale que no se te caiga.
—La cofia blanca y almidonada parece un par de alas tiesas. Aferrándose a la pluma, Ren se apresura con ansias a volver al almacén de patología. En cierto momento empieza a correr, aunque lo sigan las furiosas miradas de los adultos. No necesita preguntar a dónde debe ir. Las conexiones zumban en su cabeza, cantan. Al dar vuelta a la esquina a todo correr, se estrella contra William.

—¿La encontraste? —le pregunta. Aturdido, Ren se le queda mirando fijamente. La pluma. La saca, victorioso—. ¡Espléndido!

—William parece contento, pero Ren no puede determinar si es por la pluma o por algo bueno que sucedió en la habitación. De hecho, William está de mejor humor que en toda la semana. Ren se asoma tras él. La puerta está entreabierta, pero el sol resplandeciente hace difícil distinguir el oscuro interior. Hay una delgada sombra en la puerta. Un hombre, quizá; parece demasiado alta como para tratarse de una mujer. ¿Será el doctor Rawlings del que le habló William?

Lo recorre una descarga eléctrica. Los pensamientos de Ren se vuelven confusos, incoherentes. Los bigotes de gato parecen reverberar. Debe volver a la habitación de la que acaba de salir William; pero, en vez de eso, empieza a tambalearse.

—Tranquilo —le dice William mientras lo acompaña a una banca—. ¿Acaso no comiste? —Ren niega con la cabeza. Ni Ah Long ni él tenían planeado que fuera a esta excursión imprevista a la ciudad—. Entonces vamos a que comas algo. En la ciudad hay un pequeño mesón en donde sirven un café decente.

Lágrimas de frustración le queman los ojos a Ren mientras lo conduce hasta la entrada del hospital, donde Harun los está esperando acuclillado junto al auto estacionado en la sombra. Mientras el auto se aleja, voltea a ver el hospital. No está tan lejos del Kinta Club, donde William planea ir más tarde. Es posible que Ren pueda regresar sigilosamente solo. De hecho, es lo que *debe* hacer.

16

Hospital de Distrito de Batu Gajah
Sábado, 13 de junio

El extranjero, William, se quedó parado en la puerta abierta del almacén de patología.

—No recuerdo haberte visto con anterioridad. No eres enfermera, ¿verdad?

—No, solo estoy ayudando. —Reconocí el chispazo de interés codicioso en sus ojos. Me puso nerviosa. ¿Dónde estaba Shin?

—Ya veo —dijo, pero sin moverse de la puerta.

Me quedé allí parada, incómoda, cargando un frasco con un tramo de intestino dentro. Se quitó las gafas y se frotó los ojos, un gesto que extrañamente lo hizo parecer desnudo e indispuesto. La piel se le veía gris debajo del bronceado, y tenía profundas ojeras. Podría haber tenido cualquier edad entre veinticinco y treinta y cinco, aunque sus movimientos parecían ser muy ágiles.

—Entonces, ¿trabajas para Rawlings? —preguntó. Asentí y me sonrió. Fue un gesto totalmente inesperado que le dio una especie de cansado encanto a su rostro—. Supongo que no querrás decirme tu nombre, ¿o sí?

—Louise. —Por lo menos supe qué responderle.

—Pues bien, Louise; no parecen causarte mucha repulsión los especímenes.

—Así es —contesté con frialdad.

—De hecho, algunos son contribución mía.

Muy a pesar de mí misma, sentí curiosidad.

—¿Donó sus órganos a la ciencia? —Tenía entendido que la gente solo hacía eso después de su muerte.

El médico extranjero volvió a sonreír.

—Me refería a algunos de mis pacientes. Déjame ver... Creo que doné una vesícula de tamaño inusual y un par de dedos.

—¿Dedos? —De inmediato me puse alerta.

—Uno fue un sexto dedo rudimentario de un paciente indio y otro, de hecho, le perteneció a uno de mis amigos. Aquí tenemos una colección de dedos de lo más interesante; al menos una docena, que yo recuerde.

Cruzó la habitación y señaló un gran frasco lleno de líquido turbio.

—Eso se debería tirar. Muchos de los especímenes antiguos están preservados en alcohol, el cual en realidad debería cambiarse cada año. Solo los conservamos si son de interés médico. Y, por supuesto, algunas personas se llevan sus propias muestras corporales para que las entierren con ellas.

Se inclinó hacia delante y yo me hice a un lado. No me gustaba pararme demasiado cerca de los hombres. Mi trabajo en el Flor de Mayo me había enseñado lo largos que eran sus brazos, su fuerza sorprendente y lo difícil que era zafarte si te tomaban de la cintura. Y aquí no había guardias de seguridad de mirada furiosa ni un Ama con ojos de águila. Solo estábamos los dos en esta habitación. Si gritaba, ¿vendría alguien a ayudarme?

Tal vez mis sospechas eran exageradas, ya que siguió hablando acerca de varias de las muestras. Parecía saber mucho al respecto.

—¿Y cuánto tiempo las guardan?

—Ni idea. En su mayoría son curiosidades; a los asistentes médicos les gusta traer a las estudiantes de enfermería para asustarlas.

No pude resistir la pregunta.

—¿Es difícil convertirse en enfermera en este hospital?

—¿Tienes algunos estudios? Me parecería que sí.

En pocas palabras, le conté que tenía el certificado escolar y que quería estudiar algo más.

—Ya veo. —Se frotó la barbilla y me examinó de nuevo—. No es un sistema de lo más estandarizado, no como el que tenemos en Gran Bretaña. Aquí depende de cada hospital. El Hospital de Distrito de Batu Gajah capacita a las chicas locales para que llenen sus vacantes. El personal titular de enfermería y algunos de los médicos dan clases de enfermería, y aparte hay un examen estatal.

—¿Todavía hay vacantes para las aspirantes? —La nota esperanzada en mi voz me avergonzó, pero él pareció complacido por mi interés.

—Tendrías que averiguarlo en el hospital. Pero, si ya no hay vacantes para este año, podrías solicitar un puesto durante el siguiente ciclo.

—¿Y qué hay de las colegiaturas? —Después de hacer los pagos correspondientes a la deuda de mi madre, no me quedaba nada para mí y, mientras mi padrastro siguiera negándose a financiarme, la puerta permanecería cerrada.

—Creo que otorgan becas. Claro que necesitarías una recomendación personal.

Había algo en su mirada, una especie de soledad anhelante que me resultó familiar de inmediato, después de tantas tardes de bailar con desconocidos.

—Esta es mi tarjeta. —Me entregó un rígido rectángulo de cartón—. Dásela al director médico y dile que estás interesada en ser enfermera. O, si gustas, puedes llenar una solicitud, y con gusto se la entregaré a la jefa de enfermeras.

La tarjeta decía «William Acton, cirujano general», y después había toda una hilera de letras que para mí no significaban nada, pero que al parecer indicaban algo que tendría un peso suficiente con los funcionarios del hospital.

Quizá lo había juzgado mal. Tenía que dejar de ser así de desconfiada; me cerraba puertas y me alejaba de la gente. El último año de escuela, la maestra de mi grado, angustiada porque no continuaría mis estudios para obtener el certificado secundario superior, me ofreció acompañarme a casa para intentar persuadir a mis padres. Solo había un grupo muy reducido de chicas que tomaban ese examen, quizá cuatro o cinco en todo el país, y ella estaba convencida de que yo podía formar parte de ese grupo. Me negué. No toleraba pensar en llevarla a casa de mi padrastro para que fuera testigo de su negativa y de mi propia humillación. Pero quizá debí luchar con más empeño.

Por lo tanto, en esta ocasión di las gracias, y lo hice en serio. Al meter la tarjeta en mi bolsillo, sentí el nombre grabado que rozaba las puntas de mis dedos.

Quizá mi suerte estaba cambiando. La gente decía que la suerte —buena o mala— venía en ciclos, como la historia de José en la Biblia. Mi madre me envió a una escuela fundada por pastores metodistas, y los cantos tenues, el ritual de levantarse y sentarse, y abrir y cerrar los himnarios representó un solaz para mí, incluso cuando pensaba en cosas terribles y maléficas, como envenenar a mi padrastro.

Pero el vendedor Chan Yew Cheung también habló de la suerte. De hecho me dijo que iba a ser muy afortunado, pero luego terminó muerto en una zanja.

Se oyó un traqueteo en el corredor, y llegó Shin de manera intempestiva, cargando otra caja más de archivos. Se detuvo en seco, sorprendido.

—Bueno, tengo que irme —dijo el cirujano, mostrándose enérgico de pronto.

Shin entró a la habitación con cautela. Miró a William Acton y después miró mi rostro enrojecido y emocionado.

—¿Hay algo en lo que pueda ayudarlo, señor? —preguntó Shin.

—Tú eres uno de los asistentes médicos de verano. Eres estudiante de medicina, ¿no es así?

—Sí, señor.

Eran como dos perros que se medían con la mirada, pero les presté poca atención. La puerta, que pensé estaba completamente cerrada, se acababa de abrir un poco, y quizá podría escurrirme por esa rendija.

—Dile a Rawlings que pasé a verlo. —Con un breve gesto, el médico se despidió.

Shin se quedó parado en la puerta un momento, mirándolo.

—¿Estás bien? —me preguntó.

Claro que lo estaba. Quizá me habría sentido más cohibida antes, pero trabajar en el Flor de Mayo me habituó a tratar con desconocidos. Y en realidad no intentó nada. No como la infinidad de *buaya* cuyas manos errantes tenía que ahuyentar a manazos. Aunque, si fuera como Rose o Pearl y tuviera una boca hambrienta esperándome en casa, quizá no podría darme el lujo de negarme. A veces me preguntaba si había sido mi culpa que mi madre decidiera volver a casarse. Al ver mi ropa demasiado pequeña y el saco de arroz vacío en un rincón, ¿decidió que el matrimonio era su mejor opción? Pero, bueno, aparte de todo, le gustaba mi padrastro. No podía negar el hecho de que había algo en él que la atraía.

—Tomemos un descanso y comamos algo —dijo Shin—. La cafetería sigue abierta.

Cerró la habitación con llave y cruzamos el prado hacia otro edificio. La tierra roja se abría en terrones irregulares y cálidos, y unas hormigas negras, del tamaño de la punta de mi dedo, se desperdigaron en todas direcciones debajo de nuestros pies. Shin estaba muy callado; su buen ánimo previo parecía cosa del pasado.

—Dijo que había al menos una docena de dedos en el departamento de patología —le dije, feliz de tener algo que informarle—. Revisemos los registros para ver si falta alguno.

Fue un alivio llegar al pasillo techado, lejos de la luz abrasadora. Un asistente de uniforme blanco, que estaba paseando a un anciano en silla de ruedas, saludó a Shin con gesto amistoso cuando pasamos junto a él.

En respuesta, Shin asintió con expresión sombría.

—¿Eso es lo único de lo que hablaron?

—¿Por qué?

—Se dicen muchas cosas de ese médico.

—¿Algo malo?

—Es buen cirujano y es muy competente, pero dicen que tiene cierta preferencia por las chicas lugareñas.

—Eso no es sorpresa; todos los extranjeros son así.

—Has cambiado —me dijo después de echarme una mirada rápida y furtiva.

Claro que había cambiado. Ya no me escandalizaban temas como los amoríos, las citas externas y las amantes; aprendí más al respecto gracias a las chicas del Flor de Mayo durante mi primera semana allí que en todos mis años de escuela, y eso a pesar de que Hui seguía diciéndome que era irremediablemente ingenua.

—A todo esto, ¿cómo te enteraste de los rumores?

—Me los contó mi compañero de cuarto.

La tarjeta de William Acton permanecía en mi bolsillo, como un boleto de tren a un destino que ansiaba desde hacía mucho. Quería contarle a Shin de las posibilidades de capacitarme como enfermera, pero él no parecía muy receptivo. Ya no éramos iguales, pensé con resentimiento. Yo no tenía una beca para estudiar medicina ni el lujo de elegir mis trabajos de verano.

En la cafetería, quise probar alguno de los exóticos alimentos occidentales —sándwiches de sardina, chuletas de pollo, sopa al curry— listados en el pizarrón.

—Deberías ver la cafetería de la universidad —dijo Shin en tono condescendiente—. Tienen una selección mucho más amplia. —Entonces se detuvo, supongo que por recordar lo mucho que yo ansiaba ir a la universidad. Esbocé una sonrisa rígida para ocultar mi irritación.

Ya eran las dos de la tarde y las mesas estaban casi desiertas. Cuando estábamos por terminar, se nos unió el asistente que había sacado a pasear al anciano en silla de ruedas. Tenía un rostro mofletudo, como de cerdito alegre, y el labio superior perlado con gotas de sudor.

—¿Cómo es que estás aquí en tu día de descanso? —le preguntó a Shin mientras ponía de golpe sobre la mesa un tazón humeante de tallarines con bolas de pescado—. *Wah!* Incluso trajiste a tu novia. ¿Qué tipo de cita tan mala es esta?

No pude evitar sonreír; sus pequeños ojos eran de lo más divertidos.

—Soy la hermana de Shin. El día de hoy me está haciendo trabajar para él.

—No sabía que tuviera una hermana tan guapa. ¿Por qué no nos presentaste antes? Me llamo Koh Beng y soy soltero. —Nos dimos la mano por encima de la mesa. Su palma, como me lo temí, estaba sudorosa—. ¿Y qué tipo de trabajo están haciendo?

—Arreglando el almacén de patología —respondió Shin.

—Nadie quería ese trabajo. ¿No te asustan los órganos en salmuera?

—Clasificar los archivos podría ser peor —respondí.

—¿Ya viste la cabeza preservada? —preguntó—. Dicen que, si levantas el frasco hacia el cielo a medianoche, empieza a hablar. —Le lancé una mirada escéptica, y me hizo un guiño—. Hay cosas de lo más extrañas en esa habitación: el *pelesit* de un hechicero, un demonio con aspecto de grillo al que tienen que alimentar con sangre cada mes; además del dedo de un hombre tigre, uno de los *harimau jadian* que puede ponerse una piel humana y caminar por allí a plena luz del día. —Volteó hacia Shin y le dijo—: ¿Qué te parece si ayudo a tu hermana a limpiar el almacén?

Shin se mostró exasperado.

—Ya estamos por terminar —intervine cuanto antes, aunque no era cierto—. ¿A qué hora sale el último tren a Ipoh?

—Yo te llevo —respondió el incontenible Koh Beng—. Tengo que ir a Ipoh esta misma noche. Y soy soltero, por cierto.

—Ya me lo habías informado.

—Solo quise asegurarme. —Koh Beng podría parecer un cerdito, pero no pude más que encontrarlo gracioso. Y, lo que es más, era evidente que lo sabía.

—La llevaré yo —dijo Shin con frialdad—. O, si lo prefieres, puedes quedarte esta noche. Mi amiga dice que podrías quedarte con ella esta noche.

—¿Y qué amiga es esa? —preguntó Koh Beng, quitándome las palabras de la boca.

—Una enfermera.

—Tu hermano apenas lleva aquí una semana, pero deberías ver el revuelo que ha ocasionado entre las enfermeras.

—No me sorprende en lo más mínimo. —Seguí sonriendo, pero sentí una irritación extraña. No dejaba de ser cierto: no era ninguna sorpresa que Shin tuviera otra novia más.

La primera novia de Shin era dos años mayor que nosotros y era la prima de una de mis amigas de escuela. Para ser sincera, jamás pensé que la elegiría, aunque era muy bonita. Lo que más me agradaba de ella era que parecía ser bastante madura y serena, aunque no me di cuenta de que estaban saliendo juntos sino hasta casi después de un mes.

—Shin sale mucho, ¿verdad? —le pregunté a mi madre en una ocasión.

Estábamos sentadas a la mesa de la cocina en cordial silencio. La lámpara de aceite iluminaba sus labores de costura y el libro que había pedido prestado de la biblioteca. Abandoné mi interés en los envenenamientos y ahora estaba leyendo a Sherlock Holmes solo por diversión. En casa, todo estaba de lo más tranquilo y normal. Casi resultaba imposible creer que Shin y mi padrastro se habían enfrentado a golpes aquí mismo, rompiendo la vieja mesa y terminando en el patio trasero, o lo sea que hubiera pasado esa noche tan terrible. Pero creo que así es la gente. Se nos olvida todo lo malo con tal de regresar a lo que es normal, a lo que sentimos que es seguro.

Mi madre cortó el hilo con los dientes.

—Es probable que esté acompañando a Fong Lan hasta su casa. —Fong Lan era la hija del carpintero que hizo la nueva mesa de cocina de mi madre, la cual fue la forma en que mi padrastro se disculpó con ella después de la pelea con Shin.

—¡Qué amable de su parte!

—Sabes que son novios, ¿verdad? —dijo mi madre con una extraña expresión.

Quedé anonadada, aunque quizá no debía sorprenderme. Era inevitable que Shin encontrara a alguna chica que le gustara.

Fong Lan tenía la cara redonda y cejas ligeramente inclinadas. Y adoraba a Shin. La gente se sorprendió de que la eligiera a ella de entre la multitud de chicas enamoradas de él. Hubo comentarios denigrantes como «sus pantorrillas parecen *lo bak*», rábanos blancos gigantes; pero, si Fong Lan se enteró de ellos, parecían no importarle. Eso formaba parte de su atractivo, esa madura sinceridad que tenía. A veces era tan buena que me daban ganas de ponerme a gritar. Sin embargo, yo también me sentía atraída hacia ella. Cuando me hablaba con esa voz tan suave y seria que tenía, me daban ganas de tener una hermana mayor como ella que me consolara. Que me apreciara y me quisiera.

Una vez, cuando regresé a casa temprano, la pesqué con Shin. Era una tarde tranquila en la que no había nada que hacer; la casa estaba tan silenciosa que pensé que no había nadie. Podría haber silbado a todo volumen y meterme con todas las cosas que mi padrastro detestaba que tocáramos. Nos imponía restricciones estúpidas, como quitar la página del día correspondiente del calendario o cambiar la estación de radio. Podría haber hecho todo eso, pero, en cambio, subí a mi recámara con absoluto recato.

Al llegar al final de las escaleras, dejé la mochila sobre el piso y caminé descalza y en silencio por el pasillo. Pero, de repente, me detuvo un sonido inesperado: un grito ahogado y un suave gemido. La voz de una mujer que provenía de la habitación de Shin. Me congelé. Sentí un hormigueo, como si la piel se me tensara y se encogiera a una talla demasiado pequeña para mí y, a través de la puerta entreabierta, los vi.

Estaban sobre el piso de la recámara de Shin, ese espacio al que yo ya no tenía permitida la entrada. Fong Lan estaba apoyada en la cama. El frente de su blusa estaba abierto y revelaba la pálida y pesada turgencia de sus senos desnudos mientras se inclinaba sobre él, cubriéndolo con su cabello como una sedosa cortina. La cabeza de Shin estaba recargada sobre su regazo. Una de las manos de la chica estaba sobre su pecho con gesto posesivo. El rostro de Shin estaba volteado hacia otro lado, pero yo tenía vista directa al de Fong Lan. Parecía hechizada, como si jamás hubiese visto nada tan bello como Shin. Y realmente era bello. Me fue evidente incluso en ese momento la inclinación descuidada y la longitud de su cuerpo, los nítidos ángulos de su quijada.

En ese instante comprendí muchas cosas. Acerca de Shin y acerca de mí misma. Y de cómo era que hubiera cosas que simplemente jamás podías tener. En todos los años que viví en esa casa, jamás vi a Shin así de relajado, sin esa observante tirantez que tensaba su cuerpo como si fuera un resorte. Cuando lo abracé en la oscuridad detrás del gallinero pude sentirlas, la rigidez y la furia que no desaparecían jamás. Pero aquí, bajo el suave brillo del sol de ese mediodía, había un Shin diferente que no conocía. Me sentí terrible y repugnantemente imposibilitada. Sin importar lo unidos que fuéramos ni los secretos que compartiéramos, jamás podría brindarle esa paz.

Un ruido ahogado brotó de mi garganta. Fong Lan levantó la cabeza, pero yo ya no estaba allí; salí a todo correr por el largo pasillo. Cuando pienso en la casa tienda de mis recuerdos, siempre es un largo e interminable túnel, tanto la planta de abajo como la de arriba. Sin saber qué hacer, terminé vagando por las calles, aturdida, y solo regresé después de estar segura de que mi padrastro y mi madre habían vuelto. Shin actuó como si no hubiera pasado nada. No reaccionó de forma alguna cuando volví a casa, a pesar de que era tan tarde que las lámparas ya estaban encendidas y mi madre me regañó tanto por temor como por alivio. Pero Fong Lan habló conmigo unos días después.

—Sé que nos viste el otro día —me dijo—. Sé que debió ser muy incómodo para ti.

Su gentileza y humildad fueron como un puñal en mi corazón.

—No te preocupes—dije, tratando de restarle importancia, pero siguió hablándome con gran seriedad.

—Realmente lo amo, ¿sabes? Todavía no hacemos el amor porque no deseo atarlo si me embarazo, pero lo haré si es lo que quiere.

Me dieron ganas de sacudirla. ¿Qué tipo de tontería era esta? Mi madre me lo había advertido, me lo grabó en la cabeza como con fuego. La castidad era una de las pocas monedas de cambio con las que contábamos las mujeres. Sin importar lo apuesto que fuera Shin, Fong Lan se estaba portando como una tonta. Sin embargo, había una parte de mí que solo podía admirarla. En verdad lo amaba, pensé.

De manera vacilante, intenté aconsejarla, aunque era dos años mayor que yo. Me escuchó con paciencia y después negó con la cabeza.

—Sé cómo son las cosas en tu familia —dijo. «De modo que realmente le cuenta todo», pensé con una especie de resentimiento sorprendido—, pero quiero hacer feliz a Shin. Y, si eso significa ofrecerme a él, no tengo problema en hacerlo.

¿Se trataba de amor o de estupidez? O quizá solo era la parte más empecinada de mí misma que calculaba mis propias probabilidades de supervivencia. Jamás me entregaría a un hombre para terminar siendo una más de sus posesiones. No sin la certidumbre económica de un anillo de bodas. E incluso en ese caso, por lo que había aprendido de la elección que hizo mi madre, era posible que el precio fuera demasiado elevado.

Al final de cuentas, jamás supe qué fue de Fong Lan porque, poco tiempo después, Shin rompió con ella. Lo más extraño de todo fue que, cuando eso sucedió, terminé defendiéndola.

—Deberías ser leal y fiel —dije seis meses antes de que Shin se marchara a Singapur. Estábamos sentados a la mesa redonda con cubierta de mármol, estudiando. O, cuando menos, quien estaba estudiando era Shin. Yo no tenía por qué prepararme, ninguna universidad a la cual asistir—. No eres para nada como indica tu nombre.

—¿De qué estás hablando? —Apenas si levantó la mirada de su libro escolar.

—¿Por qué rompiste con Fong Lan? Lloró mares de lágrimas por ti. Sé que lo hizo.

—¿Estás diciendo que vuelva a salir con ella? —Parecía molesto.

—Pienso que es mucho más seria que con quien sea que estés ahora —dije en mi defensa.

—¿Y tú qué? ¿Crees que ser seria hará que Ming cambie de parecer? —Fue un golpe bajo. Shin entrecerró los ojos y le dio vuelta a la página—. ¿Fong Lan te pidió que hablaras conmigo?

—No.

—Entonces no te metas en lo que no entiendes. —El rostro se le enrojeció como si alguien le hubiera colocado un hierro candente en las mejillas—. ¡Y deja de hablar de nombres! ¡Soy fiel! ¡Tanto como puedo serlo!

Furioso, cerró el libro de golpe y se marchó.

Después de comer en la cafetería, regresamos al almacén y empezamos a trabajar con los archivos. No estaban tan mal como pensé; la mayoría eran bastante escuetos. Pero catalogar las muestras de patología estaba resultando un dolor de cabeza puesto que no tenían ningún orden en absoluto.

La colección era muy excéntrica; supuse que, en esta alejada esquina del imperio, quien administraba el departamento de patología debía sentirse como un Dios. No encontramos ni la cabeza preservada ni el grillo que debía alimentarse de sangre humana del que habló Koh Beng, pero sí había una rata de dos cabezas cuya cola desnuda flotaba como gusano en el líquido ambarino. En apariencia, el predecesor del doctor Rawlings, un tal Merton, les prometió a varios pacientes que les regresaría sus partes anatómicas después de estudiarlas. Estaban clasificadas con un pequeño tache rojo en una esquina de sus abigarrados registros.

—¿Quién querría volver por una vesícula biliar? —pregunté.

—Alguna persona que quisiera que la enterraran entera —dijo Shin con absoluta seriedad.

Me recorrió un escalofrío al recordar lo que me dijo el vendedor, Chan Yew Cheung, cuando bailamos juntos; habló de brujería y de cómo era indispensable enterrar el cuerpo en su forma original para que descansara en paz.

—¡Aquí vamos! —dijo Shin leyendo un archivo—. Dedo, anular izquierdo, perteneciente a un trabajador indio infectado con un parásito. Preservado en formaldehído. —Busqué en todos los estantes que contenían muestras. Casi todo estaba desempacado, pero hasta el momento no había visto un solo frasco con dedos amputados—. Y aquí hay otro: índice derecho de una mujer contorsionista con hiperlaxitud articular.

—Tampoco está aquí —anuncié.

De hecho, a pesar de que encontramos registros que indicaban la presencia de al menos doce dedos amputados en la colección del hospital, no pudimos localizar uno solo.

—¿Cómo puede ser posible? —Volví a escudriñar el libro de registros. Era frecuente que la gente hiciera chistes acerca de la letra de los médicos, pero, en este caso, no era asunto de risa. Los garabatos del doctor Merton eran como una larga fila de hormigas, trazos enloquecidos de alguien que no tenía interés alguno en que los transcribieran.

—¿Falta algo más aparte de los dedos?

—Ya lo revisé todo. Hasta el momento, no falta nada más. —Agité el libro con gesto triunfal desde donde estaba sentada, en una gran caja de cartón rodeada de un mar de papeles.

—Sigues siendo igual de competitiva —se quejó Shin—. A mí se me ocurrió primero.

—Mentira vil. —Volví a los archivos.

—Araña. En tu pelo.

Me quedé congelada con los ojos cerrados mientras Shin la retiraba. En el pasado, la habría retirado con un garnucho y habría aprovechado para darme un coscorrón. Ahora, la tomó de forma delicada e impersonal, como si no nos conociéramos.

—En serio me decepciona que ya no grites con este tipo de cosas —murmuró.

—¿Por qué habría de hacerlo?

El rostro de Shin, ese conjunto tan familiar de ángulos que conformaban su nariz y pómulos, estaba tan cerca que podía tocarlo. ¿Qué hacía que alguien tuviera un aspecto así de atractivo? ¿Era la simetría de los rasgos, las marcadas sombras que formaban sus pestañas y cejas, la móvil curvatura de sus labios? Justo en el centro de sus ojos, mucho más oscuros que los míos, se alcanzaba a ver una lucecita, un brillo que resplandecía. Después se apagó, y entonces sentí que caía por un largo túnel. Diferentes imágenes pasaron frente a mis ojos. Las vías de un tren, sumergidas bajo el agua. Un boleto a la nada. Peces que nadaban en un espejo. En algún lugar empezó a moverse una forma del color de la medianoche, una sombra que estaba surgiendo de las profundidades de un río. El aire empezó a espesarse, a coagularse dentro de mis pulmones. Empecé a jadear y caí hacia el frente.

—¿Qué pasa?

Shin me atrapó mientras caía. Mis pensamientos, resbaladizos y confusos, se enredaban como algas de río. Mareada, intenté recobrar el equilibrio recargándome en Shin, apoyando las manos en sus hombros, en sus fuertes músculos de hombre, ya no de niño. Mi corazón galopaba como un caballo en terreno pedregoso. Si no me cuidaba, podría tener un tropiezo fatal.

Él me miraba, preocupado; sus oscuras cejas unidas en medio de su frente. Lo que sea que vi en sus ojos —las sombras reflejadas, un espejo conectado a otro mundo— había desaparecido. Solo quedaba Shin, pero incluso en ese momento sentí que era más como un desconocido.

—¿Es frecuente que experimentes este tipo de trance?

Trance. Qué palabra tan adecuada. Fue como si hubiera entrado en un trance ocasionado por algún encantamiento. El torcido crispamiento de un dedo cercenado que nos estaba conduciendo a un lugar insólito. No podía hablar; solo pude asentir con la cabeza.

Shin me tomó por los hombros con las manos. La presión me hizo sentir un poco mejor. Después, empezó a desabrochar los botones del cuello de mi vestido con rapidez y eficiencia. Aturdida, me pregunté a cuántas mujeres habría desnudado. Pero tuvo mucho cuidado de únicamente tocar la tela del vestido. Tuvo cuidado de no tocarme a mí.

—¿Ya te hicieron algún análisis de anemia? Muchas chicas de tu edad la padecen.

Práctico, como siempre. Inhalé profundo. El sol volvió a inundar la habitación, y el trance, encantamiento o lo que fuera se desvaneció por completo.

—Shin, ¿alguna vez tuviste un sueño en el que aparecía un niño pequeño y una estación de trenes?

—No. —Se sentó con un suspiro, ignorando el polvo.

—Pues yo lo tengo. Y es de lo más extraño, porque el niño me habla. Siento como si lo conociera de antes.

—Un niño pequeño… ¿Te refieres a mí?

—Deja de ser tan egocéntrico —dije mientras lo golpeaba con un archivo.

Se rio y esquivó el golpe. El archivo se me salió de las manos y hubo una explosión de papeles, de delgadas hojas sueltas que volaron por doquier, atestadas de la abigarrada letra del doctor Merton; listas y más listas de cosas mezcladas con pedidos de suministros. Formaldehído, tinturas, escalpelos, fijadores para objetivos de vidrio… Entonces lo vi: «Dedo donado por paciente europeo. Preservado en seco con sal».

Agité el papel bajo las narices de Shin.

—¡Aquí está! ¡El único dedo, hasta el momento, que no se preservó en un medio líquido!

Mientras miraba por encima de su hombro, empezó a leer en voz alta.

—Al parecer, se trata de una preservación única de método casero. Alguien, un médico de nombre (se me dificulta descifrarlo) MacFarlane o MacGarland, al que le amputaron un dedo durante un viaje por la selva. Septicemia posterior a la mordida de algún animal. Espero que no lo haya hecho él mismo.

—No, dice W. Acton. ¡William Acton! El médico que estuvo aquí antes. Me dijo que donó el dedo de un amigo. —La coincidencia me inquietó, como una especie de corriente oscura debajo de la superficie.

—Qué agradable amistad.

—Lo preservaron en sal —dije, ignorándolo—, que debía ser lo único que tenían consigo en el momento. Me pregunto qué estarían haciendo.

Descubrir un registro fidedigno del dedo era un alivio, pensé para mis adentros. Un médico profesional lo amputó por razones médicas. Todo lo demás, la obsesión del vendedor con su buena suerte, se reducía a meras supersticiones.

—Y helo aquí. —Shin sacó el frasco familiar del bolsillo y lo colocó junto a los otros especímenes que ya estaban verificados.

—Ponlo más atrás, en el estante de arriba —dije y me recorrió un escalofrío.

El sol se hundió un poco más; parecía posible comerse a mordidas aquella luz tan dorada, como si se tratara de un bizcocho de mantequilla, como el *kuih lapis* que un primo de Batavia en la Indonesia holandesa llevó a nuestra casa. Cada suculenta rebanada olía a todas las especias de las Indias Orientales. Estábamos por terminar con el almacén; los estantes de madera estaban limpios y llenos de hileras de frascos de especímenes. Todos los archivos estaban guardados en los archiveros y debidamente etiquetados. Al ver la lista de especímenes clasificados de forma correcta, sentí una cálida sensación de éxito.

—¿Crees que el doctor Rawlings nos pague más por hacer tan bien el trabajo? —le pregunté a Shin.

—Lo dudo —dijo, mientras leía otro archivo con el ceño fruncido—. Acordó pagar un día de tiempo extra. Y eso te incluye a ti, por cierto.

—¿Nos lo dividimos, entonces?

—Claro —respondió, y de repente—: ¿Estás teniendo problemas de dinero?

—Hay algo que quiero comprar. —Cambiando de tema, le pregunté—: ¿Y tú que harás con tu dinero?

—Ahorrarlo. —Me miró por encima del hombro con una mirada opaca que rugía «no me hagas preguntas».

No era la primera vez que me preguntaba a mí misma por qué se esforzaba tanto. Shin contaba con una beca, y mi padrastro le daba una generosa cantidad de dinero para sus gastos. La tregua a la que llegaron después de esa terrible noche en la que Shin terminó con el brazo roto concluyó con un arreglo que yo ignoraba. Mi padrastro era un hombre cruel, pero cumplía sus promesas.

No obstante, Shin siguió trabajando mientras estudiaba en la universidad. Su escasa correspondencia mencionaba un trabajo de medio tiempo, y el trabajo le impidió volver a casa en verano y la Navidad pasada. ¿Qué estaba haciendo con todo ese dinero? En el Flor de Mayo, era fácil acumular deudas. No solo a causa de los bailes, claro está. Pedir copas o sacar a las chicas a citas externas implicaba tener que invitarlas a cenas y quién sabe qué otras cosas, y eso podía salirse de control con facilidad. Lo había visto suceder, y esperé que Shin no estuviera haciendo algo así con alguna chica en Singapur. ¿Debía decir algo?

No; como fuera, no era asunto mío.

17

Batu Gajah
Sábado, 13 de junio

Después de salir del hospital, William lleva a Ren a un café del centro donde a los extranjeros les agrada reunirse. Ren, quien duda ante la diversidad de opciones, susurra que le gustaría un sándwich de jamón, por favor. El jamón es un manjar de Occidente que se importa en latas y se vende en las tiendas Cold Storage, pero William no parece darle ninguna importancia.

Ren lleva el sándwich afuera, donde Harun, el chofer, espera pacientemente junto al auto, un Austin que William le compró a su predecesor, el doctor Merton. El mismo médico que también le cedió la tenencia del búngalo blanco, de Ah Long y de Harun, que se enorgullece del brillante cofre y de las curvas del chasis del auto que conduce. No es grande, pero es idóneo para un soltero como William, quien lo conduce él mismo los fines de semana.

—El otro doctor jamás manejaba —dice Harun y le explica a Ren que los europeos van y vienen. Algunos se marchan después de dos años, mientras que otros se quedan de por vida; están tan cómodos con el suntuoso estilo de vida tropical y los sirvientes que simplemente no soportan la idea de volver a Inglaterra.

Ah Long le contó a Ren que el doctor Merton ni siquiera era un médico de verdad. Pasaba su tiempo disecando órganos enfermos y cortando cadáveres, cosas que Ah Long condenaba. Todas las partes de un cuerpo debían descansar juntas, murmuraba. Nada de tener un reguero por aquí y por allá. Eso solo provocaba desastres, como en el caso de los fantasmas hambrientos, cuyos restos estaban repartidos entre diferentes personas. Los huesos debían ser reclamados por algún hijo obediente y respetuoso, no abandonados en aquel horripilante cuarto del hospital atestado de frascos con partes corporales recolectadas por el doctor Merton.

«Ese debe ser el almacén de patología», piensa Ren con apremio. El que hizo que le vibraran los invisibles bigotes de gato. Está seguro de que allí es donde se encuentra el dedo, pero ¿de quién era la sombra indefinida que estaba de pie frente a la puerta esa mañana? Quizá se trataba del doctor Rawlings, el patólogo que reemplazó al doctor Merton.

Rawlings es un hombre de familia, razón por la que no ocupó la casa de soltero de Merton. En vez de eso, pidió un búngalo de mayor tamaño para su esposa y sus hijos. Pero no se quedaron. Les bastó un año —de constantes monzones, calores abrasadores y escorpiones ocultos en los zapatos— para decidir volver a Inglaterra. Ah Long decía que muchos de los extranjeros que vivían aquí eran peculiares.

—¿Por qué otra razón vivirían así, en el exilio, mientras su familia está a medio mundo de distancia? —preguntó con expresión sombría.

—¿Incluso las señoras? —le preguntó Ren.

—¡Por supuesto! —respondió Ah Long con un resoplido—. Como esa hija de los Thomson; Lydia, le dicen. En Inglaterra estuvo envuelta en un enorme escándalo. —Pero Ah Long no quiso decir de qué se trataba con exactitud. Ahora, Ren recuerda a la señorita Lydia ayudando a las personas en el hospital esa mañana y se pregunta de qué estará huyendo.

Ren observa a un grupo de chicos que está jugando *sepak takraw* con una pelota de ratán. La pelota sale volando y está a punto de golpear el auto, pero Ren la atrapa a tiempo. Los chicos llegan a todo correr y miran con expresión culpable el reluciente auto y el uniforme blanco de mozo que lleva Ren.

—Aquí tienen. —Se la lanza de regreso. Son más jóvenes que él, como de ocho o nueve años, la misma edad que tenía Yi cuando murió. Uno de ellos le ofrece un dulce de menta que saca de las profundidades de su bolsillo. Tiene algo de pelusa, pero Ren lo acepta con gran solemnidad.

—¿Trabajas para el *gwai lo*? —le pregunta el chico en cantonés.

—Mi amo es médico. —Ren frota el dulce de menta con discreción sobre la manga antes de llevárselo a la boca. Sabe frío y parece cubierto de pelos.

—¿Trabajas en el hospital? —Ren afirma con la cabeza, pero el chico continúa—: ¿Y has visto fantasmas allá dentro?

—Hay mucha gente que muere en ese hospital —dice otro muchacho.

—Jamás he visto un fantasma. —«Salvo por Yi», piensa Ren, «pero solo en sueños, de modo que eso no cuenta».

—¿Te enteraste de la mujer que el tigre mató apenas la semana pasada?

—Pero eso no fue en el hospital —dice el otro chico—. Fue en una plantación de caucho.

—Es un tigre fantasma, uno blanco, ¿sabías?

—No es cierto. Es un hombre tigre... y se convierte en un viejo.

El estómago de Ren se anuda en señal de alarma; esa historia de un viejo que se transforma en tigre confirma sus peores temores.

—¿Y quién dice que se convierte en un viejo?

—Alguien vio a un anciano que caminaba por la plantación de caucho en la oscuridad —tercia el más pequeño de los niños—. Pero, cuando fueron a revisar, solo encontraron las huellas de un tigre.

—¿Y le faltaba un dedo? —se siente obligado a preguntar.

Los niños se miran entre sí. Ren puede ver cómo sus mentes trabajan a ritmo acelerado y, sin duda, añaden este nuevo detalle a su historia.

Sin querer, un recuerdo surge en la mente de Ren. Las sombras torcidas de una plantación al anochecer, la silueta de un viejo que está vestido de blanco. Está demasiado lejos como para distinguir su rostro, pero avanza con ese conocido andar dificultoso. La penumbra aumenta, y los árboles se cierran tras él como centinelas silenciosos; la única iluminación proviene de la ropa blanca del anciano. Ren corre tras su amo y le grita al doctor MacFarlane que regrese a casa. Está padeciendo uno de aquellos ataques en los que tirita de frío, arde en fiebre y parece enloquecido.

La oscuridad es tan intensa que Ren casi no puede ver ni sus propios pies. Siente el sofocante pánico familiar, el temor de que el viejo médico se caiga, o que se pierda, o que voltee a verlo y le muestre una cara irreconocible, congelada en un gruñido, y que Ren vuelva a quedarse completamente solo en la oscuridad.

Ahora Ren tiembla a pesar del intenso sol. Los chicos solo están repitiendo una historia local, se dice. Además, ¿cuánto tiempo lleva muerto el doctor MacFarlane? Cuenta ansiosamente. Solo le quedan quince días. Debe recuperar el dedo hoy mismo. Entonces lo enterrará en la tumba del doctor MacFarlane y todo estará bien.

Los pequeños se alejan. Después de comprar los artículos de la lista de Ah Long, Ren y Harun esperan en la sombra. Para pasar el rato, Ren aprende a liar cigarros, aunque el delgado papel es difícil de manejar y el tabaco se sale por todas partes. Harun es muy paciente y no se queja cuando Ren hace cigarros horribles y cortos que parecen zanahorias, enrollando el mismo trozo de papel una y otra vez para no desperdiciar.

—Pero tú no debes fumar —le dice Harun y le arrebata el cigarro—. ¿Cuántos años dices que tienes?

—Trece —responde Ren y pasa saliva con fuerza.

Harun lo estudia con detenimiento.

—Yo empecé a trabajar a los doce años de edad. Éramos nueve en mi familia y yo era el mayor. No es fácil.

Ren mantiene la cabeza baja. Antes que nada, debe completar su tarea.

—¿Crees que el tigre fue quien mató a la mujer en el cauchal?

Harun se frota la barbilla.

—Sin importar lo que diga el magistrado, sigue siendo extraño. Los tigres se vuelven devoradores de hombres cuando están viejos o enfermos o no pueden cazar, pero ¿quién ha oído de un tigre que se detenga a medias y se niegue a comer su presa? Seguramente el cadáver tenía algo malo.

—¿Y crees que un hombre pueda convertirse en tigre? —Es la misma pregunta que le hizo antes a Ah Long.

Harun le da una larga calada a su cigarro. La punta brilla y adquiere un color rojo ardiente.

—Mi abuela me contó de un pueblo de tigres cercano a Gunung Ledang en Malaca. Los postes de las casas están hechos de *jelatang*, el árbol de ortiga; las paredes, de piel de hombres; las vigas, de huesos; y los techos, de pelo humano. Es donde viven los hombres tigre, los *harimau jadian* que cambian de forma. Algunas personas dicen que son bestias poseídas por las almas de los muertos.

A Ren no le gusta esa historia. Se parece demasiado a las divagaciones del doctor MacFarlane durante sus últimos días, cuando el viejo despertaba de sus trances y daba informes fragmentados de dónde había estado y de lo que había hecho.

—Me alejé mucho en esta ocasión —le dijo a Ren una vez, recorriendo la habitación con sus pálidos ojos—. Maté a un tapir a casi diez kilómetros de aquí.

—Sí —le dijo Ren con voz reconfortante—. Sí, lo sé.

—Tengo miedo —murmuró y tomó la pequeña mano de Ren con la suya—. Uno de estos días, no podré regresar a mi cuerpo.

A Ren no le gusta recordar al doctor MacFarlane así, tembloroso y con los ojos lagañosos, el cuero cabelludo sonrosado y visible a través de los mechones de su pelo cano. Quiere recordarlo con un bebé enfermo entre sus brazos o desarmando una radio para explicarle cómo funcionaban las baterías. Era una fiebre palúdica, solo eso. El doctor MacFarlane no tardaría en recuperarse; tomaría grandes dosis de quinina y todo regresaría a la normalidad. Sin embargo, dos días después, un cazador local pasó a mostrarles las orejas peludas y la cola de un tapir. Dijo que lo mató un tigre, que lo encontraron parcialmente comido y que estaba como a diez kilómetros de distancia. Ren se quedó paralizado, mirando al doctor MacFarlane, quien estaba tomando notas en un cuaderno.

—No me diga… —respondió el viejo, sus ojos plácidos entrecerrados. Pero Ren, al recordar sus comentarios, no supo qué pensar.

Ahora contempla a Harun con expresión angustiosa.

—¿Es una historia real? —pregunta—. ¿La de los tigres con almas humanas?

Harun exhala; un delgado hilo de humo le sale por la nariz.

—Mi abuela nunca quiso decir si era verdad o mentira. Nos contaba la historia para asustarnos y obligarnos a ir a la cama. —Apaga el cigarro—. Creo que el *tuan* querrá ir al Club a cenar. Si quieres volver a la casa, puedo llevarte. Mejor no andar a pie sino hasta después de la cacería.

—¿Van a cazar al tigre?

—Esta noche. Ataron a una cabra en la plantación de caucho y un cazador local, Pak Ibrahim, lo esperará junto con el *tuan* Price y el *tuan* Reynolds. Los demás se quedarán en el club a la espera de noticias.

Al ver la delgada figura de William, ambos se levantan de un brinco. Está sumido en una conversación con otro extranjero, un hombre cuyo bigote parece un cepillo de dientes. Ren pone atención discretamente cuando escucha que hablan del tigre.

—Al parecer, Rawlings hizo todo un escándalo durante la audiencia. Quería que se dictaminara como muerte sospechosa —dice el hombre.

—Sí, me enteré de lo mismo —responde William—, pero el magistrado negó su petición.

—¿Qué más pudo ser sino un tigre? Farrell no tiene paciencia alguna para chismes y supersticiones.

A Ren se le estruja el corazón. Al final, decidieron que se trataba de un tigre.

Harun abre la puerta del auto, William se desliza en el asiento trasero del Austin y, justo como lo predijo, le indica a Harun que lo lleve al Kinta Club, en la cima de la colina en Changkat.

—Harun puede llevarte a casa después de dejarme en el club —le dice a Ren, pero después le pregunta—: ¿O quieres quedarte a oír si atrapan al tigre esta noche?

Ren le explica que olvidó algo en el hospital, pero que sí, que prefiere esperar. Por el espejo ve que William y Harun intercambian una mirada burlona. Es la mirada indulgente que los adultos ponen ante los caprichos de los niños, y hace que Ren se sienta sonrojado y avergonzado, aunque se repite que tiene una obligación por cumplir.

Ren vuelve al Hospital de Distrito de Batu Gajah a esa extraña hora en que el final de la tarde se está transformando en noche. El cielo que se alcanza a ver desde el pasillo techado es color de rosa polvoso, y el sol está acurrucado entre nubes que flotan como pasteles de crema. Sin embargo, Ren no tiene tiempo de admirarlas; la vibración eléctrica que sintió esta mañana en el hospital sigue allí, recorriéndole el cuerpo entero. ¿Quién o qué podría estar mandándole una señal sino Yi?

Primero debe revisar dentro del almacén de patología. Se detiene un instante cerca del edificio exterior, ahora pintado con las largas sombras de los árboles. La puerta que estaba entreabierta por la mañana se encuentra cerrada. Ren presiona la manija con suavidad; la puerta cede y se abre.

El interior es un espacio de techo alto con ventanales que dan al lado contrario del edificio. Por el comentario informal que hizo William acerca de los almacenes y las cajas, Ren imaginó una bodega apilada con reliquias, pero esta habitación está ordenada a la perfección. Se asoman los últimos rayos del sol, aunque la penumbra se está acumulando en las esquinas, como si se tratara de pequeñas criaturas invisibles agazapándose en las sombras.

Ren ignora el ligero zumbido en sus oídos y se adentra todavía más. Esta es la habitación que imaginó cuando se le encomendó la tarea de encontrar el dedo faltante del doctor MacFarlane. Esta habitación, con sus filas interminables de especímenes en todo tipo de contenedores de vidrio. Junto a las altas ventanas, hay una caja y un banco, como si alguien acabara de usarlos. La impresión es tan poderosa que Ren casi puede ver la delgada figura desempacando la última caja. No; la forma en la que está colocado el banco lo hace pensar que se utilizó para colocar algo muy arriba, sobre un estante.

No hay duda de que el dedo está aquí; solo tiene que cerrar los ojos para sentir un estremecimiento. Allá arriba, sobre ese anaquel. Acerca el banco y se para encima. Está detrás de los contenedores más grandes con horripilantes contenidos flotantes, después del frasco que contiene la rata de dos cabezas. Se le está dificultando percibir con su sentido felino por la cantidad de estática que hay. Jamás imaginó esta cantidad de especímenes. Se estira de forma peligrosa mientras se para de puntitas; sus ojos apenas llegan al estante que necesita.

Mueve algunos frascos más y se asoma detrás ellos. La luz está a punto de desaparecer y se vuelve color lavanda y gris. Ren tiene la sensación de que no está solo.

—Yi —dice en voz alta. El sonido de su voz flota en el aire y después se cierne un mutismo expectante, como si pálidos granos de silencio estuvieran escurriéndose dentro de un enorme reloj de arena.

Para combatir la ansiedad, Ren mueve con paciencia los recipientes de especímenes para mirar detrás de ellos. Tintinean ligeramente al chocar entre sí; está en este estante o quizás en el siguiente. No está del todo seguro. Desliza la mano entre los frascos y busca con los dedos. Sus bigotes de gato se crispan, esperanzados. Al sacar el puño, Ren lo abre y encuentra un tubo de vidrio dentro del que hay un dedo, seco y del color negruzco de una ramita de árbol.

El corazón de Ren late con una mezcla de alivio y horror mientras se baja del banco y examina el trofeo. Se ve casi como lo describió el médico. «Preservado en sal», le dijo. «Es probable que sea el único que así encuentres; los demás estarán flotando en alcohol o formaldehído».

Ren lo guarda en su bolsillo. Es el primer robo que comete, así que murmura una disculpa en voz baja, aunque no está seguro de si está disculpándose con Dios, con Yi o con el doctor MacFarlane por tardarse tanto en encontrar el dedo.

Ahora las sombras son todavía más oscuras, tan pesadas como si un velo cubriera la habitación. El dedo robado es un peso muerto en su bolsillo. Ya lleva demasiado tiempo en este lugar. A hurtadillas, Ren cierra la puerta tras de sí; siente la piel como cubierta de hormigas y el vello de la nuca se le crispa. Una vez afuera, camina, trota y, al final, al ver que nadie lo detiene, corre por los pasillos techados y largos, como si estuviera huyendo para salvar su vida.

18

Hospital de Distrito de Batu Gajah
Sábado, 13 de junio

—De modo que, de todos los especímenes en esa habitación, lo único que falta son los dedos —dije.

Después de devolver el balde y los trapos de limpieza que tomamos prestados del armario del conserje, Shin y yo recapitulamos entre los árboles de *angsana* y su reguero de pétalos dorados.

Shin frunció el ceño.

—¿Cuántos dedos había en la lista original?

—Catorce.

No quise decirle que era un número de mal agüero. Shin no tenía paciencia para cosas así, aunque el ligero crispamiento de su quijada evidenciaba que había interpretado el dato. Para los hablantes de cantonés, el trece era un número excelente. *Sup sam* sonaba casi igual que *sut sang*, que significa «siempre sobrevive». Por el contrario, el catorce era un número terrible porque sonaba a «muerte ineludible».

—Debería informárselo al doctor Rawlings —dijo Shin—. Es muy inusual que falten tantos dedos.

Un asistente médico de uniforme blanco salió de un edificio distante, llevando consigo una lonchera. Al darse vuelta, se cubrió la cara para protegerse del sol, que ya empezaba a bajar. Algo familiar en su manera de caminar y su silueta hizo que se me cerrara la garganta. La figura se acercaba cada vez más. Cuando estuvo como a diez metros de distancia, levantó la mano con la que se protegía el rostro y entrecerró los ojos para mirarnos. El corazón se me hundió hasta el piso cuando reconocí al tipo de la quijada angular del salón de baile de la noche anterior: era el señor Y. K. Wong mismo.

Quizá de verdad era un demonio que se aparecía en cualquier sitio en el que me encontrara, pero no; se trataba de una coincidencia, de simple mala suerte. Además, su rostro no dio señal alguna de reconocerme; mantuvo los ojos casi cerrados ante la luz intensa del sol.

—¡Shin! —Traté de controlar mi pánico—. ¡¿Quién es ese?!

Miró por encima del hombro.

—Ese es mi compañero de cuarto, Wong Yun Kiong. Del que te conté. Le decimos Y. K.

—Pensé que Koh Beng era tu compañero de cuarto. —Me refería al muchacho alegre con carita de cerdo.

—No, Koh Beng es solo un amigo.

Estábamos al descubierto sobre el pasto, debajo de los árboles gigantes, y no había donde ocultarse. Si intentaba correr, era más probable que me reconociera.

—¡Por favor, no dejes que me vea!

—¿Por qué?

—Te lo explico después. ¡Por favor! —Cerré los ojos por completo y escondí el rostro en el pecho de Shin. Fue lo único que se me ocurrió. Por un instante, se tensó, pero después me envolvió despacio con los brazos. Sentí su cálido aliento sobre mi cuello y el calor de su piel. Me produjo una sensación extraña, una especie de desvanecimiento que le quise atribuir a la ansiedad. Bailaba con montones de desconocidos; esto no era nada por lo cual turbarse.

Sobre las hojas secas, se escucharon pisadas que se acercaban, y después oí una voz. La reconocí de inmediato, aunque solo la había escuchado una vez.

—¡Ey, Lee Shin! ¿Trajiste a tu novia al hospital?

Me aferré a Shin, sintiendo su camisa entre mis dedos.

—Estoy de descanso —respondió Shin—. Pero, oye, amigo, ¿qué no ves que estoy ocupado?

El ruido de las pisadas se acercó todavía más. El pecho de Shin era más amplio de lo que recordaba. Me resultó más difícil de lo que esperaba rodearlo con los brazos. El corazón le latía con fuerza, ¿o acaso era el mío?

—Te dejaré de molestar si me la presentas —dijo de nuevo la voz de Y. K. Wong.

—Es muy tímida y solo la estás avergonzando… ¡Ya lárgate!

Hubo una risa, y luego el sonido de las pisadas que se alejaban.

—¡Pero no se te olvide presentármela!

Me congelé y empecé a contar los segundos. Cuando llegué a diez, intenté levantar la cabeza de un tirón para ver si de verdad se había marchado, pero Shin me detuvo con una advertencia.

—¡Todavía no! —siseó. Y después—: ¡Más te vale que tengas una excelente explicación para todo esto! —El calor de la mano de Shin sobre mi espalda subía como fuego por mi columna. Me soltó de forma abrupta—. ¡¿Qué fue todo eso?!

Con la cara roja de vergüenza, le di una vaga explicación sobre cómo Y. K. Wong se había aparecido en busca del dedo. Shin tensó la quijada.

—Dime la verdad sobre cómo conociste a todos esos hombres, ¿primero el vendedor con el dedo y ahora mi compañero de cuarto? Si no me lo dices, se lo preguntaré yo mismo.

Tenía que pensar en una mejor excusa.

—Fui a un salón de baile con un grupo de amigas —dije al fin—. Así es como los conocí a los dos. Al vendedor y a tu compañero de cuarto.

—Y ¿por qué demonios vas a lugares así? No es un problema para los hombres, pero en tu caso sí, en especial porque…

—¿Porque qué? —le pregunté—. ¿Porque soy una chica? ¿O sea que tú puedes irte de parranda por allí, pero yo tengo que quedarme en casa esperando a casarme?

Era más fácil iniciar una pelea que admitir la vergonzosa realidad: que el trabajo de mayor paga que pude conseguir a corto plazo involucraba sonreír y dejar que unos desconocidos me pusieran las manos encima. Me enfurecía la superioridad de Shin y que tratara de decirme qué hacer, pero también estaba avergonzada de mis propias elecciones estúpidas e imprudentes. Porque, si temía que Shin lo averiguara, ¿cuánto peor sería que se enterara mi padrastro? ¿Y qué pasaría con la capacitación en enfermería con la que me entusiasmé tanto? Las recomendaciones relativas al carácter moral eran importantes, en especial en el caso de mujeres solteras; no pensé más allá cuando seguí a Hui ciegamente al Flor de Mayo.

—¿Alguien te pidió matrimonio? —dijo después de una pausa.

—No hay nadie —contesté con amargura. El nombre de Ming quedó suspendido en el aire entre los dos; ninguno de los dos lo dijo, pero se escuchaba tan claro que por un momento creí que empezaría a tañer como una campana.

—Pues no te cases con nadie sin consultarlo conmigo —dijo con frialdad.

—¿Por qué?

—Porque es probable que tomes una decisión estúpida —respondió, irritado.

—¿Y qué te hace pensar que soy estúpida? ¡Le dije que no al primo del prestamista!

Tan pronto como las palabras salieron de mi boca, quise darme una patada. Ese fue un incidente embarazoso del que Shin nada sabía. Después de que se fuera a la universidad a estudiar medicina, la realidad es que sí recibí una propuesta de matrimonio. Al escuchar que iba a interrumpir mis estudios, el prestamista local se acercó a mi padrastro en nombre de su primo. Yo dije que no estaba interesada y, para mi sorpresa, mi padrastro no insistió.

—¿El prestamista? ¿Te refieres al amigo de mi padre? ¿A ese viejo chivo? —Shin hablaba en voz baja, pero estaba pálido.

—No, no él; su primo —tartamudeé.

Shin no se parecía en nada a su padre; al menos, no mucho. Todo el mundo decía que era la viva imagen de su difunta madre. Pero, cuando palidecía, lo hacía exactamente igual que mi padrastro cuando estaba furioso.

Detestaba verlo así. Me hacía querer hacerme chiquita, cubrirme los ojos, escapar. Y es que, dentro de los recovecos más oscuros y cobardes de mi corazón, temía que un día me daría la vuelta y descubriría que Shin, en algún desenlace monstruoso y de pesadilla, era idéntico a su padre.

—No me veas así —dijo con amargura—. No voy a hacer nada. Jamás lo haría.

Se alejó de mí, caminando. Conocía a la perfección esos hombros caídos y esa cabeza agachada, y me invadieron una compasión y una miseria insoportables.

Después de un momento, lo alcancé y lo jalé de la mano.

—¿Amigos?

Asintió. Estaba oscureciendo y los edificios se desdibujaban en la nada grisácea. Caminamos en silencio un rato, tomados de la mano, como si fuéramos niños otra vez. Como Hansel y Gretel perdidos en el bosque, pensé vagamente. Sentía el rostro entumido y cada vez más caliente. No tenía idea de si estábamos siguiendo un rastro de migajas o si nos estábamos dirigiendo a la guarida de la bruja.

—Más me vale irme a la estación —dije al fin.

—Ya es demasiado tarde —respondió—. Ya se fue el último tren del día.

—Entonces, ¿qué hago? —Me senté en el rasposo césped, demasiado cansada como para que me importara manchar mi vestido. De todos modos, no había nadie alrededor, aunque las luces del hospital ya estaban empezando a encenderse.

—Quédate esta noche. Te dije que lo arreglé. Y no te preocupes por Y. K. Hoy en la noche va a visitar a sus padres.

Incliné la cabeza. Se sentía pesada, como si tuviera un enano invisible parado sobre ella que brincaba de manera triunfal. Shin me tocó la frente.

—¡Estás que ardes de fiebre! ¿Por qué no dijiste nada?

La amiga enfermera de Shin no estaba en casa, pero él me consiguió una cama vacía en la residencia que estaba disponible para los familiares que visitaban al personal. Mientras firmaba el registro, se apareció Koh Beng.

—¿No regresarás a Ipoh esta noche? —Traía puestos una camisa y pantalones frescos, un peine en el bolsillo trasero y el cabello aplastado de lado gracias a una buena cantidad de agua. A fin de cuentas, era sábado y la noche apenas estaba por comenzar. Koh Beng me lanzó una mirada picaresca—. Me enteré por Y. K. de que no es tu hermana en lo absoluto. ¡Bribón!

Miré a Shin. «¿Qué vamos a hacer?».

—Así es; es mi chica —dijo con voz serena.

—Y ¿por qué no me lo dijiste?

—Porque estoy registrándola como mi familiar. —Por fortuna, no había nadie en la recepción que escuchara eso último, aunque pasaron algunas enfermeras vestidas con elegancia que estaban a punto de salir. Quizá fue mi imaginación, pero al menos dos de ellas me lanzaron miradas poco amistosas.

—Bueno, Ji Lin —dijo Koh Beng con una mirada de decepción—, si alguna vez te cansas de él, acuérdate de mí.

Esbocé una ligera sonrisa. La cabeza me punzaba, como si los enanos invisibles ahora estuvieran golpeándola con enormes marros; me pregunté si tendría más sueños extraños.

—Me voy a la cama.

—Si necesitas algo, envíame un mensaje —dijo Shin, al tiempo que me ponía un frasco de aspirinas en la mano.

Asentí, y después seguí al ama de llaves al lado de mujeres de la residencia para el personal. El ama de llaves, una mujer mayor tipo tiita, tampoco dijo nada. Tenía la espalda rígida y una postura de reproche, y me pregunté si habría escuchado los comentarios insolentes de Koh Beng. Abrió una de las habitaciones, un espacio estrecho como celda monástica con espacio para una cama individual, y me entregó la llave junto con dos delgadas toallas de algodón.

Ya en la puerta, volteó a verme apretando los labios, que formaban una línea delgada.

—En realidad, los cuartos para invitados son para miembros de la familia, no para «amistades».

—Pero es que sí somos familia —dije—. Por matrimonio, quiero decir. —Mi intención fue decir «por el matrimonio de nuestros padres», pero tenía la lengua seca e inflamada, como si fuera demasiado grande para mi boca.

Pareció aliviada.

—¡Ah, vaya! ¿Entonces se van a casar? ¿Ya se registraron? —Muchos jóvenes se registraban lo más pronto posible en el juzgado para poder solicitar una casa juntos. Al no tener la energía para contradecirla, esbocé una débil sonrisa.

—¿Y cuánto tiempo llevan de conocerse? —preguntó.

—Desde los diez años de edad.

—Noviecitos de infancia, entonces. —El ama de casa parecía complacida—. Y una chica tan bonita y bien vestida como tú.

Esa era mi señal para anunciar el taller de costura de la señora Tham, pero me sentía tan enferma que casi no podía hablar. Después de que se marchara, me aseé. Me hubiera encantado preguntarles a algunas enfermeras cómo era trabajar aquí, pero en vez de eso, me tragué dos aspirinas y me acosté. Mi último pensamiento antes de quedarme dormida fue preguntarme si habíamos cerrado con llave la puerta del almacén de patología.

Estaba flotando en el agua, totalmente ingrávida. Arriba de mí, se encontraba un círculo de luz. Con unas cuantas patadas perezosas me acerqué a él. Saqué la cabeza del agua y, jadeando, encontré una escena que ya me era familiar. La misma ribera bañada por el sol, llena de macizos de bambú y *lalang*, dentro del mismo río transparente.

En la vida real, no sabía nadar muy bien, pero ahora, feliz de la vida, hice un par de maromas en el agua. Me asomé al agua cristalina y vi la blanca arena del lecho del río, sombreada por las ondas de la superficie, y, después, lo que parecía ser un hundimiento repentino, como un hoyo completamente negro. ¿Qué era esa nada en el fondo del río? Inquieta, me alejé. La sombra seguía allí, como a medio cuerpo de distancia, como si el fondo del río desapareciera o se viera engullido por la oscuridad. Y se estaba moviendo.

Mientras más rápido nadaba, más se acercaba a mí. Con los pulmones ardiéndome por el esfuerzo, agité los brazos y las piernas con desesperación para impulsarme y lograr avanzar. Adelante, en la orilla, una figura apareció a la vista. Era el pequeño de la estación de trenes.

—¡Por acá! —me gritó.

Con un estallido de terror, salí con una explosión de agua y me lancé sobre la orilla, resoplando. El niñito se inclinó sobre mí, preocupado.

—¿Qué fue eso? —dije, jadeando—. ¿Esa sombra bajo el agua?

—En realidad, no estoy seguro —dijo, parpadeando—. Es que no puedo entrar en el agua. —Sin embargo, su mirada esquiva me hizo pensar que estaba mintiendo o, al menos, evitando el tema—. ¡Y tú tampoco debes entrar allí! ¡Vamos!

Se dio la vuelta y empezó a caminar con velocidad. Su cabeza apenas sobresalía por encima del pasto elevado. Supe de inmediato a dónde nos dirigíamos: a la estación ferroviaria. Alcanzaba a ver el techo de *attap* de dos aguas. Además, no había otro lugar a donde ir. A nuestro alrededor solo había un área verde a medio cultivar y lo que quedaba de algunas granjas abandonadas, con plantas de tapioca y árboles de papaya. Más atrás, se alcanzaban a ver los picos azulados de la montaña y la selva circundante.

Cuando llegamos a la plataforma, el chico volteó a verme con un suspiro de alivio.

—Me asusté cuando te vi en el agua.

—¿La sombra siempre está allí?

Asintió.

—Es para evitar que las personas de este lado regresen al otro. La última vez que llegaste por el agua no te detectó; pero sí lo hizo esta vez. Esa es una mala señal.

—¿Y por qué?

Examinó mi piyama con detenimiento. Para mi sorpresa, estaba seca y limpia, como si no acabara de nadar en el río ni de arrastrarme por la lodosa ribera.

—No perteneces a este lugar.

—¿Cómo te llamas?

Otra vez parecía infeliz. Ya estaba acostumbrándome a esa mirada; significaba que no quería mentir, pero que no estaba dispuesto a responderme por alguna razón. Entonces me quedó claro: esta tierra tan silenciosa y la estación vacía, con el tren que siempre parecía estar aguardando, solo podían ser una especie de sala de espera.

—¿Eres uno de los hijos de mi madre? —le pregunté. ¿Esa sería la razón por la que me llamó hermana mayor?—. ¿Una de las virtudes confucianas?

Quedó estupefacto.

—Eres muy inteligente —dijo en tono de admiración—. Porque ese es tu nombre, ¿no es así? Sabiduría.

—¿Eres Ren, Yi o Li?

De nuevo, esa mirada apesadumbrada.

—No soy hijo de tu madre, aunque formo parte del juego. Pero no entiendo por qué eres la que viene una y otra vez cuando trato de comunicarme con mi hermano.

—¿Te refieres a Shin? Él también es mi hermano.

—No. —Dudó, mordiéndose el labio—. Estoy preocupado de que mi hermano esté yendo en la dirección equivocada. Siguiendo al amo incorrecto.

—¿Lo conozco?

—No, pero podrás reconocerlo. —Los ojos del pequeño transmitían una inmensa inquietud.

Aunque la locomotora negra como carbón y con sus carros vacíos seguía esperando en la estación, no estaba en la misma posición. La primera vez, estaba cerca del punto en el que las vías salían del agua. La segunda, casi fuera de la estación, como si se estuviera marchando. Hoy, estaba alineada exactamente con la plataforma. Al ver las vías, con desconcierto me di cuenta de que solo había una vía. No había otra vía ferroviaria para el tren de regreso ni tampoco había una plataforma del otro lado.

El chico siguió mi mirada.

—No te preocupes. Jamás has llegado en tren, de modo que puedes regresar sola. Al menos en esta ocasión.

Me estremecí al recordar la oscuridad al fondo del río.

—¿Quieres que le diga a tu hermano que deje de hacer lo que sea que esté haciendo?

—Sí. —El pequeño mostraba una tristeza profunda—. Y dile que tenga cuidado con el quinto del juego. Todos tenemos algo que está un poco mal, pero el quinto es especialmente malo. Tú también debes tener cuidado.

—Haré mi mejor esfuerzo. Si veo a tu hermano, le daré tu mensaje.

—Pero no debes decirle que me conoces. —Parecía tan serio que asentí con solemnidad—. No olvidaré tu amabilidad. Si alguna vez averiguas mi nombre, puedes llamarme.

«¿Llamarte?». No tenía intención alguna de volver a este lugar y, además, todo esto era un sueño, me dije. Solo un sueño. Con ese pensamiento, mi conciencia se hundió en un lugar gris y suave y completamente vacío.

19

Batu Gajah
Domingo, 14 de junio

Al final, no logran matar al tigre.

Ren se queda despierto y acompaña a Harun y a los demás choferes, que están sentados conversando y fumando en una larga banca detrás del Kinta Club mientras esperan a sus amos, hasta que empiezan a pesarle los párpados. No tiene recuerdo alguno de cuando Harun lo lleva, tropezándose de sueño, hasta el auto. Cuando regresan a la casa de William y suben por la larga entrada de grava, es más de medianoche. Ren se va derecho a la cama y no tiene conciencia de nada más hasta que despierta con el sol pegándole directamente en la cara.

—Ya son más de las ocho de la mañana —refunfuña Ah Long asomándose a su cuarto.

Ren se levanta de un brinco cuando se acuerda de la cacería de la noche anterior.

—¿Lo atraparon?

—No. Y eso que lo esperaron toda la noche.

Los cazadores se ocultaron en un escondrijo hechizo cerca del chivo que era la carnada. Un lugar elegido especialmente para atraer tigres: sombreado y cercano al agua, ya que los tigres beben mucho después de alimentarse. Las horas pasaron despacio, solo interrumpidas por los ocasionales balidos aterrados del chivo. Pero el resultado final fue el mismo. Ni el más mínimo rastro del tigre. Después, se plantearon docenas de teorías. El sitio no era el correcto; debieron utilizar una trampa de escopeta; jamás debieron intentarlo sin la presencia de un *pawang*, o chamán, que encantara al tigre.

—¿En realidad existen esas personas? —pregunta Ren.

Para su enorme sorpresa, Ah Long asiente.

—Pueden llamar leopardos y jabalíes salvajes también. Incluso monos. Depende de qué tan poderosos sean. —Se frota el labio superior con fuerza—. Bueno, eso es lo que dicen. Ahora corre a poner la mesa para el desayuno antes de que se levante.

—*Tuan*, ¿irá a la iglesia? —le pregunta Ren. Mientras William desayunaba, Ren boleó los zapatos de su amo con betún café marca Kiwi, comprada el día anterior en la ciudad, hasta que relucieron. William los revisa y dice que le recuerdan a las castañas maduras, aunque Ren no tiene la menor idea de lo que está hablando. Algún tipo de fruta, piensa, aunque no puede imaginarse una fruta que se parezca a un zapato.

—Así es. Me marcho dentro de poco. —Él mismo conducirá el auto, ya que es el día libre de Harun.

—¿Es cierto que el tigre ya abandonó el área?

William asiente. Es como si el tigre se hubiera desvanecido por completo, lo que despierta especulaciones sensacionalistas de que no se trata de una bestia común y corriente. Ya empezaron a circular los rumores de que Ambika era una mujer casquivana, razón por la cual se la llevó la bestia. Los rumores de este tipo alteran mucho a William. Mientras permanece de pie en la entrada de grava para despedir a su amo, lo único que Ren puede concluir es que debe de ser una persona compasiva y de buen corazón.

Después de terminar su quehacer, Ren vuelve corriendo a su habitación para examinar el dedo que tomó —no, que *robó*— del hospital el día anterior, aunque al verlo se aterroriza de manera indescriptible. Los pantalones que se puso ayer siguen colgados en el gancho clavado en la pared. Ren saca el frasco y lo coloca en el alfeizar de la ventana. Afuera el seto de bambú está empapado de rocío. Un pájaro miná camina por el pasto, picoteándolo y ladeando la cabeza para observarlo con sus ojos amarillos. En la luz de la mañana, el dedo se ve igual de triste y espeluznante que ayer por la tarde en el almacén de patología.

Ren lo mira fijamente hasta que se siente mareado, pero su sentido felino guarda un extraño silencio. El día de ayer, tuvo la cabeza llena de su vibrante murmullo, pero hoy no hay más que silencio. Una callada expectación.

Ren cierra los ojos con fuerza y le ordena a su sentido felino que regrese. Lo ha extrañado con desesperación en los últimos tres años, desde que murió Yi. Y no estuvo con él cuando más lo necesitaba: en esos últimos meses con el doctor MacFarlane, cuando decía esas cosas extrañas que confundían y alarmaban a Ren. Los vidriosos ojos del viejo médico se abrían por completo mientras susurraba en una especie de trance. Descripciones largas y detalladas sobre cómo acechaba con sigilo a venados y jabalíes para matarlos. Después, la acometida repentina y la mordida en la garganta para sofocarlos. Por último, el tirón a la cabeza para romperles el cuello.

La primera muerte sucedió durante la época de lluvias, cuando el monzón pendía como una enorme cortina gris sobre la roja tierra mojada. Ren no puede olvidar esa época; se repite en su memoria como un rollo de película que no logra comprender, sin importar el número de veces que lo vea. Si cierra los ojos, todavía puede ver la figura del viejo doctor escribiendo en uno de sus cuadernos. Estuvo enfermo, vomitando en el baño de abajo, pero, cuando Ren entra para ver cómo se encuentra, no hay nada que limpiar.

—Limpié yo mismo —le dice el doctor MacFarlane. Tiene los ojos inyectados y, cuando Ren le sirve una sencilla merienda de curry sobrante del día anterior, hace una mueca—. Llévatelo. No puedo comer carne. —Más tarde, Ren lo encuentra mirando fijamente la interminable lluvia que cae del techo de la veranda—. Ren —le dice, sin voltear a mirarlo—, ¿qué piensas de mí?

Nadie le ha hecho esa pregunta jamás. Al menos, ningún adulto. La tiita Kwan siempre estaba ocupada diciéndole lo que tenía que hacer, no pidiéndole su opinión y, por un instante, la echa de menos como nunca antes. Avergonzado, se queda viendo la punta de la nariz del doctor MacFarlane, un truco que le enseñó el viejo para cuando se sintiera demasiado tímido como para ver a alguien a los ojos.

—Usted es una buena persona —dice Ren, al fin. Se pregunta si el doctor MacFarlane está preocupado por los rumores de que está perdiendo la razón o si al menos los ha oído.

Su amo lo estudia durante tanto tiempo que Ren quiere desviar la mirada a sus propios y pequeños pies descalzos o a la ventana, pero eso sería grosero. Por lo tanto se obliga a levantar la vista hasta que mira al médico directamente a los ojos. Para su sorpresa, el viejo parece triste.

—Déjame que te muestre algo —le dice y avanza con esa marcha tiesa y conocida hasta el secreter donde guarda todos sus documentos. Las llaves están en un llavero que el doctor MacFarlane siempre lleva consigo en el bolsillo. Después de su muerte, el abogado revisará cada uno de los cajones, pero no sin antes preguntarle a Ren, con recelo, si tocó alguna cosa.

El doctor MacFarlane saca una fotografía. En ella hay dos hombres malasios con el pecho desnudo, acuclillados contra una pared. La expresión de sus rostros es amistosa, pero algo desconfiada. El que está del lado derecho lleva lo que parece ser un cordel o un hilo atado alrededor de la parte superior del brazo.

—¿Cuál de los dos se parece a mí? —le pregunta el viejo.

Ren arruga la frente y se concentra. ¿Será este otro de los episodios de su amo? Pero no, está calmado y lúcido. Entonces, Ren lo ve.

—El hueco en el labio superior. —Señala al hombre de la derecha—. Él no lo tiene y usted tampoco.

El doctor MacFarlane parece complacido, tan orgulloso como cuando Ren armó la radio después de desarmarla.

—Así es —le dice—. Eso se llama *filtro*. —La expresión atribulada se apodera de nuevo de su rostro.

—¿Quién es ese hombre? —pregunta Ren.

—Tomé esa fotografía hace cinco años, cuando estaba viajando con un amigo. Estábamos en una pequeña aldea llamada Ulu Aring, y este caballero —con el dedo, da unos golpecitos sobre la imagen del hombre de la derecha— era el *pawang* local. —El doctor MacFarlane habla rápido, con fluidez, como no lo ha hecho en varios días.

—¿En ese entonces perdió el dedo? —Desde que Ren conoce al doctor MacFarlane, le falta el último dedo de la mano izquierda.

—Sí, fue en ese preciso viaje. Cuando me vio, se emocionó muchísimo. —El viejo médico colocó el dedo sobre su labio superior—. Puso su mano exactamente aquí y me llamó *abang*.

«Hermano mayor».

—¿Por qué?

—Dijo que la falta de filtro sobre el labio superior era la señal de un hombre tigre.

Ren se queda en silencio y se pregunta si el anciano está bromeando, pero no hay ningún asomo de ello en sus pálidos ojos. Hay historias acerca de hombres tigre que salen de la jungla para llevarse a los niños y comerse a los pollos. Examina la imagen en blanco y negro.

—¿Lo vio transformarse en tigre?

—No, aunque otras personas afirmaban que sí. Cuando le daba la gana, decía «Voy a caminar» y se adentraba en la selva, quemando incienso y soplándolo del interior de su puño hasta que su piel se transformaba y aparecían su pelambre y su cola. Después, cazaba durante días hasta que se hartaba de comer. Al terminar, se acuclillaba y decía «Voy a casa», y se volvía a transformar en hombre. En su forma humana, vomitaba todos los huesos, plumas y pelo sin digerir de los animales que había comido. —De repente, Ren recuerda el acceso de vómitos del doctor MacFarlane y los sonidos de arcadas y atragantamiento que provenían del otro lado de la puerta cerrada—. La otra señal de un hombre tigre —continuó el doctor MacFarlane— era una pata deformada. Sea una pata del frente o trasera, siempre hay una que es defectuosa. Cuando perdí el dedo en ese viaje, el *pawang* me dijo que tenía que enterrarlo conmigo para que volviera a estar íntegro, para volver a ser un hombre. En ese momento, no le creí. —Guarda silencio.

Ren se mueve inquieto y estudia el perfil del viejo. En su rostro, hay una expresión que jamás ha visto antes: una especie de parpadeo taimado, ¿o será una sombra pasajera, como una anguila que pasa por detrás de sus ojos?

—¿Crees que tengo el aspecto de un asesino? —le pregunta.

De repente, Ren está aterrado. Da un paso hacia atrás y luego otro. El doctor MacFarlane, todavía con la vista fija en la ventana, no se da cuenta cuando su sirviente se marcha.

En los días siguientes Ren no puede evitar escuchar las palabras «¿Crees que tengo el aspecto de un asesino?» dentro de su cabeza cuando ve al viejo. Es una pregunta que lo atemoriza y desconcierta. Por ende, cuando las damas extranjeras con sus vestidos ligeros como espuma vienen en tropel unos días después para ver cómo sigue el doctor, su intrusión le alegra, aunque tenga que correr para ordenar la casa.

Cuando entran las damas, se sienten cómodas al encontrar el búngalo limpio y arreglado, y al doctor MacFarlane sentado en su sillón de ratán con un libro sobre el regazo. Son cómplices, el viejo y el niño, aunque mientras Ren corre de un lado al otro, cerrando puertas para que no vean el resto de la casa, se siente como un traidor. Sospecha que sería mejor si estas mujeres se hicieran cargo, pero ¿cómo puede explicar algo así?

—No es posible que se quede solo en esta casa, en especial con un devorador de hombres suelto por allí —comenta una de las señoras, de pecho imponente, como la proa de un barco. Su voz aguda y estridente inunda todos los rincones de la habitación cuando Ren llega de la cocina, balanceando una charola llena de tazas y platitos para el té. No hay galletas; se acabaron hace semanas.

La voz del doctor MacFarlane suena más alegre que de costumbre, aunque la mano con la que se aferra al brazo del sillón tiembla un poco.

—¡Tonterías! Además, la verdad es que no estoy solo.

—Seguramente se llevó a una joven de la plantación de café. —La señora detecta a Ren y le hace un gesto para que coloque la bandeja sobre una mesa. Está esperando que abandone la habitación. El chico sale, pero se queda junto a la puerta. No logra escuchar gran cosa porque la mujer baja la voz.

—… atacó desde atrás. El cuello roto…

La descripción que escucha Ren le resulta tan familiar que le aterra. Cuando se marchan, el rostro del doctor MacFarlane parece gris y tenso. Toda su algarabía anterior se desvanece.

Más tarde, mientras Ren barre el baño de abajo, encuentra un único cabello oscuro en una de las esquinas. Es más largo que su brazo; es un cabello proveniente de la cabeza de una mujer. Lo mira fijamente, pero Ren no está seguro de si no lo vio antes o de si una de las damas utilizó las instalaciones durante su visita.

Esa noche, sueña que el doctor MacFarlane está inclinado y vomitando en el baño de abajo una vez más. En su sueño casi no hay luz; la poca que ilumina es azulada e irregular, como si hubiera una tormenta eléctrica afuera. Ren, hipnotizado, ve desde la puerta abierta que el doctor MacFarlane levanta la cabeza, babeando, con los ojos como los de un animal salvaje. Mete la mano izquierda a su boca, la mano a la que le falta el dedo, y saca un único cabello negro y largo de mujer.

El recuerdo se acaba, como un trozo de película que titila y finaliza. Ren tiene la incómoda sensación de que dio un paso en falso en algún momento, pero no tiene idea de cuándo sucedió. Si tan solo su sentido felino lo hubiera ayudado en ese entonces.

Ahora vuelve a dirigir su atención al frasco de vidrio. No hay dónde esconderlo en su pequeña habitación vacía, pero tiene una lata que guardó, así que coloca el tubo en su interior. Escondiéndola bajo su camisa, camina hasta los límites del jardín, justo en el punto en el que el verde prado alcanza la selva, junto al tiradero de basura. Cava un hoyo en la suave tierra y sepulta la lata, y después coloca una gran piedra que marque el sitio.

Cuando se ausente para regresar a Kamunting, la desenterrará y volverá a sepultar el dedo en la tumba del doctor MacFarlane, con lo que habrá cumplido su promesa.

William escucha el servicio religioso a medias y recorre las bancas con la mirada. Holy Trinity se construyó con maderas oscuras, así que la iglesia es sombría y fresca; pero, aunque todavía es temprano, la humedad es tan intensa que el sudor le corre por la espalda. La iglesia está llena, ya que ahora asisten más lugareños que europeos.

Es frecuente que lo rodee el aroma del quirófano, con su nota de cabeza de desinfectante y los matices oscuros de polvo de huesos y sangre. Jamás abandona su nariz del todo, aunque es muy escrupuloso al lavarse las manos y bañarse con frecuencia. Sin embargo, el último día en que estuvo en el quirófano fue el viernes, de modo que debe ser una especie de aroma fantasma.

Ese día hubo una explosión en una draga minera. Un hombre perdió ambas manos arriba de la muñeca, y William optó por utilizar la reconstrucción de Krukenberg, popular desde la Gran

Guerra. Rara vez la usa, pues prefiere salvar hasta el último centímetro posible de la muñeca, pero, en casos como este, es lo mejor que puede ofrecer. Al dividir los dos huesos del antebrazo, el muñón puede utilizarse como si se tratara de un par de palillos chinos. Es una solución desagradable que amplifica la mutilación. No existe la posibilidad de empotrarle un garfio discreto ni una mano de madera que engañe a la vista de inicio, solo dos proyecciones burdas con aspecto de tenazas de langosta en lugar del antebrazo. Sin embargo, funcionan mucho mejor que las prótesis. El hombre podrá asir objetos con plena sensación, podrá abrir puertas e, incluso, será capaz de manejar implementos. Si lo piensa dos veces, William está seguro de que hizo lo correcto, aunque duda que alguna mujer quiera dejarse tocar por esas tristes pinzas. ¿Qué es una mano sin dedos? La pérdida de uno solo desacomoda todo por completo.

Ahora, la congregación está de rodillas, recitando:

Hemos dejado de hacer aquellas cosas que debíamos haber hecho;
Y hemos hecho aquellas que no debíamos.
Pero Tú, oh, Señor, compadécete de nosotros…

William no se hinca porque está parado en la parte posterior, pero siente la necesidad de hacerlo. «Aquellas que no debíamos»: las palabras se posan sobre él como si fueran aves pesadas de plumaje suave.

Piensa en Ren. William no le indicó que boleara sus zapatos, pero estaban listos esta mañana, colocados con pulcritud junto a la entrada. Por primera vez en la vida, comprende los suspiros de su madre acerca del valor de un buen sirviente. Pero Ren es apenas un niño. Es tan evidente su inteligencia que es egoísta, casi monstruoso, que se quede con él. «Debería enviarlo a la escuela».

Adelante, en una de las bancas del frente, distingue el perfil de Lydia y vuelve a impactarle el parecido con Iris, su prometida, con su fino reguero de pecas y su cabello brillante. Iris, sonriéndole, y esa pasión familiar cuando creía ser capaz de hacer lo que fuera por mantenerla feliz. Iris, fría y distante, acusándolo de perseguir a otras mujeres aunque fuera ridículo; jamás lo hizo, ni una sola vez mientras estuvo con ella. Qué ironía. Y, después, la última vez que la vio, Iris, furiosa, con su pequeña boca sonrosada abierta en un grito silencioso. «Asesino». El recuerdo lo hace estremecerse.

Al final del servicio religioso, la cacería infructuosa de la noche anterior es el tema que domina la conversación de los feligreses.

—¿Qué les dije? —Es Leslie, su joven colega del hospital. Sonríe—. Estaban destinados al fracaso con Price allí. —Por alguna razón, Leslie detesta a Price. En una comunidad tan pequeña como la suya, cualquier ofensa menor cuenta, razón por la que William debe tener cuidado de que nadie lo conecte jamás con el torso desmembrado de la pobre de Ambika. Por lo tanto, debe ser amistoso con Leslie, quien habla demasiado y con demasiadas personas—. Acerca de nuestra reunión —dice Leslie, refiriéndose a la cena mensual que le toca organizar a William—. ¿Hay algún problema si contrato algo de entretenimiento?

William no se siente muy entusiasmado al respecto, pero sonríe.

—¡Lo que quieras!

—Será una sorpresa —dice Leslie y se aleja con una inmensa sonrisa. Demasiado tarde William se da cuenta de que olvidó mencionar que le prometió a Lydia que podía acompañarlos en la siguiente reunión, pero no importa. Lydia se integra a la perfección con ese grupo. Mucho mejor de lo que podría hacerlo Ambika.

Los rumores de que Ambika fue el blanco de alguna brujería o espíritu furioso en forma de un tigre son inquietantes, en especial porque la acusan de ser una mujer fácil. Cosa que era, supone William. La extraña de manera repentina e intensa. Una niebla de miseria y soledad lo envuelve. La pequeña casa de Ambika está vacía, y jamás regresará a ella.

De ahora en adelante, se dice William, será una mejor persona. Le extenderá una recomendación a la joven china del almacén de patología del día de ayer, la que le preguntó acerca de los cursos de enfermería. La joven se veía encantadora con ese corte de pelo; les iba bien a esas cejas rectas y ojos oscuros, inclinados como los de un cervatillo, que se clavaron en él. Era como un muchacho bonito, con extremidades largas y una cinturita pequeña, por lo que sintió el deseo de asirla con fuerza hasta que emitiera un grito ahogado. Se pregunta cómo se sentirá pasar un dedo por la longitud de su cuello hasta llegar al hueco entre sus pequeños y firmes senos. No es su tipo, pero, cuando piensa en ella, ansía tocarla.

Su tipo es más como Nandani, la chica a la que Ren le salvó la pierna. En el preciso instante en el que está pensando en esto, ve su rostro entre la multitud. Lo sorprende. ¿De verdad se trata de ella o es que se parecen todas las chicas del lugar con pelo largo y rizado? Pero le está sonriendo con timidez, mostrando los hoyuelos en su rostro en forma de corazón. William siente una repentina oleada de confianza.

A veces, de manera inesperada, lo que desea se convierte en realidad. Se abren puertas y desparecen obstáculos. Como las sospechas de Rawlings de algún acto delictivo, que fueron eliminadas de un plumazo por un magistrado impaciente. O la coincidencia fortuita del obituario del vendedor en el periódico. Ya fuera coincidencia o simple buena fortuna, era algo que sucedía con una frecuencia inusitada en su vida.

Devolviéndole la sonrisa, se abre camino hasta Nandani. Está recargada sobre un par de muletas de madera.

—¿Cómo va la pierna? —William recuerda que su inglés no es particularmente bueno, no como el de la otra muchacha, la china. Hablan una combinación de malayo e inglés, pero no tiene nada de malo.

—Mejor —contesta con timidez.

—Puedo llevarte a casa —le dice. A fin de cuentas, vive en una de las plantaciones de caucho cercanas.

En ese momento Lydia lo encuentra.

—¿Ya vas de regreso, William?

Su primera reacción es molestarse, pero entonces se da cuenta de que esto, en realidad, es una buena noticia. ¿Cómo se le ocurría llevar a una chica lugareña en su auto enfrente de todo el mundo en la iglesia? Está cometiendo errores. Es mejor tener a Lydia allí. Perfecto, de hecho, ya que puede dejarla en casa primero y después llevar a Nandani.

—¿Te gustaría que te lleve a casa?

—Si no es molestia —le responde Lydia, encantada.

—Es todo lo contrario; también llevaré a una paciente. —Su galantería es deliberada.

Lydia se detiene para decirles a sus padres que no volverá a casa con ellos. A juzgar por sus miradas, les da gusto que el médico pueda estar cortejando a su hija. Es un malentendido que tendrá que aclarar a la larga, aunque es muy comprensible. Tiene la edad justa y proviene de una buena familia. Hay cierta palabrería que circula en torno a Lydia y que lo incomoda, pero no recuerda de qué se trata. William tiene la sensación de que debería investigarla. Pero, por el momento, el sol brilla, todo el mundo sonríe y la cacería del tigre promete más emociones a futuro.

Lydia se sienta al frente, por supuesto. William ayuda a Nandani a sentarse en el asiento trasero con las muletas. Parece intimidada, de modo que le da un apretoncito adicional en la mano. La chica baja la mirada, y William tiene la certeza de que le agrada. Después de todo, es posible que el día de hoy sea afortunado.

20

Hospital de Distrito de Batu Gajah
Domingo, 14 de junio

Al abrir los ojos contemplé un techo desconocido. El piso crujió, escuché una voz en el corredor y recordé que había pasado la noche en el hostal para enfermeras. Una luz gris se colaba por la única ventana. Era domingo por la mañana.

No quedaba rastro alguno del dolor de cabeza de la noche anterior, pero me pregunté si no tendría algo malo, alguna enfermedad cerebral que me produjera delirios vívidos. Cada sueño de la estación de trenes desierta estaba precedido por un terrible dolor de cabeza. Recordé las palabras del niño acerca de que había cinco de nosotros. Me senté a la orilla de la cama, contando nombres. Estábamos Shin, yo y el niño. También mencionó a su hermano y a una quinta persona, alguien que lo ponía nervioso. El recuerdo estaba empezando a desvanecerse, como suele suceder con los sueños.

Tuve la extraña sensación de que los cinco estábamos unidos por algún destino misterioso. Al estar unidos y ser incapaces de separarnos, la tensión creaba un patrón abigarrado. Teníamos que separarnos o conectarnos por completo. Sin duda, me quedaba claro que era algo que nos sucedía a Shin y a mí. Era mi gemelo simbólico, mi amigo y mi confidente. Sin embargo, lo envidiaba con resentimiento.

Me aseé de prisa en el baño común de mosaicos blancos. Estaba desierto; las dueñas de las voces del corredor se habían marchado hacía mucho. El vestido del día anterior estaba demasiado usado como para volver a ponérmelo, pero la señora Tham insistió en que empacara un *cheongsam* moderno con un estampado en color crema y verde que me quedaba demasiado ajustado. Pensé que había acabado con los *cheongsam* después de coser el gris que usé en el funeral del vendedor, pero la señora Tham pensaba distinto y afirmaba que un vestido así de complicado debía ser la pieza central del arsenal de cualquier modista. Por desgracia, mis cálculos para las costuras salieron mal. Una vez que me lo puse, estuve segura de que no podría comer un solo bocado. ¿Por qué demonios permití que la señora Tham empacara mi canasto el día anterior? Me vino la idea de que tanto ella como Shin tenían la misteriosa capacidad para arrastrarme a situaciones para las que no tenía plan alguno. Si el día anterior había sido indicativo de lo que podía suceder, tendría suerte si Shin no me pedía ese día que limpiara los baños del hospital.

El área de la recepción estaba vacía. Lo más seguro era que todas las personas que habían salido el sábado por la noche siguieran durmiendo. Mientras iba a la cafetería para desayunar, me pregunté dónde estaría Shin y qué habría hecho la noche anterior. Una tenue neblina yacía sobre el prado que crucé en busca de algún atajo. Cerca de una esquina, escuché el intenso rumor de unos susurros enojados.

—¡No lo niegues! ¡No haces más que llorar por él! ¡Y es un hombre casado!

—¡Eso es algo que no te incumbe!

Me detuve. Al instante siguiente alguien salió corriendo de detrás de la esquina y chocó contra mí. Era una joven enfermera con el rostro inflamado y los ojos sospechosamente húmedos.

—¿Estás bien? —le pregunté.

Se soltó a llorar. No pude hacer más que ofrecerle mi pañuelo; no podía dejarla sollozando sola en medio del prado. Por lo que escuché sin querer, parecía la misma triste historia que había escuchado incontables veces en el Flor de Mayo. Los hombres casados solo traían problemas.

—¿Oíste todo? —Mi rostro debió traicionarme, porque agregó—: No es como si estuviera teniendo una aventura con él. Solo me están molestando. ¿Podrías no decírselo a nadie? Si se entera la jefa de enfermeras me suspendería.

—No te preocupes; solo vengo de visita.

Pareció profundamente aliviada.

—Es solo que, por supuesto, te pondría triste que alguien falleciera, ¿no crees? —Los ojos volvieron a llenársele de lágrimas.

Siempre me hacía sentir culpable ver a alguien más llorar; en especial me ocurría con mi madre, en las pocas ocasiones en que la encontraba llorando en silencio en su cuarto oscurecido, con los ojos bien abiertos y las lágrimas escurriéndole por el rostro como si estuviera en alguna especie de trance. Esta enfermera parecía tan desolada, con las rodillas enchuecadas y el uniforme arrugado, que no pude hacer más que darle palmaditas en la espalda mientras se sonaba la nariz de forma estruendosa.

—Ni siquiera pude ir a su funeral en Papan el fin de semana pasado porque tuve que trabajar.

Mis oídos se alertaron. ¿Cuántos funerales pudo haber en ese mismo pueblo el fin de semana anterior?

—¿A qué se dedicaba?

—Era vendedor, uno de mis pacientes. Y solo éramos amigos —dijo con demasiada premura.

De modo que ella fue la enfermera que le dio el dedo al vendedor. ¿Esto estaba predestinado o acaso existía alguna oscura conexión, como un largo y frío filamento de alga de río que nos estaba enredando? En este hospital se conectaban demasiados sucesos peculiares. No pude evitar pensar que, si era cierta la creencia de que las almas de los muertos permanecían en la tierra durante cuarenta y nueve días después de su fallecimiento, este hospital tendría que estar atestado de espíritus.

—¿Ibas a algún sitio? —me preguntó con un asomo de culpa.

—A la cafetería, pero me perdí.

—Yo te llevo. De hecho, es a donde me dirigía. —Apretó los labios—. Solo deja que me lave la cara.

La pequeña enfermera —era casi una cabeza más baja que yo, aunque la gente me consideraba alta para ser una chica— se alejó con rapidez. La esperé, preguntándome si cambiaría de parecer y me abandonaría. Pero mi experiencia en el Flor de Mayo me había enseñado que las personas les confiaban todo tipo de cosas a perfectos desconocidos y que ella reventaría si no se lo contaba a alguien.

Poco después regresó, luciendo mejor. Todavía tenía cierto parecido con un conejito, pero de alguna manera combinaba con su tez pálida y sus pequeños dientes.

—Soy Pei Ling, por cierto.

—Yo soy Ji Lin. Me quedé en la residencia anoche porque vine a visitar a mi hermano… bueno, no; a mi prometido. —Empecé a tropezarme con mis propias palabras.

—¿Te refieres a tu novio? —me dijo con una mirada de complicidad—. Son sumamente estrictos en la residencia. No te preocupes, no diré nada. ¿Cómo se llama?

—Lee Shin. Es un asistente médico.

—Creo que no lo conozco. —Frunció el ceño con fuerza, como si estuviera calculando algo, pero después se detuvo y se retorció las manos—. Fuiste muy amable conmigo —dijo, ignorando mis protestas—. No. Lo fuiste. Muchas personas no me notan; soy ese tipo de persona. Pero ¿puedo pedirte un favor?

—¿De qué se trata?

—Dijiste que tu novio es un asistente médico en la residencia de hombres. No conozco a nadie allí. Al menos no a alguien en quien pueda confiar. ¿Crees que podrías pedirle que me haga favor de recuperar un paquete? No le estaría pidiendo que robara nada. Era mío de inicio. —Al ver el rostro enrojecido y percibir la voz temblorosa, supuse que tendría que estar muy desesperada como para pedirle el favor a alguien desconocido. O quizá pedírselo un desconocido era la mejor manera de no involucrar a nadie que conociera—. Yew Cheung tenía un amigo en el hostal de hombres que le guardaba cosas. Dijo que me lo regresaría, pero murió de forma muy repentina.

—¿Por qué no se lo pides a su amigo? —No dudé que se tratara de Y. K. Wong. En el Flor de Mayo me dijo que era amigo del vendedor.

—Porque no me agrada. Y no dudo que lo usaría en mi contra. —Desvió la mirada y los labios le empezaron a temblar.

Me pareció sospechoso, pero pensé que quizá podría averiguar algo más sobre Y. K. Wong en caso de que tuviera que lidiar con él de nuevo.

—Está bien; se lo pediré a Shin.

Aliviada, siguió adelante.

—Se encuentra en el salón común de la residencia de los hombres. Yew Cheung me dijo que la última vez que vino lo escondió en un florero porque su amigo no estaba. Se suponía que era un escondite temporal y me preocupa que alguien pueda encontrarlo por accidente.

Al ser tan temprano en domingo, casi no había gente en la cafetería. Quienes estaban comiendo parecían agotados. Debían haber trabajado el turno de noche, como Pei Ling.

—¿Te gusta ser enfermera? —pregunté mientras cargábamos nuestras charolas con té, pan tostado y huevos tibios.

—No está mal.

Emocionada, le pregunté qué requisitos se necesitaban y cómo debía solicitar mi entrada a la escuela de enfermería.

—Pero ¿por qué querrías ser enfermera? —dijo Pei Ling después de echarle un vistazo a mi elegante *cheongsam*—. Parece que tu familia tiene dinero.

—No; solo soy asistente de modista. Hice esto en el taller.

Sorbió su *teh O*, té negro dulce, con expresión triste.

—Ser enfermera no es nada fácil. Si cometes un error, la jefa te regaña como no te imaginas.

—Pero debe ser interesante, ¿no? —insistí—. Y puedes tener independencia económica.

Jamás escuché su respuesta porque Shin se sentó en la silla de enfrente.

—¿Dónde estabas? Te esperé en la residencia para mujeres hasta que alguien me dijo que tu habitación estaba vacía.

Tenía grandes ojeras, y su oscuro cabello estaba reluciente y mojado, como si acabara de meter la cabeza debajo de un grifo. Aun así, tenía un aspecto llamativo y voraz. Podías atar a Shin dentro de un costal, arrastrarlo por un campo y, aunque saliera despeinado, seguiría viéndose atractivo. Simplemente había personas afortunadas, pensé con envidia.

Volteé a mirar a Pei Ling para ver si se atolondraba como todas al ver a mi apuesto hermanastro. Eso siempre pasaba con mis amigas, pero Pei Ling se había quedado en silencio y lo miraba fijamente, como si le tuviera miedo.

—Shin, ella es Pei Ling. Trabaja aquí como enfermera.

Esbozó su sonrisa más educada, la que utilizaba para encantar a las viejitas.

—Soy Shin —dijo—. Muchas gracias por cuidar de... —Al hacer una pausa, supe que estaba igual de confundido que yo con respecto a cómo referirse a nuestra relación—. Ella —dijo al fin, haciendo un ademán con la cabeza.

«Muy sofisticado, Lee Shin», pensé, exasperada, aunque mi intento no había sido mucho mejor.

—Pei Ling estaba preguntándose si podrías hacerle un favor. ¿Podrías ir a la residencia de hombres a recuperar algo que le pertenece?

—¡No! —espetó ella con brusquedad—. ¡Olvídalo!

—¿Estás segura? —Jamás había visto que alguien reaccionara así ante Shin.

—Sí. Tengo que irme. —Se levantó de forma abrupta, alejó su silla de un empujón y salió de la cafetería a todo correr. Pasmada, la seguí tan a prisa como me lo permitió el vestido apretado.

—¿Qué pasa? —pregunté entre jadeos. Hacía unos minutos, parecía completamente desesperada, como si no tuviera a quién recurrir—. ¿Qué no quieres que Shin recupere lo que necesitas? Estoy segura de que lo haría.

—¿Qué tan bien lo conoces?

—Desde que éramos niños —le dije, confundida.

Se mordió el labio y desvió la mirada.

—Es que lo vi con el amigo de Yew Cheung. El que no me agrada —Sin saber qué decir, recordé que Y. K. Wong era el compañero de cuarto de Shin en el hospital—. Olvídalo. Puedo recuperarlo yo misma. —Pei Ling se alejó de prisa; su espalda irradiaba un claro mensaje de «no me sigas».

Al volver a la cafetería, encontré a Shin comiéndose lo que dejé de mi pan tostado con *kaya*, esa deliciosa mermelada de coco.

—Estás perdiendo tu toque con las mujeres —dije con voz sombría—. Y regrésame mi desayuno.

—Demasiado tarde. —Estiró las piernas debajo de la mesa. Me dieron ganas de patearlo, pero el *cheongsam* que traía puesto era demasiado estrecho para permitírmelo—. ¿Qué fue todo eso?

Le conté acerca de Pei Ling y de su conexión con el vendedor y con Y. K. Wong, aunque, cuando mencioné que su compañero de cuarto trató de seguirme a casa el viernes por la noche, el rostro de Shin se turbó.

—¿Por qué no me lo dijiste ayer?

—Solo finge que no sabes nada. No quiero que te involucres con él. —Por fortuna, parecía que Y. K. Wong no había visto mi rostro el día anterior—. Pero me pregunto qué era lo que Pei Ling quería que recuperaras de la residencia para hombres.

Todo lo que estaba conectado con el dedo cercenado, incluyendo a Pei Ling y su extraña petición, arrojaba una sombra inquietante. Una parte de mí sentía una curiosidad enfermiza, mientras que la otra me advertía que lo mejor era olvidarlo todo por completo. En cualquier caso, estábamos a punto de terminar con el aseo del almacén; un par de horas más y volvería a Ipoh.

Después de terminarse lo que quedaba de mi desayuno, Shin miró el plato intacto de Pei Ling con expresión especulativa.

—Puedes comerte lo suyo también.

—No lo quiero.

—El suyo está mejor; ni siquiera lo probó —señalé.

—Solo quiero tu comida —dijo con voz lánguida.

Miré al cielo con exasperación, aliviada de que estuviéramos tratándonos como amigos una vez más. Pero debía tener cuidado con Shin; era muy probable que volviera a mostrarse inconstante. Por lo tanto, no dije nada más y me comí el pan tostado de Pei Ling. Me tenía molesta que pareciera tan atemorizada.

Una sombra se cernió sobre nosotros, y al levantar la vista encontré a Koh Beng, el asistente con cachetes de cerdito. Aunque apenas era de mañana, su rostro ya estaba cubierto de una fina capa de sudor.

—¿Te encuentras bien? —me preguntó—. No te veías nada bien anoche.

Fue amable que lo recordara. Koh Beng se sentó y empezó a comer. Fideos otra vez, en esta ocasión con delgadas y suculentas rebanadas de hígado de cerdo colocadas sobre la sopa caliente. Deseé haber pedido eso mismo.

—¿Quieres que te comparta? —preguntó.

—Ya nos íbamos —dijo Shin y se puso de pie. Yo hice lo mismo, y me ajusté de forma discreta el vestido. La mirada de Koh Beng se detuvo en mis piernas.

—¡Ojos sobre la mesa! —dije, golpeando la superficie de madera.

—Me gustan las chicas que saben expresarse —dijo con una amplia sonrisa.

Nos interrumpió un escándalo que se desató en el exterior. Había personas que corrían de un lado al otro y se oían gritos.

—¿Qué estará pasando?

—Probablemente un lagarto monitor —dijo Koh Beng con desdén, sin dejar de comer.

Los lagartos monitor podían crecer hasta metro y medio de longitud y cazaban gallinas, roedores y cualquier otra cosa que se atravesara en su camino. La idea de que hubiera uno rondando el hospital me puso la piel de gallina. Miré a Shin, pero tenía la cabeza inclinada, como si estuviera escuchando algo.

—Vámonos —me dijo.

A cierta distancia de los edificios principales del hospital, la colina descendía, conectada por pequeños caminos y escaleras. Shin era mucho más rápido que yo y, para cuando llegué hasta el pasillo en el que se detuvo, ya había un grupo de personas reunidas al fondo.

—¡Háganse a un lado, por favor! —Pasaron dos hombres con una camilla vacía a todo correr.

Shin volteó y se dirigió hacia mí.

—No mires.

—¿Qué pasa?

En respuesta, me tomó del codo y me condujo lejos de allí con rapidez. Estiré el cuello y logré ver a los hombres que subían a alguien sobre la camilla; apenas distinguí un pequeño pie descalzo.

—Vuelve a contarme cómo conociste a la enfermera —me dijo Shin en voz baja.

—Me topé con ella de camino a la cafetería. ¿Por qué?

—Porque acaba de caer por esas escaleras. Es bastante grave. No, no regreses. No hay nada que puedas hacer.

—¿Está muerta?

—Parece tener una lesión craneoencefálica. Alguien acaba de encontrarla justo ahora.

Horrorizada, tuve ganas de llorar. ¿Cómo podía haberle ocurrido algo tan horrible a Pei Ling apenas media hora después de irse de la cafetería?

—¿Iba corriendo cuando se alejó de ti?

—No. Estaba caminando. Shin, ¿qué hacemos?

—Ya la están atendiendo los médicos. Un hospital es el mejor lugar para sufrir un accidente. Si eso fue... —susurró.

Me detuve en seco.

—¿Qué te hace pensarlo?

—Aterrizó a cierta distancia de la base de las escaleras. Si te tropezaras, lo más seguro es que no cayeras tan lejos porque tratarías de detenerte. Además de que también hay barandales. Pero, por otro lado, si alguien te empujara... —Suspiró—. Cuando te contó acerca de lo que estaba en la residencia de los hombres, ¿había alguien más por allí?

—No en la primera ocasión, pero cuando estábamos afuera de la cafetería estaban pasando algunas personas.

Con mucha ansiedad, observé la escena que se desarrollaba abajo. La camilla, con su triste cargamento, los pequeños pies que se asomaban patéticamente, uno descalzo y el otro todavía cubierto con el discreto calzado de enfermería, ya estaba llegando al siguiente edificio. La muchedumbre empezó a dispersarse, pero una figura solitaria continuó observando desde cierta distancia. Reconocí el extraño perfil de Y. K. Wong.

—¡Pensé que se había marchado anoche! —susurré y se lo señalé a Shin.

—Debe haber regresado esta mañana. No sospechas de él, ¿o sí?

No estaba segura de qué pensar. La calamidad de Pei Ling me tenía alterada; parecía demasiado fortuito que tuviera un accidente así de terrible justo después de confiar en mí. De nuevo, volví a pensar en la sombra oscura que se desplazaba en las profundidades del río de mis sueños.

—Shin, ¿puedes buscar lo que Pei Ling quiso recuperar del cuarto común de la residencia de hombres? Le preocupaba que alguien más lo encontrara. Deberíamos guardárselo. —Lo miré, suplicante.

No dijo nada; simplemente levantó las cejas y se alejó. Pero sabía que lo haría. De chicos, tuvimos por mascotas unos polluelos de pato, dos pelotitas de pelusa amarilla. Una tarde, el mío desapareció. La cena de algún gato, dijo la gente a modo de broma, pero Shin pasó días buscándolo por todo el vecindario, de manera discreta y empecinada, mucho después de que desapareciera toda esperanza de que el pobre animal siguiera con vida. Al recordarlo, sentí una oleada de gratitud. De todos modos, las palabras de Pei Ling volvieron a sonar en mi cabeza: «¿Qué tan bien lo conoces?». Era una buena pregunta. Ya no éramos niños. Incluso ahora, no me quedaba del todo clara la razón por la que Shin no había regresado a casa durante casi un año entero. Además, ¿hasta cuándo podría seguir dependiendo de él? La única familia verdadera que me quedaba era mi madre, y ella era quien necesitaba que la cuidaran.

Al escuchar pisadas que se acercaban, me enderecé y sentí un temor repentino de que pudiera tratarse de Y. K. Wong. Ese hombre tenía algo extraño, con esa manía de aparecerse en los lugares más inesperados. Pero solo era Koh Beng.

—¡Hola! —dijo alegremente—. ¿Esperando a Shin?

—Sí, fue a buscar algo —me pregunté si debía mencionarle lo del accidente de Pei Ling.

—¿Quieres que te muestre el lugar?

Accedí con rapidez. No era inteligente esperar cerca de la residencia de hombres, donde Y. K. Wong podía toparse conmigo si regresaba. Con un poco de suerte, Shin tendría la sensatez de buscarme.

Koh Beng era un guía interesante, lleno de chismes e historias coloridas. Este era el sitio en el que sucedió la primera transfusión sanguínea de todo el hospital. Aquella era la oficina en la que la esposa del director anterior lo pescó probándose un uniforme de enfermera... talla extragrande. No pude evitar reírme, aunque la mayoría de sus anécdotas eran tremendas.

—¿De veras eres la novia de Shin? —me preguntó de pronto.

—¿Por qué?

—Porque tiene otra chica —dijo después de dudarlo un poco—, en Singapur.

—¿Cómo lo sabes?

—Habla de ella todo el tiempo. Dijo que la conoció allá.

¿Cómo debía reaccionar ante esta noticia de supuesta infidelidad? Quizá bastaría un rostro valiente, pero alterado.

—¡Ah! —Me quedé mirando mis zapatos. Tuve una extraña sensación de opresión en el pecho.

—Lo siento. —Koh Beng se acercó un poco más—. Si hay algo que pueda hacer... —Me puso una mano en el hombro.

—¡Ji Lin! —Era Shin que venía por el pasillo—. ¿Por qué te desapareciste así?

Koh Beng bajó la mano.

—Me estaba mostrando el hospital.

Shin puso su mano en mi cintura, y yo me puse rígida. Al notar mi reacción, Koh Beng esbozó una sonrisa incómoda y se dio la vuelta para marcharse.

—Avísame si alguna vez se te ofrece algo.

—¿Qué tipo de ayuda te estaba ofreciendo? —me preguntó Shin.

—No fue nada. —No debí molestarme. Los consejos bienintencionados de Koh Beng nada tenían que ver con mi situación. Me alejé del abrazo de Shin—. No tenemos que fingir en este momento. No hay nadie que nos vea.

Shin me miró de manera inquisitiva. A veces me preguntaba qué sucedía detrás de esos inteligentes ojos oscuros. Cuando sonreía, arrugaba los ojos, y ahora sonreía mucho más que cuando era más joven. No estaba del todo segura de que me agradara. Aprendió a utilizar su rostro en beneficio propio.

—Tengo algo extraño que mostrarte —dijo después de hacer una pausa.

—¿Lo encontraste? —Pero se empezaron a oír voces y pisadas. Parecía que se estaba acercando una muchedumbre por el corredor; en definitiva, no era un buen lugar para examinar misteriosos paquetes robados. Además, no quería arriesgarme a que nos topáramos de nuevo a Y. K. Wong.

Shin trató de abrir una puerta. Estaba cerrada con llave. La siguiente se abrió para dar paso a un clóset que tenía una pequeña ventana por la que entraba una tenue luz gris. Nos metimos mientras las voces seguían parloteando.

—¡Qué cosa tan terrible! ¿Quién dijiste que era?

—Esa enfermera chaparrita. La que se metió con el paciente casado.

—Pensé que sería más prudente.

—Tal vez la esposa la maldijo.

Las voces se alejaron por el pasillo. Me di cuenta de que estaba aguantando la respiración, así que solté el aire de manera apresurada.

—Estaba dentro del florero del cuarto común —dijo Shin en voz baja.

El pequeño clóset era cerrado y oscuro, pero parecía más seguro que el pasillo, en especial si Shin de verdad había encontrado algo. Empezó a desabotonarse la camisa.

—¿Qué crees que estás haciendo? —dije en un urgente susurro.

—Lo escondí dentro de mi camisa —dijo Shin, sorprendido. Después sonrió—. ¿O qué? ¿Esperabas que me desnudara?

—¿Quién querría verte sin camisa?

—¡Mira quién habla! ¡Solías ir a nadar casi sin ropa!

—¡Eso no es cierto! Casi nunca me acerqué al agua. ¡No sé nadar bien y lo sabes!

—Yo te puedo enseñar, si quieres. —Se acercó a mí y sentí su respiración cálida junto a mi oreja. Por un enloquecido instante, me pregunté si iba a besarme.

Ya antes me habían besado. Fue un chico que en realidad no me interesaba. Sucedió el año antes de que Shin se fuera a estudiar medicina y mientras yo seguía enamorada sin remedio de Ming. Ming tenía un amigo llamado Robert Chiu, un chico que venía de una familia pudiente que vivía cerca de Ipoh. Como yo siempre quería estar cerca de Ming, era inevitable toparme a Robert con cierta frecuencia.

Fue Robert quien me besó, en una banca afuera de la tienda del relojero. Shin andaba con alguna novia nueva, y Ming tampoco estaba. No entendía por qué Robert se la pasaba con nosotros. Si yo tuviera una enorme casa con una larga entrada y un auto reluciente estacionado en ella, no pasaría mis tardes en un pueblucho como Falim, pero, de manera inesperada, volteó hacia mí. De pronto, como si acabara de decidirlo, me tomó por los hombros. Su boca era húmeda, caliente e insistente; no pude respirar. No experimenté nada que hiciera que mi corazón palpitara, salvo el absoluto pánico que me invadió por las ansias de alejarlo de mí.

—Me gustas desde hace mucho tiempo —dijo—. Pensé que lo sabías.

Negué con la cabeza. Tenía el rostro enrojecido y las manos me temblaban. Lo último que deseaba era una charla íntima con Robert, pero me tomó de las manos y no supe cómo alejarme sin recurrir a empujarlo de la banca. Me sentí halagada, pero horrorizada, como si estuviera viendo un accidente en cámara lenta.

Por fortuna, Ming salió en ese momento. Me sentí un poco avergonzada, pero también esperanzada. Este era el momento en que se retorcería de celos, ya que Robert todavía me tenía de las manos, pero solo nos miró con su habitual serenidad razonable y se dirigió a Robert.

—Ah, vaya. ¿Ya hablaste con ella?

Me levanté de un brinco y zafé las manos.

—Lo siento —le dije a Robert—. Te lo agradezco mucho, pero no, gracias.

—¿Quieres decir que no te intereso?

—No. Para nada —contesté y salí corriendo.

De manera irracional, lo único que me vino a la mente fue que, si me casaba con Robert, sería el ama de una enorme casa de Ipoh en la que habría una vitrola donde podría poner todas las canciones populares que quisiera. Por más tentador que pareciera, también significaba que tendría que someterme a sus pegajosas caricias. Recordé el juvenil rubor en el rostro de mi madre poco después de su segundo matrimonio, cuando la pesqué sentada en el regazo de mi padrastro. Había algo que le gustaba de ese hombre, incluso ahora. Pero, fuera lo que fuera, era algo que yo no encontraría con Robert. Estaba muy segura de ello, aunque, cuando Ming se acercó para hablarme en su estilo discreto y pensativo, rompí en llanto de manera inesperada.

—Pero ¿qué pasa? —me preguntó, angustiado—. ¿Te asustó?

—Moví la cabeza, agobiada por la tristeza. Ming no sentía esas ansias intensas y dolorosas por no poder vivir sin mí. Solo estaba siendo amable, como si fuera mi hermano mayor—. Lo siento mucho —me dijo—. Pero no es una mala persona.

«Y es un partido excelente». Aunque Ming era demasiado prudente como para expresar algo así, a diferencia de Shin, pensé con amargura, quien seguramente me diría que no perdiera el tiempo y que me casara para tener dinero. Se lo dije a Ming, quien pareció sorprendido.

—No, Shin no sabe nada de esto. Y no se lo menciones, ¿quieres?

De modo que no lo hicimos. Pero, siempre que pensaba en mi primer beso, volvían a despertarse aquellos sentimientos dolorosos y agobiantes de desesperanza y tristeza. No por el pobre de Robert, sino por mí misma, porque ese fue el día en que de verdad comprendí que Ming jamás me querría.

Ya después, en el Flor de Mayo, hubo tantas ocasiones en que los hombres trataron de propasarse que aprendí a alejarme ante cualquier señal de ataque. Por ello, cuando Shin se me acercó demasiado en el pequeño almacén de intendencia, después de bromear acerca de quitarse la camisa, me vi presa del pánico y lo empujé hacia atrás con tal fuerza que golpeó la puerta con un ruido sordo.

—¡Oye! ¿Por qué hiciste eso?

¿Cómo podía atreverme a decir que pensé que mi hermanastro me iba a besar? Era completamente absurdo; además, Koh Beng acababa de confirmar mis sospechas de que Shin tenía una novia en Singapur. Sin embargo, sentí un extraño aleteo en el estómago cuando se inclinó hacia mí. Como si mil polillas se reunieran en torno a una vela que se encendió de forma callada y misteriosa.

Decidí que era solo por lo apuesto que era Shin. Estaba cansada de bailar con viejos regordetes y escolares inmaduros, y ahora por fin apreciaba lo que durante tantos años di por sentado al otro lado de la mesa del comedor. Era una idea tan escandalosa que empecé a reír de forma histérica, pero discreta. Trabajar como bailarina en un salón sin duda estaba acabando con mi moralidad.

La puerta se abrió de golpe. Los dos nos congelamos y entrecerramos los ojos ante la repentina luz.

—¡¿Qué está pasando aquí?! —Se oyó una voz aguda y estridente con la inusual entonación de una extranjera.

Shin se volteó de un brinco, y nuestras risas se apagaron al instante.

—Discúlpeme, jefa.

Así que esta era la jefa de enfermeras. Me sentí morir. Todas mis esperanzas de ingresar al programa de enfermería, con sus requisitos de carácter moral intachable, se vendrían por tierra si de casualidad recordaba que me había pescado encerrada con un hombre en un armario de intendencia.

—Espero que esa detrás de usted no sea una de mis enfermeras —dijo con absoluta seriedad cuando salimos al corredor, completamente avergonzados.

—No, señora —dijo Shin. Hubo una incómoda pausa. Después, espetó—: Es mi prometida.

—¿Su prometida? —Su incredulidad era palpable.

—Le acabo de proponer matrimonio.

—¿En el armario?

Casi pude ver cómo daban vuelta los engranes dentro de la cabeza de Shin. Pero pensé que no habría esperanza alguna. Una historia inventada sin nada que la sustentara. Para mi asombro, Shin metió la mano en su bolsillo y sacó una pequeña caja cubierta de terciopelo. El anillo que tenía dentro era un pequeño círculo de oro con cinco diminutos granates dispuestos en forma de flor. Tras colocarlo en mi dedo, le sonrió triunfante a la jefa.

Quedó tan sorprendida que lo único que pudo hacer fue esbozar una sonrisa a medias.

—Bueno, pues, señor Lee, ¿cierto? Le ruego que evite este tipo de comportamiento dentro de las instalaciones del hospital; pero ¡muchas felicidades!

Shin asintió, viéndose tan complacido como si acabara de hacer algún truco de magia. Porque eso era. Magia. Toda sospecha y juicio se esfumaron, al tiempo que la jefa quedó enternecida. Nos dio la mano a los dos y nos deseó todo lo mejor. Shin sacó a relucir su habitual encanto deliberado, lo cual fue excelente porque yo solamente me quedé boquiabierta.

Caminé un poco detrás de los dos mientras me recomponía. El anillo me quedaba grande —tuve que cerrar el puño para que no se zafara y se me cayera—, pero era de esperarse puesto que estaba hecho para otra chica. ¿Qué sentiría si supiera que Shin usó su anillo para salirse de un lío de esta manera?

Ese hermoso y delicado anillo había sido elegido con sumo cuidado. No pude imaginar que alguna chica fuera capaz de rechazarlo, y, por un momento, me inundó una inesperada marea de desolación. Una soledad asfixiante que hizo que me dolieran hasta los dientes.

21

Batu Gajah
Semana del 15 de junio

Ren está muy emocionado por la fiesta que se celebrará en casa de William. Es un evento mensual que organiza por turnos un conjunto de médicos jóvenes. Algunos de ellos tienen esposa, pero incluso los que están casados a menudo viven como solteros porque sus familias están en Inglaterra. De modo que se tratará casi de puros caballeros, dice Ah Long. Las pocas esposas que se quedan se enfrentan al aburrimiento de los días lánguidos, los cuales se prolongan hasta el infinito. Al tener más que suficientes sirvientes y nada de quehaceres que llevar a cabo, terminan ofreciéndose como voluntarias en distintas obras benéficas, juegan tenis, y, si los rumores son ciertos, intercambian esposos.

—Pero ¿por qué? —pregunta Ren. Intercambiar personas y casas le parece bastante problemático, pero Ah Long mueve la cabeza y le dice que es demasiado joven para entenderlo.

Pero Ren sí lo entiende. Un poco. Tiene algo que ver con no sentirse feliz, aunque piensa que William es un buen amo y que alguna mujer seguramente lo querrá. La señorita del hospital es quien le viene a la mente, esa que tiene el cabello suave como bizcocho al vapor. Lydia, así se llama. Siguió a William a casa el domingo después del servicio religioso.

Por la expresión exageradamente educada de su amo, Ren supo que no se sentía complacido. Al parecer, su plan era dejar a Lydia antes de llevar a una paciente a su casa, pero Lydia insistió en acompañarlo. Ren prestó atención únicamente porque la paciente era Nandani. Su paciente, piensa con una tímida sensación de orgullo.

Cuando William y Lydia se quedan parados en el cuarto principal del búngalo, a Ren vuelve a sorprenderle lo parecidos que son. Altos y pálidos, con narices grandes y levantadas, y manos demasiado largas. No puede decir si Lydia es atractiva o no, pero parece acostumbrada a llamar la atención por la forma en que gira la cabeza para hacer el cabello a un lado y por cómo cruza las largas piernas con sandalias blancas.

—¿Cómo está la paciente? Me refiero a Nandani —pregunta Ren con timidez, pero el rostro de William se ilumina.

—Va muy bien. ¿Quisieras verla?

—Sí.

—Será educativo que revises su progreso —dice William—. Uno de estos días la traeré a la casa.

Ren mira de reojo a Lydia, pero ella está ocupada examinando los libreros y no da señal alguna de haber escuchado sus planes. Camina por la casa con William, dándole sugerencias de cómo acomodar los muebles para la fiesta venidera. Algunas de ellas, piensa Ren, son de lo más acertadas.

—No habrá muchas mujeres el sábado —dice William, solícito—. ¿Estás segura de que quieres venir? Podría resultarte de lo más aburrido.

—Para nada —responde y entrelaza su brazo con el de William—. ¿Te gustaría que me encargara de ordenar las flores?

Por la alarma que se asoma en la mirada de su amo, Ren sabe que las flores son lo último en lo que está pensando. Resulta casi cómico, salvo por el hecho de que su amo está sufriendo.

—No hay necesidad. Ah Long se encargará de todo. —Y con eso, William la lleva hasta el automóvil para enviarla a casa.

Al recordar la conversación tiempo después, Ren le pregunta a Ah Long si deberían conseguir flores para la casa. Ah Long frunce el ceño.

—Sí. Necesitaremos un centro de mesa y algo cerca de la puerta de entrada. —A pesar de su aire de consternación, está disfrutando los preparativos para la fiesta.

El martes, Ah Long decide volver a blanquear y almidonar el mantel y las servilletas porque, aunque se guardaron limpios la vez anterior, se ven amarillentos. El miércoles, Ren sacude y limpia todo, voltea los libros para que se vean los lomos y los alinea a la perfección. Ren reconoce algunos de los títulos, que son los mismos que había en la casa del doctor MacFarlane. *Anatomía del cuerpo humano* de Henry Gray, ejemplares de la revista *The Lancet* y los *Anales de medicina tropical y parasitología*. El doctor MacFarlane pronunció los largos nombres primero, y después Ren aprendió a escribirlos sentado a la mesa de la cocina. Ahora, saluda a sus viejos amigos con un ademán de la cabeza mientras trapea el piso.

Hay tres capones gordos en el gallinero de atrás. Se transformarán en chuletas de pollo y en *inchi kabin*, el crujiente pollo dos veces frito que se sirve con salsa agridulce. Los cortes locales de carne roja son magros y duros por ser de búfalo de agua, de modo que, para completar los platillos principales que se ofrecerán, Ah Long preparará un *rendang*, el famoso guisado que se hace con curry y leche de coco y se cuece a fuego lento. Mientras tanto, el jueves mueven todos los muebles de la sala y enceran el piso.

—En caso de que quieran bailar —explica Ah Long—, aunque solo vendrán dos damas. —De todos modos, saca el gramófono, y Ren afila las agujas. Vendrá otro mesero chino al que contrataron para servir las copas. William no muestra gran interés en este frenesí de preparativos. Cuando Ren le pregunta al respecto, Ah Long se encoge de hombros—. Tiene un nuevo pasatiempo.

Ahora que lo menciona, Ren se da cuenta de que su amo ha estado desapareciendo a la hora de la cena.

—¿No solía tomar sus caminatas por las mañanas?

—Mañanas, tardes... ¿qué importa? Siempre que la chica esté dispuesta... —murmura Ah Long por lo bajo.

El viernes por la mañana, el jardinero lleva las flores cortadas a la puerta de la cocina, y Ren carga los montones de flores hasta el comedor para organizarlas. Si hubiera una mujer en casa, dispondría las flores el día mismo de la fiesta, pero mañana todos se dedicarán a cocinar. Con este calor, la comida se descompone de prisa, de modo que todo debe prepararse el mismo día para que esté fresco. Cuando Ren se dirige a la cocina de nuevo para llevarse una segunda carga de plantas y flores, encuentra al jardinero enfrascado en una discusión con Ah Long.

—¡Oye, muchacho! —dice el jardinero. Es tamil, y su fuerte y compacto cuerpo está tostado por el inmisericorde sol. Es el jardinero amistoso que habla malayo; el otro solamente habla tamil—. *Mau lihat?* ¿Quieres ver algo interesante?

Emocionado, Ren sigue al jardinero afuera. Ah Long camina con pesadez detrás de ellos mientras se dirigen a la parte trasera de la casa, justo en el punto en el que el prado podado termina y empieza la maleza de la selva. Caminando por el perímetro del jardín, se acercan al parche de terreno irregular donde Ren entierra la basura de la casa, y donde se encuentra sepultado el dedo que robó del hospital tras haber asegurado el frasco de vidrio dentro de la lata de galletas.

A Ren se le acelera el pulso. Clava los ojos en la piedra que colocó para marcar el sitio. Se ve sospechosa sobre un parche de tierra recién removida. No esperaba que nadie se acercara al tiradero de basura. Nadie más lo hace, solo él.

—*Sini* —dice el jardinero—. Aquí y acá. ¿Lo ven?

Señala el suelo; hay ramas rotas y dobladas y algo más que resalta en la suave tierra mojada. Es la huella de un tigre.

Al menos eso dice el jardinero, aunque Ren no logra distinguir la sutil impresión de manera definitiva. Pero no hay duda de que algo pasó por allí. Algo grande y pesado. En la selva, debajo de los árboles, las hojas secas forman un grueso tapete. Es solo donde la tierra está expuesta que se alcanza a ver la huella. Los dos hombres se acuclillan junto a la misma, que es más amplia que la palma de la mano de un hombre.

—La pata delantera izquierda —dice el jardinero.

—¿Cómo lo sabe? —pregunta Ren.

El jardinero le explica que las patas delanteras tienden a ser más grandes que las traseras. Las patas delanteras de los tigres tienen cuatro dedos y un espolón, que corresponde a lo que sería el pulgar. Por lo que se ve, el animal estuvo parado debajo de los árboles a la orilla del jardín. Esa pata, la delantera, es la única marca que se ve sobre las orillas del terreno de la casa.

—Los tigres son astutos —dice el jardinero—. Estaba vigilando la casa.

El corazón de Ren se acelera. ¿Qué significa que la huella se encuentre exactamente junto a la piedra que señala la localización del dedo enterrado? Desearía que hubiera algún adulto al que pudiera recurrir en busca de consejo; pero, si se lo cuenta a William, tendrá que admitir que lo robó. De manera inconsciente, empieza a frotarse las manos y a retorcérselas con ansiedad. Quedan nueve de los cuarenta y nueve días del alma del doctor MacFarlane. Deben ser más que suficientes para regresar el dedo, ¿cierto?

Ah Long examina la huella borrosa con detenimiento.

—Al tigre le falta un dedo —indica—. El dedo meñique de la pata izquierda.

Ren cierra los ojos y respira hondo. Aguza los oídos; el cuero cabelludo le empieza a vibrar. Escucha con atención, pero no hay nada. Ni un parpadeo de su sentido felino. Solo un silencio tan profundo que llena el espacio verde del césped cortado sobre el que se encuentra el búngalo, como una especie de pecera en medio de la selva.

—¿Colocamos una ofrenda? —pregunta el jardinero, reticente. Es hindú, y Ah Long se dice budista; en ambas religiones existe la tradición de hacer ofrendas y sacrificios, pero Ah Long parece molesto.

—Y ¿qué vamos a ofrecer... un pollo? Solo tengo tres y se necesitan para mañana. Además, no queremos que regrese.

Si se tratara de un jabalí o de un venado, podrían regar algo de sangre o de cabello humano para mantenerlo a raya, pero ese tipo de cosas no amedrentan a los tigres. El jardinero hace una leve reverencia en dirección a la silenciosa jungla y dice algo en tamil.

—Le pedí, señor Tigre, que, por favor, ya no regrese —dice con una leve sonrisa. Ren observa su rostro oscuro y arrugado. No sabe en lo absoluto si el jardinero de verdad está preocupado o si esto es solo una de esas cosas que pasan de vez en vez, como los monzones o las inundaciones. En el tiempo que pasó con el doctor MacFarlane, jamás hubo un tigre que se acercara tanto a la casa, a pesar de los delirios del viejo. O tal vez jamás encontraron huellas afuera porque el tigre vivía adentro. La imagen del blanco rostro del doctor MacFarlane y la mano izquierda con el meñique faltante sobre la delgada cobija de algodón aparece frente a los ojos de Ren, quien palidece.

Ah Long lo toma del brazo.

—¡No hay necesidad de asustarse! Los tigres vagan kilómetros, y este ya se marchó desde hace mucho.

Esa noche, Ah Long le informa a William de su descubrimiento, en el dudoso inglés que utiliza con su patrón. Es la segunda huella de tigre que se descubre cerca del búngalo; la primera apareció más o menos cuando murió aquella pobre mujer.

—Entonces, *tuan*, no sales tú por la noche solo —concluye Ah Long.

Una sombra le cubre el rostro a William.

—Ni tú. Y, Ren, no te pasees por allí a solas.

Ren le trae un plato de *ikan bilis* fritos, pequeños pescaditos cubiertos de una salsa *sambal* picante. Sirve del lado izquierdo, retira los platos del lado derecho; es lo que le enseñó a hacer la tiita Kwan. La habitación se siente bochornosa, a pesar de las ventanas abiertas. Las flores que trajo el jardinero —aves del paraíso, achiras y largas ramas de hibiscos— se ven tiesas y parecen pensadas para un funeral. Ren siente la piel tensa y temblorosa; le duele la garganta. La huella en el jardín es una preocupación que no lo deja en paz.

—¿Te sientes mal? —William le hace una seña a Ren para que se acerque y coloca el dorso de la mano sobre la frente del chico. Es una mano grande, profesionalmente impersonal—. Mmm. Fiebre. Dile a Ah Long que te dé una aspirina y vete a acostar.

Ren todavía no termina de servir ni de lavar los platos de la cena, pero William le dio una orden directa. Camina hasta la cocina y el viejo sirviente, examinando su pálido rostro con preocupación, le da una aspirina y le indica que se vaya a la cama.

Ren sale tambaleándose de la cocina y cruza el corredor que lleva a los cuartos de sirvientes en la parte posterior. Tiene el rostro ardiente y siente las piernas como de hule. Cuando eran pequeños, Yi era quien siempre se enfermaba; si había alguna gripe o intoxicación estomacal rondando por allí, era inevitable que Yi la pescara antes que Ren.

—Soy el sistema de advertencia —decía Yi con una sonrisa en la cara—. Yo siempre iré por delante de ti. —Y, al final, así fue.

Ahora, mientras tiembla sobre su estrecho catre, Ren se cubre con la delgada cobija de algodón. A pesar de la calidez de la habitación, se siente congelado y le duelen los huesos. Aun así, experimenta cierta paz, la extraña exaltación que acompaña a la enfermedad. Ya no puede pensar en el tigre de manera coherente.

Y, entonces, empieza a soñar.

Es ese viejo sueño en el que Ren está parado sobre la plataforma del tren, solo que, en esta ocasión, el tren está detenido en la estación. Y Ren no se encuentra allí. Está en una pequeña isla —más como un banco de arena— en medio de un río, viendo el tren desde el agua. El sol se refleja en las ventanas del tren vacío. ¿Dónde está Yi?

Ren camina de un extremo del banco de arena al otro, protegiéndose los ojos del sol mientras mira más allá del río. Y entonces lo ve, corriendo y agitando los brazos sobre la ribera opuesta. Bailotea sobre un pie y después sobre el otro de manera familiar. ¿Cómo es posible que Ren olvidara ese bailecito?

—¡Yi! —le grita. La pequeña figura al otro lado coloca las manos en torno a su boca y dice algo, pero no emite sonido alguno.

¿Por qué no se oye nada? Entonces, Ren se da cuenta de algo más. Yi es pequeñísimo. No solo porque esté lejos, sino porque todavía tiene ocho años de edad, la misma edad que cuando murió. Es Ren quien cambió. Pero Yi parece tan encantado de verlo que se le hace un nudo de felicidad en la garganta.

Ahora Yi está haciendo ademanes para comunicarse. «¿Cómo estás?».

Ren se señala y levanta los pulgares. «¿Y tú?».

Yi también levanta ambos pulgares. «No te preocupes».

¿De qué? Debe estar refiriéndose al tigre y al doctor MacFarlane y a todas las muertes anteriores y las que están por venir. Claro que Yi lo sabría. Siempre sabía todo lo que le preocupaba a Ren.

Ren le responde que está bien, que tiene un trabajo, que encontró el dedo y que lo tiene guardado en un lugar seguro. Es difícil hacer la mímica necesaria para comunicar todo esto, pero Yi parece comprenderlo. Quizás el sonido nada más funcione en una dirección, pero Ren no quiere perder su tiempo con Yi averiguándolo.

El tiempo se está acabando.

En el momento preciso en que lo piensa, el agua acaricia sus pies descalzos. Da un salto hacia atrás y se percata de que el banco de arena está haciéndose más pequeño, o quizás es el agua la que está subiendo.

—Hay un tigre en el jardín —grita hacia el otro lado del río—, pero no te preocupes. Sé lo que tengo que hacer. —Yi parece inquietarse—. Volveré a Kamunting después de la fiesta. —Yi mueve la cabeza—. Está bien, tengo permiso. Y haré lo que el doctor MacFarlane me dijo que hiciera. —Los brazos de Yi parecen explotar, como si tratara de expresarle algo complicado. El pequeño rostro es la viva imagen de la angustia—. No tengo miedo —le asegura Ren.

«Pregúntale a la chica».

¿Qué chica? Ren no puede pensar en ninguna chica o mujer, salvo la tiita Kwan, y ella se marchó a Kuala Lumpur.

El agua está subiendo, haciendo pequeñas olas traslúcidas sobre la lodosa arena. Hay algo raro en ella. Es viscosa, demasiado espesa, pero lo bastante transparente para permitirle ver cada guijarro y hoja flotante. No hay pececitos nadando en los bajos, ni tampoco camarones fantasma ni patinadores de estanque. No hay nada que viva ahí.

—Nadaré hasta donde estás —grita Ren—. ¡Espérame allí!

Pone un pie en el agua. Está sorprendentemente fría, y una corriente en remolino parece jalarle el tobillo. Pero la otra ribera no queda lejos.

«¡No!». Yi no quiere que se meta en el agua. Está haciéndole señales urgentes de que se detenga.

Ren no nada con rapidez, pero está seguro de que puede chapotear hasta allá. Se para en los bajíos hasta la altura de los talones. El agua está helada. Jamás ha sentido un frío como este. En una ocasión, el doctor MacFarlane pidió prestado un libro de cuentos cuando le estaba enseñando a leer a Ren y este estudió las bellísimas ilustraciones de la nieve y el hielo y el tipo de clima nebuloso que el doctor le dijo que era común en Escocia. *Dreich*, lo llamó. Había un cuento acerca de una niñita que vendía cerillos, y la última imagen la mostraba acostada sobre la nieve. Tenía los ojos cerrados, pero también una sonrisa en el rostro, y el artista dibujó leves sombras azuladas a cada lado de su boca. ¿Sería este el frío que ella experimentó?

Aprieta los dientes. Más allá de los bajos del banco de arena, el agua se ve turbia. Hay algo que se agita dentro de ella y lo hace dudar. Del otro lado del río, Yi está haciendo señas desesperadas. ¡No, no, no! Pero ahora Ren es más grande y más fuerte que cuando se separaron. Mira hacia el río con la confianza de un chico de once años de edad y se siente seguro de que puede lograrlo.

Ahora el agua le llega a la cintura y se agita y arremolina de manera extraña. La corriente es muy fuerte. El frío es casi insoportable; le cala los huesos y le extrae todo el calor del cuerpo.

Yi está hincado en la ribera contraria. Tiene el rostro contorsionado y bañado en lágrimas, y sigue gesticulando de forma enloquecida. «¡DETENTE!».

Ren quiere decirle que no llore, que no tardará en llegar. Pero los dientes le castañetean con tal fuerza que no puede formar las palabras. Tras un último arranque de valor, Ren clava la cabeza en la corriente negra y helada.

22

Ipoh
Lunes, 15 de junio

Era de mañana. Volví a contemplar el techo; en esta ocasión lo conocía a la perfección: era el de casa de la señora Tham. Me senté y de inmediato busqué el anillo de Shin, todavía envuelto en un pañuelo. Me pregunté qué aspecto tendría esa chica cuyo dedo era más grande que el mío. La suavidad y el intenso color del metal sugerían que se trataba de oro de veinticuatro quilates. Mi madre siempre me dijo que me asegurara de comprar oro de veinticuatro quilates, no de dieciocho ni de una pureza inferior.

—Así podrás empeñarlo —me dijo sin rodeos—. Te darán un mejor precio.

No tenía la menor duda de que hubiera adquirido cierta experiencia con las casas de empeño después de la muerte de mi padre. En mi breve estancia como bailarina en el Flor de Mayo, distintos hombres me habían dado regalos: aretes de plata, pulseras delgadas. Me sentí dudosa de aceptarlos, pero las demás chicas me dijeron que sería una tonta si rechazaba una de las pocas ventajas adicionales que conllevaba este trabajo. Sin embargo, mi madre tenía razón. Ninguna de esas baratijas valía nada en las casas de empeño, aunque intenté venderlas un par de veces, pensando que podría reducir su deuda con mayor velocidad. Me pregunté cuánto dinero habría gastado Shin. Siempre era el que terminaba las cosas con las chicas por no querer comprometerse. Hasta donde yo sabía, jamás le había dado un regalo como este a nadie.

El día anterior, después de que la jefa nos dejara, intenté devolvérselo a Shin con una sonrisa.

—Deberías guardarlo bien para tu novia —dije en tono afable y amistoso, y fue justo lo que le habría dicho unos años antes.

—Guárdalo tú —me respondió—. Parecerá sospechoso si me lo regresas después de que ya le dije a todo el mundo que estamos comprometidos.

En ese momento debí seguir hablando para preguntarle cómo era su novia y cuándo la llevaría a la casa, pero, por alguna razón, fui incapaz. Si un mes antes alguien me hubiera dicho que me sentiría así de incómoda y triste de que mi hermanastro se casara, me habría reído, pero ahora lo único que me quedaba era esta extraña sensación de soledad. Era como volver a perderlo, como cuando decidió excluirme de su vida. Pero había una diferencia: no solo era que Shin estuviera actuando de manera amistosa, como si lo que lo perturbaba se hubiera resuelto. Se estaba mostrando más confiable, más adulto. Más atractivo.

Y sí. Eso dije.

Y es que Shin siempre fue atractivo, no solo para mí. O quizá fue que decidí ignorarlo de manera deliberada. Hice mi mejor esfuerzo por recordar el rostro delgado y sereno de Ming, el mechón rebelde en la parte trasera de su cabeza, pero fue en vano. El enamoramiento que me sirvió durante tantos años ya no estaba, y solo me quedó una vaga sensación de confusión y culpa.

Por lo tanto, inventé alguna excusa para regresar a Ipoh de inmediato. Todavía no veía el paquete de Pei Ling, pero para entonces estábamos parados en el pasillo del hospital donde nos dejó la jefa de enfermeras, a plena vista de todos los que pasaban por allí. Lo mejor sería que Shin lo mantuviera a salvo y sin abrir, dentro del hospital, para regresárselo a Pei Ling después de que se recuperara de la caída.

Cuando me subí al tren, me quité el anillo y lo envolví en mi pañuelo. No me pareció correcto usarlo, puesto que no me pertenecía. Metí el pañuelo en mi canasto de ratán y sentí las tiesas orillas de la tarjeta que me dio el médico extranjero. «William Acton, cirujano general». La envolví con mis dedos y pensé que quizá me comunicaría con él después de todo.

El martes por la tarde, fui a ver a Hui después de escaparme de cenar con la familia de la señora Tham. Me insinuó que me quedara esa noche porque había un joven que quería que conociera: el sobrino de su marido, a quien lo había abandonado alguna descarada y ahora había decidido casarse antes de que terminara el año. Al parecer, solo quería demostrar que podía hacerlo. No pensé que eso fuera a resultar bien para nadie.

Llevé el anillo de Shin conmigo, ya que la señora Tham seguramente esculcaría mis cosas en mi ausencia. Las piedras brillaban como semillas de granada. Eran como el heliotropo, gemas que ofrecían protección. De niña, un mercader indio pasó por la casa vendiendo collares con cuentas de granate en un hilo de algodón.

—Para que no le pase nada a su hija. Protéjala del mal, de las pesadillas y de las heridas. También es bueno para el amor —le dijo a mi madre, que, para mi sorpresa, me compró uno de los collares.

Lo tuve durante años, hasta que un día fui a nadar al río con Ming y el viejo hilo de algodón terminó por romperse. Las pequeñas cuentas cayeron al agua y jamás pude recuperarlas. Al recordarlo, metí el anillo con cuidado a mi bolsillo. No era mío y no me correspondía perderlo.

Hui estaba parada frente a su espejo, polveándose la cara con una mirada de determinación. Se suponía que una polveada adecuada debía tomar al menos diez minutos; el aplicador no debía usarse para untar el polvo, sino que había que colocarlo por medio de golpecitos en el rostro, la boca, los párpados y el cuello. Paf, paf, paf, con mucho vigor. Una aplicación realmente adecuada de polvo debía durar horas, a fin de que la piel se viera «matizada, lisa y maravillosa», según las revistas. Yo no tenía manera de saberlo, ya que jamás logré dedicarle más de treinta segundos al asunto.

—¡Ji Lin! ¿Qué haces aquí? —dijo Hui, complacida.

—¿Vas a trabajar esta noche? —le pregunté mientras me sentaba en su cama. Mi esperanza era que estuviera libre para cenar en uno de los puestos de la calle donde asaban mantarraya envuelta en hojas de plátano, pero me resultó evidente que estaba preparándose para salir.

—No. Tengo una cita externa.

Las citas externas pagaban bien, mucho mejor que los bailes, y Hui no tenía un trabajo de día como el mío en el taller de costura.

—No toleraría cortar y medir el día entero —me dijo. Aunque yo le señalé que las citas externas me parecían peores—. A mí no —me respondió. Siempre se mostraba vaga en cuanto a lo que sucedía en las citas externas; se trataba de cenar y de aceptar cierta cantidad de contacto físico, aunque ella decía que en general solo eran besos y toqueteos—. Tienen lugar en los restaurantes; hay un límite en cuanto a lo que se puede hacer en público.

En alguna ocasión le pregunté si hacía algo más. Pareció causarle risa, y luego cerró los ojos en una especie de parpadeo prolongado.

—Claro que no.

Las dos nos reímos incómodamente. Había veces en las que me preocupaba.

—Te ves muy abatida el día de hoy —me dijo. Como no quería explicarle todos los detalles del fin de semana, solo le conté que devolvimos el dedo al hospital. Pensé que le daría gusto escucharlo, pero se limitó a levantar las cejas—. ¿A quién te refieres cuando dices «devolvimos»?

—Fuimos mi hermano y yo. —Recordé el aliento de Shin contra mi cuello cuando me abrazó, de mala gana, bajo los árboles de *angsana*. Me ruboricé sin control y mientras más quise tranquilizarme peor fue.

—Estamos hablando de tu hermanastro, ¿verdad? —dijo mientras me analizaba con detenimiento.

—Sí. Va a casarse. O por lo menos va muy en serio con alguien. Me alegra por él.

Me dio miedo que Hui se burlara de mí pero, en vez de eso, me rodeó con sus brazos.

—Ay, cariño. Los hombres son unas bestias, ¿verdad?

—Es que me hace sentir sola, nada más. Nos conocemos desde que teníamos diez años de edad. Le tengo… le tengo mucho cariño. —Qué palabras tan inadecuadas. No se acercaban en absoluto a la inquietud y zozobra que sentía. Y quizás estaba confundiendo el simple afecto con otra cosa—. De todos modos, es ridículo.

Hui se levantó y caminó hasta el tocador.

—Pero no están emparentados. —Me miró por el espejo. Estaba jugueteando con su recipiente de rubor, abriendo y cerrando la tapa de manera distraída—. Me gustaría conocer a ese hermanastro tuyo.

—¿Por qué?

—Porque los hombres son unos mentirosos. —En su voz percibí un tono que jamás había oído antes. Sabía que Hui dejó algún pueblo para venir a Ipoh y que rara vez regresaba a casa, pero fuera de eso, no me gustaba entrometerme y aceptaba lo que quisiera compartirme. Después de todo, era lo mismo que ella hacía por mí—. No te preocupes tanto por mí, Ji Lin —dijo, levantando la mirada—. De veras que eres dulce.

Conmovida, traté de reírme de todo el asunto y cambié de tema.

—¿Podrías decirle al Ama que no iré a trabajar toda la semana?

—¿Y eso?

Le expliqué que Y. K. Wong me siguió después del trabajo el viernes anterior y después que estuve a punto de toparme con él dos veces en el hospital durante el fin de semana. Eran demasiadas coincidencias como para sentirme cómoda.

—Dile que mi mamá se enfermó o algo. —Además, me urgía conseguir algún otro tipo de trabajo, aunque no me pareció una buena idea mencionarlo en ese momento.

—¿Y qué con la fiesta privada en Batu Gajah este sábado?

—A esa sí voy —dije. Iban a pagar bien.

Hablamos acerca de los arreglos para la fiesta, aunque en realidad no me entusiasmaba mucho. Podía ser la última vez que trabajara con Hui, Rose y Pearl. «Tal vez sea lo mejor». En especial si quería convertirme en enfermera. De todos modos, me invadió una sensación de melancolía, como una especie de nube de lluvia personal. Los adioses siempre eran así.

—Practiquemos con el delineado de la boca —dijo. Trazar el arco de Cupido era muy difícil y yo jamás tenía la paciencia para hacerlo bien.

—Ni pierdas el tiempo conmigo; ¿no se te hace tarde? —dije, mientras que Hui, feliz con su trabajo, me pintaba las pestañas con rímel en pasta.

—Que espere.

—¿Y quién es?

—Es el gerente de banco que va los miércoles.

Tenía casi sesenta años, la piel completamente manchada, como sapo, y el asqueroso hábito de lamerse los labios.

—¿No te molesta?

—Mientras más viejos, mejor —dijo a la ligera—. Los jóvenes esperan que te enamores de ellos y que hagas toda una serie de cosas gratis.

—¡Hui! —exclamé entre risas—. ¡Qué bárbara eres!

—No confíes en los hombres, Ji Lin —me dijo con tristeza—. Ni siquiera en ese encantador hermanastro que tienes.

Hui me dijo que no la esperara. No acababa de arreglarse y, aunque yo tenía esperanzas de acompañarla a pie hasta donde se reuniría con su banquero, sacudió la cabeza.

—Se está haciendo tarde —dijo, de modo que bajé a la calle.

No era tarde en absoluto. De hecho, todavía era lo bastante temprano para llegar justo a tiempo y sentarme a cenar con la señora Tham y el sobrino de su esposo. Como no quería ir a casa, decidí caminar por Belfield Street. Bicicletas y bicitaxis pasaban a toda velocidad, dándoles vuelta a los carretones jalados por bueyes y a los ocasionales autos. En la esquina de Brewster Road y el amplio espacio verde del *padang* de Ipoh, la cancha de cricket construida por la comunidad china local en honor al Jubileo de Diamante de la Reina Victoria, me detuve frente al FMS Bar and Restaurant. FMS significaba «Federated Malayan States», Estados Federados de Malasia, y tanto locales como expatriados acudían a beber en su larga barra y a comer los platillos occidentales que preparaba el chef hainanés: costillas de pollo y filetes de ternera chisporroteantes acompañados de una helada cerveza. Jamás había entrado a pesar de haber pasado frente a su delicada fachada colonial cientos de veces.

Decidí que uno de esos días entraría y me compraría un filete. Aunque no estaba del todo segura de que permitieran la entrada a mujeres solteras. Cuando me di la vuelta para marcharme, las puertas de madera del FMS Bar se abrieron de par en par. Mi corazón dio un brinco, casi como si alguien me hubiera tomado del brazo.

—¿Ji Lin? —Era un hombre joven con un fino bigote muy a la moda. Esa fue la razón por la que estuve a punto de no reconocerlo—. ¡Soy yo, Robert! El amigo de Ming, Robert Chiu.

Se trataba precisamente del mismo Robert que me dio aquel pegajoso beso no deseado afuera del taller del relojero. Ahora era un hombre hecho y derecho, y, puesto que estaba al tanto del precio de las cosas, noté que estaba ataviado con mucha elegancia. Pero me contempló con la misma mirada entusiasta del pasado, cosa que me sorprendió. Si a mí me hubiera rechazado una niña flacucha de Falim, de seguro que no me daría ningún gusto volver a verla, pero era evidente que Robert tenía una disposición mucho más tolerante.

—¿Qué haces por aquí? —Me miró de arriba abajo. Conocía esa mirada; en el trabajo me cuidaba mucho de los hombres que me veían de esa manera, pero se trataba solamente de Robert, pensé. Además, no tenía la menor idea de cuál era mi trabajo de medio tiempo.

—Solo iba pasando —respondí.

El sol cayó y entramos en esa mágica hora azul del ocaso, mientras el brillo amarillo del FMS Bar se desbordaba por la puerta y las ventanas.

—Hace años que no te veo —dijo—. ¿Cómo te va?

Hablamos de cosas sin importancia. Robert estaba estudiando derecho en Inglaterra y había vuelto por las vacaciones. Hablaba con rapidez, las palabras salían de su boca en tropel, como si temiera que lo dejara parado allí, hablando solo. Contó historias de la universidad y de personas a las que yo no conocía, y lo escuché solo a medias.

De pronto, dejó de hablar y se me quedó viendo.

—Lo siento —dije, con cierta culpabilidad. Pobre Robert, tanto dinero y seguía siendo tan aburrido—. ¿Qué me estabas diciendo?

—Nada. Solo que te ves muy bien —dijo. Probablemente se debía a la luz cálida y halagadora que salía del bar y que bañaba todo con un brillo dorado. Incluso Robert se veía bastante distinguido con su ropa costosa y cabello relamido con elegancia. Bajé la mirada; Robert lo malentendió y se sintió alentado—. Ming me contó que todavía no te casas.

—No —respondí alegremente—. Soy aprendiz en el taller de una modista. —Era mejor apresurar los temas incómodos en momentos como ese.

—¿Y es algo que te guste?

—¡Claro! —mentí.

—Me sorprende que no hayas seguido con tus estudios superiores, para convertirte en maestra o enfermera.

—Me temo que no hubo dinero para eso.

Me echó una mirada rápida y avergonzada.

—Y ¿has pensado en alguna beca? Hay ocasiones en que mi familia las otorga a estudiantes brillantes; la fundación de la familia Chiu, ya sabes.

—Ya no estoy estudiando.

—Pero eso no importa. Podría darte una recomendación personal.

Miré el piso sin saber qué responder. Era una oportunidad maravillosa, y cualquier otra chica la aprovecharía con gusto y aprovecharía a Robert como pareja. Pero entonces recordé que todo tenía un precio, de modo que le di las gracias, le dije que era de lo más amable y que lo pensaría.

—Por ahora, me temo que debo marcharme —dije. Robert se escandalizó ante la idea de que me fuera a casa a pie—. Pero si no está lejos —dije con una risa.

Sin embargo insistió en llevarme, y pronto entendí por qué. Al dar vuelta a la esquina me llevó hasta su reluciente automóvil nuevo. Era color crema, con amplias curvas y una parrilla que brillaba como la plata bajo la última luz del atardecer.

—Súbete —me dijo, sosteniéndome la puerta. Era precioso. Los asientos eran de piel color camello, suaves como la mejilla de un bebé, y todo tenía un olor intenso: a cuero y a cera de limón, con un ligero aroma a gasolina. Me senté, doblando las piernas para ocultar las rozaduras en las puntas de mis zapatos, e inhalé profundo. Sería muy fácil acostumbrarse a viajar así. O quizá no. Porque Robert, por desgracia, era un conductor atroz.

Me aferré a la manija de la puerta y mis nudillos quedaron completamente blancos cuando Robert lanzó el auto hacia el tráfico con un abrupto jalón. Se oyó un estrepitoso chirrido mientras pisaba pedales y movía palancas. Volamos por una intersección (donde Robert agitó la mano con gesto amistoso a un furioso conductor de bicitaxi) y apenas pudimos esquivar un hidrante. Lo peor fue que no dejaba de hablar.

—Entonces, ¿qué cuentas, Ji Lin? —me gritó por encima del escándalo del claxon que alguien accionó mientras pasamos—. ¿Estarás por aquí todo el verano?

Como si tuviera otro lugar a donde ir.

—Aquí estaré —contesté educadamente a través de los dientes apretados. Al fin, envueltos en una nube de gases de escape, llegamos a la tienda de la señora Tham.

—Ah, es aquí —dijo—. Una vez vine por un vestido de mi hermana.

Sentía las piernas débiles y tambaleantes, y no tuve más remedio que tomar la mano de Robert para salir del auto. Quizás esta era su rutina con las mujeres, aterrarlas para que literalmente cayeran en sus brazos.

La señora Tham salió del taller rápidamente. Era evidente que estaba esperando mi llegada.

—Ji Lin, qué bueno que regresaste. —Miró a Robert—. ¿Y quién es este?

—Un viejo amigo de su hermano —contestó Robert, aunque él y Shin jamás se habían llevado del todo bien.

—¡Ah! —La curiosidad de la señora Tham forcejeaba con su deseo de contar sus noticias. Ganó lo segundo—. Ji Lin, acabamos de recibir el mensaje de que tu madre está enferma. —Esa era la noticia que tanto temía recibir desde el segundo matrimonio de mi madre. Que estuviera «enferma» podía significar cualquier cosa, a pesar de que, hasta el momento, sus lesiones se limitaran a un codo lastimado o a las marcas de dedos sobre la muñeca. No lograba que la imagen del brazo roto de Shin me dejara del todo en paz—. Tuvo un aborto espontáneo.

¿Otro aborto? Según la cronología china, que siempre añadía un año, mi madre tenía cuarenta y dos años de edad y se estaba acercando al periodo más peligroso de su vida, puesto que el homófono de cuarenta y dos sonaba como «tu muerte». Se me estrujó el corazón.

—¿Te irás a casa mañana? —preguntó la señora Tham.

—Sí, tomaré el primer autobús. —Pensé que justo esa tarde le había pedido a Hui que le avisara al Ama que no iría el resto de la semana porque mi mamá estaba enferma. ¡Qué frívola fui! Y, ahora, como maldición, mis propias palabras volvían para atormentarme. Pensé en la oscuridad que rondaba el río de mis sueños, en la ominosa forma que se agitaba bajo del agua.

—Yo te llevo. En este instante, si quieres —dijo Robert. Me había olvidado de él por completo—. No queda nada lejos en auto.

—¿Le haría ese favor? —dijo la señora Tham—. ¡Qué amable de su parte!

Casi enferma de miedo, corrí a empacar y la dejé interrogándolo. Una vez en el auto, nos quedamos en silencio. El único consuelo fue que las habilidades de conducción de Robert mejoraban cuando no hablaba.

Después de un rato, se dirigió a mí.

—Si está muy grave, podemos enviarla al hospital. El Hospital de Distrito de Batu Gajah está un poco más lejos que el Hospital General de Ipoh, pero es posible que reciba mejor tratamiento.

—¿Por qué?

—Porque mi padre forma parte del consejo administrativo del Hospital de Distrito de Batu Gajah.

Era algo que no sabía. Las personas acaudaladas vivían en un mundo completamente distinto, en el que los trabajos y las recomendaciones se presentaban con facilidad. Si fuera un poco más inteligente, podría conseguirle un mejor trato a mi madre, pero casi no podía pensar. En las últimas semanas, gente a mi alrededor había sido víctima de una muerte, un accidente terrible y, ahora, un aborto espontáneo.

Shin me diría que eso era ridículo y, además, ¿quién podía saber qué tantos otros incidentes habían sucedido en esa misma área y en ese mismo espacio de tiempo? Como la pobre mujer del periódico que fue atacada por un tigre, por ejemplo. No todo podía atribuírsele al destino, aunque habría otras personas que seguramente me dirían que comprara un talismán contra los malos espíritus. Me senté en el enorme auto de Robert, retorciéndome las manos sobre el regazo y conteniendo las lágrimas mientras volábamos hacia la oscuridad.

23

Batu Gajah
Viernes, 19 de junio, por la noche

Hace frío, un frío tan tremendo que Ren piensa que el corazón está a punto de detenérsele. Le duelen los huesos del cráneo. El agua se siente espesa, como gelatina sin cuajar o como sangre coagulada. Ren agita la cabeza como perro y mira a la ribera contraria. Yi está corriendo como loco de un lado a otro; su rostro es la encarnación perfecta del terror mientras gesticula: «¡Sal del agua!».

Empieza a chapotear en serio. No hace tanto frío si trata de nadar, o tal vez solo sea que sus brazos y piernas están empezando a perder sensibilidad. Mientras más lejos nada, menos dolor experimenta, y Ren tiene la extraña sensación de que está deshaciéndose de su cuerpo. Algo le rasguña la pierna. Ren traga agua y mira hacia abajo, en donde ve una hilera de dientes y un ojo vidrioso que flotan debajo de su pie. Es un cocodrilo muerto. Da vueltas en las profundidades de la corriente del río, y su vientre blanco emerge por un instante antes de hundirse en la oscuridad. Y hay otras cosas a mayor profundidad. Peces muertos, gusanos muertos, hojas muertas. Ren emite un grito de asco.

Entra en pánico y empieza a agitar los brazos y piernas con desesperación. La corriente intenta arrastrarlo. Vuelve a hundir la cabeza y ve más figuras. Pasa flotando un hombre chino, con el cuello en un ángulo extraño, como si estuviera roto. Un rostro joven de mujer tamil, con la boca abierta, pero los ojos misericordiosamente cerrados. No tiene cuerpo, no es más que una serena cabeza. Ren llora, lucha. Presa del terror, el agua le quema los pulmones.

Lo golpea un gran trozo de madera; jadeando, Ren sube a la superficie y alarga un brazo para tratar de sujetarse. Cuando se aleja flotando de él, ve que Yi es quien lo lanzó. Otro madero se acerca. Es más grande y, cuando se estrella contra él, alcanza a ver el rostro desesperado de Yi. «¡Regresa!».

Y lo hace. Lo hace.
Ren está acostado boca abajo sobre el piso de su habitación. Tiene las manos extendidas como una pequeña lagartija pegada al techo, pero no puede caer más bajo porque ya está en el fondo. Después de un rato, empieza a llorar.
Se abre la puerta. Es Ah Long, con una expresión de genuina preocupación.
—*Aiya!* ¿Te lastimaste? —le pregunta. Mareado, Ren se incorpora hasta quedar sentado. Ah Long le toca la frente—. Pasé a verte hace un rato. Estabas afiebrado.
—¿Qué hora es? —La voz de Ren es un ronco quejido. Ah Long le limpia la cara con una toalla cálida.
—Como las cinco de la mañana.
—Me estaba helando. —El recuerdo del agua congelada hace que se le erice la piel.
—Eso se debió a la fiebre.
Ren se percata de que está bien. No tiene escalofríos ni siente aquella intensa debilidad. Mueve las piernas con precaución. El sueño se aleja, como agua que fluye al revés, y lo maravilloso de todo es que su sentido felino, ese pulso eléctrico e invisible que le da información acerca del mundo, está de vuelta y zumbando con discreción en el fondo.
Ah Long frunce el ceño mientras lo examina. Parece un viejo mono.
—Estabas gritando. ¿Con quién hablabas?
—Con mi hermano. Con mi gemelo que murió.

Ah Long se acuclilla para quedar casi a la misma altura que Ren.

—¿Sueñas mucho con él?

—No mucho. Pero se siente muy real. —Ren le explica lo del tren y lo del río, y también le dice que, si hubiera tenido un poco más de fuerza, quizás habría llegado al otro lado.

—¿Tu hermano alguna vez te pidió que fueras con él?

—¿Por qué?

Ah Long suspira y mira el techo. Todo está en calma. El silencio es profundo en esa hora oscura y vacía antes de que amanezca, cuando ni siquiera los pájaros han despertado. Malasia está cerca del ecuador; el sol no sale sino hasta las siete de la mañana, y los días duran casi doce horas.

—¿Crees en los fantasmas? —le pregunta Ah Long.

Ren se sorprende. Ah Long trata la religión con la misma actitud de suspicacia con la que se refiere a la electricidad, las radios y los autos.

—No estoy seguro —dice Ren. Pero los sueños no se parecen a esas historias que ha oído acerca de apariciones pálidas que rondan los bananos o de mujeres de cabello largo cuyos pies apuntan hacia atrás.

—Tenía un tío que podía verlos —dice Ah Long—. Era cocinero en una casa de Malaca. Decía que pasaban muchas cosas extrañas en ese lugar. Tenían una hija preciosa que se suponía destinada a casarse con un hombre muerto.

—¿Y lo hizo? —Ren está tan interesado que se sienta muy erguido.

—No, a pesar de que el muerto era miembro de una familia muy próspera. Querían que ella se convirtiera en una novia fantasma.

—¿Y qué le pasó?

—Se fugó con alguien más. Pero, años después, cuando mi tío ya era un hombre muy viejo, me contó que fue a visitarla. Y lo más extraño fue que su apariencia era la misma que tenía cuando se fugó de su casa, a los dieciocho años de edad. Pero esa es una historia diferente. Mi tío veía fantasmas todo el tiempo. Era muy inquietante. A diferencia de los vivos, siempre están en un mismo lugar. Por ejemplo, había un bicitaxi que siempre tenía el mismo pasajero en su interior: un niño pequeño que intentaba sentarse en el regazo de las personas. Y en otra ocasión vio a una mujer que se sentaba junto a su cama toda la noche, y se peinaba y lloraba. Pero me dio un consejo que te voy a repetir en este momento, porque creo que lo necesitas.

—¿Qué consejo?

—No hables con los muertos.

Ren se queda en silencio un momento. Nadie jamás lo ha aconsejado con respecto a esto.

—¿Por qué no?

Ah Long se rasca la cabeza. Se ve cansado y viejo.

—Porque los muertos ya no pertenecen a este mundo. Su historia se terminó. Tienen que seguir adelante. Y tú no puedes seguir acatando sus mandatos porque vienen de más allá de la sepultura.

Al instante, los pensamientos de Ren lo llevan hacia el doctor MacFarlane.

—¿Y honrar sus deseos no los hace felices?

—*Cheh*. Que estén felices o no es asunto suyo, no tuyo. —Ah Long se levanta con dificultad—. Si te sientes mejor, regresa a la cama.

—Pero la fiesta es hoy —recuerda Ren de pronto.

—Llevo más años cocinando de los que tú llevas con vida. ¡No es como si no pudiera arreglármelas sin ti! —Ah Long coloca una taza de Horlicks junto a Ren y se da la vuelta para marcharse. Coloca la mano por un instante sobre la cabeza del niño—. Recuerda lo que te dije —insiste con voz ronca.

Después de beber la deliciosa mezcla de leche caliente y malta, Ren se recuesta y se cubre con la delgada cobija de algodón. Ah Long no entiende, piensa. Le falta poco por hacer para que todo esto se acabe.

24

Falim
Martes, 16 de junio

Cuando el auto de Robert se detuvo frente a la tienda de mi padrastro con un chirrido de llantas, eran casi las ocho de la noche y ya no había luz alguna. Robert se bajó de un brinco, pero yo ya estaba frente a la puerta principal, buscando mis llaves con desesperación. Todo estaba a oscuras detrás de las contraventanas; ¿sería la situación tan grave que se habían llevado a mi mamá? Un viento se agitó debajo del techo sobresaliente, los fantasmas de todos mis hermanos en espera de nacer. O quizá ya se encontraban vagando en algún sitio de este mundo.

La puerta se abrió con su familiar rechinido y dio paso al rostro de mi padrastro. Las profundas arrugas entre su boca y su nariz destacaban su parecido con una escultura en piedra. Para mi sorpresa, lucía aliviado e, incluso, feliz de verme.

—¿Dónde está mamá? —pregunté con el corazón en la boca.

—Descansando. Está bien.

Se le quedó viendo a Robert y después al auto estacionado parcialmente sobre la acera, como una ballena enorme y brillante. Robert le tendió la mano y se presentó, mientras yo me escurría al interior con ansias. Apareció una sombra detrás de mi padrastro. Shin.

Siempre me dije que Shin no era para nada como su padre, pero, desde ciertos ángulos, tenían un escalofriante parecido. La parpadeante lámpara de aceite que llevaba mi padrastro hacía que sus rasgos se difuminaran, de modo que por un instante como de pesadilla, parecieron ser el pasado y el futuro de la misma persona. Murmuré algo acerca de querer ver a mi madre, pero no pude ocultar la breve reacción de rechazo.

Shin debió de notarla porque se dio la vuelta.

—Está descansando en la oficina de abajo; es mejor que no suba escaleras en este momento.

La oficina de mi padrastro era una habitación estrecha y lóbrega a mitad de la larga casa tienda, donde había un archivero de metal y un gran ábaco negro. Allí llevaba las cuentas del negocio.

—¿Por qué no prendieron más lámparas? —pregunté mientras avanzábamos a prisa por el largo pasillo que cruzaba la casa tienda.

—Después de que se fueron el médico y la tiita Wong, mi padre las apagó todas. Ya sabes cómo es.

Lo sabía a la perfección. Mi padrastro tenía la costumbre de quedarse sentado en la oscuridad, en especial si se sentía atribulado. De nuevo, recordé esa terrible noche en la que le rompió el brazo a Shin. También en esa ocasión la casa estuvo en silencio y a oscuras.

—¿Qué dijo la tiita Wong?

La tiita Wong no estaba emparentada con ninguno de nosotros, pero vivía en la casa contigua desde antes que mi madre y yo llegáramos. Era la metiche del vecindario, pero le tenía un enorme aprecio a mi madre.

—Al parecer, sangró muchísimo. Ella fue quien le habló al doctor. Se marchó antes de que yo llegara, pero me parece que fue un aborto espontáneo temprano. —Shin hablaba de forma enfática, en un tono que me recordó que ya estaba a la mitad de su capacitación médica. Pero se trataba de mi mamá, no de una desconocida cualquiera, de modo que corrí los últimos metros que me separaban de la habitación y abrí la puerta.

Había una sola lámpara sobre el escritorio que iluminaba un camastro hechizo colocado sobre el piso. La cara de mi madre parecía más pálida de lo normal, y sobresalía su frente alta y desnuda, como si el cráneo intentara salir por detrás del delgado velo de la piel.

Tenía la mano seca y fría, pero de todos modos se obligó a esbozar una ligera sonrisa.

—Ji Lin, les dije que no te molestaran. Solo me sentí un poco desmejorada, así que la tiita Wong mandó por el médico.

Le apreté la mano.

—¿Sabías que estabas embarazada?

Volteó a ver a Shin por un instante, avergonzada. Tras interpretar esa mirada como una orden, Shin se retiró con discreción.

—No pensé estarlo. Siempre soy regular, como tú sabes. Además, ya estoy demasiado vieja como para tener un bebé. —Tenía cuarenta y dos años de edad. Todavía era posible; algunas de mis amigas tenían hermanos décadas menores que ellas.

—Necesitas mantenerlo alejado de ti. —¿Cómo era posible que mi padrastro no la pudiera dejar en paz? Estaba tan enojada que casi no podía hablar. Tenía un sabor amargo en la boca.

—No digas eso; está en su derecho. Yo fui quien le falló al no darle más hijos.

Me mordí el labio con fuerza. No tenía caso reclamarle nada en ese estado de debilidad. Tendría que encontrar otra manera, y volví a pensar en lo mucho que me gustaría envenenar a mi padrastro.

Más tarde, cuando mi madre se quedó dormida y mi padrastro se retiró a su cuarto, Shin y yo salimos a comer. Hacía un calor sofocante. La mayoría de los lugares ya estaban cerrados, pero Shin me llevó a un puesto callejero donde servían *hor fun*, una sopa con anchos tallarines de arroz. Nos sentamos frente a una inestable mesa que tenía una esquina sostenida por ladrillos, junto a tres hombres que estaban descansando de una partida de *mahjong* que habría de durar la noche entera.

Mientras Shin fue a pedir nuestra comida, escuché a medias a los hombres que estaban discutiendo sus deudas de juego. Mi madre debió de haberse involucrado en ese tipo de partida como para acumular una deuda de cuarenta dólares malasios. Pensar en dinero hizo que el estómago se me revolviera y, cuando Shin colocó el tazón humeante de *sar hor fun* delante de mí, lo único que pude hacer fue darle vueltas con los palillos.

Se sentó frente a mí y empezó a comerse sus tallarines con voracidad. Bajo la lámpara de carburo, que siseaba, no se parecía en nada a mi padrastro, así que sentí una oleada de alivio. Empujé el plato intacto hacia él.

—Necesito que hables con tu padre.

—¿Acerca de qué?

No parecía correcto discutir sobre nuestros padres de esta manera, pero tenía que decírselo.

—Tiene que dejar en paz a mi madre. No puede volver a embarazarse.

El rostro de Shin se veía muy pálido bajo la intensa luz blanca de la lámpara.

—Se lo dije justo cuando llegué esta noche.

—¿Crees que te haga caso?

Shin se encogió de hombros. La conversación era igual de incómoda para él que para mí.

—Le dije que había otras opciones.

—¿Como cuáles? ¿Visitar prostitutas o convertirse en monje? —Apuñalé con violencia una bolita de pescado que se encontraba en el platón de Shin. No me importaba lo que hiciera mi padrastro con tal de que se mantuviera alejado de mi madre.

—Como la anticoncepción. —Arrugó la frente para ocultar su vergüenza—. En todo caso, son cosas de las que no necesitas preocuparte.

—Hasta yo sé de las *French Letters*. —O aquello a lo que llamaban el «escudo masculino», como si tuviera algo que ver con valentía—. Estoy segura de que no lo hará, viejo malnacido.

Por lo general, eso era algo que le correspondía decir a Shin, no a mí. En términos generales, evitaba insultar a su padre, pero, al hacerlo en ese instante, crucé una barrera invisible.

Nunca había estado del todo segura de cómo se sentía Shin con respecto a su padre. Después de todo, era frecuente que mi madre tomara decisiones estúpidas que me hacían querer sacudirla, pero no dejaba de amarla por ello. Sospeché que podría ocurrirle lo mismo a Shin, sin importar lo que hiciera su padre. Quizás eso significaba ser familia: estar esposados por una serie de obligaciones a las que jamás podías renunciar.

Sin embargo, en lugar de molestarse, volvió a examinarme con esa mirada fija y pensativa.

—¿Cómo es que sabes tanto de estas cosas?

En realidad, todo lo que sabía lo había aprendido de las chicas del trabajo. Decían que lo mejor era esa invención inglesa, los condones, los cuales se distribuían bastante desde la Gran Guerra, pero eso era algo que no podía explicarle a Shin.

—Porque no tengo ningún tipo de delicadeza femenina —dije con furia.

—Si logro que acceda a hacerlo —respondió Shin—, lo más probable es que cumpla con su promesa.

Así era, ese viejo terco de corazón gélido era capaz cumplir una promesa, de la misma manera en que jamás perdonaba una deuda. Las palabras de Shin activaron algo distante en mi mente. De repente, lo comprendí.

—Hiciste un trato con él.

—No, claro que no.

—No me refiero a hoy. Estoy hablando de hace dos años, cuando te rompió el brazo. —Había tomado a Shin por sorpresa; lo noté en la forma en que arrugó la frente y clavó la mirada en su tazón de sopa—. Eso es lo que hiciste, ¿verdad? ¿Cuál fue el trato?

—Shin apretó los labios. Jamás me explicaría lo que pasó esa noche—. Pues yo también puedo hacer un trato con él.

—No lo hagas. —Shin me tomó la muñeca con un movimiento rápido y brusco. Di un salto. Al darse cuenta de lo que había hecho, me soltó despacio—. Jamás debes hacer tratos con mi padre. Prométemelo, Ji Lin.

No le contesté. Había una manera de obtener lo que quería de mi padrastro. La pregunta era: ¿qué querría él a cambio?

El camino a casa estaba a oscuras. Las siluetas de las edificaciones recargadas unas contra las otras, con las ventanas cerradas a la noche, me parecían completamente ajenas. Cuando Shin regresara a Singapur, no tendría a nadie a quien confiarle mis problemas familiares. Era diferente para él. Él tenía a alguien más.

—El anillo —dije al recordarlo—. Debo regresártelo.

—Guárdalo por ahora —respondió. Había estado muy callado desde la cena, una señal de peligro que significaba que estaba pensando en algo—. ¿Qué estabas haciendo con Robert?

—Me topé con él por casualidad. Por cierto, ¿qué hiciste con el paquete de Pei Ling?

—Fue una tontería que te enredaras con ella —dijo Shin y frunció el ceño—. Me parece que te traerá problemas.

—Solo quise ayudarla —dije, consternada—. ¿Lo abriste?

—¡Por supuesto que lo abrí! No deberías guardarles paquetes desconocidos a otras personas. ¿No te extrañó que se aprovechara de ti una perfecta desconocida, para que recuperaras el paquete por ella? —dijo con frialdad—. Tu nombre significa «sabiduría», pero hay veces en que me parece que actúas de manera increíblemente estúpida para alguien que se supone que es tan inteligente.

Estaba furiosa. No era por falta de inteligencia que no estuviera progresando en la vida.

—Pues tu nombre significa «fidelidad» y, sin embargo, ¡cambias de mujeres como de calcetines!

Fue un golpe bajo. Shin echó los hombros para atrás, se enderezó y empezó a caminar más rápido hasta dejarme atrás. Lo seguí, todavía molesta, aunque sabía que su nombre significaba más que fidelidad. *Xin* también era integridad y lealtad, pues, igual que todas las virtudes, tenía significados más amplios y profundos, y en realidad no me habría atrevido a afirmar que Shin fracasaba en alguna de esas áreas. En la oscuridad, recordé de nuevo lo que el niñito me había dicho en el último sueño. «Todos tenemos algo que está un poco mal».

Caminé despacio para no darle a Shin la satisfacción de intentar alcanzarlo, pero, cuando di vuelta a la esquina, estaba allí, esperándome. En una ocasión, un chico que se molestó porque no dejaba de seguirlo me encerró en un cobertizo. Se fue, riéndose a carcajadas, y yo me quedé agobiada por el pánico y llorando a mares hasta que Shin llegó a buscarme después.

—Lo siento —murmuré al recordarlo. Empezó a caminar de nuevo, dos pasos por delante de mí. Pronto volvería a Singapur. La siguiente vez que lo viera, vendría con su prometida. Volví a sentir una presión dolorosa en la garganta, como si me hubiera tragado un palillo—. ¡Dije que lo sentía!

—Esa no es una disculpa —dijo Shin y volteó a verme—. Eso solo son gritos.

Jamás debí acusarlo de falta de fidelidad. Por alguna razón, ese tema en particular lo molestaba profundamente.

—Ya no estés enojado, Shin. Es solo que me dieron celos.

—¿De qué? —Se detuvo debajo de la sombra de un árbol cuyas hojas verdes temblaban bajo la luz de la luna. La oscuridad me facilitó decir cosas que jamás habría dicho de otra manera.

—Me sentí celosa y enojada de que fueras a estudiar medicina. Y de que seas un chico y que puedas elegir lo que quieras.

—¿Eso es todo? —dijo Shin después de un largo silencio.

Sonaba enojado. Sentí una peculiar inquietud, como si hubiera fracasado en algún tipo de prueba. ¿Qué más podía decir? Después de todo, él tenía una novia tras otra, y yo jamás le reclamé nada en su momento. Era demasiado humillante empezar a hacerlo ahora.

Llegamos a casa sin volver a cruzar palabra. Me sentía miserable, como siempre que Shin y yo nos peleábamos, aunque en esta ocasión no estaba segura de por qué habíamos discutido. Cuando entramos, todo estaba a oscuras y en silencio. Mi padrastro ya estaba en cama y, después de echarle un vistazo a mi madre, que estaba dormida, regresamos a la cocina. Prendí la lámpara, y la habitación se llenó de un cálido resplandor. Shin todavía parecía molesto conmigo.

—Espera aquí —dijo y fue corriendo al piso de arriba.

En mi interior se despertó una mala sensación: la intuición de que quizá me arrepentiría de ver lo que había en el paquete de Pei Ling. Inquieta, empecé a dar vueltas por la cocina. Mientras guardaba algunos platos, tuve la clara sensación de que alguien me observaba. ¿Sería posible que Y. K. Wong se materializara de alguna manera dentro de la casa tienda? Era una idea ridícula, por supuesto. Me quedé congelada, escuchando el sordo latido de mi propio pulso y el estridente silencio de la casa. Tomé un pesado cuchillo de carnicero y volteé para enfrentarme a la puerta abierta.

En efecto, había alguien parado allí, en las sombras, pero solo se trataba de Shin. ¿O no era él? La lámpara titilante le daba un aspecto hambriento y colérico que jamás había visto con anterioridad. Tenía una mirada salvaje, como la de un animal a la orilla de una fogata brillante.

Shin miró brevemente el cuchillo que tenía en la mano y torció la boca con un gesto de amargura.

—¿Pensaste que era mi padre?

—No… es solo que me sorprendiste. —No era su culpa que compartieran la misma carne, la misma sangre.

Shin entró con lentitud, sin dejar de mirarme.

—¿Alguna vez te ha puesto una mano encima?

—¿Quién? ¿Tu padre? —El hombre apenas si reconocía mi existencia desde hacía diez años.

Se sentó a la mesa de la cocina y puso la cabeza entre las manos.

—Me preocupé por ti. Mientras estuve fuera.

—No le importo en lo absoluto —dije disgustada. Mi padrastro tenía mejores maneras de controlarme. Una de ellas involucraba la absurda atracción que ejercía sobre mi madre y los moretones que le dejaba en los brazos—. Además, si así de preocupado estabas, debiste responder a mis cartas.

Los ojos de Shin se tornaron peligrosamente fríos.

—Por lo que veo, te fue más que bien sin mi presencia.

—¿De qué estás hablando?

—De Robert. Jamás me contaste que te llevabas tan bien con él.

Eso fue tan injusto que me dejó pasmada.

—¡Te dije que nos topamos por casualidad esta misma noche! —exclamé. Shin recorrió mi hermoso vestido con la mirada y se detuvo en el labial y el rímel que Hui me aplicó cuando estuvimos platicando y riéndonos en su habitación hacía unas horas. Era una revisión detallada y furiosa; me hizo sentir que ardía en llamas y me congelaba al mismo tiempo. No tenía el más mínimo caso tratar de explicarle las cosas, y, en todo caso, ¿por qué tendría que hacerlo?—. Robert fue muy amable conmigo —espeté con furia.

—Sí. —respondió Shin—. Con el dinero de su padre.

—Y ¿por qué habría de importarte? A fin de cuentas, tú saliste corriendo de aquí tan pronto como pudiste.

—No salí corriendo.

—Ni siquiera volviste de vacaciones. Simplemente me abandonaste. En esta casa. —Para mi absoluto horror, los ojos se me llenaron de lágrimas. Lágrimas de furia, me dije, y apreté los dientes. Shin intentó decir algo más, pero no se lo permití—. ¿De veras crees que quiero ser modista? Lo detesto. Pero no quieren desperdiciar su dinero dejándome continuar mis estudios.

—Ji Lin...

—Así que no te atrevas a decirme lo preocupado que estabas por mí. Hasta donde puedo suponer, hiciste alguna especie de trato con él. Para no tener que trabajar para él y poder largarte y hacer tu santa voluntad. ¡Cobarde!

Cuando quería, podía lastimar a Shin de verdad, herirlo de una manera desagradable y sangrienta, como si destripara a una presa con un gancho. El corazón me galopaba y casi no podía respirar. Por un momento pensé que vería sangre regada por toda la mesa de la cocina.

—¿Eso es lo que crees que hice? —El rostro de Shin se había puesto lívido como la muerte, como una hermosa máscara mortuoria.

Me preparé para lo que tendría que ser un contraataque violento, pero, para mi gran sorpresa, no dijo nada. Solo me vio con aquella mirada herida, esa que jamás le mostraba a nadie más, ni siquiera cuando lo estaban golpeando casi hasta dejarlo muerto.

No me gustaba ver a Shin así; sin embargo, en ese momento, lo odié. Recordé cómo se veía acostado en el regazo de Fong Lan y la mano de la chica que se deslizaba con gesto posesivo sobre su pecho desnudo. La forma en que lo miró a los ojos, sonriendo.

Shin colocó un delgado paquete café sobre la mesa.

—Puedes verlo o no —me dijo—. Es tu decisión.

Volteó y salió de la cocina. Me quedé paralizada y esperé escuchar de nuevo sus pisadas yendo al piso de arriba, pero, en vez de eso, lo oí caminar hacia la parte delantera de la casa tienda y abrir la puerta principal, que emitía un familiar rechinido. Eso fue lo que rompió el encanto. Corrí por el pasillo, por ese largo y solitario pasillo que atravesaba el oscuro interior de la casa tienda.

—¡Shin! —dije—. ¿A dónde vas?

—De vuelta al hospital.

—Pensé que te quedarías esta noche.

—Tengo que trabajar mañana. —La manera en que lo dijo, con cansada paciencia, me rompió el corazón.

—Pero ya no hay trenes ni autobuses.

—Lo sé. Ming me prestó su bicicleta.

—Pero está muy lejos. —Llegar le llevaría más de una hora de recorrido sobre pasajes oscuros y sin pavimentar y, ya cerca de Batu Gajah, el camino se volvía muy empinado.

—Entonces me conviene irme lo antes posible. —Me ofreció el fantasma de una sonrisa—. No te preocupes, estaré bien.

Shin tomó la pesada bicicleta negra que estaba recargada al frente de la casa tienda, y la llevó hasta la calle. Lo seguí, sintiéndome completamente impotente.

—Regresa adentro —dijo en voz baja, con la mirada puesta en las ventanas oscurecidas de mi padrastro—. Por favor.

—Shin… Perdóname. —Lo abracé por detrás y oculté la cara en su espalda. Sentí cómo se inflaba y descendía su pecho.

—No llores —me dijo—. No en la calle. O la tiita Wong saldrá de su casa y habrá todavía más habladurías acerca de la familia.

Su intento por hacerme reír solo me hizo sollozar con más fuerza, aunque intenté ahogar el sonido. Llorar en silencio era una habilidad que los dos desarrollamos dentro de esta casa. Shin suspiró y recargó la bicicleta contra una pared. Después de un largo momento, se volteó hacia mí. De todos modos, no lo dejé ir. Tenía la certeza de que algo terrible sucedería si lo hacía. Era una idea tonta, pero me hizo sentir tan terriblemente sola que lo abracé todavía con más fuerza.

—No puedo respirar —me dijo.

—Lo siento. —Hablábamos en susurros, conscientes de que estábamos en mitad de la calle, aunque era probable que todos los vecinos estuvieran en cama para entonces. La luna lo iluminaba todo y creaba sombras definidas en plata y negro. Shin parecía exhausto.

—Déjame ir contigo. Me preocupa que andes por esos caminos tan oscuros.

—¿Y cómo lo haríamos? —me preguntó, acariciándome el cabello. Él jamás había hecho algo así, de modo que, para ocultar mi confusión, hundí la cara en su hombro. Mañana volvería a pertenecerle a alguien más, pero por esta noche era solo mío.

—Me monto detrás de ti y tomamos turnos para pedalear.

—Eres demasiado pesada. Me tirarías.

—Idiota —le dije y lo empujé. Me tomó de ambas muñecas y me acercó a sí. Sin poder respirar, levanté el rostro hacia el suyo. Estaba casi segura de que me besaría, pero se detuvo y bajó las manos. Bajo la luz de la luna, fui incapaz de interpretar la expresión de sus ojos.

—Tienes que cuidar a tu mamá —me dijo.

Tenía razón. Mortificada, zafé mis muñecas de sus manos. ¿En qué demonios estaba pensando al esperar que mi hermanastro me besara?

—Cuídate —le dije y retrocedí un paso. Lo miré prender un cerillo para encender la lámpara de queroseno de la bicicleta. Shin se montó en ella con un solo movimiento fluido y desapareció en medio de la noche.

25

Falim
Martes, 16 de junio

Como era de esperarse, lo primero que hice fue volver de inmediato a la cocina para abrir el paquete de papel café de Pei Ling. Shin mencionó que seguía sin recobrar el conocimiento después de la caída. Me recorrió un escalofrío. Estaba casi segura de que alguien la había empujado y de que Y. K. Wong tenía algo que ver en el asunto. No importaba en absoluto que no tuviera prueba de ello y que solo fuera un presentimiento, una especie de vibración en el aire.

Al desenvolver la doble capa de papel de estraza, se oyó un tintineo. Contuve la respiración mientras un frasco de especímenes y un hato de papeles se deslizaban sobre la mesa de la cocina. Para ese momento ya conocía a la perfección la forma y el tamaño del frasco. Contenía un pulgar. No estaba seco y momificado como el dedo que tomé del bolsillo del vendedor, sino que estaba preservado en un líquido amarillento, como la mayoría de las demás muestras del almacén. Coloqué el frasco boca arriba junto a la lámpara. Curiosamente, no me producía el mismo temor que el dedo curado con sal, negro y ligeramente flexionado. Quizás era porque este tenía un aspecto irreal, como si fuera un modelo científico hecho de cera. Estaba segura de que correspondería a la lista de especímenes faltantes que compilamos.

El paquete también contenía varios papeles. La letra infantil de Pei Ling se distinguía en algunos sobres dirigidos a un tal señor Chan Yew Cheung, el famoso vendedor. No me parecía correcto leer la correspondencia de alguien más, pero luego recordé la advertencia de Shin de hacerles favores a personas desconocidas. Un vistazo confirmó mis sospechas. Eran cartas de amor, páginas y páginas repletas de apasionadas afirmaciones de añoranza. Mis ojos las recorrieron con rapidez, no sin antes leer fragmentos que preguntaban «¿cuándo se lo dirás a tu esposa?» y describían escenas vergonzosas de «tus labios sobre mi piel». En todo caso, las cartas eran genuinas. Y extremadamente indiscretas. No me sorprendió que estuviera intentando recuperarlas. Si alguien las hubiera enviado de manera anónima a la jefa de enfermeras, habrían despedido a Pei Ling de inmediato.

Al fondo del montón de papeles había una hoja arrancada a un cuaderno. La letra era distinta de la de Pei Ling; era una letra masculina. Del lado izquierdo, había una lista con trece nombres, todos locales. Chan Yew Cheung era el penúltimo. Había una marca junto a su nombre, una señal contundente, como si alguien hubiera querido tacharlo. Del lado derecho, había otra lista mucho más breve. Solo constaba de tres nombres: J. MacFarlane, W. Acton, L. Rawlings.

Miré fijamente ambas listas. Había un patrón que casi podía discernir. Junto al nombre J. MacFarlane había un signo de interrogación y las palabras *Taiping/Kamunting*. Recordé el nombre del archivo sobre el espécimen donado por W. Acton al almacén de patología. A este último lo conocí durante nuestras labores de limpieza. Y seguramente L. Rawlings se refería al mismísimo doctor Rawlings que dirigía el departamento de patología. Eso significaba que la segunda lista era de médicos británicos asociados con el Hospital de Distrito de Batu Gajah.

El reverso de la hoja tenía números: totales acumulados de lo que parecían ser pagos firmados con iniciales. Tomé una hoja limpia de papel, copié las listas con cuidado y volví a envolver el paquete, no sin antes preguntarme si Shin le habría comentado algo de esto al doctor Rawlings.

Ya era más de medianoche. Los caminos estarían desiertos a esta hora, y Shin solo contaba con el tenue círculo de luz que le ofrecía la lámpara de queroseno de la bicicleta. Al imaginarlo pedaleando durante kilómetros en la oscuridad, frente a dragas silenciosas y plantaciones solitarias, me inundó la ansiedad. Podía imaginar con perfecta claridad que Shin terminara atropellado por algún camión o arrastrado a la jungla por algún tigre. No hacía mucho que un tigre había devorado a un búfalo de agua; los restos a medio comer fueron recuperados en una plantación cercana. Algo estaba al acecho en aquellas sombras. ¿Acaso no había muerto Chan Yew Cheung en una noche como esta mientras volvía a su casa?

Fui a ver a mi madre dormida. Le quité mechones de cabello del delgado rostro y le di gracias a Dios de que estuviera bien, aunque una parte traicionera en mi interior pensó que, si muriera, no quedaría nada que me mantuviera atada a esta casa.

Mi madre se recuperó poco a poco, más lentamente que en los abortos anteriores. Mi padrastro no dijo más de lo que acostumbraba, pero sí empezó a pasar una cantidad sorprendente de tiempo acompañándola. Me pregunté si, por primera vez, se habría dado cuenta de lo frágil que era mi madre. Estaba muy pálida y sus labios no tenían nada de color, cosa que me alarmó.

—¿Ya se detuvo el sangrado? —preguntó la tiita Wong cuando vino a verla.

—Casi por completo —contestó mi madre.

—Si empieza a presentar fiebre —me dijo la tiita Wong con seriedad—, debes llevarla al hospital de inmediato. Podría tratarse de una infección.

Yo quería llevarla al hospital cuanto antes, pero moverla la habría agotado. Para mi sorpresa, mi padrastro expresó las mismas preocupaciones. Se sentó junto a ella y la tomó de la mano.

—Avísame si no te sientes bien.

Yo jamás lo había oído hablarle con tal intimidad, pero ella no parecía sorprendida, de modo que me pregunté si así la trataba de vez en cuando, en la privacidad de su recámara, a puerta cerrada. Existía la posibilidad de que eso bastara para mantener sus tontas esperanzas. Pero decidí que de todos modos lo detestaba. Nada me haría cambiar de parecer al respecto.

Más tarde, Ah Kum vino y se sentó en la cocina mientras yo preparaba una sopa de huesos de cerdo a la que le añadí dátiles rojos secos para fortalecer la energía *yang* de mi mamá.

—Tu padre está muy preocupado por ella —dijo Ah Kum—. Qué dulce. —Asentí. Ah Kum se mudó a Falim apenas el año anterior y era posible que no supiera aún que no estábamos emparentados—. ¿Ya se fue tu hermano?

—Sí, anoche.

Ah Kum suspiró, y recordé que estuvo pendiente de Shin la última vez que vino a casa. En ese momento no me importó gran cosa: qué extraño que diez días hicieran tal diferencia.

—¿Tiene novia? —preguntó.

Shin no les había anunciado nada a nuestros padres, pero eso tampoco resultaba sorprendente.

—Creo que sí —dije al recordar la advertencia bien intencionada de Koh Beng en el hospital—. En Singapur.

—¡Uuuy! ¡Singapur está lejísimos! Quizá cambie de parecer y decida elegirme a mí.

—Quizá. —Su absoluta determinación era admirable.

—Tendremos seis hijos —dijo Ah Kum a manera de broma—. Y todos serán preciosísimos.

—¿Y qué te hace pensarlo? —dije, mientras me obligaba a sonreír.

—Pues basta con mirarlos a ti y a tu hermano. ¡Qué familia tan agraciada! —exclamó. Bajé la mirada, avergonzada. Habría problemas si alguien se enteraba de que mis sentimientos hacia Shin habían cambiado. Pude imaginar la rabia de mi padrastro, la vergüenza de mi madre, los susurros de los vecinos que creerían que algo impropio habría sucedido en nuestra casa—. Me ayudarás con tu hermano, ¿verdad? —continuó Ah Kum—. En especial ya que tienes un novio rico. Oí que anoche te trajo a casa en un auto enorme.

Me había olvidado por completo de Robert, pero necesitaba darle las gracias, escribirle una nota, aunque no me quedaba del todo claro cómo me comunicaría con él. Sin embargo, mi problema se resolvió cuando Robert pasó por la casa esa tarde y, de nuevo, a la mañana siguiente. La primera vez trajo hierbas chinas secas. La segunda, una sopa de pollo en una sopera azul y blanca de porcelana. Me explicó que la había preparado la cocinera de la familia con un pollo especial de piel delgada y negra que era particularmente bueno para la recuperación de los enfermos.

Fue de lo más atento, y yo me sentí culpable, en especial después de ver que la sopa había manchado el suave cuero del asiento de su auto. La conducción atroz de Robert debió tener algo que ver en el asunto, pero no dije nada y me apresuré a intentar limpiar la mancha. Pasó algo de tiempo conversando con mi padrastro, aunque no me enteré de lo que hablaron, pero mi madre, que ya estaba bastante recuperada como para sentarse en el salón familiar y saludarlo, parecía complacida.

—¡Qué joven tan agradable! —dijo mientras le calentaba la sopa para que comiera un poco. Guardé silencio. No pude quitar las manchas del asiento del auto de Robert, cosa que me despertó cierta inquietud. Una cosa más que le debía.

Ya era viernes y llevaba tres días de haber vuelto a Falim. Tres días en los que el rostro de mi mamá recuperó el color y ella volvió a ocupar la recámara que compartía con mi padrastro. No la dejé hacer nada del quehacer, a pesar de su insistencia en que ya estaba del todo bien.

—Entonces, ¿qué caso tiene que esté aquí? —le dije y le recordé que la señora Tham me había dado la semana entera libre. De todos modos, tendría que regresar a Ipoh al día siguiente por lo de la fiesta privada del sábado.

En esos tres días, no recibí noticia alguna de Shin. De haber sido víctima de un atropellamiento o del ataque de un tigre, la policía ya nos habría avisado. Pero, de todos modos, no pude evitar mirar el reloj durante toda la larga y calurosa tarde del viernes con la esperanza de que volviera a pasar el fin de semana.

Escondí el paquete de papel café con el pulgar amputado en el cuarto vacío de Shin. Sabía dónde guardaba todos sus tesoros: en una esquina, debajo de uno de los tablones del piso. Lo levanté y metí el paquete. Al estar de pie en la habitación de Shin, con los pies descalzos sobre los lisos tablones de madera, me costó trabajo creer que hubiera vivido ahí tantos años. Estaba completamente vacía.

Cuando se marchó a la escuela de medicina, se hizo cargo de sus cosas como en un frenesí. Lo miré en silencio desde la puerta mientras se deshacía sistemáticamente de todo, incluso de las novelitas de kung-fu que ambos coleccionábamos.

—¿Puedo quedarme con estas? —le pregunté.

Asintió casi sin voltear a verme, y fue entonces cuando supe que Shin no tenía intención alguna de volver a casa jamás.

«Traidor», pensé. «Desertor».

Me arrojé sobre la cama sin sábanas y me pregunté si Fong Lan estuvo acostada ahí mismo con Shin y lo que hicieron juntos. Si él le desabotonó la blusa despacio, si deslizó la mano hasta sus pechos para acariciarlos. ¿Le sonrió con expresión perezosa, como a mí, mirándola a través de sus pestañas? Acostada allí en la oscuridad, apreté los ojos con fuerza. Debía aniquilar cuanto antes esa emoción cruda y desconocida que se agitaba dentro de mi pecho.

Cuando llegó la tarde del viernes y oí que mi padrastro alzaba la voz para saludar a alguien que se encontraba al frente de la tienda, me dije que no saldría a saludar a Shin como si fuera su perro fiel. De todos modos, el pulso se me aceleró cuando escuché las pisadas que cruzaban el larguísimo pasillo que llevaba a la cocina de atrás, donde estaba trozando un pollo al vapor. Lo mejor, decidí, era actuar alegre y no como si hubiera pasado la mitad de la noche poniéndome al corriente con diez años de celos en una sola sesión. Alegre y vivaz: esa era la manera de manejarlo.

—¿Ya de vuelta? —pregunté—. Pensé que te había aplastado algún camión.

Cuando volteé y descubrí que quien estaba detrás de mí no era Shin sino Robert, sentí una mortificación profunda.

—¿De verdad manejo tan mal? —preguntó sorprendido.

—¡Discúlpame! Pensé que eras Shin.

—No te preocupes —dijo. Los ojos se le iluminaron ante mi turbación—. Me gusta cuando me hablas así, Ji Lin. —Esto no era nada bueno. La manera en que decía mi nombre, con timidez, pero con agrado, tenía todas las cualidades de un enamoramiento. Había aprendido a reconocerlo en el salón de baile, aunque era mucho más fácil ignorarlo en el papel de Louise, la de los ojos seductores—. Siempre envidié a Shin y a Ming —continuó—, y la manera en que ustedes tres crecieron juntos.

—Pero tú tienes hermanas, ¿no? —dije, en un intento de tratar el asunto a la ligera.

—No es lo mismo. —Se me acercó, y lo miré alarmada. Si intentaba besarme de nuevo, era capaz de lanzarle el pollo entero. Me pregunté por qué me resistía tanto a él. A fin de cuentas, era un excelente partido. Sin saber qué más hacer, le serví algunos pastelitos dulces de arroz hechos al vapor, de esos que se inflaban como nubes.

—¿Dijiste que tu padre forma parte del Consejo Administrativo del Hospital de Distrito de Batu Gajah? —le pregunté en tono informal. Asintió con la cabeza porque la boca la tenía llena de pastel. Saqué la copia que hice de las listas que venían en el paquete de Pei Ling. Valía la pena hacer el intento, en caso de que tuviera algún tipo de información que pudiera aclarar el asunto—. ¿Reconoces alguno de estos nombres?

Robert examinó la lista un largo rato.

—Lytton Rawlings… él es el patólogo. Y este, William Acton, es un cirujano general.

—¿Y qué tal este J. MacFarlane?

—No creo que sea parte del personal. —Robert frunció el ceño—. Pero sé que conozco el nombre de antes. Hubo un extraño rumor que estuvo circulando, algo relacionado con la muerte de una mujer en Kamunting. ¿De dónde sacaste esta lista?… ¿Del hospital?

Sentí que una sombra fría se movía bajo mis pies. Me arrepentí de preguntarle a Robert, con su bien intencionada torpeza.

—No es nada —dije.

—Te ves muy triste, Ji Lin —dijo Robert—. ¿Hay algo que te preocupe? Porque, si ese es el caso, deberías decírmelo.

Aquel rostro, adornado por un delgadísimo bigotito a la moda, me miró con expresión ansiosa. Claro que había cosas que me preocupaban, inquietudes relacionadas con deudas de *mahjong*, con prestamistas y con perder mi trabajo de medio tiempo. Además, los pequeños detalles relacionados con dedos amputados y con enamorarme de mi hermanastro. Pero no había manera de contarle nada de esto a Robert. En ese instante, Ah Kum entró a la cocina. Al ver que estábamos frente a frente en la mesa de la cocina, en aparente contemplación, se dio media vuelta con una especie de mueca de aprobación.

Mi mamá presionó a Robert para que se quedara a cenar, pero ya tenía otro compromiso. Me sentí aliviada. Shin todavía no llegaba, y lo mejor era que no se toparan. El sentía un espinoso antagonismo hacia Robert que era mitad envidia y mitad no sabía qué; repulsión natural, supuse.

Para mi sorpresa, mi padrastro salió conmigo a despedir a Robert. Después de que el enorme auto color crema se alejara por la calle, ambos nos quedamos parados en la calle. Mi padrastro, que estaba masticando un palillo, tenía la misma expresión neutra de siempre, pero sentí que su estado de ánimo no era tan agrio, por lo que me atreví a dirigirle la palabra.

—El papá de Robert forma parte del consejo directivo del Hospital de Batu Gajah —dije. Él emitió un leve bufido—. Me dijo que si quería solicitar una beca para estudiar enfermería, me daría una recomendación.

Esta era una vieja y amarga disputa entre nosotros. Mi padrastro no consideraba que la enfermería fuera un trabajo adecuado para una joven, puesto que implicaba bañar y realizar toda clase de cosas delicadas a cualquier cantidad de desconocidos, incluyendo hombres.

—Ese no es trabajo para una muchacha soltera —me respondió, volteando a verme—. Pero, si estás casada, puedes hacer lo que te venga en gana.

—Y ¿qué importa si estoy casada o no? —dije, casi sin creer lo que estaba oyendo—. El trabajo es exactamente el mismo.

—Pero entonces serás responsabilidad de tu marido.

—¿Y te importa quién sea mi marido?

Mi padrastro se sacó el palillo de la boca y lo contempló con detenimiento.

—Siempre y cuando se gane la vida por sí solo, no me importa ni con quién te cases, ni lo que hagas o no después.

—¿Me lo prometes? —pregunté mientras inhalaba profundo.

Mi miró a los ojos. En momentos como este, era imposible saber lo que pasaba por su cabeza.

—Sí —me respondió—. Una vez que te cases, dejarás de ser mi responsabilidad. Y la de tu madre. —Señaló la marca negra que dejó el auto de Robert sobre la acera—. Pero sugiero que aprendas a conducir como se debe.

26

Batu Gajah
Sábado, 20 de junio

Es sábado, el día de la fiesta. Ah Long deja que Ren duerma, y son casi las nueve de la mañana cuando se despierta con un sobresalto. La fiebre desapareció y sigue presente esa misteriosa sensación de bienestar.

Se apura a vestir el uniforme blanco. Ah Long está ocupado en la cocina, revolviendo una enorme olla de *rendang* de ternera, cocido a fuego lento con leche de coco y aromatizado con hojas de lima *kaffir*, limoncillo y cardamomo.

—¿No más fiebre? —le pregunta. Ren asiente; los ojos le brillan—. Qué maravilla ser joven —dice Ah Long, quejumbroso, pero parece contento y, después de que Ren desayuna, lo pone a trabajar en las incontables preparaciones de último minuto para la fiesta.

William está por allí. Desde que se descubrió la huella del tigre a la orilla del jardín, no sale por las noches, sino que se queda encerrado en su estudio, escribiendo cada vez más cartas.

Ren se pregunta con frecuencia a dónde van esas cartas. El cartero pasa y recoge algunas, pero jamás las que están dentro de los pesados sobres color crema dirigidos a una mujer que se llama Iris. Ren no puede dejar de pensar en ello, pero lo único que concluye es que William se las lleva al club y las deja en el buzón de allí. O quizá se las da directamente a ella en algún enorme búngalo colonial. Por más que se esfuerza, Ren no es capaz de imaginar el aspecto que podría tener aquella señorita Iris. La única mujer extranjera que le viene a la mente es Lydia. Es a ella a quien imagina abriendo las cartas mientras toma el té en la veranda y va al hospital con William. Lo más gracioso es que casi se llevan bien. Es solo que su amo se retrae, como si Lydia le recordara algo que quiere evitar. Debe ser muy decepcionante para ella; no hay nadie más que sea tan ideal para el amo, según los chismes de los sirvientes.

En la larga mesa, Ren acomoda los platos, los cubiertos y las servilletas dobladas de forma ingeniosa para que parezcan pavorreales. Los cubiertos son de plata verdadera y provienen de la familia de William en Inglaterra; en cada pieza hay grabada una cimera y una «A» suntuosa y ornamentada. Ren pasó toda la mañana del miércoles puliéndolos. Cada cubierto pesa bastante. Ah Long dice que esa es la medida de la calidad del amo. El último médico para el que trabajó tenía cuchillos y tenedores de acero inoxidable, no de plata de la buena, como esta. Cuando Ren le pregunta a William con timidez si su familia es famosa, este se limita a emitir una breve carcajada y dice algo acerca de ovejas negras, aunque a Ren no le queda claro qué pueden tener que ver las ovejas con los cubiertos.

El día de hoy, William tiene los nervios de punta. Fuma cigarro tras cigarro, recargado contra el barandal de madera de la veranda, y mira las exuberantes hojas verdes de las achiras que rodean el búngalo. Debe de ser por la nota que recibió esta mañana de manos de un chico cingalés de trece o catorce años de edad y una mirada poco amistosa.

Ren había salido por la puerta principal para sacudir un trapo cuando el chico llegó en bicicleta.

—*Tolong kasi surat ni pada awak punya tuan.* —«Dale esta carta a tu amo», le dijo en malayo.

Era una nota escrita a mano y doblada en cuatro. La letra tenía un aspecto infantil y poco firme, como si quien la escribió no se sintiera cómodo con las letras. «Señor William», decía.

—¿Necesitas algo de mi amo? —preguntó Ren con curiosidad.

—Yo no; mi prima —dijo el chico con desdén—. Dile que quiere verlo pronto. La pierna le está molestando.

Ren comprendió de inmediato.

—¿Tu prima es Nandani? ¿Cómo está? —Ren recordó la calidez de la sonrisa de Nandani, los rizos ondulados de su precioso cabello negro.

—Quiere verlo a él —respondió, haciendo una mueca—. No es algo que entendería un niño como tú. ¿Cuántos años tienes?

—Casi trece.

El otro chico se rio.

—No mientas. Tienes diez años, once a lo más. —Era la primera persona en adivinarlo. Ren se quedó callado. Ante su victoria, el chico se mostró un poco más amistoso—. Solo dale la nota, ¿sí? Es que su padre se enteró, ¿sabes?

—¿Se enteró de qué?

—Nada que te incumba. —Frunció el ceño y se alejó, y Ren se quedó con la nota en la mano.

Sin saber qué hacer, se la entregó a William. Para su sorpresa, este no la abrió, sino que la guardó en su bolsillo.

—¿No necesita enviar respuesta? —Ren no entendía por qué William no había leído la nota.

—No. Se trata de un malentendido. —William se dio la vuelta y salió de nuevo a la veranda.

Los invitados comienzan a llegar a las siete de la noche, los hombres con esmóquines tropicales ligeros hechos de dril de algodón y las dos mujeres con hermosos vestidos. Lydia se yergue imponente por encima de la otra mujer, una morena con aspecto de roedor que está casada con uno de los médicos jóvenes.

Se reúnen en el salón principal y beben tragos mezclados por el mesero contratado para la noche. Es amigo de Ah Long, un tipo hainanés que trabaja en el Kinta Club. Sus manos hábiles exprimen limones y agitan hielos con eficiencia. A Ren le gustaría mirar lo que está haciendo, pero Ah Long lo trae corriendo de un lugar a otro, de modo que solo pesca fragmentos de la conversación y el tintineo de copas y de risas.

Allí está Leslie, el médico pelirrojo que se lleva bien con William y que le está diciendo algo a la esposa ratonil.

—Espero que no se moleste, señora Banks. No me percaté de que habría damas presentes e hice arreglos para que hubiera cierto entretenimiento. Para poder bailar, usted sabe. Chicas, pero de lo más decentes.

—Por supuesto que no me molesta en absoluto —contesta, pero su mirada es de ansiedad.

Ren pasa frente a ellos con una charola y se pregunta cuál de estos hombres es el doctor Rawlings. Luego siente culpa, y sus pensamientos vuelan hasta el dedo enterrado en el jardín. ¿El doctor habrá notado la ausencia del frasco en los anaqueles? Ren recuerda la sensación eléctrica, explosión de estática antes de la llegada de un mensaje, que experimentó al estar cerca del almacén de patología. Inclina la cabeza de lado a lado y duda de si su sentido felino le dirá si provino del doctor Rawlings.

Sin embargo, no tiene tiempo de ponerse a buscar. La larga tabla a un lado del comedor, donde se dispuso el bufet, está cargada con platones de *rendang* y arroz fragante y humeante. Hay mangos verdes rallados dentro de una *kerabu*: una ensalada mezclada con menta, ajos chalotes y camarones secos aderezados con limón y salsa *sambal* picante. A William le agrada la comida local y está de moda servir curry en las cenas, aunque, como consideración para los menos aventurados, Ah Long fileteó las pechugas de los tres pollos y las cocinó en un gravy con cebollas y chícharos de lata. La carne oscura la frio dos veces para hacer un delicioso *inchi kabin*, y dispuso platitos de vidrio llenos de pepinillos y otros condimentos.

Al fin se sientan a la mesa. William acompaña a la diminuta señora Banks, puesto que las mujeres casadas tienen preferencia sobre las solteronas. Ren, parado junto al bufet para ayudar a servir, mira la larga mesa y los rostros animados de los hombres, que desdoblan las servilletas y beben de sus copas. Son de auténtico cristal, según le informó Ah Long.

Lydia está en el extremo opuesto del lugar que William ocupa en la mesa. Se ríe a menudo, lo cual la hace resaltar mucho en comparación con la tímida señora Banks. Leslie se inclina y le murmura algo a William, quien parece exasperado.

—¿Chicas de un salón de baile? ¿En qué demonios estabas pensando?

—No me di cuenta de que habría damas presentes. —Avergonzado, Leslie baja la voz mientras William niega con la cabeza.

—¡Debiste decírmelo!

—Pensé que sería más divertido sorprender a todos.

—Dile a Ah Long que vendrán unas chicas —le dice William a Ren después de hacerle un ademán para que se acerque—. ¿Cuántas son?

—Cinco —responde Leslie— y un chaperón. De un sitio respetabilísimo.

—Muy bien. Cinco señoritas. Cuando lleguen, acompáñalas a mi estudio. Espero —dice y voltea a ver a Leslie— que esto no sea un absoluto desastre.

—Es solo para bailar. Nada distinto a lo que harías en el Celestial cualquier sábado por la tarde. —El cabello de Leslie es de un color sorprendente, el tipo de anaranjado brillante que Ren solo ha visto en los gatos. Apenado, se percata de que los está mirando fijamente y que los dos hombres lo están contemplando, divertidos.

—El salón de baile mandará un chaperón —dice Ah Long cuando Ren se acerca de prisa a informarle sobre el emocionante suceso—. Son muy estrictos con estas cosas; de lo contrario, no podrían seguir haciendo negocios.

—¿Y eso por qué? —Ren está secando un platón.

—Porque no quieren tener líos; por lo menos, no en los sitios decentes.

—¿Y los sitios no decentes? —pregunta Ren.

—Esos son lugares a los que jamás debes ir, ni cuando seas mayor.

A Ren le fascinaría seguir oyendo más acerca de los salones de baile, pero tiene cosas que hacer. Hay que acomodar los muebles y polvear el piso para que se pueda bailar. Mientras arrastra los muebles a los extremos de la habitación, se oyen risas y el tintineo de vasos y cubiertos provenientes del comedor. Ren duda si sobrará algo de comida, pero, cuando empieza a pensar en ello, sus aguzados oídos detectan un sonido discordante que procede de la cocina.

—*Nanti, nanti!* ¡No puedes entrar allí! —Es la voz de Ah Long. Después, con más urgencia—: ¡Ren!

Deja a un lado la lata de talco y corre a la cocina. ¿Se tratará de las chicas del salón de baile? Si es el caso, ¿por qué están en la cocina? Pero solo hay una joven allí: Nandani. Se ve completamente fuera de lugar tratando de explicarle algo a Ah Long. El cocinero, furioso, le impide cruzar la puerta con un brazo, sin soltar su *wok chan*, la espátula de acero que utiliza para saltear verduras y carnes.

—¡No puedes molestarlo en este momento! ¡Vete a casa!

—¡Quiero ver a tu amo! —dice ella. Los ojos de Nandani se iluminan cuando ve a Ren.

—¿Te duele la pierna? —Al mirar hacia abajo, Ren observa que todavía está vendada.

—No, ya estoy mejor.

Ren sale por la puerta de la cocina y acompaña a Nandani al área cubierta que está afuera.

—¿Cómo llegaste hasta aquí?

—Mi primo me trajo en su bicicleta. Necesito hablar con tu amo. —Parece tan triste y desesperada que Ren se preocupa. Quizás esté enferma y necesite ayuda médica—. Mi padre me enviará lejos —dice la chica—. A casa de mi tío, en Seremban.

Ren todavía no comprende qué tiene que ver eso con William, pero no puede tolerar la angustia en su mirada.

—Le diré. Espera aquí.

Cuando Ah Long les da la espalda, Ren se desliza hasta el comedor y se acerca a William con discreción.

—*Tuan*, Nandani está aquí para verlo.

William no voltea la cabeza, pero su rostro palidece debajo del bronceado.

—¿Dónde está?

—Afuera. Detrás de la cocina.

William guarda silencio unos instantes. Después aleja la silla de la mesa.

—Vuelvo en unos instantes —le dice en tono alegre al caballero que está sentado a su izquierda. A Ren le susurra—: Tráela al otro lado de la veranda.

Tan pronto como William se pone de pie, Ren siente una punzada repentina, una advertencia de que ya empezó el conteo regresivo de un reloj invisible que calculará los segundos y minutos que William permanezca alejado de sus visitas. Es poco educado irse a la mitad de la cena de esta manera, y a William no le gustan los cabos sueltos ni el desorden, de modo que Ren se apresura a conducir a Nandani de la parte trasera de la casa hasta la veranda.

La chica cojea y se tropieza sobre el piso desigual.

—Recárgate en mí —le dice Ren. Hablan en voz muy baja, aunque no sabe por qué. Las luces del comedor arrojan sombras cálidas sobre el pasto; se oye un aumento en el volumen de las voces y un repentino coro de carcajadas.

—¿Quiénes son esos? —pregunta Nandani.

—Algunos de los médicos del hospital. ¿Tienes hambre?

Sacude la cabeza, pero Ren decide que les preparará un plato de comida a ella y a su primo antes de que se vayan. Al otro lado, una silueta oscura sobre la veranda está esperándola. William. Al verlo, Nandani camina más de prisa hacia él.

A esa distancia, Ren no alcanza a oír de qué están hablando, pero William debe de estar diciéndole algo, porque ella asiente de vez en cuando. Después la rodea con un brazo, ¿o son los dos? Ren está fascinado. Aunque estira el cuello, no distingue gran cosa en la oscuridad. ¿Nandani está llorando? Ren camina un pasaje lateral y se topa con alguien. Es Ah Long. Salió de la cocina y se acercó con sigilo en medio de la oscuridad, como una especie de gato viejo.

—¿Por qué le dijiste que estaba aquí? —dice con amargura—. Mejor dejar que se fuera.

—Pensé que estaría enferma.

—¡Chst! Enferma de amor. Pero no es el tipo correcto de chica con la cual jugar.

—¿Por qué?

—Porque es inocente y se tragará todas las dulces tonterías que le diga. ¿Cuánto tiempo lleva lejos de sus invitados?

Los minutos siguen corriendo, y el espacio vacío que William dejó al ausentarse de su propia cena está empezando a colapsarse sobre sí mismo. Ren siente cómo se abre y vibra cada vez más; es la leve alarma de los invitados, que se preguntan por qué su anfitrión se ha ausentado tanto tiempo.

Una figura se acerca a la ventana del comedor. Es Lydia; dice algo acerca del aire fresco por encima del hombro y vuelve a desaparecer. Ren no tiene idea de si vio algo. Es probable que no, debido a lo oscura que está la noche.

Cuando voltea, William ya entró de nuevo, y Nandani camina hacia Ren dando traspiés. Para sostenerse, apoya una mano en su hombro. Está helada, y Ren de pronto tiene una mala sensación, como si no se tratara de Nandani, sino de alguna otra criatura fría y huesuda que lo sigue en la oscuridad.

William vuelve a ocupar su lugar en el instante preciso en el que empiezan a servir el postre. *Sago gula Malacca*, perlas de tapioca cubiertas con leche de coco y oscuro jarabe de azúcar de coco, junto con *kuih bingka ubi*, el fragante pastel dorado elaborado con raíz de tapioca rallada. Ah Long se lució como nunca, pero William no tiene apetito. De todos modos, se obliga a comer y asiente mientras finge escuchar la conversación.

Cuando se termina el postre, los invitados se dirigen poco a poco al salón principal, que ahora está dispuesto para el baile. William escucha a la nerviosa señora Banks.

—Quizá deberíamos irnos a casa temprano —le dice a su marido.

William desearía que todo el mundo se marchara en este mismo instante. Que Nandani se apareciera a mitad de la cena lo tiene alterado. Se está convirtiendo en un factor peligroso e impredecible, pero en especial está furioso consigo mismo. «Idiota, idiota», piensa, mientras lo embarga la familiar sensación de autodesprecio. Debió darse cuenta desde el inicio de que el interés de Nandani era solo un ingenuo enamoramiento. Mal, muy mal. Si unos cuantos besos robados bastaron para ilusionarla, es mejor que su conexión se termine.

Claro que no le dijo nada de eso a ella, solo palabras amables y nobles expresiones de arrepentimiento. Espera que eso la satisfaga, aunque, si acude con su empleador —el administrador de la plantación, que es el padre de Lydia— y hace un escándalo, podría hacerle daño. Es irónico, considerando que su responsabilidad fue mucho mayor en su relación con Ambika. En ese mismo instante, William decide que debe limitarse a mujeres a las que les pueda pagar. Eso será mejor a que lo acusen de seducir a jóvenes vírgenes.

Es un idiota, a pesar de sus buenas intenciones. Sin embargo, no puede contenerse.

La alta y encorvada figura de Rawlings, el patólogo, se acerca a él, y William titubea un instante. Ya no le tiene miedo a Rawlings, no desde que el magistrado dictaminó que la muerte de Ambika fue un desafortunado accidente, pero de todos modos se siente incómodo en su presencia.

Esta noche, el parecido de Rawlings con una garza es más notable que nunca.

—Mala suerte con lo de la cacería del tigre, ¿no te parece?

—Y estoy seguro de que volverán a intentarlo —asiente William.

Rawlings se frota la quijada. Tiene manos grandes y blancas, y William intenta no imaginarlas rebanando la piel de alguien con unas tijeras de disección. Es una tontería, puesto que él también es cirujano. «Pero yo solamente corto a los vivos». No como Rawlings, cuyos pacientes están todos muertos.

—Como sabes, no quedé satisfecho con la investigación —dice. William mantiene una expresión neutra—. Siempre hay casos así —continúa Rawlings—, donde hay algo que huele mal, pero nadie te cree. Tuve un caso similar cuando estuve en Birmania: dijeron que se trataba de brujería cuando empezaron a morir varias personas, pero era una tontería absoluta. Resultó que fue un envenenamiento por arsénico proveniente de un pozo privado.

—¿A dónde quieres llegar?

—Este caso —siguió Rawlings, rascando el piso distraídamente con el pie—, esa mujer, Ambika. Me despierta esa misma sensación.

—¡No estarás insinuando que alguien tiene un tigre como mascota! —responde William al tiempo que suelta una risotada incómoda.

—No tiene que ver con el tigre. Es por el vómito —explica—. ¿Recuerdas que te dije que cuando hallamos la cabeza había rastros de vómito en la boca? —Sin querer, la imagen del cuerpo mutilado de Ambika le viene a la mente: la forma en que lo encontró, medio escondido debajo de un matorral. El torso sin cabeza, la piel gomosa y gris—. Si ingirió algo envenenado, eso explicaría que el cadáver haya estado así de intacto. Los animales tienen instintos sorprendentemente agudos: si lo primero que hizo fue tratar de devorar el estómago y los intestinos, como lo haría la mayoría de los grandes felinos, es posible que decidiera que había algo desagradable en el cuerpo. Pero Farell rehusó creerme, por supuesto. Es probable que jamás podamos demostrarlo, a menos que se haga una investigación exhaustiva: con quién se asociaba, si tenía amantes o cualquier otro escándalo que la rondara. Todas estas habladurías locales acerca de brujería y de tigres no son más que una cortina de humo.

Esta noche está siendo una pesadilla para William. Pasa saliva y se recuerda que él no cometió delito alguno. No obstante, dada la fuerza de la opinión pública, estar asociado tanto con Ambika como con Nandani bastaría para acabar con su reputación dentro de este pequeño círculo social. Las personas empezarían a seguirlo con la mirada, a bajar la voz al verlo entrar en una habitación. William ya sabe lo que es eso. Lo vivió alguna vez en casa.

«Tranquilo», dice para sus adentros. Solo son las quejas habituales de Rawlings. Seguramente lo salvará su buena fortuna.

—¿Alguna vez te topaste con algún caso real de brujería? —le pregunta para intentar distraerlo.

—Por supuesto que no, aunque sí he sido testigo de algunos casos increíbles donde ha intervenido la suerte.

—¿De qué tipo?

—Ya sabes, juegos de azar o cosas como no subirse a un barco antes de que se hunda y ese tipo de situaciones —contesta. Por un instante, William se siente tentado a contarle a Rawlings acerca de su propia buena fortuna: de cómo suele evitar problemas serios gracias a los más extraños giros del destino. Como toparse con el obituario de ese vendedor, el único testigo de su amorío con Ambika. Pero es mejor no revelarle demasiado a Rawlings, quien sigue haciendo una lista pedante de los distintos tipos de fortuna—. Los chinos dicen que es una cuestión del destino. Tú estuviste en China, ¿cierto?

—Nací en Tientsin. Mi padre fue vicecónsul —responde William, aliviado por el cambio de tema.

Rawlings mira a William con interés.

—¡No me digas! Así que hablas chino.

—No, regresamos cuando tenía siete años de edad. De muy pequeño tuve una *amah* que me enseñó a hablar mandarín, pero lo olvidé.

Sin embargo, lo que no olvida son las calles elegantes, los edificios europeos sobre los amplios caminos de las concesiones extranjeras y, detrás de ellos, la confusión de callejones o *hutongs*. En su recuerdo, siempre es invierno en Tientsin, esa ciudad muy al norte de China. Un largo y seco invierno con el penetrante aroma de las boñigas de burro quemándose y el aire helado que llega de las estepas.

—Me sorprende que no hayas ingresado al servicio diplomático.

Hubo razones por las que no siguió los pasos de su padre, pero no desea discutirlas. En vez de eso, sigue hablando.

—Todavía sé escribir mi nombre chino, aunque no puedo pronunciarlo de manera correcta.

Saca su brillante pluma fuente y escribe con torpeza tres caracteres sobre un trozo de papel.

—¿Eso está en chino? —pregunta Leslie, asomándose por encima del hombro de William. Los demás invitados se acercan, curiosos.

Lydia le aprieta el brazo como señal de que se siente impresionada.

—Yo también tengo un nombre chino. Una adivinadora me lo escribió cuando estuve en Hong Kong.

—Yo usé el mío como marca secreta en el internado —dice William—, durante años y años. Esa debe ser la razón por la que todavía recuerdo cómo se escribe. Ren... ¿cómo se pronuncia esto?

Ren niega con la cabeza con timidez. Aunque sabe hablar cantonés, no puede leer muchos caracteres. Pero quizás Ah Long sí. Entre diálogos y risas, el grupo entra en tropel en la cocina, a pesar de las protestas de William de que sería más fácil pedirle al cocinero que saliera.

Para su horror, lo primero que ve es a Nandani, sentada en silencio a la mesa de la cocina con un plato de comida frente a ella. Mira de inmediato a Ren, quien baja la cabeza con expresión culpable. El chico debió de darle algo de comer. En fin, no puede culparlo por ello. «Es mejor hombre que yo», piensa William, y desea con ansias que Nandani desaparezca y deje de verlo con esos ojos tristes.

Ah Long está furioso de que tanta gente invada su cocina, pero se limpia las manos sobre el sucio delantal blanco y mira el trozo de papel.

—*Wei Li An*.

—Ese es. —William esboza una sonrisa incómoda, deseoso de salir de la cocina y alejarse de Nandani tan pronto como sea posible—. Ese es mi nombre... William.

—Pero ¿qué significa? —pregunta Lydia mientras clava la mirada en Nandani, que se hunde todavía más en su silla.

Ah Long le dice algo en chino a Ren, quien asiente.

—Dice que la mayoría de los nombres chinos para los extranjeros solo imitan el sonido de su nombre, pero que este sí tiene significado. —Ren señala el carácter central, el que parece más complicado—. Esta palabra es *Li*. Significa hacer las cosas en el orden correcto, como en un ritual. Y este, *An*, significa paz. Si se juntan con *Wei*, quieren decir «en aras del orden y de la paz».

La cocina queda en silencio. Ren, tras levantar la mirada del papel, descubre que todos lo están mirando fijamente, al parecer con algo de temor.

—¿Este chico es tu mozo? —dice Rawlings, el primero en romper el silencio.

William asiente. A pesar de que está desesperado por alejarse de Nandani, quien permanece paralizada como ratoncito espantado, está orgulloso de la explicación clara y modesta de Ren.

—¿Dónde demonios lo encontraste?

William hace gestos para que todo el mundo abandone la atestada cocina.

—Es una larga historia —dice—. Y es mejor contarla acompañados de un *stengah*.

Alguien coloca un disco en el gramófono y, afuera, se oye el rumor de voces enfrascadas en conversación. Hay dos invitados que se quedan en la cocina: Lydia, quien se acerca a platicar con Nandani, y Rawlings. Tras excusarse con los demás, William regresa. Tiene que evitar que Lydia hable con Nandani en caso de que sospeche algo acerca de su relación. Lydia es buena para ese tipo de cosas.

Sin embargo cuando entra en la cocina, Lydia ya está a punto de salir. Al verlo le sonríe suponiendo que volvió por ella. Logra contestarle con una especie de sonrisa a medias cuando pasa a su lado, de camino al salón principal, y una oleada de culpabilidad lo abruma.

Rawlings sigue hablando con Ren, y al no querer seguir a Lydia ni hablar con Nandani, quien lo mira con expresión miserable, William se recarga contra el quicio de la puerta y los escucha.

—Ese *Li* en el nombre de tu amo… ¿no es una de las cinco virtudes de Confucio? —pregunta Rawlings.

—Sí —responde Ren—. De hecho, mi nombre es otra de las cinco.

—No me digas —responde William—. Y ¿cuál eres tú?

—Yo soy Ren. —Inquieto, juguetea con el puño de su uniforme de mozo.

—*Ren* es benevolencia, ¿no es cierto? *Yi* es rectitud, *Li* es ritual u orden, *Zhi* es sabiduría y *Xin* es lealtad —dice Rawlings, contándolos con los dedos mientras recita—: «Sin *Li*, ¿qué distinguiría al hombre de las bestias?».

Ren parece impactado.

—¿Cómo es que las sabe todas?

—Estudié un poco. —Rawlings lo contempla, pensativo. Tiene una forma de ser que le permite llevarse bien con los niños, piensa William, a diferencia de él. Claro que Rawlings tiene hijos propios.

William echa un vistazo al pasillo. Lydia sigue parada allí, al parecer conversando con alguien. Si sale ahora, lo pescará y empezará a hacerle toda una serie de preguntas acerca de por qué Nandani está sentada en su cocina.

—Ren, el doctor Rawlings aquí presente es nuestro patólogo principal —dice William. Para su sorpresa, el chico da un pequeño respingo, como si lo reconociera.

—¿Usted cuida el almacén de patología? —pregunta Ren, vacilante. No es su lugar cuestionar a los invitados.

—¿Por qué? ¿Te gustaría verlo? —A Rawlings parece divertirle la idea.

Ren mueve la cabeza. Su mirada refleja desconcierto, como si se sintiera decepcionado sin razón aparente.

Se oye un bullicio en la puerta de entrada.

—¡Ah, nuestras visitas! —dice William, aliviado—. ¿Te enteraste de la sorpresa de Leslie?

—¿De qué se trata?

—Son unas bailarinas de un salón de Ipoh. Ren..., atiende la puerta.

Pero Ren está paralizado. Tiene los ojos abiertos como platos, y los delgados e infantiles hombros le tiemblan. Parece un perdiguero, piensa William. Igual que uno de esos sabuesos que, tras decepcionarse por seguir una primera pista falsa, recobra el olfato y se fija en el rastro correcto. Después, como si fuera un sonámbulo en miniatura, Ren sale de la cocina, recorre el largo y estrecho pasillo y abre la puerta principal.

27

Batu Gajah
Sábado, 20 de junio

Éramos cinco las chicas que fuimos el sábado por la noche: Hui, Rose, Pearl y yo, junto con otra chica que se llamaba Anna. Por lo regular, ella trabajaba los jueves y los sábados, de modo que era la primera vez que nos veíamos. Anna era muy alta —más alta que yo— y algo voluptuosa. El Ama dijo que había elegido a Anna para la fiesta privada porque a los extranjeros no les gustaba tener que agacharse para bailar.

—¿Es la misma razón por la que me eligió a mí? —le pregunté mientras esperábamos el coche contratado. Me lanzó una mirada dura, como si pensara que estaba siendo insolente por preguntar, a pesar de que lo había dicho en serio.

—¡Claro que no! —dijo Hui y me apretó el brazo—. Te eligió porque eres popular.

El auto que contrató el Ama era grande, aunque no tan largo y elegante como el de Robert. Anna se sentó en el asiento del frente por ser la más grande, y el resto nos apretujamos en la parte de atrás. Kiong, uno de los guardias de seguridad, que tenía una verruga en la barbilla, sería nuestro chofer y chaperón.

—Nada de conductas inapropiadas —nos dijo el Ama y nos fulminó con una mirada asesina—. Son tres horas de baile, de las nueve a la medianoche. Kiong se encargará del dinero. Si hay cualquier problema, avísenle de inmediato.

Kiong, cuyo enorme rostro permanecía impasible, asintió. Había rumores de que era el sobrino del Ama o uno de sus amantes, pero a mí me hacía feliz que lo hubiera elegido a él. Siempre me pareció confiable, y jamás se ponía a coquetear con ninguna de las chicas. Rose y Hui empezaron a reírse al ver el auto. Pearl anunció que jamás se había subido a uno. Si me casaba con Robert, pensé, podría andar a diario en aquella belleza color crema con suaves asientos de cuero. Pero también tendría que hacer otras cosas, como sentarme en su regazo y besarlo.

La mera idea hacía que me dolieran los dientes. No quería pensar en Robert, pero si, por el contrario, pensaba en Shin, me embargaba una extraña y conmovedora emoción. Pero no tenía caso alguno pensar en Shin; eso solo me hundía en una terrible depresión.

A fin de cuentas, Shin no regresó a Falim sino hasta el sábado. Entró por la puerta principal justo cuando nos disponíamos a comer.

—Pensé que volverías ayer por la noche —le dijo mi padrastro.

—Tuve que trabajar.

Shin no me miró, aunque me levanté de un brinco y le llevé un plato de fideos fritos. Tuve una sensación de vacío en el estómago. Quizá pensó en todas las terribles acusaciones que le hice el martes por la noche y decidió que, después de todo, sí me odiaba.

—¿Te quedarás el fin de semana? —le preguntó mi madre. Shin asintió.

Excepto por la piel rugosa y traslúcida debajo de los ojos, y la forma cuidadosa con la que subía las escaleras con lentitud, ya casi estaba del todo bien, lo que me hizo sentir menos culpable al dejarla.

—Debo volver a Ipoh después de la comida —le recordé.

—¿Acaso la señora Tham no puede darte permiso hasta el domingo?

De hecho, la señora Tham había dicho que no era necesario que me apresurara a regresar, pero era imposible que le confesara a mi madre que me pagarían por bailar con un montón de extranjeros en una fiesta privada. Decidí que sería la primera y última vez que haría algo parecido, y que iba a pedirle un préstamo a Robert. Era mucho mejor deberle dinero a él que al prestamista al que acudió mi mamá para saldar sus deudas de *mahjong*. El siguiente pago tenía que hacerse en menos de una semana. Apreté los dientes. Si mi padrastro se enteraba, no volveríamos a tener este tipo de comidas tranquilas, sentados a la mesa del comedor. Su rabia era repentina e impredecible: era posible que reaccionara de manera fría y práctica… o no. Al mirar a mi madre cabizbaja, supe que no valía la pena arriesgarse.

—*Sambal* —farfulló mi padrastro, sosteniendo su plato frente a mí sin mirarme.

Mientras le servía la aromática pasta de chiles, escuché la conversación de los tres. Shin le preguntó a mi mamá cómo se sentía y discutió los precios del mineral de estaño con mi padrastro; era una conversación adulta y educada, pero por alguna razón me molestaba. Quizá porque ahora trataban a Shin como su igual. Por lo menos, más como igual que a mí. Me senté en silencio a comer mis fideos. Shin no me dirigió la palabra.

Entonces mi madre empezó a parlotear acerca de Robert y de la frecuencia con la que había estado visitando la casa. Miré de reojo a Shin, pero él solamente puso cara de aburrimiento.

—Sería muy agradable invitar a Robert a cenar. Para agradecerle todas sus atenciones, ¿no crees? —dijo mi madre esperanzada.

—Pídele que venga el viernes siguiente —dijo mi padrastro. Eso me sorprendió. Jamás mostraba el más mínimo interés por mis amistades—. ¿Tú estarás en casa también, Shin?

—Por supuesto. —Su rostro no mostró expresión alguna.

—Ji Lin y yo tuvimos una charla la otra noche —continuó mi padrastro. Alarmada, me le quedé viendo. ¿Qué le sucedía el día de hoy?

—¿Acerca de qué? —Mi madre me miró, ansiosa.

—Le dije que, si se casaba, podía hacer lo que le viniera en gana. Estudiar enfermería, volverse maestra o largarse a trabajar en un circo. —Vertió una cucharada de *sambal* en su plato y le exprimió medio limón encima.

—Me lo prometiste, ¿recuerdas? —dije y levanté la vista.

—Sí. Cuando estés casada ya no serás responsabilidad mía ni de tu madre tampoco. —Para mi sorpresa, mi padrastro no me estaba mirando a mí, sino a Shin. Lo hacía con absoluto detenimiento, como si fuera un gato observando una lagartija.

Shin siguió comiendo con aburrida indiferencia. Apenas el fin de semana anterior en el hospital, me dijo con reproche que le informara antes de casarme para que me impidiera tomar una decisión estúpida; pero en este momento no había rastro alguno de esa preocupación. Sus ojos eran helados y jamás buscaron los míos. Alejé mi silla de la mesa, murmuré algo acerca de tener que empacar y me dirigí al piso de arriba. Quizá no debió sorprenderme. Me quedaba claro que mi padrastro pensaba muy poco en mí y que creía que era inútil por ser una chica que, además, ni siquiera era su hija. Sin embargo, que Shin me ignorara de esa manera me resultó más doloroso de lo que esperaba. Volví a preguntarme, por millonésima vez, si lo amaba o si lo odiaba.

Mientras doblaba mi delgada cobija de algodón, mi madre entró en mi habitación. Me miró con timidez y se sentó sobre mi cama.

—¿Vendrá a buscarte Robert?

—No.

—¿Sabes? Me daría muchísimo gusto que las cosas salieran bien con él.

—No me ha pedido matrimonio —contesté con frialdad.

—Pero, si lo hace, ¿lo pensarás?

—Está bien.

Al levantar la mirada, vi la cabeza de Shin asomándose por la puerta. Como siempre, no puso un solo pie en mi habitación. Era un viejo hábito, pero ¿qué podía importar, si ninguno de los dos seguía viviendo aquí?

—Papá quiere saber dónde quedaron los recibos —le dijo a mi madre.

—Ah, claro. Voy por ellos. —Se levantó de la cama y yo hice lo mismo. No quería quedarme a solas con Shin. Recordar la manera en que alcé el rostro hacia él, esperanzada, y cómo él hizo una pausa y me dejó ir, me llenaba de una vergonzosa humillación.

—Ji Lin —dijo en voz baja cuando pasé a su lado en el estrecho pasillo. Aunque era mediodía, solo se colaba un poco de luz al pasillo que corría frente a nuestras dos pequeñas habitaciones. Vivir en esta casa larga y estrecha, con su eterna penumbra, era como vivir en el vientre de una víbora.

—¿Qué?

—Necesito hablar contigo. —Shin inclinó su oscura cabeza hacia mí.

—No después de que te portaras tan descortés allá abajo.

Por un instante, frunció el ceño. Después, empezó a retorcer las comisuras de los labios.

—Sí que eres directa —dijo—. ¿Acaso no sabes portarte como una chica? —Indignada, abrí la boca para informarle que, de hecho, era la chica número dos en el Flor de Mayo los miércoles y los viernes, pero la cerré sin decir nada—. Y eso es justamente lo que más me gusta de ti. —Fue como si torciera un cuchillo en mi interior. Sí, me tenía cariño. Tanto cariño que ni siquiera me veía como mujer. Continuó, en tono más serio—: ¿En serio mi padre te prometió que no interferiría contigo si te casabas?

—Me dijo que no le importaba en lo absoluto, siempre y cuando el tipo tuviera un trabajo decente.

—Ya veo. Pero eso es bueno, ¿no? —¿Por qué estaba tan complacido al respecto?—. ¿Estás bien? —Me miró de cerca y me obligué a aparentar alegría.

—Por cierto, abrí el paquete de Pei Ling —dije para cambiar el tema.

—¿Y? —dijo y alzó una ceja.

—Creo que deberías informarle al doctor Rawlings que faltan esos dedos. Después de todo, son propiedad del hospital.

—Eso iba a hacer —aclaró Shin—. El problema es que, cuando regresé al almacén en busca del dedo original, el que guardamos, ya no estaba.

—¿A qué te refieres con que *ya no estaba*?

—No tan fuerte —dijo Shin y me cubrió la boca con la mano.

—¡Pero lo pusimos en el estante, detrás de la rata de dos cabezas! —dije en voz muy baja para que mi madre no nos escuchara.

—Pues ya no está allí.

—¿Estás seguro?

Me lanzó una mirada de exasperación.

—Si le informo al doctor Rawlings que logré localizar uno de los dedos faltantes, pero que desapareció de nuevo, pensará que estoy loco. O que lo robé yo. Lo mejor será no decir nada.

—Pero, si alguien revisa el catálogo, verá que faltan esas muestras. Y la última persona que arregló el almacén fuiste tú.

Jamás oí su respuesta porque, en ese instante, el sonido de pisadas en las escaleras nos advirtió que se acercaba mi padrastro. Al instante nos separamos sin más. Shin se ocultó en la oscuridad de su cuarto y yo bajé las escaleras con serenidad y pasé junto a mi padrastro como si no acabara de estar en el pasillo, discutiendo con su hijo acerca de partes corporales extraviadas.

No obstante, no podía dejar de pensar en ello, incluso mientras estaba en el auto contratado para el baile de esa noche de sábado, oyendo a medias la cháchara de Hui y de Rose. Después el auto subió por una larga entrada en curva. Todo estaba a oscuras y en profundo silencio, como lo estuvo la mayor parte del viaje por caminos vacíos rodeados de árboles selváticos y el susurro de las hojas de los plantíos de hule y de café.

Cuando el carro se detuvo detrás de una hilera de vehículos, hubo un momento de absoluto silencio. Después, Rose y Pearl se bajaron, se ajustaron los vestidos y se dieron palmaditas en el cabello. Jamás había estado en un búngalo privado así de grande. Las luces brillaban con intensidad en las ventanas delanteras, de tal modo que los árboles circundantes y el enorme prado oscuro parecían acercarse silenciosamente a la casa. Por las ventanas abiertas se escapaban leves risas y música de un gramófono. Volteé a mirar a Hui, pero ella estaba viendo hacia la puerta. Tenía una expresión inconmovible en el rostro, y me di cuenta de que estaba preparándose para entrar. Estábamos acostumbradas a los clientes locales, pero los extranjeros eran algo completamente diferente. Para ser sincera, me aterraba.

—¿Por la puerta de adelante o la de atrás? —le preguntó a Kiong.

Consultó un trozo de papel. Todo estaba tan oscuro que tuvo que acercárselo a los ojos y entrecerrarlos para poder leer.

—Por el frente —masculló.

Kiong tocó a la puerta y se encargó de las presentaciones. Me paré detrás de Anna, la única chica que era más alta que yo, y a ciegas seguí a las demás. Se escuchó una descarga de sonidos. Casi no supe hacia dónde mirar, pero no representó problema alguno porque nos estaban haciendo pasar por un costado de la casa.

—Ren, acompaña a las señoritas al estudio.

Como si se tratara de agujas, el cabello de la nuca se me erizó. Tenía una excelente memoria para las voces, para su tono e inflexión, y no pude convencerme de que todas las voces inglesas sonaban iguales. Debí haber considerado la posibilidad de que William Acton, el cirujano del Hospital de Distrito de Batu Gajah, pudiera estar en la fiesta privada. Ahora estaba atrapada.

Esperaríamos en otra habitación hasta que estuvieran listos para hacernos pasar, según dijo Pearl. Además llegamos un poco antes de lo convenido. Kiong era muy estricto en cuanto a puntualidad. La habitación era el estudio de alguien, una persona de lo más ordenada, a juzgar por el escritorio con sus ángulos rectos y el frasco de tinta y secatintas alineados a la perfección. Había una piel de tigre —de un tigre de verdad— en el piso. Rose dijo que le daba miedo, pero yo pensé que más bien se veía triste con los ojos verdes de vidrio fijos en una perpetua mirada congelada. Esa sería yo, pensé, después de que me reconociera William Acton. Tendría que decirle adiós a cualquier posibilidad de aspirar a una carrera en enfermería, al menos en ese hospital.

—¿Vieron a ese mocito? —dijo Rose—. ¿El que nos abrió la puerta? Pensé que se le caerían los ojos por la forma en que nos miraba.

Yo no lo había visto, pero Hui respondió.

—Es un poco joven como para estar pensando en mujeres —dijo en tono pícaro. Rebosaba una energía nerviosa: esa misma que me atrajo hacia ella desde el principio.

Kiong tocó a la puerta.

—Es hora de salir.

Después de eso, todo pasó como si nada. Kiong nos llevó al salón casi como si fuéramos una hilera de potrillos purasangre, mientras un joven médico pelirrojo nos presentaba. Era un cliente regular de Rose, me susurró ella.

—Estas agradables señoritas son instructoras de baile de un establecimiento de lo más respetable —dijo con voz muy alta. Hubo algunas bromas, pero nada extremo. William Acton estaba conversando con uno de sus invitados en la parte posterior del salón y, por fortuna, no parecía estar prestando demasiada atención. Noté que había un par de damas; siempre era mejor que hubiera mujeres entre los asistentes, aunque era imposible saber si a esas mismas damas les daba mucho gusto vernos. Una de ellas parecía un ratoncito, pero la otra era muy alta y de tez extremadamente clara.

Colocó una mano posesiva sobre el brazo de William Acton y empezaron a bailar. Nosotras éramos cinco, y había al menos una docena de invitados, todos hombres, salvo las dos damas, que ya se encontraban bailando con el mejor de los ánimos. Pensé que tal vez se amedrentarían un poco, pero la mayoría de los invitados eran jóvenes y, al parecer, estaban deseosos de pasar un buen rato. No obstante, en términos generales, todos se portaron de lo más educados. No hubo nada de gritos ni de pedir turnos con las chicas como si fuéramos ganado, cosa que confieso temí que sucediera a falta del estricto sistema de boletos del salón de baile. Era fácil imaginar que una situación así podría acabar sumamente mal.

Bailé con un hombre bajito de pelo rubio y después con otro que tenía las manos sudorosas. La música era rápida, mucho más rápida que la banda en vivo del Flor de Mayo, y consistía en bailes populares de hacía cinco o seis años, como el *charleston* y el *black bottom*. Me di cuenta de que la intención era probar si en realidad sabíamos lo que hacíamos, cosa que resultaba ridícula porque era evidente que sabíamos bailar.

Cuando la música se detuvo, todos estábamos jadeando por los enérgicos bailes que requerían que diéramos brincos y agitáramos los brazos. Si seguían a este ritmo, me colapsaría mucho antes de que terminara la velada, pero por fortuna la siguiente pieza fue un vals.

En esta ocasión bailé con un joven silencioso que me tomó de la cintura con demasiada fuerza. Una debía cuidarse especialmente de los más callados; podían ser problemáticos, a pesar de su disimulo. Mientras girábamos despacio alrededor de la habitación, me mantuve atenta a William Acton. Con un poco de suerte, jamás bailaría conmigo y quizá, con todo el polvo facial y el kohl extra, no me reconocería. Dimos un giro repentino cerca del comedor y divisé una pequeña figura vestida de blanco.

Es increíble la cantidad de detalles que pueden percibirse en un instante. La imagen fugaz de un rostro antes de que desaparezca, como la caída de un rayo. Por un instante, no podía creer lo que había visto. Quise regresar pero mi compañero de baile me estaba llevando en dirección contraria.

—¿Qué tienes? —me preguntó—. Parecería que viste a un fantasma.

Eso era exactamente lo que yo creía. La pequeña cara cuadrada, los ojos serios y el cabello casi rapado. Era el pequeñito de mis sueños. Me tropecé y estuve a punto de caer.

—No es nada —respondí.

Volvió a dar otra vuelta, pero ahora la habitación estaba vacía. Debía haberlo alucinado.

—Son muy delgadas las chicas chinas como tú —dijo mi pareja con una sonrisa. Deslizó la mano por mi espalda baja—. ¿Alguna vez te han dicho que eres idéntica a Louise Brooks?

El aliento le apestaba a *rendang*. Con un giro repentino, reajusté el espacio que debía haber entre los dos. Volví a echar un vistazo al comedor. Seguía vacío. Mi fantasmita se había ido.

—El parecido es increíble, ¿verdad? —dijo William Acton—. ¿Te molesta si bailo con ella? Prerrogativa del anfitrión, tú sabes.

Mi pareja se molestó un poco, pero le cedió su lugar al otro hombre. No estuve segura de si sentirme aliviada al respecto o no. En términos generales, pensé que era un cambio negativo, aunque agradecí que Acton me salvara de un abrazo incómodo.

Bailamos en silencio, aunque yo tenía los hombros y el cuello tiesos. Él bailaba muy bien, como solían hacerlo la mayoría de los extranjeros. Imaginé que debían recibir algún tipo de entrenamiento.

Justo cuando pensé que William Acton no me había reconocido, se dirigió a mí.

—Y ¿cómo has estado, Louise?

28

Batu Gajah
Sábado, 20 de junio

Ren entra y sale de la cocina a todo correr para recoger los platos de la mesa del comedor. Es una agonía, porque la señal que detectó primero en el hospital se encuentra aquí y lo está llamando desde que recién abrió la puerta principal. Los oídos no dejan de zumbarle y la piel se le estremece. Ha pasado muchísimo tiempo desde la muerte de Yi. Tres años de estar completamente solo, de ser la única luz en la oscuridad. Pero la señal ha vuelto.

«Alguien como yo», piensa. Quiere dejarlo todo y ponerse a buscar, pero Ah Long le encomienda una tarea tras otra.

Cuando Ren abrió la puerta, las chicas entraron en medio de un alboroto de faldas, voces apagadas y risas contenidas. Pasaron como entre nubes, y Ren, confundido y asombrado, fue incapaz de determinar exactamente de dónde provenía la señal.

Y ahora están bailando en el salón principal, donde el gramófono está sonando. El aire parece casi electrizado por los nervios y la curiosidad animal de los invitados. Ren detecta una niebla de emociones que tiñe la noche con tonos inquietos.

Se asoma al salón principal cada vez que puede escaparse, causando gran molestia en Ah Long. El otro mesero chino se asoma por encima del hombro de Ren.

—¿Cuál chica es la que estás viendo? —le pregunta, con la mirada fija en las muchachas.

Ren frunce el ceño e intenta encontrarla con su sentido felino, los filamentos invisibles que flotan como los delgadísimos tentáculos de una medusa.

—No estoy seguro. No puedo distinguirla.

Son cinco chicas, todas chinas, ataviadas con elegantes vestidos occidentales. La música palpita de manera casi contagiosa, y el baile es muy veloz. Abren y cierran las piernas, se tocan las rodillas y levantan los brazos. Los hombres, que jadean de calor, se quitan los sacos uno a uno.

—A mí me gusta esa —dice el mesero con una amplia sonrisa. Señala a una chica de vestido rosa con cejas arqueadas y traviesas—. Aunque esa también está de lo mejor. —Es la chica más alta, y los pechos se le mueven mientras baila. Eso hace que Ren sienta cierto calor en la nuca, pero también siente una extraña pena por ella. Sin embargo, ninguna de las dos es la que le interesa.

La habitación está llena de personas más altas que Ren. Los que no están bailando están parados alrededor, entre risas y aplausos, mientras cambian el disco del gramófono.

—Uuuuy… y esa con el pelo corto. Bonitas piernas. —El mesero, que se está divirtiendo de lo lindo, señala con la cabeza a una chica delgada con vestido azul pálido, cuyo cabello corto deja ver su nuca y su esbelto cuello.

A Ren empieza a palpitarle el corazón con desesperación. Cejas rectas, ojos grandes, cabello negro cortado con un fleco que parece volar cuando pasa dando vueltas entre los brazos de su pareja. El zumbido en su cabeza es tan fuerte que pierde el equilibrio y tiene que apoyarse en la pared. Sus miradas se encuentran, y ella abre los ojos como platos al reconocerlo.

Ren se tensa, listo para salir corriendo y tomarla de la muñeca, pero frente a él aparece la cara furiosa de Ah Long. Siseando como ganso, lleva a Ren y al mesero a la cocina para que continúen con sus deberes, aunque Ren casi no escucha sus instrucciones.

—¿Qué demonios les pasa a los dos? —dice Ah Long con amargura.

—Solo nos estamos divirtiendo un poco —dice el mesero, pero Ren guarda silencio.

¿Cómo es que ella lo conoce? ¿Sentirá la misma señal eléctrica que él percibe? No, es algo más: ella lo reconoció al verlo. Le molesta esa mirada pasmosa sobre su rostro.

—No está permitido enamorarse —dice Ah Long—. Ya tuvimos bastante de eso esta noche. —Con la cabeza señala la silla vacía frente a la mesa de la cocina que Nandani ocupó hace menos de media hora.

—¿Se fue a casa? —pregunta Ren. Afuera todo está a oscuras; la luna es apenas un filo plateado en el cielo nocturno. Se dirige hacia la puerta mosquitera de la cocina y al abrirla encuentra el rostro del joven cingalés que entregó la nota esa tarde.

—¿Dónde está Nandani? —dice sin más—. Me pidió que volviera por ella, de modo que aquí estoy. —Trata de abrirse paso hacia la cocina—. ¡Nandani!

—No está aquí —le dice Ah Long—. Se fue a casa.

—No puede caminar mucho. ¿Cómo pudo irse a casa?

Tiene toda la razón. Nandani estaba cojeando; tuvo que apoyarse en el hombro de Ren cuando la llevó al otro lado de la casa para ver a William.

—Pues se marchó hace como veinte minutos —dice Ah Long con el ceño fruncido.

Sin decir palabra, el primo vuelve a salir. Ren se queda viendo la puerta batiente y se pregunta si debería intentar ayudarlo.

—Debe estar esperándolo allá afuera —insiste Ah Long—. Ahora, apúrate a recoger todos los vasos vacíos.

El otro mesero se va a atender el bar. Ren lo sigue, pero siente una intensa intranquilidad en la boca del estómago. La noche está demasiado oscura. ¿Y si Nandani está allá afuera, asomándose con añoranza por las ventanas abiertas? Sin embargo, se olvida de ella de inmediato cuando vuelve a entrar al salón principal, pues la chica del vestido azul pálido está bailando con William justo enfrente de él.

Las parejas giran como flores que flotan en un riachuelo, y Ren ve que su amo se ríe. Pero ella no está sonriendo. Su expresión es seria y casi no dice nada, aunque baila muy bien. Todas las chicas profesionales lo hacen. Hasta Ren se da cuenta de ello.

William atrae su mirada y, para su enorme sorpresa, señala a Ren con la barbilla. La chica levanta la mirada y lo mira fijamente. Y allí está de nuevo, esa intolerable carga eléctrica que lo hace querer tomarla de la mano. Cada vez que pasan frente a él, ella voltea la cabeza, como para asegurarse de que Ren siga allí.

William le dice algo. La boca de ella se mueve, pero ¿qué estará diciéndole? Y ¿por qué está inclinada la cabeza de su amo, como si estuviera reflexionando sobre algo? Ren piensa en Nandani, sola en medio de la noche, y una sensación de protesta se despierta en su pecho. No es correcto que William haga esto, no con la chica de azul, cuyas cejas rectas y oscuras se han arrugado.

Trata de leerla, de descifrar a William de la misma manera en que pudo detectar los rastros de energía en el hospital; pero, sin importar lo mucho que los mire, no hay nada, solo un curioso espacio vacío. Ren se percata vagamente de un ruido, de alguna alteración proveniente de la cocina. Vacila, sin querer abandonar su puesto junto a la puerta, pero después se aleja con velocidad.

En la cocina, el primo de Nandani le está reclamando a Ah Long que no puede encontrarla, a pesar de que ya revisó toda la propiedad.

—¿Eso qué tiene que ver con nosotros? —responde Ah Long mientras cierra las manos dentro del sucio mandil blanco.

—Ella estuvo aquí. Si ha desaparecido, es culpa de tu amo.

—Yo la encontraré —dice Ren—. Tal vez esté del otro lado, en la veranda.

—Tú no —exclama Ah Long y fulmina a Ren con la mirada—. Eres demasiado pequeño. ¡Ah Seng! —llama al mesero contratado—. Ve y ayúdalo a buscar. Llévense esta lámpara.

Ah Long inclina hacia abajo las cejas pobladas con una expresión de alarma, y Ren comprende de pronto su preocupación. En algún sitio, en la oscuridad verde y susurrante del exterior, un depredador ya dejó sus profundas huellas en la suave tierra.

—¿Y Nandani? —exclama con ansiedad.

—No quiero que salgas —dice Ah Long—. Ya debe ir a la mitad de camino de vuelta a casa.

Es una suposición razonable y, además, ya hay dos personas buscándola. Ren vuelve al salón principal para recoger la charola de vasos sucios. El aire apesta a cigarros y sudor. Ahora, William está bailando con alguien más, con la chica de las cejas arqueadas y el vestido rosa. Ren se pregunta si debe decirle que Nandani desapareció, pero decide no hacerlo. Se molestará si lo interrumpe. Cuando está por regresar a la cocina, la chica vestida de rosa le repite su nombre a William.

—Hui. Me llamo *Hui* —dice con coquetería.

William parece prestarle la misma atención a ella que a la chica de Ren, la del vestido azul. Por alguna razón, eso le genera un gran alivio.

Uno de los invitados pide un trago fresco, pero el mesero que debería estar a cargo del bar sigue afuera, buscando a Nandani. Ren solamente sabe preparar un trago, un whisky *stengah*, y lo prepara como le gusta a William, con tal cantidad de Johnnie Walker que el vaso escarchado tiene el color del té chino. Entretenido, su cliente llama a otro de sus amigos, así que pronto Ren se encuentra rodeado de rostros risueños mientras mezcla trago tras trago.

—Lo siento, se acabó el hielo —dice Ren y recoge la cubeta de hielo y las pinzas con alivio. Abriéndose paso entre la gente, se dirige a la cocina. Quizá ya regresaron el mesero y Nandani. Sin embargo, solo encuentra la delgada y encorvada figura de Ah Long, asomando por la puerta trasera.

—¿Encontraron a Nandani? —El estómago le da un vuelco incómodo.

—Todavía no.

—Deme permiso para buscarla. —Ren está seguro de que puede encontrarla. Su sentido felino se estremece una vez, dos veces.

Ah Long frunce el ceño; su arrugado cuello está inclinado como el de una tortuga.

—Revisa la casa. Por si acaso regresó por las puertas laterales.

Ren sale con paso ligero y silencioso. Sabe cómo llegar de un lado al otro sin pasar por ninguno de los lugares públicos donde podría haber invitados conversando y pasando el rato; atraviesa el pasillo de atrás que corre entre el estudio y el comedor. En cada ventana, hace una pausa y se asoma por si acaso Nandani está esperando al otro lado, en la oscuridad. Hay demasiadas historias de mujeres vengativas que se acercan en la noche, cuentos de la *pontianak*, una mujer que muere al dar a luz o durante el embarazo y que bebe la sangre de los hombres. Parece una bella mujer de cabello largo, y solo es posible dominarla si se tapa el agujero que tiene en la nuca con un clavo de hierro. ¿O es cortándole las largas uñas y metiéndolas en el agujero de su cuello? Ren no está del todo seguro, pero sabe que está muy enojada con los hombres. También hay otras criaturas, espíritus infantiles como el *toyol*, que sirve a algún hechicero para robar cosas y hacer lo que le manden. Le trae recuerdos incómodos de lo que él mismo hizo. Ren sacude la cabeza con un movimiento rápido, como el de un perro. Esta noche tiene cierta cualidad —la incomodidad inquieta, los bailarines que ríen, la mirada dolorosa en el rostro de Nandani— que provoca que un largo escalofrío le recorra la espalda.

Su sentido felino guarda silencio; las prolongaciones invisibles se retraen, como si temieran penetrar los silenciosos terrenos externos de la casa. Todo está callado y vibra de manera expectante. Sería más fácil correr, pero correr es peor, porque sería como ceder ante sus temores.

Cuando llega al estudio de William se queda congelado con la mano en el picaporte. La piel de tigre que está en el piso, con las fauces abiertas en un rictus furioso, no es lo que quiere ver en este momento. No en la oscuridad, con la tenue luz de la luna reluciendo en sus ojos muertos.

Ren deja escapar un chillido. «Yi», piensa. «No quiero estar solo». Desde el pasillo alcanza a ver una porción completamente iluminada del salón principal, y allí está: la chica vestida de azul, recargada contra la pared. Ella lo ve también. Mira a su alrededor y sale al pasillo para pararse junto a Ren.

—Soy Ji Lin. —Su voz es baja y amistosa—. ¿Cómo te llamas?

—Soy Ren. —Siente que el pecho se le comprime. Uno, dos. «Respira».

—Ren… ¿como «benevolencia»?

—Sí.

—¡Estás tan grande! —Con los ojos muy abiertos, lo examina, pasmada. Después se recompone—. Es que te pareces a alguien que conozco. ¿Me conoces tú a mí?

Ren no sabe cómo responder a eso. En realidad jamás la ha visto antes, pero cree con todo su corazón que les corresponde estar juntos. La sensación es tan poderosa que se le cierra la garganta.

—No —dice al fin, aunque siente como si estuviera admitiendo una derrota.

—¿Cuántos años tienes?

—Once. —Es la primera vez desde que abandonó el orfanatorio que le dice su edad real a alguien. Vista así de cerca, es muy bonita. O al menos, eso le parece a Ren, aunque algunos podrían decir que su pelo corto y su complexión delgada son demasiado parecidos a los de un muchacho.

—¿Tienes un hermano?

—Sí. No. —Ren vacila ante la pregunta. La tiita Kwan decía que tenía que dejar de decirle a la gente que tenía un hermano porque solo confundía a las personas. Pero, para él, Yi sigue existiendo—. Sí —dice al fin.

—Y ¿cómo se llama? —Lo está mirando de cerca, como si fuera algún tipo de prueba. Ren ansía superarla.

—Yi.

Ella exhala despacio.

—Ren y Yi. Pues el *Ji* de mi nombre proviene del *zhi* de sabiduría. ¿Eso significa algo para ti?

—*Ah jie!* —balbucea de inmediato. Hermana mayor. Es la manera correcta de llamarla, aunque comprende a la perfección lo que le está diciendo: que son parte de un juego, él y ella. Ren lo supo desde el principio. Una ola de enloquecida exultación lo embarga, y ella se ríe y los ojos le brillan.

—Y tu hermano Yi… —dice ella, emocionada—. Déjame adivinar… ¿es más chico que tú? ¿Como de siete u ocho años de edad?

—¡Sí! —Ren está a punto de decirle que Yi es más joven que él porque la muerte aumentó la distancia entre ambos, pero se detiene sin saber cómo explicarlo allí, entre las tenebrosas sombras de las ventanas—. ¿Conoces a mi hermano?

Ahora es ella quien vacila, como si hubiera dicho demasiado.

—No estoy segura, pero yo también tengo un hermano. Se llama Shin, por *xin*. Eso hace que seamos cuatro de cinco.

—En realidad, somos cinco… si cuentas a mi amo.

—¿A qué te refieres?

—Él también tiene un nombre chino; lo dijo esta noche. Tiene el *Li*, de ritual.

—¿Estás seguro? —Por alguna razón parece alterada.

—Sí, pero quizá no cuente porque es extranjero.

—¡Ren! —Ah Long aparece en el corredor.

Ren se siente culpable y se da la vuelta de inmediato. Se supone que debe estar buscando a Nandani, no hablando con jóvenes desconocidas.

—¡Ya voy! —dice, pero Ah Long lo toma del hombro.

—¿La encontraste?

—No. —Ren no entiende por qué Ah Long parece tan preocupado.

—No salgas en este momento.

—¿Por qué?

—*Aiya!* Porque el tigre está en el jardín. Ah Seng y ese chico, el primo de Nandani, juran que acaban de verlo.

—¿Dónde?

—Al fondo del jardín, donde entierras la basura. ¿Recuerdas la huella de la pata? ¡Quédate dentro por ahora!

—¿Se lo dijo al amo?

—Ya fue por su escopeta.

—¿Para matarlo? —pregunta Ji Lin.

Ah Long la mira como si acabara de registrar su presencia por primera vez.

—Para espantarlo, para que las visitas puedan marcharse. No se puede matar a un tigre con ese tipo de arma.

Se da vuelta y desaparece. Ren se percata de que el ánimo de la casa cambió por completo. Hay un rumor exuberante, gritos de alarma y de emoción placentera.

—¡Un tigre! ¿El mismo que estaban esperando los muchachos del club la otra noche?

—Sabía que debimos irnos antes —gimotea la señora Banks frente a su marido. Pero todos los hombres están entusiasmados. Esta es la razón por la que vinieron a Oriente: para tener aventuras como tigres en el jardín, bailarinas orientales y cobras en sus camas. Rawlings levanta la voz:

—¡Seguramente ya se marchó!

Pero nadie quiere creerle. Ren experimenta una terrible sensación de horror. Esta noche trajo consigo demasiadas coincidencias, demasiadas señales de advertencia. Debió prestarles atención, pero estaba distraído. Ahora Nandani se fue, y el tigre está acechando justo en el sitio en donde encontraron las huellas el día anterior. ¿Qué tipo de bestia regresa tan pronto después de no encontrar nada que matar?

Ren sabe que es el sitio donde enterró el dedo. Si regresa el dedo, quizás el tigre devuelva a Nandani. Con un grito apagado se apresura hasta la veranda.

—¡¿Qué haces?! —dice Ji Lin y lo pesca de la manga.

—¡Tengo que regresarlo! —Tiene la extraña sensación de que ella lo entenderá—. Lo que quiere es el dedo.

—¿Qué dedo? —Bajo la tenue luz, su rostro adquiere un tono verdoso.

—¡El dedo del doctor MacFarlane! ¡Debo regresarlo a su sitio!

Con un fuerte jalón, Ren se libera y sale corriendo por las puertas de la veranda. Ahora es el momento de recuperarlo antes de que William salga con la escopeta. No le tiene miedo al tigre, se dice, a este tipo de tigre fantasma que solo caza mujeres de cabello largo.

Pero es mentira porque está aterrado. La cabeza le punza con fuerza y los pulmones le arden. Sin embargo, Ren está seguro, hasta la mismísima médula, de que le queda muy poco tiempo a Nandani. Quizá ya esté muerta. Pero no, el tigre volvió para enviarle una señal a él, para darle una última oportunidad.

—Lo siento —jadea. Debió obedecer los deseos del doctor MacFarlane desde el principio. Se lo prometió, ¿no? Esto es lo que sucede cuando las promesas no se cumplen.

Afuera, la oscuridad huele a un verde intenso, como si la tierra misma estuviera exhalando. Ren corre a ciegas por el prado, en dirección a donde se entierra la basura. Los pulmones le silban mientras tropieza, trastabilla y vuelve a equilibrarse. Detrás de él se escuchan gritos distantes. Puertas que se azotan, ventanas que se abren.

Empieza a escarbar en la tierra después de hacer a un lado la piedra que utilizó para marcar el sitio. No tiene una pala, nada más que sus manos desnudas y uñas rotas.

«¡Rápido, rápido!».

Y entonces lo oye: un gruñido prolongado. El tono es tan bajo que el aire mismo tiembla; siente su reverberación en los huesos. Cada músculo del cuerpo se le congela y cada cabello de la cabeza se le pone de punta. En ese momento, Ren ya no es un niño, ni siquiera es humano. No es más que un mono sin pelo, inmóvil en el suelo.

El gruñido continúa, y todo el aire a su alrededor se estremece. Confundido, no logra determinar la dirección de donde proviene. Después se escucha una especie de ladrido seco, un sonido repentino que se detiene de forma abrupta y, después, silencio.

De la casa surgen exclamaciones lejanas. Una voz de mujer grita «alto» o «no».

Pero Ren sigue escarbando desenfrenadamente. Está tan cerca que puede sentir la orilla de la lata de galletas. La uña del pulgar se le resquebraja. Levanta la tapa. Queda abierta, y el pequeño frasco de vidrio choca con su lodosa mano. Ren suspira con dificultad. De cuclillas, voltea en dirección a la casa. Después, hay un destello de luz y un rugido ensordecedor.

Con los ojos bien abiertos, Ren cae al piso. Está tan sorprendido que no siente nada en absoluto. Levanta la mano izquierda. Está fría y mojada, y tiene el aspecto de la carne cruda. Después, siente un intenso dolor en el costado. Ren se dobla, haciéndose bolita como un periódico viejo. Lo último que ve es a la chica de azul. Lo está sosteniendo en su regazo; la sangre está cubriendo todo su hermoso vestido. Pero, como es ella, no importa, piensa Ren, mientras le entrega el frasco de vidrio que tiene en la mano derecha.

29

Batu Gajah
Sábado, 20 de junio

Kiong fue quien nos sacó de allí esa noche. Lo hizo tan pronto se dio cuenta, por los gritos y el escándalo, de que había problemas, y después, por supuesto, por el sonido de la detonación, ese estallido que atravesó la noche. Fue él quien, al ir a buscarme por ser la rezagada, salió corriendo de entre el grupo de personas que se desperdigó en el oscuro césped y me sujetó. Yo no tenía recuerdo alguno de ello. Si cerraba los ojos, seguía estando allí. Podía ver el destello blanco del cañón de la escopeta y oír el agudo chillido de un joven animal.

Mi vestido estaba empapado de sangre; las manchas oscuras cubrían la sedosa tela azul. Ninguna de las otras chicas quería sentarse demasiado cerca de mí. Se acurrucaron al otro lado del auto y conversaron en voz baja. Pearl sollozaba. Recordé que ella tenía un hijo pequeño.

Debí detenerlo. Cuando el niño salió de allí volando por las puertas de la veranda, debí regresar a la casa y advertirles que había salido, pero como una tonta, corrí tras él, avanzando a traspiés en la oscuridad del desconocido jardín; me tropecé, caí y tuve que regresar hasta la casa. ¡Si tan solo no hubiera desperdiciado todo ese tiempo! Después, la silueta negra del hombre que salió de la casa con la escopeta. La reconocí de inmediato porque uno de los amigos de mi padrastro solía cazar jabalís: esa sombra que parecía palo y la forma en que la llevaba bajo el brazo.

—¡Alto! —grité cuando la levantó—. ¡No!

Pero fue demasiado tarde.

Gritos detrás de nosotros.

—Acton, ¿le diste?

Pero yo sabía a quién le disparó en realidad. Corrí hasta a él, llorando. El viejo cocinero de rostro gris se abrió paso con una linterna. Y, en el círculo de luz, el niño hecho un ovillo sobre el piso.

Era tan pequeño. Es lo primero que pensé cuando vi el patético cuerpecito, con la cabeza escondida bajo las sombras de los árboles y de los matorrales. Debió de estar escarbando porque tenía los brazos manchados de tierra hasta los codos. Su mirada era de absoluto asombro. No alcanzaba a ver su costado ni su brazo izquierdos, empapados de sangre que parecía negra bajo la luz. Ese brazo… ¿acaso todavía le quedaba la mano? Me hinqué junto a él, sobre el pasto y la tierra removida. Me miró y empezó a mover la boca.

—Regrésalo —dijo en un susurro—. A la tumba de mi amo. Se lo prometí. —Con la mano derecha, metió algo en la palma de mi mano. Varios hombres empezaron a acercarse, gritando órdenes.

—¡Todos a un lado! ¡Muévanse, por favor!

Una mano me tomó del codo. Era Kiong.

—Es hora de irnos.

—¡Espera! —Quería saber lo que los hombres decían mientras levantaban el cuerpo, tan flácido como el pie caído de Pei Ling. Los hombres que estaban aquí eran médicos; ellos sabrían la gravedad de sus heridas y si viviría o moriría.

Kiong me llevó a rastras lejos de allí. No podía zafarme de su puño de acero.

—Vámonos ya.

De modo que eso hicimos. Las otras chicas ya estaban esperando dentro del auto. Hubo un torbellino de preguntas cuando me vieron, pero no tenía palabras para responderles.

—Pero ¿qué hacías allá afuera? —me preguntó Hui. Parecía agitada, más que yo. Sentí que tenía las manos y los pies paralizados, y la lengua, inflamada y seca.

—Lo vi salir corriendo —dije al fin—. De modo que traté de detenerlo.

—¡Pudieron haberte disparado! —Hui me abrazó con fuerza.

—No lo hagas —le dije—. Mi vestido está empapado de sangre.

El kilométrico viaje de regreso por el listón de carretera pareció más breve que el de ida. Después de un rato, las demás chicas empezaron a hablar de nuevo y a especular acerca de lo sucedido.

—¡Qué idiota que le disparara a su propio mozo! —dijo Rose.

—Al parecer el chico es huérfano, de modo que no tiene familia que lo reclame en caso de que muera —respondió Anna.

Yo no dije nada, solo podía mirar por la ventana. Mis dedos seguían aferrados con fuerza al objeto que el chico, Ren, me había dado. En la boca del estómago tuve la sensación de que sabía exactamente lo que era por la forma del resbaladizo cilindro de vidrio. No tenía que verlo; no quería verlo.

Mi vestido no tenía bolsillos, y la bolsita que llevé conmigo se quedó ahí por la prisa de marcharnos. De todos modos, casi no tenía nada dentro, solo las llaves de mi casa y un labial. Hui me enseñó a no dejar información comprometedora en el bolso, como mi nombre o dirección, en caso de que tuviera que salir a trabajar. Por lo tanto, no tenía dónde dejar esta carga, este regalo indeseado de Ren.

¿Por qué tenía el dedo? Era como una especie de maldición, una de esas horribles historias en las que tratabas de deshacerte de algo solo para que regresara inevitablemente a ti. La imagen del pequeño de mis sueños y el rostro de Ren se mezclaban. Eran iguales, pero no del todo.

Ahora estábamos pasando calles que me resultaban familiares: el pueblo de Menglembu; pronto pasaríamos por Falim, donde estaba la casa tienda de mi padrastro. Kiong planeaba dejarnos en nuestras respectivas casas por lo tarde que era. Pero ¿cómo haría para entrar al taller de la señora Tham con un vestido cubierto de sangre y sin llaves?

—Quédate conmigo —me susurró Hui, como si me estuviera leyendo la mente—. Yo te presto algo de ropa. —Vacilé, y ella debió intuirlo, porque agregó—: Tuviste un susto terrible. Anda, déjame cuidarte.

Lo dijo con tanta gentileza que se me cerró la garganta. «Sí que me gustaría eso», pensé. Que alguien abriera mis dedos rígidos y retirara el frasquito de vidrio con el dedo del hombre muerto. Cuando pasamos frente a la tienda de mi padrastro sobre Lahat Road, refrené el impulso de bajar de un brinco y correr a casa. Quería a mi mamá. Quería ocultar mi rostro en su regazo, sentir su mano suave en mi cabello y olvidarme de todo.

No quería pensar en Shin, en su mirada complacida cuando discutimos la promesa que me hizo mi padrastro acerca de mi matrimonio. «Pero eso es bueno, ¿no?».

—Está bien —le dije a Hui—. Me quedo contigo.

Ya en el cuarto alquilado de Hui, me lavé y ella me prestó una piyama. Mientras me limpiaba la cara con crema facial, Hui se acercó y se apoyó en el tocador.

—¿Estás bien? —preguntó. Asentí, aturdida—. Vete a acostar —dijo.

Hui tenía una cama pequeñita y, tan pronto apoyé la cabeza en la almohada junto a ella, sentí que una pesada corriente me arrastraba. Una helada parálisis se apoderó de mis brazos y piernas. Traté de mantener los ojos abiertos, pero sentí que caía. A lo lejos, oí que Hui decía algo, pero no lo entendí. La corriente era demasiado fuerte. De modo que caí y caí, a una profundidad mayor que la del lago más profundo, y llegué a ese sitio que ya conocía casi a la perfección.

En esta ocasión, estaba parada sobre la soleada ribera, con los pies descalzos dentro del agua clara que me llegaba a los tobillos. No hacía frío en absoluto; solo se sentía el mismo calor aturdidor de la tarde que hacía que se desdibujaran los árboles en la distancia. Igual que antes, me vi arrullada por la calma, pero entonces recordé y de inmediato retrocedí un paso para alejarme del agua. Esa agua cristalina y de transparencia engañosa albergaba la creciente sombra negra.

No había nadie a mi alrededor, ni siquiera el pequeño. Ya que estaba ahí, empecé a buscarlo entre el pasto que se mecía, pero, cuando llegué a la desierta estación de trenes, seguía sin haber un alma. Tampoco estaba el tren, a diferencia de otras ocasiones.

El tiempo pasó; no tenía manera de calcularlo. La ansiedad empezó a agobiarme aunque el sol permanecía fijo en el mismo ángulo. No quería quedarme atrapada allí. ¿Qué me dijo el pequeño esa vez? Que si descubría su nombre, podía llamarlo.

—¡Yi! —llamé con voz suave.

El silencio me estaba poniendo nerviosa. Volteé hacia el otro lado de la plataforma y allí estaba, parado justo detrás de mí, tan cerca que podría haberme tocado con tan solo estirar una pequeña mano. Emití un agudo grito.

—Me llamaste. —Parecía muy serio. Esta vez no había sonrisas ni alegres saludos con la mano. Ahora que lo examinaba de cerca, había diferencias entre los dos. Ren era más alto, su rostro era más largo y tenía un aspecto más maduro. Los separaba una distancia de dos o tres años.

—Conocí a tu hermano —dije. Él asintió con desconfianza—. Le dispararon esta noche. —Los ojos se me llenaron de lágrimas al recordar la oscuridad, la luz bamboleante de la linterna, la sangre que cubría su pequeño cuerpo destrozado.

—Lo sé. Por eso no está el tren.

El tren que viajaba sobre una sola vía, en una sola dirección.

El pequeñito se sentó sobre una banca de madera y me senté a su lado. Era más fácil hablar de esa manera.

—Estás muerto, ¿verdad? —le dije—. Me dijeron que Ren era huérfano, que toda su familia había muerto.

Volteó la cabeza, esa pequeña cabeza redonda que ahora me era tan familiar. Aunque él y Ren tenían un parecido desconcertante, también eran diferentes. Sus gestos, sus voces. Recordé la mirada de fascinación de Ren hacía apenas unas horas. Lo feliz que estuvo de verme, como si me hubiera estado esperando toda su vida; de nuevo, sentí ganas de llorar.

—Así es. Estoy muerto. —El rostro de Yi volvió a confrontarme. Parecía tranquilo y cándido, pero me dio la impresión de que se estaba concentrando intensamente. Me desconcertó lo joven que se veía comparado con Ren, pero también parecía más viejo al mismo tiempo. Quizás era por la manera en que hablaba a veces como un adulto.

—¿Por qué no me lo dijiste?

—Nadie más se aparece como tú —dijo, mientras columpiaba un pequeño pie cubierto con una sandalia—. Todos vienen en el tren. Pero tú... tú simplemente te apareces. Eso es bueno, creo.

—¿Por qué?

—Porque, si vinieras en el tren, serías como todos los demás. Como yo.

Ansié hacerle toda clase de preguntas, pero me miró y movió la cabeza un poco.

—¿Ren va a morir?

—No lo sé. —De nuevo, esa mirada de expresión pensativa—. El tren no está, y eso significa que pronto llegará otro, pero no sé quién será.

—¿Eso hiciste tú? ¿Te bajaste en esta estación solo?

—Sí. Hace mucho tiempo. Éramos gemelos, Ren y yo.

Gemelos.

—Como Shin y yo. En realidad, no somos gemelos, pero nacimos el mismo día.

—No conozco a Shin —dijo y frunció el ceño—. No sueña como tú.

—No, no lo hace —contesté despacio y recordé el amuleto de papel que la madre de Shin le dio. Un talismán contra las pesadillas para invocar al *mo* y que la bestia negra y blanca devoradora de sueños acabara con ellas. Sin embargo, si llamabas al *mo* con demasiada frecuencia, también devoraba tus esperanzas y deseos.

—De modo que ya somos cuatro. ¿Encontraste al quinto?

—Creo que sí. —Pensé de nuevo en William Acton y en cómo Ren dijo que el *Li* de su nombre simbolizaba ritual. Orden. Algo al respecto me molestaba. Quizás era que, como era extranjero, no entendía por qué tenía un nombre chino.

—Te lo dije, todos tenemos algo que está un poco mal. Las cosas no van a salir de la mejor manera.

—¿Qué se supone que debo hacer? ¿Qué hago con el dedo que Ren me dio? —Lo tenía escondido; lo envolví en el vestido manchado de sangre cuando Hui fue al baño.

—Ese es asunto de su amo —dijo Yi. Suspiró y siguió meciendo sus cortas piernas—. Haz lo que consideres necesario.

Empecé a sentir que me inundaba una sensación alarmante, como una aguda y distante campana que había comenzado a tañer. No; en realidad llevaba sonando cierto tiempo, pero yo no le había prestado atención.

—Mírame, Yi. ¿Por qué no estás más preocupado por Ren? —le pregunté. Se encorvó y se dio vuelta como si no tolerara verme a los ojos. De repente, volvió a ser solo un niño—. Esperas que muera, ¿verdad? —Esa mirada de culpa profunda; ese rostro arrugado y con expresión miserable, a punto de romper en llanto. Quería sacudirlo, pero jamás lo había tocado antes, ni siquiera en la ocasión en que salí corriendo del agua huyendo de la sombra negra de las profundidades—. ¿Cómo pudiste? —dije con amargura—. ¡Tu propio hermano!

Ahora sollozaba abiertamente. Los hombros le temblaban y se frotaba los ojos con los puños.

—No fue mi intención. Al menos no al principio. —Empezó a hipar y a embadurnarse las lágrimas por toda la cara—. Amo a Ren. Es todo para mí.

—Entonces, ¿por qué te quedaste?

—Porque nunca estuvimos separados —dijo y movió la cabeza—. Y sabía que estaba infeliz sin mí. ¿Cómo iba a arreglárselas solo? De modo que, cuando el tren cruzó el río, me bajé. Esta es la primera parada de este lado. Estoy seguro de que hay otros lugares más adelante, pero no quise irme sin Ren.

—Así que te quedaste. —Lo miré con dureza.

—No he sido el único. Siempre hay quienes se bajan. Tú los viste antes —dijo. Recordé las distantes siluetas de personas que paseaban por la ribera la primera vez que me acerqué al río—. Pero, al final, todas se dan por vencidas y se van. Es que no tiene caso, ¿sabes? Desde este lado, no puedes llamar a nadie ni puedes hablar con ellos.

Lo miré con detenimiento.

—Pero tú sí podías hacerlo.

—Siempre tuvimos una conexión por ser gemelos —dijo mientras asentía—. Cuando me bajé del tren, me di cuenta de que aún la sentía. Muy leve, como si fuera una señal de radio. Por eso no seguí adelante, no mientras sintiera a Ren del otro lado.

Se veía tan pequeño y desamparado: un niño que llevaba tres años esperando a su hermano, esperándolo solo, en un sitio abandonado. Sentí una enorme compasión por él pero, al mismo tiempo, sabía que todo esto estaba muy mal.

—Me percaté de que, siempre que me quedara aquí, podía llamarlo a este lado del río. Pero entonces sufría accidentes, contratiempos. A veces pienso en subirme al tren y marcharme, pero siempre me acobardo. No quiero que Ren me olvide.

—No creo que te olvide jamás.

Pero no me escuchaba.

—Al principio pensé que únicamente lo observaría y esperaría. En ocasiones puedo ver un poco de lo que está haciendo. Después me di cuenta de que tendría que esperar un largo, largo tiempo si se trataba del resto de su vida. Y Ren cambia todo el tiempo. Está creciendo. Un día se va a olvidar de mí.

—¿Así que trataste de atraerlo hasta acá?

Yi volteó a verme. Había tal infelicidad en sus ojos que no podía enojarme con él.

—Pensé que estaríamos más felices juntos, pero jamás logré traerlo hasta acá. No del todo. Aunque justo la otra noche tuvo una fiebre muy alta y apareció en ese banco de arena. —Señaló una pequeña porción de arena blanca sobre el río—. Y quería cruzar. ¡De veras que sí! Incluso saltó al río. Me aterré por lo que hay en el agua. Es algo que hace que las personas no puedan regresar al otro lado. —Temblé al recordar esa sombra negra que ascendía desde las profundidades—. Pero logré que regresara. No tiene por qué venir por allí. Simplemente se separaría de su cuerpo y sería todavía peor.

—¿Como una especie de coma?

—No sé qué es eso —dijo, parpadeando.

—Cuando el cuerpo está vivo, pero la mente no.

—Sí. Y entonces los dos quedaríamos atrapados aquí, esperando la muerte de su cuerpo.

—Bueno —dije y sentí un cansancio abrumador—, pues se cumplió tu deseo. Tu hermano está muriendo en este momento. —Yi bajó la cabeza y miró con desdicha sus pies—. Entonces, ¿qué piensas hacer?

Volvió a romper en sollozos.

—*Yi* significa «rectitud». Entonces debo saber elegir lo que está bien, ¡pero no puedo!

—No llores —dije y resistí el impulso de abrazarlo. Ahora que sabía exactamente dónde me encontraba, tenía una espeluznante sensación de peligro—. Tus intenciones fueron buenas.

—¡Pero eso no es suficiente! —gritó y se frotó el rostro enrojecido y angustiado—. Tener buenas intenciones no es igual que hacer lo correcto. Quizá todos estamos malditos. Debimos nacer en una misma familia o, quizá, como una sola persona. No separados así, por la distancia y el tiempo. —Los cinco debíamos conformar algún tipo de unidad armónica. A fin de cuentas, ¿no se suponía que las cinco virtudes describían al hombre perfecto? Un hombre que abandonara su virtud no era mejor que una bestia cualquiera. Confundida, me pregunté qué nos sucedía a los cinco—. Se reduce a un problema con el orden, con la manera en que las cosas se están torciendo y reacomodando. Mientras más se desvía alguno de nosotros, más se descompone todo —afirmó Yi, afligido—. Y el quinto es el peor.

—¿Qué quieres decir con eso? —pregunté. Pero Yi empezó a desvanecerse. El mundo se estaba tornando gris y, por más esfuerzos que hiciera, solo podía jadear y retorcerme al sentir que una sofocante suavidad me cubría la boca y el rostro—. ¡Yi! —le grité—. ¡Deja en paz a Ren!

30

Batu Gajah
Domingo, 21 de junio

Ren abre los ojos y parpadea. Los cierra. Vuelve a abrirlos. Siente una sequedad extrema en la boca y la cabeza embotada, como si la tuviera rellena de algodones. Un rostro desconocido ingresa en su campo visual. Es una mujer extranjera, con el cabello recogido a la perfección y una cofia blanca sobre la cabeza.

—Está despierto.

Otro rostro. Es William. Tiene la boca apretada y tensa, y dos líneas profundas debajo de los ojos.

—Ren, ¿puedes oírme? Estamos en el hospital.

El hospital. Eso explica la sensación de vacío en el aire que lo rodea. Se trata de la hueca extensión de uno de los pabellones del hospital. Y la cama también es más grande, más larga que el catre sobre el que Ren duerme por lo regular. Percibe una pesadez del lado izquierdo y no siente el brazo en absoluto.

—¿Te duele?

Bajo las capas de insensibilidad, el cuerpo de Ren registra el dolor. Es un malestar profundo y sordo que está siendo disimulado por algún medio artificial. La luz es muy brillante; ya es de día.

—Señor Acton, es mejor que se marche a casa ahora —dice la enfermera—. Estuvo aquí toda la noche.

—Solo un momento, enfermera. —William voltea a verlo.

«Qué extraño». Ahora Ren logra ver una serie de filamentos que salen de William, hilos como de telaraña que salen por doquier, como si hubieran sido tejidos por un gusano de seda. Nunca los había visto, solo sentía la chispa de su energía. Pero ahora su sentido felino es más fuerte que nunca o quizá se deba a que su cuerpo está roto. Lo sabe sin tener siquiera que ver el rostro atormentado de William.

—Ren, no sabes cuánto lo lamento, pero te disparé anoche. —Así que eso fue, el destello y el rugido que lo destrozaron. Ren mira a William con los ojos muy abiertos, sin parpadear—. Pero vas a estar bien. Bueno, casi. Perdiste mucha sangre, pero logramos sacar la mayoría de los perdigones. Lo que en realidad me preocupaban eran los trozos del taco del cartucho, por las infecciones de los tejidos blandos, ¿sabes? —La quijada de William se mueve como si fuera de un juguete de cuerda que marcha rápidamente.

—¡Señor Acton! —insiste la enfermera—. ¡Ya es suficiente!

William se detiene. Se remoja los labios resecos con la lengua.

—Sí, claro, por supuesto. Si necesitas algo házmelo saber.

Le cuesta trabajo hablar; Ren tiene la garganta completamente reseca.

—Nandani —logra decir. Sus ojos expresan su inquietud.

William lo mira sin que parezca entender.

—Ah, Nandani. No sé dónde esté, pero no te preocupes. Ya aparecerá —dice William. «¡No, tienen que encontrarla!». La expresión de angustia en el rostro de Ren es tan penetrante como un cuchillo—. Verás que la encontraremos. ¿Está bien? Solo… descansa, por ahora. Lo más importante es que descanses.

Ren vuelve a hundirse en una especie de duermevela. Vagamente percibe el sonido de puertas que se abren y se cierran. El sol llega a su cumbre y empieza a caer, aunque Ren no sabe qué día es. En algún lugar su cuerpo se debilita y se enfría cada vez más, ¿o será más bien que está hirviendo? Alguien lo examina para saber si aún le duele el costado y le quita los vendajes del brazo.

—… sangrando otra vez. No se ve nada bien.

—… riesgo de infección.

Ren cierra los ojos. Detrás de sus párpados, se despliega otro paisaje; es resplandeciente y abrasador, como de un delirio febril. Y allí está el tigre al que tanto le teme. Está frente a él y es enorme. Su esbelto y musculoso cuerpo está rematado por una cola inquieta. No es la triste y achatada piel de tigre que cubre como tapete el piso del estudio de William, ni tampoco la silueta fantasmal y blanca que Ren imaginó vagando por la jungla con el rostro del doctor MacFarlane. Solo una bestia, gigantesca y colorida. Un animal que carece de razonamiento humano. Para su sorpresa, Ren no experimenta ningún tipo de temor; por el contrario, solo una abrumadora sensación de alivio.

«De modo que esto es lo que eres», piensa, aunque le parece indigno dirigirse a él.

Las rayas sobre la piel reluciente parecen ondear; los ojos amarillos son como dos linternas. Ren solamente puede bajar la vista. El tigre emite un profundo bufido: ¡grffff! Después voltea y se aleja con movimientos poderosos pero delicados. ¿A dónde se dirige?

En medio del vibrante paisaje, Ren ve una silueta cuadrada que le resulta familiar: una estación de trenes, idéntica a aquella de Taiping donde abordó un tren por primera y única vez después de la muerte del doctor MacFarlane. Le parece muy natural seguir al animal. Da un paso hacia delante y entonces recuerda algo.

—Nandani… ¿dónde se encuentra? —llama al tigre, que se aleja.

No hay respuesta, solo la punta blanca de la cola que ondula de manera hipnótica. Y entonces las ve: las huellas irregulares de los pies de una mujer. Huellas delgadas y bonitas; se nota que la pierna izquierda se arrastra un poco, como si cojeara.

—¿Nandani está aquí? —Si lo está, debe ir camino a la estación. Ren da otro paso. El tigre voltea y le gruñe. ¿Es una advertencia? Ren no lo sabe, pero el costado le duele; es un dolor ardoroso e intenso que parece recorrerle el cuerpo entero y subirle por el brazo y la mano izquierdos, que cuelgan casi inertes. Ren aprieta los dientes y se obliga a seguir adelante, a seguir las huellas que llevan a la estación ferroviaria.

31

Ipoh
Domingo, 21 de junio

Un estruendo. Me quedé completamente sin aliento, con el rostro presionado contra una superficie fría y dura. Por un momento, permanecí tirada allí, sin poder moverme.

—¡Ji Lin! ¿Estás bien? —Hui estaba parada junto a mí; yo estaba tendida en el piso de su habitación, enredada por completo en la delgada cobija de algodón. La luz del sol que entraba por la ventana era brillante y cálida—. Te caíste de la cama. Estabas teniendo una pesadilla —me explicó—. Te estabas revolcando y gritabas algo acerca de alguien llamado Yi. Me dio miedo despertarte.

Los chinos se niegan a despertar a las personas dormidas de manera repentina, porque que su alma puede estar separada de su cuerpo. No pensé que Hui fuera así de supersticiosa, aunque lo agradecí. ¿Quién podía saber por qué sitios estuve vagando?

Me incorporé con dificultad; mis pensamientos eran un hormiguero. Tenía la sensación de que acababa de estar por comprender algo de forma efímera, la punta final de una idea que se desvaneció en un instante, como desapareció el rostro angustiado de Yi.

—¿Qué pasa?

Miré el vestido azul de la noche anterior. Seguía enrollado a la perfección sobre una silla, como lo dejé. No quería contarle a Hui acerca del dedo en el frasco de vidrio. Solo la alteraría. Había otras preocupaciones más apremiantes: si Ren había sobrevivido y qué debía hacer con el delgado frasco envuelto en mi vestido manchado de sangre.

El dedo había regresado a mí. Luego de que Hui me prestara un vestido y se marchara, lo examiné y sentí la fatalidad y el horror. Era exactamente el mismo, con todo y el número sobre la tapa con la pequeña abolladura.

«El dedo del doctor MacFarlane», dijo Ren antes de correr para adentrarse en la oscuridad. ¿Cómo llegó del almacén de patología, donde lo dejamos Shin y yo, a la fiesta de anoche? Me sentí asqueada. Si solo hubiera impedido que Ren saliera corriendo… o si hubiera gritado con más fuerza cuando William Acton salió decidido con la escopeta bajo el brazo derecho… Las pistas daban vueltas y vueltas, el dedo aparecía una y otra vez; no dejaba de tener la vaga sensación de que había un patrón subyacente. Cuando en el sueño le pregunté a Yi qué debía hacer con él, no pareció interesarse, lo cual se me hizo extraño. «Haz lo que consideres necesario», me dijo. Quizá lo único que en realidad le importaba era Ren. Y Ren, como ambos sabíamos, estaba muriendo.

Inquieta y agitada, me dirigí al Flor de Mayo. Quizá Kiong tuviera más noticias de Ren. Apenas era mediodía y el salón de baile todavía no abría, de modo que entré por la puerta trasera y esperé en el corredor afuera de la atestada oficina del Ama. Era un nido de ratas, dominado por un escritorio colmado de montones de papeles; pero era un error subestimarla. Era una mujer de negocios incomparable.

Kiong no se encontraba, dijo el Ama, pero ella estaba muy al tanto del fiasco de la noche anterior.

—¿Está bien el niño? —pregunté, incapaz de ocultar mi preocupación.

—No tengo idea, pero lo más seguro es que siga vivo, ya que nadie ha venido a buscarnos todavía. Y tampoco nos pagaron, por cierto. Esa es precisamente la razón por la que no me gustan las fiestas privadas. Oí que viste cuando le dispararon al chico. ¿Fue grave? —preguntó. Asentí sin querer hablar de ello—. Pobre criatura.

—No creo poder seguir trabajando aquí.

Daba igual renunciar ahora que en cualquier otro momento. Era poco probable que encontrara otro trabajo de medio tiempo que pagara lo mismo, pero no valía la pena arriesgarme así. Le pediría a Robert que me prestara el dinero.

No pareció sorprenderse.

—Supuse que podrías sentirte así. No diré que no lo lamento; eres una de mis mejores chicas del turno de la tarde. Si cambias de parecer, házmelo saber. ¿Podrías ayudarme una última vez el sábado? Me van a faltar un par de chicas.

Asentí. Al salir, me vino a la mente la idea de que sería una de las últimas veces en que cruzaría aquel corredor color verde menta. Las risas y la camaradería, los pies adoloridos y los golpes a las manos curiosas llegarían a su fin. Pero quizás era lo mejor.

32

Batu Gajah
Lunes, 22 de junio

«Todo se está desmoronando», piensa William.

Ya es lunes por la mañana y va de regreso al hospital para revisar a su pequeña víctima. *Víctima* es la palabra correcta. William revive una y otra vez la escena de esa noche: Ah Long lo llamó a un lado para informarle acerca del tigre en el jardín, una intensa emoción se adueñó de todos los presentes en la fiesta y él abrió el gabinete donde guardaba la escopeta. ¿Por qué? ¿Por qué pensó que sería buena idea?

En realidad, William no caza mucho; la Purdey es otra de esas costosas reliquias de la familia Acton, como la cubertería de plata y las copas de cristal que llevó consigo hasta el otro lado del mundo. ¿Para qué hacerlo si su familia prácticamente lo había desconocido? Porque los títulos y la crianza abren puertas en todo el mundo, incluso si uno finge despreciarlos. Es posible que eso haya sido lo que lo impulsó a sacar el arma: pensar que sería un gesto grandioso disparar un par de cartuchos a la oscuridad para espantar al tigre. ¡Qué idiota fue!

Todos sus errores son producto de momentos en los que se deja llevar por arranques emocionales. De hecho, experimentó cierto recelo antes, esa misma noche, pero pensó que se trataba de Nandani y del hecho de que tenía que desvincularse de ella. Cuando salió del búngalo con el arma bajo el brazo derecho —aquella postura para portar armas que su padre le enseñó hace muchos años—, titubeó de nuevo, pero fue demasiado tarde, aunque la chica le gritó que se detuviera.

¿Cómo supo esa chica, Louise, que lo que hacía ruido entre los arbustos era Ren y no un animal? Si cierra los ojos, puede verla de nuevo, corriendo desde la oscuridad al círculo de luz de la linterna de Ah Long. El vestido azul pálido, el rostro tenso de terror. Incluso en ese momento, esa parte oscura de sí mismo que siempre ha intentado reprimir siente que el pánico de la mujer le es atractivo, con esas piernas delgadas y esos ojos rodeados de largas pestañas, como una gacela espantada.

Gracias a Dios, cargó la escopeta con cartuchos de postas de menos de tres milímetros. Si hubiera utilizado cartuchos con perdigones de mayor tamaño, incluso a esa distancia y con la inevitable dispersión, Ren sin duda habría muerto. Uno de los dedos de la mano izquierda le quedó deshecho. El cuarto dedo, el anular. William se pregunta, casi de manera irreverente, si eso significa que Ren jamás se casará porque ya no tiene dónde ponerse el anillo. Pero tales pensamientos son inútiles porque Ren, de manera completamente inexplicable y a pesar de todos los cuidados que está recibiendo, está a punto de morir.

No puede comprenderlo, nadie puede. Limpiaron las heridas y las suturaron. No se vieron afectados los órganos vitales. Quizá se deba a la conmoción. William sabe de hombres que cayeron muertos en el campo de batalla porque se les detuvo el corazón como si hubiera sido un reloj. Como sea, eso no explica el rápido deterioro. El temor es que sea un caso de septicemia, sobre todo porque aquí en los trópicos las heridas se infectan con demasiada rapidez.

—¿Qué edad tiene el chico? —le preguntó Rawlings esa noche, mientras trabajaban arduamente para intentar encontrar trozos del taco del cartucho. Era necesario retirar, tanto como fuera posible, los restos del cartucho, ya que no tenían mucho con lo cual tratar de combatir una infección, salvo los lavados con ácido carbólico.

—Trece años, según me dijo.

—¡Tonterías! No puede tener más de diez u once, como máximo.

William sintió una vergüenza intolerable. Él debió saberlo. Si Ren muere, a nadie le importará. William terminará siendo el idiota que le disparó a su propio mozo; pero, a la larga, todo se olvidará porque Ren es un huérfano que no tiene a nadie que hable por él. «Excepto a mí», piensa William.

Cuando William se dirige hacia el auto, encuentra a Ah Long a un lado de este. Trae consigo una lonchera de acero como las que se usan para transportar comidas enteras. Las arrugas de su rostro son más profundas que nunca.

—*Tuan*, déjeme acompañarlo al hospital.

—¿Quieres ver a Ren? —pregunta William. El viejo cocinero asiente—. Está bien. —William siente una punzada de culpa. Es de esperarse que el viejo sienta afecto por Ren.

Ya en el hospital, William revisa el expediente del muchachito. No va nada bien. Sigue presentando febrícula y, por si fuera poco, el rostro del niño ya empezó a adquirir ese aspecto demacrado que tanto le preocupa a William. Ah Long coloca la lonchera sobre una mesa, se sienta junto a la cama de Ren y le habla discretamente en cantonés. Ren no responde; tiene los ojos cerrados, enmarcados por sombras azules. William no puede hacer mucho más. En medio de su indecisión, se queda de pie allí y se pregunta qué le estará diciendo Ah Long al niño.

—Está durmiendo, ¿verdad?

—O vagando.

William arruga el entrecejo. Eso no tiene ningún sentido. Ah Long hurga en su bolsillo y saca algo de un delgado frasco de vidrio, como esos en los que vienen las anchoas. William lo mira, incrédulo. En el frasco está el extremo destrozado del dedo de un niño, flotando en un líquido del color del té.

—¿Es el dedo de Ren? —pregunta e intenta impedir que la bilis se le suba a la garganta.

—Sí. Lo busqué.

Dios. Todo es demasiado triste. Le recuerda al dedo de MacFarlane, el que debió amputarle a causa de la terrible infección que tuvo durante aquel viaje que hicieron juntos; pero esto es todavía peor, porque es el dedo de un niño y porque está preservado de manera horripilante.

—¿Sabes que no podemos volver a colocarlo? —dice William, pues supone que Ah Long pasó horas buscando entre los arbustos y el pasto para encontrar ese pequeñísimo dedo. Es increíble que lo haya localizado antes de que lo hicieran los cuervos. Ah Long asiente. Está a punto de ponerlo sobre la mesa junto a la cama de Ren, pero William lo detiene. Si el niño lo ve, podría asustarse. ¿Qué demonios está pensando Ah Long con sus monstruosas supersticiones? William toma el frasco y lo mete en su bolsillo—. Lo guardaré, por si acaso. —Se da la vuelta para empezar a hacerse cargo de sus obligaciones—. Por cierto, ¿qué es ese líquido que usaste? —La expresión de Ah Long es completamente inescrutable—. ¿En qué lo preservaste? —vuelve a preguntar William con paciencia. Necesita saberlo porque tendrá que cambiar el fijador.

—Johnnie Walker, *tuan*.

Cuando William regresa a su oficina, hay alguien esperándolo. Con enorme desazón, reconoce la delgada y alta figura del inspector de la policía local, el capitán Jagjit Singh. No lo veía desde que descubrieron el cuerpo de Ambika en la plantación de caucho; no hubo motivos después de que se dictaminara que la muerte de Ambika había sido accidental. Pero ahora está allí, parado en la oficina de William como si le perteneciera. Lo acompaña el mismo agente malasio.

—¿Qué puedo hacer por usted, capitán? —dice William con gran cordialidad—. ¿Se trata de lo de los disparos? Ayer mismo reporté el incidente y me indicaron que bastaba con que me presentara en la estación de policía a rendir mi declaración.

—En realidad, me gustaría tomarle declaración acerca de otro asunto.

—¿Y de qué asunto podría tratarse? —William se siente cada vez más alarmado. ¿Tendrá algo que ver con Ambika aún?

El capitán Singh examina el rostro de William.

—Entonces, ¿todavía no se entera? Se trata de una de sus pacientes, Nandani Wijedasa.

—¿Le pasó algo?

—Me temo que está muerta.

William se deja caer despacio hasta quedar sentado.

—¿Muerta? Pero ¿cómo puede ser posible?

—Señor Acton, ¿cuándo fue la última vez que la vio?

William piensa a toda prisa; su mente se acelera como un torbellino y luego vuelve a calmarse.

—Fue el sábado por la noche. Acudió a mi casa.

—¿Por qué motivo?

William considera mentir, pero sus instintos le indican que ni siquiera lo intente.

—Quiso verme antes de marcharse de la ciudad. ¿Qué le sucedió?

El capitán Singh estudia a William con sus penetrantes ojos color ámbar.

—¿Estaba alterada?

—Un poco. —William se quita los lentes y los limpia—. Su padre se enteró de que entablamos una amistad y la iba a mandar lejos. A casa de un tío, según tengo entendido.

—¿Y qué tipo de relación tenía usted con la muchacha?

Esa es la pregunta que William tanto temía.

—Coqueteé con ella. Me parecía atractiva, así que pasé por su casa algunas veces; además, salimos a caminar en un par de ocasiones.

—¿Tenía poco tiempo de conocerla?

—Recientemente tuvo un accidente que la dejó herida de una pierna.

—Sí —asiente el capitán Singh—. No es mucho tiempo como para que realmente se desarrollara una relación.

—¿Puedo preguntar hacia dónde se dirige esta línea de interrogatorio? —La voz de William es dura y fría.

El capitán Singh levanta las manos y las abre.

—Según sus familiares, el único cambio inusual en su rutina del fin de semana es que fue a verlo a usted. Su primo indicó que estaba muy alterada cuando salió de casa.

—Sí, ya se lo dije. No quería ir a vivir con su tío, pero yo consideré que debía hacer lo que su padre quería. Además, le dije que estaba dándole demasiada importancia a nuestra amistad. Ahora, le ruego que me diga qué es lo que le sucedió.

El capitán se llena de una energía repentina.

—El sábado por la noche desapareció por un periodo breve de la casa de usted, pero, un poco más tarde, su primo la localizó yendo a pie por el camino de regreso a casa, así que la llevó el resto del trayecto sobre su bicicleta. A las ocho treinta de la mañana del domingo, encontraron su cuerpo en unos arbustos cercanos a la casa.

—¿Otro ataque de tigre? —La mente de William lo lleva de inmediato al patético cadáver destrozado de Ambika.

—No, aunque parece que sí hubo un tigre rondando el jardín de su casa el sábado por la noche.

—Sí —dice William, distraído.

—Me temo que, en el caso de la señorita Wijedasa, ella empezó a vomitar de forma incontrolable. Estamos investigando la posibilidad de que se haya tratado de algún tipo de intoxicación accidental. O de suicidio. —Los ojos del capitán se posan meditativos sobre William.

—¿Suicidio? Estaba alterada, pero ¡dudo mucho que quisiera suicidarse!

—Su familia tampoco lo cree. Esta mañana, el cuerpo se sometió a una autopsia.

—¿Quién se encargó de hacerla? ¿Rawlings?

—Así es. Según sus primeras impresiones, ingirió algo temprano por la mañana, antes del desayuno. Quizás algún tipo de remedio casero; su madre indicó que estuvo quejándose de dolor de estómago.

—Entonces, ¿por qué quiso tomar mi declaración? —Ahora, William siente que la cabeza se le llena de niebla y las piernas no lo sostienen a causa de la tensión.

—Solo queríamos confirmar sus movimientos del fin de semana. Aunque, al parecer, usted pasó la mayor parte del sábado atendiendo a su mozo —dice el capitán Singh con tranquilidad. ¿Será la imaginación de William o el capitán está intentando enredarlo?—. Cuando hice indagatorias acerca de otras muertes recientes en el área, noté que otro de sus pacientes murió no hace mucho. Un vendedor, el señor Chan Yew Cheung, de Papan, quien al parecer cayó muerto a mitad de la calle.

—Sí, leí algo al respecto en los periódicos. Pobre tipo.

—Según su esposa, usted fue el último médico en verlo.

—Fue por una apendicitis, ya hace medio año.

—Nada que ver con su subsiguiente paro cardiaco ni con el cuello roto, por supuesto.

—¿Es eso lo que le sucedió? —Es la primera vez que William se entera de los detalles de la muerte del vendedor. El obituario solo decía «repentinamente», pero un paro cardiaco y, encima de eso, el cuello roto, sonaba a que alguien se había ensañado.

—En apariencia, estuvo bebiendo y cayó en una cuneta, lo que le causó que se rompiera el cuello, pero un testigo ocular dijo que estuvo quejándose de dolores de pecho poco antes de eso. De todos modos, no se llevó a cabo una autopsia —explica. William supone que no fue necesario, puesto que hubo más que suficientes causas lógicas de muerte. El capitán Singh le agradece su tiempo y se da vuelta para marcharse—. Parecería que, a últimas fechas, usted está atrayendo una cantidad inusual de accidentes y muertes.

Después de que el capitán se marcha, William se deja caer en una silla. De modo que Nandani está muerta. Siente un gran vacío, una tensa desdicha. ¿Murió a causa de él? No, no parece lógico. De todos modos, la emoción abrumadora que está experimentando es su culpa porque, a fin de cuentas, ¿no fue él quien el sábado por la noche deseó con ansias y furia que Nandani desapareciera?

¿Qué ocasionaría que una joven por demás saludable cayera muerta de manera tan repentina? William se cubre los ojos con una mano. En su interior crece la terrible sospecha de que existe un poder oscuro que dispone los sucesos para que se acomoden a sus deseos. Está el asunto con Iris y, después, con Ambika, cuando empezó a pedirle más dinero. Y, luego, lo del vendedor, quien murió de forma conveniente después de enterarse de su amorío con Ambika. Por último, Nandani. Lo que lo asusta es la veleidad de los sucesos, como si bastara con que él dijera «No quiero que esto sea así» para que los patrones se reacomoden a fin de ajustarse a su vida. Es como una especie de cuento de hadas malévolo en el que se cumplen todos sus deseos, sin importar qué tan malvados o estúpidos sean.

Y tal vez, al igual que en todos los cuentos de hadas, tendrá que pagar un precio en sangre.

33

Ipoh / Batu Gajah
Viernes, 26 de junio

Pasé toda la semana revisando los periódicos de forma obsesiva para enterarme de cualquier muerte en Batu Gajah pero no hubo nada, aunque era posible que la muerte de un mocito huérfano no mereciera mención. Al ver el frasco de vidrio, solo podía recordar el ronco susurro de Ren: «Regrésalo. A la tumba de mi amo».

En algunas ocasiones, los chinos exhumaban las tumbas. Se le denominaba «recolección de huesos» y consistía en desenterrar los restos después de siete años de la muerte a fin de enviarlos de vuelta a su hogar ancestral. Si no tenías familia y morías en el extranjero, te convertías en un fantasma eternamente errante y con un apetito insaciable. Para evitarlo, los huesos se lavaban con cuidado con vino y se colocaban en un lienzo amarillo antes de guardarse en un frasco. Si faltaba alguno de los huesos, así fuera el más pequeño, había que encontrar algún sustituto.

Juegos incompletos y promesas rotas. Pensamientos oscuros, como una anguila que daba vueltas en mi cabeza. Estaba tan angustiada que el viernes la señora Tham me dijo que me tomara el resto del día libre.

—Estás preocupada por tu madre, ¿verdad? —me preguntó.

Le di las gracias a pesar de sentirme culpable porque me ponía menos ansiosa la salud de mi madre, que estaba mejorando, que sus deudas. Las cosas habían estado demasiado tranquilas en casa, sin duda porque mi padrastro de repente se dio cuenta de que podría enviudar de nuevo. Pero toda su buena voluntad saldría volando por la ventana si se aparecía un cobrador. Cerré los puños e intenté calmar mi creciente turbación. Si estuviera Shin, me daría cierto consuelo. Él era con quien más quería hablar acerca del accidente de Ren y de la forma en que el dedo había vuelto a mí, aunque temblaba con solo pensar en la reacción de Shin al descubrir que estuve allí trabajando como parte del entretenimiento pagado. Había una sombra entre los dos; no podía simplemente salir corriendo a confiarle todo. Pero mi inquietud más apremiante era Ren, saber si había sobrevivido y si la última súplica a Yi había servido de algo. Fui directo a Batu Gajah. Después de decirle al Ama que renunciaba, le pedí a Kiong que me diera la dirección de la casa a la que fuimos. Se mostró reticente.

—Si el chico murió —le dije—, quisiera hacerle una ofrenda a su alma. Era huérfano, ¿no es así?

Kiong emitió un bufido, pero después anotó la dirección en un pedazo de papel.

—De cualquier modo, el primer sitio al que yo iría es el hospital de distrito. Si sobrevivió, debieron llevarlo allí.

Cuando llegué a la estación de Batu Gajah era mediodía y hacía el mismo calor que el día que pasamos limpiando el almacén de patología. El hospital debía estar lo suficientemente atareado como para arriesgarme a hacer una visita rápida sin encontrarme con Shin o con el rostro enjuto de Y. K. Wong.

Al bajarme del tren, noté que se acercaban dos hombres con las cabezas muy juntas. Uno era muy alto y encorvado, y tenía una gran nariz ganchuda. Me resultó conocido, y entonces me di cuenta de que estuvo en la fatídica fiesta. El otro era William Acton. Me escondí detrás de una columna con la esperanza de que pasaran sin reparar en mí, pero se detuvieron justo al otro lado.

—Gracias por traerme —dijo el tipo alto.

—Fue un gusto ahorrarte la caminata. Entonces, ¿de verdad crees que fue un asesinato, Rawlings?

¿De quién se trataba? Pensé de inmediato en Ren, pero Rawlings empezó a hablar de nuevo.

—O asesinato o suicidio. No me queda la menor duda de que lo tomó ella de su propia mano o de que alguien la envenenó.

—Dios mío, me cuesta creerlo.

—¿No fue la que estuvo allí el sábado por la noche… la chica que estaba sentada en la cocina?

—Sí, era una de mis pacientes y se conocía un poco con Ren. —Su voz tenía un peculiar tono defensivo.

—No tienes por qué culparte. La hora del deceso fue temprano el domingo por la mañana, de modo que no hay quien pueda saber lo que sucedió. —Lo dice en un tono demasiado alentador, como si el otro hombre adivinara algo en la expresión de Acton—. Es casi seguro que se trata de algún tipo de toxina vegetal, pero es muy probable que no logremos identificarla. Pediré que lo intente el laboratorio de Ipoh. El presupuesto no alcanzará para mandarlo hasta Kuala Lumpur si solo se trata de una chica lugareña que intentó suicidarse o se intoxicó de forma accidental con remedios caseros. Farrell me colgaría por algo así.

Se escuchó un suspiro.

—Está muy bien. Te agradezco que me lo compartieras.

Se oyó el rápido sonido de pisadas que se alejaban. Me quedé donde estaba, aunque mi mente corría a toda prisa. Si William Acton en verdad representaba la quinta virtud, tenía que ser *Li*, orden y ritual. Estuvo con el doctor MacFarlane cuando le amputaron el dedo, y su nombre también se encontraba en la misteriosa lista de Pei Ling. Y, ahora, alguien más había muerto.

Esperé algunos minutos hasta asegurarme de que se habían marchado. El dedo en el frasco estaba en mi bolsillo, ya que no podía dejarlo donde lo pudiera encontrar la señora Tham. Consideré la posibilidad de devolverlo al depósito de patología, pero me dio mala espina. De alguna manera, el dedo había logrado escapar de allí y quedar enterrado en la oscura tierra afuera del búngalo de William Acton, como si tuviera algún plan. Me estremecí de solo pensarlo.

Perdida en mis pensamientos, bajé de la acera sin prestar atención y entonces escuché un claxon. Sorprendida, levanté la vista y descubrí que el auto era un Austin y que lo conducía William Acton. Quise darme una patada. ¿Qué caso tuvo esconderme si cinco minutos después me dejaría arrollar por él, prácticamente?

—Louise —me dijo al asomarse por la ventana—, ¿puedo llevarte a algún lugar?

Puesto que ya me había visto y que se trataba de una larga y empinada caminata hasta el hospital, decidí acceder. Acton no parecía sorprendido de verme, solo distraído, como si estuviera reflexionando sobre algún asunto.

—¿Cómo se encuentra Ren, su mozo? —le pregunté—. ¿Está bien?

—Sigue en el hospital. ¿Trabajas allí el día de hoy?

Debió suponer que tenía algún trabajo allí al haberme visto limpiando el almacén de patología. Pero, en ese instante, lo que me embargaba era una enorme sensación de alivio. Alivio glorioso y sincero. ¡Ren estaba vivo!

—Mi hermano es asistente médico. Solo le ayudaba.

—Tu hermano... ¿Te refieres al chico que estaba contigo el otro día?

—Sí.

—No lo habría adivinado —dijo Acton después de lanzarme una rápida mirada.

—No nos parecemos. —Me pregunté por qué siempre sentía que necesitaba disculparme por ello.

—No estaba pensando en eso —respondió con una sonrisa—. En todo caso, ¿te gustaría ver a Ren? Voy al hospital justo en este momento.

William Acton manejaba mucho mejor que Robert. Por lo menos, cambiaba de velocidades sin aquellos angustiantes virajes abruptos. Al saber que no moriría en ese auto, empecé a estudiarlo de reojo y me sorprendió de nuevo su trato encantador. Sospeché que la razón por la que se comportaba de manera tan casual era porque en realidad no me veía como persona, sino simplemente como otra chica lugareña intercambiable.

—Por cierto, Louise —dijo mientras el auto empezaba a subir la inclinada pendiente—, el sábado por la noche en la fiesta, ¿de casualidad viste a una chica cingalesa? Se llamaba Nandani.

Debía tratarse de la chica sobre la que hablaron en la estación de trenes. La que murió.

—¿Fue a verlo a usted?

Me lanzó una breve mirada y después desvió la vista hacia la ventana. «Culpable».

—Entró por la puerta de la cocina y Ren le dio de cenar. —Estaba ocultando algo. Empecé a recordar el rostro aterrado de Ren, pálido en medio de la oscuridad del corredor, y después, el viejo cocinero chino que salió a hablar con él.

—Creo que Ren la estaba buscando dentro de la casa.

—¿Te dijo alguna cosa? —Un leve respingo—. ¿La razón por la que estaba allí?

Negué con la cabeza. ¿Qué le preocupaba? Ahora estábamos pasando frente a grandes edificaciones coloniales que se erigían en medio de preciosos prados verdes. La vista desde el auto era muy distinta de la que se podía contemplar con el cansancio de la caminata. La forma en la que el panorama se deslizaba junto a la ventana con tanta fluidez era como un sueño, y se lo comenté. No era más que charla inconsecuente, pero pareció impactarlo de alguna manera, además de que estaba impaciente por cambiar el tema de Nandani.

—Y ¿qué tipo de sueños tienes tú, Louise? —Acton despedía la misma sensación pegajosa de soledad que algunos de los clientes del Flor de Mayo, los que se quedaban más tiempo del habitual, pagando baile tras baile. Sin embargo, era la oportunidad para averiguar si en realidad era el quinto que completaba nuestro juego.

Yi dijo que todos estábamos un poco mal, quizá porque no lográbamos hacerles honor a nuestras respectivas virtudes. Mis propias elecciones —trabajar en el salón de baile, verme envuelta en el asunto del dedo de un muerto, decir mentiras— difícilmente podían considerarse sabias a pesar de mi supuesta inteligencia en la escuela. Imaginé que los cinco formábamos alguna especie de patrón, un juego que coincidía de manera natural, como los dedos de una sola mano. Mientras más alejados permanecíamos, más se distorsionaba el equilibrio de nuestro mundo. Menos humanos y más monstruosos. Como la garra de alguna bestia.

Y ¿qué había del quinto desconocido? «El peor de todos», según Yi. Por supuesto. *Li* representaba el orden, el ritual. Hacer las cosas de la manera correcta, no tomar atajos para satisfacer los propios deseos egoístas.

—Hay veces en que sueño con un río —dije despacio—. Hay un tren y un pequeño que me está esperando.

—¡Qué curioso! Yo también tengo sueños acerca de un río.

—¿Y siempre es igual? El mío lo es, noche tras noche, como un sueño que continúa, como una historia que se va desarrollando.

—Una historia que se va desarrollando… —Eso último pareció impactarlo—. Qué manera tan poética de expresarlo.

—¿Qué es lo que sucede en su sueño? —Quería avanzar con cautela, casi a tientas. Lo había hecho docenas de veces en el Flor de Mayo. Decían que querían bailar, pero lo que en realidad ansiaban hacer era hablar de sí mismos.

—En mi sueño, veo a alguien parado en medio del río. Es una mujer que siempre está allí. Y siempre me dice lo mismo.

Me recorrió un escalofrío al recordar la cara apasionada y enrojecida de Yi y la culpable confesión de que había intentado atraer a Ren.

—¿Le pide que vaya hacia ella?

—No. Está furiosa conmigo. —Esboza la mera sombra de una sonrisa—. Por eso prefiero escribirle cartas —añadió en voz casi imperceptible.

—¿De quién se trata?

El hechizo se rompió, y Acton rio de forma nerviosa.

—Supongo que te estoy aburriendo.

—¡No, en absoluto! —dije de inmediato—. Me parece muy interesante.

Me lanzó una mirada penetrante.

—No hablas como la mayoría de las chicas de aquí —dijo. «No; hablo como bailarina de salón». Claro que eso no se lo dije. El punto de tener una conversación así de larga era incrementar la cuenta del cliente o, en este caso, obtener más información. Una chispa empezó a arder en los ojos de Acton, una pequeña flama que me puso nerviosa—. Eres una chica de lo más interesante, Louise. Casi parece obra del destino, ¿no te parece? Que seguimos tropezando el uno con el otro.

Llegamos al hospital y estacionó el auto, pero no dio indicios de que bajaría del vehículo. De repente, recordé la advertencia de Hui: «No te subas a autos con hombres».

—Muchas gracias por traerme —dije e intenté jalar la puerta. La manija era diferente a la del auto de Robert y, por un instante, se atoró. Sentí un pánico momentáneo cuando Acton estiró un brazo frente a mí, pero solo quería ayudarme a abrir la puerta. ¿O no? Su mano rozó mi rodilla. Aquí no había guardias de seguridad, ni estaba Kiong con su vista de lince, y sentí un espasmo de temor. Si me sujetaba, no podría escapar. Jalé la manija con fuerza y casi me caí del auto.

—¿Te encuentras bien? —dijo.

Fue como si el sol volviera a brillar y se tratara de un día despejado e inocuo, y yo quedé como una tonta que estuvo a punto de caerse del auto. Me dije que debí imaginar la intención predatoria y después le miré las manos. Las manos hábiles de un cirujano. Sin duda podrían sujetar algo con mucha fuerza.

—¿William? —Era la voz de una mujer. La dama alta y rubia de la fiesta del sábado. Estaba parada bajo el techo del hospital, como si estuviera esperando que alguien la recogiera, pero ahora venía hacia nosotros, con los rápidos y ágiles pies calzados con sandalias de cuero. Eran blancas, de un estilo que jamás había visto. Me esforcé por enderezarme y por alisarme el vestido, con el rostro muy enrojecido y la esperanza de que no me recordara, pero su aguda mirada indicó que sí me reconoció.

Acton volteó a verla con rostro afable.

—Hola, Lydia. No sabía que estarías aquí el día de hoy.

Lejos quedó la culpable distracción anterior, y entendí que era porque una chica lugareña como yo no tenía la menor importancia. Pero Lydia era distinta. Lydia era una de los suyos.

—Gracias de nuevo por traerme —dije, lista para desaparecer. Con la cabeza, hice una reverencia para saludar a Lydia. No me pareció correcto ignorarla, aunque ella hizo su máximo esfuerzo por fingir que yo no existía.

—Espera un momento. Te acompaño hasta el pabellón —dijo Acton. No tenía caso protestar y decir que sabía a dónde iba. Él se me adelantó y empezó a explicárselo a Lydia—. Vino a visitar a Ren. Mi mozo, ya sabes.

—¿De veras? —Su expresión se suavizó—. Pobre chico. ¿Cómo está?

—Nada bien. Está en el pabellón para adultos. Ya no quedaban camas en el pabellón pediátrico.

—Con razón no lo vi cuando pasé con el carrito de libros. —Volteó a verme con frialdad—. ¿Estás emparentada con él? —Asentí. Era demasiado difícil explicar las feroces ansias que sentía de proteger a Ren—. William, necesitamos hablar —dijo Lydia en voz baja.

Miró su reloj, como si de pronto estuviera muy ocupado.

—Me temo que en este momento no me resulta conveniente. Debo hacer mis rondas por los pabellones.

—Te acompaño —respondió ella—. También me gustaría visitar a tu mocito.

Caminé detrás de ellos, y él me lanzó una mirada cómplice por encima del hombro de la mujer. Yi dijo que tuviéramos cuidado, que el quinto era el peor de todos. ¿Qué era lo que Acton quería de mí?

34

Batu Gajah
Viernes, 26 de junio

Es viernes, pero Ren no tiene noción alguna del paso del tiempo. Está enfermo, aunque esa no es la palabra correcta para describir cómo se siente. Más bien se siente dañado o roto. Ya le quitaron algunas de las vendas, incluyendo la más estorbosa de la mano izquierda, a la que le falta un dedo. Las enfermeras no querían decírselo e hicieron su mejor esfuerzo por evitarlo; pero al final consiguieron un médico nativo de la región que le dijera esas sencillas palabras. Como si no hiciera diferencia alguna.

De manera repentina e inexplicable, Ren añora al doctor MacFarlane, con sus cejas pobladas y su voz rasposa. Él se lo explicaría de manera clara y sin sentimentalismos. «Mejor perder un dedo que la mano entera». O la vida. ¿Qué es lo que necesita recordar del doctor MacFarlane? Un medidor invisible en su cerebro le susurra que solo le quedan dos días para cumplir su promesa, pero Ren está cansado, tan agotado que apenas si puede mantener los ojos abiertos. Las enfermeras le toman la temperatura y hablan a su alrededor en susurros. William lo visita dos veces al día.

—Tu sistema sufrió un terrible sobresalto —le dice en tono jovial, aunque su mirada refleja una profunda seriedad—. A veces el cuerpo necesita algo más de tiempo para recuperarse.

—¿La encontraron? —Vuelve a experimentar aquella intranquilidad que lo atormenta.

—¿Te refieres a Nandani? No te preocupes. Llegó a casa esa noche.

Ren mueve la cabeza débilmente.

—No, sigue vagando. En algún lugar, allá afuera.

El rostro de William se tensa. De forma brusca, lleva a la enfermera a un lado para decirle algo y le hace algún tipo de advertencia con un ademán de la cabeza antes de abandonar el pabellón. Una fiebre baja corre por las venas de Ren. Hay otro sitio al que debe llegar con urgencia, pero no logra recordar cuál es y se queda profundamente dormido. Tiene la sensación de que está a medio camino de algún viaje; todo lo demás solo es una interrupción.

Al despertar, siente dolor. La enfermera vuelve a tomarle la temperatura y parece insatisfecha. Con cierto esfuerzo, Ren flexiona el brazo izquierdo, aún cubierto de vendas, y se pregunta si podrá volver a trabajar, a bolear zapatos, a planchar camisas y hacer omelettes. ¿Qué sucederá si William ya no requiere de sus servicios? Hay muchos otros chicos que necesitan trabajo, niños mayores y más fuertes que siguen teniendo diez dedos. Ren desearía que hubiera alguien con quién hablar, pero el pabellón está vacío; las demás camas parecen capullos blancos.

Una de las enfermeras le dice que Ah Long vino a visitarlo el día anterior mientras dormía y que le dejó una lonchera con la sopa dulce de frijoles rojos que tanto le gusta. ¿Ah Long pudo limpiar toda la casa él solo después de la fiesta? Ren tiene los ojos secos y le duelen los huesos. «Es momento de marcharme», piensa. Pero ¿hacia dónde?

Se oyen voces en el corredor. Es William de nuevo, que viene a hacer su segunda visita del día. Detrás de él hay alguien más. Esa vibración intensa que no puede olvidar. Ren intenta incorporarse en la cama. ¡Está aquí! La chica de la fiesta. Detecta cómo se va acercando por el largo y blanco corredor. Su sentido felino se tensa, la pesadumbre que lo rodea se consume. Pero se está deteniendo, se está quedando atrás. ¿Por qué?

William entra al pabellón. Sonríe, feliz de que Ren esté sentado en la cama por una vez.

—Te traje una visita.

Pero la persona que se asoma de detrás de William no es la chica de azul sino Lydia.

—¡Hola! —le dice con ese tono de entusiasmo exagerado que adoptan las personas que no se sienten cómodas en presencia de los niños—. ¡Te traje algunos libros! —Trae el carrito rodante de libros y revistas, y, de inmediato, Ren se siente culpable por haberla juzgado—. Pasé por el pabellón infantil esta mañana, pero no tenía idea de que estuvieras hasta acá.

William estudia el expediente de Ren y revisa sus vendajes. Ren voltea a ver el carrito de los libros. Lydia elige un libro del alfabeto que tiene en el sello una catarina.

—¿Qué te parece este? —le pregunta.

Ren lo abre: «A, de Ambulancia».

—Gracias —murmura e intenta ocultar su decepción.

—Dale uno diferente, Lydia —dice William en voz baja—. El chico sabe leer bastante bien.

—¡Ah, vaya! —Lydia se sonroja—. Bueno, pues no tenemos muchos otros el día de hoy.

Ren se siente apenado por ella porque la reprendieron. Sin embargo, el esperanzado brillo en los ojos de Lydia indica que no le importó. Le da un libro con el nombre de una mujer. Jane Eye, o algo por el estilo. «¿Quién es Jane y por qué se apellida "ojo" en inglés?», piensa Ren. Hay otro, uno delgado que sale de debajo del anterior. *El corazón de las tinieblas*. Pero Lydia lo esconde de inmediato.

—No, querido. Ese no.

En ese momento, Ren percibe de nuevo la vibración eléctrica. Está moviéndose, llegando a la puerta. Es la chica de la fiesta, la de la mirada serena, que busca a Ren. Y, cuando lo ve, el rostro se le ilumina.

Ren está feliz. Muy feliz. Ella se sienta junto a él y hoy no viste de azul. Trae puesto un almidonado vestido de algodón blanco.

—Me da mucho gusto que estés bien —le dice mientras le sirve un vaso de agua. William y Lydia están en el otro extremo del pabellón; se supone que Lydia está reorganizando los libros de su carrito. Ren alcanza a escuchar fragmentos breves de su conversación. Pero no le importa en absoluto, porque Ji Lin está sentada en la silla junto a su cama, sonriéndole—. ¿Te duele mucho? —Ren quiere asegurarle que está mucho, mucho mejor, pero lo embarga una poderosa debilidad. Abre la boca sin emitir palabra. Ji Lin observa su pálido rostro con preocupación—. No te ves nada bien. ¿Quieres que le hable a una enfermera?

No, no quiere que se marche, pero siente cómo cae sobre él aquel velo difuminado y gris que lo paraliza y lo aleja de allí. Que lo lleva de nuevo al otro sitio en el que no logra terminar tarea alguna. Alarmada, Ji Lin mira al otro extremo del pasillo, donde se encuentran William y Lydia enfrascados en una conversación. La tensión en los hombros de William disuade cualquier interrupción.

—¡Voy por una enfermera! —exclama Ji Lin y rápidamente se pone de pie con esa prestancia que la hace asemejarse a un chico. Al otro lado del corredor, William levanta la cabeza de pronto, sorprendido por su repentina salida.

Lydia acerca más su rostro al de él. Se ven bien, parados junto a la ventana. La boca de ella se mueve. ¿Qué es lo que le está diciendo que hace que la expresión de William se endurezca así, que apriete los labios de esa manera?

—... sé todo acerca de Iris —dice ella.

Es el nombre de la dama a la que William le escribe todas esas cartas, las de los sobres color crema, escritas en papel suave y grueso que se marca si presionas con una uña. William no se ve nada contento.

—No hablemos de eso ahora —dice y le da la espalda.

—¿Entonces cuándo? —Lydia lo está siguiendo. Ya no le importa que alguien los escuche porque solo queda Ren en el pabellón—. Somos iguales, tú y yo —le dice. Los ojos le brillan, pero Ren no puede determinar si es porque están llenos de lágrimas o a causa de alguna emoción diferente—. Quiero ayudarte. Por favor, déjame ayudarte.

William esboza una sonrisa forzada.

—Debo irme.

Lydia le mira fijamente la espalda mientras él se aleja. Una brisa entra por las ventanas abiertas y se agitan las cortinas blancas; todo está tan silencioso que se puede escuchar el tictac del reloj del corredor. Con torpeza, Lydia empuja el carrito hacia el espacio entre las camas vacías. Hace una pausa frente a la de Ren, como si quisiera interrogarlo, pero Ji Lin regresa en ese preciso instante. Parece atribulada, con los ojos clavados en el piso.

Lydia le lanza una larga mirada de soslayo.

—Te llamas Louise, ¿no es cierto? —pregunta.

—Sí —responde después de una breve pausa.

—Me preguntaba cómo es que conoces al señor Acton.

—No lo conozco. Solo estaba pasando frente a la estación de trenes esta mañana y ofreció traerme.

Lydia no parece del todo satisfecha con esa respuesta y le plantea varias interrogantes más. Dónde trabaja, a qué se dedica su familia, qué edad tiene. Ji Lin se muestra educada, pero reservada.

—¿Podría decirme por qué desea saberlo?

Confundido y debilitado, Ren contempla los dos perfiles: uno con cabello rubio y ondulado, el otro con fleco corto y negro.

—Es solo que sentí curiosidad acerca de… tu trabajo. Pensé que tal vez tendrías algún problema o necesitabas algo de ayuda. —Ante la palabra *problema*, los ojos de Lydia reflejan preocupación, pero Ji Lin se muestra cauta y solo dice que trabaja medio tiempo en el salón de baile y que todo está bien. Lydia la estudia un momento—. Bueno, si alguna vez necesitas que alguien te escuche, búscame. Me interesa ayudar a las chicas de aquí a encontrar trabajo para que puedan superarse. Hay muchísimos trabajos que las chicas podrían hacer si los hombres les dejaran hacerlos.

—Gracias. —Al parecer, sus palabras tocan alguna fibra sensible, porque los ojos oscuros de Ji Lin se suavizan y parece conmovida de verdad—. Es usted muy amable.

—Las mujeres debemos mantenernos unidas; de hecho, les doy clases a las chicas que viven en las plantaciones de caucho.

—¿Qué tipo de clases? —Ji Lin parece interesada.

—Básicamente sobre cuidados de la salud y necesidades femeninas. —Intercambian una mirada de complicidad—. Si necesitas cualquier suministro de ese tipo, házmelo saber. Es una de las formas en las que puedo hacer algo de bien estando atrapada aquí. Por cierto —Lydia baja la voz—, ten cuidado con el señor Acton.

—¿Por qué?

—Él es… No sé; pasan cosas muy inusuales a su alrededor. ¿Lo has notado?

Una expresión de lo más extraña se dibuja en el rostro de Ji Lin.

—¿Qué tipo de cosas?

—Las personas que se involucran con él tienden a tener muy mala fortuna. En especial las chicas jóvenes.

William inhala profundo. Le duele el estómago y se inclina sobre el blanco lavabo del baño, aferrado con ambas manos a la superficie resbaladiza. Siente un dolor que parece torcerlo y quemarlo por dentro. Levanta el rostro pálido y sudoroso para contemplarse en el espejo.

Así que Lydia sabe acerca de Iris. Debió imaginarlo. De hecho, siempre lo impactó el enorme parecido entre ambas. No importa si son primas segundas o terceras o lo que sea que dijo Lydia. Quedó demasiado impactado como para prestarle atención.

Y ahora, ¿qué debe hacer? ¿Qué es lo que Lydia quiere? Se está convirtiendo en un problema. Lydia, con su actitud bienintencionada y autoritaria. Es lo que más detesta. William se limpia la boca. Antes de que vuelvan a verse, debe averiguar tanto como pueda sobre ella: cualquier secreto de su pasado que la haya obligado a exiliarse en Malasia desde hace más de un año, sin marido, sin trabajo y sin otra cosa más que hacer que jugar tenis en el club y ofrecerse para hacer trabajos voluntarios. «Conoce a tu enemigo», piensa.

Y entonces, con un espasmo de rabiosa angustia, desea que Lydia desaparezca.

35

Batu Gajah
Viernes, 26 de junio

En apenas unos días, Ren había perdido una cantidad impactante de peso. Tenía las mejillas hundidas y se le asomaban las venas azuladas a través de la piel delgada como el papel. Su voz sonaba débil y ronca, como si pronunciar cada palabra representara un esfuerzo, pero parecía feliz de verme.

—Acerca del dedo que me diste —dije de manera vacilante después de que Lydia se marchara. No quería mencionarlo, pero temía que se preocupara por él—. Lo estoy guardando para ti.

Un espasmo le recorrió el rostro. Una mirada de alarma, ¿o acaso de urgencia?

—Quedan dos días —susurró—. Regrésalo. A su tumba.

Me incliné hacia él para intentar descifrar lo que estaba diciendo. Sus ojos parecían vidriosos y carentes de expresión.

—¿A qué te refieres? —le pregunté, pero no me oyó. Ren cerró los ojos. Sobre la cama no había otra cosa que su cuerpo, frágil y ligero como el caparazón de un grillo. Por un instante, me aterró la idea de que estuviera muerto. Le toqué la mano. Estaba fría, pero su estrecho pecho subía y bajaba de manera irregular. La enfermera me dijo que Ren no estaba mejorando, aunque no podían encontrar la causa, así que lo mejor era que no lo cansara en exceso. Tenía toda la razón; había algo en él que estaba muy mal.

—¿Es familiar del niño?

—No. ¿Por qué? —pregunté ansiosa.

Recorrió la habitación con la mirada nerviosa.

—Bueno, si conoce a alguno de sus familiares, dígale que vengan a verlo. Pronto.

Salí el pabellón con un terrible presentimiento. Todavía tenía muchas preguntas que hacerle a Ren, como por qué el dedo había terminado sepultado en el jardín y por qué quería que lo colocara en una tumba. Eran pensamientos inquietantes que se movían como formas debajo del agua. Le pregunté a la enfermera si Pei Ling ya se había recuperado de su caída, pero negó con la cabeza. No había recuperado el conocimiento. La enfermera me miró con extrañeza, como si se preguntara por qué yo estaba conectada con todas estas personas con tan mala suerte.

La tarde ya estaba avanzada, y las personas empezaban a marcharse. No podía sacarme de la cabeza la extraña advertencia de Lydia. ¿Qué razones tenía para advertirme que me mantuviera alejada de William Acton? La manera en que bajó la voz como si temiera que alguien la escuchara me hizo preguntarme qué le preocupaba. También mencionó algo relacionado con la suerte, cosa que me recordó al vendedor. Cuando las personas hablaban de tener suerte, quizá solo lo hacían porque querían sentirse poderosas, como si pudieran manipular el destino. Como los tahúres obsesionados con sus números de la suerte o quienes compraban billetes de lotería según el número de escamas de cierto color que veían en algún pez. A mí todo eso me parecía pésima idea.

Al dar vuelta a una esquina, reconocí el lugar afuera de la cafetería en donde hablé con Pei Ling por última vez. Si seguía por ese corredor y bajaba por la colina, pasaría junto al sitio de su caída desastrosa. Justo ahí. Cayó de las escaleras y aterrizó a cierta distancia del último escalón. El sólido barandal a cada lado de las angostas escaleras me recordó la observación de Shin. De haberse tropezado, resultaba extraño que no hubiera hecho el intento por detenerse. Era muy posible que la hubieran empujado.

Miré hacia arriba, alertada por un movimiento repentino. Una oscura cabeza se asomaba al tope de las escaleras, pero el sol de la tarde me daba de frente. Vi el súbito resplandor de un uniforme blanco y, por un instante, pensé que podría ser Shin que venía a buscarme con sus pasos característicamente largos. Pero quien hubiera sido desapareció. Era momento de irme. Mientras caminaba por el costado del hospital, los pasillos sombríos estaban vacíos. Me detuve al pasar por la conocida puerta del almacén de patología. ¿Y si el dedo seguía allí y el que Ren me dio era una especie de doble, nacido de la tierra de la que lo sacó, como alguna especie de gusano? Fue una idea tan perturbadora que sentí que tenía que comprobarlo por mí misma. Puse la mano sobre el picaporte; para mi enorme sorpresa, la puerta se abrió.

Por dentro, todo estaba tal y como Shin y yo lo dejamos. Arrastré el banco hasta el estante donde estaban los especímenes. Estiré la mano y busqué detrás de un riñón y, después, de la rata de dos cabezas. Me asomé. No había nada. El espacio que ocupó el pequeño frasco, con su dedo reseco y ennegrecido, estaba vacío. Eso significaba que no podía multiplicarse como si se tratara de una pesadilla. «Gracias a Dios». Estaba a punto de bajar del banco cuando la puerta se abrió.

Era Y. K. Wong. Debí saber que se trataría de él. Era como una especie de quimera que se aparecía allá a donde yo fuera. Con el pulso retumbando en mi interior, contuve la respiración mientras él cerraba la puerta con mucha delicadeza tras de sí.

—¿Buscas algo? —me preguntó—. ¿Como un dedo, por ejemplo?

—No queda ningún dedo en este estante —respondí en tono desafiante.

—Lo sé. Vine a buscarlo el otro día. —Se me acercó más y lo observé con nerviosismo desde donde me encontraba—. ¿Shin ya sabe de tu trabajo en el Flor de Mayo?

Eso significaba que sí me había reconocido el otro día en el hospital, a pesar de que intenté ocultar mi rostro. Me sentí sumamente vulnerable parada sobre ese banco, como si estuvieran a punto de colgarme.

—Empecemos de nuevo —dijo. Forzó una sonrisa. Se vio el asomo de un colmillo algo afilado—. Me mentiste acerca del dedo. ¿Tú eras una de las chicas de Chang Yew Cheung del salón de baile?

—No. Terminó en mis manos por accidente.

Me miró, incrédulo. Dio un paso más para cercarme.

—Y ¿qué tienes que ver con Pei Ling? Te oí preguntando por ella. ¿Acaso te entregó algo?

¿Qué me dijo Pei Ling? Que el vendedor tenía un amigo en el hospital que a ella no le agradaba, que temía que pudiera apoderarse del paquete. Las listas, pensé. Esas listas de médicos y pacientes con las sumas de dinero escritas con otra letra. Todavía estaba parada sobre el ridículo banquito y pensé que, si me empujaba hacia atrás, me rompería la cabeza. Igual que Pei Ling al caer por esas escaleras.

Di media vuelta y estiré el brazo hacia atrás. Mi mano topó contra los frascos de vidrio. Le arrojé el que tenía la rata de dos cabezas. Estalló contra su brazo y dejó un reguero de líquido maloliente. Él gritó, asqueado, y se agachó. Después brinqué; fue el salto más grande de toda mi vida, y traté de esquivarlo, pero me tomó por la muñeca. No tenía aliento para gritar; solo pude apretar los dientes y jalar el brazo con todas mis fuerzas. Tras resbalarse sobre el piso mojado, se azotó contra la puerta. Por un instante, se quedó parado allí, con el rostro inmóvil, como si estuviera decidiendo algo. Después, con un movimiento veloz, dio vuelta a la perilla, salió del cuarto y cerró la puerta con llave, dejándome encerrada dentro.

—¡Déjame salir! —grité, golpeándola con fuerza.

Puso la boca junto a la madera de la puerta.

—Piensa bien en lo que te pregunté —dijo—. Regresaré más tarde por tu respuesta.

Grité y grité hasta quedar ronca, pero, para entonces, Y. K. Wong se había marchado. Era viernes por la noche; durante el fin de semana solo estaría presente el personal mínimo para atender a los pacientes internos. Presa del pánico, intenté abrir alguna de las ventanas. Todas eran muy altas, y la mayoría estaban selladas con pintura. La única que estaba abierta era una pequeña ventana abatible que se abría horizontalmente casi hasta el techo, de esas para las cuales se necesitaba un largo gancho para abrirlas; además, estaba demasiado alta.

Arrastré la mesa hasta la ventana y me subí encima de ella. No era suficiente. Coloqué el banquito encima de la mesa. Me lloraban los ojos por los vapores del formaldehído regado en el piso con todo y la rata. Seguramente me causaría pesadillas. Escalé la torre, a pesar de la doble oscilación del banquito y de la mesa, temerosa de ver hacia abajo. Saqué la cabeza por la ventana. A la larga, alguien me encontraría, aunque mi temor era que Y. K. Wong regresara antes si me ponía a gritar. Arrojé la canasta al exterior, inhalé profundo y me impulsé hacia arriba. El espacio era estrecho, así que intenté acomodarme de lado. Era demasiado estrecho. Quedé atorada a dos y medio metros de altura. «Por favor», pensé, «juro que jamás volveré a comer otro panecillo al vapor». Se oyó cómo mi falda empezaba a desgarrarse al haberse atorado en una esquina de la ventana. El fondo de la ventana me raspó la espalda, pero, después de eso, quedé colgada del otro lado, tratando de aferrarme con desesperación a la orilla.

No logré aferrarme bien y caí con un estruendo. Al aterrizar, sentí un dolor intenso en el tobillo, y las manos me ardieron porque se rasparon contra la pared. Escuché que alguien corría por el corredor. Me paralicé, por temor de que se tratara de Y. K. Wong, pero solo era Koh Beng. Me dio gusto ver su cara redonda y amistosa.

—Escuché un grito —dijo—. ¿Estás bien?

—Me torcí el tobillo.

Por fortuna, Koh Beng parecía más interesado en asomarse por debajo de mi falda, la cual bajé con una mirada de furia, que en averiguar cómo había caído desde la parte trasera del edificio.

—¿Viste a Y. K. Wong de camino a acá?

—No —respondió, con una mirada inquisitiva—. ¿Acaso quería algo?

Lo único que yo quería era sentarme en paz un momento hasta que las manos dejaran de temblarme. ¿Debía reportar a Y. K. Wong? Él podría afirmar que había sido una broma o que yo lo llevé al almacén para intentar seducirlo. De hecho, revelar que trabajaba en un salón de baile bastaría para descartar mi testimonio. Si Shin se enteraba, tendría problemas; a pesar de su exterior sereno y frío, su carácter era explosivo.

—Estaba buscando un paquete —respondí, distraída.

—¿Acaso era de Pei Ling? Te vi hablando con ella justo antes de su accidente.

—Necesitaba que la ayudara en algo. —Claro que no le sirvió de mucho—. ¿Qué tipo de persona es Y. K. Wong?

—Es un tipo algo extraño. Se lleva muy bien con el doctor Rawlings, el patólogo. Le hace diferentes trabajos.

Rawlings era otro de los nombres de la lista. ¿Sería por eso que Y. K. Wong tenía llaves del almacén? Fruncí el ceño, tratando de pensar.

—Y ¿qué había en el paquete?

¿Qué tanto podía confiar en Koh Beng? Parecía estar demasiado bien enterado de las cosas que sucedían en el hospital.

—Listas de nombres y de números —dije despacio—. Pero te ruego que no le digas a Shin nada de lo que pasó hoy. Es un asunto privado.

—No te preocupes —contestó Koh Beng con sinceridad—. Puedes confiar en mí.

Pareció complacido de que tuviéramos un secreto en común y, tras recordar la conversación sobre calaveras y hombres tigre, le hice una pregunta.

—¿Conoces alguna superstición asociada con los dedos?

—Bueno, los malasios dicen que cada dedo tiene su propia personalidad: el pulgar es el dedo madre o *ibu jari*. Después está el índice, *jari telunjuk*, el cual indica una dirección. El tercer dedo, *jari hantu*, es el dedo fantasma, porque es más largo que los demás. El cuarto es el anular; en algunos dialectos le dicen «el que no tiene nombre». Y el meñique es el inteligente.

La idea de que los dedos tuvieran personalidades diferentes me resultaba perturbadora, como si se tratara de cinco personitas. Koh Beng me miró por el rabillo del ojo; parecía saber que le ocultaba algo, pero se limitó a decir en su habitual estilo amistoso y porcino:

—Pei Ling era una buena amiga. Me gustaría ser de ayuda. Esas listas de nombres, ¿podrías traerlas para enseñármelas?

Asentí. Si podía encontrarles algún tipo de sentido, quizá me daría cierto poder de negociación con Y. K. Wong.

36

Batu Gajah
Viernes, 26 de junio

Ren duerme el resto de la tarde caliente y sofocante. Se abre paso a través del velo de niebla que lo cubre y lo paraliza. Tiene que pasar al otro lado, a ese lugar brillante y febril donde todo es claro como el cristal y duro como una piedra. Necesita hasta el último vestigio de fuerza para hacerlo, pero, de repente, se encuentra allí, en el largo pasto blanqueado, con los matorrales bajos y espesos. Recuerda que estuvo un tigre allí, pero ahora no lo ve por ninguna parte. Busca por doquier en el terreno fangoso. ¿Qué estaba haciendo que era tan importante? Ah, sí. Nandani. Tiene que encontrarla.

William le dijo que llegó a salvo a casa esa noche, después de la fiesta, pero Ren no le cree. No está en Batu Gajah; está aquí. No le queda la menor duda de ello.

En el campo irreal y abrasador, Ren sigue las huellas que encuentra en la suave tierra. Conducen hacia delante; el pie izquierdo se arrastra un poco, a través del pasto que le llega a la cintura, en dirección a la estación de trenes que ve a la distancia. Las huellas deben ser de Nandani, piensa con ansias. Desde que le salvó la pierna ese día, se siente responsable de ella, aunque es mayor que él. Por alguna razón, recuerda las palabras del doctor MacFarlane, aquella reprimenda afectuosa: «Esa amabilidad tuya terminará por matarte, Ren». Pero eso no puede ser verdad, ¿o sí?

Sigue las huellas con determinación. El rastro se vuelve irregular, como si quien lo dejó se hubiera ido debilitando lentamente. Siente que su sentido felino se activa y lo lleva en una sola dirección, pero se topa con una enorme pared blanca tan vasta como el cielo. Más allá de la misma se encuentra Yi.

Ren sigue avanzando y la intensa luz graba el paisaje en sus ojos entrecerrados. La estación de trenes está cada vez más cerca. Va en la misma dirección que la pared que lo separa de Yi. Por alguna razón le viene a la mente una chica vestida de azul. ¿Cómo se llamaba…? ¿Ji Lin? Sus pensamientos divagan. Piensa en William bailando con ella. Los ojos de ella abriéndose como platos cuando ve a Ren. Él corriendo por la casa, en la oscuridad, asomándose por las ventanas en busca de Nandani. ¿O acaso se trata de alguna otra criatura espectral y pálida que quizá mira por las ventanas? Las mujeres de cabello largo en busca de venganza, engañadas por el amor. Y, al final, un estallido que ruge y que rompe la noche… pero no recuerda nada más que eso. Ahora esta es la realidad, esta tierra brillante y soleada que tiembla con una expectación desconocida.

Las huellas lo conducen todavía más lejos, alrededor de un arbusto de hojas verdes y cerosas. «Una adelfa», piensa al mirar las flores casi espumosas, aunque no puede recordar a quién le desagradaban. Recuerda a un anciano chino que se limpia las manos en el mandil y que dice, con desaprobación, que el amo debería deshacerse de la planta. Ren parpadea, y el recuerdo desaparece.

Al darle la vuelta al arbusto floral, casi cae sobre ella. Está sentada en el piso, sosteniéndose el tobillo izquierdo. Tiene el largo cabello oscuro enredado y, cuando levanta el rostro para verlo, Ren se lleva un susto tremendo. No es Nandani. Jamás ha visto a esta mujer.

Se miran fijamente en completo silencio. Es china, y su aspecto pálido le recuerda a un conejo. Tiene los ojos ligeramente enrojecidos, como si llevara tiempo llorando y, cuando se levanta con dificultad, no es mucho más alta que Ren.

—¿Quién eres?

—Me llamo Ren.

La mujer se le queda viendo.

—¿Eres una persona real?

—Sí.

Inesperadamente lo toma del codo. Tiene la piel helada y a Ren se le escapa un grito de sorpresa.

—Estás tibio —le dice ella. Se inclina hacia delante y vuelve a tocarse el tobillo—. No puedo caminar bien. Creo que me lo torcí.

—Con una mueca, se endereza, y ahora Ren puede ver lo que está mal. Uno de sus brazos parece doblado, y tiene el hombro colocado en un ángulo peculiar mientras se arrastra hacia delante. Parece rota, de alguna manera, como una marioneta a la que le cortaron algunos hilos.

—¿Te duele? —pregunta Ren.

—En realidad no. Soy enfermera —dice—. Creo que quizá me rompí el brazo o me luxé el hombro.

—¿No lo recuerdas?

—Tuve una caída. —Arruga el entrecejo—. Me duele la cabeza. En todo caso, todo mejorará en cuanto nos subamos al tren. Lo tuyo también.

Ren baja la mirada y se da cuenta de que él también está herido. Tiene el brazo y el costado izquierdos envueltos en vendas y tiene la sensación extraña de que debería recordar por qué, aunque no puede. Caminan al otro lado del arbusto de adelfas, y de allí alcanzan a ver a la perfección la estación de trenes. Eso parece alentar a la acompañante de Ren.

—¿De dónde vienes? —le pregunta.

—No lo sé. —Mira detrás de sí, pero no hay nada más que el pasto, que se agita con el viento.

—Anda —dice ella—. Tenemos que apurarnos.

37

Falim / Batu Gajah
Viernes, 26 de junio

Aún afectada, tomé el autobús a Falim. Si cerraba los ojos, todavía podía ver la quijada retorcida de Y. K. Wong y su mirada calculadora instantes antes de que me dejara encerrada en el almacén. Me pregunté qué cara pondría al regresar y no encontrarme allí. No me quedaba la menor duda de que tendría que lidiar con él pronto. «Valor, mi niña», pensé para mis adentros y me llevé las manos al pecho para intentar contener la creciente ansiedad.

Pasé una noche tranquila en la casa tienda, ayudando a mi madre. Al observar su delicada silueta, pensé en Ren. Tenía la terrible sospecha de que él estaba muriendo; me asustaban el color gris de su rostro y sus ojos cerrados, que parecían estar a punto de soltar las amarras de su alma. ¿Qué podía hacer por él?

—No te angusties. —La voz de mi madre interrumpió mis pensamientos—. Todo va a estar bien. ¡Le gustas!

Mi corazón dio un vuelco, pero se estaba refiriendo a Robert. Escuché a medias mientras seguía parloteando acerca de lo amable que era.

—Sí. —Asentí al tiempo que pensaba que dentro de poco tendría que depender precisamente de esa amabilidad. Me embargó la vergüenza. Robert no se negaría a prestarme el dinero si se lo pedía, ¿o sí? Era muy distinto a aceptar una olla de caldo de pollo. Tantas cosas estaban saliendo mal que me sentí enferma de preocupación. Además, ¿a qué se refería Ren al decir «solo quedan dos días»?

A la mañana siguiente, tras explicarle a mi mamá que estaba ayudando a la señora Tham a terminar un vestido, salí discretamente de la casa y regresé a Ipoh.

—Fue un pedido urgente —dije, aunque la verdadera razón era que le había prometido al Ama que trabajaría el último turno del Flor de Mayo.

Cuando llegué al taller de la señora Tham, ya había pasado la hora de la comida.

—¡Veo que regresaste! —me dijo sin preámbulo alguno—. Pensé que estarías en Falim todo el fin de semana.

—Regresé a ayudar a una amiga —respondí y me sentí culpable.

Por fortuna, la señora Tham no mostró mayor interés porque apenas si podía contener las ansias de revelar las noticias que tenía para mí.

—Tu hermano vino a buscarte. Él y el otro joven.

—¿Qué otro joven?

—El que te llevó en su auto la otra noche. Robert, creo que dijiste que se llamaba.

¿Qué razón había para que Robert y Shin vinieran a buscarme? Era una situación de lo más extraña; ni siquiera se llevaban.

—Primero pasó tu hermano, y después, cuando estaba a punto de marcharse, llegó ese muchacho, Robert. Les dije que te habías ido a casa.

—¿Dijeron qué querían?

—No. Tu hermano dijo que tenía que reunirse con alguien. —La señora Tham se me acercó—. ¿Ese chico, Robert, es tu novio?

—No, solo somos amigos —contesté. Me lanzó una mirada de pícara incredulidad; en realidad, no podía culparla. Robert y el enorme auto que conducía llamaban mucho la atención. La mayoría de las chicas en mi posición estarían fascinadas—. Si termino temprano, es posible que regrese a Falim esta misma noche —dije.

—Muy bien —dijo la señora Tham mientras agitaba la mano alegremente para despedirme. Esa era la ventaja de tener dos sitios en dónde quedarte; siempre podías afirmar que estabas en otro lugar. Necesitaba al menos un día más si iba a hacer lo que tenía planeado.

En el oscuro corredor de la parte trasera del Flor de Mayo, el Ama me detuvo y puso un sobre rechoncho en mis manos que emitió un delicioso sonido crujiente.

—Pagaron los de la fiesta privada. Bueno, Kiong le fue a cobrar al médico pelirrojo. Es lo que te corresponde, más el sueldo que ya se te debía. ¿Ya terminaste de sacar todas tus cosas?

—Ya casi.

En el vestidor guardaba un vestido extra que tenía planeado ponerme aquel día. Todas las chicas teníamos uno, en caso de alguna rotura o mancha accidental en los otros. Pensativa, caminé de prisa por el corredor con la pintura descarapelada color verde menta. Hui estaba en el vestidor, polveándose y aplicándose rubor. Los sábados trabajaba desde la tarde hasta el último turno de la noche.

—¿Tú aquí hoy? —Parecía sorprendida.

—El Ama me pidió que viniera —dije mientras batallaba para quitarme el vestido que traía puesto.

—A ver, déjame ayudarte. —Hui desabrochó el vestido en un dos por tres. Pronto tendría que decirle que había renunciado, pero no me pareció correcto hacerlo en ese momento, justo cuando estábamos preparándonos a toda prisa.

Jamás había trabajado un sábado por la tarde; el salón estaba lleno y la banda tocaba más bailes populares en nuestra localidad, como el *joget*. La música era alegre y me ayudó a olvidar mis preocupaciones por un rato y empezar a divertirme, aunque no vi a ninguno de mis clientes regulares. Era algo que extrañaría: la pista de baile encerada y los rostros sudorosos de los músicos de la banda, a quienes ya conocía lo suficiente como para saludarlos con un gesto y sonreírles mientras pasaba frente a ellos; el aroma a cigarros y a sudor; el dolor de las pantorrillas; y los comentarios mordaces de Hui. Al sentarme en la sección apartada para las chicas, después de un baile con un regordete funcionario de gobierno, sentí una punzada de arrepentimiento. Quizá no debía renunciar.

Solo conocía a algunas de las demás chicas de ese día, ya que trabajaban en turnos distintos, pero Anna también estaba allí. No la veía desde la noche de la fiesta privada.

—Acabo de ver algo fabuloso. —Anna parecía rodeada de un aire pesado y onírico que por alguna razón la hacía ver todavía más voluptuosa que de costumbre.

—¿Qué?

—Un tipo divino. Estaba afuera, esperando a un amigo. Lo obligué a prometerme que bailaría conmigo cuando entrara.

Las otras chicas empezaron a reír. Yo estaba escuchando a medias.

—¿A qué te refieres con «divino»? ¡Siempre dices lo mismo!

—¡De veras lo está! ¡Podría ser actor en Singapur o Hong Kong!

Hubo muchas miradas burlonas de incredulidad, pero todas sentíamos bastante curiosidad, yo incluida. Muchas estrellas de la ópera china recibían incontables cartas de amor, comidas hechas en casa y dinero de sus enloquecidas fanáticas. La única persona a la que yo conocía que tenía apariencia de estrella de cine era Shin. De repente, se me ocurrió algo espantoso: ¡quizá se trataba de Shin!

—Era alto, con hombros anchos y caderas estrechas —prosiguió Anna—, y ese aspecto de los hombres del norte de China, con la nariz recta y los pómulos pronunciados. —Cada vez me alarmaba más; un ejército de hormigas rojas parecía estar corriendo por mi espalda—. ¡Mírenlo! ¡Ese es!

El estómago se me hizo un nudo. Sí era Shin, y con él estaban Robert y Y. K. Wong. Los tres empezaron a avanzar entre la multitud. Y. K. Wong estaba a la cabeza. El rostro enjuto, la quijada alargada, la expresión alerta que examinaba los rostros de cada una de las chicas. Nuestros ojos se cruzaron. Yo no tenía nada, ni siquiera un abanico, para protegerme de su mirada triunfal cuando me localizó en mi asiento, con la gran flor de papel numerada y pegada a mi pecho, como si fuera mercancía en venta. Presa del pánico, les ordené a mis piernas paralizadas que se movieran de inmediato. Escuché un rugido sordo en mis oídos a medida que se acercaban. Aunque Y. K. Wong me tuviera en su mira, no significaba nada, siempre y cuando no me vieran Robert y Shin. «¡Corre!».

Con un grito ahogado, salté de mi silla, pero me tropecé con las demás chicas y sus exclamaciones de sorpresa. Y. K. Wong me tomó de la muñeca.

—¡A ti te estaba buscando!

Vi detrás de él la cara pasmada de Robert. No me atreví a ver a Shin. Los ojos de Robert parecían dos platos a punto de romperse. Abrió la boca. La cerró. Volvió a abrirla.

—Ji Lin… ¿trabajas aquí? —preguntó. Agaché la cabeza, desdichada—. ¿De veras trabajas aquí? ¿Como una prostituta?

Su voz era de incredulidad. Demasiado fuerte, como una cachetada en plena cara. El tiempo se detuvo como si fuera una pesadilla. Vi que Shin apretaba la quijada y que enderezaba los hombros. Reconocí las señales de peligro porque eran las mismas que mostraba mi padrastro cuando perdía el control. Pude ver el futuro como si se tratara de una vieja película, con todo y sus extraños saltos: Shin le pegaría a Robert en la boca, le rompería los dientes y la nariz y después, terminaría en la cárcel, y todo por mis estúpidas decisiones.

Me arrojé frente a Robert. Sentí que un golpe me rozó a un lado de la cabeza, aunque Shin debió intentar contenerse en el último minuto. Caí y me enredé con los brazos de Robert. Escuché gritos, pies corriendo, notas discordantes de trompeta cuando los músicos vacilaron y, después, empezaron a tocar de nuevo con reanudada energía. Shin tomó mi rostro entre sus manos.

—¡Idiota! —me dijo.

—¡¿Qué haces?! ¡¿Qué estás haciendo?! —gritaba Hui, como una harpía enloquecida.

—Está bien —jadeé mientras me ponía de pie—. Es mi hermano.

Empecé a jalarlo. La desesperación me insensibilizó la oreja enrojecida. El personal de seguridad se acercaba con expresión amenazante. En una esquina, el rostro del Ama era como una tormenta.

—Ji Lin —gritó Robert, pero yo ya estaba corriendo, abriéndome paso entre la multitud, que se hacía a los lados, entre rostros sorprendidos y bocas abiertas. Jalé a Shin a toda prisa, apretando su mano con la mía. A nuestras espaldas, Kiong estaba atravesando la pista de baile como toro, golpeando a las parejas que bailaban sobre la pista y disculpándose. Cruzamos la puerta lateral y corrimos por el pasillo color verde menta con el letrero de PRIVADO. Abrí la puerta del vestidor de golpe y tomé mi bolsa… ¡El dedo!

El grito de Kiong se escuchó como un estruendo en el corredor. En ese momento, salimos por la puerta trasera y cruzamos el camino de tierra detrás del salón de baile, por donde corrimos sin parar, como si el mismísimo diablo nos persiguiera.

38

Ipoh / Taiping
Sábado, 27 de junio

«Es el final de todo», pensé. No sé qué estábamos imaginando, pero corrimos como si fuéramos niños. Shin y yo. Como si tuviéramos diez años de edad y nos hubieran pescado robando los mangos del árbol del vecino. Corrimos por incontables calles hasta que dejé de reconocer dónde estábamos, y entonces me recargué contra una pared, sin aliento.

—Nadie nos está persiguiendo, ¿lo sabes?

Kiong se limitó a asomar la cabeza por la puerta trasera y a gritarme:

—¡Louise! ¿Qué pasa?

Lo más seguro era que nada habría pasado si me hubiera detenido a hablar con él. Kiong era muy razonable; había discusiones entre clientes con frecuencia, y la única persona que salió lastimada fui yo.

—¿Te duele mucho? —Shin me examinaba en busca de moretones—. No fue mi intención golpearte.

—Estoy bien —dije y me zafé de sus manos.

—No lo dudo —dijo con frialdad—. Cualquiera que pueda correr casi un kilómetro debe estar en excelente estado de salud. ¿Por qué corriste, por cierto?

La vergüenza hizo que me ruborizara.

—No pude tolerarlo. La mirada en el rostro de Robert y que todos ustedes aparecieran juntos. —La frase «como prostituta» seguía resonando en mis oídos.

Shin se deslizó por la pared irregular hasta que quedó sentado en el piso. Mi madre siempre nos insistía en que únicamente los pordioseros, los borrachos o los adictos al opio se sentaban en la calle a plena luz del día pero, como no había nadie alrededor, yo también me senté.

—¿Por qué te pusiste frente a él de esa manera?

—Porque ibas a golpearlo.

—Se lo tenía bien merecido. Bastardo.

Hice una mueca.

—¿También estás enojado conmigo?

—¿Tú qué crees? —Me miró durante largo rato.

Yo clavé la mirada en una grieta que había en el pavimento. Parecía un mapa del río Kinta.

—No había muchas opciones. No que pagaran bien. Pero no soy una prostituta. —Era terrible estar teniendo esta conversación con mi hermanastro, de quien creía estar enamorada. En ese momento pensé que tal vez debía llevar un diario con todos los peores momentos de mi vida. Quizá sería divertido en unos cincuenta años, pero definitivamente no en este momento.

—Jamás lo imaginé. Los sitios como ese son de lo más cuidadosos con sus chicas.

—¿Y tú cómo lo sabes?

—Porque he ido a salones de baile en otras ocasiones. Hay muchos en Singapur.

De pronto, me enojé tanto con Shin que apenas si pude mirarlo a la cara.

—Entonces supongo que no debió preocuparme decírtelo —contesté. Levantó mi cara con una mano.

—¿Estabas preocupada por mí?

Demasiado cerca, pensé. Estaba demasiado cerca, y ese contacto tan casual me desarmaba por completo. Moví la cabeza para alejar el rostro.

—No solo por ti —dije—. También por mamá, por la señora Tham y por Robert, claro está. Desde su punto de vista, mi reputación está arruinada.

La voz de Shin parecía ser de hielo.

—Es un imbécil si no se da cuenta de que evidentemente eres virgen.

Me sentí tan humillada que no supe hacia dónde voltear. Las orejas me quemaban, y tenía el rostro completamente rojo. Supuse que debía alegrarme el hecho de que Shin jamás dudara de mi castidad, tan preciada en las mujeres, pero la manera en que estaba haciendo las cosas era tan despótica que me dieron ganas de darle una bofetada.

—No te metas en lo que no te importa —dije y me levanté de prisa.

Shin me tomó del brazo y volvió a jalarme hasta el piso.

—Claro que me importa —dijo entre dientes—. No me gusta. No me agrada que estés haciendo un trabajo como ese. Es tonto y peligroso, y tienes suerte de que no haya pasado nada… hasta ahora.

—¡No tuve opción! —¿Cómo se atrevía a regañarme cuando no tenía otra cosa de la cual preocuparse más que estudiar y divertirse en Singapur? Enterré el rostro entre las rodillas.

Shin apoyó una mano con delicadeza sobre mi cabeza, como si temiera que fuera a rechazarlo.

—¿Por qué no me escribiste diciendo que necesitabas dinero?

—¿Cómo podía hacerlo si jamás respondiste a mis cartas?

—Eso fue porque… —Dejó de hablar. Fuera lo que fuera (otra chica, otro mundo que yo no conocía), era evidente que no quería hablar de ello, y no quise presionarlo—. Tuve el presentimiento de que estabas haciendo algo así.

—¿A qué te refieres? —Mi voz sonaba apagada.

Shin movió la cabeza.

—Alguna cosa turbia por el estilo. Mamá me contó acerca de sus deudas de *mahjong* después del mal parto. Me dijo que tú las estabas pagando con lo del taller de costura, pero no había forma de que estuvieras ganando esas cantidades de dinero.

—¿Esa es la razón por la que viniste hoy?

—No. No tenía idea de qué era lo que estabas haciendo. Fue Y. K. Wong quien me llevó allí.

Me enderecé.

—¿Por qué razón?

—No lo sé, pero estuvo preguntando por ti de manera indirecta. También me preguntó si noté que faltaban especímenes del almacén de patología. Me hice el tonto, por supuesto. Le dije que todavía no terminaba de contarlos.

De modo que Y. K. Wong no le contó a Shin que me encerró en el almacén. ¿Traer a Shin al salón de baile era su manera de ejercer presión sobre mí? Un ama de casa salió de detrás de una de las rejas del vecindario y nos lanzó una mirada de curiosidad. Era sábado por la tarde, y dos jóvenes fuertes y sanos no tenían nada que hacer sentados en la calle de esa manera, de modo que nos levantamos y empezamos a caminar por allí. Si llegábamos a alguna calle grande, no tardaríamos en encontrar una parada de autobús; supuse que entonces Shin regresaría a Batu Gajah. Pensarlo me resultó desolador.

—También me preguntó si sabía acerca del dedo del hombre tigre.

—¿Del qué?

—Al parecer, se supone que el hospital tiene el dedo de un hombre tigre como parte de su colección.

Recordé de inmediato la fiesta y la extraña reacción de Ren, la manera en que salió corriendo hacia la oscuridad cuando se enteró de lo del tigre. Fruncí las cejas.

—Koh Beng me lo mencionó cuando estábamos limpiando el almacén.

—Pues Y. K. Wong me dijo que era frecuente que fueran personas que querían comprarlo.

Llegamos a una parada de autobús. Había otras personas, de modo que tuvimos que dejar de hablar de hombres tigres y dedos amputados, pero me pregunté si Y. K. Wong estaría vendiendo los especímenes de patología en secreto. Yo sabía que la dura piedra de los ojos de tigre y los bezoares que se formaban en los estómagos de cabras y reptiles se vendían por cifras absurdas en el mercado negro. Se decía que traían buena fortuna, que podían hechizar al ser amado u ocasionarles la muerte a los enemigos. Pensé en el dedo desecado y ennegrecido que misteriosamente regresó a mí y que estaba, justo en este momento, dando vueltas dentro de mi bolso.

—Shin —dije y abrí mi bolso para que pudiera asomarse en su interior.

—¿De dónde sacaste eso? —dijo y abrió los ojos con absoluto azoro.

En ese momento, llegó un autobús. Tuvimos suerte de encontrar dos asientos juntos y, mientras avanzaba, le conté todo lo que había sucedido, absolutamente todo, incluyendo los sueños y lo de Ren y su gemelo perdido, Yi, al otro lado del río. Tuve que acercarme a él y hablarle al oído, a fin de que nadie más nos escuchara. Por momentos pensé que jamás olvidaría ese viaje hasta el otro extremo de la ciudad. El abrasador calor del sol de la tarde, la brisa polvosa que entraba por la ventana y el aroma de las hojas de lima *kaffir* que la mujer frente a nosotros traía en una bolsa sobre el regazo. El perfil angular de Shin mientras miraba al frente y escuchaba mis palabras con atención: jamás me cansaría de verlo, pensé.

Por suerte, el autobús cruzaba toda la ciudad y llegaba hasta la estación de trenes de Ipoh, ese disparate imperial blanco y dorado que brillaba bajo el sol de la tarde.

—Te acompaño hasta tu tren —dije, intentando sonar alegre.

—¿Tú a dónde vas?

Apreté el bolso contra mí con mayor fuerza.

—De regreso a casa de la señora Tham.

—Mentirosa —dijo entre risas—. ¿Hacia dónde te diriges en realidad?

No tenía caso tratar de engañarlo.

—A Taiping. Hay un tren esta tarde. —No toleraba la idea de regresar al taller de la señora Tham, no fuera que Robert se apareciera por allí, indignado y furioso. O, peor aún, que llegara lleno de recriminaciones disfrazadas de disculpas. Además, había otra cosa que había prometido hacer.

Para mi enorme sorpresa, Shin me miró con absoluta calma.

—¿Cuánto dinero tienes?

Resultó que tenía una buena cantidad. El Ama me había pagado no solo lo de la fiesta, sino también lo que me debía.

—Yo también tengo dinero. Vámonos. —Empezó a caminar de prisa; sus largas piernas devoraban el extenso piso de baldosas de la estación—. Es tiempo de que robemos una tumba.

Claro que no íbamos a desenterrar ningún cadáver, dije indignada después de que Shin comprara los boletos. Íbamos a devolver algo, de modo que era más como una especie de restauración de tumbas. Shin me dijo que era prácticamente lo mismo. No sabía cómo explicarle esta urgente convicción de que, si hacía lo que Ren me pidió, tal vez no moriría.

—Yi dijo que el orden se había alterado y que debíamos tratar de arreglarlo.

—¿Qué orden?

—La forma en que se hicieron las cosas. Como un ritual. —Arrugué el entrecejo e intenté recordar lo que sabía del confucianismo.

—¿No has pensado que quizás estés alucinando todo esto?

Esta vez, nos subimos al tren que se dirigía hacia el norte. Otro carro de tercera con duras bancas de madera, pero me sentí feliz. Adoraba los trenes.

—Pero ¿qué más puedo hacer? Y ¿cómo explicas los sueños… y a Yi?

—Solo te están diciendo lo que tú ya sabes —insistió Shin, lo cual me hizo rabiar—. Es como si estuvieras teniendo una conversación contigo misma.

—Entonces, ¿qué hay con Ren? Es idéntico a Yi, solo que es mayor. Y esa noche me reconoció.

—Coincidencia. Todos los niñitos chinos son iguales.

—¿Y el doctor MacFarlane y su dedo? ¿Nosotros cinco y nuestros nombres… y la forma en que todo parece encajar? ¿Cómo explicas todo eso?

—No puedo hacerlo —contestó y se encogió de hombros.

—Si Ren muere, al menos habré hecho lo que me pidió. —Me estremecí. En mi mente volví a escuchar las palabras de Yi: «Ese es asunto de su amo». Vi la oscuridad y oí el sonido de hojas que se movían. Pensé en la nota de periódico sobre el torso de mujer sin cabeza que encontraron en la plantación. ¿Quién, o qué, era el amo de Ren?

—¿Y el pulgar del paquete de Pei Ling?

—Deberías contarle al respecto al doctor Rawlings. Dile que sospechas que alguien, posiblemente Y. K. Wong, está robando partes corporales.

—Voy a matar a Y. K. cuando vuelva a verlo —susurró Shin con furia—. ¿Cómo se atreve a encerrarte así?

—¡No! ¡No hagas eso! —Alarmada, volteé a verlo—. Pero sí deberías reportarlo. Si se está dedicando a vender dedos de hombre tigre y solo Dios sabe qué otras cosas como amuletos, eso explicaría por qué el vendedor llevaba el dedo en su bolsillo. Eran amigos, o por lo menos eso me dijo Pei Ling: que su amante tenía un amigo en el hospital que no le agradaba en absoluto.

—¿Y qué hay de lo demás que estaba en el paquete de Pei Ling?

Eso era un poco más complicado. Quizá se trataba de chantaje o de algún tipo de desacuerdo entre ellos. A grandes rasgos, me di cuenta de que los patrones estaban cambiando, reconfigurándose, como mi imagen mental de una mano: cinco dedos que tocaban una melodía desconocida. Tuve la inquietante sensación de que se trataba de un canto fúnebre.

En la lista escrita a mano que estaba en el paquete de Pei Ling, la anotación junto al nombre de J. MacFarlane decía «Taiping / Kamunting». Estaba segura de que se trataba de la persona a la que Ren se refirió cuando se adentró corriendo en la oscuridad aquella noche. Y estaba igual de segura de que estaba muerto, ya que Ren mencionó una tumba.

Taiping era una pequeña ciudad tranquila y era la capital estatal de Perak, aunque se decía que Ipoh pronto recibiría ese honor. No me quedaba del todo claro dónde se localizaba Kamunting. Quizás era uno de los pueblos periféricos de Taiping, como Falim lo era respecto a Ipoh. Si el doctor MacFarlane era un extranjero que había muerto en el área, había solo un lugar en el que se podía encontrar: el cementerio anglicano.

Le expliqué todo esto a Shin, y él asintió, cosa que levantó mis sospechas. Se estaba portando demasiado dócil con respecto a este viaje inesperado y repentino.

—¿Tienes que trabajar mañana? —le pregunté. Taiping estaba a más de sesenta y cuatro kilómetros de Ipoh en tren, y nos tomaría bastante tiempo llegar hasta allá porque la vía serpenteaba y había las largas paradas en Chemor y Kuala Kangsar. A ese ritmo, llegaríamos apenas a las cinco de la tarde. El último tren de regreso salía a las ocho de la noche, lo que daba tiempo suficiente para visitar el cementerio, pero Shin me tenía preocupada.

—Mi turno no empieza sino hasta mañana por la tarde —dijo y cerró los ojos—. Pero ahora guarda silencio. Necesito pensar.

No supe si lo decía como pretexto para dormirse, pero lo dejé en paz. El tren avanzaba lentamente, y los árboles pasaban a los costados como un continuo borrón verde. La brisa de la ventana abierta sacudió todas las telarañas en mi mente.

«Ren», pensé. «¿Sigues vivo?». Según lo que Yi dijo que descubrió, siempre que permaneciera en la orilla podía atraer a Ren hacia el otro mundo. El mundo de los muertos. Existía la posibilidad de que el dedo, ese dígito ennegrecido y seco que daba tumbos en mi bolso, ejerciera esa misma atracción poderosa. Ren parecía obsesionado por cumplir aquella promesa que hizo, hasta el grado de salir corriendo en medio de la noche a pesar de que había un tigre rondando afuera. O tal vez se vio atraído hacia el exterior para que le dispararan y lo mataran en la oscuridad.

Lo más que podía hacer por él era completar la tarea en su nombre y enterrar el dedo. Romper al menos uno de los vínculos que todavía lo ataban al mundo de los muertos. Sin embargo, me temí que el otro fuera demasiado poderoso. El tren siguió meciéndose hacia delante, y la jungla pasaba a mi lado como un sueño. Cerré los ojos.

Se escuchó un siseo pronunciado. Con un sobresalto, descubrí que el tren acababa de detenerse.

—¿Dormiste bien? —Shin parecía entretenido. De hecho así era, aunque en ese momento me di cuenta, con cierta vergüenza, de que su hombro me había servido de almohada. Las personas estaban bajando su equipaje de las rejillas encima de los asientos. Éramos los únicos que no llevaban algo consigo.

—Tú también te quedaste profundamente dormido —dije mientras nos bajábamos del tren—. ¿O de veras solo estabas «pensando»?

Parecía estar de excelentísimo humor.

—No, ya acabé con eso. Por cierto, ¿quién era esa chica en el salón de baile? La que trató de arrancarme el pelo.

—Esa es mi mejor amiga, Hui.

Por alguna razón, me inquietó su interés. «Por favor, Shin», pensé, «Hui no». Hasta ese momento, Shin jamás había salido con ninguna de mis amigas cercanas, sin importar lo mucho que coquetearan con él. Jamás me había importado porque estaba enajenada con Ming, pero ahora era diferente.

La estación ferroviaria de Taiping era un bonito edificio bajo, de estilo colonial semejante al de la estación de Batu Gajah, con aleros y tejados grandes y sombreados. Taiping, localizada en una exuberante cuenca al pie de varias colinas de piedra caliza, era famosa por ser una de las ciudades con mayores precipitaciones en toda Malasia, así como por su cercanía con Maxwell Hill, un centro vacacional muy popular entre jóvenes matrimonios en su luna de miel. Claro que eso no tenía la menor importancia para mí, puesto que era muy improbable que me convirtiera en la señora de Robert Chiu en un futuro cercano.

—¿Por qué haces esas muecas? —preguntó Shin.

—Robert —respondí—. Perdí cualquier posibilidad con él.

—¿Te importa?

—Esperaba que me prestara algo de dinero. Para saldar las deudas de mi mamá.

Shin se detuvo.

—No se lo pidas. Si necesitas dinero, yo tengo algo guardado.

—Molesto, empezó a caminar de nuevo.

—A todo esto, ¿por qué estaba contigo el día de hoy? —dije, mientras corría para tratar de alcanzarlo.

—Fue a buscarte a casa de la señora Tham y después no dejó de seguirme. No pude deshacerme de él de ninguna forma.

—Supongo que era cuestión de tiempo que se enterara. Y eso que le dije hace mucho que no haríamos buena pareja.

—¿A qué te refieres con «hace mucho»?

Recordé demasiado tarde que Ming me había pedido que no le mencionara a Shin el beso de Robert.

—Antes de que te marcharas a estudiar medicina.

—¿Por qué no me lo contaste?

—Se lo conté a Ming —respondí en tono defensivo.

Por alguna razón, esto pareció irritarlo todavía más, pero no dijo nada al respecto. Al final de cuentas, ¿qué le importaba, si la semana pasada me había dicho que sería bueno que me casara? Seguimos adelante en silencio; me sentí mal de que estuviéramos discutiendo de nuevo.

Según el vendedor de boletos, el cementerio anglicano se encontraba a menos de un kilómetro de allí, cerca de los Jardines Botánicos. Shin se detuvo en un par de tiendas diferentes cercanas a la estación y salió de ellas con una bolsa de papel. No lo acompañé porque todavía traía puesto el vestido de emergencia del Flor de Mayo, una cosita de nada color amarillo canario. Parecía más adecuado para una fiesta que para estar viajando de una ciudad a otra en los Ferrocarriles de los Estados Federados de Malasia.

—¿Qué compraste?

Abrió la bolsa de papel. Dentro había una pequeña pala nueva. También había otras cosas: un cepillo de dientes, venditas adhesivas y otro paquete plano envuelto en papel. Le pregunté que por qué había comprado todo eso.

—Porque parecería demasiado sospechoso que solo comprara una pala. Se preguntarían qué planeo desenterrar.

—Siempre supe que tenías una mente criminal —comenté.

Shin soltó una carcajada, y la incomodidad que había entre nosotros se disipó. Comimos algo en un café cercano, aunque me moría por llegar al cementerio. ¿Y si el doctor MacFarlane no estaba enterrado allí? Sin embargo, Shin dijo que no continuaría sino hasta después de comer y que yo tampoco debía hacerlo.

—Mientras más tarde, mejor. Habrá menos personas merodeando por allí —dijo mientras terminaba un plato de *char kway teow*, fideos de arroz fritos, acompañados de germinado de soya, huevos y berberechos.

—¿Y qué pasa si llueve?

Shin se encogió de hombros.

—No lo olvides. Todo esto fue idea tuya.

Me sostuvo la mirada con sus ojos oscuros y, a pesar de que intenté impedirlo, me sonrojé. El que me mirara así me mareaba. Había una cierta luz en los ojos de Shin, un extraño resplandor que hacía que se me hiciera un nudo en el estómago y que sintiera que estaba cayendo por un pozo profundo. Me recorrió el cuello con los ojos hasta llegar al hueco de mi garganta. El vestido color amarillo canario que traía puesto se ajustaba de manera muy favorecedora porque estaba cortado al bies. Un nuevo método, me explicó la señora Tham, que acentuaba la figura natural. De manera involuntaria, crucé los brazos sobre el pecho.

—¿Siempre te vistes así para trabajar?

—No —empecé a explicarle que era un vestido de repuesto que casi nunca usaba. Shin me escuchó mientras farfullaba sin control y sin dejar de observarme con esa mirada inescrutable que era más como una caricia—. ¿Qué, no te gusta?

—Claro que me gusta. Creo que les gustaría a muchos hombres. —Volteó la cabeza, por lo que no pude ver su expresión.

—Estoy segura de que muchas chicas de Singapur se visten mejor que yo —afirmé, haciendo mi mejor intento por hacer una broma.

—Ninguna de ellas se ve como tú.

De repente me percaté de lo cerca que estábamos sentados y de la manera en que sus piernas y las mías se cruzaban por debajo de la pequeña mesa con cubierta de mármol. Si quería, podía estirar la mano por debajo de la mesa para colocarla sobre su pierna, deslizarla despacio y sentir la contracción de sus músculos. Pero, en lugar de ello, apoyé ambas manos sobre la mesa y clavé la mirada en ellas.

—Shin... —empecé.

—¿Qué?

—Siento mucho estar dándote tantos problemas. No sabes cuánto me gustaría ser una mejor hermana para ti. —Me embargó una tristeza intolerable.

—¿De veras lo sientes? —Su expresión era dura y feroz.

—Claro que sí.

—Pues no lo sientas tanto. Yo tampoco he sido un buen hermano para ti.

Con brusquedad, se levantó y fue a pagar la cuenta.

39

Batu Gajah
Sábado, 27 de junio

William está demasiado ocupado. Ocupado de una manera que le desagrada, sosteniendo pláticas insustanciales y obteniendo información. Pero lo hace de todos modos, pues lo aguijonea el recuerdo de la insistencia anhelante y necesitada de Lydia y el brillo de emoción en sus ojos. «Necesitamos hablar», le dijo en el pabellón del hospital. ¿Qué estaba planeando? Mejor preparar una emboscada que quedar atrapado, piensa.

La primera persona en su lista es Leslie. Si hay alguien que esté al tanto de cualquier habladuría, será él.

—¿Lydia? —pregunta Leslie y levanta la mirada de su rebanada de piña. Están en el descanso del té en la cafetería del hospital—. ¿Al fin te está interesando? Siempre pensé que ustedes dos harían una bonita pareja.

William oculta una mueca. Al parecer, Lydia no es la única que lo piensa.

—¿Por qué está aquí?

—¿Qué no está buscando marido?

—No creo que tuviera problemas en ese sentido. —Lydia es muy atractiva, y hay una mayor reserva de hombres en Londres que en una ciudad pequeña de Malasia. Ni siquiera es como Nueva Delhi o Hong Kong, donde podría conocer prometedoras estrellas entre los servidores públicos británicos.

Leslie se frota la nariz.

—Hubo algunos rumores acerca de la razón por la que se marchó. El final de su compromiso… Al parecer, él murió.

—¿De qué?

—Se ahogó. Un accidente de navegación de algún tipo.

William piensa que debería sentir mayor compasión por Lydia, pero el recuerdo de su intensa avidez, de la forma en que le dijo que los dos eran parecidos, todavía lo tiene intranquilo. Debe de haber algo más. Lo presiente.

A continuación, habla con la esposa de uno de los gerentes de plantación, una amiga de la madre de Lydia. Es muy fácil toparse con ella en la ciudad por la mañana mientras hace sus compras sabatinas con su cocinera china. William sospecha que la cocinera la está timando; la cuenta le parece exorbitantemente alta.

—La pobre Lydia tuvo muy mala suerte —dice, mientras apunta las cifras en el cuaderno en el que lleva las cuentas de la casa—. Lo que le sucedió a su prometido fue una verdadera lástima.

—Tal vez lo conocí —miente William con descaro—. Se llamaba Andrew, ¿verdad?

—No, se trataba del señor Grafton. Un caballero de lo más gentil y educado… Los padres de Lydia le tenían muchísimo afecto.

—¿Me dijeron que se ahogó?

—No, no… para nada. Fue un paro cardiaco y en un tren, ¿puedes creerlo? Al parecer, era muy enfermizo. Fue una terrible desilusión para la familia. —No tiene nada más que añadir, a pesar de que William se somete a media hora más de cháchara absurda.

La última persona con la que habla es Rawlings.

—Veo a Lydia muy nerviosa últimamente. Dice que quiere hablar conmigo, pero no tengo idea de sobre qué. —Coloca el cebo, pero Rawlings parece no percatarse de ello. Quizá se deba al calor, que es como una especie de cobija mojada y sofocante que lo envuelve.

—Pues siempre estuvo interesada en ti. Cuando recién llegó a la ciudad preguntó si eras el mismo Acton que ella conocía de algún otro lugar.

«Esa debe ser la conexión con Iris», piensa William. De modo que lo sabe desde hace tiempo. ¿Lo habrá investigado? De solo pensarlo, siente como si la nuca le ardiera. Cómo se atreve. Sin embargo, controla sus pensamientos y sigue charlando en tono alegre.

—No tenía idea. Quizá tengamos amistades en común.

—Sé amable con ella —le dice Rawlings—. Tiene un poco de complejo de salvadora, pero sus intenciones son buenas. Y hace bien las cosas. Es algo que ya he dicho antes, que el hospital debería pagarle por todo el trabajo voluntario que lleva a cabo.

Entonces es cierto: Lydia está esforzándose con devoción para conectarse con él. La pregunta es: ¿cómo convertir eso en una ventaja?

—A todo esto, ¿qué demonios la trajo a Malasia?

—Es una larga historia. Estuvo comprometida con un tipo indeseable y vino hasta acá para evitarlo. Mi esposa conoce a los suyos; le dijeron que la relación no estaba a su altura. —William apenas si recuerda que Rawlings tiene esposa porque se quedó en Inglaterra con los niños. De todos modos, la información que ha podido reunir sobre Lydia no tiene el menor sentido. No queda duda alguna de que se quedó sin prometido, pero las versiones parecen contradecirse por completo. Quiere hacerle más preguntas a Rawlings, pero su atención está en otra parte—. ¿Confías en el personal local? —le pregunta de repente.

—No confío en nadie —contesta William entre risas. Excepto en Ah Long, en ciertos sentidos. Y en Ren, por supuesto. El chico no ha mostrado mejoría alguna, pero William no debe pensar en ello por el momento. Vuelve a dirigir la conversación hacia Lydia—: ¿Dices que tuvo una relación difícil?

—Al parecer el tipo trató de agredirla durante una discusión. Pobre chica. Supongo que a eso se debe que sea tan inquieta.

De modo que Lydia es una víctima. Le resulta interesante la manera en que el término cambia según la percibe. ¿Por qué tiene tal interés en William? ¿Qué es lo que sabe de él? Piensa con rapidez: el padre de Lydia administra la plantación de caucho en la que trabajaba Ambika. Sí, imagina que, por la actitud entrometida y servicial de Lydia, quizá conociera a Ambika; es posible incluso que la aconsejara con respecto a su marido alcohólico. Pero también dijo que conocía a Iris. Eso es peor. Ambika y Nandani solo son dos chicas lugareñas con las que estuvo enredado, pero los rumores en torno a Iris lo obligaron a alejarse de Inglaterra.

Inhala profundo. ¿Lydia habrá oído la historia que contó sobre cómo intentó salvar a Iris? Es algo de lo que se avergüenza profundamente, pero es demasiado tarde como para retractarse. Además, la mayoría de la gente pareció creerla. Incluso él la cree la mayoría de los días, excepto cuando empiezan a volver a perseguirlo los sueños, esos sueños en los que Iris está junto al río con las faldas empapadas y anegadas de algas, y el cabello apelmazado y pegado a la frente blanquecina.

¿Qué le dijo esa chica, Louise, cuando la llevó al hospital? Que soñaba con un río y que era como una historia que se desenvolvía. William no quiere eso. Jamás quiere ver lo que sucede después cuando sueña con Iris.

40

Taiping
Sábado, 27 de junio

Tomamos un bicitaxi hasta el cementerio anglicano de la iglesia de Todos los Santos. Fue un paseo agradable a través de la bonita ciudad, con sus blancos edificios coloniales, casas tienda y enormes árboles *angsana* en flor, cuyos pétalos dorados caían como una lluvia. Las grandes y esponjosas nubes grises que se tragaron el sol de la tarde le daban al césped del *padang* frente a las barracas un curioso y vívido matiz verde. De manera impulsiva, me detuve a comprar un ramo de flores: crisantemos morados y blancos. Era la segunda vez en el mes que compraba flores para los muertos.

Al llegar al cementerio, Shin le pagó al taxista, y entonces entramos y miramos a nuestro alrededor en busca del lugar donde descansaban los restos del doctor MacFarlane. La iglesia en sí era una amplia edificación de madera con un techo extremadamente anguloso y arcos góticos labrados. Algunas de las tumbas eran monumentos elaborados con ángeles y piedra tallada, mientras que otros eran cruces de lo más sencillas.

Shin caminó por el pasto recortado.

—¿Ya la encontraste?

—Todavía no.

No había nadie alrededor. Ni un pájaro rompía el enorme y opresivo silencio, y el cielo parecía una bóveda gris, como si el mundo entero estuviera a la espera de la lluvia.

—De hecho, Robert había averiguado algo. Me dijo que le mostraste las listas —dijo Shin después de una pausa—. Por eso te estaba buscando.

—¿Por qué no me lo dijiste antes?

—Pensé que estarías desolada por él, pero debes estar muy bien porque comiste como nunca.

Puse los ojos en blanco y suspiré.

—¿Y qué averiguó?

—Al parecer, hubo un doctor John MacFarlane en el área de Taiping. Un viejo veterano de Malasia que estuvo aquí durante más de veinte años; antes estuvo en Birmania. Tenía algún tipo de conexión con el Hospital de Distrito de Batu Gajah; trabajaba como médico sustituto cuando faltaba personal. Era un tipo algo excéntrico, sin esposa ni familia. Y, como vimos por los registros de patología, donó uno de sus dedos hace alrededor de cinco años, después de haber navegado río arriba con Acton.

—Entonces, ¿a qué se dedicaba aquí en Taiping?

—No vivía en Taiping, sino en un lugar más lejano. Uno de los pueblos vecinos.

—Kamunting —dije de inmediato—. Ese era el nombre escrito en el papel.

—Vivía allí parcialmente retirado, pero tenía un consultorio particular. Dijo que jamás regresaría a Escocia, de donde salió hacía más de cuarenta años, y en donde dejó tres hermanas autoritarias. Eso fue todo.

—¿Cómo? Debe haber más.

Ren dijo «mi amo», y el tono en el que lo dijo, con una absoluta e inalterable lealtad, me pareció escalofriante. ¿Quién era su amo real, William Acton, o este doctor MacFarlane, cuyas instrucciones seguía sin cuestionar?

—Esa fue toda la información fidedigna que pudo encontrar. Dijo que también había muchos rumores, pero que podían ser calumnias, etcétera. Ya sabes cómo es de escrupuloso nuestro Robert.

—Robert es una persona decente.

—Tan decente que hoy te mandó a volar —respondió con amargura.

No le contesté porque la había encontrado. Una tumba fresca, con una delgada capa de pasto; las breves palabras de la lápida grabadas con nitidez, como si la hubieran colocado el día de ayer:

John Alexander MacFarlane
15 de julio de 1862 – 10 de mayo de 1931
Líbranos, oh, Señor.

Casi me paralicé al hacer el cálculo de las fechas. El día anterior, Ren me había dicho que solo quedaban dos días; tomándolos en cuenta, sumaban exactamente cuarenta y ocho días desde el momento de su deceso. Mi mamá siempre decía que el alma vagaba durante cuarenta y nueve días en los que sopesaba sus pecados con inquietud.

—¿De qué murió?

—De paludismo, al parecer. Tuvo recurrencias de la enfermedad durante años.

Asenté el ramo de flores sobre la tumba, ya que no había un jarrón ni otro espacio donde colocarlas. Se veían tristes y abandonadas sobre la tierra, con los tallos carentes de hojas. La tumba tenía algo extraño: alguien le había clavado un palo de madera en ángulo. Era como de quince centímetros de largo y parecía que se trataba del palo de una escoba. No me atreví a tocarlo: parecía que tenía una razón de ser, pero jamás había visto algo así.

—Pásame la pala —dije. Shin movió la cabeza con un gesto de advertencia—. ¿Qué pasa? —Entonces vi a una anciana tamil vestida en un *sarong* color café, con el cabello recogido en un chongo.

Venía hacia nosotros mientras gritaba algo—. ¿Quiere que nos marchemos?

Nos alejamos un poco de la tumba, pero la mujer siguió acercándose. Resultó que nos estaba dando la bienvenida. Al parecer, casi nadie visitaba el cementerio, así que estaba de lo más contenta de que estuviéramos allí.

—*Tinggal, ya, tinggal!* —dijo en malayo—. Quédense, quédense. ¿Quieren algo de agua para las flores? —Era la madre del cuidador, pero su hijo no se encontraba en ese momento—. Va a llover —dijo y miró el cielo—. ¿Por qué vinieron tan tarde? ¿Son amigos? ¿Parientes?

No supe qué responder, pero Shin le sonrió de forma amistosa.

—¿Usted lo conoció?

Para mi enorme sorpresa, asintió de forma enérgica.

—Sabemos quiénes son todos los *orang puteh* de por aquí, aunque él vivía por allá, más lejos, del lado de Kamunting. Trató a mi sobrino de tiña. Lástima que murió. Era más joven que yo. —Arrastrando los pies, fue a traernos algo de agua para las flores. Parecía alterarla que estuvieran tiradas sobre la tumba, de modo que volví a recogerlas—. Entonces, ¿de dónde son ustedes? —preguntó después de regresar con un frasco de mermelada lleno de agua.

—De Ipoh —respondió Shin—. Soy estudiante de medicina. Me dio mucha pena enterarme del fallecimiento del doctor MacFarlane.

—Ah, vaya; uno de sus estudiantes. Pues estuvo enfermo un buen tiempo. De hecho, la gente decía que había perdido la razón. Su ama de llaves se marchó, como saben, y entonces solo quedaron el anciano y el muchachito chino.

Me alerté de inmediato.

—¿Se llamaba Ren?

—No lo sé. Era un mocito como de diez u once años de edad. Era un buen chico. Se hizo cargo de todo lo de la casa cuando se fue el ama de llaves. No puede haber sido fácil, con el doctor como estaba. Lo vi en el funeral todo alterado y tratando de no llorar, el pobrecito. ¿Lo conocen?

—Sí, es un familiar nuestro —dije despacio. Shin me fulminó con la mirada.

—Y ¿cómo se encontraba el viejo doctor ya hacia el final?

La madre del cuidador clavó los ojos sobre la tumba. Noté que con frecuencia volteaba a ver el palo que estaba enterrado ahí mismo hasta que, por fin, lo sacó con un quejido. Noté entonces que era bastante más largo de lo que pensaba. Era un palo de escoba como de un metro y veinte centímetros de largo, con la punta afilada, como si fuera una estaca. Lo tiró a un lado con desprecio.

—Bueno, siempre fue extraño, pero no más que cualquier otro *orang puteh*. Compraba todos los animales exóticos que traían los cazadores. Pero era un hombre muy amable. Trató a varias personas sin cobrarles. Claro que, cerca del final, se tornó tan extraño que la gente ya no quería acudir a él. —Era evidente que la madre del cuidador estaba disfrutando mucho esta charla—. Además, me enteré de que, antes de morir, acudió a la estación de policía para confesar toda clase de crímenes.

—¿Como de qué tipo?

—Déjenme pensar… Creo que fue algo relacionado con robo de ganado o con muertes de ganado. Incluso se perdieron varios perros por el área. No importaba si estaban atados cerca de la casa o no. Dijo que mató a esas dos mujeres que desaparecieron. Las dos eran caucheras que trabajaban en una de las plantaciones cercanas.

Alarmada, volteé a ver a Shin; ninguno de los dos esperaba algo así.

—¿Y lo arrestaron?

—Lo mandaron a su casa. Estaba mal de la cabeza. Tenía esos arranques de vez en cuando. —Parecía exasperada—. Todo eso que pasó fue obra de un tigre. De un devorador de hombres. Varias personas lo vieron. ¿Acaso no salió en los periódicos?

—Debió ser terrible para usted —dijo Shin con su mejor mirada de compasión. La anciana no pudo evitar sonreír.

—Dijeron que se trataba de un macho viejo que ya no podía cazar. En todo caso, se fue de aquí.

—¿Lo atraparon?

—No, y eso que colocaron trampas e incluso trajeron a un *pawang* para que hiciera sus encantamientos. Al final, simplemente desapareció. Más o menos en la época en que murió el viejo doctor.

Mi mente se disparó hacia el tigre del jardín de Batu Gajah el fin de semana anterior, el devorador de hombres que decían que se había llevado a una trabajadora de las plantaciones hacía unas cuantas semanas. Aunque fuera ilógico, también recordé al vendedor y me pregunté si algo lo habría perseguido por la calle en esa noche oscura hasta que cayó en la cuneta y se rompió el cuello. Pero eran solo especulaciones enloquecidas. Una distancia de más de noventa y seis kilómetros separaba a Batu Gajah de Taiping. ¿Un tigre era capaz de recorrer esas distancias?

—Y ¿para qué es el palo? —preguntó Shin mientras señalaba el palo de escoba que la mujer sacó de la tumba.

—Estupideces —dijo la madre del cuidador, avergonzada—. Los ponen de cuando en cuando. Los lugareños, usted sabe. Mi hijo siempre los saca. Dice que es una falta de respeto para el fallecido.

—Pero ¿por qué los colocan?

—Dos o tres días después de la muerte del doctor, alguien o algo trató de desenterrarlo. Mi hijo encontró un hoyo cercano a la tumba, como si un niño o un animal hubieran cavado la noche entera. No llegaron hasta el cuerpo; aquí los enterramos a gran profundidad. Mi hijo se quedó velando durante varias noches, pero no volvió a suceder. Cuando los lugareños se enteraron, dijeron que el viejo estaba tratando de salirse de la tumba. Eran tonterías, porque, con solo ver el hoyo, era evidente que se trataba de alguien que intentaba meterse, ¡no salirse! Pero de vez en cuando la gente coloca una estaca en la tumba para asegurarse de que no salga de allí. A mí no me preocupa; soy de la Iglesia de Inglaterra —afirmó con orgullo.

La luz se estaba desvaneciendo, y el cielo gris se cernía sobre nosotros con un peso casi palpable. No había forma alguna de que enterráramos el dedo en la tumba si la madre del cuidador nos rondaba. ¿Tendríamos que regresar por la noche? La mera idea me inquietó.

—¿Habrá algún baño público? —preguntó Shin.

—La sacristía sigue abierta, aunque ya estoy a punto de cerrarla.

—Ustedes vayan —dije de inmediato—. Yo me quedo a ver las diferentes inscripciones.

Tan pronto como se alejaron, me puse de rodillas y empecé a cavar en la suave tierra con la pala. ¡Qué suerte que a Shin se le ocurriera comprarla! La tierra de la tumba era roja a causa del mineral de estaño tan famoso en la región. Elegí el lugar del que la anciana sacó la estaca porque la tierra ya estaba removida. «¡Rápido!». Con el pulso acelerado, me apresuré a quitar la tierra sin dejar de prestar atención al posible regreso de la anciana. Tenía que enterrarlo a la profundidad suficiente como para que no lo encontraran con facilidad, en especial si la gente insistía en enterrar palos de escoba en la tumba.

Después de cavar un agujero tan profundo como la longitud de mi brazo, saqué el frasco de vidrio. Parecía más frío y pesado que antes. Hoy era el día cuarenta y ocho desde la muerte del doctor MacFarlane. ¿Había llegado a tiempo para lo que Ren quería? Por el rabillo del ojo, vi una sombra que se movía. Era la rama de un árbol que se mecía con el viento, lo que me motivó a apurarme. Tras tomar el dedo que saqué del bolsillo del vendedor, lo dejé caer hasta el fondo del agujero.

41

Batu Gajah
Sábado, 27 de junio

Ren está caminando, siguiendo el leve rastro que se mueve en medio del pasto, como las rayas de un tigre. Tiene el vago recuerdo de una cama de hospital, pero se desvanece. Lo que es real es este mundo de sol y viento, y la pequeña mujer pálida, la que encontró sentada en el pasto. Es la que lo impulsa cada vez que se detiene a mirar a su alrededor.

—No debemos perder el tren —le insiste.

—¿Acaso no hay otro? —pregunta Ren y frunce el ceño.

Ella lo mira de lado.

—¡No lo sé! ¡Apúrate ya!

No le gusta la manera en que se mueve; el cuerpo roto avanza con enorme lentitud, con el hombro caído y arrastrando la pierna. Nadie debería ser capaz de caminar con lesiones como esas, pero no quiere preguntarle nada. Le da miedo que vuelva a tomarlo del brazo, como lo hizo antes, con la mano huesuda y helada. Pero se siente mal por ella y no puede dejarla ir sola. Además, hay un tigre escondido en la espesura del pasto y los matorrales. De vez en cuando, logra divisar la delgada silueta rayada, aunque no está seguro de si lo guía o si está intentando alejarlo de allí. Ren tiene el recuerdo repentino de un anciano, de un extranjero que está vagando entre los árboles. Esa oscura soledad lo llena de horror, compasión y amor, así que baja la cabeza antes de seguir caminando.

Van camino a la estación de trenes que se divisa a lo lejos. ¿Cuánto tiempo llevan caminando? ¿Meses, días, minutos? Al fin llegan.

Es sorprendente cuánto se parece esta estación a la de Batu Gajah. Es larga y de techo bajo, con aleros profundos que sirven para proteger a la gente de la lluvia y del sol, bancas de madera y un enorme reloj redondo. Hay un tren esperando cuya enorme locomotora sisea levemente. Hay muchas personas dando vueltas en la plataforma, aunque, cuando Ren las voltea a ver, parecen parpadear y desaparecer. Es solo de reojo que alcanza a distinguir sus borrosos contornos. Un niño hecho de sombras corre por la plataforma, asido de la mano de su madre, quien lo abraza al momento en que suben al carro. Por un instante Ren envidia ese gesto de afecto.

—¡Anda! —le dice su acompañante.

—¿A dónde vamos?

Ella parece impaciente y distraída.

—¡Solo súbete!

—Pero ni siquiera sé su nombre. —Lo embarga una duda momentánea. ¿Por qué habría de seguir a esa mujer desconocida hasta el tren? Después de todo, ¿no estaba buscando a alguien más? Se esfuerza por recordar. Sí, a Nandani—. No puedo ir con usted, estoy buscando a alguien más.

—¡No seas tonto! Me llamo Pei Ling —le dice—. Soy enfermera, de modo que deberías seguirme. —Pero incluso ella arruga el entrecejo, como si no acabara de entender su propia lógica.

—No, gracias —responde Ren de la forma más educada posible.

—¡Qué barbaridad! ¡Pero qué niño tan tonto eres! Anda, ven… No quiero irme sola. —Su expresión es de lo más lastimera, como si ella fuera la niña y no él, así que Ren vacila.

—Está bien —dice y apoya una mano en la puerta del carro del ferrocarril. Tan pronto lo hace, siente un estremecimiento profundo, una vibración que agita su campo de visión. En ese instante, puede ver a todos los demás con absoluta claridad, a todos los otros pasajeros sentados o parados o subiendo al tren. Pero nadie se baja, y ninguno de ellos lleva equipaje.

Ren sube al carro, y allí está Nandani, cuyo rostro en forma de corazón mira pensativo por la ventana. Feliz, Ren se sienta junto a ella.

—¡Hola!

Para su enorme sorpresa, ella lo mira espantada.

—¿Qué haces aquí?

—Te estaba buscando.

—¡No, no debes! No me sigas.

Ren se queda viendo a Nandani, su cabello ondulado y su bonita figura. ¿Por qué no está contenta de verlo?

—Ven aquí, niñito —dice la enfermera, Pei Ling, mientras le da golpecitos al asiento—. Siéntate aquí, junto a mí.

Ren sacude la cabeza. Prefiere sentarse con Nandani que con esa mujer pálida con el hombro torcido que arrastra los pies al caminar. De hecho, mientras más mira a Pei Ling, más se asusta. Se vuelve a sentar junto a Nandani, pero ella niega con la cabeza de manera ansiosa.

—Bájate, por favor. ¡Cerrarán las puertas dentro de poco!

Ren empieza a sentir una vibración baja y profunda, como si la totalidad de la vía fuese un tipo de alambre cargado de energía. Yi se encuentra en esa dirección, en algún punto al final de esas vías. Está seguro de ello. Ahora, las dos jóvenes discuten en susurros urgentes. Nandani quiere que se marche, pero Pei Ling es testaruda y dice que debería quedarse si así lo desea. Estira el brazo para tomarlo de la mano, y Nandani ahoga un grito de alarma.

—¡No lo toque!

—¿Por qué no? Ya lo hice. —Es cierto, el codo por el que lo tomó Pei Ling con anterioridad ahora se siente frío e insensible.

Ren se siente cada vez peor, pero ellas siguen discutiendo.

—Quiero quedarme —le dice a Nandani, cuya expresión se suaviza.

—Está bien —le responde—. Nos iremos juntos.

Ren cierra los ojos y se convence de que todo está bien. Se reunirá con Yi.

Hay una leve sacudida. Un chispazo eléctrico. La silenciosa soledad, con sus matices de tristeza y de sangre —la que lo estuvo arrastrando hacia delante y que le recuerda al anciano que se pasea en la oscuridad—, desaparece de manera abrupta. Su sentido felino se enciende a su máxima potencia. Se le eriza el cabello y siente que la piel se le contrae. No había sentido una señal así de fuerte desde el hospital. Lo inunda una serie de imágenes. Una chica que cava con una pala. Un frasco de vidrio que cae en un agujero. El agujero que se expande y se convierte en una tumba. ¿Qué…? ¿No? ¿Quién es? El corazón de Ren galopa de forma enloquecida; es la primera vez que lo nota desde que llegó a esta tierra extraña. De repente Ren se da cuenta de que ya no quiere estar en ese tren, ni con Nandani, ni mucho menos con la pequeña y torcida Pei Ling de manos gélidas.

Pero las puertas se están cerrando. Oye que en el otro extremo del tren se cierran de golpe, una tras otra, y el sonido se acerca cada vez más. ¡Pas! ¡Pas! Esa leve vibración, la promesa de encontrar a Yi al final de las vías, pesa en su contra y lo arrastra hacia abajo, incluso a pesar de que se esfuerza por levantarse del asiento, y cada nervio de su cuerpo se estremece.

—¿Qué sucede? —exclama Nandani.

¡Pas! La puerta del siguiente carro se cierra de golpe, como si la hubiera aventado un ayudante invisible. Ren mira cómo empieza a temblar la puerta de su propio compartimiento, como si estuviera a punto de azotarse también. Desesperado, se lanza hacia afuera de forma intempestiva. Siente el aire que retumba contra sus oídos, la fuerza de la puerta que raspa su piel, y ahora todo empieza a brillar; es tan brillante que no puede evitar hacer una mueca y bajar los párpados con la mayor fuerza posible, mientras las lágrimas escurren de sus ojos cerrados.

Alguien está aseando el piso. Se oye el sonido de agua que cae cuando exprimen el trapeador, y después el ruido de un balde de metal. Ren está acostado en una cama; es una cama de hospital, lo recuerda ahora. Su pecho se agita y su corazón galopa, porque ¿acaso no acaba de tirarse desde la puerta de un tren? Está aquí, pero sigue estando allá, y los fragmentos de los dos sitios se traslapan. Si cierra los ojos, vuelve a ver la expresión escandalizada de Nandani y la leve mueca burlona en la cara lívida de Pei Ling. No, no quiere pensar en ella.

—¿Ya despierto al fin? —Un delgado hombrecito lo mira. Con una mano sostiene un trapeador. Ren parpadea con dolor y se esfuerza por incorporarse en la cama. Tiene la boca seca, así que el afanador le sirve un poco de agua tibia—. ¿Quieres que llame a una enfermera? —le dice en cantonés.

Ren mueve la cabeza.

—¿Qué día es hoy?

—Sábado.

Se oye un barullo, algo de ruido en el corredor, y una de las enfermeras se asoma al pabellón. Con expresión seria, le hace un gesto al afanador.

—¿Nos puede ayudar?

La sigue hacia afuera. Ren oye voces que provienen del pabellón contiguo.

—¿... llevarla a la morgue?

—Sí, ya nos comunicamos con su familia.

Unos minutos después, el afanador regresa por su trapeador con expresión inquieta. A través de la puerta que se abre detrás de él, Ren alcanza a ver cómo sacan una camilla. Una mujer está en ella, cubierta con una sábana blanca.

—¿Quién es ella?

—Otra paciente.

Alcanza a ver dos pies pálidos que se asoman por debajo de la sábana. Hay algo en su rigidez que hace que a Ren le dé un vuelco el estómago.

—¿Por qué tiene la cara cubierta? —pregunta Ren—. ¿Está muerta?

—Hay veces en que es tiempo de que la gente se marche —masculla el afanador después de vacilar un instante.

«Tiempo de marcharse». Eso le genera a Ren una sensación peculiar.

—¿Usted la conocía?

—Trabajaba aquí como enfermera.

Ren experimenta una sensación extrañísima en el estómago. Esos pies tan pequeños, y el izquierdo colgando en un ángulo peculiar. Trata de bajarse de la cama; ¡necesita verle el rostro! Pero el dolor del costado se lo impide. Emite un grito de angustia. Alarmado, el trabajador lo detiene.

—Pero ¡¿qué haces?!

—¡Creo que la conozco! ¡Por favor, déjeme verla!

Alertada por el escándalo, una de las enfermeras se asoma.

—¿Qué está pasando aquí?

—El chico dice que la conoce.

La enfermera aprieta los labios y niega con la cabeza.

—¡Bajo ninguna circunstancia! —Le lanza Ren una mirada molesta y reprobatoria, como si hubiera hecho algo terrible.

Cuando se llevan la camilla, Ren siente ganas de llorar. En lugar de ello, entierra los dedos débilmente en la almohada.

—¿Cómo se llamaba?

—Pei Ling.

Ahora Ren empieza a sollozar. No por la enfermera, sino por Nandani, porque al fin comprende a dónde se fue.

42

Taiping
Sábado, 27 de junio

En el instante mismo en que dejé caer el frasco de vidrio con el dedo desecado en el agujero que cavé en la tumba del doctor MacFarlane, escuché a Shin, que hablaba en voz deliberadamente alta para advertirme que se estaban acercando. Frenética, usé la pala para rellenar el hoyo con tierra y me alejé de la tumba. Cuando Shin y la madre del cuidador dieron vuelta a una esquina, los saludé con la mano y me les uní al tiempo que guardaba la pequeña pala dentro de la bolsa.

—¿Ya vio todo lo que quería? —preguntó la mujer.

—Sí, y es tiempo de que nos marchemos —respondió Shin mientras me tomaba de la mano. Le agradecimos sus atenciones y salimos del cementerio casi a todo correr.

—Pero ¿qué pasa? —murmuré al tiempo que Shin aceleraba el paso—. ¿Por qué me tienes agarrada de la mano? —En respuesta, le dio la vuelta. Estaba manchada de tierra roja—. ¿Crees que se dio cuenta?

—Espero que no. También tienes algo de tierra en las rodillas.

Bajé la mirada. A últimas fechas, todas mis excursiones terminaban en tierra y mugre. Desde las telarañas y la suciedad del almacén de patología, hasta la sangre de Ren y, por último, esto. Tierra de la tumba de una persona.

—¿Pudiste enterrarlo?

—Todo quedó en orden —dije en voz baja.

Las amenazadoras nubes ocultaron el ocaso y le dieron al cielo una apariencia nebulosa y azulada. Se cernió sobre nosostros una oscuridad trémula. En cada aspiración percibía la humedad en la garganta.

—¿Qué hora es? —Absortos por la historia de la anciana, se nos había olvidado ver la hora que marcaba el reloj de la iglesia.

Shin le echó un vistazo a su reloj de pulso.

—Faltan veinte para las ocho.

El último tren a Ipoh se marchaba a las ocho, y todavía estábamos a más de kilómetro y medio de la estación. Miré a nuestro alrededor con ansiedad, pero la calle estaba desierta y no había ni un bicitaxi a la vista.

Shin levantó la vista al cielo.

—Creo que ya va a empezar a… —Los cielos se abrieron y empezaron a caer enormes gotas en forma de renacuajo sobre la calle polvosa—. ¡Corre!

Jamás pude comprender esos libros ingleses en los que las personas tomaban largos y húmedos paseos por la campiña (que no podía imaginar cómo era), bajo la lluvia, vestidos con una gorra de cazador y una capa como única protección. En los trópicos, llueve como si alguien en el cielo volteara una tina llena. El agua cae con tal fuerza y velocidad que quedas completamente empapado en cuestión de minutos. No te da tiempo ni de pensar; solo se presenta la necesidad imperiosa de correr para ponerse a resguardo. Y correr es lo que hicimos.

El refugio más cercano era un conjunto distante de tiendas, así que corrimos hasta quedarnos sin aliento y alcanzamos el pasillo cubierto del frente. El agua caía desde los aleros formando sábanas continuas y convirtiendo la tierra de la calle en lodo.

—¿Qué hacemos? —pregunté después de que esperáramos unos cinco minutos. Había pocas probabilidades de que la lluvia amainara y, mientras tanto, cada vez faltaba menos para las ocho de la noche. ¿Cómo lograríamos subirnos al tren?

—Podemos tratar de correr —dijo Shin.

Y así comenzó nuestra enloquecida carrera; zigzagueamos de un refugio a otro, como escarabajos que salían a toda velocidad de debajo de alguna maceta. Había conjuntos de tiendas y árboles intermitentes, pero al final no tendría ningún caso. Lo supe incluso mientras intentaba superar la sensación de pánico que me producía el retraso. El tren se marcharía sin nosotros. Mis zapatos patinaban en el agua, y en dos ocasiones estuve a punto de torcerme el tobillo.

—¿Estás bien? —me preguntó Shin.

—Sí —respondí entre dientes. Apoyé una mano en el tronco de un árbol para sostenerme. Jamás me había quejado por cosas como esta y no tenía intención alguna de empezar a hacerlo ahora. Si mantener una actitud jovial era la mejor manera de que siguiéramos juntos, eso haría.

Shin mantuvo la mirada fija en mi frente.

—No falta mucho —dijo—. Está por allá.

Todavía no estábamos cerca de la estación de trenes y, cuando miré de reojo su reloj de pulso, las manecillas indicaban que faltaban cinco minutos para las ocho. Era imposible.

—¿Todavía tienes el anillo que te di el otro día?

Me le quedé viendo y me pregunté por qué de pronto se preocupaba tanto por él. Debí regresárselo antes, así que, avergonzada, lo desenvolví del pañuelo.

—Póntelo —me dijo.

—¿Por qué?

Me lanzó una mirada exasperada.

—Solo póntelo y sígueme.

A unas cuantas puertas de distancia, Shin se detuvo y levantó la vista hacia un letrero. Era un pequeño hotel. Jamás me había quedado en un hotel. Cuando mi madre y yo visitamos Taiping años atrás, nos quedamos con una de sus tías, una mujer de aspecto feroz que parecía haber heredado toda la fuerza de carácter de la que mi mamá carecía. Me pregunté si aún vivía en esta ciudad y qué pensaría de mí si me veía entrando en un hotel con un hombre… aun si ese hombre era mi hermanastro.

Las otras chicas del trabajo me enseñaron a desconfiar de los hoteles. «Nunca te reúnas allí con un hombre. Ni siquiera en el área de la recepción». Era una prueba, me dijeron, para separar a las chicas que lo harían de las que no. Pero ahora estaba a punto de entrar en uno que, además, por lo que se veía, estaba bastante venido a menos. Sin embargo, las circunstancias del día eran apremiantes y, también, estaba con Shin. Eso no tenía nada de malo, ¿o sí?

El interior del hotel era lúgubre, frío y húmedo. Una sola lámpara eléctrica iluminaba el mostrador principal, donde Shin escribía algo en un libro. La encargada era una mujer mayor que me lanzó una mirada fulminante.

—¿No traen nada de equipaje?

—Perdimos el último tren —dijo Shin con voz serena—, de modo que solo necesitamos la habitación por esta noche.

Lo miró a él y, después, me miró a mí de nuevo. Hice mi mejor esfuerzo por parecer tranquila, como si perdiera trenes todos los días. Eso me hizo preguntarme por qué Shin estaba tan familiarizado con este proceso. ¿A cuántas mujeres había llevado a distintos hoteles? Miré fijamente su espalda, y la mujer me lanzó una mirada de complicidad.

—Señor y señora Lee —dijo, leyendo el registro—. ¿Recién casados?

—No —respondió Shin—. Llevamos juntos una eternidad. —Colocó un brazo alrededor de mis hombros, cuidando que sobresaliera el anillo que llevaba en el dedo.

—¿Necesitan algo de comer?

Shin me miró.

—Solo té y pan tostado.

—Se los envío —dijo la voluminosa encargada. Con dificultad salió de detrás del estrecho mostrador y nos condujo por un gastado tramo de escaleras—. Tienen mucha suerte; es el último cuarto que nos queda con baño privado.

El cuarto era pequeño, tenía pocos muebles y sus contraventanas estaban hechas de un emplomado con flores que daba hacia la lluviosa calle del frente. Pero yo solo contemplaba la cama, no la vista. Estaba tendida a la perfección, con sábanas almidonadas, dos almohadas esponjosas y una delgada cobija de algodón bien estirada. Una cama matrimonial. ¿Qué esperaba? ¿Dos camas individuales?

—Shin —dije en cuanto se marchó la encargada—, ¿por qué no dijiste que somos hermanos?

—Porque no tenemos dinero suficiente para dos cuartos sencillos. Además, decir que eres mi hermana suena todavía más sospechoso porque no nos parecemos en absoluto. —Su argumento era razonable, pero hubo algo en la manera en que esquivaba mi mirada que me hizo pensar que se sentía nervioso. Jamás había visto a Shin así, cosa que me inquietó aún más. Decidí que lo mejor era mostrarme entusiasta.

—Jamás me he quedado en un hotel —dije en tono alegre.

Silencio. No podía preguntarle si él lo había hecho, porque resultaba más que evidente que sí, aunque no tenía idea de las circunstancias. Quizá solo era mi imaginación, pero no pude evitar pensar que Shin se reunía con distintas mujeres en hoteles. Mujeres jóvenes y ávidas, mujeres mayores y sofisticadas. ¿Qué importaba, si no me incumbía en lo más absoluto?

—Voy a asearme —dije.

Para mi sorpresa, Shin abrió la bolsa de papel con las cosas que había comprado y sacó una camisa nueva para hombre. Era de algodón blanco y estaba bien empacada, con el cartón todavía dentro del cuello y alfileres para mantenerla en su lugar.

—Toma —dijo. Le quitó los alfileres y me la pasó—. Puedes ponerte esto.

—¿No la necesitas tú?

Su ropa también estaba mojada, pero negó con la cabeza.

—No, tómala tú.

Cuando entré en el baño de la habitación, un espacio diminuto cubierto con losetas, comprendí la razón. Al echar un vistazo al estrecho espejo, sentí una mortificación absoluta al descubrir que el vestido empapado estaba completamente pegado a mi cuerpo. Con razón Shin no me quitaba los ojos de la frente. Temblando de frío, me desvestí y me sequé con ayuda de las delgadas y duras toallas de algodón. Después me puse la camisa. De alguna manera, aunque era mucho menos reveladora que lo que traía puesto antes, parecía mucho más provocadora. Sin saber qué hacer, me quedé parada en el baño un buen rato, intentando reunir valor suficiente para volver a salir. Sin embargo, cuando empujé la puerta del baño con suavidad, Shin ya no estaba.

Había una charola de té sobre la cama. Bebí el té, comí casi todo el pan tostado e incluso me cepillé los dientes con el cepillo que Shin compró en la farmacia. Después me metí en la cama y apagué las luces. Aunque fuera irracional, sentí que de mis párpados cerrados brotaban lágrimas de decepción. ¿Qué era lo que esperaba, que Shin finalmente se atreviera actuar? Era muy evidente que eso jamás sucedería. Las cosas que le agradaban de mí —que hablara sin rodeos y que fuera franca y graciosa— nadie las utilizaría para describir a las heroínas de las novelas. Solo servían para comparsas como el doctor Watson. Hundí la cabeza en las duras almohadas y sollocé en silencio.

La puerta se abrió, y me quedé congelada. La silueta de Shin se dibujó en medio de la luz del corredor. Después cerró la puerta sin hacer ruido, entró al baño y empezó a asearse. Lo mejor era fingir que estaba dormida. Apreté los dientes y juré que jamás le dejaría saber que estaba llorando. Justo cuando lo decidí, regresó al cuarto y se metió en la cama conmigo.

El sonido de la lluvia era menos intenso, pero seguía lloviznando sin parar. Alcanzaba a oír el ruido del agua que caía del techo y el sonido que hacía la cama bajo el peso de Shin. Contuve la respiración; el corazón me latía con tal fuerza que temí que pudiera oírlo.

—¿Estás dormida? —La forma tan gentil con la que lo preguntó hizo que se me rompiera el corazón. No era justo que Shin utilizara ese tono de voz conmigo. Exhalé, pero lo que salió fue un sollozo ahogado—. ¿Qué pasa? ¿Estás llorando? —Se incorporó de un brinco. No tenía caso ocultárselo, sobre todo cuando me quitó la almohada de encima. La lámpara de la calle nos iluminaba a través de las ventanas manchadas de lluvia, así que vio mi cabello despeinado y los rastros de las lágrimas sobre mi rostro—. ¿Es por Robert? —«Pero qué idiota eres, Shin», pensé y me froté la cara. Robert era lo que menos me preocupaba, pero Shin se inclinó sobre mí. No traía puesta la camisa, así que volví a tener aquella misma sensación, ese sentimiento de turbación y de falta de aire que experimentaba siempre que se acercaba demasiado. Cerré los ojos con fuerza—. ¿De veras te importa tanto? No vale la pena.

—No estoy llorando por Robert.

—¿Entonces qué pasa? ¿Te duele algo?

Eso último fue tan ridículo que no supe si ponerme a reír o a llorar otra vez y, mientras tanto, Shin permaneció sentado medio desnudo junto a mí.

—¿Por qué te fuiste hace un momento? —fue lo único que se me ocurrió decir.

—Estaba pensando. —Me estaba observando con sus ojos oscuros e inescrutables. El estómago me dio un poderoso vuelco. No podía quedarme acostada de espaldas con él cerniéndose sobre mí de esa manera; me ponía en desventaja. ¿En qué momento los músculos de sus brazos y de su pecho se perfilaron así hasta verse tan bellamente dibujados bajo la tenue luz que entraba por las ventanas?

—¿Otra vez? ¿En qué? —pregunté mientras me esforzaba por incorporarme en la cama.

—Llevo años esperando y no creo que pueda esperar más. —Puso una mano en mi cintura, debajo de la camisa. Pude ver el pulso que retumbaba en el hueco de su garganta, la mirada medio ansiosa y medio titubeante. No podía respirar—. ¿Alguna vez te besó Robert? —Asentí, sin poder hablar. Noté un brillo de furia en sus ojos—. Pues yo soy mejor.

Estaba segura de que iba a decir alguna otra majadería, pero, en vez de eso, colocó la otra mano en mi nuca y me besó.

Una enorme debilidad se apoderó de mis piernas, algo que se extendía hasta el centro de mi cuerpo. Una sensación cálida que me derretía. Sus labios eran suaves y fieros. Acariciaron mi piel y me abrieron la boca. Podía sentir el latido de su corazón, el roce de la mano que se deslizaba peligrosamente hacia arriba.

—¡Shin! —exclamé, pero me besó aún más en la boca, en el cuello, jalando mi camisa con impaciencia. Era todo lo que deseaba, pero era tan repentino y urgente que casi me espantaba—. ¡Espera! —dije, casi sin aliento, mientras nos deslizamos hasta quedar acostados en la cama.

—¿Por qué? —Ahora jalaba los botones de la camisa.

—Porque no podemos. No debemos. —Mis pensamientos eran un caos y empezaron a desmoronarse cuando lo rodeé con los brazos.

—Sí debemos. Si no, jamás serás mía. —Shin volvió a enterrar su rostro en mi cuello y puso las manos sobre mis senos. Me atravesó una corriente eléctrica; ahogué un gemido y lo alejé de un manotazo.

—Siempre he sido tuya, así que, por favor, detente.

—No es cierto. —Volvió a sentarse en la cama y se pasó las manos por el cabello que ahora le caía sobre la cara—. Este último mes ha sido la primera vez que me miras así. ¡Siempre estuviste enamorada de Ming! —Con las mejillas encendidas, no supe qué decir—. Y, si se tratara de Ming, estaría dispuesto a sacrificarme. Pero no por alguien como Robert —espetó con amargura.

—Shin —dije y le acaricié su mejilla—. Pensé que no te gustaba.

—Claro que me gustas. Siempre me gustaste.

—Entonces, ¿qué hay de todas esas otras chicas? —respondí, indignada—. ¿Qué estabas haciendo con ellas?

—Tratando de olvidarte, idiota.

Su boca abrió un lento y apasionado camino entre mis senos. Para mi enorme vergüenza, un gemido se escapó de entre mis labios, así que los mordí con fuerza. Shin siguió besándome de manera pausada, tomándose su tiempo, tocándome de manera experta, llenándome con un dolor añorante y atrevido. Había un zumbido en mis oídos, y mi piel parecía quemarse. Volví a experimentar aquella extraña sensación, esa maraña de curiosidad, temor e intolerable excitación. No conocía a este Shin, a este extraño con el cuerpo delgado y fuerte de un hombre, no de un muchacho. Y tampoco me conocía a mí misma. A esa parte de mí que quería morderlo, chuparle la punta de los dedos, consumirlo. Emitió un suave quejido cuando le enterré las uñas en la espalda, embriagada de triunfo y placer. Y entonces sentí que su rodilla intentaba separar mis piernas, que presionaba su turgencia ardorosa contra mí, y me di cuenta de que no iba a detenerse.

—¡Te dije que esperaras! —Con dificultad, lo empujé para alejarlo de mí.

—Y yo te dije —respondió, con mirada suave y ardiente— que te haría mía.

—¡Aquí no hay nada de «mía»! —Me incorporé y me abotoné la camisa hasta el cuello, aunque mi corazón seguía galopando. Sentía la cabeza llena de algodones. Shin se dejó caer de espaldas y se tapó la cara con un brazo.

—Robert no te querrá si no eres virgen. —Su voz sonaba amortiguada.

—¡¿Y de eso se trata todo esto?! —dije, furiosa—. De todos modos, no me quiere. ¡No soy así de popular!

—¿Acaso estás ciega? No sabes los problemas que tuve para deshacerme de tus admiradores a lo largo de los años.

—¿Que hiciste qué?

—Ah Hing, de la tienda de comestibles. Seng Huat, de mi escuela. Ah, y el tutor de matemáticas que vivía junto a la casa. —Empezó a contarlos con los dedos.

Furiosa, lo golpeé con una almohada.

—¿Quieres decir que tuve una oportunidad con el maestro de matemáticas? —Pasé un verano entero enamorada de él porque usaba gafas y llevaba el cabello de la misma manera que Ming—. ¡Qué bestia eres, Shin! ¡Una bestia completa y absolutamente egoísta!

Me tomó de un brazo y de un jalón me puso encima de él.

—¿Y qué se suponía que hiciera? Ni siquiera volteabas a verme. De todos modos, si no tenían las agallas para quedarse, no te merecían —dijo. Nuestros rostros estaban muy, pero muy cerca, a menos de diez centímetros de distancia. El corazón me latía con fuerza y tenía la respiración entrecortada. A pesar de intentar mirarlo con furia, en mi interior sentía una felicidad enloquecida—. ¿Me odias? —De nuevo, esa mirada medio ansiosa. Jamás vi a Shin así; de los dos, él siempre fue el más ecuánime, lo cual hizo que me sonrojara. Debió notarlo, porque continuó—: Si no me odias, déjame hacerlo. —Y empezó a besarme de nuevo.

Habría sido fácil ceder y dejar que ese lento dolor me consumiera. Mis brazos lo envolvieron, y sentí el movimiento de los músculos de su espalda cuando sin soltarme se dio vuelta para quedar encima de mí. Empezó a sonar una alarma en mi cabeza; empecé a escuchar todas las advertencias que me hizo mi madre. ¿Qué demonios estaba haciendo?

—¡No! —Esta vez lo empujé con tal fuerza que se cayó de la cama.

—¿Te preocupa quedar embarazada? —Shin estaba hincado junto a la cama, mirándome. En la lluviosa penumbra que entraba por las contraventanas, se veía tan apuesto que parecía irreal—. Porque no necesitas estarlo. Compré algo en la farmacia.

—¿Así que planeaste todo esto desde un principio?

—Por supuesto —respondió—. Te dije que estaba pensando.

—Y ¿esa es la razón por la que me acompañaste?

—Sí.

Quise golpearlo.

—Y todo eso de ayudarme con lo del dedo ¿fue una mentira?

—En realidad, no me importaba mucho lo del dedo. Solo quería estar contigo.

—Pudiste estar conmigo cuando quisieras —le dije—. No tenías que mentir.

—No, porque se lo prometí a mi padre. —Se detuvo de pronto, como si hubiera hablado de más.

—¿Qué es lo que le prometiste? —Una sensación de horror se apoderó de mí. Recordé las extrañas sombras azuladas, la oscuridad del gallinero y la forma grotesca en que colgaba el brazo roto de Shin—. ¡Dímelo o no te perdonaré jamás! ¿Qué es lo que pasó esa noche?

Shin empezó a hablar con voz monótona y un agotamiento repentino.

—Me dijo que había notado la forma en que yo te miraba; eso fue lo que inició la pelea y fue cuando me rompió el brazo. Le prometí que jamás te pondría una mano encima. No en su casa. A cambio de eso, me dijo que te dejaría en paz. —Suspiró—. Y eso fue todo.

Le acaricié el cabello, como siempre había querido hacerlo.

—Y ¿qué vamos a hacer ahora? —dije en voz baja.

Shin enterró su cara en mi regazo y me abrazó la cintura.

—Déjame dormir contigo esta noche.

—Está bien —dije, después de pensarlo—. Pero solo dormir. Nada más.

Levantó una ceja, pero no dijo nada. Volvió a meterse a la cama y me abrazó. El pecho se me llenó de una agitación dulce y dolorosa, como un ave que agitara las alas. En mi mente reviví las diferentes escenas de nuestra infancia, nuestras diferentes peleas y rivalidades. ¿Fui yo quien logró alcanzar a Shin o fue él quien me atrapó al mostrarse indiferente y paciente conmigo? Me acosté de lado, escuchando la lluvia y la respiración de Shin, y me sentí tan feliz que era absurdo.

43

Batu Gajah
Domingo, 28 de junio

La llamada llega el domingo por la noche e interrumpe el fresco silencio de la veranda en la que William está sentado, vestido con una camiseta de algodón y un *sarong*. El aire se siente pesado y pegajoso; es el preludio de un monzón. Wiliam está recostado en un sillón de ratán, y los hielos de su vaso chocan contra el vidrio cada vez que lo inclina. Recuerda un paseo junto a un lago congelado donde los trozos de hielo flotantes chocaban contra la orilla. Sonaban como campanas repicando, dijo Iris, cuyo encantador rostro estaba sonrosado por el frío. Fue justo antes de que lo acusara de infidelidad, de besar a otra mujer. De entre todas las cosas que sí hizo, jamás le fue infiel. Debía ser un error, le dijo. «Sé lo que vi», respondió con frialdad. «Fue en la fiesta de los Pierson». Esa noche, a la única persona a la que besó en la oscuridad del pasillo, sin testigo alguno salvo el sonido grave del reloj de piso, fue a Iris misma. Irónicamente, fue porque lo poseyó un afecto repentino hacia ella después de pasar un día encantador en compañía de sus amigos. Al recordar esa injusticia, a William lo embarga un súbito resentimiento. Tan clásico de las neurosis de Iris y su impactante capacidad para arruinar los momentos más agradables. Pero ese es un recuerdo de otro momento, de otra vida, y William sostiene el helado vaso de whisky contra su frente mientras escucha que el teléfono suena y suena dentro del búngalo vacío.

Al octavo timbrazo, Ah Long levanta la bocina. No es tan rápido como Ren, que corría a contestar el teléfono. Después se para en la puerta de la veranda.

—Dama, *tuan*.

Justo a tiempo, piensa William. Después de todo, no fue a la iglesia esta mañana; Lydia no tuvo oportunidad de hablar con él. Inhala profundo.

—¿Bueno?

La voz es tenue y vacilante, incluso a pesar de los ruidos de la línea telefónica.

—¿William? Habla Lydia. ¿Llegarás temprano el día de mañana?

—¿A qué te refieres con temprano? —Esto es tan molesto como alarmante—. ¿Acaso no puede esperar?

—… de Iris —escucha entre los ruidos causados por la mala conexión.

Sopla un fuerte viento que envuelve el delgado *sarong* de algodón alrededor de sus piernas. William detecta el olor de la lluvia.

—¿Qué fue lo que dijiste? —grita en la bocina.

—Te veo a las siete. En el pabellón europeo.

Se ve el fulgor retorcido de un rayo y se interrumpe la llamada. William se le queda viendo al aparato. Mañana a las siete, entonces. A pesar de la mala recepción, la voz de Lydia tenía un tono triunfal que hace que se le suba la bilis a la garganta. ¿Qué más estuvo haciendo? ¿Husmeando por doquier como una detective aficionada? Cierra los ojos con fuerza y le ruega a la oscura fortuna que lo sigue que, por favor, lo favorezca una vez más.

Para las seis de la mañana del lunes, William se ha levantado y vestido. La tormenta que azotó la región durante toda la noche se agotó sin dejar más que parches de pasto inundado y agua que gotea de manera constante de los amplios aleros. Ah Long le sirve un desayuno templado de pan tostado y alubias de lata en salsa de jitomate. Nada de huevos. Esta mañana William no tolera siquiera pensar en ellos y, además, extraña los delicados omelettes de Ren.

La casa entera extraña a Ren. En la penumbra parece vacía y atestada de sombras.

—¿Cuándo regresa el niño? —pregunta Ah Long con brusquedad.

—Hoy mismo pasaré a verlo.

El padecimiento de Ren es tan extraño y su deterioro tan precipitado que a William lo invade el inquietante temor de encontrar muerto al pequeño al llegar al hospital. Pero no debe expresarle estos pensamientos a Ah Long, que es demasiado supersticioso.

El serpenteante camino sigue oscuro porque aún no sale el sol. Los faros del Austin proyectan sombras que se dispersan entre los matorrales y los árboles. ¿Qué quiere Lydia de él? Tiene un mal presentimiento, el cual se intensifica cuando llega al hospital. En el horizonte se asoma un cremoso tono rosáceo y, aunque los edificios están en silencio, William percibe la vibración indescriptible del comienzo de la vida cotidiana de mucha gente. Son las 6:45. Llegó temprano.

El hospital de distrito, construido en un estilo tropical con entramado de madera, tiene cierto encanto fantasioso. Mirando hacia arriba, William se dirige hacia la oscura masa de las oficinas administrativas del ala europea. Es una de las pocas edificaciones de dos pisos del hospital casi campestre; no duda que Lydia esté en algún lugar cercano. Por instinto, dobla una esquina. Y allí está; su cabello rubio es inconfundible a la distancia.

Lydia está parada sobre el césped mojado junto al edificio, y está hablando con un joven chino con la quijada chueca. A juzgar por el uniforme blanco, es uno de los asistentes médicos que acaba de terminar su turno, pero la tensión del enfrentamiento alerta a William. Bajo la tenue luz, no se percatan de su discreta presencia.

—¡Nada que ver conmigo! —insiste Lydia—. ¡Puede decírselo al doctor Rawlings cuantas veces quiera!

El tipo abre la boca, pero William no tiene oportunidad de oír lo que está a punto de decir porque se escucha un estruendo repentino. Una sombra parpadeante cae y se estrella contra la cabeza del joven. Este se desploma y su peso muerto se desmadeja sobre el piso. William corre y se pone de rodillas, pero no tiene caso alguno. Lo sabe de inmediato. El cráneo está deshecho, y hay trozos de materia orgánica regados sobre las manos y la camisa. Hedor metálico de sangre y sesos. Alguien grita con voz aguda e histérica. Lo que cayó se deshizo por completo, pero William reconoce los fragmentos que quedan. Es una de las pesadas tejas de terracota que cubren los techos del hospital, los pasillos y los pabellones. Mira hacia arriba. No se ve nada más que las ventanas abiertas del segundo piso y, más arriba, la línea ininterrumpida del tejado.

El asunto es horrible e impactante, incluso para William, pese a que para él la sangre y las heridas son cosa de todos los días. No puede imaginar la impresión que debió causarle a Lydia, a quien se llevan de la escena temblando y sollozando. La policía acude al lugar para hacer su trabajo y tomar declaraciones. Suben al techo del segundo piso y confirman que hay un par de tejas faltantes, aunque nadie puede determinar si se debió a la tormenta de anoche o si ya faltaban desde hacía meses.

—Al parecer, estaban reparando el techo —dice el sargento y señala una pila de tejas junto a una de las esquinas del edificio—. Pudo haberle caído a usted, señor.

—La más afortunada aquí fue la señorita Thomson. —De hecho, Lydia pudo haber muerto con facilidad. La separaban poco más de cincuenta centímetros del asistente, cuya cabeza se abrió como melón maduro.

—¿Usted lo conocía? —le pregunta el sargento—. Era Wong Yun Kiong, más conocido como Y. K. Wong, de veintitrés años de edad.

—Tengo entendido que hacía diferentes trabajos para el doctor Rawlings. —Al recordar las palabras de Lydia, «Puede decírselo al doctor Rawlings cuantas veces quiera», se pregunta a qué se estaría refiriendo.

—¿Se tomará el resto del día?

William niega con la cabeza.

—Tengo pacientes a los que debo atender.

Cuando al fin le permiten que se marche, nota que le tiemblan las manos y que siente débiles las piernas. Es un accidente insólito, pero no puede dejar de sentir que algo está mal. Su instinto le advirtió, justo antes de que cayera la teja, que se acercaba una catástrofe. Después del impacto al ver el cuerpo de la víctima, su primera reacción fue pensar que murió la persona equivocada. «Debió ser Lydia», piensa, incluso a pesar de que lo inunda una terrible sensación de culpa. Esa oscura fortuna que lo sigue a todas partes, que dispone los sucesos para salvarlo, dio un giro del todo inesperado. Algo anda mal con los patrones, piensa, mientras sigue caminando hacia su oficina, aturdido y asqueado. ¿O acaso está viéndolo todo de cabeza?

Se detiene. En efecto, hay algo que está mal, algo que registró como una pequeña alteración en su campo de visión incluso bajo la tenue luz de la mañana. William regresa a donde se encuentra el oficial de policía.

44

Taiping / Falim
Domingo, 28 de junio

Permanecí acostada en aquella cama matrimonial de tiesas almohadas, con la cabeza sobre el pecho de Shin, y deseé que el tiempo se detuviera en ese preciso momento, para siempre. Era de mañana. Ya no estaba lloviendo, se percibía un brillante silencio en el aire y Shin estaba dormido.

La oscuridad se había disipado. Era como si los meses y años que vivimos en aquella larga y estrecha casa tienda de mineral de estaño se estuvieran convirtiendo en algo más, aunque no lograba determinar qué era. Lo único que sabía en ese instante era que nunca me había sentido tan feliz. Peligrosamente feliz. Presioné los labios contra la clavícula de Shin. Su piel estaba tibia y sabía a sal.

De repente me sentí alarmada y me incorporé en la cama, pero la camisa que traía puesta seguía abotonada y mi ropa interior estaba en su lugar. En el baño, me examiné con cuidado en el espejo manchado. El amor no obró ningún milagro, aunque las mejillas se me ruborizaron cuando recordé la manera en que Shin me sostuvo la noche anterior. Si hubiera seguido insistiendo, habría sido posible que cediera, a pesar de las advertencias que empezaron a retumbar en mi mente. ¿Qué íbamos a hacer? No podía vislumbrar un camino llano para los dos.

Cuando regresé al cuarto, Shin seguía recostado en la cama. Me incliné sobre él para admirar sus largas pestañas, y él me tomó por la cintura. Después de eso, pasaron varios minutos interesantes.

—Tenemos que tomar el tren —dije y me zafé de su abrazo con dificultad.

—¿Por qué siempre te niegas?

—Es solo que no creo que esto sea lo correcto.

—Te vas a arrepentir —me dijo—. ¿Sabes lo difícil que es escaparse así? ¿Ir a una ciudad diferente y encontrar un hotel donde nadie nos conozca?

Al principio pensé que estaba bromeando, pero su mirada era demasiado seria. Desabotonó la camisa que traía puesta y empezó a besar mi cuello. No podía respirar, no podía resistirme a las manos que se paseaban por mi piel, tocándome con destreza: hacían que las piernas me temblaran y el estómago me revoloteara.

—¡Detente! —jadeé.

El rostro de Shin estaba enrojecido.

—Ji Lin, por favor —dijo con una voz ronca que jamás había oído—. Por favor, te lo ruego.

Sabía lo que me estaba pidiendo. El corazón me dio un vuelco traicionero, pero supe que, si lo hacíamos, sería una decisión equivocada.

—Lo lamento —dije, aunque me hacía sentir miserable—. No podemos. ¿Acaso no puedes esperar?

Se levantó de repente y entró al baño. Oí que corría el agua y se quedó allí durante un largo tiempo. Apoyé la cabeza en el lugar tibio donde estuvo acostado y sentí una desdicha terrible. Quizá pensaba que no lo amaba en realidad. Después de todo, Fong Lan estuvo más que dispuesta a entregársele. Pensar en las demás novias de Shin hizo que el pecho se me estrujara de dolor. ¿Cómo aprendió a besar así y qué más hizo con ellas? No me permitiría sentir celos, pensé. No sería así, dependiente y empalagosa, incluso si algún día terminaba por dejarme.

Cuando salió del baño, era el Shin de siempre. Tenía el oscuro cabello mojado y sobre el brazo traía mi vestido amarillo, el cual dejé secándose la noche anterior.

—Te cambio la camisa por el vestido —dijo en son de broma.

—¿Qué pasó con tu camisa de anoche? ¿No terminó de secarse?

—Quiero esa que traes puesta.

Me sonrojé y, para mi sorpresa, lo mismo le pasó a Shin. Entré al baño, me cambié y le di la camisa nueva que estuve usando, la cual, por desgracia, estaba arrugada después de haberla usado para dormir. A continuación, sin saber qué decir, bajamos y pasamos al mostrador a pagar la cuenta. Estaba la misma encargada de la noche anterior, quien nos lanzó una de sus miradas suspicaces.

—Hubo algo de ruido en su cuarto anoche.

—Sí —respondió Shin—. Me caí de la cama.

Él apretó los labios, y yo tuve que contener el impulso histérico de romper en carcajadas, así que estrujé la mano de Shin con fuerza a fin de controlarme. Después, nos fuimos de Taiping, esa lluviosa y romántica ciudad anidada entre las colinas de piedra caliza. Un día, pensé, me gustaría volver ahí con Shin. Y hacerlo todo de la manera correcta.

Iría a Falim pues quería ver cómo seguía mi mamá. Shin se trasladaría a Batu Gajah para empezar su turno en el hospital.

—Ten cuidado cuando regreses a casa —me dijo. Todo el camino hacia el tren nos tomamos de la mano en secreto; no era correcto dar muestras de afecto de manera pública, pero, cuando nadie nos veía, Shin me robó un par de besos. Estaba tan contenta que debía estar sonriendo como una idiota, y Shin no estaba mucho mejor que digamos.

—Soy capaz de guardar un secreto —afirmé.

En respuesta, Shin acercó los labios a mi oreja.

—¿Ves? —murmuró—. Estás toda agitada.

Aunque odiara admitirlo, tenía toda la razón. Al recordar la manera en que Shin dijo: «Voy a hacerte mía», me pregunté si todos los hombres tenían este poder sobre las mujeres. Si, al ponernos las manos encima, con caricias y palabras dulces, podían someternos a su voluntad. Era una idea que no me gustaba en absoluto. Pero no, Robert también me había besado y los resultados fueron desastrosos.

—Shin —dije despacio—, ¿tienes otra chica?

—No.

—Entonces, ¿de quién es este anillo?

—Es tuyo. ¿Acaso no te lo di?

Quedé pasmada. Era cierto que me lo había dado enfrente de la jefa de enfermeras, pero supuse que era parte del juego. Shin me miró con timidez.

—Quería dártelo de otra manera… No así.

—Pensé que tenías una novia en Singapur. Koh Beng me lo dijo.

—Eso es porque, cuando estoy en Singapur, digo que tengo una novia en Ipoh y viceversa. De lo contrario, se vuelve un problema. La gente me pregunta si estoy disponible o tratan de conseguirme una pareja, pero siempre fuiste tú.

—¿Me compraste el anillo a mí? —Me sentí extasiada.

En respuesta, besó la palma de mi mano.

—Supuse que debía intentarlo, en especial después de que Ming se comprometió.

—Pero no me queda.

—Por la forma en que comes, pensé que estarías más gorda para este momento.

Shin enredó los dedos de su mano entre los míos y solté una carcajada. Parecía incorrecto sentirse así de feliz. Pensé en la mirada en el rostro de Ren, en ese encanto como si me hubiera esperado toda su vida, y una sombra se cernió sobre mí.

—Estoy preocupada por Ren. ¿Podrías ver cómo se encuentra? ¿Y también Pei Ling? Averigua si se recuperó de su caída.

Cuando llegamos a la estación de Ipoh, vacilé; no quería dejar a Shin.

—Mejor vete —me dijo—. De lo contrario, terminaré siguiéndote. —Sin que le importara que alguien nos viera, me dio un beso apasionado en la puerta del tren. Después pareció que se dirigiría a una banca. Puse la palma de la mano contra el vidrio de la ventana, y él puso la suya del otro lado. Miré fijamente el anillo de Shin, que brillaba en mi dedo medio. El dedo fantasma o *jari hantu*, como lo llamó Koh Beng. Shin dio unos golpecitos en el vidrio. Sorprendida, levanté la vista y lo miré a los ojos. Movió la cabeza. «¡Vete ya!». De modo que, con una última mirada, me fui.

Cuando llegué a Falim, eran casi las doce, y la intensa luz del sol me obligaba a entrecerrar los ojos. Caminé el breve trecho restante a la casa como entre nubes. El interior de la casa estaba fresco y oscuro, y tardé unos instantes en darme cuenta de que Robert estaba allí. Con mi madre y mi padrastro.

Me congelé. Mi intención era entrar con sigilo, no toparme con el comité de bienvenida.

—¿Dónde estuviste, Ji Lin? —Los ojos ansiosos de mi mamá se posaron sobre el vestido amarillo canario, que, por desgracia, parecía vestido de fiesta más que nunca.

—¿Por qué? ¿Qué pasa? —Me obligué a hablar con voz serena, aunque el pulso me galopaba en las sienes.

—Robert dijo que no te encontró en el taller de la señora Tham.

Bueno. Después de todo, no era tan terrible. Lo miré de reojo. Tenía un aire caótico y agitado, como si él, y no yo, hubiera pasado la noche lejos de casa. Mi padrastro no dijo nada, pero su larga y silenciosa mirada fue lo que más ansiedad me provocó.

—Estuve con mi amiga Hui. La recuerdas, ¿no?

Mi mamá no había conocido a Hui jamás; con desesperación, rogué que entendiera mi silenciosa súplica. Miró a mi padrastro de soslayo y, por fortuna para mí, respondió:

—¡Ah, claro! Debí imaginarlo. En fin, empezaré a hacer la comida.

Con esa y otras excusas, logró llevarse a mi padrastro, quien antes de irse volvió a lanzarme una mirada de profunda suspicacia.

—Tenemos que hablar —me dijo Robert tan pronto se marcharon.

No me gustó la insistencia en su mirada, pero no tuve otra opción que salir a dar una breve caminata con él, lejos de la casa tienda. Caminamos en silencio, pero el sol de mediodía era demasiado ardiente. Me sentí mareada y sedienta, con el pecho tenso por la ansiedad.

—¿Cuánto tiempo llevas trabajando allí? —me preguntó al fin.

—Unos cuantos meses.

—Estuve indagando —dijo con torpeza—. Es un sitio bastante decente, pero no es un buen trabajo. Lo sabes, ¿cierto?

Claro que lo sabía, pero, de todos modos, Robert me dio un largo discurso. Deseaba con ansias que se largara, que regresara a su mundo de sirvientes y autos y viajes a Europa, pero no podía darme el lujo de confrontarlo.

—Mira —dije al fin—. ¿Qué es lo que crees que hago en el Flor de Mayo?

—Bailas con diferentes hombres… por dinero. —No quería mirarme a los ojos, y me di cuenta de que estaba ocupado imaginando toda clase de cosas innombrables.

—Sí. Soy una… instructora de baile —respondí—. Y trabajo allí solo dos tardes a la semana. Pero no tengo citas externas, aunque probablemente ganaría más dinero de esa manera.

Robert ni siquiera chistó cuando hablé de las citas externas, y me percaté, con una ligera sensación de sorpresa, de que estaba familiarizado con el término. Quizás incluso las conocía por experiencia propia.

—¿Necesitas el dinero?

Escuché la voz urgente de Shin en mi cabeza: «No le pidas nada».

—No es asunto tuyo —respondí—. Además, ya no trabajo allí.

—Déjame ayudarte, Ji Lin —dijo, después de morderse los labios un momento—. A fin de cuentas, ayer evitaste que Shin me golpeara.

—No quería que se metiera en problemas —contesté, pero Robert se hizo el tonto.

—Me asombró que se pusiera así de violento. ¿Estás bien?

Estuve a punto de recordarle a Robert que fue él quien casi me llama prostituta en frente de Shin, pero me mordí la lengua.

—Estoy de maravilla. Y ahora, si me lo permites, debo ir a cambiarme.

En cuanto las palabras salieron de mi boca, Robert se dio cuenta de que traía el mismo vestido del día anterior. Quise patearme; yo misma se lo hice notar.

—¿Acaso estuviste con Shin anoche? ¿A dónde fueron ayer?

«Peligro…».

—Ya te dije que fui a casa de una amiga. —Me di media vuelta, pero ahora Robert tenía algo con lo cual presionarme; si mi padrastro se enteraba de dónde estuve trabajando, quién sabe qué sucedería—. Creo que lo mejor es que nos dejemos de ver —dije tan educadamente como pude—. Te agradezco tu interés, pero puedo cuidarme a mí misma.

—Pero quiero verte —dijo y me siguió de cerca—. Necesitas ayuda. —Apresuré el paso, impaciente por alejarme. Descubrí, con cierta angustia, que se veía a sí mismo como mi salvador, como alguien que podría rescatarme de mis desafortunadas elecciones, de mi hermano violento. Habría sido muy gracioso si no fuera tan horrible. Robert me tomó del codo. Me congelé. Estábamos parados a media calle y había personas y bicicletas pasando a nuestro lado. Estaba segura de que no intentaría hacer nada allí. Sin duda vio mi alarma, porque bajó la mano con expresión incómoda—. Solo quiero lo mejor para ti —dijo.

Por fin se marchó, después de otra larga y confusa perorata acerca del peligro de las malas decisiones y de cómo debía tener más cuidado por ser una joven mujer. Pero mis problemas no habían acabado.

Al regresar, escuché voces que discutían en la sala del segundo piso. Subí las escaleras a todo correr y me topé con mi padrastro, quien venía bajando. No me miró; simplemente pasó junto a mí, furioso. Mi madre estaba sentada en una silla de ratán, con los ojos cerrados y las manos presionando sus sienes.

—¿Qué pasó? —La estudié consternada, buscando alguna lesión visible, pero todo parecía estar en orden—. ¿Fue algo que hice?

—No, no. —Esbozó una débil sonrisa. Después, bajó la voz—. Pero, en serio, Ji Lin, ¿dónde estuviste anoche?

Por un breve instante, consideré confesarle lo de Shin y cómo nos sentíamos, pero algo me advirtió que no lo hiciera.

—Donde te dije. Me quedé en casa de mi amiga Hui. ¿No la recuerdas? Aquella que es muy elegante.

Ya antes le había hablado de Hui a mi mamá, y pensé que le interesaría su forma de vestir y su estilo, pero en esta ocasión no me siguió la corriente. Solo asintió, con ojos desconfiados. ¡Si tan solo Robert no los hubiera alertado! El hecho de que llegara de algún lugar desconocido con un vestido amarillo muy frívolo y apretado hacía que todo pareciera más sospechoso. Pero también era el vestido que traía puesto cuando Shin me besó. El que dijo que le gustaba. Y por esa razón sería mi vestido favorito para siempre, aunque no podía verlo sin sentirme culpable. Siempre me sentía culpable cuando estaba con mi mamá; eran precisamente su docilidad y sus silenciosos reproches los que me desmoronaban.

—¿Están bien tú y Robert?

—Ya no nos vamos a ver mucho. —Mientras más rápido quedara establecido, mejor.

—Pero ¿por qué, si es un chico tan agradable?

—No encajamos bien. —Al ver su rostro angustiado, añadí—: Por favor, no digas más.

—¿Acaso es por Shin?

Me congelé.

—¿Y Shin qué tiene que ver con esto?

—Es que, por alguna razón, a Shin no le agrada Robert.

—A Shin no le agrada nadie —dije a la ligera.

—Eso no es cierto; le agrada Ming. Y le agradas tú. Me hace feliz que tengas un hermano, aunque se la pasen peleando. La familia es lo más importante; es algo que entenderás cuando seas mayor.

Se quedó callada, y me pregunté si estaría recordando a todos los niños que perdió, a esos niños que jamás lograron existir. Me estremecí al pensar en Yi. ¿Seguiría sentado pacientemente en la estación de trenes de la tierra de los muertos esperando la muerte de su gemelo?

—Mamá —dije despacio, aunque temía estar cometiendo un terrible error—, hay algo que quiero contarte.

45

Batu Gajah
Lunes, 29 de junio

La noticia del accidente inusitado recorre los pabellones como un vendaval de mal agüero. La muerte no es una forastera en este hospital; camina por los pasillos y corredores a diario, y se lleva consigo a los ancianos y enfermos. Pero que haya vuelto tan pronto después de la partida de Pei Ling le da un matiz espeluznante a las murmuraciones del personal.

Dicen que hay un fantasma vengativo que ronda el hospital. Que Pei Ling se cayó por las escaleras porque lo vio. Y que ese asistente médico, Y. K. Wong, murió fulminado por la teja que cayó sobre él porque vio al fantasma caminando por el techo del hospital.

—Y ¿por qué caminaba por el techo? —pregunta Ren. El día de hoy lo dan de alta. Es increíble la rapidez con la que se recuperó, dice el médico nativo que lo examina. Es impactante el cambio de un día para otro, pero así son los niños.

—No es nada que deba preocuparte —dice el doctor Chin; es el mismo que le informó con torpeza de la pérdida de su dedo y que ahora revisa con inquietud el parche de piel totalmente blanca en el codo de Ren. Es el sitio exacto en donde lo tomó del codo la pálida enfermera, Pei Ling, en aquel brillante mundo de sus sueños. Cuando Ren pone los dedos de la mano derecha en ese mismo punto, siente que vibra. Su sentido felino está fortaleciéndose, como si le hubiera abierto la puerta a algún camino crepuscular. Y, allá afuera, hay muchas otras criaturas blancas y frías. Ren piensa en la *pontianak* y en las demás historias de mujeres furiosas y perdidas que se acercan por las noches, envueltas en su largo cabello negro. Nunca jamás se les debe dejar entrar, por más que rasquen a la puerta con sus largas uñas y llamen con sus voces dulces y lastimeras que prometen conocimiento y secretos. Pero ¿qué pasaría si uno saliera por un instante para hablar con ellas?

El médico le palpa el codo, pero Ren no siente dolor alguno, solo una extraña insensibilidad. La marca tiene un extraordinario parecido con la huella de alguna mano fantasmal.

—Podría jurar que esto no estaba aquí antes —murmura el doctor. Ren guarda silencio. Entiende que este es el precio que debe pagar por haber dejado a Pei Ling sola en ese tren—. En todo caso, te vas a casa el día de hoy. —Lo más seguro es que William se lo lleve consigo al final del día o, al menos, eso es lo que piensa Ren. El doctor Chin le lanza una extraña mirada—. Mejor corroboremos que no se haya marchado a casa temprano. Escuché que fue el primero… en la escena esta mañana.

—No, está trabajando —responde la enfermera. Ambos intercambian una mirada de suspicacia.

—¿Y la señorita Lydia?

En ese preciso momento, Lydia misma aparece en la entrada abierta del pabellón. Tiene los labios pálidos y el cabello aplanado de un lado, como si hubiera estado recostada, cosa que, de hecho, hizo en una de las oficinas.

—¿Me necesitan? —pregunta al escuchar su nombre—. ¿Hay algo en lo que pueda ayudar?

—¡Ah, señorita Lydia! Oímos que estuvo presente cuando sucedió el accidente —responde la enfermera—. Debe haber sido horrible.

—Así es. Mi padre no tardará en pasar por mí; para ser sincera, no estoy en condiciones para conducir —dice con una mueca. Esto despierta una serie de gestos compasivos y de admiración parcial ante su peculiar fortaleza extranjera. Alguien le colocó un delgado chal alrededor de los hombros, pero no logra ocultar del todo el fino reguero de manchas color café rojizo sobre la blusa. Ren se le queda viendo y su sentido felino se estremece. La muerte cubre esa blusa y esa falda, y a Ren lo marea el horror que lo embarga. Sin embargo, a pesar de la palidez de su rostro, Lydia está rebosante de una nerviosa energía. Se acerca y se sienta junto a Ren—. ¡Vaya, qué mejorado te ves!

—Sí —responde al mismo tiempo que baja los ojos. ¿Acaso nadie más ve la sangre que la cubre? Quizá porque es muy poca, apenas unas cuantas manchas. No obstante, las invisibles antenas de Ren perciben una pegajosa telaraña gris que la envuelve por completo. No sabe lo que significa; únicamente lo hace rehuir sus torpes demostraciones de cordialidad. ¿Qué es lo que hace que se le contraigan las pupilas? ¿Temor o emoción?

—Quería darte esto —dice Lydia y saca algo de su bolso—. ¿Verás a tu amiga Louise de nuevo? —Por un momento, Ren se siente confundido… ¿Quién es Louise? Después recuerda que es el otro nombre de la chica de azul. Sin saber qué decir, simplemente asiente—. ¿Podrías darle esto?

Ren da un respingo. Es un pequeño frasco de vidrio, igual a aquel en el que venía el dedo desecado, pero este está lleno de un líquido color té. Claro que este es un hospital y que Lydia trabaja aquí como voluntaria. No es de sorprender que tenga el mismo tipo de frasco.

—¿Qué es?

—Una medicina estomacal que le prometí la última vez que estuvo aquí —responde.

Ren recuerda la conversación entre Lydia y Ji Lin, acerca de cómo las mujeres tenían problemas mes con mes y lo injusto que eso era. De forma obediente guarda el frasquito, pero después recuerda las estrictas reglas del doctor MacFarlane para las medicinas.

—¿Debo etiquetarla con alguna dosis?

—Dile que la beba toda si le duele el estómago. Es un tónico leve; lo tomo yo misma. Pero no se lo menciones a nadie más; podría avergonzarla. —Sonríe y se levanta para marcharse.

Ren la observa alejarse y se pregunta cómo es que nadie más advierte el vaho mortuorio que la persigue. Es como una especie de velo o capullo invisible, con delgados filamentos tejidos de nada. Al parecer, Lydia logró engañar a la muerte esta mañana, pero, por lo que se ve, no salió del todo ilesa.

46

Falim
Domingo, 28 de junio

El rostro de mi madre, de por sí demacrado, palideció aún más cuando se lo conté. Cerró los ojos durante un largo rato.

—Pero solo bailaba. Te lo juro, no hice ninguna otra cosa. —Decidí confesarle lo de mi trabajo en el salón de baile porque era posible que Robert soltara la sopa. No podía hacer nada en cuanto a la reacción de mi padrastro, pero era mejor que por lo menos ella estuviera preparada—. De modo que, si lo oyes de alguien más, no debes escandalizarte. Aunque son altas las probabilidades de que jamás salga a la luz. —Hablé con una falsa confianza—. Y claro que la señora Tham no lo sabe.

Temí que me reclamara por tomar una decisión así de estúpida, pero solo parecía triste.

—¿Fue para pagar mis deudas?

Vacilé, pero no tenía caso alguno negarlo.

—Ya renuncié, así que no tienes nada de que preocuparte.

Su rostro se contrajo.

—Hice mal en involucrarte; no debes hacer este tipo de cosas de nuevo. Le contaré a tu padrastro lo del dinero.

—¡Estará furioso! Además, Shin dijo que nos ayudaría.

—No quiero que te preocupes más por esto. No es una carga que tú debas llevar. —Se mordió los labios—. ¿Es por eso que Robert ya no vendrá a verte? ¿Porque se enteró de ello?

—No. Yo soy la que no quiere verlo más.

—Pero ¿por qué? Es un buen hombre, Ji Lin; si a pesar de todo eso...

—No es correcto porque no le tengo ningún afecto.

—¡Podrías aprender a quererlo! —Se detuvo al darse cuenta de que había alzado la voz. Continuó en voz baja e insistente—: ¡No pierdas esta oportunidad, Ji Lin! Hará una enorme diferencia... ¡Te arrepentirás el resto de tu vida si lo dejas ir!

Jamás escuché a mi madre usar ese tono de voz tan asertivo y, para ser sincera, me escandalizó. Me limité a mover la cabeza.

—Simplemente no es una opción para mí.

—Entonces, ¡haz que sea una opción! ¡No seas tan orgullosa! —exclamó. Lo que me detenía no tenía nada que ver con el orgullo, pero eso sí era algo que jamás podría decirle—. ¿Hay alguien más? —dijo de repente.

—Sí —contesté, después de una pausa.

—¡¿De quién se trata?!

—De Ming. —Examiné su expresión con disimulo. ¿Qué tanto quería a Robert como yerno?

—Ah, Ming. —Mi mamá emitió un suspiro de alivio—. Pero si sabes que eso jamás sucederá. Está comprometido. —De todas maneras, me estudió con detenimiento. ¿Acaso sospechaba algo?

Esa noche mi madre y yo nos miramos con cierto recelo. La posibilidad de que le confesara sus deudas a mi padrastro me aterraba, pero ella parecía mucho más preocupada de que perdiera mi oportunidad con Robert. Interpreté la sospecha que se evidenciaba en su rostro; no creía del todo que siguiera empecinada con lo de Ming, pero no quiso pronunciar palabra porque mi padrastro estaba allí, sentado en medio del más opresivo silencio mientras picábamos la comida. La tensión era pasmosa. Miré el asiento vacío de Shin en demasiadas ocasiones y, cuando de pronto mis ojos se cruzaron con los de mi madre, bajé la mirada y me sentí culpable. Esto estaba mal. A ese paso, terminaría por delatarme, de modo que me fui a la cama con la esperanza de que la mañana siguiente llegara con rapidez.

Sin embargo, en vez de eso, lo que llegó fueron los sueños. No era el sitio soleado donde solía encontrar a Yi, sino otras visiones extrañas. Quizás estaba demasiado preocupada por los sucesos de los últimos días, porque estaba en un cruce de vías férreas con diversas plataformas, corredores y escaleras que se conectaban por debajo de las vías. Era la imagen contraria de la estación de trenes de Ipoh. Era blanca y enorme, pero aquí todo era oscuro, opresivo y sórdido. Estaba cayendo la noche, un crepúsculo azul profundo, y había incontables figuras espectrales y silenciosas que se apresuraban de un lugar a otro. Lo único que sabía era que debía elegir un tren con rapidez o, de lo contrario, me quedaría atrás.

Las personas en sí eran indistintas. Si las veía directamente, se disolvían como si fueran de humo, pero, tan pronto desviaba la mirada, volvían a correr de aquí allá, ocupadas en asuntos importantes. Caminé hasta la orilla de una plataforma y me asomé a las vías del tren. Se extendían como escaleras torcidas en la distancia. Un par de letreros decían *Hulu* y *Hilir*, que significan «río arriba» y «río abajo» en malayo, aunque eso no tenía ninguna lógica en una vía de trenes. Las vías marcadas como *Hilir* me hicieron sentir que muy lejos, al final de ellas, quizá podría encontrar a Yi. Fue un pensamiento fugaz que deseché de inmediato, aunque tuve la sensación de que, si le hablaba en este preciso momento, se aparecería de aquella forma silenciosa y atemorizante.

Un humo oscuro se esparció por toda la plataforma ante la entrada de un tren. Las personas lo abordaron de prisa, pero yo dudé, pues no sabía si me quedaría atrapada aquí para siempre si no tomaba una decisión cuanto antes. Un anciano enjuto, un extranjero de ojos claros y barba gris y áspera, atravesó la plataforma. Las orillas del traje oscuro que traía puesto parecían difuminarse y perderse, como si estuviera deshilachándose en la creciente oscuridad. Empezó a mover la boca mientras señalaba mi canasto de viaje.

—¿Disculpe? —dije.

Seguía sin oírse nada, como si fuera una radio enmudecida, pero supe por los movimientos cuidadosos y exagerados de sus labios que estaba intentando decirme algo.

«Devuélvelo», dijo, moviendo los labios en silencio, al tiempo que hacía un gesto hacia mi canasto. Entonces supe, de esa forma inexplicable que ocurre en los sueños, que se refería al dedo faltante, al pulgar del paquete de Pei Ling.

—¿A dónde? ¿Al hospital? —pregunté. Pero solo me sonrió. «Gracias por todo». Después, pasó junto a mí y se subió al tren—. ¡Espere! —exclamé y corrí tras él.

Se dio la vuelta y me miró con cordialidad. Lo miré directamente a los ojos, esos ojos de color claro, y me percaté de que tenían pupilas verticales, como las de un gato. Horrorizada, retrocedí un paso.

El anciano ladeó la cabeza. «Ya me voy». Juntó las palmas de las manos con un gesto de disculpa y gratitud, y noté que ambas estaban intactas, con todos sus dedos. Se levantaron nubes de vapor y humo sucio. Se oyó el furioso silbido del tren, sentí la profunda vibración de las vías y una enorme grisura lo cubrió todo.

El silbido del tren se convirtió en un graznido, en el áspero grito de un cuervo que caminaba a un lado y otro sobre el alféizar de mi ventana. Mientras me frotaba los ojos, pensé que, además de significar «río arriba» y «río abajo», las palabras *hulu hilir* también significaban «principio y fin» en malayo. Me incorporé en el silencio de la mañana. Era solo un sueño y nada más. ¿O no? Como fuera, jamás quise ser capaz de hablar con los muertos.

«Devuélvelo», me dijo. Me estremecí con el frío aire de la mañana y me acerqué a mi canasto de viaje. Tenía empacada la lista de nombres que le mostré a Koh Beng, junto con el pulgar cercenado, el del misterioso paquete de Pei Ling. Hoy iría a Batu Gajah y lo colocaría con los demás especímenes del almacén de patología y, con algo de suerte, le pondría fin a todo esto.

Pero no fue lo que le dije a mi madre.

—Volveré a Ipoh.

Asintió sin decir nada, aunque sus ojos se mostraron dudosos. Seguía preocupada por lo de Robert. Pero yo no planeaba volver a ver a Robert jamás, solo a Shin. Tenía que contarle mi sueño. Al recordar la mano izquierda del anciano extranjero, con los cinco dedos intactos, estuve segura de haber hecho lo correcto al enterrar el dedo en la tumba del doctor MacFarlane.

Cuando llegué al hospital de Batu Gajah, ya eran las ocho y media de la mañana. Era un poco temprano para que hubiera tanta gente reunida afuera de la entrada principal.

—¿Qué pasó? —le pregunté a una mujer de mediana edad vestida con un *samfoo* amarillo.

—Un accidente. La policía no nos deja entrar, incluso a pesar de que les dije que tenía una cita y de que el pobre tipo ya esté muerto.

Sentí que me recorría una sensación de alarma.

—¿Quién murió?

—Un joven que trabajaba allí. Un asistente médico, dijeron.

«¡Shin!». Aterrada, corrí hasta delante.

—¡Déjenme pasar, por favor! —Había un agente malasio de guardia, así que me abrí paso de forma frenética entre la muchedumbre, cuya irritación se fue transformando en susurros de interés y compasión—. Mi hermano trabaja aquí como asistente médico —le dije, casi sin aliento—. ¿Sabe quién murió?

—No sé cómo se llame, pero, si es un familiar, puedo hacerla pasar. Es por aquí, hacia la sección europea.

Con la boca completamente seca, corrí tras él. Cruzamos hacia una parte del hospital en la que jamás había estado. Al acercarnos a la esquina de un edificio de dos pisos con entramado de madera, encontramos otro grupo de personas. Miraban el techo y, después, una parte del césped junto al edificio.

—Allí es donde sucedió. —El agente hizo un gesto, con los ojos puestos en un alto y delgado oficial sij que estaba guardando un pequeño cuaderno—. Capitán Singh, esta mujer quiere saber si se trata de su hermano.

—¿Cuál es su nombre? —Sus ojos se posaron en los míos con una mirada penetrante y ambarina.

—Lee Shin —dije y contuve la respiración—. Trabaja aquí como asistente médico.

Echó una mirada a su cuaderno.

—No. Este fue un señor Wong Yun Kiong.

Sentí que se me doblaban las piernas. ¡Gracias al Cielo! Aun así, para mi horror, el nombre me resultaba familiar.

—¿Se refiere a Y. K. Wong?

—¿Lo conocía?

¿Qué debía decir? Mientras vacilaba, alguien pasó junto a mí.

—Inspector, necesito hablar con usted. —Era William Acton. Estaba pálido y con los ojos enrojecidos, como si llevara horas despierto.

El inspector se volvió hacia él, y ambos hombres me ignoraron por completo.

—¿De qué se trata, señor Acton? Pensé que se marcharía a casa.

—Tengo pacientes a los que debo atender. Pero acabo de recordar algo.

—Según su declaración, una teja que cayó del techo fue la que rompió el cráneo del señor Wong.

—Así es, pero no cayó desde el techo —dijo. Todos miramos hacia arriba de manera instintiva—. No me percaté de ello sino hasta después, porque todo sucedió demasiado rápido. Pero no tenía la altura suficiente.

—¿A qué se refiere?

—Bueno, pareció como una sombra que caía, pero estoy casi del todo seguro de que la teja cayó desde el segundo piso, no desde el techo.

—Esa es una acusación muy seria, señor Acton —dijo el inspector después de una breve pausa—. ¿Está diciendo que alguien dejó caer la teja desde una de las ventanas del segundo piso?

Era posible, pensé, mientras examinaba el edificio. Las ventanas eran altas y delicadas, y permanecían abiertas para permitir el libre paso del aire. Acton dudó un instante.

—Tal vez.

—¿Podría jurarlo? Todavía estaba oscuro.

—No estoy del todo seguro de poder jurarlo. —Se frotó la cara—. Pero es lo que siento.

—Los sentimientos importan mucho menos que los hechos. —La animadversión entre ambos hombres era casi eléctrica. ¿Se conocían de antes?

—Solo quiero darle a la policía toda la información que me sea posible.

—Por supuesto, y subiremos al segundo piso para asegurarnos —dijo el inspector con tranquilidad—. Pero, al parecer, estaba cerrado en ese momento. Son las oficinas administrativas, ¿no es verdad?

—Sí, aunque varios miembros del personal tienen llaves.

—Se lo agradezco, señor Acton. Lo tendré en cuenta.

William Acton vaciló un instante y se alejó. Me apresuré a seguirlo para preguntarle qué había pasado, con la esperanza de que el inspector se olvidara de mí. ¿Por qué murió Y. K. Wong?

—Louise —dijo Acton cuando lo alcancé—. ¿Cómo es que siempre te apareces cuando menos me lo espero? —Empecé a explicarle con torpeza lo de mi hermano, pero en realidad no me ponía atención—. La primera vez que me topé contigo fue en el almacén de patología, antes de que esa enfermerita se cayera por las escaleras. ¿Sabías que murió el fin de semana? —Horrorizada, negué con la cabeza—. Estuviste en la fiesta la noche en que desapareció Nandani, y ahora, de nuevo, esta mañana. ¿Eres el ángel de la muerte, Louise?

—¡Por supuesto que no!

—Pero sabes del río que aparece en mis sueños. Dime, ¿has visto a alguna persona muerta últimamente? —preguntó. No había manera de que supiera lo de Shin y yo, ni de lo de la tumba del doctor MacFarlane. El corazón me latía de manera irregular. Acton sonrió con amargura—. Lo siento. Estoy de un humor horripilante esta mañana. ¿Qué te parece si me acompañas a tomar un trago un día de estos? ¿Cuánto cobras por una cita externa?

Sorprendida, lo único que pude hacer fue ofrecerle una sonrisa automática. La misma mirada neutra y profesional que utilizaba en el trabajo. Para él, yo no era más que una fulana con la cual distraerse un rato, pero yo también podía jugar el mismo juego, y había preguntas que quería hacerle.

—¿De veras vio algo que caía desde el segundo piso?

—¿Acaso no me crees?

—Por supuesto que le creo —dije con absoluta sinceridad—. Creo que los instintos son muy importantes.

—Es posible —dijo, después de suspirar— que hubiera alguien en el segundo piso, pero ¿qué motivos tendría para arrojar una teja por la ventana? —Era la misma pregunta que yo me hacía, aunque la amenaza de Shin de matar a Y. K. Wong resonó de forma incómoda en mi cabeza. Era de esperarse que se enojara al enterarse de que Y. K. Wong me había encerrado en el almacén de patología, pero jamás haría algo como esto… ¿O sí? Pensé en la silenciosa furia de Shin, en esa oscuridad heredada de mi padrastro a la que siempre le temí—. ¿Te encuentras bien, Louise? —me preguntó Acton. Nos detuvimos y la gente empezó a vernos con curiosidad.

—¿Usted conocía a Y. K. Wong, el hombre que murió? —pregunté. No estaba segura de si debía informarle al inspector acerca de mis desafortunados encuentros con él o si eso me metería en más problemas.

—No realmente. Solía verlo por allí. —Se frotó una mejilla de aspecto grisáceo y seco como el papel—. En cierto sentido, sería mejor que fuera algo más que de un accidente extraordinario, que haya alguna razón lógica para que muriera.

—¿A qué se refiere?

Acton hizo un gesto nervioso.

—Es solo una idea. Una fantasía peculiar. ¿Alguna vez has sentido que las cosas se disponen de forma un poco demasiado conveniente?

El estómago me dio un vuelco. Era exactamente lo que me había dicho Yi en aquella estación ferroviaria desierta, que el quinto del juego estaba reorganizando las cosas. «Todo se reduce a un problema con el orden».

—¿Como si el destino se reacomodara a su gusto?

No fue más que una conjetura, pero Acton quedó impactado. Después se rio con amargura.

—Qué chica tan extraordinaria eres, Louise. Entiendes las cosas a la perfección. Quizá te conocí en una vida anterior.

Justo en ese instante, Koh Beng se nos acercó por detrás. Sorprendida, me pregunté qué tanto de nuestra conversación habría escuchado, pero se limitó a dirigirse a Acton.

—La jefa de enfermeras quiere verlo, señor.

—Muy bien. —Miró a su alrededor—. No te vayas —me dijo antes de cruzar hasta el otro edificio.

No tenía intención alguna de obedecerlo, pero esperé unos cuantos minutos para que no hubiera más moros en la costa. Koh Beng se quedó conmigo.

—¿Qué hacías aquí hablando con el señor Acton?

—Me topé con él mientras hablaba con la policía acerca del accidente.

—¿Con la policía? ¿Les dijiste algo acerca de los dedos faltantes?

—No. ¿Debí hacerlo?

Koh Beng me miró de soslayo. Hoy se veía diferente; estaba nervioso y nada alegre, como si la muerte de su colega lo afectara profundamente.

—¿Trajiste la lista de nombres que estaba en el paquete de Pei Ling? ¿Recuerdas que te dije que te ayudaría a averiguar más al respecto? —Mientras yo revolvía las cosas dentro de mi canasto en busca de la lista, añadió—: Y ¿a qué se refería con aquello de que había alguien en el segundo piso?

—Creyó ver a alguien allí.

—¿Y se lo dijo a la policía?

—No estoy segura de si le creyeron. —Saqué las listas. Koh Beng las miró con entusiasmo por encima de mi hombro.

—Pues esto comprueba que Y. K. Wong estaba vendiendo los dedos —dijo—. Estos son todos los pacientes que entraron en contacto con él.

—¿Cómo lo sabes?

Koh Beng se encogió de hombros.

—Me mantengo alerta. Las personas hospitalizadas se angustian y son vulnerables; todas buscan un poco de tranquilidad. Mira, este tipo de aquí era un tahúr confirmado. —Señaló la lista que tenía en la mano—. Los jugadores son capaces de comprar cualquier cosa; ¿recuerdas aquel escándalo por los nidos de *burung ontong*?

El *burung ontong* es una pequeña ave que construye nidos muy ocultos en sitios altos e inaccesibles. Se decía que si se colocaba uno de esos nidos dentro de un recipiente lleno de arroz, le traía enorme fortuna a su poseedor. Hacía no mucho habían desatado una moda frenética, y un buen ejemplar podía venderse por entre diez y veinticinco dólares de las Colonias del Estrecho. En comparación con localizar un nido diminuto e inaccesible, supuse que vender especímenes de patología sería mucho más sencillo.

—Pero no me parece que Y. K. Wong fuera el tipo de persona que sabría embaucar a los supersticiosos para venderles amuletos. —Era demasiado formal y torpe, pensé, frunciendo el ceño—. Creo que lo mejor será que les entregue las listas al doctor Rawlings o al señor Acton.

—¿Para qué? El tipo ya está muerto.

—Todavía hay especímenes faltantes, y no quiero que sospechen de Shin, ya que fue la última persona que estuvo a cargo del almacén.

Una sombra recorrió el rostro de Koh Beng.

—Yo lo haré por ti. —Tendió la mano para que le entregara los papeles.

Lo miré con detenimiento y me di cuenta de lo idiota que había sido. Todo este tiempo había estado buscando un patrón que jamás encontré. ¿Por qué no presté más atención?

—No hay problema —dije, mientras me alejaba despacio. Consternada, me di cuenta de que el pasillo estaba desierto.

—¿A dónde vas? —Sonreía, con los labios apretados y furiosos.

—Shin me está esperando —mentí.

—Lástima. —Me tomó el brazo y lo torció detrás de mi espalda. Sentí un dolor agudo en el costado—. Si gritas, tendré que cortarte —me susurró al oído. Presa del pánico, intenté ver qué sostenía en la mano izquierda, pero solo pude sentir que era algo muy afilado—. Sigue caminando —murmuró mientras avanzábamos, torpemente abrazados como si fuéramos amantes, mientras con el brazo derecho me apretaba los hombros. Frenética, miré en todas direcciones.

—Si lo que quieres son las listas, te las doy.

En respuesta, volvió a enterrarme el arma que traía hasta desgarrar la tela de mi vestido. Salimos del edificio y comenzamos a caminar por el pasto mojado. Todavía nadie. Con desesperación caí en cuenta de que me estaba obligando a caminar hasta una de las edificaciones exteriores.

—Es una lástima que te dieras cuenta de todo —dijo Koh Beng en tono casual—. Esperaba que no tuviera que hacer esto. ¿Qué te hizo sospechar de mí? —Moví la cabeza pero volvió a punzarme. Las lágrimas me caían por el rostro—. Anda, dime la verdad —dijo.

—Dijiste que Pei Ling era una buena amiga tuya, pero ella me dijo que no tenía ningún amigo varón ni nadie a quien pudiera pedirle que recuperara el paquete.

—¿Eso fue todo? —Seguíamos caminando, pero no para entrar al edificio exterior, sino para rodearlo. Traté de arrastrar los pies, pero me jaloneó hacia adelante.

—Me dijo que el vendedor tenía un amigo que no le agradaba. Pensé que se trataba de Y. K. Wong, pero fuiste tú todo este tiempo. —Recordé la forma en que Pei Ling palideció la primera vez que conoció a Shin porque dijo que se llevaba con alguien que a ella no le agradaba.

—Así es. Y. K. Wong era un problema. Se la pasaba husmeando por todas partes para informarle al doctor Rawlings. Lástima que siempre le cayó tan mal a todo el mundo.

—¿Valió la pena vender todas esas partes de cuerpos? —Desesperada, busqué a mi alrededor. ¡Ya estábamos muy lejos del edificio principal!

—Fue excelente mientras duró —dijo—. Pero ese idiota, Chan Yew Cheung, tuvo que perder el dedo en un salón de baile. ¡Por Dios! Y el frasco podía rastrearse hasta el hospital. Lo conservó porque el número de espécimen del frasco era el 168. Un número de mucha suerte. —Los números, pensé agobiada. Todo tenía que ver con los números—. Pensé que nos conseguiría más clientes, pero, en vez de eso, intentó extorsionarme. Y su novia tampoco era tan inocente.

—Tú empujaste a Pei Ling por las escaleras.

—Es tu culpa, a decir verdad. Las dos se quedaron paradas frente a la cafetería, como un par de tontas, discutiendo el paquete que escondió Yew Cheung. Estaba seguro de que era la evidencia que tenía en mi contra. —La pobre y miserable Pei Ling. Lo único que le importaba era recuperar sus cartas de amor—. Fue cuando me di cuenta de que tenía que desaparecer. —Recordé que Koh Beng fue la única persona que siguió comiendo durante el escándalo posterior a la horripilante caída de Pei Ling. Estaba tan preocupado por fingir normalidad que olvidó mostrar algún tipo de sorpresa. Me sentí asqueada—. ¿Cuánto de esto sabe Shin?

—No mucho —dije, intentando minimizar los riesgos con desesperación—. Pero lo sospecha.

—Justo cuando pensé que todo quedaría arreglado. Dame las listas. Y ese frasco de vidrio; lo vi cuando sacaste los papeles.

No tuve otra opción más que entregárselo todo, incluyendo el pulgar preservado.

—¿También mataste al vendedor?

—No; fue pura suerte que se cayera en una cuneta. —Frunció el entrecejo, meditativo. La cabeza me retumbaba y sentía una terrible opresión en el pecho. Era mucho más pesado que yo, aunque no más alto. En una pelea, la única ventaja que tendría sería la de la sorpresa. Después de abrir una puerta, Koh Beng me obligó a subir por unas escaleras en desuso.

—Y ¿qué le sucedió a Y. K. Wong esta mañana? ¿También fue cuestión de suerte? —pregunté para intentar ganar tiempo.

No pensé que caería en mi argucia, pero lo confesó todo en un tono aterradoramente casual.

—Lo escuché haciendo arreglos para verse con esa mujer inglesa, Lydia Thomson. Tenía algo que ver con los dedos, aunque no sé qué creyó que sabría ella al respecto. Siempre tan idiota y tan terco, Y. K. Wong. En todo caso, estaba poniendo en peligro las cosas, de modo que, mientras hablaban, fui hasta el segundo piso, recogí una de las tejas del montón que estaba en la esquina y la dejé caer sobre su cabeza.

—¿Y si hubiera caído sobre ella?

—No habría importado. Mientras más sencillo, mejor. —Llegamos al tope de las escaleras, donde abrió una puerta más. Nos golpeó la brillante luz del sol. La puerta conducía a una sección plana del techo sobre la que se podía caminar—. Lo usan para poner a secar diferentes cosas —dijo Koh Beng alegremente—. No hay muchos edificios de dos pisos por estos rumbos. —En ese instante, supe a la perfección lo que planeaba hacer y por qué no tuvo empacho en cortarme en el costado. Ese tipo de heridas no importarían si mi cuerpo se estrellaba contra el suelo. Debió detectarlo en mis ojos, porque prosiguió—: No estaba mintiendo, ¿sabes? Eres el tipo de mujer que me atrae, pero habría sido mejor que fueras un poco más tonta.

47

Batu Gajah
Lunes, 29 de junio

Ren abre los ojos de golpe. Estaba dormitando, esperando a que lo dieran de alta en unas horas, pero siente una descarga eléctrica. Algo terrible le está sucediendo a Ji Lin. Ren se incorpora en la cama. Siente un dolor sordo en el costado. De hecho, el único punto del cuerpo que no le duele es el codo, que está pálido y frío. Todas las enfermeras han estado hablando acerca de ese parche blanco y helado de piel. Hablan de él cuando creen que está dormido.

—¿Acaso no parece una mano? —dijo una enfermera mientras la recorría un escalofrío. Pero nada de eso importa en este instante.

Consternado mira a su alrededor en busca de una enfermera. Le dice, tartamudeando, que tiene que buscar a una chica.

—¿Qué chica? —le responde, molesta.

—La que vino a verme el viernes.

—¡Ah, vaya! Una visita. No debe tardar en llegar —dice.

—No —trata de explicarle Ren—. Está en algún sitio del hospital. Por allá, detrás de ese otro edificio. —La enfermera suspira.

—Te avisaremos en cuanto llegue. Ahora, ¡quédate en cama!

Con una desesperación abrumadora, Ren cierra los ojos y los aprieta lo más fuerte que puede. Si toca el parche blanquecino del codo, si coloca los dedos exactamente donde Pei Ling puso los suyos en aquel sueño, su sentido felino se acrecienta. No le agrada esta sensación novedosa, este zumbido profundo y sordo que hace que le castañeen los dientes y que le duelan los huesos del cráneo. Sus labios se mueven mientras se concentra. «¿Dónde estás?».

Posiblemente no funcione; ella no es Yi, pero Ren piensa que tal vez sirva. Tiene que servir. Entierra los dedos en la huella fantasmal que tiene en el brazo. Mareado, contiene la respiración mientras sigue llamándola.

Y, entonces, se acerca.

Siente que la sangre se agolpa en sus oídos y que su corazón galopa violentamente. No es Ji Lin; es el otro. Se acerca cada vez más con pasos agigantados. Con los hombros tensos observa la puerta abierta del pabellón como si fuese un pequeño animal. Entra un joven de uniforme blanco. Ren no lo ha visto jamás. Está seguro pues es alguien a quien cualquiera recordaría. «Ah, eres tú», quiere decirle Ren. Su sentido felino explota con un fulgor eléctrico de alivio, pero siente la garganta tan seca que abre la boca sin que nada salga de ella.

—*Ah kor* —dice al fin. «Hermano mayor».

El joven alza las cejas y, después, sonríe con tristeza.

—Despierto al fin, ¿verdad? Estará feliz de saberlo.

¿De quién está hablando? Pero Ren lo sabe. Esta es la otra mitad de la chica de azul. Los dos hacen un juego, como Yi y él. Ren recuerda aquella figura alta y delgada en la puerta del almacén de patología, la que pensó que era el doctor Rawlings.

—¡Tú debes ser *xin*! —dice, emocionado.

¿Sorpresa, o un asomo de incomodidad?

—Así es, soy Shin. ¿Ji Lin te contó de mí?

Ren sacude la cabeza de prisa.

—Solo conozco a los demás. Somos tú y yo y ella y mi hermano Yi. Y mi amo, William Acton. Somos los cinco.

Parece que Shin está a punto de decir algo, pero solo le alborota el pelo.

—Pasé a verte ayer, pero estabas dormido. Hablaremos cuando te sientas mejor.

—¡No! —responde Ren con urgencia—. Debes encontrarla… ¡Está en peligro!

—¿Quién? —Pero Shin lo sabe de sobra al ver fijamente a Ren.
—¡Está en el hospital y alguien la está lastimando!
—¿Dónde está? —Se pone de pie al instante.
—Después de ese edificio. En el techo. —Ren señala por la ventana el punto que lo atrae como si fuese una línea que se tensa. ¿Es su imaginación o puede oír un agudo grito silencioso?—. ¡Corre o será demasiado tarde!

48

Batu Gajah
Lunes, 29 de junio

Koh Beng me arrastró por la porción plana del techo, enterrándome la punta de un escalpelo en el cuello, justo debajo de la quijada. Abrí la boca para gritar, pero, aunque hubiera podido hacerlo, nadie nos habría visto ahí, frente a los árboles de la jungla. Solo oirían mi grito mientras me precipitaba desde el techo. De modo que me dejé caer, como si me hubiera desmayado.

De forma instintiva, Koh Beng se inclinó sobre mí para agarrarme y, cuando lo hizo, lo jalé de las rodillas con todas mis fuerzas para hacerle perder el equilibrio. Cayó con fuerza, se golpeó el hombro contra el cemento y se azotó contra mí. Rodó y me golpeó el rostro con el codo cuando intenté levantarme.

—¡Perra! —siseó y me agarró del cabello. Pero empecé a rasguñarlo y a morderlo, y empezamos a forcejear y a rodar. Cuando comenzó a arrastrarme hacia la orilla, la puerta del techo se abrió de golpe a nuestras espaldas. Sorprendido, Koh Beng volteó a verla, pero no tuvo tiempo de reaccionar antes de que alguien lo golpeara sin hacer ruido. El encontronazo me dejó sin aliento.

—¡Shin! —quise gritar, pero no emití sonido alguno. Cayó sobre mí mientras Koh Beng lo apuñalaba con furia. Shin gritó y retrocedió; sentí que rodamos hacia el aterrador vacío junto a la orilla del techo. Hubo un instante vertiginoso en el que pude ver el lejano piso. Después, mi cabeza golpeó la canaleta mientras caíamos en picada.

Debí golpearme la cabeza con suficiente fuerza como para perder el conocimiento, porque en esta ocasión caí en el mundo de la inconsciencia con un golpe aterrador. Supe a la perfección dónde me encontraba; incluso reconocí la madera pulida de la abandonada ventanilla donde se vendían los boletos. Estaba en la sala de espera para los muertos. Había un silencio expectante bajo el reflejo luminoso de las vías del tren.

—Yi —dije.

Se puso de pie. Estaba acuclillado detrás de la ventanilla, como un niño jugando a las escondidillas, pero no parecía darle gusto que lo encontrara. En su triste mirada encontré la respuesta a mi pregunta.

—¿Por qué no trataste de huir?

Debí hacerlo, incluso ante el riesgo de que me acuchillara. Lo que me detuvo fue mi curiosidad, esa estúpida sed de conocimiento, de querer escuchar las respuestas de Koh Beng. Ahora era demasiado tarde.

—¿Estoy muerta?

—Todavía no —dijo Yi y entrecerró los ojos como si estuviera tratando de ver algo muy lejano—. Pero lo estarás en cualquier momento… Estás colgando del techo.

—¿Koh Beng va a matarme? —Sería como Pei Ling cayendo por las escaleras. O como Y. K. Wong, asesinado por la caída de la teja. «Mientras más sencillo, mejor», dijo Koh Beng con aquel tono eficiente y aterrador—. ¿Y qué está pasando con Shin?

—Logró detenerte, pero el otro lo está pateando para intentar que caiga también.

—¡Shin no, por favor! —Con amargura, me derrumbé en el piso y apoyé la frente contra la madera fría de la taquilla. «Te vas a arrepentir», dijo Shin esa mañana, mientras estábamos acostados en la cama del hotel. Y así era. Estaba hundiéndome en un vasto y furioso océano de arrepentimiento. Debí entregarme a él cuando pude. Las lágrimas me empapaban el rostro.

—¡Levántate! —dijo Yi—. ¡Todavía no se acaba!

—¿A qué te refieres?

—¡Elige! —me dijo—. ¿Quién habrá de ser, tú o Shin?

—¿Me estás preguntando cuál de los dos debe morir en este momento?

—Sí. Te lo dije, desde este lado, puedo cambiar las cosas. Solo un poco. —Su pequeño rostro empezó a arrugarse por el esfuerzo—. Como los accidentes que le pasaban a Ren.

—¡Pero eso está mal! —Si Yi tenía una especie de alma inmortal, estaba segura de que lo que proponía debía estar prohibido.

—¡No me importa! —gritó—. Ya llevo demasiado tiempo aquí. En este instante, vas a morir tú. Pero puedes elegirlo a él.

—¡No debes hacer esto! —dije con desesperación—. Es interferir, como el quinto que dijiste que estaba reacomodando las cosas.

—¿*Li*? —preguntó—. ¡*Li* no tiene nada que ver con esto!

—Entonces, ¿quién es el quinto del juego? ¿Es Koh Beng?

—¿Por qué estás tan ciega? —El rostro de Yi estaba enrojecido, como si estuviera a punto de llorar—. Claro que no es él; el otro es el que sigue siendo peligroso. ¡Apúrate! ¡Se está acabando el tiempo! ¡Elige o elegiré por ti!

La estación empezó a sacudirse. Hubo un ruido grave e intenso, un rugido que me estremeció hasta lo más profundo de mi ser, y tuve la sensación aterradora y repentina de que el tiempo estaba empezando a moverse en este sitio. ¿Era un tren que estaba llegando o que se estaba yendo? Fuera lo que fuera, la delgada ventana de oportunidad se estaba cerrando.

—¡Me quedaré contigo, Yi! —grité—. ¡Deja que Shin viva!

—¿Lo dices en serio? —El rostro de Yi se iluminó con una extraña sonrisita—. ¿De veras te quedarías conmigo?

—¡Sí!

—No me olvides.

Luz. Había una luz cegadora y me retumbaba la cabeza. Voces. Personas que hablaban. Empecé a luchar y a agitar los brazos. ¿Por qué seguía viva? Yi me había engañado.

Unas manos me sostuvieron y palparon mi cuerpo.

—Qué afortunada de sobrevivir esa caída. El otro tipo no tuvo tanta suerte.

—¡Shin! —exclamé con pesadez. Tenía la garganta tan seca que me dolía, pero no era nada en comparación con el pánico que me embargaba. Me obligué a sentarme.

—¡No se mueva! —Estaban revisando mis brazos y piernas, y preguntándome si podía mover el cuello, pero no me importaba nada de mí misma. Estaba ahogada de temor.

—¿Dónde está Shin?

—Aquí mismo.

Y lo estaba. Me levanté a tropezones y me bajé de la camilla, a pesar de los gritos de alarma. Shin estaba tendido en una cama al otro lado de la habitación. Estaba pálido, tenía un aspecto rígido y blanquecino, y los brazos y la camisa cubiertos de sangre. Cuando me acerqué, abrió los ojos.

—¿Por qué demonios no puedes hacerle caso a tu doctor? —dijo, quejumbroso.

Riendo y llorando a un mismo tiempo, lo abracé con fuerza.

Resultó que los tres caímos del techo. Dijeron que fue un milagro, pero yo no sufrí daño alguno, excepto por los cortes que Koh Beng me hizo en el costado y el cuello. Shin tenía un brazo roto y cortadas en los antebrazos; heridas defensivas, como lo indicó el médico local con enorme interés. Y Koh Beng se rompió el cuello.

Personas que pasaban por allí, alertadas por nuestros gritos, nos vieron peleando. Según todos los relatos, yo debí caer primero, seguida de Shin, porque era más que evidente que Koh Beng estaba en la mejor posición. Pero, por alguna razón, él cayó antes que nosotros, agitando los brazos y las piernas, y amortiguó nuestra caída. No había otra explicación más que el que hubiera tropezado. O tal vez quiso matarse, como algunos especulaban.

Me inundó una sensación fría de sorpresa e inquietud. ¿Acaso Yi nos cambió a Koh Beng y a mí desde el otro lado del río de la muerte como si fuésemos peones en algún juego de ajedrez? ¿Era este su regalo oscuro para mí? Empecé a temblar sin control.

49

Batu Gajah
Jueves, 2 de julio

Dentro del ventilado búngalo, donde las hojas del exterior, iluminadas por el sol, pintan las paredes blancas de las habitaciones de un resplandeciente verde pálido, Ren se sienta en la cocina con Ah Long a limpiar ejotes. El viejo cocinero está feliz de tenerlo de vuelta y prepara un consomé de pollo especial para que lo beba el chico, aunque con brusquedad finge que lo hizo para William. Ya pasaron tres días desde la repentina recuperación de Ren y su alta del hospital. Tres días de tranquilidad y reposo, y de preguntarse qué pasó con la chica de azul.

Está viva; eso, por lo menos, lo sabe. Hubo mucho barullo, escándalo incluso, sobre lo que sucedió en el hospital el lunes. Rumores relacionados con maldiciones fantasmales y partes corporales robadas. Los sirvientes vecinos están ansiosos de saber cualquier chisme y le preguntan a Ren si oyó algo mientras estaba en el hospital. Con toda sinceridad, les dice que no vio nada, aunque eso no impide que se preocupe. La persona que más sabe es William, pero no dice mucho más aparte de que Louise está bien y que no hay necesidad de preocuparse.

«Louise» es como William llama a Ji Lin y, cuando dice su nombre, Ren percibe una culpa persistente. Tiene algo que ver con lo que dijo el doctor Rawlings ese lunes tan tumultuoso, cuando entró al pabellón mientras William revisaba a Ren y lo llevó a un lado con cierta urgencia. Ren escuchó fragmentos de la conversación: «partes corporales faltantes... escándalo... no digas nada hasta que el consejo lo arregle todo». Por lo que puede deducir, hay algún secreto, como un gusano blanco y pestilente, que amenaza con socavar la vida ordenada y decorosa del hospital.

Sea lo que sea, es algo que en definitiva molesta a William. Pasa su tiempo libre sentado en la veranda, con expresión sombría, como si estuviera a la espera de que suceda algo. Cuando Ren le pregunta si se siente bien, él contesta que necesita un trago para fortalecer el estómago.

—*Cheh!* ¿Qué estómago? —espeta Ah Long con desprecio—. El hielo es malo para la digestión. Y no uses tanto —le advierte a Ren mientras prepara otro whisky *stengah* más. El Johnnie Walker se está acabando de nuevo; solo quedan un par de centímetros en la botella—. Hoy viene la señorita Lydia.

Son las cinco de la tarde y William llegó temprano del trabajo. En lugar de ponerse su *sarong* de algodón, permanece vestido con camisa de cuello rígido y pantalones, y ahora Ren comprende por qué. Por supuesto: si Lydia va a venir, su amo no puede usar la ropa regional. Para el té, Ah Long prepara pequeñas bolitas de *onde-onde*, una golosina que se hace con harina de arroz glutinoso y azúcar de palma en trozos, y que después se revuelve en coco rallado.

Ren recuerda el frasco de líquido color té que le prometió a Lydia que le daría a Ji Lin y se siente culpable. No ha tenido oportunidad de hacerlo y le preocupa que le pregunte algo. Va a buscarlo a su cuarto y lo mete en su bolsillo. Si Lydia le pregunta algo, se lo enseñará para demostrarle que lo tiene bien cuidado y que aún está en su poder.

Suena el timbre, y Ren se levanta despacio. Sus heridas están sanando con una rapidez increíble, pero todavía no se acostumbra a la pérdida del cuarto dedo. El muñón le duele, y no tiene tanta fuerza en la mano izquierda como antes, aunque eso no le impide hacer la mayoría de las cosas. Perder el pulgar hubiera sido mucho peor, como le recuerda Ah Long con amargura.

Se oyen voces en el pasillo. La voz de Lydia suena apagada, pero hay una corriente subyacente de emoción que Ren detecta en ella. Recuerda los filamentos delgados y pegajosos que estaban adheridos a ella en el hospital y, preocupado, se asoma con timidez. ¿Seguirá estando en peligro? La sesgada luz de la tarde arroja un patrón de luz y sombras hacia el pasillo. Lydia se quita el sombrero de ala ancha y un truco de las sombras hace parecer que tiene el cabello oscuro. Ren se detiene, sorprendido. La puerta está abierta y la mujer parada en el umbral. Por un instante aterrador le recuerda a la *pontianak*, ese espíritu femenino vengativo que trata de ingresar por puertas y ventanas. Siente el impulso instintivo de correr a la puerta, pero ya es demasiado tarde. William la hace pasar. Se supone que no se les debe permitir la entrada. Pero esas son ideas ridículas que ofenderían a su amo si las escuchara. Perplejo, Ren parpadea. La oscuridad en su cabeza se aleja y su sentido felino parece disiparse; quizás eso también sea un alivio.

Lydia le entrega su parasol a Ren y le sonríe con expresión benigna. William la acompaña a la sala con los viejos muebles de ratán que volvieron a colocar en su lugar después de la fiesta. Por lo regular William recibe a los invitados varones en la veranda, pero con Lydia exhibe una cortesía rígida.

—¿Qué puedo hacer por ti, Lydia?

Ren admira la forma en que su amo va al grano sin dar rodeo alguno. Lydia le responde con cierta conversación insustancial relacionada con el clima y la terrible tragedia que sucedió en el hospital.

—Escuché que le dijiste algo al inspector —le dice—. ¿De verdad viste a alguien en el segundo piso?

—No puedo discutirlo en este momento —responde William—. Pero la policía ya tiene a un sospechoso.

—¿Acaso no puedes contármelo?

—Lo siento, pero no depende de mí.

Lydia parece insatisfecha con la respuesta.

—¿Y qué le dijiste a la policía acerca de mí?

—Que me hablaste para pedirme que nos viéramos y que, al llegar, parecía que tenías algún tipo de compromiso previo con aquel asistente, Y. K. Wong. Por cierto, ¿por qué querías verme esa mañana? —le pregunta—. También me interrogaron al respecto.

—Me temo que les dije una pequeña mentirita. —Lydia muestra cierta incomodidad—. Les dije que tú y yo nos reuníamos de manera habitual porque estamos comprometidos en secreto.

—¡¿Qué?!

—Lo siento. Fue lo único que se me ocurrió en ese momento.

William se levanta y camina al otro extremo del salón. Ren, quien permanece en silencio en el pasillo, percibe que está agitado, furioso incluso.

—¿Por qué demonios hiciste eso?

—Porque era algo que me haría ver mal. Tú sabes, reunirme con hombres en un sitio desierto antes del amanecer. Y, por si fuera poco, ¡con un chino!

—Lydia —dice William mientras con una mano se presiona el costado, como si le doliera—, más te vale que me digas la verdad.

Ren no escucha la respuesta porque, en ese momento, Ah Long lo llama a la cocina. La charola del té está lista, fragante y vaporosa, y los dulces dispuestos con delicadeza en platos de porcelana decorada.

—¿Puedes hacerte cargo?

—Sí —responde Ren con orgullo. De todos modos, Ah Long lo ayuda a llevar la charola y la coloca sobre el aparador.

Ren se asoma a ver a William y a Lydia. Tienen las cabezas inclinadas y muy cerca una de otra. No alcanza a ver el rostro de Lydia, pero William parece alterado. «Mala digestión, demasiado estrés», dijo Ah Long, y Ren recuerda ese momento cuando encontraron el cuerpo de esa pobre señora devorado a medias, cuando William solo podía comer omelettes y nada de carne. Pero William jamás toma medicinas, solo Johnnie Walker.

Con indecisión, Ren saca el frasco de líquido que Lydia le dio. Medicina estomacal, le dijo. «Es un tónico leve; lo tomo yo misma». Es casi del mismo color que el té, así que Ren lo vierte en la taza de William. Listo. Si la señorita Lydia le pregunta si le dio un buen uso a su medicina, podrá contestarle con la verdad. De todos modos es evidente que William le gusta, así que estará encantada si eso lo cura.

Con gran cuidado y orgullo, Ren coloca las tazas de té sobre la mesa.

—¿Y bien? —La voz de William es serena, pero por dentro está hirviendo de furia—. ¿Qué fue exactamente lo que sucedió el lunes por la mañana que no pudiste contarle a la policía?

Por el rabillo del ojo, ve que Ren coloca el té sobre el aparador antes de ponerlo en la mesa de centro. Es el procedimiento incorrecto. El té debe colocarse sobre una pequeña mesa baja para que lo sirva el anfitrión o anfitriona, pero es algo que los sirvientes no parecen comprender. William se obliga a dejar de lado pensamientos irrelevantes como este. Lydia. Tiene que hacer algo al respecto.

Ella se acomoda el cabello y levanta la vista hacia él. Se ve muy bella el día de hoy, pero es algo que lo horroriza; el color de su piel, sus ojos brillantes. El parecido con Iris es perturbador.

—Ese asistente médico chino —dice Lydia—, que me dijo que se llamaba Wong, quería hablar conmigo. Acerca de ti.

—¿De mí? —Esto sorprende tanto a William que vuelve a tomar asiento.

—En relación con uno de tus pacientes, un vendedor que murió hace poco.

¡El vendedor! El que pescó a William y a Ambika juntos en el cauchal, aunque ahora parece que fue hace mucho tiempo. El que murió de manera tan fortuita. A William se le acelera el pulso, pero se esfuerza por mantener una expresión neutral.

Lydia pone algo de azúcar en su té.

—El señor Wong parecía convencido de que tu paciente estaba involucrado en la venta de restos humanos.

—¡Tonterías! —responde William. Este es precisamente el tipo de rumor que Rawlings le pidió que sofocara. Si algo de esto sale a la luz, sería un tremendo escándalo para el hospital.

—También me preguntó si alguna vez trató de sobornarte.

—¿Qué? —El estómago le da un vuelco violento al recordar el terror que sintió, después de que identificaran el torso destrozado de Ambika, de que el vendedor se apareciera para contarle al mundo entero lo de su aventura amorosa. Pero no hay nada que temer, ¿o sí? A pesar de las dudas de Rawlings en ese momento, no se llevó a cabo ninguna investigación criminal.

Levanta su taza de té. Está demasiado caliente como para beberlo.

—Y ¿por qué preguntarte algo así a ti?

—La gente cree que somos amigos íntimos. Y lo somos, ¿no?

William tiembla de solo pensarlo.

—No somos amigos íntimos, Lydia. Y no puedo permitir que vayas por allí diciéndole a la gente que estamos comprometidos cuando no es cierto.

Lydia se sonroja y la boca empieza a temblarle.

—¿Cómo puedes decir eso después de todo lo que he hecho por ti?

Un escalofrío recorre el cuello a William y le dice que huya, que se aleje de allí de inmediato.

—Jamás te pedí que hicieras nada por mí.

—Todo lo que pudo causarte problemas... me deshice de ello.

William se mueve en su asiento con incomodidad. Algo está a punto de llegar, algo que se aproxima a las puertas de su mente.

Algo que olvidó o pasó por alto. No está acostumbrado a que lo acosen de esta manera. Está mal, está muy mal.

—¡No tengo ningún tipo de problema! —afirma, enfurecido. Pero ella no le está prestando atención.

—¿Alguna vez has sentido que puedes cambiar las cosas, que puedes controlarlas si lo deseas con la suficiente fuerza?

William se estremece.

—Sí lo sientes, ¿verdad? Supe que así sería. Nadie más lo comprende. —Lo toma de la mano. Sus dedos están fríos—. Pues yo también tengo ese poder. Supongo que ya lo sabes porque me enteré de que estuviste haciendo preguntas acerca de mis prometidos.

Prometidos.

—Hubo más de uno —dice William y empieza a comprender la situación.

—Sí, estuve comprometida dos veces. Tres, si cuentas las intenciones. Pero ninguno de ellos era adecuado. Y es que era muy mala para elegir, ¿sabes? Así que tuve que deshacerme de ellos.

¿Está diciendo que es como él, que está poseída por ese poder oscuro y ominoso? William no siente la mano. Se zafa de Lydia y le responde con desdén.

—¿Me estás diciendo que puedes matar a la gente con solo desearlo?

—¿Acaso no es algo que puedes hacer tú también?

William jamás le reveló eso a nadie, pero, en ese momento mientras se ahoga en la mirada frenética y azul de Lydia, está a punto de hacerlo.

—Todo el mundo desea que alguien muera en algún momento dado, Lydia. No significa nada.

—Yo lo hice por ti —responde—. Ese vendedor. Y aquellas mujeres que eran tan malas para ti. ¿Por qué te asocias con ellas?

—El horror hace que a William le broten oscuras enredaderas de temor que se le enmarañan en el estómago—. La primera fue esa mujer tamil, Ambika, la que solías ver en la plantación. Te dije que te vi haciendo caminatas por la mañana, aunque tú jamás me viste a mí. Era de lo más inapropiada, por supuesto, y la gente estaba empezando a hablar, incluso nuestros sirvientes, de modo que la quité del camino. Y después volvió a aparecerse ese vendedor. Lo conocí cuando estuvo hospitalizado aquí. De vez en cuando venía a visitar a esa enfermerita. Conversábamos un poco; era demasiado coqueto para ser lugareño. —Sonríe—. Me hizo preguntas relacionadas contigo, insinuando que Ambika era tu amante. A él también tuve que detenerlo.

Paralizado, William la escucha mientras su boca de capullo de rosa sigue moviéndose y las palabras brotando de entre esos labios. Un delgado filo de lógica le dice que es imposible. Nadie puede disponer que alguien muera en un ataque de tigre o que un hombre se rompa el cuello. Lydia está muy perturbada, piensa, e intenta no permitir que el pánico se apodere de él por lo mucho que ella sabe acerca de su vida privada.

—Lydia —le dice con firmeza—, ya basta. Estás imaginando cosas.

—Claro que no. —Lo mira por encima de la orilla de su taza de té—. Todo lo hice por ti.

—¡No te debo nada! —Ahora, William está furioso; el ácido del estómago lo quema por dentro. ¡Mujer tonta, estúpida y problemática! Si anda por allí hablando de esta manera, será perjudicial para él. Inhala profundo y toma un gran trago de té. Está amargo.

Aparecen dos puntos rojos sobre las mejillas de Lydia.

—Hay una planta, un arbusto enorme con flores que crece justo afuera de tu casa. La gente cree que es bello, pero no saben lo venenosa que es la adelfa. Si haces una infusión poderosa de las hojas trituradas, causa mareos, náuseas y vómitos. Después, pérdida de consciencia, paro cardiaco y muerte —recita los síntomas como si los supiera de memoria—. Hace tiempo, mi padre administró una plantación de té en Sri Lanka, donde es frecuente que las jovencitas se suiciden comiendo sus semillas. Guardé algunas cuando regresamos a Inglaterra. Resultaron de lo más útiles. —Toma otro sorbo de té—. Cuando vinimos aquí, me fue fácil recetarlo a las personas. Después de todo, soy una de las ayudantes del hospital, y los lugareños creen lo que les digo. A Ambika le di un tónico para sus problemas femeninos; seguramente salió a caminar por allí y murió en la plantación. Claro que no esperaba que un tigre la devorara parcialmente.

—No se la comió —dice William, pero la voz se le quiebra por la tensión. Lydia lo ignora.

—Hice lo mismo con el vendedor, aunque a él le dije que era un medicamento para el estómago. Vomitó y cayó en una alcantarilla.

—¿Y a Nandani? ¿También se lo diste a ella?

—Pero si estaba sentada allí mismo, en tu cocina. —Lydia vuelve su mirada febril hacia él—. Fue lo mejor. Ya había causado una escena al aparecerse así durante la fiesta.

A William le tiemblan las manos. El amargo sabor de la bilis se le sube a la garganta.

—Llamaré a la policía.

¿Qué es lo que ve en sus ojos? ¿Decepción o triunfo?

—No lo harás.

—Lydia, no puedo mentir por ti.

—Entonces, hazlo por Iris —dice, con un brillo en los ojos—. Sé lo que hiciste.

William siente que se le cierra la garganta, que unos dedos esqueléticos la están apretando, extrayéndole el aire del cuerpo.

—¿De qué estás hablando?

—La ahogaste, ese día en el río.

Ese día en el río, el agua relucía con brillos verdes y dorados. Iris estaba enojada; ese ánimo negro se había apoderado de ella. Lo acusó de nuevo, con sus eternos celos, y le picoteó el pecho con el dedo de aquella manera que lo hacía perder los estribos cada vez que peleaban, y en aquel momento la empujó con fuerza. ¿O acaso tropezó y cayó ella misma? No puede recordarlo, o quizás es que no quiere hacerlo.

—¡Fue un accidente!

—Jamás se pondría de pie dentro de un bote. Nunca jamás, sin importar lo que tú digas. —En este momento, Lydia no se ve bella, para nada. Tiene el aspecto de una bruja, con esos ojos enloquecidos y arteros—. Iris tenía un pésimo sentido del equilibrio. Todos en la escuela lo sabíamos. Algo relacionado con sus oídos.

—Lydia…

—Incluso después de que se cayó al río, tú no trataste de sacarla.

Pensó que le daría una lección a Iris, que la dejaría chapucear un momento antes de sacarla. Pero se hundió de prisa; la pesada falda de lana la jaló al fondo. Fue tan rápido que William pensó que le estaba jugando una treta, que aguantaba la respiración para fingir que estaba en problemas. ¿Quién se imaginaría que una persona podía ahogarse tan rápido, de forma tan discreta, sin ninguno de los aspavientos enloquecidos que siempre imaginó? Y, para cuando fue a buscarla, no era más que un peso muerto.

—¡Lydia! —Tiene que detenerla, impedir que siga escupiendo todas esas palabras tan horribles.

—Iris me escribió cartas, montones de ellas. Acerca de ti y de cómo pensaba que la estabas engañando. Tengo una carta que escribió justo antes de que muriera en la que decía que temía que la mataras.

«No cedas al pánico», piensa William y aprieta los dientes. Después de todo, eso es lo que hizo con Iris. «Se asomó por la borda del bote y cayó al agua. No, no peleamos, en absoluto». De todos modos, las murmuraciones y los rumores lo persiguieron. La misma historia insidiosa de engaño y cobardía, suficiente como para que lo expulsaran del club, suficiente como para llevarlo muy lejos, a otro país. Lucha por mantener la cordura.

—Era histérica y manipuladora.

Lydia se reclina en su asiento.

—Eso es muy cierto. —Se le dibuja una leve sonrisa en el rostro—. Pero podrían acusarte, dada la evidencia circunstancial, si alguna vez decidieras regresar a casa. —Toma otro sorbo de té—. Pero ya equilibré la balanza, ¿no crees? Te conté todo acerca de mí, aunque, a diferencia de ti, puedo negarlo con facilidad.

—¿Qué hay de las muertes de todas esas personas? ¿El vendedor, Ambika, Nandani?

—Pues tú las mataste. Todas te estorbaban. Diré que te deshiciste de las mujeres porque querías casarte conmigo, pero que yo te rechacé. La policía ya sospecha de que Nandani estuviera en tu casa justo antes de morir y, si desentierran los rumores que hubo en Inglaterra acerca de Iris, no te deparará nada bueno.

Silencio. Oye que el pulso le retumba en las sienes. Si se lanza contra ella ahora mismo, puede tomarla del largo y blanco cuello. Enterrar los pulgares en su carne hasta que deje de respirar. ¿Por qué? ¿Por qué está volviendo a suceder todo esto? Su parecido con Iris, las mismas demandas irracionales e histéricas. Es como si Iris hubiera vuelto del río y no estuviera satisfecha sino hasta ahogarlo a él también.

—¿Qué es lo que quieres, Lydia?

Está a punto de jugar su carta más fuerte, sea la que sea. Con el estómago anudado, William sabe que ha perdido la batalla.

—Te amo —le dice ella.

William se levanta. Se pone detrás de ella mientras su mente corre a toda velocidad para analizar las diferentes posibilidades. Empujarla hacia delante y romperle la cabeza con la orilla de la mesa de centro. Está infectado de locura.

—¿De modo que quieres que nos comprometamos? —Entonces un accidente con el arma mientras le muestra la Purdey a Lydia. Pero ya le disparó a Ren por accidente; sería demasiado sospechoso.

—Sí, eso me gustaría. —Sonríe, como si acabara de declarársele con una rodilla apoyada en el piso—. Ya se lo dije a la policía, pero sería agradable hacerlo oficial. Podríamos dar una fiesta.

—Lo pensaré.

—¿Brindamos, entonces? —dice ella. William levanta la taza con frialdad y la choca contra la de ella. «Síguele el juego; gana algo de tiempo», piensa y se termina el té frío y amargo. No hay en el mundo suficiente leche ni azúcar para evitar el vómito que le sube por la garganta mientras se obliga a beberlo. Un sonido de faldas y el leve olor a geranios que ahora detesta. La acompaña a la puerta. Se muestra educado, aunque ella lo esté matando. Lydia hace una pausa y lo mira con ojos alegres—. Una vez que nos casemos, no me pueden obligar a testificar en tu contra. Ni a ti en contra mía. Eso sería lo más justo, ¿no crees? Iris nos presentó cuando todavía estábamos en Inglaterra, aunque no lo recuerdes. Fue en una fiesta en casa de los Pierson, y te gusté, te gusté mucho. Más tarde, me besaste en el pasillo. No pude dejar de pensar en ti durante días.

Le viene el recuerdo a la mente. El sonido del reloj de pie, el manoseo furtivo y apasionado en la oscuridad. Se sentía tan feliz con Iris ese día, con su rostro perfecto y atractivo, que la acorraló en el pasillo, o eso creyó. Y después, días y días de un humor amargo y taciturno. Las quejas de Iris de que había bebido demasiado el fin de semana, acusaciones que él tomó a la ligera, que atribuyó a la neurosis de ella y a su propio dolor de cabeza. Ahora entiende lo que sucedió con una repentina claridad.

—Ese fue un error. No sabía que eras tú.

Pero a Lydia no le importa. Está más allá de todo. Una expresión de placer se apodera de su rostro.

—Y, después, como Iris no dejaba de escribir acerca de lo infeliz que eras con ella, supe que sucedería algo que la haría desaparecer. Porque tú y yo estamos destinados a estar juntos; hasta tenemos el mismo nombre. La otra noche, durante la fiesta, cuando escribiste tu nombre chino, te dije que yo también tenía un nombre chino. Nací en Hong Kong, ¿sabes? —¿De qué demonios está hablando? ¿Acaso no intuye que él también es peligroso?—. Mi nombre chino tiene el mismo carácter, *Li* de *Li-di-a*, igual que el tuyo. Es una de las cinco virtudes confucianas —dice. Ren sale al pasillo a entregarle su sombrero y su parasol. La mira fijamente, con esos ojos enormes en el rostro pequeño. William piensa con desesperación: «Síguele el juego; siempre logras resolver las cosas». Tendrá tiempo más que suficiente para ocuparse de ella—. Necesitaremos más sirvientes después de que nos casemos —dice Lydia y mira el enorme y vacío búngalo con admiración.

«Sobre mi cadáver», piensa William, pero sonríe al tiempo que se despide de ella.

50

Batu Gajah
Lunes, 29 de junio

Shin se rompió el brazo. Y fue el derecho, cosa que señaló con cierto humor negro. Mi padrastro le rompió el brazo izquierdo, y ahora me tocó hacerlo a mí: una simetría extraña y atemorizante. Le dije que lo lamentaba y por un instante apoyé la cabeza contra su hombro después de que acabara todo el tumulto y nos encontráramos a solas de nuevo. Nos pusieron en un cuarto privado de manera provisional, aunque la única lesión importante era la del brazo de Shin, aparte de algunos cortes y moretones.

—Tuvo muchísima suerte —dijo el médico nativo que me examinó—. El otro tipo amortiguó su caída.

Guardé silencio al escuchar la mención de Koh Beng. Mi declaración ante a la policía, es decir, cómo trató de matarme y todo el asunto de la venta de dedos como amuletos para la buena fortuna, hacía quedar mal tanto al hospital como a la policía local: al hospital por no llevar un registro adecuado de los restos humanos, y a la policía por ser incapaz de prevenir un intento de asesinato justo después de la muerte de Y. K. Wong esa misma mañana. Ya circulaba el conveniente rumor de que Koh Beng había enloquecido y perdido todo control de sus facultades. Mientras tanto, se portaron muy amables con Shin y conmigo.

—Creo que me he quedado sin trabajo —dijo Shin al mirar su brazo enyesado.

—Tal vez te dejen hacer otra cosa —respondí.

—No digas tonterías. Tampoco puedo escribir, de modo que nada de trabajos administrativos.

Pero nada de eso importaba. Me inundó la gratitud de poder estar sentada ahí con él después de haber creído que la muerte nos separaría para siempre. Pero mi alegría se vio atemperada por la tristeza. ¿Qué le sucedió a Yi? Sus últimas palabras, «No me olvides», eran un eco melancólico de su lamento anterior: «No quiero que Ren me olvide». ¿Seguía esperando en la estación vacía o se había rendido y seguido adelante a solas? Donde fuera que estuviera, recé por que encontrara misericordia. Tenía una deuda enorme con él.

Solté la mano de Shin con culpa cuando entró otra enfermera más. Lo visitaban parvadas de enfermeras que reían y se encaramaban con coquetería en la orilla de su cama. Le dije a la policía que Shin era mi hermano, de modo que solo podía quedarme acostada y sonreír. No me provocaba problema alguno; estaba más que acostumbrada a ello.

—¿Por qué no me dejas aclarar las cosas? —dijo Shin, molesto, después de que se fuera la última enfermera.

—No es el momento. —Teníamos que pensar las cosas. Resolver primero cómo enfrentaríamos a nuestros padres y evitaríamos que se difundieran chismes. Mi mamá tendría un ataque al enterarse de que nos habían tirado de un edificio. Me abrumó una ola de cansancio; el hospital olía a desinfectante y a cebollas cocidas—. Vendré a verte mañana —dije y me puse de pie.

—Quédate —dijo Shin y me tomó de la mano—. Ofrecieron tenerte en observación esta noche.

—Estoy de maravilla. Y debería decirle a mamá que estamos bien. —Lo más seguro era que la noticia ya se hubiera difundido en todo Batu Gajah y era muy probable que ya se supiera también en Ipoh. Además, el hospital me transmitía una intranquilidad profunda, aunque no quería mencionárselo a Shin para no preocuparlo. Al asomarme por la ventana, alcancé a ver a lo lejos el techo en el que Koh Beng intentó matarme.

—Entonces me iré a casa contigo —dijo Shin.

Como era de esperarse, no lo dejaron ir, pues afirmaron que necesitarían hacer más radiografías al día siguiente. También trataron de que me quedara, pero me negué. Parecía tener menos que ver con nuestro bienestar y más con un intento por mantener las cosas bajo control. El director médico pasó a asegurarnos que el hospital tenía altísimos estándares y que él se sentía profundamente afligido por las acciones del empleado que había tenido una crisis nerviosa (que sería Koh Beng, obviamente), ante lo cual solo pudimos asentir y prometer que no hablaríamos de nada hasta que la policía aclarara el asunto.

La jefa de enfermeras fue a despedirme en persona. Su rostro angular y bronceado parecía pensativo mientras esperábamos la llegada del auto que el hospital había conseguido para llevarme de vuelta a casa.

—Entonces, ¿qué pasa con ustedes dos?… ¿Son hermanos o están comprometidos?

Miré al piso.

—Somos hermanastros y no estamos comprometidos en realidad.

—Suena de lo más complicado —dijo, con cierto grado de amabilidad—. Guardaré tu secreto, si así lo deseas. Buena suerte. —Me dio un apretón de manos. Me agradó la manera firme y práctica con la que lo hizo—. Me parece que eres una joven inteligente y sensata. Si no quieres tener que depender de un hombre, es posible que tengamos un espacio para ti.

Le di las gracias, sin entender por qué no me emocionaba más su oferta. Quizás el hospital le pidió que me ofreciera un trabajo para mantenerme callada. Me sentía agotada, tanto que lo único que quería hacer era cerrar los ojos, aunque temía hacerlo por miedo a volver a ese oscuro río y ser incapaz de despertar.

Los días siguientes fueron muy apacibles. Para mi sorpresa, mi madre y mi padrastro fueron muy ecuánimes frente a la situación. El hospital les dio la noticia en los términos más vagos posibles: un accidente desafortunado con un individuo con problemas mentales. Por supuesto, cubrirían todos los honorarios médicos y el salario de Shin por el resto del verano, aunque no realizara sus deberes. Mi madre se sorprendió al ver mis cortadas, pero expresó alivio de que no tuviera la cara marcada.

—El rostro de una chica es de lo más importante —dijo, mientras me ayudaba a cambiar los vendajes del costado—. ¡Imagina cómo se sentiría Robert!

—¿Y Robert qué tiene que ver con todo esto?

No debí decirlo. El rostro se le descompuso, y se asomó aquella mirada tímida.

—Todavía son amigos, ¿no?

—Tanto como lo fuimos antes. —Eso significaba que no mucho, pero no me atreví a decirlo. Bajé la mirada, con una ansiedad repentina—. ¿Lograste reunir el pago de este mes?

No le había dado el dinero suficiente para que cubriera su deuda, pero su respuesta me sorprendió por completo.

—No debes preocuparte más por eso. Tu padrastro la pagó.

—¿La deuda completa?

—No —dijo, después de vacilar un instante—. Shin me dio algo de dinero para ayudar a reducirla. —Comprendí, sin que tuviera que explicármelo, que debió aterrarle confesárselo a mi padrastro, incluso si era esa cifra reducida.

—¿Se puso furioso? —Miré de inmediato sus brazos y sus delgadas muñecas; traía puestas mangas largas y flojas; no había forma de determinar si le había hecho algo.

—Tenía derecho a estarlo.

—¿Y...? ¿Te hizo algo más? —La furia y la desesperación brotaban en mi interior y hacían que me atragantara. Mi madre miró al piso, y me percaté de que esto le resultaba profundamente humillante.

—Le rogué. Lloré tanto que me desmayé. —Ante mi mirada de horror, agregó cuanto antes—: Pero resultó algo bueno. Se preocupó por ello, tan poco tiempo después del aborto. Supongo que se dio cuenta de que no valía la pena. Y estoy perfectamente bien. —Torció la boca—. Me hizo jurar no volver a tocar otra ficha de *mahjong* por el resto de mi vida. —Al detectar la ansiedad en mis ojos, me lanzó una mirada de advertencia. Esta vez era algo que no me incumbía en absoluto. Supuse que el susto por el aborto de mi madre logró suavizar un poco a mi padrastro. Hizo que se diera cuenta de que podría volver a enviudar. De todos modos, representaba un enorme alivio; esa deuda colgó como espada sobre nuestras cabezas durante mucho tiempo. Mi madre esbozó una ligera sonrisa—. Quizá debí decírselo desde un principio. Estoy segura de que Robert sería más comprensivo con ese tipo de cosas.

—Mamá, ¿de veras tiene que ser Robert?

Debió detectar la tristeza en mi voz, porque dejó de atender mis vendajes y me abrazó.

—Claro que no. Siempre que te haga feliz.

—¿De veras? —Sentí que se me levantaba el ánimo. ¿Cómo pude dudar de ella?

—¿Y Shin lo aprueba?

—¿De qué hablas?

—De quien sea que te guste.

—Sí —respondí, sin poder contener la sonrisa—. Lo aprueba.

51

Batu Gajah
Jueves, 2 de julio

Ren observa a su amo con atención después de que se marcha Lydia. ¿Se sentirá mejor después de haber tomado la medicina? Pero William sale a la veranda y se arranca el cuello rígido de la camisa, como si no pudiera respirar. Se sienta allí, inmóvil, con la cabeza entre las manos, mientras en algún lugar del denso dosel de la jungla se escucha el canto de un ave. Es una *merbuk*, una tortolita estriada, cuyo llamado suave y melancólico resuena por el vasto espacio verde.

—*Tuan*, ¿se siente enfermo?

William voltea a verlo, con el rostro pálido y cubierto de sudor. No se ve nada bien, pero sonríe débilmente.

—Eres un buen chico, Ren. Se me ocurre una cosa: ¿te gustaría ir a la escuela?

Sorprendido por su enorme buena fortuna, Ren solo puede parpadear.

—¡Sí! Pero el trabajo de la casa... —tartamudea.

—No debes preocuparte por eso. De todos modos, contrataremos sirvientes nuevos —dice William. ¿Eso significa que Ren perderá su empleo?—. Por supuesto que no —agrega, tras adivinar el porqué de su expresión angustiada—. Habrá algunos cambios, cosa que no podemos evitar, pero me aseguraré de que vayas a la escuela. Es lo menos que puedo hacer —continúa, haciendo una mueca.

Ren conoce muy bien la culpa y el desconcierto. Yi ya no lo visita en sueños, no desde la última vez que se vieron junto al río. De hecho, no encuentra rastro alguno de su gemelo. Esa leve señal de radio dejó de transmitir, ¿o será que está sintonizada en otra estación, una que ya no alcanza a escuchar? Sea como sea, piensa en Yi con amor y pesar. Algún día volverán a estar juntos.

Cuando William lo deja ir, Ren emprende el regreso a la cocina. Pero entonces decide voltear. No le corresponde hacer ese tipo de pregunta, pero igual se arma de todo el valor que posee.

—*Tuan*, ¿va a casarse con la señorita Lydia?

William inclina la cabeza. A Ren se le dificulta interpretar la expresión de su amo.

—¿No te agrada la idea?

—Dijo que su nombre chino era Li, como el suyo.

—¿Y eso nos convierte en una buena pareja? —Hay amargura en la voz de William. Ren se pregunta qué se dijeron durante aquella larga conversación para que Lydia se viera tan feliz y su amo se viera tan pálido.

—No lo sé —responde con franqueza. Está confundido. ¿Cuál de ellos es el *Li* misterioso, entonces? O quizás esté equivocado y no lo sea ninguno de los dos. Presionar los dedos contra la marca blanca del codo únicamente lo hace sentir mareado y hace que el aire parezca más espeso y oscuro. Recuerda los filamentos como tela de araña que salían de Lydia y lo aterraban—. Le va a dificultar las cosas esa señorita.

William esboza una sonrisa sombría y dice algo acerca de «los niños y los borrachos». Después anuncia que está agotado y que se irá a la cama. No es necesario que le hagan de cenar esta noche. Arrastra los pies por las escaleras, como un hombre sentenciado a muerte.

A la mañana siguiente, William no baja de su cuarto. Ah Long, con el ceño fruncido al encontrar el desayuno intacto, le hace un gesto a Ren.

—Ve a ver qué pasa.

Ren sube las escaleras, sintiendo la madera fresca y lisa debajo de sus pies descalzos, hasta llegar al último escalón, como un grumete que asciende por el palo mayor. Al asomarse por la ventana más elevada, recuerda que pensó que el búngalo blanco era como un navío en una tormenta, y la selva profundamente verde, un océano ondulante. En él hay una serie de bestias extrañas, incluyendo al doctor MacFarlane, quien vaga por allí en forma de tigre.

Ren sacude la cabeza y la imagen se desvanece. Parece ir alejándose ese confuso miedo vinculado a su amo anterior: la oscura soledad, las promesas relativas a dedos amputados y tumbas. Incluso las preocupaciones acerca de los cuarenta y nueve días parecen disolverse, aunque si alguien le preguntara, no podría responder qué sucedió. Solo está seguro, hasta el fondo de los huesos, de que el dedo volvió al doctor MacFarlane. Tiene una visión extraña —pequeña y brillante, como un delirio febril— en la que ve a Ji Lin de rodillas, cavando con rapidez con una pequeña pala, dejando caer algo en el interior y después cubriéndolo con la húmeda tierra roja. Como sea, está absolutamente seguro de que jamás lo decepcionaría, aunque desde que despertó en el hospital después de la muerte de Nandani ya no puede recordar esas cosas con facilidad, como si la noche terminara y el día acabara de empezar.

La puerta que conduce a la habitación de William está cerrada. Ren toca y, después, intenta abrirla despacio. Está cerrada con llave. Confundido y un poco atemorizado, Ren se lo informa a Ah Long.

—¿Está enfermo?

—Quizá.

Ah Long se levanta. Hurga en uno de los cajones de la cocina, y juntos vuelven a subir las escaleras. La casa está tan callada que Ren se imagina que todo —las paredes, los techos, el pasto del exterior y la bóveda blanquecina del cielo— está conteniendo la respiración. No se oye nada, salvo por el discreto golpeteo de los pies y el sonido del corazón de Ren. Al llegar a la puerta, Ah Long se detiene y se inclina para apoyar la oreja junto a la cerradura. Nada.

Con un suspiro, mete la mano en el bolsillo y saca el enorme hato de llaves que guarda en el cajón de la cocina. Busca una mientras cuenta en silencio. Toma la llave indicada y la mete en el cerrojo. Cuando la puerta se abre, emite una exclamación.

—¡No entres!

Atemorizado, Ren espera afuera. No necesita escuchar los ajetreados movimientos de Ah Long, que camina hasta la cama y abre las pesadas cortinas. Esa quietud, la que le indica que el ocupante de la habitación se marchó para siempre, le es demasiado familiar. Y Ren, recargado contra la pared, siente que las lágrimas calientes le caen por las mejillas.

52

Falim / Ipoh
Miércoles, 1 de julio

Habíamos vuelto al lugar en donde todo empezó. Esa larga y oscura casa tienda, colmada del aroma metálico a mineral de estaño y a la humedad proveniente del piso inferior. Después de que lo dieran de alta del hospital, con el brazo envuelto en un yeso blanco y pulcro, Shin regresó a casa.

Mi mamá estaba feliz de que los dos estuviéramos en casa, aunque yo debía regresar al taller de la señora Tham en unos días. Además, debía visitar a Hui y contarle que había renunciado al Flor de Mayo, aunque ya debía de saberlo para entonces. Había muchísimas cosas que quería discutir con Shin, pero no teníamos oportunidad de hacerlo. La presencia silenciosa de mi padrastro llenaba el frente de la casa, y mi mamá revoloteaba a nuestro alrededor y preparaba nuestros platillos favoritos de la infancia, aunque le rogué que no se esforzara.

—Es bueno que estén en casa —dijo mientras se ocupaba innecesariamente del brazo de Shin.

Al menos esa era una buena razón para estar contenta: que le tuviera tanto cariño a Shin. Quizá las cosas saldrían bien. Después de todo, dieron de alta a Ren después de su notable recuperación. Y ni Shin ni yo habíamos muerto hasta el momento. Mantuve ocultos mis pensamientos sobre Yi y me aferré a ellos como a un triste secreto. Si los muertos seguían viviendo en los recuerdos de sus allegados, estaría a salvo conmigo para siempre.

Esa noche, me senté a la mesa de la cocina, bajo el cálido círculo de luz de la lámpara, para releer *Las aventuras de Sherlock Holmes*. Tanto me fascinaba que compré mi propio ejemplar en una librería de viejo, aunque Koh Beng y su larga lista de asesinatos me quitó un poco el apetito del trabajo detectivesco. De todos modos, era mejor que estar a solas con mis propios pensamientos. Mi madre y mi padrastro ya se habían ido a acostar, y Shin había salido con Ming.

Me pesaba la realidad de lo que estábamos haciendo Shin y yo. ¿Qué tipo de futuro tendríamos? Quizás, en esta vida, Shin y yo solamente podíamos ser hermanos; gemelos falsos, destinados a estar juntos, pero separados. El silencio era tan profundo que alcanzaba a oír el sonido del reloj al frente de la casa tienda. Escuché el sonido hueco de sus campanadas. Las diez. El ruido de las llaves en la puerta principal y, ahora, el sonido de los pasos rápidos y familiares de Shin, que atravesaba el primer patio abierto, donde los montones de mineral de estaño estaban en proceso de secado.

—Shin —dije en voz baja y me puse de pie. El corredor estaba en penumbra, pero la luz amarilla de la cocina lo iluminaba tenuemente. Todos mis pensamientos anteriores y mis buenas intenciones salieron volando en cuanto lo vi. Sin decir palabra, lo jalé hasta la mesa de la cocina. De inmediato, elevó los ojos hacia el piso de arriba—. Están dormidos —dije.

Nos sentamos con recato uno junto al otro. Me embargó una extraña timidez, y el pulso me retumbaba en la cabeza. Qué extraño era estar sentados así, en la casa de mi padrastro, como si todo y nada fuera diferente entre nosotros. Si cerraba los ojos, podía sentir como si tuviéramos diez años de nuevo.

—¿Qué vamos a hacer, Shin?

Entrelazó sus dedos con los míos. La inclinación de sus cejas lo hacía parecer vulnerable, aunque de una forma extraña.

—Primero, conseguiremos una copia de tu acta de nacimiento. Yo ya tengo la mía. Después, iremos a registrar nuestro matrimonio.

—¿Qué? —Me enderecé.

—Mi padre lo dijo, ¿no? Que, cuando estuvieras casada, ya no serías su responsabilidad.

—¡Nos va a matar!

—No lo hará. Él mismo estableció las condiciones. No le importaba quién fuera, con tal de que tuviera un trabajo decente. Claro que estaba pensando en Robert. —Shin frunció el ceño—. De todos modos, tú y yo no estamos emparentados, ni siquiera en papel. Mi padre jamás te adoptó… Lo investigué.

No sabía si reírme o atemorizarme ante el atrevimiento de Shin.

—¿Estás seguro de que quieres casarte conmigo? ¿No sigues siendo un estudiante becado?

—Llevo años planeándolo. —Nunca había hablado más en serio.

—¿Y si yo no quiero casarme contigo?

—Claro que querrás.

Sus labios rozaron los míos. Por un instante, las piernas me flaquearon y un mareo se apoderó de mí. Era como un encantamiento, el truco de un hechicero que vaciaba el aire de mis pulmones. Shin me miró, triunfal. Volví a experimentar esa sensación de amor y deseo, pero también de querer golpearlo, todo a la vez.

—La gente va a hablar.

—Que hablen.

Besos suaves y urgentes. El calor húmedo de su boca, la delicada caricia de su lengua. Y, de nuevo, ese aleteo en mi pecho, como un ave deseosa de volar. El brazo bueno de Shin me rodeó la cintura; me estremecí cuando me empujó con fuerza contra la silla. Empecé a jadear levemente. Con los dientes y la mano izquierda intacta, empezó a desabotonar mi delgada blusa de algodón. Debía detenerlo, lo sabía, pero, en lugar de eso, mis dedos se enredaron en su cabello.

—No te rías —dijo Shin con falsa indignación—. Tú eres la razón por la que tengo el brazo roto.

En respuesta, presioné mi boca contra la suya. Estábamos tan absortos que no notamos el crujido de las escaleras. Después, se oyó el susurro horrorizado de mi madre.

—¡¿Qué están haciendo?!

La mano de Shin se quedó congelada sobre mi blusa a medio abrir. Nos pusimos de pie en un instante, y un intenso rugido me llenó los oídos. El rostro de Shin estaba completamente rojo.

—Mamá —dije. Pero no me estaba mirando a mí.

—¡¿Cómo te atreves a tocar a mi hija?! —Incluso en ese momento, noté que trataba de ser discreta, pues hablaba en susurros.

—¡No fue culpa suya! ¡Fue mía!

Y entonces me abofeteó. Mi madre jamás me había golpeado la cara. Sí, me disciplinaba con una varita endeble cuando era más pequeña, aunque era fácil convencerla de que no lo hiciera. Pero jamás lo había hecho de esta manera, con una bofetada que me cortó la respiración. Lo más extraño y terrible de todo el asunto es que sucedió casi sin que hiciéramos el más mínimo ruido. Ninguno de nosotros se atrevía a levantar la voz en esa oscura y silenciosa casa. Sabíamos lo que sucedería si mi padrastro se despertaba.

Tomé a mi madre por los delgados hombros y después la solté. De haber querido, con facilidad la habría podido empujar con fuerza. En el techo, con Koh Beng, forcejeé con desesperación, agrediéndolo con dientes y uñas, pero no podía levantarle la mano a mi madre. Ni tampoco podía hacerlo Shin. Los dos nos quedamos parados, con las cabezas gachas y sintiéndonos culpables, y de pronto ella se dejó caer, como si la vida se le escapara.

—¿Qué no te eduqué de la manera correcta? —murmuró—. ¿Por qué estás haciendo esto?

—Lo amo —respondí.

—¿Lo amas? —preguntó ella—. ¿En qué estabas pensando?

Entonces, empezó a llorar, de esa forma silenciosa y horrible que tanto me descomponía. De la forma en que todos nosotros aprendimos a llorar en esa casa, sin hacer sonido alguno. Devastada, intenté consolarla sin éxito. Siempre era así. Sin importar qué sucediera, intentaría salvarla. Volteé a mirar a Shin y le hice señas para que se marchara.

Sin embargo, en lugar de hacerme caso, se hincó delante de ella. Jamás vi a Shin ponerse de rodillas frente a nadie; era demasiado orgulloso, pero ahora estaba haciéndolo y bajando la cabeza.

—Madre —dijo—. Mis intenciones hacia Ji Lin son serias. Te ruego que me permitas casarme con ella.

Al escuchar la palabra *casarme*, el cuerpo de mi madre se arqueó en un rictus, como si estuviera teniendo alguna especie de convulsión. Alarmada, la tomé entre mis brazos.

—No pueden casarse —dijo en voz muy baja—. Forman parte de una misma familia. Lo prohíbo terminantemente.

Una de las cosas terribles, pero convenientes, de ser parte de una familia es que se pueden hacer las acusaciones más tremendas por la noche y fingir que no sucedió nada a la mañana siguiente. Y eso es justo lo que hicimos durante el desayuno. Todos bajamos, silenciosos y sombríos, y mi madre nos sirvió porciones calientes y vaporosas de fideos. Estaban insípidos, como si no supiera cocinar, y ella tenía los ojos inflamados, pero le dijo a mi padrastro que fue un dolor de cabeza lo que le impidió dormir la noche anterior.

Su única respuesta fue un gruñido; esperé que no notara nada. Después de todo, tenía el sueño muy pesado. Shin y yo estábamos sentados, sin mover un solo músculo, como si fuéramos dos hermanos de cartón en una familia perfecta de cartón.

—Volveré a Singapur al final de la semana —anunció. Mi madre asintió. Empezó a comer sus insípidos fideos, al igual que mi padrastro—. Y Ji Lin me va a acompañar —continuó Shin—. Para conseguir un trabajo allá.

Después de eso, ambos levantaron la mirada. Mi padrastro entrecerró los ojos.

—¿Y por qué ella?

—La verdad es que hubo un asesinato en el hospital de Batu Gajah el lunes y otro asistente médico murió a manos del mismo hombre que trató de empujar a Ji Lin en el techo. La policía nos pidió que no mencionáramos nada al respecto, pero eso desató un escándalo que está a punto de estallar. ¿Por qué crees que el hospital me está pagando por no trabajar? A cambio de ello, nos pidieron a los dos que abandonáramos el área.

—¿Es cierto todo eso? —preguntó su padre.

Miré a Shin de reojo. Sus mentiras eran de lo más inspiradas; eran una mezcla de verdades a medias y de hechos.

—Es cierto. Todo saldrá en los periódicos pronto.

Mi mamá dejó escapar una exclamación de horror, pero su mirada era suspicaz. Apreté la mano de Shin por debajo de la mesa.

—Pueden preguntárselo a Robert; su padre forma parte del Consejo Administrativo —dije yo. Me molestaba que cualquier cosa conectada con Robert y su familia tuviera un peso contundente en la mente de mi mamá. Noté la confusión en su rostro—. Me consiguieron un puesto en el hospital de Singapur, como aprendiz de enfermera. Viviré en un dormitorio. —Esto era pura ficción, pero nadie me detendría—. Shin me llevará porque Robert no tiene tiempo de hacerlo.

A pesar de mencionar a Robert de nuevo, mi madre no cayó en el engaño y empezó a mover la cabeza con vehemencia.

—¡No, no puedes ir!

Mi padrastro intervino.

—¿Y qué piensa Robert acerca de que te marches a Singapur?

—Quiere que estudie y que obtenga la certificación apropiada. Mientras menor sea el escándalo, mejor será para la familia. —Era increíble lo fácil que me resultaba mentir cuando quería algo con tanto afán. Mentalmente me disculpé con el pobre de Robert.

—Si Robert piensa que es buena idea, no tengo objeción alguna —respondió mi padrastro. En ese momento me sentí feliz, más que feliz, de que mi padrastro fuera así de rígido y de que solo valorara las opiniones de los hombres. Las protestas de mi madre quedaron desestimadas; después de todo, no se atrevía a dar otra razón que no fuera lo lejos que estaba Singapur.

—Shin puede acompañarla —dijo mi padrastro—. Además, ya no será responsabilidad nuestra por mucho tiempo.

—Pero la familia de Robert vive en Ipoh —protestó mi madre. Nos miró a Shin a mí con absoluta angustia, y me pregunté si se atrevería a traicionarnos. Si lo hacía, todos sufriríamos. El corazón me latía de manera irregular. Shin adoptó el semblante más inexpresivo posible, aunque un músculo de la mejilla no le dejaba de brincar.

—Tienen una casa en Singapur —respondió y clavó la mirada en su sopa, como si le importara poco si me llevaba consigo o no—. Supongo que van de visita con regularidad.

Mi padrastro asintió, y el asunto quedó saldado.

Debí sentirme feliz. Dios sabe que Shin lo estaba. Casi no pudo dejar de sonreír a medida que transcurrían los días faltantes para nuestra partida, aunque, por acuerdo tácito, evitamos toparnos a toda costa. Él compró los boletos del tren, y yo fui a ver a la señora Tham para desocupar el cuarto que me rentaba arriba del taller de costura.

—¿Te vas a casar? —me preguntó mientras terminaba de guardar la última de mis escasas pertenencias. Esa mujer nunca se andaba con rodeos.

—No. Voy a estudiar enfermería. —Repetí la mentira tantísimas veces que casi sentía que era verdad, así que tuve que recordarme que no tenía prospectos profesionales ni un sitio donde vivir. De todos modos, me motivaba una emoción reluciente.

—Enfermera... —musitó la señora Tham, pensativa—. No creo que sea buena opción para ti.

—¿Por qué no? —Me dolió su valoración tan casual; a fin de cuentas, siempre estuvo satisfecha con mis capacidades como modista.

—No cabe duda de que empezarás a contradecir a los médicos. Creo que es mejor que te cases.

Me incliné para disimular la sonrisa.

—¿Y qué le hace pensar que no contradiré a mi marido?

—¡Ay, no! ¡No debes hacer eso! —Parecía horrorizada, aunque las dos sabíamos a la perfección quién llevaba los pantalones en la familia Tham—. Escúchame —me dijo y se me acercó—: el secreto de un matrimonio feliz es hacerle pensar que todo fue idea suya. Y, claro está, debes vestirte bien y verte tan bonita como sea posible. —Emitió un suspiro de insatisfacción mientras me contemplaba. Todo su trabajo de sofisticación se había arruinado porque yo traía puestos unos viejos pantalones de algodón y una gastada camisa mientras empacaba mis cosas—. Asegúrate de amarrarlo; las mujeres revolotearán a su alrededor como moscas.

La señora Tham me lanzó una mirada de complicidad cuando salió, y me pregunté si se refería a Robert o a alguien más. Quizás averiguó que Shin y yo no estábamos emparentados; no dudaba que fuera capaz de algo así.

También visité a Hui. No podía explicarle todo lo sucedido por la promesa que le hice a la policía y al director del hospital, pero hice mi mejor intento.

—Debiste decirme que ibas a renunciar. Tuve que averiguarlo sola.

Estaba indignada y algo herida. Solo pude asentir y decirle que lo sentía. De verdad me agradaba Hui; nunca había tenido a una amiga como ella, aunque temí que sintiera una decepción profunda al descubrir que no le estaba compartiendo todos mis secretos.

—Gracias por ayudarme con lo de Robert —dije, al recordar cómo se arrojó al fragor de la batalla cuando Y. K. Wong lo llevó al salón de baile—. Sé amable con él si vuelves a verlo.

Hui elevó los ojos al cielo.

—Tú no sabes apreciar a los jóvenes ricos —dijo, pero sonrió al fin.

Sin embargo, la conversación que más me horrorizaba era la que tendría con mi madre. No había forma de evitarla; lo notaba en sus miradas de angustia, en el temblor de sus manos. De entre todas las personas, había albergado la esperanza de que, una vez que pasara el impacto inicial, mi madre se hiciera a la idea. Después de todo, nos quería tanto a Shin como a mí, solo que no nos quería juntos. El punto era que todo tenía un precio y había que pagarlo.

Solo me quedó sentarme en la cama una noche, ya tarde, después de que mi padrastro se durmiera, y sentirme culpable y dejar que me regañara. Shin, con gran sensatez, fue a visitar a Ming. Esos días, su mera presencia parecía enfurecerla. Había pasado de ser el hijo favorito a ser el seductor de su hija, y nada de lo que yo le dijera podía hacerla cambiar de opinión.

—No es correcto —insistía una y otra vez—. La gente hablará, y no me parece adecuado. Además, Shin jamás se queda con sus novias por mucho tiempo. ¿Qué pasará si cambia de opinión?

—Entonces tendré que valerme por mí misma —respondí.

Levantó las manos al cielo, escandalizada.

—Las chicas solo tienen una oportunidad para casarse bien. ¡Toda esta relación es un error! Estás confundida porque le tienes cariño, porque es como un hermano para ti. Además, a tu edad, todo parece de lo más romántico. —De repente, me lanzó una mirada horrorizada—. No… ¡Dime que no te acostaste con él!

¿Por qué todo el mundo preguntaba lo mismo? ¡¿Qué demonios les importaba?! Pero claro que entendía el porqué. Por más humillante que fuera, era una moneda de sangre: una chica aún podía conseguir marido si era capaz de demostrar su virginidad, aunque el marido fuera viejo, gordo y feo.

—¿Tú qué crees? —respondí con amargura.

Los ojos se le llenaron de duda, y me sentí traicionada. Pero, al final, asintió con timidez.

—Claro que confío en ti, pero no lo hagas. ¡Prométemelo! Te da la opción de cambiar de parecer. No quiero que te arruines y que arrojes todas tus oportunidades por la borda.

—Mamá —respondí—. ¿De veras odias tanto a Shin?

—No lo odio. Es un buen chico. Es solo que… desearía que no fuera para ti. Temía que pasara algo así, pero siempre estuviste embelesada con Ming. Y, cuando se marchó, pensé que ya no sucedería nada. No pensé que fuera así de testarudo. El matrimonio no es nada fácil; no siempre resulta como lo esperas. —Desvió la mirada—. Como bien sabes, tu padrastro tiene un carácter explosivo.

—¡Shin jamás me ha alzado la mano!

—Pero todavía es joven. —Empezó a retorcerse las manos—. No sabes cómo será cuando sea mayor.

«De acuerdo», pensé, y me esforcé por permanecer tranquila, aunque quería gritarle y protestar que estaba equivocada y que Shin no se parecía en nada a su padre. Pero, más que otra cosa, lo que quería era que mi madre me perdonara, me diera su bendición y me dijera que todo estaría bien, igual que como lo hizo cuando yo era pequeña y estábamos las dos solas en este gigantesco mundo. Pero quizás era parte de dejar de ser una niña.

El sábado partimos hacia la estación ferroviaria de Ipoh. Era una mañana bellísima, toda pintada de blanco y oro. Yo solo traía una maleta y una caja cuidadosamente atada con una cuerda. Al mirar los esmerados nudos que hizo mi madre, sentí uno en la garganta. Mis bonitos vestidos estaban empacados, y traía puesta una de las mejores confecciones de la señora Tham, ya que, a pesar de mis protestas, insistió en despedirnos.

Resultó ser una bendición que fueran ella y el señor Tham, porque sus emocionados parloteos hicieron que los adioses fueran tolerables, a pesar de las lágrimas que amenazaban con desbordarse de los ojos de mi mamá. Trajeron una enorme bolsa llena de mangostanes y una lonchera atestada de bollos de cerdo al vapor, como si pudiéramos morir de hambre antes de llegar a Singapur. Sería un largo viaje hasta el sur: cuatro horas hasta Kuala Lumpur y después un viaje nocturno de ocho horas hasta Singapur. Un total de más de quinientos kilómetros y medio, más lejos de lo que jamás había ido en toda la vida.

Cuando el tren empezó a alejarse de la estación, todo el mundo empezó a agitar los brazos y las manos en señal muda de despedida. Incluso mi padrastro, quien solía ser tan poco expresivo, levantó una mano, aunque no pude determinar si era para despedir a Shin o a mí. En el último instante, mi mamá empezó a correr junto al tren. Me invadió un pánico repentino. ¿Acaso nos denunciaría? Pero solo presionó la palma de la mano contra la ventanilla. Puse mi mano contra la suya, ajustando mis cinco dedos a los de ella. Después, quedó atrás, superada por la creciente velocidad del tren.

«Adiós», pensé, mientras sus figuras se hacían cada vez más pequeñas y el sonido rítmico de las ruedas y el zumbido de las vías las dejaba atrás. Adiós a mi vida anterior y hola a la nueva, con lo que fuera que trajera. La emoción y la melancolía me hicieron un nudo en el estómago y, una vez más, pensé en Yi, ese pequeño que quedó abandonado en una plataforma del ferrocarril. ¿De verdad se marchó? Tuve la extraña certeza de que los vínculos que nos ataban a todos se habían reacomodado en un patrón nuevo y diferente. «Jamás te olvidaré», le prometí. Mis dedos encontraron la carta que tenía en el bolsillo. Perdí la oportunidad de colocarla en el buzón, pero lo haría cuando llegáramos a Kuala Lumpur.

Las afueras de Ipoh pasaron volando —palmeras de coco, casas *kampung* de madera sobre pilotes, delgadas vacas brahmán amarillas—, hasta que la verde selva nos rodeó por completo.

—Tendré que encontrar un sitio donde quedarme en Singapur —dije al recordar que habíamos mentido acerca del dormitorio del hospital.

—Será de lo más sencillo —respondió Shin—. Tengo algo de dinero ahorrado.

—Pero son tus ahorros. No quiero usarlos.

—¿Y para qué crees que trabajo tanto? Siempre quise traerte a Singapur.

—¿De veras? —El corazón me dio un brinco, y entonces pensé en todos esos largos y solitarios meses en los que esperé la respuesta inexistente de Shin a mis cartas.

—Aunque no estaba seguro de que quisieras hacerlo. Estuviste obsesionada con Ming durante años. Temí que, si cambiaba de parecer, saldrías corriendo a sus brazos. Tú me has dado más problemas que todas mis otras novias juntas. —Contrajo los labios en un esfuerzo por contener la risa—. Necesitamos mantenerte ocupada. Tal vez te gustaría ser oyente en algunas clases.

—Eso me agradaría.

—¿Y por qué esto te hace más feliz que mi anillo? —me preguntó mientras movía la cabeza con tristeza—. Por favor, no me abandones por algún cirujano.

—Nada de cirujanos —respondí con un escalofrío.

—Y puedo pedirte tus apuntes de clase todas las noches —dijo en un tono de burlona seducción. El estómago me dio un pequeño vuelco. Si Shin seguía viéndome de esa manera, caería rendida a sus pies, y él lo sabía.

—Shin —dije, después de inhalar profundo. Esto me resultaría difícil de decir. En respuesta, pasó el dedo con delicadeza sobre la palma de mi mano—. No podemos casarnos. —Volteé hacia la ventana. Su dedo se detuvo—. Al menos, no por ahora.

Guardó silencio un largo rato.

—¿Es por tu madre?

—No. Es porque debemos pensar las cosas con detenimiento; sería muy difícil para ti, con todo y la escuela y un trabajo. La gente hablaría. Y quiero vivir por mi cuenta un tiempo, encontrar un trabajo, cuidar de mí misma. No quiero que tú seas responsable de mí mientras sigas estudiando. Además, no estoy lista para casarme de inmediato.

—¿Por cuánto tiempo?

—No estoy segura.

—Un año —dijo sin mirarme—. En un año y un día, si todavía no te decides, voy a hacerte mía.

—¡Ya te dije que aquí nadie es propiedad de nadie!

Pero me ignoró y continuó con insistencia.

—Tiene que haber un límite de tiempo. De lo contrario, seguiremos así para siempre. Me niego a seguir jugando a los gemelitos.

Un año y un día. Daba la sensación de ser un camino largo y oscuro, regado de enredaderas espinosas y bestias desconocidas. ¿Ya habíamos salido de la jungla Shin y yo? No tenía idea del terreno que yacía frente a nosotros, pero quizás eso estaba bien. Tuve una visión repentina de habitaciones de techos altos, largos pasillos soleados y bibliotecas silenciosas. El King Edward Medical College, del que tanto había escuchado. Shin, riéndose al otro lado de una mesa, rodeado de sus compañeros. Yo, subiéndome a un autobús atestado, balanceando una pesada caja llena de libros. Friendo arroz en la minúscula cocina de un pequeño departamento, esperando oír los rápidos pasos que ascendían por las escaleras.

Shin y yo, caminando junto a un río, rodeados del fresco aire de la noche, comiendo plátanos fritos y discutiendo afablemente. Lo raro era que en todas esas escenas aparecía lo suficientemente bien vestida como para complacer a la señora Tham. La brisa de la ventana abierta del tren me agitó el cabello y el fleco. Mi corazón tomó vuelo.

—Me parece muy bien —dije entre risas—. ¿Amigos?

Shin puso los ojos en blanco, como si lo exasperara, pero me tendió la mano con ese gesto tan suyo.

—La otra noche, tu madre dijo algunas cosas terribles acerca de mí, pero tenía toda la razón. No queda la menor duda de que voy a seducirte.

53

Batu Gajah
Dos semanas después

Cuando todo termina —las indagatorias de la policía, el funeral y la bienintencionada horda de visitantes—, Ren se sienta en los escalones de la puerta trasera de la cocina. La casa está vacía; solo quedan Ah Long y él para empacar las cosas del amo. No es que haya mucho. William tenía pocas pertenencias personales, aunque, para ser congruente con su habitual eficiencia, dejó un testamento. Y era muy reciente, según les dijo el abogado. Ren sabe lo que son los abogados; recuerda al de Taiping que se hizo cargo de los asuntos del doctor MacFarlane y la forma en que torció la boca al ver el desastre de papeles atiborrados en todos los pequeños huecos del escritorio del viejo doctor. Pero los asuntos de William están perfectamente en regla.

El veredicto oficial fue que se trató de un paro cardiaco. La señorita Lydia hizo una escena en el funeral, en donde lloró e insistió en que era su prometida, cosa que sorprendió a muchas personas, incluyendo a sus propios padres. Su dolor y su furia fueron impactantes. Vergonzosos, incluso. Quería que se le dieran todas las pertenencias de William, pero el abogado le dijo que no estaba incluida en el testamento y que una prometida no era lo mismo que una esposa. Los sirvientes propagaron el chisme como reguero de pólvora, y todo el mundo está enterado de lo sucedido.

Ah Long suspira y se encoge de hombros.

—Suerte que no se casó con él. —Las arrugas de su rostro parecen más profundas, y su esquelético cuerpo parece todavía más enjuto. Mientras recorre la casa vacía para empacar los cubiertos de plata y la cristalería, que se enviarán de vuelta a la familia Acton, sus pasos se van haciendo más lentos e inseguros. No parece importarle el legado que le hizo William: «A mi cocinero chino, Ah Long, dejo la cifra de cuarenta dólares malasios por su servicio leal», aunque es un obsequio espléndido.

Ren tampoco tiene corazón para celebrar, a pesar de que él también está mencionado en el testamento. Hay un fondo para becar sus estudios, aunque ese dinero solo se puede utilizar para su educación.

—No lo quiero —dice, lo cual sorprende al abogado.
—¿Por qué no?
—No quiero estudiar. No por ahora.
El abogado frunce el ceño.
—¿Por qué no esperas un poco? Tómate un tiempo para pensarlo.

Después de que el abogado se marcha, Ah Long llama a Ren al comedor formal, donde la superficie pulida de la mesa está enmarcada por montones ordenados de correspondencia cerrada. Todas las cartas están dirigidas a William, y se enviarán a sus familiares.

—¿Qué pasa? —pregunta Ren.

Ah Long levanta un sobre blanco. Por un instante vertiginoso, Ren se pregunta si su amo al fin recibió respuesta de aquella señorita, Iris, a quien tantas cartas le escribió. Pero no; esta carta está dirigida a Ren. Su nombre está escrito en el sobre con un solo carácter chino. Esa es la parte que, por fortuna, Ah Long sí puede leer.

—¿Es para mí? —En toda su vida, Ren jamás había recibido una carta, aunque sabe escribirlas. El doctor MacFarlane le enseñó el formato cuando practicaban dictados. Ren abre el sobre con cuidado. En él, hay una única hoja de papel.

—¿De quién es? —pregunta Ah Long con suspicacia.

Pero Ren está leyéndola despacio. Es muy corta; tiene apenas unas cuantas oraciones. Después de leerla dos veces, la guarda con cuidado.

—Es de esa chica —responde.

—¿La del cabello corto de la fiesta? —pregunta. Ren asiente, asombrado por la memoria de Ah Long—. ¿Qué dice?

Ren vacila. ¿Cómo explicar esta extraña renuencia a compartir sus palabras? Son sencillas, pero privadas.

—Dice que siempre me recordará. —«Y a Yi»—. Y que nos volveremos a ver. Me deja una dirección en caso de que quiera escribirle, a cargo de Lee Shin, en la escuela de medicina.

Ah Long emite un resoplido. En cierto sentido, parece satisfecho.

Al día siguiente, durante la silenciosa y acalorada tarde, llega un visitante inesperado. Es el doctor Rawlings. Rechaza el ofrecimiento de Ah Long de servirle algo de té, se sienta a la mesa de la cocina y examina la pequeña y desolada figura del niño.

—¿Tienes algún lugar a dónde ir? —le pregunta.

Ren sacude la cabeza.

—Quizá vaya a Kuala Lumpur a ver a la tiita Kwan, el ama de llaves de mi antiguo amo. —Ren todavía tiene su dirección guardada en la vieja bolsa de viaje del doctor MacFarlane. Con un extraño sentimiento de culpa, se pregunta si no representará una carga para ella.

—Él va conmigo —interrumpe Ah Long con voz ronca en su inglés torpe—. Otro trabajo busco.

Ren lo mira fijamente, pasmado. Ah Long no había mencionado nada al respecto, pero le hace sentir una sensación de calidez en el fondo del estómago. Es como si tuviera un suave gato sentado sobre el vientre que lo reconfortara con su presencia.

El doctor Rawlings ladea la cabeza con gesto pensativo.

—Les tengo una propuesta. Están a punto de transferirme, y mi personal actual no está dispuesto a mudarse conmigo. Necesito un cocinero y un mozo. Serán básicamente los mismos deberes que para un soltero, ya que mi esposa y el resto de mi familia están en Inglaterra.

Ah Long mira a Ren y asiente casi de forma imperceptible.

—Gracias, *tuan*. Pienso en eso.

Rawlings también asiente, con un gesto muy similar al de una cigüeña. Voltea a ver a Ren.

—No soy cirujano como el señor Acton. Soy patólogo y forense, que es un campo de estudio muy interesante, aunque comprendería que te pareciera atemorizante después de todo lo que viviste.

—¿Y todo estará bien? —pregunta Ren con seriedad.

—Sí. Te prometo que tendrás tiempo para acudir a la escuela. Oí que le dijiste que no al abogado, pero creo que, después de que pase un poco de tiempo, cambiarás de parecer. Es lo que el señor Acton querría. Te tenía en muy alta estima.

—¿De veras? —El rostro de Ren se ilumina.

—De veras. Me contó cómo trataste la pierna de esa chica, Nandani, y me dijo que tenías un talento médico natural. No deberías desperdiciar un don así; podrías salvar muchas vidas en el futuro.

Salvar vidas. Ren siente una burbuja de esperanza. Sí, es algo que le gustaría.

—Y ¿a dónde van a transferirlo, *tuan*?

—A Singapur —responde el médico—. Al Hospital General de Singapur. Creo que es un sitio que te agradará.

Notas

Hombres tigre

Por tradición, el tigre es reverenciado en toda Asia. La adoración de ancestros con forma de tigres —la creencia de que el alma de un ancestro podría reencarnar en un tigre— era común en Java, Bali, Sumatra y Malasia, y, aunque a esta forma ancestral se le consideraba «amistosa», también se le temía como un ente que imponía una férrea disciplina.

Los tigres espirituales asumen diversas personificaciones, incluyendo espíritus guardianes de santuarios y sitios sagrados, cadáveres que se transforman y pueblos enteros llenos de hombres bestia. Se pensaba que los tigres, al igual que los humanos, eran poseedores de un alma, y a menudo se les asignaban títulos honoríficos como «tío» o «abuelo». En diversas narraciones, la naturaleza verdadera del hombre tigre es la de una bestia que se disfraza con piel humana, el opuesto exacto al hombre lobo europeo. Es probable que haya alguna conexión con las creencias budistas y taoístas de que algunos animales eran capaces de asumir una forma humana por medio de la meditación y la magia. Sin embargo, sin importar lo poderosos que sean, jamás son humanos de verdad.

En especial los que cambian de forma encarnan la tensión entre los seres humanos y su naturaleza bestial. En la mayoría de las narraciones, el tigre actúa de una manera distinta a las personas normales, y expresa sus deseos ocultos o prohibidos: el más básico de ellos es asesinar a las personas dentro de sus propios hogares. Se decía que los hombres tigre de Kerinci ansiaban el oro y la plata, mientras que en el sur de China hay abundantes cuentos de mujeres atractivas que son tigres disfrazados y que solo se revelan cuando empiezan a desenterrar tumbas para devorar cadáveres, horrorizando inmensamente a sus maridos.

Desde una perspectiva más divertida, en el cuento de Pu Songling «Señor Miao» (苗生), un desconocido que secunda a un estudioso como compañero de farra se siente tan irritado ante la pésima calidad de la poesía que se recita durante una reunión que se convierte en tigre y se come a todos los presentes (¡quizá sea la más radical de todas las críticas literarias!).

Malasia

En inglés, el nombre histórico para la Malasia actual era *Malaya*. Fue colonizada por los portugueses, luego por los holandeses y, al final, por los británicos, antes de independizarse en 1957. Durante el periodo colonial, fue una fuente rentable de estaño, café y especias, así como hogar de los importantes puertos comerciales de Penang, Melaka y Singapur.

Perak (valle del Kinta)

Esta historia se desarrolla en el estado de Perak, en especial en el valle del Kinta, en las ciudades de Batu Gajah e Ipoh. El valle del Kinta, uno de los depósitos de estaño más ricos del mundo, ha tenido actividad minera desde 1880. Por más de un siglo, hasta la década de 1980, Malasia siguió siendo el proveedor de más de la mitad del mineral de estaño del mundo entero.

Kinta tiene una larga historia, ya que está poblado desde el Neolítico. En el siglo XVI, los portugueses señalaron que Perak pagaba sus tributos anuales con estaño. Durante el siglo XVIII fue famoso por sus elefantes silvestres, los cuales eran atrapados y vendidos para formar parte de los ejércitos de elefantes de los emperadores mogoles. Su paisaje está dominado por bellas colinas de piedra caliza, muchas de las cuales están atestadas de cuevas naturales y ríos subterráneos.

Ipoh, la ciudad más grande de Perak, era conocida como la más limpia y ordenada de toda Malasia. Como próspero centro comercial, gracias al auge del estaño, es famosa por su buena cocina y diversidad de edificios históricos. Puesto que esta obra se desarrolla en un Ipoh novelado, me tomé ciertas libertades con diferentes hitos, como el Hotel Celestial, cuya construcción se inició en 1931 aunque se inauguró después. De igual modo, a pesar de que hubo diversos salones de baile en Ipoh, el Flor de Mayo no es más que una creación de mi imaginación, inspirada en el relato que Bruce Lockhart hizo de un salón de baile chino en Singapur en una de sus biografías.[*]

Hospital de Distrito de Batu Gajah

Fundado en 1884 en cincuenta y cinco hectáreas de tierra, el hospital está construido con un estilo colonial y dispuesto en un entorno tipo jardín. Los edificios se han modernizado desde entonces, pero aún pueden verse algunas de las estructuras originales. Me tomé la libertad de cambiar la disposición del hospital para añadir las escaleras que bajaban por una colina, el almacén de patología, la cafetería,

---

[*] Bruce Lockhart, *Return to Malaya* (*Regreso a Malasia*; G.P. Putnam's Sons, 1936).

etcétera, así como el personal ficticio, imaginándome cómo podría haber sido en 1931 con base en viejas fotografías de hospitales y pabellones coloniales similares.

Supersticiones chinas relacionadas con los números

Los chinos tienen una gran afición por los homónimos y los dobles sentidos. Este agrado por los juegos de palabras, aunado al *feng shui*, ha llevado a innumerables supersticiones asociadas a números de la suerte, direcciones afortunadas y la orientación de los edificios. Existe la creencia de que, al nombrar algo, se le otorgan poderes tanto positivos como negativos, cosa que sucede en particular con los números.

Durante el Festival del Fantasma Hambriento, pueden verse cantidades de artículos de papel elaborados para los muertos que tienen como propósito quemarse a modo de ofrenda. En estas réplicas, se toma en cuenta cada detalle, incluyendo las placas adecuadas de los vehículos y los números apropiados para las casas. Por ejemplo, el modelo de un automóvil, elaborado con papel estirado sobre un marco de bambú o de carrizos, y diseñado para quemarse, probablemente tenga placas con diversos cuatros para simbolizar que es para los muertos.

En el caso de los vivos, hay una gran demanda de números que suenen igual a ciertas palabras afortunadas. Algunas personas están dispuestas a hacer grandes esfuerzos con tal de obtener números de casa, placas automovilísticas y números de celular que sean afortunados. Lo contrario también ocurre, y hay ocasiones en las que vale la pena evitar ciertos números de casas, como el veinticuatro o el cuarenta y dos (que suenan similar a «tu muerte» tanto en chino como en japonés), porque podría ser difícil intentar revender la propiedad después.

Resulta interesante que el número cinco es tanto de buena suerte como de mala suerte, ya que es homófono con «negativo/ no». Así, el afortunado número ocho, que suena como «fortuna», se vuelve menos deseable en combinación con un cinco, ya que el cincuenta y ocho suena a «no fortuna». De manera similar, un número desafortunado puede transformarse, de modo que el cincuenta y cuatro suena a «no morirás».

Romanización de nombres

De conformidad con la era colonial, utilicé las variantes anteriores de los nombres de ciertos lugares, como, por ejemplo, «Korinchi» y «Tientsin», en lugar de los nombres más modernos de Kerinci y Tienjin. Durante esa época, los nombres personales chinos se escribían de forma fonética, con frecuencia a criterio de quienquiera que fuera el encargado del registro, además de que variaban según el dialecto. El cantonés era, y sigue siendo, el dialecto chino dominante en el área de Ipoh, aunque también se hablan hokkien, hakka, teochew, hainanés, etcétera. Puesto que Malasia es una sociedad multicultural, la mayoría de sus habitantes puede hablar varios idiomas, incluyendo malayo, inglés y tamil, además de algún dialecto chino. Conservé la ortografía del chino de las Colonias del Estrecho en el caso de nombres propios, tales como Ji Lin y Shin, que serían *Zhilian y Xin* en pinyin o deletreo Han moderno. Tradicionalmente los apellidos chinos aparecen en primer lugar, como en el caso de Chan Yew Cheung y Lee Shin.

Agradecimientos

Este libro jamás habría visto la luz sin el apoyo y aliento de diferentes personas. Agradezco enormemente a: Jenny Bent, mi maravillosa agente, quien creyó en este libro (¡a pesar de que se fue alargando más y más mientras lo escribía!) y que lo defendió a toda costa hasta que le encontró un hogar. A Amy Einhorn y Caroline Bleeke, mis increíbles editoras, cuyo criterio y apoyo hicieron florecer la obra. También agradezco mucho a Conor Mintzer, Liz Catalano, Vincent Stanley, Devan Norman, Helen Chin, Keith Hayes, Amelia Possanza, Nancy Trypuc, Molly Fonseca y al resto del equipo de Flatiron.

A mis queridos amigos Sue y Danny Yee, así como a Li Lian Tan, quienes acompañaron al libro y a todos sus personajes desde el principio, se vieron obligados a leer diversas versiones y pasaron largas horas discutiendo finales alternativos conmigo.

Gracias a los lectores Carmen Cham, Suelika Chial, Chuinru Choo, Beti Cung, Angela Martin y Michelle Aileen Salazar, cuyas atentas reflexiones fueron invaluables. A Kathy y al doctor Larry Kwan, por su amistad incondicional y su valiosa información médica en cuanto al tratamiento de heridas tropicales. A Dato' Goon Heng Wah, por sus consejos relacionados con las armas de fuego utilizadas en la Malasia británica y por ayudarme a calcular las distancias ferroviarias históricas. ¡No saben lo mucho que les agradezco a todos!

A mi querida familia, que me brinda su apoyo en cada uno de mis intentos literarios, en especial a mis padres, cuyas reminiscencias me ayudaron a crear el mundo de *El tigre nocturno*. También a mis hijos, que me inspiran día a día y me ayudan a ver al mundo a través de sus ojos infantiles.

Y a James. Mi primer lector y mejor crítico. Sin ti, mi amado, no escribiría.

P.D.: 50:10